全译本

中译经典文库·世界文学名著

СБОРНИК ПОВЕСТИ М. ГОРЬКОГО

高尔基中篇小说集

【苏联】高尔基◎著　徐新民◎译

中国出版集团
中译出版社

图书在版编目（CIP）数据

高尔基中篇小说集 / （苏）高尔基著 ；徐新民译
. -- 北京 ：中译出版社，2020. 12
ISBN 978-7-5001-6123-3

Ⅰ. ①高… Ⅱ. ①高… ②徐… Ⅲ. ①中篇小说－小说集－苏联 Ⅳ. ①I512. 45

中国版本图书馆CIP数据核字(2020)第251032号

出版发行：中译出版社
地　　址：北京市西城区车公庄大街甲4号物华大厦6层
电　　话：（010）68359376；68359827（发行部）；68357328（编辑部）
传　　真：（010）68357870
邮　　编：100044
电子邮箱：book@ctph.com.cn
网　　址：http：//www.ctph.com.cn

策划编辑：于建军
责任编辑：于建军
装帧设计：北京杰瑞腾达科技发展有限公司

排　　版：北京杰瑞腾达科技发展有限公司
印　　刷：北京久佳印刷有限责任公司
经　　销：新华书店

规　　格：880mm×1230mm　1/32
印　　张：16.25
字　　数：466千字
版　　次：2021年1月第1版
印　　次：2021年1月第1次

ISBN 978-7-5001-6123-3　　**定价**：42.00元

《高尔基中篇小说集》简介

本书包括高尔基于1899—1909年间写作的三部中篇小说：反映俄国商界生活的《福玛·高尔杰耶夫》；宣传社会主义思想，呼吁民众联合起来的《夏天》；描写俄国小市民生活的《奥库罗夫镇》。这三部中篇小说贯穿着一个共同思想，即从不同的角度和层面反对压迫和剥削，宣扬自由和平等；揭露社会现实的黑暗，呼唤社会未来的光明。

前　言

阿列克塞·马克西莫维奇·高尔基（Алексей Максимович Горький，1868—1936），诞生在一个工人家庭，4岁丧父，即随母亲寄居在外祖父家里；10岁又丧母，当年就开始学徒，先后在皮匠店、绘画所、圣像店做过小徒弟，随后又做过小剧场的杂役、码头上的零工、渔场的工人、面包店的小伙计、饭馆的跑堂，还做过园丁、更夫、清道夫等。

高尔基从小就生活在苦难中，劳动在恶劣的环境下。命运迫使他只上过两年学，但他喜欢读书，刻苦自学成才，并通过在社会底层的耳闻目睹和亲身经历，积累了丰富的文学创作素材，社会的黑暗和人间的疾苦激发了他文学创作的巨大冲动，促使他拿起笔来为争取光明、自由、平等、公正、善良和幸福而呐喊，使他由学徒成长为俄国和苏联的伟大作家、社会主义现实主义文学的奠基人和世界文坛的文学巨匠。

记得1951年早春二月我去湖南衡阳投考大学，试卷有一道暗藏玄机的题“高尔基姓什么？”那时我还以为高尔基姓“高”呢！入学后我分到了俄语系，开始学习俄罗斯语言文学，并接触高尔基的作品和了解高尔基其人，那时就产生了学好俄语后将来翻译高尔基作品的兴趣。大学毕业后我被分配在中央机关工作，无暇从事文学翻译。退休后又应聘为一家公司的顾问和忙于《国际科技合作征程》丛书的编辑工作。耄耋之年，我怀着对翻译高尔基作品的初衷，怀着对大学俄罗斯老师的谢意，怀着对工作中苏联和俄罗斯合作伙伴们的情谊，怀着对俄罗斯人民和大自然的美好记忆，开始翻译和编辑高尔基作品的文集。这本《高尔基中篇小说集》就是其中之一。

《高尔基中篇小说集》编入了高尔基于1905年前后写作的《福玛·高尔杰耶夫》《夏天》和《奥库罗夫镇》共3篇作品，在本书目录篇名后用括号加注了写作或最初发表的年份，以便读者了解这些作品的时代背景。这3篇作品选译自：М. Горький，

Собрание сочнений в тридцати томах, Государственное издательство художественной литературы, Москва, 1949—1956（30卷《高尔基文集》，国家文艺出版社，莫斯科，1949—1956年）。

1905年，是俄国历史上不平凡的一年：1月16日彼得堡工人开始罢工，提出了“打倒专制制度”的口号；10月26日工人代表苏维埃政权在俄国成立；12月莫斯科工人武装起义；在革命浪潮激荡的这一年冬天，高尔基与列宁在彼得堡第一次会面。在这之前的1903年，布尔什维克主义在伦敦秘密举行的会议上诞生，标志着新型无产阶级政党在俄国正式建立；在这之后的1907年，高尔基与列宁一起在伦敦参加了布尔什维克党的第五次代表大会。在俄国革命前夜，俄国劳苦大众处于被剥削被压迫的深重灾难之中，不得不起来反抗。这就是这三篇作品写作的时代背景。

《福玛·高尔杰耶夫》是这部中篇小说的篇名，也是它的主人公。这部作品是当时俄国商界生活的写照，但是，按照作者高尔基本人的话说：福玛·高尔杰耶夫“不是典型的商人，不是阶级的代表，他只是一个渴望自由生活的健全的人，他在当代生活的框架内感到不自由。”福玛的父亲伊格纳特是船务富商，对船工严厉和残酷无情，船员说他是“从人身上榨取血汗的行家”。他在商场打拼一生，积累了巨额财产，期盼儿子福玛继承并发扬光大。福玛母亲早逝，他即一度寄居在教父马雅金家里。教父的信条是：“商业同样是战斗——狂热的事业。这里为钱袋而战……”“人不可能是无私的，他不会为别人战斗……如果战斗，那他就是个傻瓜。”“对人要左手拿蜜糖右手持刀子。”他认为商人是“俄国最主要的人物”，“一切都是我们（指商人——笔者注）创造的”。福玛在这样的家教中生长，但他特立独行，离经叛道，为了追求自由的生活，他轻视事业，说事业是“一笔糊涂账”；他不珍惜财富，眼睁睁地让贪婪狡猾的教父取走他所有的存款，关闭他银行的现金账户，接管他事业的经营权，夺取他全部的钱财；他认为这样就摆脱了自己财富的桎梏，就可以成为完全自由的人了。福玛在自己生活的年代和国度，目睹过农夫因饥寒交迫而沿街叫卖年方十六岁的亲生少女给随便什么人做女仆或情妇，看到过有的人生活得裤子都穿不上，他为劳动者和穷苦人鸣不平，他说："一些人工作，另一些人只是发号施令……他们却为此取得更多……为什么这样？""有些人整个一生完全不做任何事情，但他们比劳动者生活得更好……这是怎么回事？""在我们的生活中没有理智……一切都不平等……一些人富裕，人钱两旺，但活得无所事事……另一些人整个一生埋头工作，但身无分文……"他咒骂商界不劳而获的人是"吸血鬼"，并问他们："有多少人因为你们伟大的事业而流血洒泪？"显然，福玛·高尔杰耶夫是一个没有融入当时商业社会生活的异类商人，但又无力改变现状，最终成了悲剧人物：他被教父送进了疯人院，出院后又被送到了乌拉尔，从乌拉尔回城后流落街头，遭人嘲笑……

《夏天》的主人公是以第一人称"我"出现的尼古拉·斯米尔诺夫，他化名"叶戈尔·彼得罗维奇·特罗菲莫夫"，乔装为住别墅的人，向民众宣传社会主义思想，呼吁民众联合起来，并相信民众联合起来的力量。作者还从反面揭露了富豪阿斯塔霍夫和林场主斯科尔尼亚科夫对劳动人民的压迫和剥削，迫使穷苦人流离失所、沿街乞讨、家破人亡。退队士兵格涅多伊咒骂他们是恶霸、吸血鬼、骗子和魔鬼，并呼吁士兵和宪兵起来捍卫真理，不要捍卫富人。对俄国劳动人民生活之艰难，无产者阿辽沙转述一位少女的话说："瞧，这就是我的整个生活，好像马的生活一样，劳动了十年，弯腰，低头，没有感受任何欢乐……""这是什么样的生活？人们忍受它而不与之斗争，怎么就不感到羞愧！"

《奥库罗夫镇》叙述的是俄国小市民的生活，批判了小市民的个人主义、利己主义、唯我主义、嫉妒心理、贪婪和一切丑恶行为。按照作者高尔基本人的话说：旧俄国的奥库罗夫镇是愚钝的小市民的巢穴，他们整个一生以诈骗的方式力求发工人和农民的血汗财。奥库罗夫镇分成两个区：希罕区和扎列契耶区。希罕区在城市，住着富裕的小市民，是地方自治执行机关主席、地方行政长官、市长、军队首长、县警察局局长、税务督察官、神父和医生等政军警的大本营；扎列契耶区在农村，住着低微的小市民，被县警察局长称之为小偷、醉鬼、土匪、害群之马甚至牲口。在这两个区之间存在着深刻的敌意，展开着长期的斗争，反映的实际上是阶级之间的仇恨和斗争。制缆索的工人科热米亚金说："压迫，压迫，好像已经完全压碎了活的灵魂，剩下的只是一些残片碎块……"统计员希什马列夫呼唤"自由、团结、进步的思想……"奥库罗夫镇动荡的局势实乃俄国革命浪潮来临形势的缩影。

本书的出版，希望能得到读者的喜爱。疏漏之处，敬请读者批评指正。

徐新民

2020 年 1 月于北京

阿列克塞·马克西莫维奇·高尔基

高尔基（1868—1936）系俄罗斯和苏联著名小说家、戏剧家、童话作家、诗人和社会活动家，苏联社会主义文学奠基人，列宁称他为“无产阶级艺术的最杰出的代表”。

高尔基诞生在一个木工家庭，四岁丧父，十岁丧母，之后开始学徒。他从小生活在苦难中，通过在社会底层的耳闻目睹和亲身经历，积累了丰富的创作素材。社会的黑暗和人间的疾苦激发了他文学创作的冲动，促使他拿起笔来为争取光明、自由、平等、公正和幸福而呐喊。他的作品揭露了旧社会的黑暗和腐朽，批判了统治者、压迫者和剥削者的虚伪、贪婪和残忍，喊出了劳动人民和社会底层人群痛苦的心声，歌颂了十月革命以后苏联各族人民为保卫和建设苏维埃政权的伟大斗争和成就。

他的主要代表作有：短篇小说《马卡尔·楚德拉》《莫尔多瓦女郎》；中篇小说《母亲》《奥库罗夫镇》；长篇小说《克里姆·萨姆金》，自传体三部曲《童年》《在人间》和《我的大学》；戏剧《小市民》《敌人》；童话《意大利童话》《俄罗斯童话》；诗歌《少女和死神》《海燕之歌》等。

译者简介

徐新民，1930年正月二十五日生，湖南省安仁县人。青少年时代，曾就读于安仁县立中学、国立祖安中学和湖南省立第二中学，1954年1月毕业于东北人民大学（今吉林大学）。从1954年2月起，先后任职于中央人民政府重工业部、中华人民共和国冶金工业部、对外贸易部、国家科学技术委员会、科学技术部，从事翻译工作和科技外事工作，被评为助理研究员和副译审，曾系中国翻译工作者协会会员和北京科普创作协会会员。先后合译出版了《原子时代的先驱者——世界著名物理学家传记》《宇宙工业》《海洋——1001个问答》《未来的食物》等近20种约220万字的科普读物，还参加过马克思主义著作、词典和百科全书等的翻译工作。半个多世纪以来，为国家科技外事的光荣事业，为中外科技合作与交流的崇高使命，恪尽职守，殚精竭虑，真诚奉献了自己的美好年华。近十多年来，又潜心编辑出版了《国际科技合作征程》丛书共六辑约250万字；出版了《我的外事人生》《文艺译文集》《高尔基短篇小说精选》和《科技外事风云录》等著作。

目　录

福玛·高尔杰耶夫

献给　安东·巴甫洛维奇·契诃夫

马.高尔基

一

六十年以前，当在伏尔加河上以神话般的速度创造了千百万财富的时候，伊格纳特·高尔杰耶夫在富豪商人扎耶夫的一艘驳船上当工长。

他强健、漂亮和相当聪明，是永远在一切事业中都伴随着成功的那些人之一。他们之所以成功，不是因为他们能干和勤劳，很可能是因为他们具有巨大的能量储备。他们在通往自己目标的道路上，不会甚至无能思考手段的选择，除了自己的愿望以外，不知道别的规律。他们有时怀着恐惧的心理谈论自己的良心，有时在和良心做斗争中真诚地感受痛苦，但是只有精神虚弱的人良心才是不可战胜的，而强健的人很快就会控制良心，使它服从自己的目标。他们以若干不眠之夜为良心的牺牲品，如果发生良心战胜他们灵魂的情况时，那么被良心战胜的他们有时并不显得软弱无力，而是在良心的支配下如此顽强地生活，就如同曾经没有良心地生活一样……

伊格纳特·高尔杰耶夫自出生之日起的四十个春秋里，自己曾是三艘轮船和十艘驳船的所有者。在伏尔加河，他作为富豪和聪明人受到人们的尊敬，但人们给了他一个绰号——夏勒[1]，因为他的生活过得不平坦、不正规，像与他类似的其他人那样，不断地极度动荡不安，脱离正轨和生存的主要目标，由于诱饵而左右

① “夏勒”系俄语词 Шалый 的音译，意译为“痴呆的”或“任性的”。——译者

摇摆。曾经仿佛有三个高尔杰耶夫——在伊格纳特的身上附着三个灵魂。其中之一最强有力，那就是贪婪。当伊格纳特听命于它的吩咐时，他就纯粹是个对工作充满激情的人。这种激情日日夜夜在他身上燃烧，他就埋头工作，到处捞取成千上万卢布，看来，他任何时候都不能满足于金钱的铿锵声。他忙碌在伏尔加河上下游，扎牢和撒开捞金的网：在农村收购谷物，用自己的驳船把谷物运往雷宾斯克，欺骗，有时没有发现，有时发现了，得意扬扬，公开嘲笑被骗的人，在渴望金钱的狂妄之中声望增高到了幻想境界。但是，当把如此多的力量献给了对卢布的这种追求上时，他不曾是狭义上的贪婪者，甚至有时表现出对自己财产的真诚的淡漠。

有一次，在伏尔加河流冰期，他站在河岸上，看到浮冰把他的长达三十五俄丈的新驳船挤压到陡岸上并把它撞坏了的时候，他透过牙缝喃喃地说：

——收拾它！……喂，再……挤一压！……喂，再来一次！……

——怎么啦，伊格纳特，——干亲家马雅金问，——浮冰从你的钱袋里榨取了约一万，是这样吗？

——没关系！我们还将挣十万！……你瞧，这伏尔加河是怎样工作的！真棒！它，妈呀，可以穿破整个大地，好像刀子切乳渣一样，——你瞧！我那艘“女贵族”号驳船呀！只航行了一次……嗨，为悼念它而设宴席，是不是？

驳船撞坏了。伊格纳特和干亲家坐在河岸上的小饭馆里，喝着伏特加酒，从窗户中看着“女贵族”号驳船的碎片随浮冰在河里漂流而去。

——可惜这只饭碗吧，伊格纳特？——马雅金问。

——嗨，有什么可惜的？伏尔加河给的，伏尔加河也就拿去……毕竟没有夺走我的双手……

——仍然……

——什么——仍然？得啦，自己看到了这一切是怎么发生的。前进——这就是科学！瞧，当我的“伏尔加河船工”号着火的时候，可惜我没有看到。在水面上，在漆黑的夜晚，燃起如此旺盛的熊熊篝火，想必是多么壮丽，啊？好大的一艘轮船……

——似乎你也不觉得可惜？

——轮船？轮船——可惜，真的……嗯，怜悯心——这本来是一种愚蠢！什么道理？哭，也许眼泪熄灭不了火灾。释放眼泪，轮船照样燃烧。即使一切都烧光了，也没关系！热爱工作的心依然燃烧着就好……难道不是这样吗？

——嗯—是的，——马雅金笑着说。——你这说的是铿锵有力的话……有人这样说：尽管脱光他的衣服，但他依然是富豪……

伊格纳特达观地对待成千上万的损失，但他知道每一戈比的价值，他甚至很少给乞丐施舍，而只是施舍给那些完全丧失劳动能力的人。如果稍微健康的人乞求施舍的话，伊格纳特就会严厉地说：

——滚开！你还能工作，你就去帮助我管院子的人清扫马粪吧，我将给你二戈比铜币……

在专心致志工作期间，他对人严厉和残酷无情，也不给自己安宁——为了捞取卢布。突然——这通常是在春天发生的事，那时大地回春，万象更新，美得迷人，有某种温柔的东西从明亮的天空沁人心脾。伊格纳特·高尔杰耶夫仿佛感到：他不是自己事业的主人，而是事业的低微的奴隶。他思索，皱起浓眉，用求知的目光观察自己的周围，整天整天地徘徊，一幅忧郁而凶狠的样子，有如在默默地询问什么，同时又怕问出声来。于是，在他身上游荡着另一个灵魂——凶恶饿狼的狂暴淫荡的灵魂。他待人粗鲁和不知羞耻，酗酒，淫荡、灌醉别人。他狂暴起来，好像垃圾火山在他身上暴发。看来，他要疯狂地扯断自我锻造并戴上的锁链，但又没有力量把它扯断。他披头散发，满身污垢，因酗酒和夜晚失眠而脸色浮肿，眼睛失灵，嗓音嘶哑。他在城市里从一个卖淫窟跑进另一个卖淫窟，不计较撒钱。他在凄凉的歌声中哭泣、跳舞、打人，但在任何地方和在任何事情上都得不到安静。

关于他的狂饮，城里编成了传奇故事。人们严厉地斥责他，但任何人在任何时候都不拒绝他参加狂欢暴饮的邀请。几个星期他就这样生活。他还忽然出现在家里，全身浸透着小酒馆的气味，但已是神情抑郁和安静。他温和地低垂着眼睛，现在眼睛里燃烧着羞愧的眼神。他默默地听着妻子的责备，像一头绵羊那样温顺和迟钝，走进自己的房间，把自己反锁在房间里。他连续几个小时跪在圣像前，脑袋耷拉到胸前，双手无助地低垂，脊背弯曲。他沉默，仿佛不敢祈祷。妻子踮起脚走近房门听动静。门后传出了深沉的、疲倦的和病态的叹息声——像马一样的叹息声。

——天啦！你——瞧！……——伊格纳特用非常低沉的声音说，双手使劲地贴在宽阔的胸脯上。

在忏悔的日子里，他只喝水和吃黑麦面包。早晨妻子把一大瓶水、一俄磅半面包和盐放到他房间的门口。他打开门，拿到进餐，重新锁好门。此时人们不打搅他，甚至避免让他看见你……若干天之后，他重新出现在市场，喧闹嬉笑，承包粮食供应，像有经验的猛禽那样机警，像是一切有关事业的精细的行家。

但是，在伊格纳特一生的三个阶段，有一个极其强烈的愿望终始没有忘怀，那就是希望有一个儿子。他年纪越大，这个愿望就越强烈。在他和妻子之间经常进行这样的谈话。早晨喝茶的时候，或者中午吃午饭的时候，他皱起眉头望着妻子。她是个肥胖的女人，脸庞红润，睡眼惺忪。他问：

——怎么样，你什么也没有感觉到吗？

她知道他问的是什么，但通常回答说：

——我怎么没有感觉？你的拳头像哑铃那样的啊……

——我问的是关于肚子的事，傻瓜……

——在如此打击下难道可以怀孕吗？

——你不是因为挨打而不能生小孩，而是因为你吃得太多了。你给自己的肚子填满了各种食物，婴儿无处可待。

——好像我没有给你生小孩？……

——那是女孩！——伊格纳特带有责备意味地说。——我需要一个儿子！你懂吗？儿子——继承人！我在死后将把资本交给谁？谁祈祷宽恕我的罪过？把一切都交给修道院还是怎么样啊？

将由他去交！留给你？你这个女祈祷者，你站在教堂，却想着大馅饼。我死后，你再嫁人，那时我的钱财落入什么样的傻瓜手里，难道我为此而工作吗？唉咳，你呀……

他陷入深深的忧伤之中，感到：如果将来没有继承的儿子，那么他的生活就没有了意义。

在九年之间，妻子给他生了四个女孩，但她们全都死了。伊格纳特急切地等待再生，很少为她们的死感到悲痛，因为她们不是他所需要的。他在结婚的第二年就已经开始打妻子，最早是酒醉时打她，并无恶意，只不过有如谚语所说的："爱妻如心，摇妻如梨"；但是，在违逆他的期待每每生女孩之后，他就燃起了对妻子的憎恨，于是为了她没有给他生儿子而有意打她。

有一次，他在萨马拉省办事，收到了亲人从家里发来的电报，通知他关于妻子的死讯。他给自己画了十字，想了一想，给干亲家马雅金写道：

"我不在，埋了吧，照看好财产……"

之后他去了教堂作安灵弥撒，祈祷刚去世的阿基丽娜的灵魂安息。他决定尽快再婚。

那时他四十三岁，高高的个子，宽大的肩膀，好像辅祭长那样说一口男低音，大大的眼睛从浓眉底下露出勇敢和智慧的目光，在他长满浓密黑胡须的晒黑的脸上，在他整个强壮的身体上，有着许多俄罗斯人的健康粗犷的美。从他那不慌不忙的动作和从容不迫的步态中散发出力量的意识。他喜欢女人，也不回避女人。

从妻子死亡之日起不到半年，他就向在事务上认识的乌拉尔河流域的哥萨克——古老信徒派教徒的女儿求婚。尽管伊格纳特作为"任性的"人也在乌拉尔有名，但是新娘的父亲还是把女儿嫁给了他。她名叫娜塔丽娅。她高挑的个子，匀称的身材，两只浅蓝色的大眼睛，一条褐色的长辫子。她和美男子伊格纳特是名副其实的一对。他以自己的妻子为傲，他用健康的好色之徒的爱爱着她，但很快就开始沉思地和敏锐地端详她。

在他妻子椭圆形端庄的脸上很少露出微笑，她总在思考着什么，浅蓝色冷静的眼睛里时而闪烁着昏暗的、孤僻的眼神。在家务之余的时间里她坐在住宅最大房间的窗户旁边，每次一动不动地、默默地在那里坐上两三个小时。她的脸朝向街道，但目光对窗外的一切生动的东西都如此无动于衷，同时如此凝集深邃，似乎她在窥视自己的内心。她的步态也稀奇古怪，在住宅宽敞的房间里走动如此之缓慢和小心，仿佛有无形的某种东西限制她的行动自由。住宅陈设得极其富丽堂皇，其中的一切都在炫耀和称赞主人的财富，但这位哥萨克女人总是侧身胆怯地从贵重的家具和银柜旁边走过去，好像害怕这些东西抓住她和掐死她。商业大城市喧闹的生活没有使这位女人感到兴趣。当她和丈夫乘车出去游玩时，她的眼睛看着马车夫的脊背。如果丈夫叫她去做客，她去了，但在那里也像在家里那样表现平静；如果客人到她这里来，她热心地招待他们吃喝，同时不对他们说的事情表现出兴趣，不喜欢他们之中的任何人。只有爱开玩笑逗乐的聪明人马雅金有时引起她脸上露出幻影般淡淡的笑容。他说她：

——木头人，不是女人！然而，生活有如永不熄灭的篝火，这位莫罗勘派[1]女教徒也会勃发的，等着吧！那时我们会看到：她将开什么花……

——唉，分裂派女教徒！——伊格纳特开玩笑似的对妻子说。——你在沉思什么？或者你在怀念自己的哥萨克集镇？生活得愉快些吧！

她默然无语，平静地不时看看他。

——你经常去教堂……等着吧！你还来得及祈求宽恕过失，首先是罪孽。你知道：不作孽就不忏悔，不忏悔就不得超生……你就趁年轻的时候违背教规吧。我们去游山玩水好吗？

——不想去……

他坐到她身边，拥抱她，她是那样冷冰冰的，淡淡地回应他的爱抚。他望着她的眼睛，说：

——娜塔丽娅！你为什么如此闷闷不乐？和我在一起感到无

---

① 莫罗勘派：精神基督教的一个派别，18世纪后半期出现于俄国，反对设神父和教堂，主张在普通住宅中做礼拜，由选举出来的长老领导宗教团体。——译者

聊还是怎么啦，啊？

——不，——她简短地回答。

——这样究竟为什么，想回到自己人身边去还是想怎么样？

——对，不……这样……

——你想什么呀？

——我不想……

——那到底怎么啦？

——这样……

有一次他得到了她更复杂的回答：

——我心中有某种模糊不清的东西。眼睛里也是……我感觉好像这一切都不是真的……

她用手在自己周围摸一摸墙壁、家具和一切。伊格纳特没有考虑她的话，笑着对她说：

你这是没有根据的！这里一切都是最真实的……东西是珍贵的和经久耐用的……但是，如果你愿意，我把这一切都烧光、卖光、分光，并购置新的！嗯，你愿意吗？

——有什么用？——她平静地回答。

使他吃惊的是：她这是怎么了，如此年轻、健壮，却生活得有如睡眠，什么也不想要，什么地方也不想去，除了教堂以外，怕见生人。他安慰她：

——瞧，等一等，你给我生个儿子吧，那时你将过着完全别样的生活。你这是因为少有关照而忧伤，他将给你关照……生个儿子吧，啊？

——听天由命，——她低头回答说。

以后她的情绪开始使他激动。

——嗨，莫罗勘派女教徒，你怎么垂头丧气？走路——简直像在玻璃上，观望——似乎要刺穿某人的心！你是如此健壮的女人，可是你对什么都没有兴趣，傻女人！

有一次，他喝醉了回到家里，开始温情地紧贴着她，而她却回避了他的温情。于是他生气了，叫喊：

——娜塔丽娅！别胡闹，瞧……

她转过身去面对着他，平静地问：

——否则将会怎么样？

伊格纳特因为她这些话和无畏的目光而暴怒起来。

——怎么样？——他逼近她，扯开嗓子叫喊。

——你想打人还是怎样啊？——她未退让，眼睛也没有眨巴一下，问道。

伊格纳特习惯于愤怒前别人都非常害怕他，而他却疯狂地和气恼地看到了她那安然自若的神态。

——啊，瞧！——他叫喊一声，扬起手要打她。她却不紧不快适时地躲开了他的打击，随即抓住他的手，把他推离自己，也不提高嗓音说道：

——既然你动手打人，以后别再走近我！我不允许你靠近我！

她的大眼睛眯缝起来，锋利的、刺人的目光使伊格纳特清醒过来。他根据她的脸色明白了：她也是一头猛烈的野兽，如果她想的话，即使打死她，她也不会让你接近她的。

——哼—哼，分裂派女教徒！——他吼叫了一声就走开了。

但是，一次在她面前退了一步，第二次他就不会这样做了，因为他不能总是容忍女人，他的妻子，不敬佩他，否则这有损他的尊严。他感觉到：妻子在任何事情上和在任何时候都不会向他让步，在他和她之间应当会发生激烈的斗争。

“得啦！走着瞧，看谁胜过谁”，——他第二天这样想，同时怀着忧郁的好奇心注视着她，而在他心里已燃起了开始斗争的强烈愿望，以便尽快享受胜利。

但是，过了三四天之后，娜塔丽娅·福米妮奇娜向丈夫宣告：她怀孕了。伊格纳特高兴得颤抖了一下，紧紧地抱着她，用低沉的声音开始说：

——娜塔霞……如果是儿子，如果你生个儿子，我将给很多金子！那有什么关系！直截了当地说：我将给你做奴仆！瞧，就像在上帝面前那样！我将躺在你脚底下，任凭你随心所欲地踩踏我！

——这不是我们的意志，而是上帝的意志！……——她小声明白地说。

——对，上帝的意志！——伊格纳特含着痛苦感叹地说，并忧郁地低下了头。从这一刻起他开始看护照料妻子，就像看护照料小孩子一样。

——你干吗坐在窗户旁边？瞧，腰会着凉的，还会生病的！……——他对她严厉而温柔地说。——你怎么在楼梯上跳着跑？怎么也得振作起来……你吃多一点儿，为两个人吃，好让他有足够的营养……

妊娠使娜塔丽娅更加内向和沉默。她更加深深地沉浸于自我，被自己腹中新生命的跳动所吸引。但是，她嘴唇所含的微笑开始更加灿烂，眼睛里时而燃起某种新的、轻微的、羞怯的神情，宛如早霞的亮光。

在一个秋日的清晨，当分娩时刻到来时，在妻子发出第一声阵痛叫喊的情况下，伊格纳特的脸色变得煞白，尽管想对她说点什么，但只是挥了一下手就从妻子浑身抽搐的产房中出去了，往下走进了已故母亲祈祷用的小房间。他吩咐给自己拿来伏特加酒，坐到桌子旁边，开始忧郁地喝酒，细听着住宅中的动静。在房间的一角，亮着光的长明灯模糊地描绘出冷淡和昏暗的圣像。在他头顶上方，传出跺脚声和脚步的沙沙声，某种重物在地板上挪动，器皿哗啦哗啦地响，人们沿着楼梯忽上忽下忙忙碌碌地跑动……一切都在快速匆匆地运转，但时间过得很缓慢……伊格纳特听到了压抑的声音：

——她如此难产……送教堂才好呢，以便打开圣障的中门……

女食客华苏什卡走进了伊格纳特所坐着的隔壁房间，开始嘟嘟囔囔地祈祷：

——上帝啊……请赐自天而降，从圣地诞生，体谅人性的脆弱……宽恕你的奴仆……

忽然，传出了震撼心魄的非凡的号叫，压过了其他一切声音；或者是持续的呻吟声在住宅的各个房间里轻轻地飘浮，并消失在已弥漫着暮色的角落里……伊格纳特把忧郁的目光投向圣像，深沉地叹息，心想：

“莫非又将是个女孩？”

他有时站起来，默默地在自己身上画十字，向着圣像深深地鞠躬，然后再次坐到桌子旁边，喝着伏特加酒，此刻他不会喝醉，只是微睡，就这样度过了整个傍晚、整个夜晚，又度过了一个早晨直到中午……

瞧，接生婆终于匆匆从上面跑了下来，用尖细的、高兴的嗓音向着他喊道：

——祝贺你生了个儿子，伊格纳特·马特菲耶维奇！

——你撒谎？

——嗨，你这是怎么啦，老爷！……

伊格纳特深深地呼吸了一下，扑通一声跪下来，双手紧贴在胸前，用颤抖的声音喃喃地说：

——光荣属于你，上帝！大概，你不愿终止我生子！我的罪过在你面前无辩护的理由而不存在了……谢谢你，上帝！顷刻之间他站立起来，开始大声地命令：谁去尼古拉教堂找牧师！就说：伊格纳季·马特菲伊奇请他。就说：请他给产妇祈祷……

女仆出现了，慌张地对他说：

——伊格拉季·马特菲伊奇！娜塔丽娅·福米妮什娜叫您……他们感觉不好……

——怎么不好？会好的！——他吼叫，眼睛闪烁着愉快的光芒。——去说：我马上到！去说：她是好样的！就说：他去给新生婴儿送礼，他就来！等一等，给牧师准备点吃的，派人去叫干亲家马雅金！

他那高大的身躯仿佛还在长高长大，他为高兴所陶醉，他怪诞地在房间里走来走去、搓手，把深受感动的目光投向圣像，在自己身上画十字，一只手使劲地挥舞……最终到妻子那里去了。

在那里，首先印入他眼帘的是：接生婆在洗衣盆里洗涤的红润的小婴儿。伊格纳特看到婴儿之后，双手放在背后，小心地向他走过去，可笑地噘起嘴。婴儿裸露、无力、可怜得令人心痛，在水中尖叫和手脚乱动……

——你，那个，小心地抱住他……他原本还没有骨骼……

——伊格纳特恳求地和低声地对接生婆说。

她张开无牙的嘴笑了笑，灵巧地把婴儿从一只手倒到另一只手上。

——去看你妻子吧……

他顺从地走向产床，一边走一边问：

——嗨，怎么样，娜塔丽娅？

他随即走到床边，掀开虚掩产床的帐子。

——我活不成了……——她发出轻微嘶哑的声音。

伊格纳特默然无语，凝视着妻子躺在白枕头上的脸。几绺黑发像条条僵死的蛇散落在枕头上。在张得圆圆的大眼睛周围现出点点黑斑。这张没有生气的黄脸是他陌生的。她这对可怕的眼睛的目光一动不动地穿透墙壁投向远方的某处，也是他感到陌生的。他这颗被沉痛预感所绞杀的心放慢了欢快的跳动。

——没关系……这总是……——他轻轻地说，俯身吻了一下妻子。但是，她对着他的脸重复说：

——我活不成了……

她的嘴唇灰色、冰凉，当他用自己的嘴唇接触她的嘴唇时，他知道她临近死亡了。

——啊，上帝呀！——他用惊恐的低音念叨，感到恐惧压抑他的喉咙，不让他呼吸。——娜塔霞，怎么啦？他本来要吃奶啊！你这是怎么啦？

他几乎没有冲着妻子叫喊。接生婆在他旁边忙碌。空中飘荡着婴儿啼哭的声音。她恳切地对他说什么，但他什么也没有听见，目光不能离开妻子可怕的脸。她的嘴唇微微动弹，他听到了轻微的话语，但不明白其意义。他坐在床边上，用低沉畏怯的声音说：

——你想一想，他原本没有你不行，他可是个婴儿呀！你要坚强，赶走这个念头！赶走它……

他说着，并明白他说的是无用的话。他热泪盈眶，某种重物像石头一般压在心头，像冰块一样冷彻心扉。

——原谅——我——别了！保重，瞧……别喝了……——娜塔丽娅声音低哑喃喃地说。

神父来了，用某种东西盖住了她的脸，开始叹息着在她上方朗诵祈求的话：

——“至高无上的上帝呀，治愈一切病痛吧……使今天这个产妇——你的女仆娜塔丽娅从她躺着的病榻上摆脱出来和得到恢复……因为按照预示神意者大卫的话说：在违法行为中，一切势力在你面前都变得可憎和虚弱不堪……”

老头儿的嗓音停顿了下来，干瘦的脸上现出严肃的神情，他的衣服上散发出神香的气味。

——“……从她诞生的婴儿身上驱散任何苦难……任何凶残……任何风暴……任何狡猾的和白天黑夜的恶魔……”

伊格纳特默默地哭泣。他那大颗大颗的热泪洒落在妻子裸露的手上。但是，她的手想必没有感觉到泪水的滴落，因而没有动静，皮肤也没有因泪滴而颤抖。在接受祈祷之后，娜塔霞失去了知觉，再没有跟任何人说任何一句话，第二个昼夜就去世了，默默地去世了，就像活着的时候那样平静。伊格纳特给妻子举行了盛大的葬礼之后，给儿子施洗礼，给他取名叫福玛，很不乐意地把他交到了教父马雅金家里，后者的妻子在此前不久也分娩了。妻子的死给伊格纳特浓密的黑胡须中增添了许多白胡须，但在他的目光中出现了某种新的温柔的神采。

二

马雅金住在二层的大房子里，有栅栏围着的房前大花园，其中生长着茂盛的老椴树。枝叶扶疏，形成密密麻麻的昏暗的钩花织物掩盖着窗户，阳光透过这层帷幕艰难地散射到小房间，房间里紧凑地摆满各式各样的家具和大柜子，因此房间总是笼罩在深沉的昏暗之中。这是一个笃信宗教的家庭：蜡烛、神香和灯油的气味弥漫整个住宅，忏悔的叹息声和祈祷的话语在空中飞扬。始终不渝地、高高兴兴地举行仪式，房子居民全部自由的精力都贯注于仪式之中。在昏暗的、闷热的和浓重的氛围里，女人的身影几乎悄无声息地在房间走动，她们穿着黑色连衣裙，脸上总是露出内心悲痛的样子，脚上总是穿着柔软的便鞋。

雅科夫·马雅金的家庭由他自己、他的妻子、女儿和五位女亲属组成，而且其中年纪最小的一位也有三十四岁了。他们全都同样地笃信宗教、无个性特点和从属于房子女主人安东妮娜·伊万诺芙娜，她的身材高瘦，脸色黝黑，灰色严峻的眼睛放射出威严睿智的目光。马雅金还有过一个儿子塔拉斯，但家里不提及他的名字，城里人所共知：十九岁的塔拉斯去了莫斯科学习，从那时起过了三年，在那里违背父亲的意志结了婚，雅科夫宣布与他脱离关系。之后，塔拉斯就消失得没有了音信。据说，他因为什么去了西伯利亚……

雅科夫·马雅金身材矮瘦，动作敏捷，蓄着火红褐色楔形胡须，浅绿色的眼睛那样看人，仿佛对所有人和每个人说：

“没关系，先生，别担心！我理解您，既然您不触犯我，我也不会出卖您……”

他的头形好像一只蛋，且大得难看。布满皱纹的高前额和秃顶融为一体，感觉似乎此人有两张脸：其一为敏锐的和聪慧的脸，长着软骨突出的高鼻子，这是大家看得见的；其二为看不见眼睛而只看见皱纹的脸，马雅金似乎在适当时间内把眼睛和嘴唇隐藏在皱纹后面，但当这张脸出现的时候，马雅金就会另眼看待世界，并露出别样的微笑。

他曾是缆绳制造厂的所有者，在城里码头旁边有一个小铺。在这个直达天花板堆满缆绳、绳索、麻绳和麻絮的小铺里，他有一个小贮藏室，并安有一扇吱呀作响的玻璃门。小贮藏室里摆着一张残旧的大桌子，桌前是一把深沙发椅。马雅金成天成天地坐在沙发椅上，慢慢地饮茶，读《莫斯科新闻》。他在商界享受“智慧”人物的尊敬和荣誉，他很爱宣示自己家族的悠久，用嘶哑的嗓音说：

——我们，马雅金家族，还在叶卡捷琳娜时代就是商人，因此我是纯血缘的人……

伊格纳特·高尔杰耶夫的儿子在这个家庭里生活了六年。到第七个年头，无论是按身材还是按扁桃形状的黑眼睛严峻的目光而论，大脑袋宽胸脯的福玛看来都比自己的实际年龄要大。他不爱说话，坚持自己儿童的愿望，在一位女亲属的默默的监督之下，整天和马雅金的女儿柳芭一起捣鼓玩具。这位女亲属是麻脸肥胖的老处女，不知何故人们叫她“布嘉”——一种受某种惊吓的生物。她甚至用单音节的词小声地和孩子们说话。她知道许多祈祷文，从未给福玛讲过任何一个童话。

福玛和小女孩相处得很友好，但当她因为什么事生他的气或者招惹他时，他就脸色变得苍白，鼻孔鼓起来，可笑地睁大眼睛，急躁地打她。她哭泣，跑去找母亲诉苦，但是，安东妮娜爱福玛，很少关注女儿的诉苦，这就更加巩固了孩子们的友谊。福玛的一天漫长、单调。他起床洗脸，来到圣像前，在“布嘉”的咒语声中读很长的祈祷文。然后，喝茶，吃甜面包、甜面饼和小馅饼。夏天，早茶后，孩子们去茂密的垂向峡谷的大花园，峡谷底部总是昏暗的，从那里散发出湿气和某种可怕的气味。她甚至不让孩子们到峡谷边缘上去，这使他们心中产生对峡谷的恐惧。冬天，从早茶到午饭这段时间，如果户外很冷，他们就在房间里玩，或者到户外去从冰封的大山上滑动。

中午，正如马雅金所说的，吃“俄式”午餐。首先上桌的是一大碗带黑麦面包干但不带肉的浓菜汤，随后吃带小块肉的菜汤，再后是煎烤的菜肴——烤乳猪、烧鹅、牛犊肉或带米饭的牛羊肚，最后再上一碗带鸡鸭内脏的稀汤或面条，上完了所有食物之后以甜点或奶油甜食结束午餐。喝的是克瓦斯——越橘的、刺柏的、谷物的，——安东妮娜·伊万诺芙娜总有几个品种的克瓦斯。吃饭时默然无语，只有劳累的叹息声。给两个孩子的是单独的碗，所有成年人共用一个碗。午餐后懒洋洋地躺下来睡午觉，于是在马雅金的住宅里连续两三个小时只听见鼾声和梦呓。

睡醒之后，喝茶和谈论城市新闻——关于教堂唱诗班歌手、助祭、婚礼的新闻，关于这位或那位熟悉的商人的不体面行为的新闻……午茶后马雅金对妻子说：

——嗨，他妈，把圣经拿到这里来……

雅科夫·塔拉索维奇最常读的是约夫[1]的书。他在鹰钩大鼻子上戴着一副粗银框的眼镜，环视听众，看是否所有人就位了。

大家坐在他习惯看到他们的地方，他们的脸上浮现出他所熟悉的迟钝的、畏怯的、虔诚的表情。

——“‘乌兹’国曾经有一个人……”马雅金开始用沙哑的声音说，福玛和柳芭并肩坐在房角的长沙发上，已经知道他的教父现在沉默下来，用一只手抚摸一阵自己的秃顶。他坐着、听着，心里描绘着“乌兹”国的这个人。此人高高的，裸体，眼睛大得像“永恒的救世主”的眼睛，嗓音像士兵们在兵营演奏的大铜管的声音。此人每分钟都在生长，长到齐天高的时候，他把自己的一双黑手插入云彩之中，撕裂云彩，用可怕的声音叫喊：

——“给上帝用昏暗包围起来的、其道路已被封闭的人提供亮光有啥用处？”

福玛开始感到害怕，不禁颤抖起来，瞌睡也离他而去。他听到教父的声音，后者不时揪着胡须，微笑着说：

——瞧，他怎么说无礼的话……

小孩知道教父说的是“乌兹”国的那个人，教父的微笑使小孩平静下来。那个人不可能用自己可怕的双手捅破天，不可能撕裂天……福玛重新看到此人：他坐在地上，“他的身体满是蠕虫和灰暗的痂，他的皮肤在溃烂”。但是，他已变得很小和可怜，简直像教堂门前台阶上的乞丐……

瞧，他说：

——“为了让人纯真，为了让女人所生的人虔诚，人究竟是什么？”

——这是他对上帝说的……——马雅金庄严地解释。——他说：既然我是肉体，我怎能是虔诚的？这是给上帝的问题……

讲述者得意扬扬地和发问地环顾听众。

——承惠……遵守教规者……——他们叹息着回答。

---

① 约夫（Йов，？—1607）：1589年起为第一任全俄牧首，有书信和有关16世纪末俄国历史的著作。——译者

雅科夫·马雅金笑了一笑，环视他们，说：

——傻瓜！……带孩子们去睡觉……

伊格纳特每天到马雅金家里来，给儿子带来玩具，把他抱起来，紧紧地抱住他，但有时也不满意地和忐忑不安地对他说：

——你为啥是这样孤僻的人？为啥很少笑？

他对干亲家抱怨说：

——我害怕：福玛别像母亲才好呢……他的眼睛不快活……

——你担心得太早了，——马雅金笑着说道。

他也爱教子。有一次，当伊格纳特向他宣布要把福玛带回自己身边时，马雅金真伤心了。

——让他留下来吧！……——他请求说。——瞧，小孩子在我们这里习惯了，他在哭呢……

——他不会再哭的！……我生儿子不是为了你。在你们这里心情沉重……无聊，好像在修道院一样。这对小孩是有害的。而我没有他心情也不愉快。回到家里，空落落的，什么也不在乎。我不能为了他移居到你们家里来呀，不是我为他，而是他为我。姐姐安菲莎来了，将有人照顾他……

小孩被带回到了父亲家里。

滑稽的老太婆在家里迎接了他。她长着鹰钩鼻和无牙的大嘴，高高的个子，背有点儿驼，身穿灰色连衣裙，黑色丝绸头巾掩盖着斑白的头发。起初小孩不喜欢她，甚至被她吓着了。但是当他仔细看到她有皱纹的脸上那对乌黑的眼睛向他温柔地微笑时，他很快就信赖地把头躺在她膝盖上了。

——我可怜的孤儿！——她用温柔的、颤抖的声音说，并用一只手轻轻地抚摸他的脸。——咦，偎依得多好呀……我可爱的小孩子！

对福玛来说，在她的抚爱中有着某种特殊的香甜，有着某种崭新的情感。他脸上露出好奇和期待的神色直视看老太婆。这个老太婆带领他进入至今陌生的新世界。第一天她让他躺在床上，她坐在床边，俯身向着小孩，问他：

——要不要给你讲个小童话？

从那时起，福玛总是在老太婆给他描绘神话生活的温柔声中入睡。他的心中满怀民间创作之美。这个老太婆的记忆和幻想的精神财富是取之不尽的。小孩在微睡中常常感觉似乎她忽而像童话的妖婆娅加[①]，忽而又像美女华西丽莎·普列姆德娜娅[②]。小孩张大眼睛，屏住呼吸，望着弥漫房间的夜色，看到在圣像前灯光的照耀下夜色悄悄地若隐若现……福玛眼中的夜色很像童话生活的神奇景象。寂静得像是生动的阴影在墙壁上和地板上晃动，在阴影的活力形成之后，小孩看到阴影的活力，赋予阴影以各种形状和彩色，感到可怕和愉快，睫毛一动眨眼间阴影的活力就破灭了。在他乌黑的眼睛中出现了某种新的东西，更多的是儿童天真的而不是严肃的表情，孤独和昏暗在他心中引起了很可怕的期待某种东西的感觉，激发和唤起了他的好奇心，迫使他走进昏暗的角落去看黑幕那里隐藏着什么？他去了，什么也没有发现，但未丧失找到的希望……

他怕父亲，但爱父亲。伊格纳特高大的身材、像喇叭那样洪亮的嗓门、胡子拉碴的脸、浓密斑白头发的头、刚劲有力的长长的手、炯炯有神的眼睛——这一切赋予伊格纳特类似童话中强盗的相貌。

当福玛七岁时，有一次，他问刚从长期外出归来的父亲：

——你去了哪里？

——乘游伏尔加河……

——抢劫了吗？——福玛轻轻地问。

——什—什么？——伊格纳特拖长声音说，他的眉毛在颤动。

——你本来是强盗，爸爸？我知道……——福玛稍为眯缝上眼睛说，他感到满意的是：这样轻而易举地进入了对他隐藏的父亲的生活。

——我是商人！——伊格纳特严厉地说，但想了一想之后温和地微笑了一下，并补充说：而你，是个小傻瓜！……我买卖粮

① 妖婆娅加：俄罗斯民间故事中的人物，通常被描绘成与人们作对的鬼怪。——译者

② 华西丽莎·普列姆德娜娅：俄国民间神话故事中绝顶聪明的女主人公。——译者

食，经营轮船。你看到了“叶尔马克”号吗？嗯—瞧，这就是我的轮船……也是你的……

——它好大……——福玛感叹地说。

——嗯，我给你买艘小的，因为你本身还小，好吗？

——好的！——福玛表示同意，但若有所思地沉默了一下之后，重新遗憾地拖长声音说：可是我想你也—也—是强盗……

——我告诉你：我是买卖人！——伊格纳特庄严地重复说，望着儿子失望的脸蛋，目光中现出了某种不满意的几乎是畏惧的神情……

——像又烤又卖白面包者祖父费奥多尔？——福玛想了想之后问道。

——嗯，是的，像他……只是我更富有，我的钱比费奥多尔的钱更多……

——很多钱？

——嗯……还更多……

——你有多少桶？

——什么？

——钱呀？

——小傻瓜！难道钱用桶衡量吗？

——怎么啦？——福玛活跃地感叹了一声，脸朝父亲开始急促地对他说：瞧，强盗马克西姆卡来到了一个城市，在那里的一位富豪家里装满了十二桶金钱……还有各种银子，还洗劫了教堂……还用马刀砍了一个人并把他从钟楼上抛下去……他，这个人，就开始敲警钟报警……

——这是姑母对你讲的还是怎么啦？——伊格纳特问，同时欣赏儿子的活泼。

——是她，怎么样？

——没什么！——伊格纳特笑着说。——正是如此，你把父亲也列为强盗了……

——也许，你什么时候曾是过？——福玛再次回到自己的话题上来，从他的脸色看来，他很想听到肯定的回答。

——我不曾是……别说这个了……

——不曾是？

——嗯，我说：不曾是！你怎么是这个样子……难道做强盗好吗？他们……那些强盗，全都是罪人。他们不相信上帝……他们抢劫教堂……他们在教堂被革出教门……嗯—是的……情况是这样，儿子呀，你应当学习！是时候了，你……从敬奉上帝开始吧。冬季就学习，到了春天我带你去伏尔加河赶鱼汛……

——我将去学校吗？——福玛畏怯地问。

——首先在家里跟着姑母学习……

很快小孩从早晨坐到桌子旁，用手指按着斯拉夫语字母表跟随姑母重复着：

——“阿”……“贝”……“菲”……一个一个字母的发音……

当读到“布拉”“伏拉”“格拉”“德拉”等音节时，小孩不无笑容地读这些音节。这种智慧使福玛容易学会，瞧，他已开始读《圣诗选集》第一节赞美诗的第一首圣诗了：

——“安—乐之士……不屑……罪—人—之智……”

——这样，小家伙，这样！这样，福姆什卡，对的！——姑母大为感动地附和着他，十分赞赏他的成绩……

——好样的，福玛！——伊格纳特得知儿子的成绩时严肃地说……——春天我们去阿斯特拉罕，从秋天开始送你去学校！

小孩的生活滚滚向前，像皮球滚下坡似的。姑母作为他的教师，也是他的玩伴。柳芭·马雅金娜来了，老太婆在他们面前愉快地变成了像他们一样的小孩子。他们玩捉迷藏。孩子们可笑地和高兴地看到：用头巾捆着眼睛的安菲莎伸开双手，在房间里小心地走动，但仍然撞到了椅子上和桌子上，或者当她寻找他们时，她在各个幽静的角落里爬行，同时唠叨着：

——唉咳，骗子……唉咳，强盗……他们这是藏到哪里去了？

太阳温和地和高兴地给衰老的然而保持着少年心的身体照亮，给尽心尽力丰富孩子们生活道路的老年的生命照亮……

伊格纳特清晨去交易所，有时直到傍晚见不到他，晚上他去杜马，或者还去什么地方做客。有时他醉醺醺地回到家里，开始福玛在这种情况下逃离父亲躲藏起来，后来习惯了，发现酒醉的父亲甚至比清醒的父亲更好、更温情、更朴实，还有点儿可笑。如果事情发生在晚上，小孩总是听到父亲像喇叭那样洪亮的嗓音而惊醒。

——安菲莎—莎！亲爱的姐姐！你让我到儿子那里去，让—让我到继承者那里去！

姑母用责备的和哭泣的声音劝说：

——去，去，去睡大觉，瞧，你这怪物，该死的！瞧，你喝醉了！你本来已是斑白的人了……

——安菲莎！我能见到儿子吗？抽时间看看好吗？……

——你两只眼睛因酒醉瞎了……

福玛知道姑母不放过父亲，就在他们的喧闹声中重新入睡了。当酒醉的伊格纳特是在白天出现的时候，父亲粗大的手立刻抓住儿子，含着醉意的和幸福的微笑领着福玛在房间里转悠并问他：

——福姆卡！你想要什么？说吧！小礼物？玩具？要吧，嗯！因为你知道：世上没有你我就不想买任何东西了。我有百万财富，将来还更多！你懂吗？一切都是你的！

忽然，他的欣喜消失了，就像烛光在一阵强风下熄灭的那样。酒醉的脸颤动，眼睛发红，热泪盈眶，嘴唇咧开，露出胆怯的微笑。

——安菲莎！如果他死了，那时我将怎么办？

紧接着这些话狂暴情绪笼罩着他。

——我将烧毁一切！——他吼叫，怪异地把目光盯住房子昏暗的一角的什么地方。——我将消灭！我将用火药炸毁！

——得—啦，你这个丑八怪！难道你想吓唬幼稚的人吗？难道你想让他生病吗？安菲莎哭着唱哀歌了，这就足可让伊格纳特匆忙地消失，同时嘟囔着：

——嗯—嗯—嗯！去吧，去吧……你只是别叫喊！别吓唬他……

如果福玛不大舒服，他父亲就丢下自己的一切事务，不出家门，姐姐和儿子对他那些荒谬的问题和建议感到厌烦，他愁眉苦脸、眼神恐怖、惘然若失地在房间走来走去，唉声叹气。

——你怎么怨天尤人呢？——安菲莎说。——瞧，你轻微的抱怨声将会传到上帝那里去，上帝会为了你抱怨他对你的仁慈而惩罚你的……

——唉咳，姐姐！——伊格纳特叹息。——你要知道：如果我的整个生活遭受破灭，我为什么活着？……不知道……

这类场景以及父亲情绪的剧烈变换开始时使小孩害怕，但小孩很快就对此习惯了，透过窗户看到艰难地从下水滑道中走出来的父亲，冷淡地说：

——爸爸！又是醉醺醺的爸爸回来了。

春天来了，伊格纳特履行自己的诺言，把儿子带到了轮船上，于是在福玛面前展现了新的生活。

美丽的和强大的“叶尔马克”，商人高尔杰耶夫的拖轮，快速顺流而下，伏尔加河两岸沿着它的两侧缓慢地移动迎接它。左岸充满阳光，延伸直达像华丽绿色地毯一样的天边；右岸悬崖森林密布，耸立天空，处于寂静之中。

宽阔的河雄伟地伸展在两岸之间，河水静悄悄地、滔滔不绝地和从容不迫地流淌。山崖的河岸以黑影倒映在水中，而左岸被花边似的浅沙滩和辽阔的草地用黄金和绿丝绒打扮得漂漂亮亮。忽而这里，忽而那里，沿山和在草地出现村庄，木房窗玻璃上和锦缎似的草房顶上闪耀着阳光，教堂十字架在绿树丛中放射光芒，磨坊灰色的机翼在空中懒洋洋地旋转，工厂烟囱中的烟向着天空腾升。一群群穿着蓝色、红色和白色衬衫的小孩站在河岸上，高喊着欢送打破河上寂静的轮船，欢快的波浪从轮船的舵轮底下奔向孩子们的脚下。瞧，一帮孩子坐到小船里，他们匆匆划向河中间玩冲浪游戏。汛水期树冠从水中露出来，有时整个树丛被湮没而像岛屿立在波浪之中。从岸上的什么地方传来深沉叹息似的凄凉的歌声：

——啊—唉——啊—啊——再—再来一次吧！

轮船追赶木排，激起的波浪拍溅到木排上。木排在袭来的波浪的冲击下颠簸行进，身着蓝衣的木排工人东倒西歪地站不稳，望着轮船发笑和叫喊着什么。大型平底白木船沿河侧行，其装载的黄薄板金光闪闪，晦暗地映照在浑浊的春水里。客轮迎面而来，鸣笛，响亮的汽笛声在森林中和在山崖河岸的峡谷中回响并在那里消失。两艘船激起的波浪在河中央相撞，冲击船舷，船就晃荡起来。在山崖河岸的缓坡上展现绿油油地毯似的秋播作物、褐色的渡船地带和翻耕准备春播的黑土地。小黑点一样的鸟儿在缓坡上方蔚蓝色的天幕中盘旋。畜群在不运处放牧，从远处看它们好像玩具，放牧者矮小的身体支撑在拐杖上站着，望着河流。

到处都是光辉、随意和自由。草地绿油油而招人欢喜，蔚蓝色的天空明亮得令人感到温暖。在平静的水流中蕴藏着一种稳重的力量，在水面上方的天空中五月慷慨的太阳放射光芒，空气中充满针叶树和新叶的香甜的气味。两岸总是迎面而来，以自己的美令人目不暇接和心旷神怡，岸上展现愈来愈新的图画。

在周围的一切事物上都有着慢悠悠的痕迹。一切——自然和人——都表现得迟钝和懒散，但在懒散的后面隐藏着巨大的力量，这是无法遏止的但还是丧失了意识的力量，不给自己形成清晰的愿望和目标……在这种半睡半醒的生活中，意识的缺乏给这片美丽辽阔的土地投下忧郁的生活阴影。在从河岸随风吹到河上的杜鹃鸟的啼叫声中，甚至听到温顺的耐性、对某种更生动东西的默默的期待……凄凉的歌正好是在呼唤着帮助……有时歌中响起绝望的声音。河流用叹息回应歌声。树冠若有所思地摇晃……寂静……

福玛和父亲一起在船长桥楼上度过一天又一天。他默默地睁大眼睛观看两岸无穷无尽的全景，感觉似乎他在那神奇王国的银路上运动，在这个王国里生活着童话中的魔术师和大力士。有时他开始询问父亲看见了什么。伊格纳特乐意仔细地回答他，但小孩不喜欢这些回答，因为在这些回答中没有任何有趣的和他所理解的东西，也听不到他想听到的东西。有一次他叹息着向父亲宣称：

——姑母安菲莎知道的比你好……

——她知道什么？——伊格纳特笑着问道。

——一切，——小孩坚定地回答。

神奇的王国没有出现在他面前。但是，河流两岸常常出现这样一些城市，即和福玛所住城市完全相同的城市，其中有些大一点，另外一些小一点，但人、房子和教堂——这一切和自己城市的相同。福玛和父亲看到这一切，感到不满意，皱起眉头，心身疲惫，回到了轮船上。

——明天我们就将来到阿斯特拉罕……——有一天伊格纳特说。

——它和所有城市一样吗？

——嗯，当然！——否则，能是怎样的？

——它后面是什么？

——是海……叫作里海。

——里海中有什么？

——有鱼，怪人！水里能有什么？

——水里有座城市——基捷日城……

——有时完全不是那么一回事，有时是基捷日城……其中住着正人君子……

——海里没有遵守教规的城市吧？

——没有……——伊格纳特说，沉默一会儿之后补充了一句：海水是咸的——味苦，不能饮用……

——海后面又会是陆地吧？

——当然！海是有边的。它像只碗……

——那里又是城市吧？

——又是城市，那还用说？只是那里已不是我们的土地，而是波斯人的了……你见过波斯人，他们就在集市上，那里有桃干、杏干、黄连木吧？

——见过，——福玛回答并沉思起来。

有一次他问父亲：

——还有许多陆地吗？

——陆地——多得很！

——陆地上的一切都是一样的吗?

——指的是什么呀?

——城市和一切……

——嗯，当然……全都是一样的……

在许多这样的交谈之后，小孩开始较少地、不那么热切地把乌黑眼睛多疑问的目光投向远方了……

全体船员喜欢他，他也喜欢这些可爱的、因风吹日晒皮肤变成褐色的小伙子们，他们和他愉快地开玩笑，他们给他制作渔具、用树皮做小船、和他玩耍，当船停靠时和伊格纳特进城办事的时候带他在河里兜风。小孩经常听到他们不时轻骂他父亲几句，但他对此并不注意，也从不把听到的话告诉父亲。但有一天，在阿斯特拉罕，当轮船装燃料时，福玛听到了驾驶员彼得罗维奇的声音:

——命令任意堆放这么多木柴，呸，荒谬的人！轮船装载到甲板上，然后大喊大叫：经常损坏机器……白白倒掉油脂……

头发斑白、表情严肃的引航员回应说:

——他的贪婪心特别大，这里燃料便宜，他就力求……贪婪，魔鬼!

——贪婪……

连续几次重复的话印在了福玛的记忆里。傍晚，在和父亲吃晚饭时，他突然问父亲:

——爸爸!

——干什么?

——你是贪婪的人吗?

为了回答父亲的问题，他把引航员和驾驶员的谈话转告了父亲。伊格纳特的脸阴沉起来，眼睛放射出愤怒的光芒。

——原来如此！……——他把头一摆说道。——嗯，你有点那个，别听他们的话。他们不配与你为伍，你少围着他们转。你要知道；你是他们的主人，他们是你的仆人。只要我和你想做的话，就可以把他们全都抛到岸上去，他们价钱很低，到处有的是。知道吗？他们可以说我许多坏话，这是因为他们会说：我是他们绝对的主人。这里整个问题在于：我是个成功者和富有者，而所有人都嫉妒富人。幸福的人是所有人的敌人……

过了一两天，轮船上来了新的引航员和驾驶员。

——雅科夫在哪儿？——小孩问。

——我付账解雇他了……赶他走了！

——为什么？

——为了那件事……

——彼得罗维奇也被解雇了吗？

——他也是。

福玛喜欢的是：他的父亲能如此快地换掉轮船上的人。他对父亲笑了一笑，往下走到甲板上，走近一位船员，后者坐在地板上捻开一段绳索，做拖把。

——已是新的引航员了，——福玛宣告。

——我们知道……祝你健康，福玛·伊格纳齐伊奇！你睡得好吗？

——驾驶员也是新的……

——驾驶员也是……怜惜彼得罗维奇吗？

——不。

——啊？他对你是那样温情的……

——那他为什么骂我爸爸？

——噢？难道他骂了吗？

——骂了，我本来听见了……

——哦……就是说，你父亲也听见了？

——没有，这是我对他说的……

——你……这一样的呀……——船员拖长声音说，并沉默了下来，着手工作。

——爸爸对我说："你，是这里的主人……所有人都可以赶走，如果想这样做的话……"

——有这样的事！……——船员说，忧郁地看了一眼在他面前兴奋地炫耀自己主人权力的小孩。从这天起福玛发现：全体船员对待他较以前有点儿不一样了，一些人开始更加殷勤和温情了；

而另一些人不想和他说话了，即使说话，那也是生硬的，不像先前那么有趣。福玛爱看洗甲板：海员把裤腿卷到膝盖上，双手拿着拖把和刷子，在甲板上敏捷地跑动，用桶浇水到甲板上，还相互喷水，欢笑，叫喊，跌倒，水漫流，鼎沸的人声和欢乐的哗啦啦的水声交融在一起。从前小孩在这种喧闹和轻快的工作中不仅不妨碍海员们，而且实际参与其中：用水浇他们，笑着跑开躲避浇他的危险。但是，在解雇彼得罗维奇和雅科夫之后，他感到他现在妨碍所有人，任何人都不想和他一起玩，大家还冷眼看他。他感到诧异和忧愁，从甲板往上走向驾驶室，坐在那里，开始怀着委屈的心情若有所思地看着蓝色的河岸和参差不齐的林带。而在下面甲板上水在哗啦啦地响，海员们在欢快地嬉笑……他很想到他们那里去，但有某种东西不让他去那里。

“离他们远一点儿，——他想起了父亲的话，——你是他们的主人……”

于是，他开始想向海员们叫喊，就像父亲冲着他们叫喊一样。他思考了许久：喊什么好呢？但他什么也没有想出来……又过了两三天，他彻底明白了：全体船员不喜欢他。他开始感到在轮船上寂寞无聊，温情的姑母安菲莎的模糊形象愈来愈频繁地从五颜六色的新观感的迷雾中浮现在福玛面前，她带着童话、微笑和温柔的笑声，这使他心里感到愉快和温暖。他依然生活在童话世界里，但残酷的现实的手已经竭力撕破了美妙的意境，小孩透过这种意境观察他周围的一切。引航员和驾驶员事件转移了小孩观察周围事物的注意力。福玛的眼睛变得更敏锐了，其中现出了有意识的求知欲。在他向父亲提出的问题中充满了这样的渴望，即想弄懂是什么样的思路和动机支配人们的行为。

有一次，在他面前上演了这样一幕场景：海员们扛木柴，其中有一位年轻、卷发和快乐的人名叫叶菲姆，他扛着东西在轮船甲板上行走，气鼓鼓地大声说：

——不，这是丧尽天良！我不曾约定过要扛木柴。船员——嗯，这么说来，你的事是明确的！……还要扛木柴……谢谢！这意味着要扒掉我那张没有出卖的皮……这就叫没有良心！咦，你呀，是怎样一个从人身上榨取血汗的行家。

小孩听到了这个怨言，知道事关他父亲。他看到：尽管叶菲姆发牢骚，但他扛的木柴比别人多，走得也更快。任何人都没有回应叶菲姆的怨言，甚至和他搭伴一起工作的那个人也沉默无语，只是有时抗议叶菲姆尽心竭力在担架上多装木柴的行动。

——得了！——他皱起眉头说。——毕竟不是让马驮。

——你，听着，闭嘴！套上了你，你就驮，别尥蹶子……即使要吮吸你的血，你也要沉默，你能说什么呀？

忽然伊格纳特从某处来了，走近海员，站在他对面，严厉地问：

——你说什么？

——我说，那么，我怎么能……——叶菲姆结结巴巴地回答。——我说，没有约定让我沉默……

——那么，这是谁要吮吸血？——伊格纳特捋着胡须问道。

海员知道倒霉了，已无回旋的余地，扔下劈柴，在裤子上擦了擦手掌，直视着伊格纳特，勇敢地说：

——难道我说的不是实话？你不吮吸……

——我？

——你。

福玛看到父亲挥动一只手，哗啦一声响，海员重重地倒在了木柴上。他马上站起来，重新开始默默地工作……他被打坏的脸鲜血直流，滴落到桦树木柴的白皮上，他用衬衫袖子擦掉血，看着袖子，叹息，沉默。当他扛着木柴走过福玛身边时，脸上两颗浑浊的大泪珠在鼻梁旁边颤悠，小孩目睹了这颤颤悠悠的泪珠……

在和父亲一起吃午饭的时候，他若有所思，眼睛里充满畏惧地不时看着伊格纳特。

——你干吗愁眉苦脸？——父亲温情地问他。

——这样……

——你不舒服，也许？

—不……

——真是的……你，要是有什么话，就说……

——你好厉害！……——小孩突然沉思地说。

——我吗？还可以……力量也不得罪上帝。

——你方才是怎—怎样噼啪一下打倒他的！——小孩低下头，轻轻地叹息了一声。

伊格纳特拿了一块抹鱼子酱的面包正往嘴里送，但他的手被儿子的感叹所阻而停了下来，他疑惑地望着儿子低垂的头问道：

——这是说叶菲姆卡还是怎么啦？

——是的……流血了！……以后他怎么走路，这么哭……——小孩低声地说。

——唔……——伊格纳特咀嚼着面包块，同时低声含糊地说。——你怜惜他？

——怜惜！——福玛含泪压低嗓子说。

——嗯—是的……你瞧怎么样！——伊格纳特说。

他沉默了片刻之后，斟了一杯伏特加酒，一饮而尽，开始庄严地说：

——怜惜他——不值得！他白白地叫喊了，嗯，他得到他应该得的……我了解他：他是个好小伙子，勤恳、强壮、相当聪明。而议论——不是他的事，我可以议论，因为我是主人。做主人——这可不简单！……他不会因为腮帮子挨了一拳头就死去，而会变得更聪明……就这样……唉咳，福玛！你是个幼稚的小孩……什么都不懂……应当教你怎样生活……也许，我在世上余生无几了……

伊格纳特沉默了下来，又喝了一杯伏特加酒，重新开始明白地说：

——应当怜惜人……你这做得好！只是应当有理智地怜惜……首先看人要了解他有什么特质，他能带来什么好处？如果看到这是个强壮、能干的人，就可以怜惜、帮助他。而如果这个人虚弱、不爱干事，你就向他啐口吐沫，从旁边走过去。这样你要懂得：一个人要是对一切都满腹牢骚，唉声叹气，无病呻吟，那他就一文不值，不值得怜惜，即使你给予帮助，你也不会给他带来任何益处……这种人因为对他的怜惜而会更加萎靡不振和胡作非为……你住在教父家里的时候，在那里见到了各种微不足道的小人物：这些行踪无定的人、寄人篱下者、穷苦人……和形形色色的败类……忘记他们……这不是人，而是一堆废物，他们毫无用处……这类似于臭虫、跳蚤和其他令人厌恶的昆虫……他们不是为上帝活着，他们眼中没有任何上帝，他们徒然呼唤上帝的名字，以便得到傻瓜的怜悯，并且由于他们的怜悯而得到一点什么东西填满自己的肚子。他们为了自己的肚子活着，除了喝、吃、睡和呻吟外，什么也不会做……从他们那里只有心灵崩溃，只能在他们身上绊倒。他们之中的好人有如烂苹果之中的一个新鲜的苹果，也可能腐烂的……你还小，因此你不能理解我的话……你去帮助一个在苦难中坚忍不拔的人，也许，他并不请求你的帮助，你自己这样猜想，不需要他的请求去帮助他……而他是有自尊心的，可能因为你的帮助而感到受辱，这不表示你对他的帮助……瞧，要理智行事！现在，情况是这样的：比方说，有两块板子掉落到泥泞中，一块是腐烂的，另一块是完好的。你该怎么办？腐烂的板子有什么用处？你不管它，让它在泥泞中放着，但你可以在它上面走过去，以免弄脏了脚……而完好的板子——你捡起来放在阳光下，它不是对你也会对别人是有什么样用处的。就是这样，儿子呀！听我的话，记住我的话……而怜惜叶菲姆卡不值得，他是个能干的人，懂得对你的价值……一个耳光要不了他的命……我看一个星期的时间，即将把他放到驾驶室去……而在那里，瞧，他将成为引航员……如果升他为船长，他将是个精明的船长！瞧，人们是怎样成长的……这就是我自己的经历，在那些年月里我也吃过不少耳光……儿子啊，我们大家的生活不是亲爱的母亲，而是我们严格的主人……

伊格纳特向儿子说了一两个小时，谈自己的青年时代，谈自己的劳动，谈人们和他们可怕的意志薄弱，他们为了依赖别人生活而喜欢并能假装成不幸的人，又重新谈自己是怎样从普通的工作人员成长为宏伟事业的主人的。

小孩听着父亲的谈话，望着父亲，感到父亲似乎向他走动得越来越近。尽管在父亲的故事中没有姑母安菲莎的童话那么丰富多彩，但其中有某种新的东西，即有比童话中更加清晰易懂的、不乏兴味的东西。在小孩的心中激荡着某种有力的和热烈的情绪，把他拉向父亲。伊格纳特大概根据儿子的目光猜出了他的感受，于是热情地从座位上站起来，双手抱住他贴在胸前。福玛则抱住父亲的脖子，脸贴着脸，沉默，急促地呼吸。

——乖儿子！……——伊格纳特低沉地喃喃说。——我亲爱的……我可爱的儿子！……学习吧，趁我活着的时候……唉—咳，生活艰难啊！

这低声细语使小孩的心颤动了一下，他咬紧牙关，热泪夺眶而出……！

轮船沿伏尔加河向上游返回。闷热的七月之夜，天空布满乌云，河上万籁俱寂，航行到了喀山，在乌斯伦附近排到了浩大的船队里。锚链的铿锵声和全体船员的叫喊声唤醒了福玛。他从窗户中张望，看见：远处，在黑暗中，微弱的光亮在闪耀，河水像油一样黑和黏稠，其他什么也看不见。小孩的心可怕得颤动，他开始仔细地听。从某处飞来了勉强听得见的悲歌，其声如泣如诉。守卫者在船队中互相呼应，轮船排放蒸汽，生气似的发出嗞嗞的声音……黑色的河水忧郁地、悄悄地、哗啦啦地冲击船舷。小孩凝视黑夜，以致眼睛发痛，在黑暗中辨别出了一堆堆粗大的东西和在它们上方勉强发亮的微光……他知道这是驳船，但这并未使他平静下来，心跳不均匀，想象中出现了某些吓人的幽暗的形象。

——哦—哦……哦！……从远处传来了拖长的呐喊声，结尾却像哀嚎声……瞧，谁在甲板上走向船舷……

——哦—哦—哦……——哀嚎声再起，但已在更近的某处……

——雅菲姆——甲板上有人在低声说话。——真见鬼！起来！去拿带钩的长竿……

——哦—哦—哦……——附近的某处有人在呻吟，福玛颤抖了一下，从窗户往后一仰。

奇怪的叫喊声漂浮得越来越近，其强度也在提高，在黑暗中哀号和消失。甲板上有人非常低声地说：

——雅菲姆卡！起来呀，客人在漂浮！

——说什么？——传出急促的提问……甲板上响起了赤脚啪嗒啪嗒的响声，一阵慌乱，两根带钩的长竿从上面在小孩脸旁滑了下来，几乎没有声响地扎入稠密的水中……

——客—客—客人！——附近某处有人痛哭起来，响起了河水轻轻的、奇异的啪溅声。

小孩面临这悲哀的叫喊声吓得直打哆嗦，他不能把自己的双手挪开窗户，不能把自己的眼睛移开河水。

——点灯啊……什么也看不见！……

不太明亮的光点投入河水中……福玛看到了：水在轻轻浮动，水面出现涟漪，它仿佛感到疼痛，而且痛得颤抖起来。

——瞧……瞧！……人们在甲板上惊恐地低声说。

此时在水面的光点中出现了可怕的人的大脸，露出白皙的牙齿。这张脸浮在水面上晃动，牙齿直冲着福玛，仿佛微笑着说：

"唉咳，小孩，小孩……冷—冷啊！……"

带钩的长竿颤颤悠悠，提到了空中，又重新扎入水里。

——使劲推……带上！……瞧，塞到舵轮底下……

带钩的长竿沿船舷滑动，发出像牙齿咯吱一样的声音。甲板上啪啪的脚步声逐渐向船尾离去……那里重新响起了为死者安魂的呻吟般的叫喊声：

——客—客—客人……

——爸爸！——福玛呼唤，——爸—爸……

父亲跳起来奔向他。

——那里怎么啦？他们在干什么？——福玛叫喊。

伊格纳特疯狂地吼叫着从船舱中大步流星地跑出来。他很快地先于福玛返了回来，他摇摇晃晃，环顾自己周围，从窗户艰难缓慢地走到床边。

——吓着你了，嗯，没什么！——伊格纳特说，双手抱住他。——和我一起睡……

——这是怎么啦？——福玛轻轻地问。

——好儿子，这没什么……——这是溺死人……一个人溺死了，飘浮着……没什么！你别怕，他已经飘走了……

——他们为什么推他？——小孩追问，紧紧地偎依在父亲身上，吓得闭上了眼睛……

——啊，应该这样……水流把他卷到了舵轮里……我们，比方说……明天警察要来看……要有麻烦，讯问……将延误我们。他们就要继续伴送着他……他怎么啦？他已是死人……这对他来说不会感到痛，也不会感到委屈……而活人却因为他而不安……睡吧，好儿子！……

——他就这样飘浮？

——就这样飘浮……到什么地方会把他捞起来掩埋……

——鱼会吃掉他吗？

——鱼不会吃人的躯体，虾吃……

福玛的恐惧消散了，但黑水中可怕的龇牙咧嘴的脸仍然在他眼前晃动。

——他是谁？

——天晓得！关于他你对上帝说：上帝啊，让他的灵魂安息吧！

——上帝啊，让他的灵魂安息吧！——福玛非常小声地重复说。

——嗯，正是……睡吧，别害怕！……他现在已去远了！让他自己飘浮……瞧，不要不小心走近船舷，会这样跌到水里去，并且……上帝保佑！

——他也是跌下去的吗？

——当然，跌下去的……也许，他喝醉了……也可能是他自己跳下去的……有这样的人，他们自己……他一下子就投到水里去了……就淹死了……儿子呀，生活就是这样安排的，人本身的另一种死亡是节日，而另一种死亡对所有人都是神赐！

——爸爸……

——睡吧，亲爱的……

三

在学校生活的第一天，福玛就对充满激情的儿戏的翻天覆地的喧闹感到大为吃惊，他从小孩子中间认出来两个小孩，他很快就感到他俩比其他小孩更有趣。其一坐在他前面。福玛皱起眉头张望，看到宽阔的肩膀、布满斑点的粗大的脖子、大耳朵和剪得平整的长着鲜棕红色毛发的后脑勺。

教员是位秃头和下嘴唇耷拉着的人，当他叫唤：“斯莫林·阿夫利坎！”时，棕红色头发的小孩不慌不忙地站了起来，走近教员，平静地停在他面前听取作业，开始用粉笔在黑板上仔细地写出整数。

——好，圆满！——教师说。——叶若夫·尼古拉，你继续！

福玛的同桌之一跳起来，在课桌之间的过道走去，他是个非常好动的小个子小孩，长着两只乌黑的老鼠眼睛。他碰撞所有人，脑袋向着四面八方转动。他在黑板旁边抓起粉笔，欠一欠身，粉笔在黑板上吱吱地响，草草写出不明确的小符号。

——安一静，——教师说，痛苦地皱起黄色的脸，目光显得很疲惫。而叶若夫快速响亮地说：

——现在我们明白了：第一个货郎得到了利润十八戈比……

——圆满！……高尔杰耶夫！该怎么做才能得知：第二个货郎得到了多少利润？

福玛观察到各不相同的小孩子们的反应，出其不意地被问题所困扰，沉默。

——你不知道？……给他解释一下，斯莫林……

斯莫林用抹布仔细地擦干净被粉笔弄脏了的手指，放下抹布，也不看福玛，完成了作业，重新擦干净双手。而叶若夫一路蹦跳着回到自己的座位上。

——唉咳，你呀！——他非常低声地说，同时和福玛并排坐下来，并用拳头推了一下福玛的腰。——你怎么不会呢！共计有多少利润？三十戈比……而货郎只有两个……一个得到了十八戈比，嗯，另 个是多少？

——我知道，——福玛非常低声地回答，同时感到自己不好意思，望着令人起敬地回到自己座位的斯莫林的脸。他不喜欢这张脸——因雀斑而花里胡哨的、浅蓝色小眼睛的胖脸。而叶若夫使劲地拧着他的腿问：

——你是谁的儿子——夏勒的？

——是的……

——咦……你想要我将总是给你指点吗？

——想要……

——为此你给我什么？

福玛想了想问道：

——你自己知道吗？

——我？我是第一名的学生……

——您，在那里！叶若夫——你再次交谈？——教师叫喊了一声。

叶若夫跳起来，机敏地回答：

——这不是我，伊万·安得烈伊奇，这是高尔杰耶夫！

——他们俩在交头接耳，——斯莫林镇静地解释说。

教师愁眉苦脸，大嘴唇可笑地吧嗒响，把他们大家数落了一顿，但他的责备未妨碍叶若夫立即再次低声地说：

——得啦，斯莫林！我给你记上这笔告密的账……

——你为什么归咎于新生？——斯莫林并未扭头向着他，轻轻地问。

——得啦，得啦！——叶若夫嘟囔地说。

福玛默然无语，斜眼看了看机灵的邻座的人，他同时也喜欢后者，后者激起了他离其远一点儿的愿望。在课间休息时他从叶若夫处得知：斯莫林也是富人，是制革厂主的儿子；而叶若夫是省税务局看守人的儿子，是个穷人。这是一目了然的：且看这位机敏小孩的用灰绒布缝制的衣服膝盖上和胳膊肘上打着补丁，且看他那苍白饥饿的脸，且看他整个瘦小的体形便知。叶若夫用清脆响亮的童音说话，用面部表情和手势阐明自己的话，在讲话中经常使用自己的词语，其意义只有他一个人明白。

——我和你将是同伴，——他向福玛宣称。

——你方才为什么向教师抱怨我？——高尔杰耶夫多疑地斜眼看着他，提醒他说。

——瞧，你怎么样？你是新生和富人，教师不处罚富人……而我是穷小子，他不喜欢我，所以我胡闹，不给他带来任何礼物……要是我学习不好，他早就开除我了。你知道：我要从这里进入中学……结束二年级我就去……在这里有一位大学生帮我做准备……到那里我还将这样学习，够你受的！你们有几匹马？

——三匹……为什么你要学那么多东西？——福玛问。

——因为我是穷人……穷人需要多学，由此他们也将变成富人：做医生、做官员、做军官……我也将是响当当的人物……腰里挂着马刀，脚上穿着皮靴——神气，神气！你将做什么？

——不—不知道！……——福玛望着同伴沉思地说。

——你什么都不需要做……你喜欢鸽子吗？

——喜欢……

——你真棒！哼—哼！噢—噢！——叶若夫模仿福玛慢条斯理的讲话说。——你有几只鸽子？

——我没有……

——唉咳，你呀！富人，但不饲养鸽子……我都有三只：一只叫斯科巴尔，另一只花斑母鸽，还有一只筋斗鸽……要是我父亲是个富人，我本会饲养一百只鸽子的，整天就放飞它们。斯莫林也有鸽子，优良品种！十四只，那只筋斗鸽就是他送给我的。只是他仍然是吝啬的……所有富人都是吝啬的！你也是吝啬的吗？

——不—不知道，——福玛犹豫不决地说。

——你到斯莫林那里来，我们三人将一起放飞……

——好吧……如果让我来的话……

——难道你父亲不爱你吗？

——爱。

——嗯，那就会让你来……只是你别说我也去，和我在一起，也许真的不让你来……你就说：让我去斯莫林那里去吧……斯莫林！

胖小孩来了，叶若夫欢迎他，带有责备意味地不时微微摇头。

——唉咳，你呀！棕红头发的告密者！不值得和你相好，鹅卵石！

——你怎么骂人？——斯莫林平静地问，目不转睛地仔细看着福玛。

——我不是骂人，而是说实话。——叶若夫解释说，兴奋得颤抖起来。——听我说！尽管你是懦夫，但是，得啦！星期日日祷以后我和他来找你……

——来吧，——斯莫林点头。

——我们来……快打铃了，要卖黄雀幼鸟去，——叶若夫宣称，并从儿童裤口袋中取出小纸包，其中有个什么活东西在跳动。他从学校院子里消失了，好像水银从手掌中消失一样。

——他是怎—怎样的人呀！——福玛说，他对叶若夫的活泼感到惊讶，疑惑地望着斯莫林。

——机灵的人，——棕红头发的小孩解释说。

——也是快乐的人，——福玛补充说。

——也是快乐的人，——斯莫林表示同意。然后他们沉默了一会儿，彼此相觑。

——和他一起到我这里来吗？——棕红头发小孩问。

——来……

——来吧……我这里很好……

福玛对此什么也没有说。于是斯莫林问他：

——你有许多同伴吗？

——没有任何同伴……

——我上学前也没有任何同伴……只有堂兄弟……瞧，现在你很快就有两个同伴了……

——是的，——福玛说。

——当有许多同伴时，这是愉快的……学习也轻快些了——相互提示……

——你学得好吗？

——我，全都做得好，——斯莫林说。

——仿佛是被惊吓的和急于跑向某处的铃声响了起来……

福玛坐在学校里，感到自己更自由一些，开始把自己的同伴和其他小孩比较。很快他发现：他俩是学校里最好的，并首先如此强烈地印入了眼帘，就像未从黑板上抹掉的这两个数字 5 和 7。福玛开始因为他的同伴比其他所有小孩更优秀而高兴。

他们三人一起从学校里走出来，但是叶若夫很快就拐弯到一个狭窄的小巷里去了。斯莫林和福玛一直走到他家，告别时说：

——瞧，我们一起漫步了！

大家在家里隆重迎接福玛：父亲赠给小孩一把沉甸甸的带奇妙花字的银勺，姑母把自己编织的围巾送给了他。他们等待他吃午饭，准备了他爱吃的菜肴，当他刚脱下衣服，就立刻让他坐到桌旁，开始详细打探。

——喂，怎么样？喜欢去学校吗？——伊格纳特问，亲切地望着儿子绯红的和兴奋的脸。

——还好……非常好！——福玛回答。

——你，我亲爱的！——姑母深受感动地叹息。——你，瞧，对同伴不要让步……只要他们在什么事情上委屈了你，你就立即向教师告他们的状……

——嗯，听姑母的话！——伊格纳特笑了笑。——任何时候都不要退让！要自己力求战胜任何欺负人的人，亲手予以惩罚！你那小朋友好吗？

——是的，——福玛微微一笑，想起了叶若夫——一个如此机灵的人——真要命！

——怎样的人？

——看守人的儿子……

——你说，是个锤头？

——可怕！

——嗯，上帝保佑他！那么另一个呢？

——而另一个是满头棕红色毛发的人……斯莫林……

——啊！显然是米特利·伊万勒奇的儿子……这要当心，好同伴……米特利是个聪明的男子汉……如果儿子像父亲，这就很好！瞧，那另一个……你，福玛，就这么办：你星期日邀请他们到自己这里来，我买点小礼物，你招待他们……我们看看他们是什么样子……

——星期日斯莫林叫我去他那里，——福玛宣称，怀疑地望了父亲一眼。

——咦，你……嗨，去吧！这没关系，去吧……去看看世间有些什么人……其一，没有友谊，不必交往……瞧，我和你教父相交了二十多年，利用了他的许多智慧。你也要这样，力求与那些比你更好更聪明的人相交，紧靠在好人身边，就像一个铜戈比紧靠小银币，它本身就被当成真的二十戈比硬币了……——伊格纳特对自己的比喻也觉得可笑，补充说：——我这是说笑话。你要力求不做虚伪的人，而做真实的人……你哪怕有一点小智慧，那也是自己的……怎么样，给你安排了许多功课？

——许多！——小孩叹息了一声，姑母以深沉的叹息回应他的叹息。

——嗯，教他！不要在学习中比别人差。我要对你说的就是：在学校，哪怕有二十五个教室，除了写、读和算以外，什么也教不会。还可能学会各种蠢事，但愿你不要如此！我将鞭子抽你，如果……你要是吸烟，我就撕烂你的嘴唇……

——记住上帝，福姆什卡，——姑母说。——当心，别忘了我们的上帝……

——这说得对！对上帝和父亲——要尊敬！但我想说的是：教科书还是小事情……你需要它们，就像木匠需要斧子和刨子一样，它们是工具，而工具不可能教会你怎样把它们利用到事业中去，懂吗？这么说吧：木匠手持斧子，要用它削平原木……这里只有手和斧子还不够，还要有削平原木而不是砍自己脚的能力……结论是：只有书本是不够的，还要有利用书本的本领……这本领恰好就是比任何书本更巧妙的东西，而在书本里丝毫未写到这本领……福玛，这需要从生活本身中去学习。书本是死的东西，你想拿它、撕它、拆它，它都不会叫喊……而生活不然，只要你在生活中走错一步，给自己摆错了位置，它就会以千百个嗓门向你吼叫，还会打击你，使你疲惫不堪。

福玛依靠在桌子上，仔细听父亲说话，在父亲的高嗓音下忽而想象削原木的木匠，忽而想象自己本身：小心地、两手伸向前方、在松散的土壤上悄悄走近某种巨大的和活生生的东西，并想抓住这可怕的东西……

——人应当为了自己的事业珍惜自己，并清晰地了解通向自己事业上的道路……儿子呀，人就是那船上的引航员……青年时期，就像春汛时一样，勇往直前！到处都是你的道路……但也要懂得有时应该掌舵……水落了，你瞧，那里有浅滩、那里有沉树、那里有岩石，这一切都要考虑到，并及时绕行，以便船完整地航行到达码头……

——我将航行到达！——小孩说，并确信地和高傲地望着父亲？

——嗯？你说得勇敢！——伊格纳特笑了起来。姑母也温柔地笑了起来。

自从随着父亲在伏尔加河航行时起，福玛变得更加活泼、更加爱和父亲、姑母与马雅金说话了。但是，在街上或是在他新的什么地方，在外人面前，他却愁眉苦脸，多疑地和不信任地观察自己的周围，仿佛处处感到有什么人在敌视他、隐瞒他和戒备他。

夜晚，他有时忽然醒来了，许久细听周围一片寂静，张大眼睛凝视一片黑暗。父亲的故事在他面前变成了形象和画面。他不自觉地把它们和姑母的童话混杂起来，造成了事件的杂乱无章，其中幻想的鲜明色彩同现实的严肃色调稀奇古怪地交织在一起，形成了某种巨大的、莫名其妙的东西。小孩闭上眼睛，从自己身边驱散这一切，想停止这使他感到恐慌的幻想才好。但是，他徒然试图熟睡，而房间越来越紧密地充满了昏暗的形象。于是，他轻轻地叫醒姑母：

——姑母……姑母……

——怎么啦？基督保佑你……

——我到你那里去，——福玛非常低声地说。

——为什么？睡吧，我的小宝贝……睡吧……

——我害怕！——小孩说实话。

——你自我诵读：“愿上帝再现”，即可不再害怕。

福玛闭上眼睛躺着，诵读祈祷文。夜的寂静在他面前呈现出辽阔无垠的黑水区域的样子，水平静，四处溢出而凝固，水面既无涟漪，又无流动的阴影，水中也一无所有，尽管它是个无底深渊。一个人从黑暗中由上往下看这一片死水是很可怕的……但是，这就响起了夜晚看守人的梆子声，小孩看到水面在波动，荡起涟漪，明亮的圆珠在水面上跳跃……钟楼上撞钟的声音使整个水面久久地平稳地激荡起来，光点也随之飘动，照亮水面，从水中央扩展到昏暗的远处的什么地方，变得暗淡，逐渐消头。在这片水域重新出现忧郁的沉寂……

——姑母……——福玛央求地低声说。

——怎么啦？

——我来你那里……

——那就来吧，来吧，我亲爱的……

——他跳到姑母床上，偎依着她请求道：

——讲点儿什么吧……

——夜里？——姑母睡眼惺忪地提出异议。

——请—吧……

无须许久请求她。老太婆闭上眼睛，不断地打呵欠，用睡得嘶哑的声音从容不迫地讲：

——瞧，我的老爷，在某个王国，在某个国家，曾住着一个丈夫和一个妻子，他们贫穷—很穷！……有这样一些非常不幸的人们，他们没什么可吃的。他们周游世界，人们给他们一点儿又干又硬的、变坏了的面包皮，他们以此一天就算吃饱了。他们生了一个婴儿……婴儿的诞生，需要洗礼，但他们如此贫穷，没什么可宴请干亲家和客人，所以任何人都不到他们这里来施洗礼！他们横竖没有任何东西！……于是他们恳求上帝：“上帝啊！上帝啊！……”

福玛知道这个可怕的关于上帝的教子的童话，他不止一次听过这个童话，预先就在自己面前描绘了这个教子：瞧，他骑着一匹白马走向自己的教父和教母，在黑暗中沿着沙漠乘行，看到了犯教规者遭受的一切不堪忍受的痛苦，听到了他们轻轻的呻吟和请求：

“哦—哦—哦！来人啊！去请问上帝：我们受折磨的时间还长吗？”

于是，小孩感觉似乎这是他自己骑着白马在夜里行进，呻吟声和祈祷声向他扑面而来。他的心抽紧了，眼泪夺眶而出。他紧闭双眼，害怕睁开，在床上心神不安地翻滚起来……

——睡吧，我的乖孩子，基督保佑你！——老太婆中止了关于人们痛苦的故事。

在这种夜晚过后的清晨，福玛起床，匆匆洗漱，仓促喝茶，跑进学校，带着奶油鸡蛋甜馅饼，饥饿的叶若夫经常在那里等着食用，由于自己富有的同伴的厚赠而饱餐。

——带吃的来了吗？——他迎接着福玛，动一动自己的尖鼻子。——给我吧，我可是什么也没吃就离开了家……醒得太晚了，真见鬼，一直学习到晚上两点钟……你的作业做完了吗？

——没做完。

——唉咳，你呀，长腿大蚊子！嗨，我现在帮你做完！

他用又细又尖的牙齿咬住馅饼，像小猫一样发出呼噜声，合着脚后跟踏出的拍子同时做完了作业，给福玛甩出简短的话：

——看见了吗？一小时流出八桶水……流了几个小时——六小时？唉咳，你们吃得香甜！……六小时，那么，应当乘以八……你喜欢吃绿葱馅饼吗？我非常喜欢！瞧，六小时从第一个阀门流出四十八……往下知道了吗？

较之斯莫林来说，福玛更喜欢叶若夫，但是，福玛同斯莫林相处得更加友好。他对这小个子的人的能力和敏捷感到吃惊。他看到叶若夫比他聪明，羡慕他，因此抱怨他，同时以饱汉对穷人的宽厚的同情心怜惜他。也许，正是这种同情心最妨碍他在无聊的棕红头发的斯莫林面前厚爱这位活泼的小孩。叶若夫喜欢取笑这两位吃得饱饱的同伴，经常对他们说：

——唉咳，你们啊，馅饼盒子！……

福玛因为嘲笑而生他的气，有一次刺痛了他的心，他就鄙视地和恶毒地说：

——而你，是个叫花子、乞丐！

叶若夫的黄脸布满了斑点，他慢慢地回答说：

——得啦，说吧！……我将不给你提示了，你将变成木头人！

有两三天他们相互没有说话，在这几天里教师痛心地应当给受大家尊敬的伊格纳特·高尔杰耶夫的儿子一分和二分。

叶若夫知道一切：他在学校里讲，检察长找了个侍女，检察长的妻子为此把热咖啡洒在丈夫身上。他能说出何时何地最好钓梅花鲈鱼，会做捕鸟器具和鸟笼。他详细地告知：一位士兵为什么和怎样在营房顶层阁楼里上吊自杀，教师今天从学生家长的什么人那里接收了礼物以及确切地说是什么礼物。

斯莫林的兴趣和知识范围受到商人生活的限制。棕红头发的小孩爱确定谁比谁更富，掂量和评估他们的房屋、船舶和马匹。这一切他一清二楚，津津乐道。

他也像福玛一样宽厚地对待叶若夫，但更友好和平稳。每次当高尔杰耶夫和叶若夫争吵的时候，他力求调解他们。有一次从学校回家时，他对福玛说：

——你干吗和叶若夫吵架？

——他干吗那么自高自大？——福玛气鼓鼓地回答。

——即便他自高自大，也是因为你学习不好，而他总是帮助你……他，聪明……而贫穷又怎么啦，难道他对此有过错吗？他能随心所欲地学会一切，将来也是富人……

——他是某种蚊子，——福玛藐视地说，——尖声叫，尖声叫，突然就会叮人！

但是，在小孩子们的生活中，有某种东西把他们大家联合在一起，有的时候他们丧失了性格和地位差异的意识。每逢星期日他们三人集聚在斯莫林那里，爬到侧屋顶上，那里有一个宽大的鸽子窝，在那里放飞鸽子。

吃得饱饱的美丽的鸟儿扇动雪白的翅膀，一个接一个地从鸽子窝中飞出去，成排地落在阳光照耀的屋脊上，在孩子们面前咕咕叫，炫耀自己的美丽。

——轰走吧！——叶若夫不耐烦地哆嗦起来。

斯莫林用顶端有韧皮带的长竿在空中挥舞，还吹着口哨。

受惊的鸽子飞向空中，空中弥漫着鸽翼扇动的急促的声音。瞧，它们平稳地、画着大圈，振翅冲向蔚蓝色的深空，浮动，羽毛泛起银光，又如雪花飘洒，越来越高。其中的一些以雄鹰翱翔的姿态直插苍穹，展开双翅，仿佛没有扇动。另一些在空中嬉戏，翻跟头，像雪球一样落下，又重新像箭一样飞向高空。瞧，整个鸽群好像一动未动地停留在辽阔的天空，越来越小直至消失。孩子们把头往后一仰，默默地欣赏这些鸟儿，视线不离开它们，疲倦的眼睛荡漾着轻松愉快的神情，对这些有翅膀的生物不是没有嫉妒心，它们是那样自由地从地面飞向充满阳光的皎洁宁静的天空。一小群肉眼勉强看得见的、插入蓝天的鸟儿激发了孩子们的想象力，叶若夫说出了他们共有的感受，他轻轻地、沉思地说：

——我们，伙伴们，也这样飞翔才好呢……

孩子们因欣喜而团结在一起，相互紧紧地偎依着，默默留心地等待着鸟儿从深空中飞回来。他们像鸽子飞离地面一样，从生活潮流中飞向了远方，此时他们只是小孩子，既不能嫉妒，又不能生气，对一切都是陌生的，彼此亲近，无言，凭眼色，了解自己的感觉，像天空的鸟儿一样良好。

瞧，飞累了的鸽子落回到屋顶上了，被赶到鸽子窝中去了。

——伙伴们！走吧，去摘苹果吧？！——一切游戏和奇遇的策动者叶若夫提议。

他的号召从孩子们的心中驱散了鸽子引起的和平的情绪，他们小心地迈着窃贼的步伐、怀着对任何声音的极度敏感，沿着偏僻的地方溜进邻近的果园。不受处罚地盗窃的希望抑制着被抓的恐惧。盗窃也是劳动，是危险的劳动，仍然要靠劳动获得——如此美满！……付出的努力越大就越美满……孩子们小心地翻过果园的围墙，敏锐地和胆怯地环顾周围，弯腰爬向苹果树。每一丝沙沙声都使他们心惊肉跳、心跳减速。他们还同样害怕被抓，害怕被发现后认出他们是谁，如果人们只是发现他们并冲他们叫喊的话，那他们将感到满意，因为听到喊声他们就可以向不同的方向飞快地跑开并消失，然后他们再集合在一起，兴高采烈地、目光豪放地、笑嘻嘻地相互讲述在听到喊声和追捕他们的声音之后所感受的东西，讲述他们有如土地在脚下燃烧那般快速地在果园里奔跑时所发生的情况。

福玛在这类土匪似的奔跑中所花的心血，比花在其他所有奇遇和游戏中的心血都多，他在奔跑中的举止是那样勇敢，这种勇敢使他的同伴们受到伤害和生气。在别人的果园里他的举止故意不小心谨慎：大声地说活，折断苹果树枝发出咔嚓的响声，摘下有虫的苹果朝着果园主住宅的方向乱扔。被当场发现行窃的危险没有吓倒他，而只是使他兴奋起来：他的眼睛发黑，他咬紧嘴唇，他的脸变得高傲和凶狠。斯莫林歪斜着大嘴对他说：

——你太张扬……

——我不是怕死鬼！——福玛回答说。

——我知道不是怕死鬼，只有傻瓜才张扬……不张扬也可以把事情做得不坏……

叶若夫从另外的观点斥责他：

——如果你自己要往人家手里钻，那你见鬼去吧！我就不是你的同伴……人家抓住你，送你到父亲那里去，你父亲不会对你做任何处罚的，而我，兄弟，将要挨一顿鞭打，打得皮开肉绽……

——怕死鬼！——福玛固执地坚持己见。

瞧，有一次，福玛被上尉楚马科夫抓住了，后者是个瘦小老头儿。老头儿悄悄走近正在往衬衣怀里装摘下的苹果的小孩，抓住他的肩膀，严厉地叫喊：

——落网了，土匪！啊—哈！

福玛当时约十五岁，他灵活地从老头的手中挣脱出来，但他没有离开他跑掉，而是皱起眉头，攥紧拳头，用威胁的口吻说：

——试试看……动手吧……

——我不碰你，我送你去警察局！你是谁家的孩子？

福玛没有想到这一手，他的所有勇气和凶狠一下子就收敛了。进警察局是父亲任何时候都不会原谅的事件。他颤抖了一下，腼腆地宣称：

——高尔杰耶夫……

——伊—伊格纳特·马特菲伊奇家的？……

——是的……

现在上尉犹豫起来了。他站直身子，挺起胸脯，不知为什么生动有力地发出咯咯声。然后他的肩膀垂下来了，像父亲似的对小孩明白地说：

——令人羞愧呀！很有名望的和受人尊敬的人物的继承人……有损于您的地位……您可以走了……但是如果此事再重复的话……我将不得不告诉您父亲……顺便说一句，我荣幸地向他致敬！……

福玛观察老头儿的面部表情，明白了后者害怕父亲。他像小狼似的皱起眉头看着楚马科夫，而后者露出可笑的傲慢神气捋着斑白的胡须，左右脚替换站在小孩面前。小孩没有离开，尽管允许他走了。

——您可以走了，——老头儿重复了一遍，并伸手指给他回家的路。

——还去警察局吗？——福玛忧郁地问，顷刻之间担心他可能的回答。

——我这是开玩笑的！——老头儿微微一笑。——我想吓唬您一下……

——您自己害怕我父亲……——福玛说，随即转身背对老头儿走入果园深处。

——我怕？啊！好呀！——楚马科夫在他背后叫喊了一声，福玛根据他的嗓音知道委屈了老头儿。他开始感到羞愧和忧伤，一个人游荡到傍晚，回到家里，父亲严厉地问他：

——福姆卡！你爬进了楚马科夫的果园？

——是的，——小孩子望着父亲的眼睛，平静地回答。

伊格纳特大概未想到是这样的回答，沉默了片刻，揉着胡须。

——傻瓜！你这是怎么啦？你缺少自己的苹果还是怎样啊？

福玛低下头，不说话，站在父亲对面。

——瞧，害羞了！想必是这个叶日什卡怂恿的吧？当他来的时候，我将痛斥他……否则我将停止你们的友谊……

——这是我自己的事，——福玛坚定地说。

——越来越不轻松！——伊格纳特感叹了一声。——你何苦呀？

——这样……

——呱呱！——父亲模拟蛙声。——你既然做了什么，又能给自己和别人对此做出解释……到这里来！

福玛走近坐在椅子上的父亲，站在他的双膝之间，伊格纳特双手搭在他肩上，微笑着直视他的眼睛。

——害羞吗？

——害羞！——福玛叹了一口气说道。

——真是的，傻瓜！既使自己又使我蒙羞……

他把儿子的头贴在自己胸前，抚摸他的头发，重复问：

——为啥需要这样——去偷别人的苹果？

——真的，我不知道！——福玛不好意思地说。——玩呀，玩呀，总是老一套，令人厌烦！而这……

——而这动人心弦？——父亲笑问。

——动人心弦……

——呣……也许是这样！然而你，福玛，抛弃这个！否则我将严厉地对待你……

——我将在任何时候也不再爬到任何地方去了，——小孩子有信心地说。

——你自己替自己做了回答，这很好。那里上帝知道你摆脱了什么，而暂时……没关系！如果一个人自己想以性命偿付自己的行为，那不是小事……另一种人要是处在你的位置上本会推说是同伴，而你说是自己……就应该这样，福玛！你有罪过，你应当负责……怎么样，楚马科夫……那个……没打你吧？——伊格纳特慢条斯理地一字一句地问儿子。

——我打他才好呢！——福玛平静地宣称。

——哦……——他父亲闷声闷气地说。

——我对他说过他怕你，这就是为什么他抱怨……否则他不想到你这里来……

——啊？

——真的！他说让我转达他对父亲的敬意……

——他这样说？

——是的……

——唉咳……鬼东西！瞧，什么样的人都有：他被掠夺了，但还行鞠躬礼：向您致敬！比方说：从他那里取得的东西也许用了一戈比，对他来说原本这是一戈比，而对我来说却像是一卢布……问题不在于一戈比，而在于它是我的，如果我自己不扔掉它，那么任何人也无权动用它……唉咳！去他们的吧！嗯，你说：你在哪儿待过，看见了什么？

小孩子坐到父亲旁边，给他详细讲述一天的感受。伊格纳特听着，仔细端详儿子兴奋的脸，大人物的眉毛沉思地皱了起来。

——在峡谷我们惊飞了一只猫头鹰。——小孩子讲。——真好玩！它飞着撞到了树上——啪的一声！甚至尖声叫了起来，如怨如诉……而我们再次轰它，它再次腾飞，依然这样，飞呀，飞呀，又撞到什么东西上了，这样羽毛从它身上散落下来！……它在峡谷中乱窜、乱窜……终于在某处躲藏起来了……我们也未去寻找，遗憾，它整个被撞坏了……爸爸，它在白天完全失明吗？

——失明，——伊格纳特说，——有人就像白天的猫头鹰，在生活中瞎折腾……寻觅呀、寻觅，碰壁呀、碰壁，只见羽毛从他身上飘飞，完全没有意义……他碰伤自己，痛苦到极点，整个人无精打采，一挥手，随便倒到什么地方去，只要离开自己的麻烦事休息就行……唉咳，这些人真糟糕、真糟糕，儿子呀！

——为什么他们是这个样子？

——为什么？……这很难说……有的人由于骄傲得昏头昏脑，想要得到很多，但是能力很弱；另外的人由于自己的愚蠢……还能为什么？……

福玛的生活就这样日复一日缓慢地展开，总体上说，没有大的风浪，安宁，平静。以这种单调生活为总的背景，有时瞬间非常清晰地出现强烈的印象激荡着小的心灵，但很快就变得模糊不清了。小孩子的心灵还曾像一面平静的湖——避开生活狂风暴雨袭击的湖，那接触了湖面或落入了湖底的一切短暂地激动一下沉睡的湖水，或者在水面上滑动一下，荡起宽大的涟漪，随即消失了。

福玛在县立学校待了五年，马马虎虎地读完了四年级，走出学校时已是一位仪表堂堂、头发乌黑的小伙子，黝黑的面孔，浓密的眉毛，上嘴唇上长着暗淡的茸毛。他那又大又黑的眼睛露出沉思和天真的神采，嘴唇孩子般地半张半合。但是，当他遇到了违逆自己意愿的矛盾时，或者有什么别的事情刺激他时，他的瞳孔就会放大，嘴唇就会紧闭，整个脸就会现出顽强的和坚定的表情……教父冷笑着说他：

——你，福玛，对娘儿们来说你将比蜜甜……但暂时还看不到你头脑中的大智慧……

伊格纳特听到这些话就唉声叹气。

——你，干亲家，快些使用你这个儿子才好呢……

——你就等着吧……

——等什么！他将在伏尔加河转悠两三个夏天，也该结婚了……你看，我的柳博芙多好啊……

柳博芙·马雅金此时在某寄宿学校五年级学习。福玛经常在街上遇到她，而且她总是宽厚地向他点头，她的头发是淡褐色的，头上戴着时髦的帽子。福玛喜欢她，但她那玫瑰色的脸颊、深褐色的眼睛和鲜红色的嘴唇不能消除福玛因她那宽厚点头留下的不愉快的印象。她熟悉某些中学生，尽管他们之间有老同伴叶若夫，但未把福玛吸引进来，他感到自己在他们一伙人中受限制。他觉得他们全都在他面前夸耀自己的学识，还嘲笑他的无知。他们聚集在柳博芙那里，读某些书籍。如果他赶巧碰上他们在读书或者在大喊大叫地争论，他们在看到他时就沉默起来了。这一切都使他起反感。有一次，当他坐在马雅金一家人旁边时，柳芭叫他去花园散步，和他并排走着，扮着鬼脸问他：

——你为什么如此孤僻，任何时候都不说任何话？

——我说什么呀，既然我什么都不知道！——福玛简单地说。

——学习啊，读书！……

——不想……

——瞧那些中学生，他们知道一切，也会说一切……比方说，叶若夫……

——我知道叶若夫——饶舌的人！

——只是你嫉妒他……他很聪明……是的。他将中学毕业，随即去莫斯科上大学学习。

——嗯，那又怎样？

——而你这样仍将是不学无术的人……

——嗯，随他去吧……

——这多好！——柳芭含讽刺意味地感叹地说。

——我即使没有学问也将有自己的地位，——福玛嘲笑地说。——我将把任何学者比下去……让那些饥饿的人去学习，我不需要……

——呸，你是多么愚蠢、狠毒，可恶的人！——少女蔑视地说，随即离去，把他一个人留在了花园。他忧郁地和气恼地望着她的背影，扬扬眉毛，低下脑袋，缓慢地走入花园深处。

他开始认识孤独的美妙和甜蜜幻想的毒害。每当夏天的傍晚大地的一切染成火红的、激发想象的、日落的色调时，他的心中常常渗透着对他不理解的某种东西的模糊不清的烦恼。他坐在花园昏暗一角的什么地方或者躺在床上，自己面前出现了童话公主的形象，她们体现在柳芭和其他熟悉的小姐身上，在暮色中无声地浮现在他面前，用神秘的目光直视着他。这些幻影有时激发他热情奔放，仿佛使他陶醉，他站起来，舒展肩膀，深深地呼吸芳香的空气；但有时那些幻影却引起他忧伤的感觉，他想哭，可是流泪觉得羞愧，于是克制自己，但仍然轻轻地哭了。

父亲有耐性地和小心谨慎地把他带入商务界，带他上交易所，给他讲关于供销和承包的业务，讲关于自己的合伙人，向他描述他们是怎样“在社会上达到相当地位”的、他们现有的状况、他们有什么样的个性。福玛很快就掌握了业务，对待一切都严肃认真和深思熟虑。

——我们的刺实植物开成了鲜红色的罂粟花！……——马雅金向伊格纳特使眼色，笑着说。

但是，甚至在福玛已过了十九岁的时候，在他身上仍然有着某种天真的孩子气，这有别于他的同岁人。他们嘲笑他，认为他愚蠢，他保持和他们的距离，他们对他的态度使他感到委屈。父亲和马雅金密切注视着他，福玛性格的不确定性使他们深感担忧。

——我不理解他！——伊格纳特难过地说。——他不大吃大喝，似乎也不追逐女人，对我和你毕恭毕敬，听从一切，好像红颜少女而不是小伙子！看来不愚蠢吧？

——没有发现特别愚蠢，——马雅金说。

——你等一等！他似乎在等待什么，他的眼睛中好像有某种迷雾……他已故的母亲就这样摸索着在地上行走。你看，阿夫利坎卡·斯莫林大两岁，瞧你怎么样！甚至难以明白：他们现在谁做谁的主：他做父亲的主还是父亲做他的主？他想去某工厂学习，骂道：“唉咳，爸爸，您把我教坏了……”嗯—是的！而我的——什么也没有宣布……啊，上帝呀！

——你就这么办，——马雅金建议，——你专心致志地让他投入火热的事业中去！真的！真金不怕火炼……既然让他自由，那我们就看看他有什么志趣……你送他一个人去卡马河吧！

——难道试一试？

——嗯，他搞坏了……你损失一点儿……但是我们将知道他具有什么能力？

——真的，我就派他去。——伊格纳特下定了决心。

春天，伊格纳特派儿子带两艘谷物驳船去卡马河。驳船由“勤奋”号轮船牵引，轮船由福玛的老熟人、原来的船员叶菲姆指挥。叶菲姆·伊里伊奇现年三十岁，方脸盘，锐利的眼睛，是一位理智的、稳重的和很严格的船长。

航行快速和愉快，所以大家都满意。福玛因为第一次被委以重任而感到自豪。叶菲姆因为年轻主人的参加而感到高兴，后者不因为任何过失而给他提带有强烈斥责的意见。船上两位主角的好心情像阳光洒在全体船员身上。四月离开装载谷物的地方，五月初已经到达目的地。驳船靠岸抛锚，轮船和驳船并排停放。福玛肩负尽可能快地交付谷物、在取得货款之后出发去彼尔姆的责任，那里等待他的铁制品，这是伊格纳特承接送到集市去的货物。

驳船对面是靠近松林的大村庄。到来的第二天清晨，河岸上出现了喧哗的一群村妇和农夫，有的徒步、有的骑马。他们叫喊着和歌唱着分散在甲板上，瞬间工作紧张地开展起来。下到了船舱，村妇们把黑麦装入袋子里，农夫们把袋子扛在肩上沿着跳板飞快地跑到岸上，满载盼望已久的谷物的大车从河岸缓慢地拉向村庄。村女们唱歌，农夫们开玩笑和愉快地相互骂几句。船员们自行扮演警官，不时叱骂劳动者，跳板被踩得弯曲起来，沉沉地拍打着水面，岸上马嘶鸣，大车和车轮下的沙子发出咯吱咯吱的响声……

旭日东升，空气清新，弥漫着松树的气味。静静的河水反映着晴朗的天空，拍击着船头和锚链，发出轻微的淙淙声。欢腾的劳动的喧哗声、阳光普照的春天大自然的青春之美，——一切都充满旺盛的温馨的力量，这种力量激动福玛的心，唤起他新的、模糊的感觉和希望。他坐在轮船棚舱的桌子旁边，同叶菲姆和谷物验收员一起喝茶。后者是一位地方的职员先生，他长着浅棕红色头发、近视眼，戴眼镜。验收员神经质地耸动肩膀，用颤抖的嗓音讲述农民多么饥饿，但福玛没有认真听他讲，而是一会儿看着下面的工作，一会儿看着河对岸——高高的黄色沙质悬崖，悬崖边上松树林立，那里人烟稀少，悄无声息。

“必须去那里一趟”——福玛想。但他听到了仿佛是从远处的什么地方传来的验收员的令人不安和不愉快的尖嗓音：

——你们不相信：事情终于到了悲惨的地步！曾有这样一件事情：在奥萨一个农夫带着年方十六岁的少女来到一位知识分子面前……“你怎么啦？”——“瞧，他说，我把女儿带给大人……”　“为什么？”——“是的，他说，也许您收了她……

您是未婚的人……”——“怎么这样？这是怎么回事？”——“我带着她，他说，带着她走遍全城，想送她做女仆，可是没有任何人接收……哪怕收为情妇呢！”你们知道吗？他送出自己的女儿，请记住！送女儿为情妇！鬼知道，究竟是怎么啦！啊？显然，那位知识分子愤怒了，冲着农夫骂了起来……但是，农夫对他说得有道理：“大人！如今的日子她对我有什么用？完全是多余的……他说，我还有三个年幼的小孩，他们将是劳动者，必须保护他们……他说，您给十卢布买下这个少女吧，这样我将养活三个幼儿……”怎么样，啊？我对你们说，简直是惨绝人寰……

——不—不—不好！——福玛叹了一口气。——如此饥饿，并非姑母所说……看看肚子的状况便知……

这个故事引起了福玛对少女命运的某种他不理解的、很大的和痒酥酥的兴趣，他急忙问验收员：

——他怎么样，这位老爷买了她吗？

——当然，没有！——验收员含着责备意味地感叹说。

——嗨，到底把她弄到什么地方去了？

——善良的人们出现了……做了安排……

——啊—啊！——福玛拖长声音说，突然坚定凶狠地宣称：——我把这个农夫痛打一顿才好呢！本该打烂他那副嘴脸！——他向验收员现出了紧握的大拳头。

——为什么？——验收员取下鼻子上的眼睛，痛苦地大喊起来。

——难道这是可以的吗——卖人？

——这是野蛮的，我同意，但是……

——况且还是个少女！我愿给他十卢布！

验收员绝望地挥了一下手，沉默了下来。他的姿态使福玛不安。后者从桌旁站起来，走向栏杆，开始看着驳船甲板，甲板上挤满了热火朝天的劳动人群。喧闹声使他陶醉，在他心中掠过的那种模糊感觉变成了如此热烈的愿望，即自己去劳动，具有神话般的力量，宽大的肩膀一次就能扛起一百袋黑麦，以便大家对他感到惊讶……

——快点，加油！——他朝下面响亮地喊到。几个人仰头看着他，一些人的面孔在他面前闪过，其中有一张黑眼睛女人的面孔向着他露出温柔的和诱人的微笑。这微笑引发了某种热流在他心中激荡，并流遍全身血脉。他离开栏杆，重新走到桌旁，感到脸颊在发烧。

——听我说！——验收员转向他说。——请您给您父亲拍电报，让他减去若干粮食的漏失！您瞧，漏失了多少粮食，而每一俄磅都是昂贵的！必须了解这种情况！……嗯，反正您爸爸……——他做了一个挖苦的鬼脸以结束自己的话。

——减去多少？——福玛轻慢大胆地问。——您想要减去一百普特[①]？二百？

——这，——感谢您！——验收员腼腆地和高兴地叫喊起来……——如果您有权的话……

——我，是主人！——福玛坚定地说。——您不能这样说我父亲，还扮鬼脸！……

——对不起！同时……我不怀疑您的全权……我代表所有这些人衷心感谢您……和您爸爸……

叶菲姆提心吊胆地看着年轻的主人，噘起嘴，不时吧咂嘴，而主人却摆出高傲的脸听着验收员的快言快语，紧握着他的手。

——二百！这是按俄罗斯的制式，年轻人！瞧，我现在就向农夫们宣布您的馈赠。您会看到：他们将怎样表示感谢……

他高声地向下面叫喊：

——小伙子们！主人赠送二百普特……

——三百！——福玛打断说。

——三百普特……谢谢！三百普特粮食，小伙子们！

但是，收效甚微。农夫们向上抬起头，又默默地垂下头，重新着手工作。有几个嗓音犹豫不决地、仿佛不乐意地说：

——谢谢……愿上帝保佑你……最衷心地谢谢……

某人愉快地和轻慢地说：

——这算什么？如果给一小杯伏特加酒才好呢……那才是恩

---

① 普特：俄国重量单位，一普特等于 16.38 公斤。——译者

赐，——名副其实的恩赐！但粮食不是给我们的，而是给地方自治局的……

——唉咳！他们不明白！——验收员不好意思地高声说。——我这就去向他们解释……

他消失了。但是，农夫们对福玛馈赠的态度使福玛扫兴。他看到了：红脸蛋女人的黑眼睛在如此奇怪地和愉快地看他，露出对他的谢意，娇媚地呼唤他。除了这黑眼睛以外，他什么也没有看见。这个女人按城市的模样穿戴：矮靿皮鞋、印花布短上衣、黑头发裹着某种特别的头巾。她有着高挑柔软的身材，坐在柴堆上修补麻袋，双手动作灵巧，裸露到胳膊肘。她总在向着福玛微笑。

——福玛·伊格纳契奇！——他听到了叶菲姆带有责备意味的嗓音。——你阔气摆得太大了……嗨，哪怕五十普特呢！否则，怎么办也没有用！所以，你瞧，仿佛我和你不会因此而挨刺……

——别再说了！——福玛简短地说。

——我怎么样？我不说……但你还年轻，故对我说过要我“关注！”可是因为照顾不周我将被打脸……

——我去告诉父亲……——福玛说。

——上帝保佑你……这里你是我的主人……

——别再纠缠了，叶菲姆！……

叶菲姆叹了一口气，沉默了下来。福玛则看着女人，心想：

“嗨，有人带这样的少女到我面前来卖才好呢……”

他的心加速地跳动。作为性关系依然单纯的人，他已经从交谈中知道了男女暧昧关系的秘密。他在粗野的和不雅的语言的影响下知道了这些秘密，这些语言激发了他心中不愉快的然而是炽热的好奇心。他的想象力很丰富，但他依然不能通过他所理解的形象去想象这一切。他打心眼里不相信男女关系如此简单和粗野，就像人们所说的那样。当人们取笑他，使他相信男女关系就是这样而不可能是另外的样子时，他傻乎乎地和不好意思地微笑，但仍然想：并非所有男人对女人的性关系都必须以如此羞耻的形式呈现出来，也许有什么对人更纯洁而较少粗野和侮辱性的东西。

现在，当福玛欣赏着黑眼睛女工时，他清晰感到的正是对她的粗野的心驰神往，这是令人羞愧的和可怕的。叶菲姆站在他身旁，告诫他说：

——瞧，你现在看村妇，所以我不能沉默……你不认识她，但当她使眼色时，因为年轻你会在这里做出这种事，凭你的性格，我们从这里徒步到岸上去……那还好，如果我们的裤子能完好无损地保留下来的话……

——你需要什么？——福玛问，因不好意思而脸红。

——我什么都不需要……而你，必须听我的……在女人的事情上我完全可以做教师……对待女人必须十分简单：给她一瓶伏特加酒，吃点儿什么东西，然后上两杯啤酒，随即共计给二十戈比硬币。为了这个价钱她将给你展现她全部的爱，做得不可能更好……

——你总在撒谎！——福玛轻轻地说。

——我撒谎？既然我干这种事也许多达一百次，我怎么可能撒谎？所以，你就委托我去办理和她的事情，啊？我将使你和她相识……

——好……——福玛说，同时感到呼吸困难，仿佛有某种东西勒紧他的喉咙……

——嗯，瞧……晚上我就把她带来……

直到傍晚，福玛迷迷糊糊，没有理会农夫们看他的那种恭敬的和奉承的目光。他觉得可怕，他感到自己在那样一些人面前是有罪的，即这些人面向他好像道歉似的忍辱柔顺地回答问题。

傍晚工人们聚集在河岸明亮的大篝火旁，开始做晚饭。篝火的反光映照在河上，呈现出红色和黄色的光点，在平静的水面上和轮船舱室的窗玻璃上若隐若现。福玛坐在轮船舱室一角的长沙发上。他挂上窗帘，也不点灯。篝火微弱的光亮透过窗帘照到桌子上和墙上，颤颤悠悠，忽明忽暗。一片寂静，只有从岸上传来不清晰的谈话声，还有那河水拍打轮船船舷的勉强听得见的哗啦声。福玛感到好像有人隐藏在黑暗中，在他附近，在窥视他……听，跳板上传来急促的、沉重的脚步声，跳板响亮地、生气似的拍打水面……福玛听到了船舱门口的笑声和压低的嗓音……

“不需要！”——福玛想叫喊。

他已站了起来，但船舱的门打开了，一位高个子女人的身影站在门槛上，并悄无声息地在自己身后把门掩上了，还小声地说：

——老天爷，多么昏暗啊！这里有什么人吗？

——有……——福玛轻声地回答。

——嗯，这样，您好！……

女人小心地往前挪动。

——我这就……点灯！……——福玛坐到长沙发上，靠在角落里，用若断若续的声音答应。

——就这样也没关系……仔细看，就这样在昏暗里也看得见……

——请坐，——福玛说。

——一起坐吧……

她坐在长沙发里，离他两步远。福玛看到了她眼睛的光芒、她嘴唇的微笑。他感到：她笑得和不久前的笑不一样，而是另外一种笑——愁苦的笑、忧郁的笑。这笑使他振作起来，在看到这双眼睛时他开始呼吸轻松了一些，她的视线接触他的视线时又突然垂下去了。但他不知道和这个女人说什么好。于是，他俩沉默了下来——深重的沉默、尴尬的沉默……她开始说：

——得了吧，您一个人寂寞吗？

——是—是的，——福玛回答……

——喜欢我们这地方吗？——女人低声问道。

——好！森林茂密……

再次出现了沉默……

——这里的河流也许比伏尔加河更美丽，——福玛紧张地说。

——我曾在伏尔加河流域待过，在辛比尔斯克……

——辛比尔斯克……——福玛重复，像回声，他感到再次不会说任何话。但是，她大概懂得了是和谁在交谈，于是突然用机敏低沉的声音问道：

——你怎么啦，主人，不招待我吗？

——瞧！——福玛精神一振。——真是……我真是的！嗨，请吧！

他在昏暗中忙手忙脚，推桌子，两只手忽而拿这个忽而拿那个瓶子，又重新把它们放回原位，露出抱歉的和尴尬的笑容。她径直走近他，站在他身旁，面带微笑看着他的脸和他颤抖的双手。

——你害羞吗？——她忽然喃喃地说。

他的脸颊感觉到她的气息，也那样小声地回答：

——是—是的……

于是，她把双手搭在他的肩上，轻轻把他搂到自己胸前，用令人快慰的悄悄话说：

——没关系，别害羞……本来，没有这个不行……你是我的花花公子……年纪轻轻的……多么怜惜你啊！……

而他，在她的絮语中想哭，他的心在甜蜜的倦意中融化了，他的头紧紧贴在她的胸脯上，他的双手抱住她，口里说着一些听不清楚的、自己都不知所云的话……

……………………………………………………

——你走吧，——福玛睁大眼睛望着墙壁，用低沉的声音说。

她亲吻了一下他的脸颊，温顺地站了起来，走出了船舱，对他说了一声：

——嗨，再见……

福玛在她面前感到难堪的羞愧，但当她刚一消失在门外他就跳了起来，坐到长沙发上。然后站起来，步履踉跄，顷刻之间心里充满着损失了某种非常珍贵东西的感觉，但是，当它损失之前，他仿佛没有发现它的存在……于是，在他心中很快就出现了新的、勇敢的自尊感。自尊感消除了羞愧，取而代之的是增强了对女人的怜悯，在这寒冷的五月之夜她孤零零地走入黑暗之中的某处。他快步走出船舱来到甲板上。没有月亮的夜晚，满天星星，寒意和夜色笼罩着他……河岸上一堆金色—红色的炭火还在闪亮。福玛侧耳倾听：万籁俱寂，只有河水拍打锚链发出的淙淙声，任何地方都没有脚步声。他想呼唤那个女人，但他不知道她的名字。他舒展宽阔的胸膛贪婪地呼吸新鲜的空气，在甲板上站了几分钟，忽然有谁的类似痛哭的叹息声从船舱后面，从船头传到了他的耳边。他战栗了一下，小心翼翼地向那里走去，明白了是她在那里。

她坐在甲板上的船舷旁，头倾向一堆绳索，哭泣。福玛看到她裸露的白皙的肩膀在颤抖，听到她深沉的叹息。他开始心情沉重。

他俯身向着她，羞怯地问她：

——你怎么啦？

她摇了摇头，没有回答他。

——难道我委屈你了？

——你走吧！——她说。

——啊，怎么啦？——福玛一只手触摸她的头，惶恐不安地说。——你别生气……本来是你自己……

——我不生气！——她大声地回答。——为什么我生你的气？你不是胡作非为的人……你是个正人君子！唉咳，你是我随气候迁徙的小鹰！坐到我身边来……

她抓住福玛一只手，让他像小孩一样坐到自己的膝盖上，把他的头紧紧地贴在自己的胸脯上，低下头，用热烈的嘴唇久久地亲吻他的嘴唇。

——你哭什么？——福玛问，一只手抚摸她的脸颊，另一只手抱着女人的脖子。

——我哭自己……为什么你要我离去？——她抱怨地问。

——我羞愧，——福玛垂头说道。

——我的小鸽子！你说大实话：你不喜欢我吧？——她笑问，但她那些大颗的热泪不断滴落在福玛的胸脯上。

——你这是何苦啊？！——小伙子甚至吃惊地感叹了一声，开始热情地和急切地对她说些关于她美丽、她多么温柔、他多么怜惜她和在她面前感到羞愧之类的话。她听着，不断吻他的脸颊、脖子、头和裸露的胸脯。

他沉默起来，——于是她开始忧郁地、轻轻地说：

——而我想的另外的事……当你说“你走吧！”的时候，我就起身走了……因为你的话我感到悲伤，悲伤……我想：过去人们不知疲倦、放弃休息地抚爱我、关怀我，为了嫣然一笑，为了一次亲昵，人们做我想要的一切……我想起这个就哭了起来！我怜惜我的青春……我本已年届三十……女人的最后的本钱！唉咳，福玛·伊格纳齐耶维奇！——她提高嗓门、加快悦耳语言的节奏，感叹了一声，河水的淙淙声给她的声音优美地配第二声部。

——听我说：珍惜自己的青春！世上没有什么比青春更美。没有任何东西比青春更珍贵！青春，等同于黄金，有了它，你想做的一切都能做成……应当这样生活，以便在老年时能回忆起青年时代的什么事情……瞧，我回忆自己，虽然哭了，但因为回忆过去的生活心情就非常激动……我像喝了活水而再次年轻了！我迷人的小孩子！我既然合乎你的性情来了，我就和你玩一玩，尽心尽力地玩……唉咳！既然我的激情已经燃烧起来，那我就燃烧到蜡烛成灰方休！

她把小伙子紧紧地搂在自己怀里，开始贪婪地亲吻他。

——瞧—瞧—瞧——驳船上值班员简短的一声“哎哟”之后忧郁地叫喊起来，并开始用小槌敲击铁板……尖锐的当啷声打破了夜的深沉的寂静。

几天后，当驳船卸完了货、轮船准备开往比尔姆时，叶菲姆忧心忡忡，看到一辆大车驶近河岸，车上坐着黑眼睛的帕娜格娅，她带着一只箱子和某些包袱。

——派船员去接一下东西！……——福玛向河岸点头，命令他。

叶菲姆带有责备意味地摇了几下头，生气地执行了命令，然后压低嗓子问：

——这是怎么啦，她和我们一起？

——她和我一起……

——嗯，是的……到底不是和我们一起……啊，天啦！

——你干吗叹气？

——是的，福玛·伊格纳齐伊奇！要知道，我们将航行到大城市去……难道那里她这样的姐妹还少吗？

——嗯，你闭嘴！——福玛严厉地说。

——是的，我闭嘴……只是这不合规矩！

福玛威严地皱起眉头，威风凛凛地、一字一句地对船长说：

——你，叶菲姆，你要牢记在心，在这里对大家说：如果我听到有关她的什么下流猥亵的话，那就用劈柴打脑袋！

——多么恐怖！——叶菲姆不相信，好奇地不时看着主人的脸。但是，他立刻在福玛面前退了一步。伊格纳特的儿子像狼一样，龇牙咧嘴，瞪大眼睛，大喊大叫：

——你笑吧！我才要笑呢！

叶菲姆虽然胆怯起来了，但还是庄重地说：

——尽管您，福玛·伊格纳齐伊奇，是主人……但对我说过："你要关注，叶菲姆……"我在这里还是船长……

——船长？！——福玛喊了一声，全身颤抖，脸色苍白。——那么，我是谁？

——所以，您不要叫喊！为了微不足道的东西，什么样的村妇……

福玛苍白的脸上出现了红色的斑点，他把重心从一只脚换到另一只脚上，双手以抽搐的动作插入上衣兜里，以平稳坚定的口吻说：

——你，船长！原来如此！你再说一句反对我的话，那就收拾好见鬼去吧！滚蛋！上岸去！我和引航员也能到达。你明白吗？你不要指挥我！……啊？

叶菲姆大吃一惊。他看着主人，可笑地眨巴眼睛，哑口无言。

——我说：你明白吗？

——明—明白，——叶菲姆拖长声音说。——可是为了什么吵闹？为了……

——沉默！

福玛疯狂的目光和难看的脸色使船长产生了离开主人的合情合理的思想，他迅速离开了。

他曾恼怒福玛，认为自己是白白受委屈的，同时感到有一只真正主人的坚强的手悬在自己头上。他多年来习惯了服从，喜欢凌驾于他之上的权力。他走进引航员室，流露出愉快的情绪，向后者痛快地讲述和主人的争吵。

——看见了吧？——他讲完了自己的故事。——所以，是个良种狗崽子，从第一次狩猎看得出是只好狗……从外表看他平平常常……一个头脑糊涂的人……嗯，没关系，让他去顽皮吧，凭他这种性格，这里将看不到傻事……不，他是怎样冲我大喊大叫的！喇叭，我对你说！……很快就表明：似乎是在用勺子捞取权力和威严……

叶菲姆说得对。这些天福玛发生了显著的变化。在他身上勃发的激情使他成了女人灵魂和肉体的主宰，他贪婪地享受这种权力的炽热的快感，而她则消除他身上一切笨拙的东西，这些东西赋予他忧郁的和傻乎乎的小伙子的样子；她还使他的心充满青春的自豪感和自己个性的意识。对于一个男人来说，对女人的爱总是有成效的，不管她是怎么样的，甚至她即使只给予痛苦，但在痛苦中也总有着许多珍贵的东西。爱情，对于心理病人是剧毒，对于健康人则像是给予想炼成为钢的铁的火焰……

这个三十岁的女人在少年的怀抱里办理自己青春的丧宴，福玛对她的迷恋没有打断他的事业，他既未迷失在抚爱中，也未迷失在工作中，到处都有他的身影。女人像一杯醇美的葡萄酒，以劳动和爱情之间相同的力量激励着他，而她自己在得到少年的亲吻时也变得年轻了。

教父的信在彼尔姆等待福玛，教父通知他：伊格纳特因思念儿子而大喝起酒来，在他这个年纪这样酗酒是有害的。信的结尾建议他赶快办完事回家。福玛在此建议中感到了恐慌，恐慌使他痛心，但这种恐慌的阴影很快就融化在事业的操劳中和帕娜格娅的抚爱中了。他的生活随着河水的流速而流逝，每天都带来新感觉，产生新思想。帕娜格娅怀着情妇的全部热情对待他，怀着倾注于她这个年龄的女人的激情中的情感力量对待他，喝尽生命之杯中最后几滴甘泉。但是，有时在她心中出现另外的感觉，即依然强烈的、使福玛更依恋于她的感觉，这种感觉类似于母亲保护自己可爱的儿子不犯错误、教会他生活智谋的愿望。每逢夜晚，她常常坐在甲板上，拥抱着他，温柔地、忧伤地对他说：

——你听像你姐姐的我说……我生活，了解人们……一生见过许多事情！……给自己选择同伴要谨慎，因为有的人像疾病那样传染……看上去，像大家一样的人……忽然发现，会把他的毛病传染到你身上。和我们妇女在一起，圣母保佑你！要小心……你还嫩，你心中没有真正的坚韧性……村妇是贪恋你这类人的——强健、漂亮、富有……特别要谨防温顺的，她们像吸血鬼一样吸住男人，叮住、吮吸、再吮吸，而她自己却依然是那样温柔和娇嫩。她将喝你的体液而保养自己，只是白白地使你痛心……你更多地接触像我这样活泼的人！这类人无私地活着……

她的确是无私的。在彼尔姆福玛给她买了各色衣物和各种小饰物。她喜欢这些东西，但她看了之后关切地说：

——你不要太浪费钱财……瞧，仿佛你父亲不会生气！……我就如此，没有这一切我也爱你……

她早先已向他宣布：陪他只到喀山，那里住着她的一个已出嫁的姐妹。福玛不相信她会离开他，但在到达喀山前的一个夜晚，当她重复自己的话时，他的脸色就变得阴沉起来，开始请求她不要离弃他。

——你先不要悲伤，——她说，——我们前面还有整整一个夜晚……当我和你告别时你再惋惜吧，既然舍不得的话！……但是，他仍然以极大的热情劝她不要离开他，最终宣称想同她结婚。

——瞧，瞧……这样！——她笑说。——我这要为你离开活生生的丈夫？我亲爱的，怪人！你想结婚，啊？难道人们会和这样的人结婚？你将有许多、许多的情妇……当你平静下来时，当你吃饱了所有甜食而想吃小面包时……那你就结婚吧！我发现：一个健康男人为了自己的平静不需过早结婚……他将感到一个妻子太少，于是就追求其他女人……你为了自己的幸福应当在看到一个妻子就够了的时候才娶妻子……

但是，她越说，他就越坚持不和她分离的愿望。

——你听我对你说，——女人平静地说。——松明在你手中燃烧，而你没有它就已明亮，于是你把它浸入水中，它就不会冒烟了，也就不会烧伤你的手了……

——我不理解你的话……

——你去理解吧……你没有给我做坏事，我也不想给你做坏事……我这就离去了……

很难说这场争论是怎样结束的，既然没有发生什么事情。在喀山福玛收到了马雅金的电报，他简短地嘱咐教子：“速归。”福玛的心抽紧了，儿小时过后，他咬紧牙齿，脸色苍白，神情郁闷，站在离开码头的轮船的走廊上，双手抓住栏杆，一动不动，不眨巴眼睛，直视着自己的爱人随着码头、随着河岸离他飘然远去。帕娜格娅向他挥舞头巾，一直微笑着，但他知道她在哭泣。她的眼泪使得福玛衬衫的前胸也湿了，使他那充满忧郁不安的心沉痛冰凉。女人的身影越来越小了，仿佛消融了，而福玛入迷地看着她，感到除了担心父亲和思念女人之外，他的心里还产生了某种新的、强烈的和苛刻的感觉。他不能形容这种感觉，但他觉得它好像近乎抱怨什么人。

码头上的人群汇合成了紧密的、昏暗的和寂静的斑点——没有面貌、没有体形、没有动作的斑点。福玛离开栏杆，开始忧郁地徘徊在甲板上。

旅客们高声交谈，坐下来喝茶，仆役们在走廊上来来往往，铺桌子。在船尾下面三等舱的什么地方一个小孩在笑，手风琴奏出舒缓的如怨如诉之音，厨师用刀子击打出细碎的响声，餐具震动得当啷响。巨轮劈波斩浪，泛起泡沫，逆流快速航行……福玛看了看船尾宽阔汹涌的波带，感到心中浮现出疯狂的愿望：折断撕碎什么东西，冲破自己胸脯和肩膀的阻力，也逆流奋勇前进……

——命运！——他身边的某人用嘶哑疲惫的声音说。

他熟悉这个词，姑母安菲莎经常用这个词回答福玛的问题，于是他赋予这个词以力量的概念，这种力量类似于上帝的力量。他看了一眼交谈者，其中一人是个头发斑白、面目善良的小老头儿；另一人年轻一些，疲倦的大眼睛，楔形黑胡须，他那软骨突出的鼻子和黄色塌陷的两腮与福玛的教父相似。

——命运！——老头儿确信地重复自己对话人的感叹并笑了笑。——命运凌驾于生活之上，有如渔夫凌驾于河流之上，它把带诱饵的钩投入我们尘世的空虚之中，而现在的人则用贪婪的嘴咬住诱饵……它如此拽住自己的钓竿梢，嗨，人撞到地上，瞧，他的心极其痛苦……就这样，我的先生！

福玛闭上眼睛，仿佛阳光直射他的眼睛。他摇头，高声地说：

——真的！瞧，真—真的！

交谈者凝视着他。大眼睛的老头儿皱着眉头不友好地露出微妙的和机灵的笑。这使福玛感到不安，他一阵脸红，离开了他们，想着命运，百思不得其解：为什么命运要作弄他，赠给他一个女人，又马上那么简单地和令人遗憾地从他手上夺走了馈赠？他明白了：自己心中模糊的和疯狂的感觉就是对戏弄他的命运的怨恨。他的生活过于娇生惯养，以致简单地对待刚打开的杯中的第一滴毒药。日日夜夜，一路无眠，他想着老头儿的话，抱着自己的怨恨。但是，怨恨激发他心中的不是沮丧和悲痛，而是愤怒的和复仇的情感……

教父迎接福玛。当他和教子并排坐进四轮双座敞篷轻便马车时，浅绿色的眼睛现出激动的光芒，回答福玛匆忙慌张的问题，宣称：

——你父亲昏聩了……

——酗酒？

——更坏！完全疯了……

——啊？天啦！您说……

——你知道：在他身边出现了一个夫人……

——她是个什么人？——福吗高声地问。他想起了自己的帕娜格娅，不知为何喜上心头。

——她追随他，榨取……

——温和的？

——她？温和……像火焰……从他口袋里掏走了七万五千——像吹走了一根绒毛！

——啊—啊！这到底是个什么人？

——索妮卡·梅登斯卡娅——建筑学家的妻子……

——老天爷啊！难道她……莫非父亲……难道他要她做情妇

了？——福玛轻轻地和惊讶地问。

教父闪开他一步，可笑地睁大眼睛，吃惊地说：

——是的，你，兄弟，也发疯了！真的，疯了！醒悟吧！六十三岁养情妇……还花如此价钱！你怎么啦？嗯，我会对伊格纳特说这件事的！

马雅金在空中挥洒爽朗的、急促的笑声，而且他的山羊胡子难看地颤抖起来。福玛很快从他那里得到了解释：老头破例地不安、激动，他的话总是四平八稳，现在却断断续续，一面说话、一面骂人、一面吐痰，福玛勉强地明白问题之所在。看来，索菲娅·帕芙洛芙娜·梅登斯卡娅、富人建筑学家的妻子，以其孜孜不倦地追求各种慈善建筑的奇妙风格而著名。她说服了伊格纳特捐助七万五千用于建造为穷人开设的寄宿店和带阅览室的民众图书馆。伊格纳特给了钱，报纸已对他的慷慨大加夸奖。福玛不止一次在街上见过这个女人。她个子矮小。他知道：她被认为是城里最漂亮的女人之一。人们说她的坏话。

——只不过？！——他听完教父的故事之后感叹了一声。——我想：天晓得为什么……

——你？你想？——马雅金忽然生气了。——你什么也没有想，你是个乳臭小儿！

——您怎么骂人？——福玛吃惊地说。

——你说，照你看，七万五千是不是一笔大钱？

——是一笔大钱，——福玛想了想之后说。——可是我父亲本来有许多钱……你干吗这个样子……

马雅金只是翘起头，轻蔑地直视着少年，用某种微弱的声音问他：

——这是你说的？

——能是谁？

——你撒谎！这是你年轻的蠢话，是的！而我年老的蠢话是一生中经过百万次考验的，它告诉你：你还是个狗崽子，你要低声吠叫还早着呢！

教父尖酸刻薄的话以前也常常刺痛福玛。马雅金和他说话总是比父亲粗鲁一些，但现在少年感到自己深受委屈，克制地但是坚定地说：

——您最好不要徒劳无益地骂人，我不是小孩了……

——你说什么？——马雅金嘲笑地扬起眉毛高声问。

福玛发怒了。他看了老头儿一眼，有力地说：

——我告诉您，我不想再听到您无聊的咒骂，够了！

——嗬……是的……这—这样！对不起……

马雅金稍微眯缝上眼睛，用嘴唇做咀嚼的动作，转过身背对教子，沉默了片刻。四轮双座敞篷轻便马车驶入了一条狭窄的街道，福玛从远处看到了自家的屋顶，不由自主地全身往前挪动了一下。同时教父滑头地和温和地微笑着问他：

——福姆卡！你说：你在谁身上把牙齿磨得锋利了？啊？

——难道变得锋利了？——福玛问，教父这种态度使他高兴。

——还行……这好啊，兄弟……这很—很好！我和你父亲害怕你将是优柔寡断的人！……嗯，你学会喝伏特加酒了吗？

——喝了……

——好快呀！……喝得多还是怎么样？

——干吗多喝？……

——味美吗？

——不是很美……

——这样……没关系，这一切都不是坏事……只是你太坦率直爽，准备向任何牧师忏悔一切罪过……关于这个你考虑好，兄弟，这并非总是需要的……有时你沉默，使人们满意，不犯罪过。嗯—是的。人的语言很少是清醒的。瞧，我们到了……瞧，你父亲不知道你来了，还在家吗？

他在家。他那响亮的和有点儿嘶哑的哈哈笑声从朝街的房间传入敞开的窗户。驶近家门口的四轮双座敞篷轻便马车的喧闹声迫使伊格纳特向窗外看了一眼，当看到儿子时，高兴地叫喊了一声：

——啊—啊！回来了……

一分钟后，他一只手把福玛抱在胸前，另一只手掌撑住他的前额，使儿子的头向后仰起，用炯炯发光的眼睛直视着他，满意地说：

——晒黑了……强壮起来了……好样的！夫人啊！我的儿子优秀吗？

——不坏，——响起了温柔的、银铃般的声音。

福玛从父亲肩后瞥了一眼，看见在房间前面的一角坐着一位小个子女人，她用胳膊肘支撑在桌子上，梳着蓬松的浅色头发，苍白的面孔，乌黑的眼睛，纤细的眉毛和丰满红润的嘴唇。在沙发椅后面摆着一株高大的蓬莱蕉，宽大的有花纹的叶子悬挂在她金黄色脑袋上方的空中。

——祝你健康！索菲娅·帕芙洛芙娜。——马雅金谄媚地说，同时走近她，伸出一只手。——怎么样，仍然向我们穷人索取贿赂吗？

福玛默默地向她点头致意，既不听她对马雅金的回答，也不听父亲对他说话。夫人露出亲切的微笑凝视着他。她那裹着某种深色织物的孩子般的身体几乎与沙发椅深红色布料融为一体，因此，金色波纹头发和苍白的脸仿佛在深色背景上闪光。她坐在那房角里的绿叶下，活像一朵花和一幅圣像。

——瞧，索菲娅·帕芙洛芙娜，他是怎样盯着看你的，简直是只雄鹰，啊？——伊格纳特说。

她的眼睛眯起来了，脸颊泛起了淡淡的红晕。她的笑声有如银铃般清脆的声音。她立刻站起来说：

——我不妨碍你们，再见！

她在默默走过福玛身边时，向他散发出一股香气，他发现她的眼睛是深蓝色的，眉毛几乎是黑色的。

——狗鱼游走了，——马雅金轻轻地说，恶狠狠地望着她的背影。

——嗯，给我们说说你这趟旅行怎么样？因大吃大喝花了许多钱吧？——伊格纳特用低沉的嗓音问，同时把儿子推到索菲亚刚刚坐的沙发椅上，福玛白眼看了一下它，坐到了另外的地方。

——怎么样，看来，这泼辣的少妇不错吧？——马雅金微笑着说，用狡猾的目光扫视福玛。——瞧，你将在她面前张开大嘴……这样她将吃掉你所有内脏……

福玛不知何故颤抖了一下，没有回答他，开始用务实的口吻向父亲讲述航行的情况。但是，伊格纳特打断了他的话：

你等一等，我叫送一瓶白兰地酒来……

——据说，你在这里总是喝酒……——福玛不以为然地说。

伊格纳特吃惊地和好奇地看了他一眼，问道：

难道可以对父亲如此说话，啊？

福玛不好意思，低下了头。

——真是！——伊格纳特和善地说，并喊了一声，叫送白兰地酒来……

马雅金稍微眯缝上眼睛，看了看高尔杰耶夫父子，叹了一口气，邀请他们晚上到他那里去喝马林果茶，随即说了一声再见就离去了。

——姑母安菲莎在哪儿？——福玛问，他不知为什么开始感到现在和父亲两人单独在一起不自在。

——她去修道院了……嗯，你说，而我喝酒……

福玛花了几分钟向父亲讲述了业务的情况，结尾坦率地承认：

——我为自己花了许多钱……许多。

——多少？

——卢布……六百……

——一个半月！不少……我看是为了伙计，你对我是宝贵的……你这是把它们扔到哪里去了？

——我赠送了三百普特粮食……

——给谁？怎么回事？

福玛说明了情况。

——嗯，这——没关系！——他父亲表示赞同。——这，瞧咱们的！……这里事情一清二楚：为了父亲的荣誉……为了商行的荣誉……这里没有亏本，因此，有着很好的名声，而这，儿子呀，是贸易最好的招牌……嗯，还有什么？

——是的……因为……花了……

——直截了当地说……我不是问钱的事，我想知道你生活得怎样。——伊格纳特坚持说，仔细严肃地看着儿子。

——吃了……喝了……——福玛没有退缩，忧郁地和不安地低垂着头。

——喝了？伏特加酒？

——包括伏特加酒……

——啊！不是太早了吗？

——你去问问叶菲姆：我是否喝得酩酊大醉过……

——干吗要问叶菲姆？你自己应当讲述一切……这样，那么你喝酒了？

——我也可以不喝……

——哪能！你想喝白兰地酒吗？

福玛看了父亲一眼，开怀一笑。父亲也回应他以和善的微笑。

——唉咳，你呀……真见鬼！喝酒……但要当心，要懂得事业……有什么办法？酒鬼睡一觉就会清醒，傻瓜则永远不会清醒……我们要记住这一点……为了自慰……嗯，你玩少女了吗？要坦白地说！我将揍你还是怎么啦？

——玩了……她曾在轮船上……我带她从彼尔姆到了喀山……

——嗯……——伊格纳特深沉地叹了一口气，愁眉苦脸地说：——过早玷污自己了……

——我二十岁了……而你说过：在你那个时代让十五岁的男孩子就结婚了……——儿子腼腆地反对他说。

——那个……让结婚了……嗯，得了，别说这个啦……嗯，与村妇交好了，怎么样？女人——像天花，没有她不能活……我没有必要口是心非……我比你早开始黏上了女人……然而，和她们在一起要保持小心谨慎……

伊格纳特开始思索，长时间地沉默，坐着一动不动，低垂着脑袋。

——原来是这样，福玛，——他再次严肃坚定地说，——我很快会死的……老了。我胸口发闷，我呼吸困难……我会死的……

那时整个事业将落在你身上……嗯，最初教父会帮助你，你听他的话！你开始了……不坏，一切都办得妥当、办得不错，缰绳牢牢地掌握在手里……愿上帝保佑今后也是如此……要记住的就是：事业——是活生生的和猛烈的野兽，要善于掌控它，要牢固控制住它，否则它会征服你的……要力求站在事业之上……要这样站好自己的位置，即让整个事业在你的脚底下，在你的视线之中，以便你能看见其中哪怕是一颗小小的钉子……

福玛望着父亲宽阔的胸脯，听着他低沉的嗓音，暗自思忖：

“嗯，你不会很快死的！”

这个想法使他感到高兴，激发他内心对父亲的善良的和热烈的情感。

——当心教父……他满脑子的智慧，足够整个城市使用！他只是丧失了勇气，否则，本来他的地位会更高。是的，这样，我说，留给我活的时间不长了……说真的，是准备死亡的时候了……抛开一切，斋戒，关心让人们好好想起我……

——会想起的！——福玛有信心地说。

——能想起我什么呢……

——为穷人开设的寄宿店呢？

伊格纳特看了儿子一眼，笑了起来。

——雅科夫说了，来得及！大概，他骂我了吧？

——骂了几句，——福玛微笑了一下。

——嗯，当然啰！难道我不了解他？

——关于此事他这样说，好像是他的钱……

伊格纳特往后仰靠在沙发椅背上，更大声地哈哈笑了起来。

——唉，老乌鸦，啊？你这说得对……对他来说，什么自己的钱，什么我的钱，全都一样，所以他也就颤抖……他的目的是显而易见的……嗯，你说说目的是什么？

福玛想了想说：

——不知道……

——唉，他想把钱集聚在一起……

——怎么是这样？

——嗯，你猜！……

福玛看了父亲一眼，猜到了。

他的脸变得暗淡无光，他从沙发椅上欠了欠身，坚定地说：

——不，我不想要！我不和她结婚！

——啊？怎么这样？少女健康、聪明，父亲的独生女……

——那么塔拉斯？失踪的人？

——失踪的人——不知去向了，因此，说他已无意义……有一道遗嘱，其中说："动产和不动产——都是我女儿柳博芙的……"

——反正都一样，——福玛坚定地说，——我不会娶她为妻的！

——嗯，说这件事还早……然而，她这怎么就不合你的心意？

——我不爱这样的……

——这—这样！唉咳，你呀，就请说说：到底什么样的才更合您这位先生的口味？……

——更简朴些……她那里和中学生们与书籍在一起……成了学者！……将会嘲笑我的……——福玛激动地说。

——这，比方说，是正确的：她不适度的活泼……但这是无足轻重的事！任何铁锈都可擦掉，如果用手擦的话……而你的教父是个聪明的老头儿……他的生活曾是平静的、不活动的，嗯，他坐在一个地方，但想着所有的事情……儿子呀，值得听他的话，他能看到一切日常事的内幕……他非常了解自己……既然他的家族在塔拉斯身上断了根，那么他就决定把你置于塔拉斯的位置上，你感觉到了吗？

——没有，我可是要自己选择位置，——福玛固执地说。

——你还糊涂……——父亲笑说。

姑母安菲莎回来了，打断了他们的谈话……

——福姆什卡！你回来了……她在门外的某处叫喊。福玛站起来，向前迎接她，露出温柔的微笑……

……他的生活重新缓慢地和单调地流逝。父亲保持着对儿子温和嘲笑的和鼓励的口气，总之，开始更严格地对待他，警告他每一件小事，越来越频繁地提醒说：他养育他是自由的，任何事情都没有限制他，任何时候都没有打过他。

——别人的父亲用劈柴打人，而我没有动你一根指头！

——显然，没什么可斥责的，——有一次福玛平静地宣称。

伊格纳特为这些话和腔调而生气了。

——看我教训你！——他吼道。——我握紧柔软的手鼓足勇气……你将得到对任何话的回答。你瞧，尽管我的手柔软，但仍能如此紧握起来，以致你会在拳头下眼泪横流！……你快长大了，像刚冒出地面的毒蘑菇，但已发出不好闻的气味……

——为什么你生我的气？——当父亲心情好的时候，福玛疑惑地问父亲……

——当父亲向你唠叨时，你就不能忍耐……而你马上一个劲儿要争辩！……

我本来感到委屈……我没有变坏……瞧，我看见别人在我这个年龄是怎样生活的……

——如果我下一次骂你时，你的头不要向后仰，若无其事……我骂你，是因为我看到你身上有什么东西不是我的……到底是什么——我不知道，但我看到有……并且对你是有害的……

父亲的这些话迫使福玛深思。他自己也感到自己身上有某种特别的、有别于同龄人的东西，但也不得而知：到底是什么东西？于是多疑地注意自己……

他喜欢待在交易所里，待在完成上千次交易的著名人士的喧哗和交谈声中。不那么富裕的手工业者向他福玛·高尔杰耶夫问候和与之交谈所表现的尊敬使他感到快意。既然他有时得以由自己担风险去处理父亲事业中的什么事情，并得到了父亲赞赏的微笑，所以他感到自己是幸福的和自豪的。他胸怀许多虚荣心重的志向——像个成年人和能干的人，但是像从前一样孤单地生活，未感到要有朋友的意愿，尽管他每天都遇到许多商人的孩子和自己的同龄人。他们不止一次地邀请他饮酒作乐，但他却有点粗鲁地和轻慢地拒绝了邀请，甚至不时嘲笑：

——我担心……你们的父亲会知道这些狂饮而开始揍你们，我也会因为狂饮而引颈挨揍……

他不喜欢他们这样的行为，即用从父亲钱柜里偷来的钱或用票据和高利贷来的钱，背着父亲悄悄去饮酒作乐和贪淫好色。他们也不喜欢他这种固执，他们感到这种固执中有一种令他们受屈的傲气。

他经常想起帕娜格娅，起初他感到忧伤，当她的模样在他的想象中闪现的时候……但时间在消逝，有点儿抹掉了这个女人鲜艳的颜色，

而小个子天使般的梅登斯卡娅不知不觉占据了他梦想中的位置。她几乎每个星期日带着各种请求来找伊格纳特，总之，这些请求有一个目的，那就是加速建造为穷人开设的寄居店。在她出现的时候福玛感到自己笨拙和沉痛，这使他不好意思，于是在索菲娅·帕芙洛芙娜大眼睛温柔的目光下他的脸色频频泛红。他发现：每次当她看他时，她的眼睛就变得暗淡起来，上嘴唇就颤抖，略为有点儿向上翘起，露出细白牙。这总是使他恐慌。父亲看出了他对梅登斯卡娅的眼神，对他说：

——你别使劲瞪眼瞅这张小脸蛋。她看似白桦木炭，从外表看它是如此普通、单纯、灰暗，似乎冰冷，但拿到手里却烫人……

梅登斯卡娅没有激发少年的肉欲，她和帕娜格娅没有任何相似之处，总之，他不了解她。他知道人们不体面地谈论她，但他不相信这个。然而，当他看到她在四轮马车上和一位胖先生并排坐在一起的时候，他改变了对她的态度。那位胖先生戴着灰色的帽子，留着垂到肩上的长发辫。他的脸像鼓起的红色气囊，既无胡子，又无胡须，整个人像乔装打扮的女人……福玛听说这是她丈夫……于是闪现出昏暗的和矛盾的感情，他想委屈一下这位建筑师，同时他又感到对他的嫉妒和尊敬。梅登斯卡娅显得少点美而多点和蔼可亲！他开始怜惜她，但仍然幸灾乐祸地想：

“当他吻她时，大概，她会感到厌恶……”

此后，他有时感觉自己内心无比难受地空虚，无论是今日的观感还是往日的回忆，都不能填满这种空虚。交易所、事业、对梅登斯卡娅的想念——这一切都被这种空虚所吸引……她使他恐慌：他猜想她昏暗的内心深处隐藏着某种敌视他的力量，这种力

量暂时还不明显，但已在小心地和顽强地力求表现出来……

然而，伊格纳特外表变化不大，但显得越来越不安和不满，更频繁地抱怨身体不舒服。

——我失眠了……以前我往往蒙头大睡，即使揪我的皮肤，我也听不见！而现在我辗转反侧，翻来覆去，到凌晨方才入睡……心跳不均匀，忽而砰—砰—砰地跳……忽而又停止跳动，好像就要被撕裂，就要跌倒到地下的什么地方……老天爷发发慈悲饶了我吧！……

他忏悔地叹息，抬眼仰望天空，而眼睛业已浑浊，失去了活泼聪明的光彩。

——死神在附近的某处暗中等待我，——他忧郁而温顺地说。

的确，死神很快就把他魁梧强壮的身体翻倒在地上。

这事发生在八月的一个清晨。福玛在熟睡之中，突然感到有人摇晃他的肩膀，并在他耳旁响起了嘶哑的声音：

——起来……

他睁开眼睛，看见父亲坐在他床边的椅子上，单调和低沉地重复说：

——起来，起来！……

——太阳刚刚升起，阳光洒在伊格纳特的亚麻布白衬衫上，他还未丧失粉红的肤色。

——还早，——福玛伸着懒腰说道。

——之后再去睡个够……

福玛用被子把自己裹上问道：

——难道需要什么？

——你就起来，我的儿子，请吧！——伊格纳特高声地说，又抱怨地补充一句：那么，需要，既然我叫醒你……

福玛凝视父亲的脸，脸是灰色的，显得疲惫。

——你有病吗？叫医生还是怎样？

——嗯，去他的！——伊格纳特挥了一下手。——我华竟不年轻了……没有医生我也知道……

——什么？

——是的……我知道！——老头神秘地说，有点儿古怪地环视了一下房间。福玛穿好了衣服，他父亲垂头缓慢地说：

——我害怕呼吸……我有这样一个想法：如果我现在深深地呼吸一下，心脏就会绷裂……今天是星期日！晨祷后去找牧师……

——你这是怎么啦！爸爸！——福玛微微一笑。

——我没什么……你洗漱后去花园……我吩咐了把茶炊送到那里去……清晨凉爽，我们喝点儿茶……我很想喝又浓又热的茶……

老头儿艰难地从椅子上站起来，弯腰光脚摇摇晃晃地走出房间。福玛望着父亲的背影，刺骨的严寒使他感到憋闷。他匆匆洗完脸，急忙去了花国……

在花园一棵枝繁叶茂的老苹果树下，父亲坐在宽大的橡树沙发椅上。缕缕阳光透过树枝洒在老头儿穿着晚内衣的洁白的身上。花园里如此寂静，以致福玛的衣服偶然碰着的树枝发出的沙沙声，在福玛听来也是巨大的响声，并为之一震……茶炊放在桌子上，像吃饱了的猫呜呜叫，向空中喷射出一股股蒸汽流。在寂静中，在花园经前夜大雨洗涤过的清新的绿树丛中，福玛觉得这放肆闪亮和喧哗的铜茶炊是多余的，是不合时宜、地点和情感的。当看到有病的、驼背的老头儿穿着白衣服，孤单地坐在隐约藏着粉红色苹果的深绿色的叶丛下面时，这种情感在福玛心中油然而生。

——坐下，——伊格纳特说。

——派人去叫医生吧……——儿子坐在他对面，犹豫不决地建议说……

——不需要……空气似乎令人恶心……让我喝点茶，或许还会轻松一些……——伊格纳特一面倒茶一面说，福玛看到茶杯在父亲手里晃悠。

福玛默默地把茶杯向自己这边挪一挪，向他俯身过去，内心沉痛地听到父亲大声短促的呼吸……

忽然什么东西如此响亮地敲在桌子上，以致餐具都震动起来了。

福玛颤抖了一下，抬起头来，遇见父亲惊慌失措的、几乎是精神失常的目光。伊格纳特望着儿子，低声嘶哑地说：

——苹果掉下来了……叫它遭天打雷轰！像是放枪似的轰隆一声……啊？

——给你茶里倒点儿白兰地酒吧……——福玛建议。

——这样好呀……

开始沉默了下来……一群黄雀在花园上空飞过，在空中撒下激情欢乐的唧唧喳喳的叫声。花园的美景再次沉浸在庄重的沉默之中。恐惧依然没有从伊格纳特的眼睛中消失……

——上帝啊，耶稣！——他恭恭敬敬地画十字，低声地说。——嗯—是的……瞧，他就降临了，在生命最后一刻的时候……

——别说啦，爸爸！——福玛小声地说。

——什么别说啦？我们喝点茶，你去找牧师和干亲家……

——我最好现在……

——现在要敲响日祷钟声了……没有牧师……你没有必要着急，也许，他还要离开……

他开始大口地喝完小碟的茶……

——应当让我还活一两年才好……你年轻……我非常担心你！你要真诚地和坚强地生活……别人的不要去渴求，自己的要牢牢地保护……

他说话困难，他停了下来，用手揉胸脯。

——对人，不要信赖……不要期待他们太多的东西……我们所有人活着是为了索取，而不是为了给予……啊，上帝呀，宽恕罪人吧！

远处什么地方低沉的钟声打破了清晨的寂静。伊格纳特和儿子给自己画了三次十字……

在第一次钟声之后，响起了第二次、第三次钟声，空中很快弥漫着从四面八方传来的祈祷前的钟声——平稳的、有节奏的、洪亮的钟声。

——听，敲响了日祷的钟声，——伊格纳特听着铜钟的鸣响说道……你能凭声音听出是哪里的钟声吗？

——不，——福玛回答。

——这个，听见吗，是如此的低音，这是尼古拉，彼得·米特利奇·瓦金教堂的祭祀仪式……而这个，带嘶哑音，这是普拉斯凯华·皮亚特尼查教堂的……

空中弥漫着歌唱的声浪，空气为之震动，这声浪随之消散在明亮的蓝天之中。福玛若有所思地看着父亲的脸，发现他的眼睛失去了惊恐的眼神，它们活跃起来了……

但是，老头的脸突然泛起了浓艳的红色，眼睛睁大瞪圆了，嘴巴惊异地张开，从喉咙中冒出古怪的唏嘘声：

——唉……唉……唉咳……

随后伊格纳特的头歪到了一边肩上，胖大笨重的身体慢慢从沙发椅上滑落到地上，好像土地威严地把他拉向自己一样。几秒钟福玛默然未动，恐惧和惊讶地望着父亲，但随即扑向伊格纳特，从地上扶起他的头，直视着他。他的脸阴暗、呆板，睁大的眼睛没有任何表情：既无痛苦，又无恐惧，还无欢乐……福玛环顾了一下自己周围，像先前一样，花园里任何人都没有，空中依然荡漾着响亮的钟声……福玛双手发抖，把父亲的头放到地上……暗红色黏性的血从张开的嘴中流到发青的脸颊上……

福玛双手捶胸，跪在尸体前面，疯狂地大声叫喊……他恐惧得全身颤抖，神经错乱的眼睛总在寻找花园绿树丛中的什么人……

四

父亲的死使福玛惊惶失措，他充满了如此奇异的感觉，即他心中产生了深沉的、呆板的、温顺地吸收了一切生命之音的寂静的感觉。熟人在他周围忙碌，他们出现了又消失了，对他说了什么事，他回答了他们，但他们的话未引起他任何认知，而在充满他心中的死寂的无底深渊中湮没得无影无踪。忧郁的和苍白的他不哭、不愁、不想任何事情，皱起眉头，聚精会神地细听这种取代他一切感情、使心灵空虚、像虎钳夹住脑子的寂静。

马雅金料理葬礼。他在各个房间里匆匆忙忙地和精力充沛地跑来跑去，皮靴后跟发出咯噔咯噔的响声，命令式地不时叱责女仆，拍着教子的肩膀安慰他说：

——你，小伙子，你干吗发呆？父亲衰老，身体虚弱……我们大家都得准备死亡，死亡是不可避免的……那么，不必过早失去生气……你的悲伤不可能使他起死回生，他也不需要你的悲痛。整个的你现在对他不起任何作用，即使你哭，即使你笑……活人应当关心活人……你最好是哭，这是人之常情……很能宽慰心灵……

但是，这些话既未留在福玛的脑子里，也未记在他的心里。

教父诚恳地和独出心裁地努力唤醒他压抑的心灵，由于教父的坚持，在葬礼日他神志清醒了过来。

葬礼日多云阴沉。在遮天盖地的灰尘中，在伊格纳特·高尔杰耶夫的灵柩后面，涌动着黑压压的人群，神父们的法衣金光闪闪，人群缓慢行动的低沉的喧哗声和高级僧侣唱诗班歌手们庄重的合唱音乐交融在一起。福玛后面和两侧的人群挤来挤去，他走着，什么也没有看见，只看到了父亲斑白的头，凄凉的歌声在他心中回荡。马雅金和他并排走着，惹人厌烦地和喋喋不休地对他用耳语说：

——瞧，多少人在走着——总有好几千人！……省长本人也来送你父亲了……还有市长……还有几乎整个杜马……而在你后面，你扭头看看！走的是索菲娅·帕芙洛芙娜……整个城市在向伊格纳特致敬……

起先福玛没有细听教父的唠叨，但当教父对他说到梅登斯卡娅时，他情不自禁地往后看了一眼，看到了省长……当看到这个重要人物时，某种愉悦的小小的泪珠滴入了心中，他肩挎闪亮的皮带，胸前佩戴着各种勋章，严肃的脸上挂着忧伤走在灵柩后面。

——“幸福之路，如今你走向它，灵魂安息吧……”——雅科夫·塔拉索维奇翘起鼻子，轻轻地唱，又重新对着教子的耳朵喃喃地说：七万五千卢布——用这个数额也可以请这么多傧相……你听见过索妮卡恰好安排四十忌日追荐仪式吗？

——福玛再次回头向后看，他的目光遇上了梅登斯卡娅的目光。看到她抚爱的目光，他深深地叹了一口气，并很快感到轻松了些，仿佛一缕热光流穿透他的心灵，并融化在他心灵里。此时他意识到：他不该扭头左顾右盼。

在教堂里，福玛的心浸透了庄严忧郁的弥撒诗歌，当响起令人感动的呼唤时："回来吧，我们给予最后的亲吻"，他开怀放声痛哭，这悲痛的哭声使人群为之激动起来。

哭后，他东倒西歪地站立不稳。教父立刻托住他的双手搀扶到灵柩旁，同时用颇高的和某种激昂的声调唱道：

——"和我—我们一起亲—亲—吻不久的故人吧"——吻吧，福玛，吻吧！——"他委身于灵—灵柩，盖上石—石块，迁—迁入黑暗之中，和死者安葬在一起……"

福玛嘴唇接触父亲的前额，恐惧地闪开了灵柩。

——慢点！会撞倒的……——马雅金小声地给他指出，而这些普通的、平静的话比教父的手更坚定地支持着福玛。

——"我无缘无故没有声音和没有呼吸，再哭我一次吧，弟兄们和朋友们……"——伊格纳特借用教堂的话请求说。但是他的儿子已经不哭了，父亲乌黑的浮肿的脸激起了他心中的恐惧，这种恐惧使他的心灵清醒过来了，这心灵沉浸于教堂哭其有罪的儿子的音乐之中。熟人们环绕他，劝解地和温情地安慰他。他听他们的劝慰，明白他们大家都热爱他，他成了大家可爱的人。而教父在他耳边喃喃地说：

——要记住：他们向你表示亲热……公猫在闻荤腥味……

福玛不喜欢这些话，但对他是有益的，那就是使他内心里这样或那样地回应他们。

在墓地，在"永垂不朽"的歌声中，他再次伤心地、大声地痛哭起来。教父立刻一只手扶住他，带他离开了坟墓，诚心地对他说：

——你这个样子，兄弟，意志薄弱的人！难道我不怜惜他吗？要知道，我了解他真正的价值，而你只是个儿子而已。瞧，我不哭……我和他和睦相处度过了三十多个春秋……说了多少话，想了多少事……一起吃了多少苦！……你年轻，你悲痛吗？你的整个人生在前面，你将富有任何友谊。而我老矣……这唯一的朋友已命赴黄泉，现在开始像个乞丐……我已得不到知心朋友了！

老头儿奇怪地发出颤颤巍巍、吱吱呀呀的嗓音。他的脸歪斜了，嘴唇颤抖，咧开成鬼脸，满脸皱纹，绵绵泪珠沿着皱纹滴落。他是那样可怜得令人感动，简直不像他本人。福玛克制自己，温情地把他搂在身上，惊慌地叫喊了一声：

——别哭，教父……亲爱的！别哭……

——真是的！——马雅金用微弱的声音说。他深沉地叹了一口气，忽然重新变成了坚强的和聪明的老头儿。

——你不要唉声叹气……——他和教子并排坐在四轮马车里神秘地说。——你现在是战争中的统帅，应当勇敢地指挥自己的士兵。你的士兵——就是卢布，你有着一支庞—庞大的军队……战斗吧，记住！

福玛对他转变之快感到吃惊，听着他的话，这些话不知为什么使他想起了人们扔入伊格纳特坟墓和扔向他灵柩的土团的打击。

——父亲对你说过我是聪明的老头儿和应当听我的话吗？……

——说过。

——你就听着！……如果我的智慧附加上你年轻的力量，那么就可以取得满意的胜利……你父亲是个有名的人……但他没有远见，也不听我的话……他一生中不是靠智慧而更多是靠心去取得成就的……啊哈，你将会怎么样……你搬到我这里来，否则一个人在家将是可怕的……

——那里有姑母……

——姑母……她生病……她也是不久行将谢世的人……

——您别说这个，——福玛轻轻地请求。

——我要说。对你来说死亡没什么可怕的，你不是火炕上的老太婆！你无畏地生活，做该做的事情。一个人注定要安排好在世上的生活。人——就是资本……像一个卢布的资本，是由铜币和戈比组成的。据说，是用泥土做成的……当他在生活中周转的时候，吸收油和脂肪、汗和眼泪，形成灵魂和智慧……他即由此上下扩张……瞧，给你价值忽而是五戈比，忽而是十五戈比，忽而是一百卢布……他即高于任何价值……他投入周转，应当为生活带来利息……生活知道给我们大家的价值，不会过早地中断我们的行程……任何人，教子呀，都不做亏本的买卖，如果他聪明的话……你在听我说吗？

——我在听……

——那你听懂了什么？

——一切……

——大概，你在撒谎吧？——马雅金表示怀疑。

——但只是，为什么必须死呢？——福玛轻轻地问。

教父遗憾地直视了他一眼，吧咂了几下嘴唇，说道：

——嗨，聪明人任何时候都不问这个。聪明人自己看到：既然是河流，它就要流往何处……它若是不流动，那就是沼泽了……

——您这是白嘲笑了……——福玛忧郁地说。——海也是不流往任何地方的……

——海接纳所有的河流……海里常有狂风暴雨……人的生命之海也充满风浪……而死亡更新生命之海水，以防发臭……尽管人们会死，但他们会愈来愈多……

——就因为那样？父亲死了……

——你也会死的……

——这样，人增多与我有什么关系？——福玛苦笑着说。

——唉—咳—咳！——马雅金感叹地说。——任何人都与此无关……瞧，你的裤子大概也认为：世上任何布料要多少有多少，这与我有什么关系？但你没有听它们说：穿坏了，扔掉……

福玛略带责备意味地看了教父一眼，看到老头儿在微笑，他吃了一惊，怀着敬意问道：

——难道您，教父，不怕死吗？

——我，孩子呀，最害怕愚蠢，——马雅金既温顺又狠毒地回答。——我这样认为：愚者给你一点儿蜜，你唾弃；智者给你一点儿毒，你喝下！我告诉你：兄弟，梅花鲈鱼的本性是软弱的，如果它的棘刺没有竖立起来的话……

老头嘲弄的话委屈了并惹怒了福玛。他转向一旁说道：

——您不能不这样怪里怪气地说话……

——我不能！——马雅金高声地说，他的眼睛闪烁着激动的光芒。——每个人都说这种现有的话。我表现严厉吗？是这样还是怎样啊？

福玛沉默。

——唉咳，你呀……你要记住：谁教你，谁就爱你……你要牢记这个……你别想死亡的事……活人想着死亡是不明智的。《旧约全书》中的《传道书》关于死亡说得好：甚至活狗比死狮更好……

回到了家里。住宅前的整条街道挤满了轻便马车。从敞开的窗户中流进来熙熙攘攘的谈话声。福玛刚一出现在大厅时，就被拉到摆着小吃的桌子旁边，劝他喝酒和吃东西。大厅里像市场一样喧哗，既拥挤又憋闷。福玛默默地喝了一杯、两杯、三杯……伏特加酒……人们在他周围吧嗒嘴唇，从酒瓶里倒出来的酒发出咝咝的声音，酒杯叮当地响……人们谈论风干的咸鱼脊肉，谈论高级僧侣合唱团中独唱者的八度音，再次谈论风干的咸鱼脊肉，谈论市长也想讲话，但在高级僧侣之后未下决心讲，怕讲得不如他。某人非常感动地说：

——死者这样做事：切下一片鲑鱼，给它稠密地撒上胡椒粉，用另外一片盖上，喝完一杯酒之后送出去。

——我们仿一仿效他的榜样！——有人发出拖长的浑厚的男低音说。

福玛皱起眉头，心怀委屈，看着吃着美味食物的人的油腻的嘴唇和颌骨，他想叫喊并把这些人赶出去，他们的名望不久前还曾激起他心中对他们的敬意。

——你温和一点儿，健谈一点儿……——马雅金出现在他旁边，低声地说。

——他们为什么在这里吃喝，来到了小饭馆还是怎么啦？——福玛大声地和恶狠狠地说。

——嘘……——马雅金吃惊地指出，脸上堆满盛情的微笑，迅速环视了一下周围。

但为时已晚。他的微笑于事无补。人们听到了福玛的话。大厅里的喧哗声和谈话声开始小了。某些客人有点儿慌乱起来，另外一些客人抱怨地皱起眉头，放下了刀叉，带着食物离开桌子而去，许多人斜视着福玛。

他面对这些目光，没有垂下眼睛，表情凶狠，默然无语。

——请就座！——马雅金叫喊，他闪现在人群中，像灰烬中的火星。——请坐吧！现在就上发面煎饼。

福玛耸了耸肩，走向门口，高声地说：

——我不吃饭了……

他听到了自己身后的不友好的喧哗声和教父对某人说话的曲意逢迎的嗓音：

——由于悲痛，要知道，伊格纳特对他既是父亲又是母亲！……

福玛来到花园父亲死去的地方，在那里坐了下来。孤独感和忧伤压抑他的心胸。他解开衬衫领子，以便减轻呼吸困难，用胳膊肘支撑在桌子上，双手抱头，一动不动地发呆。小雨淅淅沥沥地下，苹果叶丛在雨滴的打击下忧郁地喧嚷。他久久地坐着，一动不动地望着细小的雨滴掉落到桌子上。由于喝醉了，他的脑袋中嗡嗡地响，内心激荡着对人们的怨恨。某些模糊的思想在心中出现却又消失。教父那冠状银色头发的秃顶在他眼前闪现，他那昏暗的脸有如旧式圣像的面容。这张脸长着无牙的嘴和露出阴险的冷笑，激起了福玛的恶感和担忧，更增强了他的孤独感。然后，他想起了梅登斯卡娅的温柔的眼睛、匀称秀丽的身材，而在她旁边不知何故出现了粗壮的、高大的和红脸蛋的柳博芙·马雅金娜，后者闪烁着一对含笑的眼睛，扎着一条厚实的、金黄色—淡褐色的发辫。空气中激荡着凄凉的声音……灰蒙蒙的天空好像在哭泣，冰凉的泪水在树上颤动。福玛的心中一片干涩和昏暗，可怕的、孤苦伶仃的感觉笼罩着他……这种感觉使他产生了一个问题：

“我将怎样生活？”

雨淋湿了他的衣服，他不禁打了一个寒战，于是回家了……

生活从各方面打搅他，使他不能集中精力思考问题。在伊格纳特死后的第四十天，他穿戴华丽的服饰，心怀愉快的情感，去参加为穷人开设的寄宿店的奠基仪式。前夜梅登斯卡娅写信通知他：他当选为建筑监察委员会成员和以她为主席的协会名誉会员。这使他感到高兴，他在奠基的今天应当扮演的角色使他激动不已。他一路上想着：这一切将会怎么样，他应当保持怎样的态度，以便不在众人面前发窘。

——嗨，嗨！且慢！

他环顾了一下，看见马雅金从人行道上向他快步跑过来，他穿着拖到脚后跟的常礼服，戴着高顶便帽，手持大伞。

——喂，带上我吧！——老头儿像猴子一样敏捷地跳上轻便马车。——我，坦白地说，在等你，在盼望，想着是你驶过来的时候了……

——您去哪儿？——福玛问。

——那还用说？应该去看一看我朋友的钱将怎样被埋入土里。

福玛斜视了他一眼，没有说话。

——干吗斜眼看人？别害怕，你也是去做行善的人吗？

——正是，怎么样？——福玛冷淡地问道。

——我今天在报纸上读到：你被选为建房委员会成员，还是协会会员，成了索菲娅协会的荣誉会员……这个会员资格将会钻入你的口袋吧？——马雅金叹了一口气。

——大概，我不会破产吧？

——这个我不知道……——老头尖刻地讽刺说。——我更要说的是：这个慈善事业本身是很不明智的……我甚至要这样说：这不是事业，而纯粹是有害的荒诞的念头。

——这帮助人是有害的？——福玛激昂地问。

——唉咳，糊涂虫，卷心菜！——马雅金微笑着说。——你就到我那里来，关于这一切我给你开开眼界……必须教导你！来吗？

——好吧！

——这样就……眼下你在这次奠基上要保持自尊心，站在引人注目的地方。如果不告诉你这个，那你会躲到什么人背后去……

——我为什么要躲？——福玛不满意地说。

——我就说：完全用不着。因为你父亲给了钱，所以按照继承权荣誉应该归于你。荣誉——也是金钱……有了荣誉，商人到处都有信贷，道路四通八达……你就往前靠，以便任何人都能看到你，以便如果你给了五戈比硬币却能得到一卢布的回报……而你若躲起来，那只会是不明智。

他们来到了目的地，此时所有重要人物都已到齐，人群包围了木材堆、砖堆和土堆。高级僧侣、省长、城市贵族和行政机关的代表与衣着华丽的太太们一起形成了庞大的亮丽的集团，他们看着两个配备砖和石灰的泥瓦匠的忙忙碌碌的操作。马雅金携教子走向这个集团，并对福玛说：

——不要胆怯……尽管他们金玉其外，但却是败絮其中。

他用恭敬欢快的嗓音在高级僧侣之前首先问候省长。

——祝您健康，阁下！祝福您，主教大人！

——啊，雅科夫·塔拉索维奇！——省长友好地高声叫道，微笑着紧紧握住马雅金的手，并晃动紧握的手，尽管老头儿吻着高级僧侣的手。——您近况如何，永生的老头儿？

——十分感谢您，阁下！向索菲娅·帕芙洛芙娜深表敬意！——马雅金迅速说，像陀螺似的在人群中转动。顷刻之间他得以既问候法院院长，又问候检察长和市长，问候他认为需要首先问候的所有人，不过这类人不算多。他喧闹、微笑，很快就因为有点儿名气引起了大家的注意，而福玛则站在他后面，低垂着头，皱起眉头看着那些身穿绣着金线制服、轻柔珍贵布料服装的人们，羡慕老头儿的机敏，感到他羞怯而自己更加羞怯。但是，教父抓住他一只手，把他拉到自己身边。

——瞧，阁下，这是我的教子福玛，死者伊格纳特的独生子。

——啊—啊！——省长用低沉的声音说。——非常高兴……我同情您的悲痛，年轻人！——他握住福玛的手说，并沉默了一会儿，然后确信地补充说：——失去了父亲……这是深重的不幸！

等了一两秒钟福玛的回答，然后转身离开他，赞许地对马雅金说：

——我对您昨天在杜马的演讲感到非常高兴！精彩、深奥，雅科夫·塔拉索维奇……他们不了解居民的真正需要……

——之后，阁下，资本小，就是说，城市应当补充自己的钱……

——完全正确！完全正确！

——戒酒，我说，这很好！愿上帝保佑任何人。我自己不喝酒……但是既然他们，这些民众，甚至都不会阅读，那为什么还要这些阅览室？

省长含混不清地表示赞同。

——瞧，我说，您把钱用在技术上……既然规模小，那这些钱也就够了，必要时还可去彼得堡要一点儿，那里会给的！那么城市就不需要补充自己的钱了，事情也将更明智一些。

——正是！但是，自由主义者是怎样冲我们叫喊的，啊？

——这是他们的事情，让他们去叫喊……

大教堂大辅祭低沉的咳嗽预示祈祷仪式的开始。

索菲娅·帕芙洛芙娜走近福玛，问候了一声，用忧伤的嗓音轻轻地对他说：

——在葬礼那天我看着你的脸，我的心也在抽搐……“天啦，我想，他该是多么痛苦！”

福玛听着她的话，仿佛喝了蜜酒。

——你的哭叫啊！震撼我的心……可怜的你，我的小孩子！我能这样对您说，是因为我本已老了……

——您！——福玛轻轻地叹了一口气。

——难道不是吗？——她问，并天真地直视着他。

福玛低下头，默然无语。

——您不相信我是小老太婆？

——我相信您……但只不过这是假话！——福玛低声热情地说。

——假话，是吗？您相信我什么？

——不！不是这个……而是……我，请您原谅！我不会说话！——福玛说，腼腆得满脸通红。——我没有学问……

——不要为此感到难为情……——梅登斯卡娅鼓励他说。——您还年轻，教育是所有人可以享受的……但有这样一些人，他们不仅不需要教育，而且教育还能损害他们……这是心地纯洁的人……他们像孩子一样是轻信他人的人，是真诚的人……您就是来自这样的人……您本来就是这样的，对吗？

福玛对这个问题能回答什么呢？他真诚地说：

——我十分感谢您！……

当他发现自己的话激起了梅登斯卡娅双目燃起愉快的光焰之后，他感到自己可笑和愚蠢，于是立刻生自己的气，并用压抑的嗓音说：

——是的，我是这样的：在我心里，有时也在口头上……不会弄虚作假……我很可笑，就会开诚布公……我愚蠢！

——嗨，干吗这样？——女人带有责备意味地说，同时整理好连衣裙，无意地伸出自己的手抚摸他垂下的、拿着帽子的手，这使福玛望了望自己的手，并高兴地微笑了一下。

——您，当然，将参加午宴？——梅登斯卡娅问。

——是的……

——那明天参加我的会议吗？

——一定！

——也许，您什么时候也这样……来做客呀，啊？

——我……谢谢您！我会来的！……

——我应该感谢您这个承诺……

他们沉默了下来。空中飘浮着高级僧侣深情朗读祈祷文的虔诚轻微的声音，他一只手伸向房屋奠基处的上方：

——“无论是狂风还是洪水，都无损于它，请赐予它顺利竣工，让想离开违逆自由的任何诽谤的人们寄居其中吧……”

——我们的祈祷文内容多么丰富和文雅，不是吗？——梅登斯卡娅问。

——是的……——福玛简短地说，不明白她的话，并感到再次脸红了。

——他们将永远是我们商业利益的反对者，——马雅金确信地和高声地说，他站在市长旁边，离福玛不远。——他们怎么样？他们只要在报纸面前怎样获得赞同就行，他们不可能达到真正的实质……他们活着是为了显示自己，而不是为了创造生活……去他们的吧，他们衡量的标准是：报纸和瑞典！那个医生昨天就总是拿这个瑞典来嘲弄我，他说："瑞典的国民教育……以及那里如此的其他一切，都是一流的！"然而，瑞典算什么？也许，它，那个瑞典，是个谎言……引来作为例子……也许，它没有任何教育和其他各种各样的东西。我们只是根据火柴和根据手套了解它，了解瑞典……再说我们不是为它而生活，它不可能给我们进行考试……我们应当自行安排生活。是这样吗？

大辅祭把头往后一仰，用拖长的低沉的声音说：

——对这座……房—房子的奠—奠基者……永—永恒的……纪—纪念！

福玛颤抖了一下，而马雅金已靠近他，拉着他的袖子问道：

——你去参加午宴吗？

梅登斯卡娅的温柔热情的小手再次触碰了一下福玛的手。

午宴对福玛来说是极大的痛苦。生平第一次处于如此盛装的人们之中，他看到了他们又吃又说，一切都做得比他好，并且感到把恰好坐在他对面的梅登斯卡娅和他隔开的不是桌子，而是高山。和他并排坐的是福玛被选为名誉会员的协会的祕书，后者是一位年轻的法官，有着一个怪异的姓——乌赫济舍夫。仿佛为了使他的姓显得更加怪诞，他用洪亮的男高音说话，他整个人矮胖、圆脸，是个愉快的能说会道的人，有如新的好闲扯的人。

——我们协会最优秀的人是女慈善家，我们在协会从事的最有意义的事是服侍女慈善家，最困难的事是对女慈善家说她满意的恭维话，最聪明的事是默默地而无期望地赞美女慈善家。所以你，实际上，不是"监护协会"会员，而是在索菲娅·梅登斯卡娅属下行走的坦塔罗斯[①]协会的会员。

福玛听着他的闲话，望着正在不安地和警察局长谈话的女慈善家，含含糊糊地回应自己的交谈者，假装忙着吃东西，希望这一切尽快结束。他感到自己可悲、愚蠢、可笑，确信大家在窥视他，在斥责他。

马雅金和市长并排坐着，在空中挥舞着叉子，皱起眉头不停地对他说着什么。市长是个白发红脸短脖子的人，神情忧郁地和目不转睛地看着他，有时用大拇指肯定地敲击桌子边缘。活跃的谈话和笑声淹没了教父流畅的话，福玛听不清教父任何一句话，况且秘书的男高音总是不断地在他耳朵里鸣响：

——瞧，大辅祭这就站起来了，扩胸吸气……现在就要宣告对伊格纳特·马特费耶维奇的永恒的纪念。

——我不能离去吗？——福玛轻轻地问。

——为什么不能？这是大家都理解的……

辅祭洪亮的声音湮没了又仿佛是压抑了大厅里的喧哗声。有名望的商人们盯着那张使劲张开的、流出低沉的八度音的大嘴。福玛利用这个瞬间从桌子后面站起来，离开了大厅。

片刻之后，他自由地呼吸，坐到自己的四轮马车里，想着在这些先生们之间没有他的位置。他暗自称呼他们为被舔光的人，他不喜欢他们的华丽，不喜欢他们的脸色、微笑和言辞，但他们动作的从容和灵巧、高谈阔论的口才、漂亮的服装——这一切却激起了他内心对他们羡慕和尊敬交融的感情。他意识到自己不能像所有这些人那样谈吐轻松和高谈阔论，因而开始感到委屈和忧伤。此时他想起了柳芭·马雅金娜不止一次地为此嘲笑过他。

福玛不爱马雅金的女儿，在他从伊格纳特那里得知教父想要他娶柳芭为妻的意图之后，年轻的高尔杰耶夫甚至开始逃避和她见面。但是，在父亲死后他几乎每天都待在马雅金家里，有一次柳芭对他说：

---

① 坦塔罗斯（Тантал）：希腊神话中宙斯的儿子，因得罪诸神而被罚入冥土永受饥渴之苦。——译者

——我看着你，你知道怎么样？瞧，你非常不像个商人……

——你也不太像个商人……——福玛说，疑惑地不时看看她。

他不明白她的话的意思：她是想用此话委屈他还是这样一般地说说而已？

——谢天谢地！——她回答他，露出如此美丽的、友好的微笑。

——你高兴什么？——他问。

——我们怎么不像我们的父亲。

福玛吃惊地看了她一眼，沉默了下来。

——你真诚地告诉我，——她压低声音说，——你本来不爱我父亲吧？你不喜欢他吗？

——不……很……——福玛慢吞吞地说。

——嗯，我也非常不爱。

——为什么？

——为了一切……你变得聪明一点，自己就会明白的……你的父亲好些。

——当然啰！——福玛自豪地说。

在这次交谈之后，在他们之间几乎很快就产生了相互的好感，这种好感一天一天在发展，迅速具有了友谊的性质，尽管是有点儿奇怪的友谊。

柳芭和自己的结义兄弟是同龄的人，但对他像姐姐对小孩一样。她说话宽厚，经常开他的玩笑，在她的话里时时出现福玛不熟悉的词，她带着显而易见的快感有点儿特别有力地说这些词。她特别爱谈自己的兄弟塔拉斯，她从未见过他，但关于他她讲述这样一些事情，即这些事情使他像姑母安菲莎故事中勇敢的和高尚的暴徒。她经常抱怨自己的父亲，对福玛说：

——瞧，你将来也是这样的人——吝啬鬼！

这一切使少年感到不愉快，并深深地刺激了他的自尊心。但是，她有时直率、纯朴，对他有点儿特别友好和温柔，于是他就在她面前敞开了心扉，他们俩相互讲述了自己的思想和感受。

他俩真诚地说了许多，但福玛似乎觉得：柳芭所说的一切对他是格格不入的，也是她所不需要的。同时他清楚地看到了：他的不善言辞一点儿也不使她感兴趣，她也不会理解他的话。他们进行这种谈话无论多少时间，给予他们的只是一种彼此不满的感觉。好像一堵无形的困惑莫解的墙突然竖立在他们面前，把他们分隔了起来。他们没有决心去碰一下这堵墙，没有决心去相互说他们感到了有这堵墙，而是继续自己的谈话，模糊地意识到他们每个人心中有某种东西可以使他们亲近和团结起来。

福玛来到教父家里，赶巧碰上柳芭一个人在家。她出来迎接他，显得有病或是心绪不佳的样子：她的眼睛闪现病态的神情，周围出现黑色的斑点。她松散地披着柔毛头巾，微笑着说：

——好呀，你来了！否则我一个人坐着……寂寞无聊，哪儿也不想去……你要喝茶吗？

——要……你怎么这个样子，有病还是怎么啦？

——你去餐厅，我去叫把茶炊送来……——她说，没有回答他的问题。

他走过住宅的一个小房间，这个小房间有两扇朝房前小花园的窗户。房间里摆着一张椭圆形的桌子，桌子周围是旧式的皮面椅子，在一面隔墙上挂着玻璃门长盒装的壁钟，房的一角摆着一个银器架子。

——你是参加午宴后来的？——柳芭走进来问道。

福玛默默地点了点头。

——怎么样，隆重吗？

——真糟！——福玛苦笑。——我如坐针毡……大家有如孔雀，而我却像只猫头鹰……

柳芭摆好餐具，什么也没有回答他。

——你为什么确实如此烦闷？——福玛看了看她皱着眉头的脸，再次问。

她向他转过身来，既欣喜又忧伤地说：

——唉咳，福玛！我读完了一本多好的书！如果你能理解这个才好呢！

——显然，是本好书，既然如此使你震惊……——福玛笑着说道。

——我未睡觉……读了通宵……你要知道：你读着读着，仿佛在你面前敞开了通往另外的某个王国的门……另外的人，另外的语言，还有……一切！整个生活……

——我不喜欢这个……——福玛不满意地说。——臆造、谎言。剧院也是……商人被描绘成嘲笑的对象……难道他们真是如此愚蠢吗？当然啰！就拿教父来说……

——剧院——是那样一所学校，福玛，——柳芭含有教训意味地说，——商人就是如此……在书中可能是什么谎言呢？

——像在童话中……一切都不是真实的……

——你错了！你本来没有读书，你怎能做出判断？书本恰好是真实的，它们教人生活。

——嗨！——福玛挥了挥手。——别说啦……从你的书中不会得到任何益处！……你父亲就不读书，但……他机敏！我今天看他就开始羡慕。他和所有人打招呼……自然、娴熟，和任何人都有话说……很快发现：他想要什么就能得到什么。

——他能得到什么？——柳芭感叹地问。——只是金钱……而有些人想要大地上所有人都幸福……并为此不吝啬自己，工作、受苦、死亡！难道可以把父亲和他们相提并论？！

——不要比！……那么，他们喜欢的是一回事，而教父喜欢的是另一回事……

——他们什么都不喜欢！

——这还用说？

——他们想要改变一切……

——那么他们是为了什么而努力的？——福玛有道理地反问——他们想要什么？

——所有人的幸福！——柳芭热烈地叫喊起来。

——嗯，这个我不明白……——福玛摇头说道。——这有谁在那里关心我的幸福？再说，既然我自己还不知道我需要什么，那么他们能给我安排什么样的幸福？不，你就这样，最好是看看这些人……看看那些参加午宴的人们……

——这不是人！——柳芭斩钉截铁地宣称。

——按照你的看法，我不知道那里他们是什么，但只是很快看得出：他们占有自己的位置。机敏的人……毫不拘束的人……

——唉咳，福玛！——柳芭痛心地感叹了一声。——你什么都不明白！什么也都不能使你激动！你是如此懒洋洋地……

——嗯，她走啦！只是我还未细看……

——只是你——空虚的，——柳芭断然坚定地宣称。

——你不曾在我心里……福玛平静地辩驳说。——你不知道我的心思……

——你想什么？——柳芭耸着肩，说道。

——啊唷！我孤独一人吗？此其一……我应该生活吗？此其二。以我现在这个样子完全不可能生活，我难道不明白这个？我不想跟人们开玩笑……我甚至不会和人们交谈……我还不会思考……——福玛结束了自己的讲话，难为情地笑了一下。

——应该读书，应该学习，——柳芭在房子里走来走去，确信地劝说。

——我心里萌发了某种想法，——福玛继续说，没有看着她，仿佛自言自语。——但我不能理解这个。我看到教父谈吐……一切事情……机灵……但他没有吸引我……那些人对我来说有趣得多。

——这是特权阶层吗？——柳芭问。

——是的……

——那里也有你的位置！——柳博芙露出鄙视的冷笑说。——唉咳，你呀！难道他们是人吗？难道他们有灵魂吗？

——你为什么知道他们？你本来不熟悉……

——那么书呢？

女仆带来了茶炊，谈话就此中止了。柳芭默默地烧茶，福玛看着她，并想着梅登斯卡娅。最好去和她谈谈！

——是一是的，——少女沉思地说，——我日复一日地越来越确信：生活——艰难……我怎么办？嫁人？嫁给谁？嫁给整个一生掠夺别人、喝酒、玩牌的商人吗？我不愿意！我想单身……

我——单身，因为我已经明白：生活安排得多么糟糕。学习？难道父亲允许……逃跑？勇气不足……我究竟该怎么办？

她紧握双手，向着桌子低垂着头。

——如果你知道一切都多么令人憎恶……周围没有任何活人……自从母亲去世那时起，父亲赶走了所有人。一些人去学习了……丽帕离去了。她写道："读书吧！"唉咳，我读书！——她沉默了片刻，绝望地低声叹了一口气，忧郁地继续说：——书本里没有我内心需要的东西……我也不理解其中的许多东西……最终，我感到寂寞无聊……我总是寂寞无聊地一个人读书，一个人！我想和人说说话，可是没有人！我感到烦闷……生命只有一次，已是生活的时候……而依然没有和我说话的人……没有！为什么活着？我生活在监狱里！

福玛听着她说话，凝视着自己的手指，感到了她话中的巨大的悲痛，但不理解她。当心情压抑忧伤的她沉默下来时，他不知道对她说什么好，却说了近乎责备的话：

——瞧，你自己就说书本对你没有什么意义，却教育我：读书！……

她直视着他，她的眼睛闪烁着凶狠的目光。

——啊，我似乎希望你心中也出现我生活的这些痛苦……好让你也像我一样夜晚不能入睡，好让一切也使你厌烦……你自己也厌烦自己！我憎恨你们所有人……憎恨！

她，脸通红，如此愤怒地看着他，说话也如此凶狠，以致吃惊的他甚至不生她的气。她还从来没有和他如此说话。

——你这是怎么啦？——他问她。

——我也憎恨你！你……你算什么东西？像死人般呆板、空虚……你将怎样生活？你将给予人们什么？——她低声地、有点幸灾乐祸地说。

——我什么也不给，让他们自己得到……——福玛回答，知道这些话会更加使她生气。

她责备的力度无意中迫使福玛留意听她凶狠的话，他感到了话中的意义。她甚至挪步靠近了她，但她怒气冲冲，转身离开他，开始沉默。

街上还明亮，窗前椴树枝头夕阳反照，但房间已弥漫着暮色。硕大的钟摆从挂钟盒子中显示出每一秒钟，昏暗地摆动，发出低沉疲倦的声音，忽左忽右地躲闪。柳芭站起来，点亮悬挂在桌子上方的灯。少女的脸色苍白阴沉。

——你责备我，——福玛克制地说，——为了什么？不明白……

——我不想和你说话！——柳芭生气地回答。

——那是你的事……但仍然……我到底犯了什么错？

——你去领悟吧！我烦闷！我憋得慌……瞧，难道这是生活？难道人们是这样生活的？我是谁？父亲的食客……养着我做家务……然后出嫁！又是家务……

——这与我有什么关系？——福玛问。

——你——不比其他人好……

——我为何在你面前有过错？

——你应当想着更好些……

——难道我不想这个？！——福玛感叹地说。

少女想对他说什么，但此时某处铃声响了起来，她往后仰靠在椅背上，小声地说：

——父亲……

——嗨，他哪怕再等一等，这样不使人伤心。——福玛说。——我倒想还听听你说……太有趣了……

——啊！我的孩子们，亲爱的小灰鸽！——雅科夫·塔拉索维奇出现在门口，感叹地叫道。——你们在喝茶？给我倒一杯，柳芭华！

他甜笑，搓手，坐到福玛身边，开玩笑地推了一下他的腰部，问道：

——咕咕叫地更多地谈了些什么？

——这样，说了些各种各样的废话，——柳芭回答。

——难道我在问你？——父亲扭歪着脸对她说。——你就自己坐着，不要说话，管好女人的事情……

——我对她讲了午宴的事情，——福玛打断了教父的话。

——啊哈！这—这样……嗯，我也要说说关于午宴的事……我当时注视着你，你表现得不理智！

——那要怎样？——福玛不满意地皱起眉头问道。

——就是说，你真的是不理智，一切都完了。比方说，省长和你说，而你不作声……

——我到底要对他说什么？他说：失去父亲是不幸的事情……嗯，我知道这个！……那到底要对他说什么？

——“既然这是上帝给我安排的，阁下，我不抱怨……”这样说才好，或者按这种精神说点别的……我的小兄弟，省长们喜欢人的恭顺。

——我到底算什么——像绵羊那样看着他？——福玛笑了一笑。

——你像绵羊那样看人，——这不需要……需要的既不是绵羊，也不是豺狼，而是这般……如此……在他面前说：“您是我们的爸爸，我们是您的孩子……”——那他马上就会变得温和了。

——这到底是为什么？

——以防万一……省长——他，兄弟，不管到哪里永远都是有用的。

——您教他什么呀，爸爸！——柳芭小声地和愤怒地说。

——什么？

——当奴仆，卑躬屈节……

——你撒谎，有文化的傻瓜！我教的是政治，而不是奴颜婢膝，是生活的政治……你原来这样，你去做你的事！不要耍横……去给我们准备好小吃。愿上帝保佑！

柳芭迅速站起来，把毛巾从手中扔到椅子背上，离去了……父亲眯细眼睛，看了看她的背影，用手指敲击桌子，说道：

——福玛，我要教导你。我教给你最真实的、最正确的科学—哲学……如果你懂得它，你将生活得不犯错误。

福玛看了一眼老头前额上的皱纹在蠕动，他感觉这些皱纹类似一行行斯拉夫文印刷品上的文字。

——首先，福玛，既然你已生活在这块土地上，那么你就必须思考你周围所发生的一切。为什么？为了你不受你不理智的危害，为了你不能因为你的愚蠢而有害于他人。其次，每一件人事都有两面，福玛呀！一面是大家看得见的——这是假的；另一面是隐藏着的——这才是真的。应当会找到真的一面，以便了解事情的意义……瞧，比方说，为穷人开设的寄宿店、养老院和其他这类机构。你考虑考虑：它们有啥用处？

——到底考虑什么？——福玛闷闷不乐地说。——众所周知：为了什么……为了穷人、孱弱的人。

——唉咳，兄弟！有时众所周知：这样的人是骗子和痞子，大家仍然称呼他为伊万或者彼得，是按父名而不是母名称呼他的……

——您这是为什么？

——一切为了事业……瞧，你说：这些房屋为了穷人、乞丐，大概，是执行基督圣训……得啦！谁是乞丐？乞丐是命运所迫让我们想起基督的人。他是基督的兄弟，他是上帝的钟，在生活中鸣响，以便唤醒我们的良心，引起人体饱食的不安……他站在窗户底下，唱着："看在基督面上！"并用这种歌唱让我们想起基督，想起他帮助别人的神圣的遗训……但是，人们是这样安排自己生活的，即他们完全不可能按照基督教义行事，耶稣—基督对我们来说成为完全多余的了。一次，也许，十万次，我们把他钉上十字架，但我们仍然不能把他从生活中赶出去，因为他的同伴乞丐在街上唱着他的名字，使我们想起他……瞧，如今我们打定主意：把乞丐关进这些特殊的房屋里，以使他们不在街上游荡，不唤醒我们的良心。

——真—真妙！！——福玛惊讶地小声说，睁大眼睛望着教父。

——啊哈！——马雅金感叹了一声，他的眼睛闪烁着喜悦的光芒。

——父亲这是怎么啦，他没有想到吗？——福玛不安地问。

——你等一等！你再听着：接下去将更坏！我们打定主意把他们关进各种房屋里，以便在那里廉价地供养他们，迫使他们——老年人和残疾人——劳动……现在也不需要给予施舍了，从街道上清除了各种衣衫褴褛的人之后，我们也看不到他们悲痛和贫困的残暴了，因此我们可以想到：这块土地的所有人都有饭吃、有鞋穿、有衣服穿……这就是他们的目的，这些各种各样的房屋是为了掩盖真相……为了从我们的生活中赶走基督！明白吗？

——是—是的！——福玛说，老头儿机敏的话使他清醒过来。

——这还不是全部……水洼还没有舀到底！——马雅金感叹了一声，并兴奋地在空中挥手。

他脸上的皱纹在蠕动，长长的鹰钩鼻子在颤动，嗓子发出颤抖的激昂感动的声音。

——现在我们从另一面来看看这件事。谁为穷人给所有这些房屋、孤儿院、养老院捐助最多？是富人、我们商人在捐款……好！谁在给生活发号施令和摆布生活？是贵族、官吏和诸如此类的人，他们不是我们的人……他们既制订法律，又出版报纸，还握有科学——一切都出自他们。从前他们是地主，现在土地从他们手里交出来了，他们去上班工作了……如今谁是最强有力的人？商人是国家第一位的力量，因为他们有千百万财富！是这样吗？

——是这样！——福玛表示同意，希望尽快听到教父眼睛中已经闪现的言犹未尽的话。

——瞧，你要明白：——老头清晰地、庄严地继续说，——摆布生活的不是我们商人，在生活的安排中至今也没有我们的声音，我们也不能插手到生活中去。生活是由别人摆布的，他们在生活中繁殖各种黄癣——这些懒汉、穷人、残疾人。既然他们繁殖黄癣，他们就弄脏了生活，损害了生活，按照上帝的旨意，他们应当洗刷生活！但洗刷生活的是我们，为穷人捐助的是我们，救济穷人的是我们……请你考虑一下：如果不是我们撕坏了别人的破衣烂衫，为什么我们要出钱去缝补？如果这房屋不是我们居住，也不属于我们所有，为什么我们要去修建？如果我们置身度外，在相当时间内冷眼旁观一切霉菌是怎样繁殖的和怎样杀害我们的陌生人的，那这不是更聪明一些吗？这种人战胜不了霉菌，因为他没有资金。于是他求我们，说：“先生，请给予帮助吧！”而我们对他说：“请给予我们一点儿工作的空间吧，把我们编入生活的建设者之列吧！”只要把我们编列进去，我们就会一下子清除生活中的一切污垢和各种累赘。那时皇帝陛下将慧眼目睹谁是他忠实的仆人，他们将清闲自在地给自己积聚多少智慧……明白吗？

——怎么不明白！——福玛感叹了一声。

当教父说到官僚时，他想起了午宴上的那些人物，想起了机敏的秘书，在他脑袋里闪现一个想法：这个小胖子大概每年所得不会多于几千卢布，而他福玛却有一百万。但是，这个人生活得轻松自由，而他福玛却不能，还是难为情地生活。这个对比和教父的话激起了他思想的串串漩涡，而他只能得以抓住和形成其中的一种思想。

——真是只为了钱工作还是怎么样？如果他们不给权力，那么钱的意义是什么。

——啊哈！——马雅金稍微眯缝上眼睛说。

——唉咳！——福玛抱怨地感叹了一声。——父亲这是怎么啦？您和他说过吗？

——说了二十年……

——嗯，怎么回事？

——我的话打动不了他的心……他的头顶稍粗……他为人坦白直爽，而他的智慧深藏……嗯—是的，他碰壁了……这些钱的数额极大，非常可惜……

——我倒不可惜钱……

——你尝试挣得哪怕其中的十分之一的钱才好呢，那时你才说……

——我可以进来吗？——门外传来了柳芭的声音。

——可以……——父亲回答。

——你们现在想吃点什么吗？——她走进来问道。

——拿来吧……

她走向餐柜，把餐具弄得哗啦啦地响。雅科夫·塔拉索维奇望着她，嘴唇做出咀嚼的动作，突然用手掌拍了一下福玛的膝盖对他说：

——这样，教子！你深入地理解吧……

福玛用微笑回答他，暗自思忖：

“你聪明……比我父亲更聪明……”

顷刻之间自己给自己但又仿佛是别人的声音回答说：

“更聪明，但更坏……”

五

福玛对待马雅金的两面派的态度愈来愈牢固：一方面仔细地、兴致勃勃地听他的话，另一方面感到每次同教父见面都增加他内心对老头的不好的感觉。有时教父激起教子近乎恐惧之感，有时甚至是憎恶。当老头儿对什么感到满意而发笑的时候，福玛通常出现憎恶之感。老头儿笑得皱纹颤动，瞬间改变脸上的表情，他那干瘪轻快的嘴唇在弹跳、拉抻，露出残缺不齐的黑牙，棕红色的胡须仿佛是燃烧的火焰，笑声好似铁锈铰链刺耳的声音。当福玛不能掩饰自己的感觉时，他常常很粗暴地对马雅金把这种感觉说出来，但老头儿似乎没有发现这种粗暴，视线也不离开教子，注视着他的一举一动。他几乎未走进自己的小铺，完全沉浸在年轻的高尔杰耶夫的船务之中，给福玛留下许多自由时间。多亏马雅金在城里的影响和在伏尔加河广泛的人际关系，事业进行得飞黄腾达，但马雅金对待事业的热心态度增强了福玛这样一种信念，即教父毅然决定要他娶柳芭为妻，这使他更加疏远老头儿。

他也喜欢柳芭，但仿佛觉得她是危险的。她没有出嫁，对此教父什么也没有说，也不举办晚会，也不邀请任何青年人到自己这里来，也不让柳芭到任何地方去。她所有的女朋友均已出嫁……福玛对她的话感到吃惊，像听她父亲的话那样贪婪地听她的话，但当她开始怀着爱意谈起塔拉斯时，他仿佛觉得在这个名字下她隐藏着另外一个人，也许，是那个叶若夫。按她的话来说，叶若夫不知何故丢弃了大学，并离开了莫斯科。她身上有许多福玛喜欢的朴实的和善良的东西，她常常用自己的话激起他自我怜惜，他仿佛觉得她是在说梦话。

他在为悼念父亲而设的宴席上的狂妄行为在商界传播，给他创造了不好的名声。他在交易所发现：大家不怀好意地看着他，和他说话也有点儿特别。有一次他甚至听到自己身后有人小声地、鄙视地嘀咕：

——高傲的小子！乳臭小儿……

他没有回头看是谁口吐恶言。富人们，开始激起他面对他们感到羞怯的那些富人们，在他眼中失去了魅力。不止一次他们从他手里夺取了这种或那种优惠的供货，他看得一清二楚：他们往后还将这样做。他仿佛觉得他们所有人都同样是贪财的，永远准备相互欺骗。当他把自己的观察告知教父时，老头儿说：

——那还用说？商业同样是战争—狂热的事业。这里为钱袋而战，灵魂就在钱袋里……

——我不喜欢这样。——福玛宣称。

——我也不完全喜欢，太多欺诈！但是，在商业中走正道是完全不可能的，这里需要手段！这里，兄弟，对人要左手拿蜜糖右手持刀子。

——这不太好。——福玛沉思地说。

——好，往后将……当你占上风的时候，那时才好……福玛兄弟，生活非常简单地摆在面前：要么啃死所有人，要么被所有人啃死……

老头儿微笑，残缺不齐的牙齿引起福玛强烈的思想："显然，你啃死过许多人……"

——没有什么更好的？这就是全部？

——此外，更好的到底在哪儿？任何人都希望自己更好…那是什么，更好的？走在别人前面，比别人站得更高。瞧，大家都力求达到生活中第一的位置……有的人这样，有的人那样……但大家必定都想让自己像钟楼一样很远就能让人们看得见。人注定要这样，要往高处走……甚至在约夫[1]的书里是这样表述的："人生来受苦，要像火花那样向上升腾。"你瞧，小孩子们在游戏中也总是想要相互超越。任何游戏都有自己的制高点，这样才好玩……懂吗？

——这个我懂！——福玛说。

——这个必须意识到……怀着片面的理解你跳不到任何地方去的，你还希望，如此希望：让高山在你面前是小草丘，海洋在你面前是水洼！唉咳！我在你这个年纪生活得轻松愉快！而你还总在盘算……

老头千篇一律的话很快达到了蓄意的目的。福玛听取了他的话，明确了自己生活的目的。他记牢了：必须比别人优秀，被老头儿激发的虚荣心印入了他的心中……印入了，但未占满它，因为福玛对待梅登斯卡娅的态度具有不祥地应当采取的性质。她吸引着他，他也总想见到她，而在她面前他感到羞怯，变得笨拙、傻里傻气，他对此心知肚明，并因此而痛苦。他常去她那里，但很难赶巧碰上她独自一人在家，那些洒着香水打扮入时的人们总在她身边转来转去，就像苍蝇在糖块上盘旋一样。他们和她说法语，歌唱，哈哈大笑，而他默然无语，看着他们，充满恶意和嫉妒。他盘起腿，坐在她装饰得漂漂亮亮的客厅一角的什么地方，忧郁地观望。

她在柔软的地毯上无声地闪现在他面前，丢给他温柔的眼色和嫣然的微笑。她的崇拜者死气白赖地追求着她，他们所有人如此机敏，就像蛇一样，围着各式各样的小桌子、椅子、挡板——整个美丽的和脆性的物品商店，这些物品被漫不经心地乱放在房间里，无论是对他们还是对福玛来说这种漫不经心都是危险的。当他走动时，地毯没有减轻他的脚步，所有这些物品挂住他的常礼服、晃动、倒塌。那里钢琴旁边立着挥手抛救生圈的青铜船员，救生圈上挂着钢丝绳，钢丝绳经常挂住福玛的头发。这一切都引

---

① 约夫（Иов，？—1607）：1589年起为第一任全俄牧首，1605年失去牧首宝座并被放逐，有书信和有关16世纪俄国历史的著作。——译者

发索菲娅·帕芙洛芙娜和她的崇拜者的笑声，但福玛付出了高昂的代价，使他感到忽热忽冷。

但是，他和她两人单独在一起时也感到不轻松。她温柔地微笑着迎接他，和他坐在舒适客厅的一个角落里，通常摆出这样的姿态开始交谈，即猫腰，用昏暗的目光直视着他，目光中闪烁着某种欲望。

——我多么喜欢和您说话。——她悦耳地拖长声音说。——所有这些人使我感到厌烦了……他们无聊、平凡、陈腐。而你——清新、真诚。您本来也不喜欢他们吧？

——我不能容许！——福玛坚定地回答。

——对我吗？——她小声地问。

福玛挪开视线，叹息，说道：

——您问这个多少次了……

——您难以说吗？

——不难……为什么？

——我需要知道这个……

——您和我玩……——福玛忧郁地说。

她睁大眼睛，用非常惊异的声调问：

——我怎么玩？玩——什么意思？

她的脸天使般温柔善良，以致他不能不相信她。

——我爱您，爱！难道这可以——不爱您吗？——他热烈地说，又立刻降低声调忧郁地补充说：——看来您不需要这个！……

——瞧，您已说了！——梅登斯卡娅十分满意地叹息，并挪步离开他远些。我总是很高兴听您对此怎样说……年轻、纯真……您想吻吻我的手吗？

他默默地抓住她白嫩纤细的手，毕恭毕敬地俯身向着她，热烈地和许久地吻她。她抽出手，露出微笑，显得优美，但一点儿也没有因为他的热吻而激动。她沉思地、目光炯炯地看着他，好像看着某种稀有的、十分新奇的东西。她那种目光总是使福玛感到不安。她说：

——您多么健康强壮和心思灵敏……您知道：你们这些商人还是完全没有生活经历的一代人，是带着原有传统和具有身心巨大能量的整个一代人……就拿你做比喻吧：您本来是一块宝石，如果经过琢磨的话……啊！

当她说“你们，按你们的方式，按商人的方式”这种话的时候，福玛仿佛觉得她好像在用这些话把他推离她。这使他既忧伤又委屈。他默沉，望着她苗条的身躯——总是衣着有点儿特别漂亮、总是像花朵一样香气四溢、总是少女般娇嫩的身躯。有时在他心中燃起抓住她亲吻的粗野的欲望。但是，她的美和这纤细柔软身段的脆性激起了他对她的恐惧感，即担心伤害她，而她那平静温和的嗓音、明亮但似乎是戒备的目光使他一时的激情冷却了下来。他仿佛觉得她看透了他的心思和了解了他的全部想法……这种情感的冲动是罕见的，总的来说，少年是怀着崇拜的心情对待梅登斯卡娅的，惊叹她的一切——美丽、言谈、衣服。和这种崇拜心情并存的，就是他远离她、她优于他的强烈的折磨人的意识。

他们的这种关系很快就确立了下来。两三次会见梅登斯卡娅就完全掌握了这位少年，并开始慢慢地考验他。也许，她喜欢对健壮小伙子的权力，喜欢只用嗓音和目光激起并驯服他的兽性。她相信自己权力的力量，兴致勃勃地和他嬉戏。

他激动得病恹恹地离开她，带着对她的怨恨和对自己的愤恨。但过一两天他又重新出现了。

有一次他畏怯地问她：

——索菲娅·帕芙洛芙娜！……您有过孩子吗？

——没有……

——我所了解的也是这样！——福玛高兴地叫喊起来。

她用完全像天真的小女孩的目光看着他说道：

——您究竟为什么了解了这个？您又干吗要了解我是否有过孩子？

——福玛面红了，低垂着头，开始对她用低沉的声音说，又仿佛是从地底下挖掘词汇并掂量每个词有几普特重。

——瞧……如果女人，她……就是说，生过小孩，那么她的目光……完全不是这样的……

——是—是吗？那会是怎样的？

——是不知害羞的！——福玛喃喃地说。

梅登斯卡娅大笑起来，发出银铃般的笑声，福玛望着她，也大笑起来。

——请您原谅！——他最终说。——我，也许，说得不好……有失体面……

——啊，不，不！您不会说任何不体面的话……您是单纯可爱的男孩。那么，我的目光不是不知害羞的吗？

——您的目光像天使的目光！——福玛用炯炯有神的目光望着她，热情洋溢地宣称。

她用好像此刻以前尚未见过似的目光看了他一眼，这是女人—母亲的目光，充满着忧郁的爱意，混杂着对爱人的担心。

——您走吧，小鸽子……我疲倦了，想休息一下……——她对他说，同时站了起来，未再看他。

他恭顺地离去了。

此后若干时间之内她对他更加严肃和真诚，仿佛怜惜他，但以后他们之间的关系重新采取了猫捉老鼠的游戏形式。

福玛对梅登斯卡娅的关系不可能瞒过了教父。有一次老头儿扮出阴险的鬼脸，问他：

——福玛，你常摸摸脑袋，以便你不致偶然丢失她。

——您这是说的什么？——福玛问。

——关于索妮卡，你太频繁地去找她。

——您怎么啦？——福玛有点儿粗鲁地说。——索妮卡对您怎么样啊？

——对我没关系，你被啃对于我不会有坏处。人们怎么称呼她索妮卡——这是众所周知的……她怎么喜欢用别人的手去捞取热情——这也是大家知道的。

——她聪明！——福玛皱起眉头，双手插入口袋里，坚定地宣称。——她是受过教育的……

——聪明，这是真的！——受过教育的……她在教育你……特别是她周围游手好闲的人……

——不是游手好闲的人，也是些聪明人！——福玛自相矛盾地、凶狠地反对说。——我在向他们学习……我算什么？既不会吹木笛，又不会跳舞……教我什么？那里谈论一切……任何人都有自己的话。您不要妨碍我像个人。

——哎呀！你怎一怎么说学习！就是说，像屋顶上的冰雹……生气！嗯，得啦，你去像个人吧……只是为此去小饭馆更安全一些，那里所有人都比索菲娅这些人都好……而你，小伙子，仍然要学习辨别人才好，什么人有什么目的……比方说，索菲娅……她在扮演什么？点缀大自然的昆虫，此外什么也不是！

内心深处感到气愤的福玛咬紧牙关，离开了马雅金，双手更深地插入口袋。但老头儿很快又重新谈起了梅登斯卡娅。

他们在检查轮船之后从船只停泊修理处回来，坐在宽大平静的雪橇上，友善地、活跃地谈论事业。这是三月天：水在雪橇滑木下呜咽啜泣，雪几乎融化了，太阳在晴朗的天空放射出愉快的和温暖的光芒。

——你回来了，——第一件事就是去找自己的那位太太？——马雅金中断业务谈话突然问道。

——我会去一趟的，——福玛不满意地回答。

——嗨……——你说说：你经常给她送什么礼物？——马雅金简单地、有点儿诚恳地问。

——什么礼物？为什么？——福玛吃惊地问。

——不送礼？咦，你呀……难道她就如此简单，只是因为爱而和你一起生活？

福玛愤怒和羞愧得火冒三丈，急转身向着老头儿，带有责备意味地说：

——唉咳，你本来是位老人了，而您的话——听起来害羞！难道她会这样干吗？

马雅金吧嗒嘴唇，沮丧地说：

——你是怎样的木一木头人！怎样的傻一傻瓜！——他突然

发脾气，啐了一口吐沫。——呸，你呀！任何畜生都是用瓦罐饮水，只剩下一点儿底子，而傻瓜却用脏盆做爱神！……真见鬼！你去她那里，直截了当地说：“我希望做您的情夫，我是青年人，您别要价太高。”

——教父！——福玛忧郁地和严厉地说。——我不能听这样的话，如果是别的什么人……

——除了我以外，还有谁警告你？我的老—老天爷！——马雅金叫喊起来，双手举起轻轻地拍打。——这是她整个冬天牵着你的鼻子走吧？嗯，鼻—鼻子！唉咳，她，卑鄙可憎的女人！

老头气愤，他的嗓音充满懊恼、愤恨，甚至含着泪水。福玛任何时候还未见过他是这个样子，不由自主地沉默了下来。

——要知道，她将毁了你！唉咳，巴比伦的荡妇！……

马雅金加速眨巴眼睛，嘴唇颤抖着。他开始用粗鲁下流的话谈论梅登斯卡娅，声音激昂、凶恶、刺耳。

福玛感到，老头说的是实话。他开始呼吸困难。

——得啦，爸爸，够了……——他小声地、忧郁地请求说，把脸扭向一边，不理睬马雅金。

——唉咳，你应当尽快娶妻！——老头忧虑地叫喊起来。

——看在基督的面上吧，您别说了！——福玛声音低沉地说。

马雅金望了教子一眼，不吭声了。福玛的脸变瘦了，脸色变得煞白，半张开的嘴唇和忧郁的目光饱含着沉重、痛苦和惊异的神情……道路两旁是铺满一片片冬季覆盖物的田野。白嘴鸦在肮脏的雪已融化的地方忙碌地跳跃。水在雪橇滑木下呜咽啜泣，拖泥带水的雪在马蹄下飞溅……

——嗯，人也在自己少年时代犯傻！——马雅金轻轻地感叹了一声。——一个树墩挡在他前面，而他看着好像野兽的嘴脸……哈—哈！

——您就直话直说吧，——福玛忧郁地说。

——这有什么可说的？事情明摆着：少女是乳脂，村妇是乳汁，村妇在眼前，少女在远处……那么，你去索妮卡那里，既然你不这样不行。你对她直截了当地说：如此这般……小傻瓜！你干吗摆架子？干吗显出神气十足的样子？

——您不明白……——福玛轻轻地说。

——什么我不明白？我明白一切！

——心，人有一颗心！……少年轻轻地说。

马雅金微微眯缝上眼睛，回答说：

——就是说，没有智慧……

六

福玛怀着忧伤的和复仇的愤恨来到了城市。他心中沸腾着侮辱梅登斯卡娅的强烈的愿望。他咬紧牙齿，双手深深地插入口袋里，连续几个小时徘徊在自己住宅的荒凉的房间里。他严肃地皱起眉头，时刻挺起胸脯。他那充满委屈的心在胸中感到发紧。他在地板上重重地、有节奏地跺脚，仿佛在锻造自己的凶狠。

——卑鄙的女人……装扮成天使！

有时期望的心里以畏怯的声音提示他：

“也许，这一切都是诽谤……”

但是，他想起了教父激昂的信心和说话的力量，于是牙齿咬得更紧了，胸脯向前挺得更直了。

马雅金诽谤梅登斯卡娅，以此使她成为教子易懂的人，福玛很快就明白了这个。福玛在春季繁忙的事务中度过了几天之后，他的愤怒感平息下来了。失去一个人的忧愁降低了对这个女人的愤恨，而接近这个女人的思想加强了对她的爱好。他不自觉地决定：必须去索菲娅·帕芙洛芙娜那里，直接简单地对她说，他想从她那里得到什么，——这就万事大吉了！

梅登斯卡娅的女仆习惯了他的来访，对他的问题“太太在家吗？”女仆回答说：

——请到客厅去……

他有点儿害怕……但是，在镜子里看到了自己穿着常礼服的匀称的体态，自己蓄着柔软黑须的、长着深色大眼睛的、严肃的、黝黑的面孔之后，他稍微抬起肩膀，信心满满地向前走过厅堂……

迎接他的是：轻轻飘来的缕缕如此奇异的声音，即仿佛是轻柔的不愉快的笑声，抱怨什么，温情地触动心扉；又仿佛是请求关心又不寄希望于得到关心……福玛不喜欢听音乐，音乐总是引起他内心的悲伤。甚至当小饭馆的“留声机”开始演唱什么凄凉的音乐时，他就胸中泛起忧伤和苦恼，并请求关掉“留声机”或者是离开它远些，感到自己不能平静地听这些无词的但充满泪和怨的语言。现在他就不由自主地停留在客厅的门旁。

门上挂着长长的各种颜色的小花玻璃珠串门帘，这些玻璃珠串起来形成新奇别致的某些植物的花纹，玻璃珠轻轻地摆动，看似淡白的花影在空中摇曳。这幅晶莹的门帘没有掩盖住客厅的内部景象。梅登斯卡娅坐在自己心爱的房角的沙发床上弹奏曼多林琴。固定在墙上的五颜六色的日本大伞遮盖着身穿深色连衣裙的小巧的女人。红罩青铜灯放射出晚霞般的光芒。细琴弦温柔的声音在狭小房间里忧伤地颤动，房间弥漫着温和芳香的暮色。瞧，女人把曼多林琴放在自己膝盖上，继续轻轻拨动琴弦，开始凝视自己前面的什么东西。

福玛看着她，发现她独自一人时不像在众人面前那样漂亮，她的脸显得更严肃更年老，眼睛中没有爱抚温和的表情，目光显得无聊。她的姿态显得疲倦，似乎这个女人想站起来但又无能为力。

少年咳嗽了一声……

——这是谁？——女人惊慌地颤动了一下问道。琴弦也发出惊慌的声音颤动了起来。

——这是我，——福玛一手撩开玻璃珠串说道。

——哦，但是，您多么平静……很高兴见到您……请坐！……为什么那么久没有来？

她向他伸出一只手，另一只手指向自己旁边的小沙发椅，她的眼睛露出愉快的微笑。

——我去了船只停泊修理处检查轮船，——福玛过分放肆地说，同时把小沙发椅挪近沙发床。

——怎么样，野外还有许多雪吗？

——很多……但融化得很快。沿路到处是水……

他看着她，微笑。大概，梅登斯卡娅发现了他行为的放肆和他微笑中的新意，于是她整理好连衣裙，挪步离他远一点儿。他俩的目光相遇了，梅登斯卡娅低下了头。

——融化！——她若有所思地说，细看自己小指头上的戒指。

——嗯—是的……小溪遍地……——福玛说，同时欣赏自己的皮靴。

——这很好……春天正在走来……

——现在已不会放慢脚步……

——春天降临，——梅登斯卡娅小声地重复说，仿佛仔细听说话的声音。

——人们将开始恋爱，——福玛微微一笑说道，不知何故使劲地搓搓手。

——您准备好了？——梅登斯卡娅干巴巴地问道。

——我，没什么可准备的……我，早就！……热爱整个生活……

她匆匆瞥了他一眼，重新开始弹奏，沉思地说：

——这多好呀，您还刚刚开始生活……心灵充满力量……其中没有任何昏暗的东西……

——索菲娅·帕芙洛芙娜！——福玛激动地叫道。

她用温柔的手势阻止他。

——等一等，亲爱的！今天我能告诉您……某种好的东西……您知道：人有许多经历，常有这样的时刻，即当他探察一下自己的内心活动时，他忽然发现那里……有某种早已被遗忘的东西……这种东西年复一年深藏在心底的某处……但未消失少年的芬芳，而当忆及它时，则将以其清晨的凉爽……使人胸襟开朗……

琴弦在她的手指下颤动、哭泣。福玛似乎感觉这琴声和这女人的轻柔的嗓音在亲热地和温情地骚动他的心扉……但是，坚持自己决定的他听了她的话却不解其含义，心想：

“你说吧，现在我已不相信你任何的话……”

这使他生气。他感到遗憾：他不能像以前那样仔细和信任地听她的话……

——您在想应当怎样生活吗？——女人问。

——有时想一想但随即又会忘记。没有时间啊！——福玛微微一笑，说道。——再说，又有什么可想的？看着人们是怎样生活的……嗯，那么就应当仿效他们。

——唉咳，不要这样做！怜惜自己……您是如此可爱的！……您有某种特质——是什么呢？我不知道！但这是感觉得到的……我仿佛觉得您将生活得非常困难……我相信：您将不会走你们商界人士的普通的道路……不会！完全献身于追逐卢布的生活不可能令您感到愉快……啊，不可能！我知道，您想要某种其他的东西……对吗？

她快言快语，眼睛饱含惊慌。福玛望着她，心想：

“她说这话的用意何在？”

她走近他，直视着他，坚定地说：

——按照另外的方式安排自己的生活吧……您强壮、年轻……优秀！……

——既然我优秀，那我就应当优秀！——福玛感叹了一声，感觉他沉浸在激动之中，心脏开始急促地跳动……

——唉咳，世上总是优秀者比愚蠢者差！……——梅登斯卡娅忧郁地说。

在她的手指下重新奏响了颤动的音符。福玛感到如果他现在不开始说应该说的话，那么迟了就对她什么话都说不了啦……

“上帝啊，祝福吧！”——他心里念叨，并压低嗓音、胸怀紧张地开始说：

——索菲娅·帕芙洛芙娜！得了！……我必须说……我来要对您说的就是：够了！行事必须率直……坦诚……您起先吸引我……而现在却脱离我……我不理解您说什么……我愚钝……但我还是感到您想掩藏自己……我看得见您明白我是来干什么的！

他的眼睛红了，嗓音随着每个词而变得紧张和响亮。她摇晃着整个身躯，惊慌地说：

——啊，别说了……

——不，我要说！

——我知道：您想要说什么……

——您不全知道！——福玛用威胁的口吻说，同时站了起来。——而我知道您的一切、一切！

——是吗？对我来说这就更好啦！——梅登斯卡娅平静地说。

她也从沙发床上站了起来，好像想要去某处，但是站了一两秒钟又重新坐到了自己的位置上。她的脸色严肃，双唇紧闭，但眼睛低垂，而福玛没有看她眼睛的表情。他本想：当他对她说"我知道您的一切！"时，她会惊慌，她会感到羞愧和难为情，她会因为她戏耍他而请求他原谅。那时他就紧紧地拥抱她并原谅她。但是，这种情况没有出现，倒是他自己面临她的镇静而发窘。他看着她，搜索词语，以便继续自己的话，但没有找到合适的词语。

——这就更好啦……——她干巴巴地和坚定地说。——这样您知道了一切，是吗？当然，我受到了狠狠的斥责……我知道……我对不起您……但是……不，我会自我辩解……

她开始沉默，突然用神经质的姿态举起双手，抓住脑袋……开始整理头发……

福玛深深地叹了一口气。梅登斯卡娅的话语粉碎了他的某种希望，只是现在，当这种希望被粉碎了的时候，他才感到了自己心中存在的这种希望。他怀着痛苦的责备摇头说道：

——我往常看着您就想："她多么美丽、善良……小鸽子！……"您自己现在说对不起……唉！

他的声音突然中断了。而女子轻轻地笑了起来。

——您是多么可爱又可笑的人……

小伙子望着她，感到自己已被她温柔的言语和苦笑解除了武装。他胸中有过的反对她的冷淡而严厉的思绪在她那温暖的目光下融化了。他似乎觉得这个女人现在像小孩一样弱小无助。她用温柔的嗓音说着什么，仿佛在恳求，总是在微笑，但他未细听她的话。

——我到您这里来，——他打断她的话开始说道，——并不怀好感！……我曾想：我要对她说！但什么也没说……也不想说了……心慌意乱……您有点儿像在向我吹气……唉咳，我徒劳见到了您！您对我算什么？显然，应当离去了……

——等一等，亲爱的，别走！——女人伸给他一只手，匆匆地说。——为什么这样……严肃？别生我的气！我对您算什么？您需要另一个女朋友，像您自己一样简朴和身心健康的女朋友……她应当是愉快的和精力充沛的……我本来已是老太婆……瞧，我忧郁……我生活得如此空虚寂寞……如此空虚！您知道，当一个人习惯于愉快地生活而不能愉快时，他会不好受！不是他笑，而是生活取笑他……而人们……听我说！我像母亲一样劝告您，我请您和恳求您：别听信任何人，除了您自己的良心！像良心提示您的那样去生活。人们什么都不知道，任何实话都不能说……别听信他们！

她激动，力求说得简单易懂，她的话一句接一句急促、不连贯。她的嘴唇总是荡漾着苦笑。

——生活是严酷的……它想要所有人服从它的要求，只有非常有力的人才能无报应地反抗它……真能反抗吗？啊，如果您知道生活多么艰难才好呢……一个人达到开始害怕自己……他就分裂成法官和犯人，进行自我审判，并寻求自我辩护……他准备昼夜不停地和他蔑视的和厌恶的人在一起，只要不是独自一人就行！

福玛抬起头，疑惑地和惊讶地说：

我无论如何也不理解这是什么意思？柳博芙也说……

——什么人——柳博芙？说什么？

——姐妹……也是那一套，总是抱怨生活。说：不能生活……

——啊，她现在也谈论这个，此乃莫大的幸福……

——幸—幸福！幸福好啊，人们因幸福而呻吟和抱怨……

——您，听着：在人们的抱怨中总有许多智慧……智慧——这是痛苦……

福玛听着女人坚定响亮的声音，困惑莫解地环顾四周。他对一切早就熟悉，但今天一切看来都新鲜，尽管那大量的小物件堆满了房间，墙上挂着图画和钉着搁架，漂亮鲜艳的物品从四面八方映入眼帘。微红色的灯光令人忧虑和苦闷。暮色笼罩一切，其中的某些地方玻璃窗扇暗淡地闪着金色的光泽，瓷器暗淡地闪着白色的光点。门上一动不动地挂着沉甸甸的门帘。这一切使福玛陷入拘谨和压抑之中，他感到自己成了迷途羔羊。他怜惜过这个女人。但她也刺激了他。

——您听见了我怎样和您说话了吗？我愿成为您的母亲、姐妹……任何时候任何人都不曾像您这样引起我内心如此温暖的情感……而您看待我如此……不友好……您相信我吗？是？不？

他看了她一眼，感叹地说：

——我不知道！我相信过……

——那么现在呢？——她迅速地问。

——那么现在——我最好离去！我什么都不知道……我也不知道我自己……我到您这里来，并知道要说什么……而结果却是这样的一团乱麻……您把我置于削尖的小木棒上，激起……然后您说：我是你的母亲，那么，别再纠缠了！

——请您理解：我怜惜您！——女人轻轻地叹了一口气。

福玛面对她越来越激动，随之他的话含有讥讽意味……他一边说一边耸动肩膀，好像要挣脱捆绑他的绳索。

——怜惜？……这个我不需要……唉咳，我不会说！但是，我要告诉您！……您对我做得不好，您想一想，为什么引诱一个人？难道我是您的玩偶？

——我只是想在自己身边看到您……——女人用抱歉的口吻简单地说。

他没有听见这些话。

——怎么出现了这种情况：您吃惊了并与我断绝了往来……您开始后悔了……生活不好！您怎么总是抱怨生活？什么样的生活？人——就是生活，除了人之外，任何生活都没有……而您还想出了某种怪物……这是您为了转移视线，为了自我表白……您搞出许多恶作剧，迷失于各种臆想之中，于是，呻吟！“唉咳，生活！啊呀，生活！”这不是您自己造成的吗？您用抱怨掩饰自己，又去诱惑别人……嗯，您迷路了，为什么又要迷失方向？您心怀恶意还是怎么啦，据说：我不好，也让你不好！是这样还是怎么样啊？唉咳，您呀！上帝给了您天使般的美丽，而您的良心在哪儿？

他全身颤抖，站在她对面，用责备的目光从脚到头看着她。现在话已从他胸中自由地涌出，他小声但是有力地说，他说得痛快。女人抬起头，睁大眼睛凝视着他。她的嘴唇在颤动，嘴角出现了尖刻的皱纹。

——人漂亮，生活也应当美好——关于您，人们说……——他的嗓音突然中断了，一只手挥舞了一下，最后用低沉的声音说：再见！

——再见！……——梅登斯卡娅轻轻地说。

他没有和她握手，急速地转过身去，离她而去。但是，在进入大厅的门旁他感到自己怜惜她，回头看了她一眼。她独自一人站在房角那里，她的双手一动不动地顺着身体放着，头低垂着。

他想起了自己不能就这样走，顿感难为情，轻轻地但并无懊悔地说：

——也许，我说了什么令人感到委屈的话，请原谅！我仍然……爱您……——他深沉地叹了一口气，而女人轻轻地和奇异地笑了起来……

——不，您没有委屈我……去吧，上帝保佑您！

——嗯，那就再见吧！——福玛更低声地重复说。

——是的……——女人也低声地回答。

福玛一只手撩开玻璃珠串，玻璃珠串轻轻摆动，沙沙作响，触碰到他的脸颊。这冷冰冰的触碰使他颤抖了一下，胸中怀着模糊的和沉重的感觉离去了，心脏如此跳动，仿佛有一张柔软的但又是坚固的网套上了他……

夜已降临，一轮明月在天空照耀，严寒把银色的薄冰层覆盖在水洼上。福玛走在人行道上，用树枝戳破薄冰层，薄冰层忧郁地发出咯吱的响声。房屋的阴影形成昏暗的方块倒映在道路上，而树木的阴影形成新奇别致的图案倒映在道路上。其中某些图案好像纤细的、无助地抓着土地的手……

“她现在在做什么？”——福玛心想，同时想象这个孤单的女人在微红色的暮色中坐在狭窄房间的一个角落里……

“我最好是忘记她……”——他下决心说。但是，不可能忘记，她站在他面前，忽而引起他强烈的怜悯心，忽而引起他的激动甚至愤恨。她的形象是如此鲜明，对她的思念是如此深沉，仿佛他在自己胸中怀抱着这个女人……一辆四轮双座敞篷轻便马车向他迎面驶来，车轮碾压石子路面的轧轧声和碾压冰层的吱吱声打破夜晚的寂静。马车夫和乘客在马车中摇晃和颠簸，他俩不知何故向前弯下腰去，和马一起组成了一个很大的黑团。街道点缀着光点和阴影，但远处暮色浓密，好像一堵墙从地面直插云天，隔断街道。福玛心想：这俩人不知往哪里行驶……而他自己也不知道走往哪里……在他面前出现了自己的住宅——六个大房间。姑母安菲莎去了修道院，也许，不会从那里返回来了，她行将死亡……家里有：院子管理员伊万、老姑娘谢克列节娅、厨娘和女仆，还有一只长着鲇鱼一样圆嘴、毛茸茸的黑狗，这只狗也老了……

“也许，应该娶妻了……”——福玛叹了一口气，想道。

但是，当他想着娶妻多么容易的时候，他开始感到尴尬甚至可笑。明天就可以对教父说，让他给找个未婚妻，不到一个月就会有一个女人同他在一起生活。她将昼夜待在他身边。他对她说：“我们去散步吧！”她就去……对她说：“我们去睡觉！”她就去……她想吻他，她就吻，即使他不想亲吻也罢。如果对她说：“我不想，你走开！”她就会感到委屈……和她将有什么可说的呢？他想起了熟悉的小姐们，其中有的长得漂亮。他知道：任何一个都乐意嫁给他。但是，他不愿意看到任何一个成为自己的妻子……当一个少女成了妻子的时候，想必这是多么害羞和尴尬的事……年轻人婚礼后在卧室里将彼此说什么呢？福玛试图想一想在这种情况下说什么话才好，但没有找到任何合适的话，他不好意思地笑了起来……然后，他想起了柳芭·马雅金娜。也许，这个女人自己会首先说些她陌生的和无条理的话……他似乎觉得为什么她的话都是陌生的，她说的不是她这个年纪、外貌和出身的少女应该说的话……

此时他的思想停留在对柳博芙的抱怨上。他悄悄地走着，感到惊讶的是：他亲近的和他与之常谈的所有人都总是和他谈论生活。父亲、姑母、教父、柳博芙、索菲娅·帕芙洛芙娜——他们所有人或者教他理解生活，或者抱怨生活。他回忆起了老头儿在轮船上说的关于命运的话，以及其他许多关于生活的意见、对生活的责备和对生活的痛苦的抱怨，他顺便从各种人那里听到过这些话。

“这意味着什么？——他想，——生活是什么，如果这不是人的话？而人们总是这样说，即似乎这不是人，而是除人以外的某种东西，而这种东西妨碍人们生活。”

可怕的恐惧感控制着小伙子，他颤抖了一下，匆匆环顾了一下四周。街道上一片荒凉寂静，房屋昏暗的窗户和夜幕模糊地相望，福玛的身影沿着墙壁和栅栏在他后面移动。

——马车夫！——他加快脚步，高声地叫喊。无声的和昏暗的身影猝然一抖，在他身后胆怯地蠕动。

七

和梅登斯卡娅谈话之后约一星期过去了。她的形象日日夜夜无休止地站立在福玛面前，激起他心中折磨人的情感。他想去找她，他想重新待在她身边想出病了，但他皱起眉头，不想向这个愿望让步，于是勤奋地经营事业，激发自己心中对这个女人的愤恨。他感到如果他去找她，那就要看到她已非原先的样子，她在和他谈话以后应当有所变化，她迎接他不要像先前那样温柔，不要向他露出激起他某些特殊想法和欲望的安然的微笑。他怕将不会是这种情况，而应当是另外的什么样子，于是他克制自己，陷入痛苦之中……

工作和对女人的忧思没有妨碍他思考生活的问题。他没有推论这个引起他忧虑之感的生活之谜，他也不会推论。他开始敏锐地倾听人们谈论生活的一切。他们没有向他做任何解释，而只是增加了疑惑，引起了他对他们的疑心。他们机敏、狡猾、聪明——这一切他都看见了。在和他们的业务交往中始终应当保持小心谨慎。他已经知道：在重要的事件中，他们之中的任何人都不说心里之所想。他仔细观察他们，感到他们的叹息和对生活的抱怨引起了他的不信任。他默默地用怀疑的目光仔细看待一切，他的前额刻下了细细的皱纹。

有一天清晨，教父在交易所对他说：

——安纳尼来了……他召唤你……你晚上去他那里，对，去看看情况，但要管住自己的舌头……安纳尼将摇唇鼓舌，以便你接谈业务……一个狡猾的老鬼……圣狐狸……他瞪眼望天空，而爪子伸到了你怀中，掏空了你的口袋……当心！……

——我们欠他的吗？——福玛问。

——都还用说！还未支付驳船的钱，不久前还拿过五个五十卢布的劈柴……如果他一下子全要，你别给……卢布——是粘胶的，在你手里转动得愈多，则粘在它上面的戈比就愈多……

——如果他要求的话，怎能不给他？

——让他去哭，去求，你就吼叫，就是不给！

安纳尼·萨维奇·舒罗夫是林业巨商，拥有大型锯木厂，建造了驳船，流放木排……他和伊格纳特有业务联系，福玛不止一次地见到过这个身材像松树一样高而笔挺的老头儿，他蓄着大白胡须，长着一双长手。他那高大美丽的身躯、开朗的脸和明亮的目光引起了福玛对舒罗夫的敬意，尽管他听到人们说：这个“林妖”不是由于诚实劳动而致富的，他在林业县偏僻村镇自己家里生活得并不好。父亲对福玛说过：舒罗夫年轻时还曾是个贫穷的乡下人，那时他寄居在自己的菜园子里和澡堂里，服苦役的人为他制造假钱。从那时起安纳尼开始发财了。有一次，他的澡堂烧光了，在澡堂的灰烬中发现了一具被烧焦的、颅骨被击碎的人的尸体。村镇的人们说：舒罗夫本人杀死了自己的工作人员，杀死并焚烧。这样的话还涉及许多城市富人——他们所有人似乎都利用掠夺、杀人的办法，主要还是利用销售假钱的办法，积攒了千万百财富。福玛从小就听惯了这类故事，但从未考虑过这些故事是否属实。

他还知道：舒罗夫老头儿送别了两位妻子。其一，在新婚之夜死在安纳尼的怀里。然后，他抢夺了自己儿子的妻子。儿子由于忧伤而开始酗酒，差点没死于狂饮之中，但当他清醒过来时，他就逃生去了伊尔吉兹隐修院。当儿媳妇—情妇死了的时候，舒罗夫就把哑巴女孩—乞丐带回到自己家里，至今和她一起生活，她给他生了一胎死孩……福玛走向旅馆去见安纳尼，不由自主地想起了从父亲和其他人那里听到的关于这个老头子的一切，他感到舒罗夫是他很感兴趣的人。

当福玛打开房门时，恭敬地停留在一个窗户的小房间的门槛上，从这个窗户只能看到邻居房屋的生锈的房盖。他看到：老舒罗夫刚睡醒，坐在床上，双手支撑在床上，望着地板，弯着身子，长长的白胡须耷拉在膝盖上。虽然弯腰曲背，但仍显得魁梧……

——谁进来了？——安纳尼没有抬头，用嘶哑的和生气的声音问道。

——是我，您好，安纳尼·萨维奇……

老头慢慢抬起头，稍微眯缝上大眼睛，看了看福玛。

——伊格纳特的儿子，是不是？

——正是……

——嗯，请坐到窗户旁边，让我看看你的模样！喝点儿茶，还是怎样啊？

——我喝点儿也好……

——服务员！——老头儿叫喊了一声，他挺胸，把胡须拢成一把，开始默默地看着福玛。福玛也皱起眉头看着他。

老头儿高高的前额刻满了皱纹。一绺绺卷曲的白发遮盖着他的鬓角和尖耳朵，浅蓝色平静的眼睛赋予他脸的上部以智慧端庄的表情。但是，他的嘴唇又厚又红，看起来像是他脸上长着别人的嘴唇。他的细长的鼻子向下弯起，仿佛想隐藏到白胡子中去。老头儿的嘴唇微微颤动，露出黄色尖细的牙齿在闪亮。他身穿粉红色印花布衬衫和黑色灯笼裤，衬衫上束着丝绸腰带，灯笼裤塞入靴子之中。福玛望着他的嘴唇，心想：大概，老头儿就是像人们关于他所说的那样一个人……

——你小时候更像父亲！……——舒罗夫突然说，并叹了一口气。然后，沉默了片刻，问道：——你记得你父亲吗？为他祈祷吗？应当，应当祈祷！——他听到了福玛简短的回答之后继续说。——伊格纳特曾是个大罪人……死时也没有忏悔……一下子就死了……大罪人！

——大概，罪过不比别人大，——福玛为父亲感到委屈，皱着眉头回答说。

——譬如，比谁？——舒罗夫严肃地问。

——罪人还少吗？！

——世上有一个人比已故伊格纳特的罪过更大，那就是该死的虚无主义者、你的教父雅什卡……——老头儿一字一句地说。

——您这了解得正确吗？——福玛笑问。

——我？我了解！——舒罗夫摇了摇头，确信地说。他的眼睛变得暗淡无光了。——我本人也将出现在上帝面前……不轻便……我带着沉重的负担站在上帝的圣像面前……我本人也做过缺德的事……只是我相信上帝的仁慈，而雅什卡既不信打喷嚏，也不信梦，还不信乌鸦叫……雅什卡不信上帝……这我知道！由于他不信，还将在世上受惩罚！

——这您也知道？——福玛问。

——这也……你别想：我本来还知道：你听我说话而感到可笑……多么有洞察力的人！但是，作孽多端的人总是聪明……罪孽——教导人……因此马雅金·雅什卡也聪明……

福玛听着老头嘶哑而坚信的声音，心想：

“显然，死亡预感到……”

个子矮小、脸色苍白的服务员带着茶炊快速碎步从房间里跑出来。老头儿清理了窗台上的什么东西，没有看着福玛说道：

——你果敢……你的目光暗淡……从前淡色眼珠的人多……从前人心开朗……从前一切都简单——无论是人还是罪孽……而

现在一切都费解……唉咳—咳！

他泡茶，坐到福玛对面，重新开始说：

——你父亲在你这个年纪……当时他曾是驳船上的工长，和驳船队驻在我们村镇附近……伊格纳特在你这个年纪曾像玻璃一样明亮……瞅他一眼，马上能看出他是什么人。可是瞅你一眼，却看不出你是什么人？你是怎样的人？你，小伙子，对这一点自己也不了解……因此，你将完蛋……现在所有人都该完蛋，因为他们不了解自己……而生活是被暴风折损的树木，应当能在生活中找到自己的道路……道路在哪儿？大家都因迷路而乱走……而魔鬼——高兴……你结婚了吗？

——还没有，——福玛说。

——瞧，这也……未婚，想必，早已变味儿了……嗯，你在自己的事业中工作多吗？

——还行……我暂时和教父在一起……

……你们现在有什么工作？——老头摇晃着脑袋说，他的目光不断地变换，忽而暗淡，忽而重放光芒。——你们没有劳动！从前商人骑马跑业务……在暴风雪中，在夜晚……行驶！强盗在途中等待着他并杀死他……他作为蒙难者死了，他用鲜血洗涤了自己的罪孽……现在人们乘列车车厢……发送电报……否则，听说，人们发明了：一个人在自己的办事处说话，而在五俄里以外都能听得见他说的话……这里不是没有魔鬼的智慧！……人坐着，一动不动……他寂寞无聊，无所事事，机器替他做一切事情，因此就作孽……他没有劳动，而不劳动，就是人的死亡！他置备机器，心想：好呀！可是，这机器是给你的魔鬼捕兽器！在劳动中没有时间作孽，而在机器作业中——自由！人将因自由而死，像蠕虫、地下生物那样，死于阳光之下……人将因自由而死！

安纳尼一字一顿地和深信不疑地说出自己的话，一根手指在桌子上敲了四下。他的脸上闪烁着洋洋得意的光芒，胸脯高高地挺起，银白色的须发在胸脯上微微地颤动。福玛听着他的话开始觉得可怕，在他的话中响彻坚定不移的信念，这信念的力量使福玛发窘。他已忘记了对老头所了解的、不久前还信以为真的一切。

安纳尼那样奇怪地看着福玛，似乎还看见了他后面的什么人，此人痛苦地和恐惧地听见了他的话，其恐惧和痛苦使他感到高兴……

——现在的你们所有人都将因自由而死……魔鬼抓住你们……他把自己的机器和电报塞给你们，剥夺了你们的劳动……嗯，你说说，为什么子不如父？因为自由，是的！因为自由既喝酒又乱搞女人……

——嗯，——福玛轻轻地说，——淫荡和酗酒以前也不少见……

——你最好闭嘴！——安纳尼叫喊了一声，两眼闪烁严肃的光芒。——那时人的力量较大……凭力量论罪孽！那时人们像橡树……上帝将按他们的力量审判他们……称量他们的体重，天使测量他们的血液……上帝的天使看到：罪孽自己的重量没有超过血液和身体的重量……懂吗？如果狼吃羊，上帝不会给狼判罪……但如果可恶的大老鼠对羊有罪的话，上帝会给大老鼠判罪的！

——人们从哪儿得知：上帝是怎样给人判罪的？——福玛若有所思地向。——需要有形的法庭……

——为什么——有形的？

——以便人们明白……

——除了上帝以外，谁是我的法官？

福玛看了看老头儿，低下头，开始沉默。他想起了被舒罗夫杀死并被焚尸的那个逃亡的服苦役的人，他再次相信：这种情况曾经发生过。也许，这个老头儿还用他那令人难以忍受的爱抚折磨死了妻子和情妇，用他那骨骼粗大的胸脯压死了她们，用这两片厚嘴唇吮吸她们生命的汁液，这嘴唇现在还是红润的，仿佛死在他青筋突起的长手的怀抱里的女人的鲜血在他嘴唇上还未变干。瞧，他现在等着死亡，死期离他很近了。他计算自己的罪孽，责备别人，并说："除了上帝以外，谁是我的法官？"

"他是不是害怕？"——福玛自问，沉思，皱起眉头看着老头。

——是的，小伙子！你想一想……——舒罗夫摇头晃脑地说道。——你想一想：你怎样生活……啊—哈—哈！像我早已生活得那样！树木长大了又被砍倒了，已经用它们建成了房屋……甚至房屋都已破旧了……我见证了这一切，至今仍活着！有时我回忆起自己的生活，我就想："难道一个人能做这么多的事情？难道我度过了这一切？……"——老头严肃地瞅了福玛一眼，摇了摇头，沉默起来……

寂静。窗外屋顶上什么东西发出轻微的咯咯声，从街上扬起车轮的轧轧声和人们低沉的谈话声。桌上的茶炊唱起了忧郁的歌声。舒罗夫凝视着茶杯，抚摩着胡须，听得见他胸中发出的呼哧声……

——你没有了父亲，生活困难吗？——响起了他的声音。

——正在习惯……——福玛回答。

——你富有……雅科夫行将死亡，你将更加富有，他将把一切遗赠给你。他有一个女儿……你应当收留他女儿……作为你的结义姐妹和同乳姐妹——不要紧！你最好结婚……否则就这样生活吗？想必你追逐少女？

——不……

——你说！唉—咳—咳！……商人行将死亡……一位林务员对我说：是不是撒谎，从前所有的狗都曾是狼而长成了狗……我们的称号也是这样，我们大家也将很快成为狗……我们将研究科学，脑袋上将戴着时髦的帽子，将做完该做的一切，以便失掉自己的面目……使我们和其他人没有任何区别……制定这样的制度，以便送所有的孩子做中学生……无论是商人，还是贵族，抑或是小市民——对大家一视同仁……让大家都穿灰色衣服，教大家学一样的科学……人像树一样生长……这是为什么？任何人都不得而知……一块劈柴哪怕是节疤彼此也有区别，而这里想把人们刨成一模一样，千人一面……我们老年人快完蛋了……是—是的！也许，任何人都不相信度过五十岁这样的年纪我还活在世上……安纳尼，萨维的儿子，姓舒罗夫……就这样！我安纳尼怎么样，除了上帝以外，未怕过任何人……我年轻时曾是乡下人，拥有二又四分之一俄亩土地，而在将近老年的时候我积累了一万一千俄亩土地，都是森林用地……至于钱财，也许，二百万……

——瞧，人们总是谈论钱财吗？——福玛不满意地说。——人因为钱财多么高兴吗？

——唔……——舒罗夫低声含糊地说，——你将是个坏商人，既然你不了解钱财的力量……

——谁了解它？——福玛问。

——我！——舒罗夫坚信地说。——任何聪明人也……雅什卡了解……钱财？这，小伙子，很多呀！你把它们堆放在自己面前去想：它们的含义是什么？那时你会明白：这一切就是人的力量，这一切就是人的智慧……成千上万的人把生命献给了自己的钱财。而你可以把全部钱财扔入炉子里，看它们将怎样燃烧……那时你将认为自己是大主教……

——人们不做这样的事……

——由于傻瓜不是常有钱财……他们把钱财运用到事业中去……民众靠近事业为生……而你是位于那些民众之上的主人……上帝为什么创造人类？那是为了让人类祷告他……他曾是孤单一人，他孤单一人曾感到寂寞……嗯，他想要权力……据说，当人按照他的样子被创造出来时，人就想要权力……除了钱财以外，权力能提供什么？这样……嗯，你给我带钱来了吗？

——没有……——福玛回答。老头儿的话使他头脑昏沉，他满意的是：话题终于转到业务上来了。

——这是无济于事的！——舒罗夫严肃地皱起眉头说道。——过期了，应当支付……

——明天您将收到一半……

——干吗是一半？全给了吧！

——我们现在非常需要钱……

——没有钱吗？然而，我也需要……

——等一等！

——唉，兄弟，我等不了！你不是父亲……兄弟，是乳臭小儿，不可靠的人……一个月你能把所有事情弄得乱七八糟……而我因此将受到损失……你明天全数付给我，否则我对期票做出拒付证书……我这是认真的!

福玛看着舒罗夫，感到惊讶。这完全不是不久前还用有洞察力的人的语言所说的关于魔鬼的那个老头儿……那时他的脸色和目光是另外的样子，而现在他看人残酷无情和毫无怜悯心，而在脸颊上鼻孔旁边某些筋脉在渴求地颤动。福玛看到如果不按期支付给他，那么他真的会马上用对期票做出拒付证书的办法败坏福玛的名声……

——怎么样，显然，事情不妙吧?——舒罗夫笑了笑。——嗯，你干脆说，父亲的钱放在什么地方了?

福玛想考验一下老头儿。

——事情不是很乐观……——他愁眉苦脸地说，——没有供货……没有收到定金……嗯，有点儿困难。

——这—这样!……帮一把还是怎样啊?

——请您费神……准予缓期付款。——福玛谦虚地垂下眼睛请求。

——呣……难道出于对你父亲的友谊给予帮助?也许，我会帮助的……

——那么缓期多长时间?——福玛询问。

——半年……

——十分感谢……

——没什么……你欠一万一千六百……就这么办：你给我写个票据，预先付清这个数额的利息……我拿你两艘驳船作为抵押……

福玛从椅子上站起来，笑着说：

——明天您送票据来……我全额支付给你……

舒罗夫也从椅子上笨重地站起来，没有在福玛嘲弄的目光下垂下眼睛，说道：

——这样好啊……

——谢谢……为了厚意!……

——你没有让步……否则我愿和你亲热一番!——老头龇牙咧嘴，懒洋洋地说。

——嗯—是的！落到了您的手里……

——嗯，然而，小伙子，得了！——舒罗夫严肃地说。——虽然你自我想着并不愚笨……只是这还早……你打成了平局……但已开始自夸……你在我这里赢了……那时就高兴得手舞足蹈吧……再见……明天准备好钱……

——请放心……再见！

——愿上帝保佑！

福玛走出房门，听见老头儿拖长声音大声地打了个哈欠，然后用嗓音有点儿嘶哑的低音唱道：

“给我们打开仁—仁—慈的门吧……极美好的圣母……”

福玛怀着双重感觉离开老头儿：他也喜欢舒罗夫，同时舒罗夫令人厌恶。

他回忆起老头儿关于罪孽的话，想起他对上帝仁慈心的信仰的力量，老头儿激起了他心中近乎尊敬的情感。

“这位也谈论生活……瞧，他知道自己的罪孽，但不哭泣，不抱怨……而那位呢？……”——他想起了梅登斯卡娅，他的心忧伤得抽紧了。“而那位——悔过……你不了解：她是故意还是确实心痛……”

福玛似乎觉得他嫉妒安纳尼，小伙子匆忙提醒自己记住舒罗夫骗光他的企图。这引起了他对老头儿的厌恶感，他不能平息自己的感觉，困惑莫解，冷笑了起来。

——嗯，我去了舒罗夫那里！……——他来到马雅金这里，坐到桌子旁，说道。

马雅金穿着油污的长袍，双手拿着算盘，坐在自己的皮圈椅上不耐烦地和不安地乱动，兴奋地说：

——给他倒杯茶，柳博华！你说，福玛……九点以前我要去杜马，你快说。

福玛微微地笑笑，讲述舒罗夫怎样向他提出重写票据。

——唉咳！——雅科夫·塔拉索维奇把头一摆，遗憾地感叹了一声。——你，兄弟，坏了我的事！鬼支使我派你去！我自己去才好呢……我会让他绕着指头转！

——嗯，未必！他说：“我是橡树……”

——橡树？而我是锯……橡树是好树，但它的果实只适合猪食用……再说，橡树还意为木头人，即愚钝的人……

——不管怎么说，反正应当支付……

——聪明人……对此不着急！而你——准备快步奔跑，以便把钱付了……商人！

雅科夫·塔拉索维奇对教子绝对不满意。他皱起眉头，气冲冲地吩咐默默倒茶的女儿说：

——把糖向我这边挪一挪，瞧，我够不着……

柳博芙的脸色苍白，眼睛不明亮，她的双手动作僵硬、笨拙……福玛看着她，心想：

“她在父亲面前多么温和……”

——他和你说什么了？——马雅金问。

——关于罪孽……

——嗯，当然！任何人都以自己的事业为贵……而他——乃是罪孽的制造者……无论是在服苦役的地方还是在地狱，人们早就在哭他，思念他、等待他——但没有等到……

——他说得铿锵有力，——福玛沉思地说，不时搅拌几下玻璃杯中的茶。

——他骂我了吗？——马雅金阴险地扭歪着脸询问。

——骂过……

——那你怎么样？

——我……听着……

——唔……到底听到了什么？

——“对强者，他说，给予原谅；而对弱者，不予宽恕……”

——深奥道理，你想！……这是跳蚤都知道的……

教父对舒罗夫鄙视的态度不知为什么刺激着福玛，他直视着老头，冷笑着说：

——他不喜欢你……

——对我，兄弟，任何人都不喜欢！——马雅金自豪地说。——为什么要喜欢我，我不是少女……可是，人们尊敬我……

而人们尊敬的只是他们害怕的人……

老头儿夸耀地向教子使了一个眼色。

——他说得铿锵有力……——福玛重复说。——他抱怨……“真正的商人，他说，死绝了……他说，教人们学一样的科学……以便大家一模一样……千人一面……”

——他认为这样不合适？傻瓜！——马雅金鄙视地说。

——为什么这样好呢？——福玛问，疑惑地瞅着教父。

——如果我们看到：抓住各种各样的人，把他们赶到同一个地方，授意他们同一种意见，——我们应当承认：这是聪明的……因为国家的人是什么？不外乎是普通的砖，而所有的砖应当是一个尺寸，——懂吗？对所有身高和体重相同的人，我就可以随心所欲地安排他们……

——谁乐意成为砖呢？——福玛皱着眉头说。

——话说的不是乐意，而是事业……不是任何人都可以擦破脸面，但如果是用大锤去揍别人，那么他将是特别能干的人……脑袋掉了——那也没有办法，就是说，它不结实……

——他还谈论了关于劳动的问题……“总是机器在工作，他说，人们则因此而放荡……”

——干亲家走了，不知道去了哪里！——马雅金轻慢地挥了一下手。——我感到奇怪的是：你对任何微不足道的东西有着多么好的胃口！“机器”！他，老树墩，最好想一想：机器是什么样的？它是钢铁的！那么，不要怜惜它，发动它，它就给你创造卢布……没有任何啰唆话，没有任何麻烦事……开动它，它就转动！而人——他是使人烦心的和抱怨的……他有时是非常可怜的！哀号、诉苦、哭泣、索取……醉汉酗酒……他身上有着对我来说是多余的东西，唉咳，何其多也！而机器就像一把尺子，事业需要多少数量，这就正好给你多少数量……嗯，我去穿衣服……是时候了。

他站起来，离去了，便鞋在地板上发出嚓嚓响的摩擦声。福玛望着他的背影，皱着眉头低声地说：

——难道妖怪能分辨这一切……一个人那样说，另一个人这样说……

——就是在书里也是这样，——柳博芙轻轻地说。

福玛看了她一眼，温和地微笑。她回报他以隐隐约约的微笑。她的目光显得疲惫和忧郁……

——你读所有的书吗？——福玛问。

——是—是的……——少女闷闷不乐地回答。

——你郁闷吗？

——郁闷……因为孤独一人……不能和谁说句话……

——你的情况不好……

她对此没有说任何话，而只是低垂着头，开始翻弄花边手巾。

——你出嫁才好呢……——福玛说，同时感到他怜惜她。

——别再说啦，请吧……——柳博芙不美观地蹙额回答。

——怎么不说？你本来要出嫁的……

——瞧！——少女叹息着轻轻地说。——我也想：应该……可是怎么出嫁？你知道吗，我现在感到在我和人们之间隔着一层雾幕……浓密的，浓密的雾幕！……

——离开书本，——福玛坚定地插话。

——等一等！我再也不明白会发生什么事……一切我都不喜欢，一切都变得陌生……一切都反常，一切都不是那样……我明白这个，但我说不清这是为什么！……

——“不是那样，不是那样……”——福玛开始喃喃地说。——你这是离开书本……我自己甚至也感到不是那样……这可能是由于我们还年轻……

——我最初似乎觉得，——柳博芙没有听他的话，说道，——我在书中明白一切……

——你抛—抛开书本吧！——福玛轻慢地劝说。

——唉咳，得啦！难道这可以抛开吗？你知道，世上有多少各种各样的思想！啊，天啦！有使人头痛的思想……在一本书中说：世上一切有生命的东西都是有理智的……

———切？——福玛问。

———切！而在另一本书中——相反。

——等一等！难道这不是胡说八道吗？

——谈什么啊？——马雅金出现在门口，他穿着长式常礼服，脖子上和胸前佩戴着某些纪念章。

——这样……——柳博芙皱起眉头说。

——关于书的事，——福玛补充说。

——什么样的书？

——瞧，她在读书……她读的书说：世上的一切都是有理智的……

——嗯！

——嗯，而我说：这是瞎扯！

——嗯—是的……——雅科夫·塔拉索维奇陷入沉思之中，他不时揪揪胡须，稍微眯缝上眼睛。

——这是什么书？——他沉默了一会儿，问女儿。

——这样一本小书……黄色的……——柳博芙不乐意地说。

——你把它给我放到桌子上……这倒说得不简单：世上一切都是有理智的！咦……悟出了什么！嗯—是的……这甚至表达得十分灵巧……若不是傻瓜，那么这是完全正确的……但是，傻瓜总是不称职，不能说：世上的一切都是有理智的……再见，福玛！你再坐一会儿还是送你走？……

——我还坐一会儿……

柳博芙和福玛两人重新留了下来。

你父亲他是怎样的人，——福玛向着教父的背影点头说。

——怎样的？

——他回应一切，他想用自己的话回答一切……

——是—是的，聪明人……可就是不明白我生活得多么艰难……——柳博芙忧伤地说。

——我也不明白……你想得很多……

——我想什么啊？——少女激动地叫喊了一声。

——是的，这一切……本来不是你的思想，而是别人的！

——别人的……别人的……

她想说点什么尖锐的话，但欲言又止，沉默了下来。福玛看着她，联想起梅登斯卡娅，忧郁地想：

“全都不一样……都是人，都是女人……你感到总是不一样……”

街上变得黑暗了，房间里已是一片漆黑。晚风摇晃着椴树，椴树枝抓挠着房屋的墙壁，似乎它们感到寒冷而请求进入房子中来……

——柳芭！——福玛轻轻地呼唤。

她抬起头，看了看他。

——你知道……我原本和那个梅登斯卡娅吵了一阵子架……

——因为什么？——柳博芙活跃地问。

——啊，事情是这样！……她使我感到委屈……

——嗯，吵了一阵子架，这好啊。——少女赞许地说。——否则她作弄你才好呢……她是下贱货、卖俏的女人……哟，我知道她那些事！

——她绝非坏女人，——福玛忧郁地说。——你什么都不知道……你们全都在撒谎！

——嗯，请原谅！

——不……情况是这样，柳芭，——福玛轻轻地、恳求地说，——你别对我说她的坏话……我全都知道……真的！她本人说过……

——本一本人？——柳芭吃惊地喊道。——怎样的……奇怪的！她究竟说了什么？

——抱歉……——福玛费劲地说，苦笑了一笑。

——仅此而已？——在少女的问题上隐含着失望。

福玛听到这个问题，怀着希望地问：

——难道不够吗？……

——你很爱她？

福玛沉默了一会儿，望了一下窗户，腼腆地回答：

——我不知道……似乎觉得……现在比先前更加……

——我感到惊讶，怎么可以爱这样的女人？——少女耸肩问道。

——还有什么可以不可以！——福玛感叹了一声。

——我不知道……不，这只是因为你爱恋着她，没有看见比她更好的……

——没有看见！——福玛表示同意，沉默了片刻，踌躇地说：也许，没有更好的……我非常需要她！——他沉思地和小声地继续说。——我害怕她，也就是说，我不想让她把我想得很坏……有时我感到恶心！你想，难道纵酒作乐？而当你想到她时，又下不了决心……总是这样，想起她："她怎么得知？"于是没勇气去做……

——是—是的，——少女沉思地拖长声音说，——这意味着：你在爱着她……我也会……如果我爱，那么就会想他……他会说什么？

——她的一切都特别，——福玛说。——她按自己的方式说话……多么漂亮，上帝啊！她是那样娇小玲珑……好像小孩子一样……

——你们究竟发生了什么？——柳博芙问。

福玛带着椅子一起向她挪动，弯着身子，何故压低嗓音，开始讲述。他说：随着想起他对梅登斯卡娅说过的话，他的脑海里也就重新浮现了引出这些话的情感。

——我对她说："唉咳，你呀！你玩弄我——为什么？"——他愤怒地和责备地说。而柳芭脸颊上泛起激动的红晕，赞同地点头，鼓励他：

——这就——好呀！嗯，那她呢？

——她沉默！——福玛耸肩，忧郁地说。——要不她就说……那有什么？

他挥了一下手，开始沉默。柳芭摆弄自己的辫子，也默然无语。茶炊已经熄灭。房间愈来愈暗，夜色浸入窗户。

——你点燃灯光吧！……——福玛建议。

——我们俩是多么不幸的……——柳芭叹息了一声说道。

福玛不喜欢这个说法。

——我，并非不幸的……——他坚定地反对说。——我只是还未习惯于生活……

——不知道他明天该做什么事情的人——是不幸的！——柳芭忧郁地说。——我不知道。你也……我的心任何时候都不平静，心中总是颤动着某种希望……

——我也有这种状况。——福玛说。——唉咳！……可是，应当去俱乐部了……

——别走……——柳芭请求说。

——应当去，那里有一个人在等我……再见！

——再见！——她向他伸出一只手，忧郁地看了他一眼。

——你睡觉吗？——福玛紧握她的手问道。

——我还要读一会儿书……

——你对此，像酒徒对伏特加酒……——他遗憾地说。

——到底有什么更好的？

他走在街上，望着房屋的窗户，在其中的一扇窗户中他看见了柳芭的脸，是如此之模糊不清，即像少女说的一切那样，像他的希望那样。福玛向她点了点头，心想：

“也迷路了，就像那位一样……”

当发生这样的联想时，他把头一摆，仿佛希望甩掉对梅登斯卡娅的思念，并加快了脚步。

街上刮起一阵阵令人神爽的凉风。凉风扬起尘土，灰尘吹拂到行人脸上。某人在黑暗中来去匆匆。福玛被灰尘吹得皱起眉头，眯缝起眼睛，心想：

“如果现在我遇到的是一位女人，那就意味着索菲娅·帕芙洛芙娜将像先前那样温情地迎接我，……那明天我就去她那里……如果遇到的是一位男人，那我明天就不去。我再等一等……”

他遇到了一只狗，这使他如此之生气，以致他想用棍子狠狠地打这条狗……

在俱乐部的小卖部快乐的乌赫济舍夫遇见了他。前者站在门旁，和某位肥胖的、蓄着小胡子的人交谈，当看到高尔杰耶夫之后，就迎着他走过来，微笑着说：

——您好，俭朴的百万富翁！

福玛喜欢他乐观的性格，总是愉快地见到他。福玛友好地紧紧握住乌赫济舍夫的手，问他：

——您为什么知道我是俭朴的。

——他问！一个像独居修道士的人，不喝酒、不玩牌、不爱女人……哎呀，是的！福玛·伊格纳齐耶维奇，您知道吗？我们的无与伦比的女慈善家明天要出国待整个夏天。

——索菲娅·帕芙洛芙娜？——福玛慢吞吞地问道。

——嗯—是的！我生活的太阳正在坠落……也许，也是我们生活的太阳吧？

乌赫济舍夫做了一个喜剧般的诡诈的鬼脸，直视着福玛。

那位蓄看小胡子的人站在他前面，感到他的头低垂到胸前，他不能打搅这位……

——梅登斯卡娅要出国？——响起了浑厚的男低音。——真好！我高兴……

——请问：为什么？——乌赫济舍夫感叹地说。

福玛有点儿傻乎乎地微笑，惘然若失地看着有小胡子的人—乌赫济舍夫的交谈者。那位男低音摆出傲慢姿态捋顺自己的胡子，从胡子底下冲着福玛吐出低沉的、油滑的、敌视的话：

——因—因为城里将少了一个高级娼妓……

——呸，马尔腾·尼基济奇！——乌赫济舍夫皱着眉头，含有责备意味地说。

——您为什么知道她是卖俏的女子？——福玛忧郁地问，同时走近蓄着小胡子的先生。后者用藐视的目光扫视了他一眼，蹬动一条腿，转向一旁，拖长声音说：

——我没有说：卖—卖俏的女子……

——马尔腾·尼基济奇，不能这样说一个女人，她……——乌赫济舍夫用坚定的嗓音开始说，但福玛打断了他的话：

——对不起！我想问这位先生：他说了个什么词？

福玛坚定而平静地说，把双手深深地插入裤子口袋里，而胸脯向前挺起，因此他的整个体态立刻具有明显挑战的样子……小胡子先生重新打量了他一下，露出嘲笑的神态……

——先生们！——乌赫济舍夫轻轻地叫喊。

——我说的是：高—高级娼妓……——蓄着小胡子的人掀动嘴唇逐个音节地说，仿佛在玩味着这个词。——如果您不明白这个词，我可—可以解释……

——是的，——福玛说，深深地叹息，目光没有离开他，——您解释吧……

乌赫济舍夫两手举起轻轻一拍，离开他们钻到一边去了……

——高级娼妓，如果您乐意知道的话，那就是卖身的女人……——有小胡子的人低声说，同时把自己肥胖的大脸凑近福玛。

福玛轻轻地咆哮起来，在那位有小胡子的人来得及躲开他之前，伸出右手抓住他斑白的卷发，开始用手急剧的动作使劲摇晃他的头和他整个肥胖的身体，而向上举起左手并合着打击的节奏用低沉的嗓音说：

——背后——别骂人，而骂人——就当面骂—当面骂—当面骂……

他享受激动人心的喜悦，看到挨他揍的小胡子的肥胖的双手在空中来回摆动，双脚发软，在地板上发出沙沙响的摩擦声。金表从口袋里滑出来，在圆鼓鼓的肚子上滚动。福玛把他拽在地板上，闷声地、愤恨地和疯狂地吼叫，陶醉于自己的力量和这位满怀幸灾乐祸激情的中年人的屈辱之中，因复仇的幸福而战栗。此刻他体验了摆脱早已压在他胸中的无聊和忧郁之快感。有人从后面抓住了他的腰和肩膀，抓住并弯曲他一只手，按压他的脚趾，但他什么也没有看见，只是张开充血的眼睛注视着在他手下呻吟和蠕动的昏暗沉重的物体……最终把他拉开了，压住了他。他仿佛是透过浅红色的烟雾看到了在他面前脚旁地板上挨他揍了的人。蓄着小胡子的人衣衫不整、头发蓬乱，两条腿在地板上踹动，试图站起来。有两个人扶住他的腋窝，他的双手下垂在空中，好像受伤的翅膀。他因痛哭而发出呼噜呼噜的嗓音，冲着福玛叫喊：

——打我……不行！不行！我有勋章……下流的东西！啊，下流的东西！我有孩子……所有人都知道我！坏蛋！……野蛮人……啊—啊—啊！决斗！

乌赫济舍夫对着福玛的耳朵响亮地说：

——我们走，亲爱的，看在上帝面上……

——等一等，我再给他一个耳光……——福玛请求说。但是人们已把他带到什么地方去了。福玛耳鸣、心跳加速，但他自我感觉轻松和良好。在俱乐部的上坡道上，他深深地和舒坦地叹了一口气，温和地微笑着对乌赫济舍夫说：

——我狠狠地教训了他一顿，啊？

——您听着！——快乐的书记激愤地叫道。——对不起，这是野蛮！这，真见鬼……我第一次见到！

——亲爱的！——福玛温柔地说。——难道他不值得挨揍？他不是下流的东西？怎么可以背后说这种话？不，你到她那里去，对她说……对她本人说，直截了当！……

——对不起，见您的鬼！您本来不只是为了她而狠揍他的吧？

——怎么不是为了她？那是为了谁？——福玛吃惊地说。

——为了谁？我不知道……显然，您有过算计！哎呀，上帝啊！瞧这场戏！我永远不会忘！

——他，这个有小胡子的人，是个什么人？——福玛问，并突然笑了起来。——他那样叫喊，傻瓜一个！

乌赫济舍夫凝视他一眼，问他：

——您说：您的确不知道打了谁吗？真的只是为了索菲娅·帕芙洛芙娜吗？

——瞧，向上帝保证，真的！——福玛对上帝发誓。

——鬼知道怎么一回事！……——他停了下来，莫名其妙地耸肩膀、挥手，重新走在人行道上，斜眼看了福玛一下。——您要为此付出代价，福玛·伊格纳齐伊奇……

——他要把我告到调解官那里去吗？

——但愿如此……他是副省长的女婿……

——嗯—嗯—嗯？！——福玛拖长声音说，他的脸拉得很长。

——嗯—是的！凭良心说，他既是坏蛋又是骗子……根据这个事实，必须承认：他值得挨揍……但是，注意到你奋起保护的太太也是……

——官老爷！——福玛一只手搭在乌赫济舍夫肩上坚定地说。——我始终很喜欢你……你现在和我走在一起……我明白这个，也能珍视……但只是你不要对我说她的坏话。不管在您看来她是怎样的，但在我看来……她对我是珍贵的……她对我是最好的！因此我直截了当地说……如果你和我一起走，那就别伤害她……我认为她好，那么她就好……

乌赫济舍夫听到了福玛的嗓音充满激动，看了他一眼，若有所思地说：

——您是好奇的人，应当承认……

——我是个普通人……粗野！瞧，打人，还感到痛快……那里将会怎么样……

——我害怕将不妙……您知道，开诚布公地说，我也喜欢您……尽管……呣！和您在一起危险……发现这样的……侠义诗，而从您那里得到的却是揪发责打……

——嗯！想必我这还是第一次……我不会每天打人的……——福玛难为情地说。他的同伴笑了起来。

——您是这样的怪物！原来如此：粗野地打架……恶劣，请原谅我……但是，我告诉您：在这种情况下您选择得恰当……您揍了浪荡公子、厚颜无耻之徒、寄生虫……掠夺自己侄儿们而逍遥法外的人。

——啊，谢天谢地！——福玛满意地说。——瞧，我稍稍惩罚了他一下……

——稍稍？嗯，好呀，比方说，这是稍稍……只是原来如此，我的小孩子……请让我给您一个忠告……我是司法人员……他，这位克尼亚泽夫，是个下流的东西，是的！但是，下流的东西也不能打，因为他也是受慈父般的法律保护的社会的人。在他没有越过惩治条例底线之前不能触犯他……但是，那时也不是您而是我们法官将给他以惩罚……您，请忍耐一会儿……

——那么他很快会落到你们手里吗？——福玛天真地问。

——嗯—不清楚……因为他是相当聪明的人，所以大概任何时候都不会落网……在他生命的所有岁月里，他将和我和您在法律平等的同一层面上生活……啊，上帝！我说什么呀！——乌赫济舍夫可笑地叹息了一声。

——你泄露了秘密吗？——福玛笑了一笑。

——不是什么秘密，而是我不该如此轻率……真见鬼！本来……这件事使我振奋……真的，就是在涅墨西斯[1]只是像马一样好踢人的时候，她甚至是始终如一的……

福玛忽然停了下来，仿佛遇到了自己途中的某种障碍。

——这本来是从下面的话说起的，——福玛缓慢低沉地说，——您说索菲娅·帕芙洛芙娜要出国……

——是的，要出国……嗯！

他站在福玛对面，眼睛含笑地望着他。高尔杰耶夫沉默，垂头，用棍子戳人行道上的石头。

——我们走吧？

福玛一边走一边冷淡地说：

——嗨，让她出国吧……

乌赫济舍夫挥舞了一下手杖，开始吹口哨，不时看看自己的同伴。

——没有她我不能生活吗？——福玛问，望着自己前面的某处，沉默了一会儿，轻轻地和没有把握地回答：还能怎么样……

——您听着！——乌赫济舍夫感叹了一声，——我给你一个好建议……人应当是自己本人……你是平淡的人，这么说，抒情诗也不适合你。这不是您的风格……

——你，官老爷，不管怎么样和我说得简单些，——福玛认真听完他的话后说道。

——简单些？我想说：您丢掉想念这位太太……她对您来说，是毒品……

① 涅墨西斯（Немезида）：希腊神话中的报应女神，惩罚违犯社会道德准则的人，通常把她描绘为司监督、惩罚和快如风的女神。——译者

——瞧，她也那样说，——福玛忧郁地插话。

——她说过？——乌赫济舍夫再问。——呣……原来如此……我们不去吃晚饭吗？

——去吧，——福玛表示同意，忽然捏紧拳头激烈地吼叫。——去吧，去吧！这样，我将拧紧……这样，在这一切之后，我将振作起来，够你瞧的！

——嗯，到底为什么？——我们——谦逊……

——不，等着吧！——福玛抓住他的肩膀忧郁地说。——算什么？我比别人差吗？大家活着……兜圈子，忙乱，有着自己的每一个平台……而我——寂寞无聊……大家都对自己满意，但他们干吗抱怨、撒谎，下流东西！他们就这样——为了美而装模作样……我没有什么可假装的，因为我是傻瓜……我，兄弟，什么也不明白……我不会思考……我烦闷……一个人这样说，另一个人那样说……而她……唉咳！你知道才好……我本来期待她……我等待她……我等待什么？……我不知道！……但是，她是最优秀的……我也这样相信：她将有一天会对我说这样特别的话……兄弟，她的眼睛太水灵了！上帝啊！……简直不好意思直视这双眼睛……我原本不是爱恋着她，那也是倾心于她……我想：既然她是如此漂亮的美女，就是说，我将是待在她身边的人！

乌赫济舍夫看着从他同伴的嘴中吐出不相连贯的话，看到了他脸上的肌肉因紧张表达意思而紧绷起来，感到了在这种语言杂乱无章背后的巨大而沉重的悲痛。在身强力壮的和发狂似的小伙子的无能为力中有着某种深深令人感动的东西，小伙子突然开始迈开大步和不均匀的步伐走在人行道上。乌赫济舍夫迈开短脚在他后面跳跃着行走，感到自己有责任用什么方法安慰福玛。这个夜晚福玛所说和所做的一切激起了愉快的秘书对福玛的巨大的好奇心，然后年轻富人的坦率使他感到自己很荣幸。这种坦率以其不可理解的力量折服了他，他在它的压力下不知所措，尽管他年轻已有现成的话对付生活的一切状况，但他不能很快找到合适的话。

——唉，老兄！——他拉着福玛一只手说。——这样，不行！您刚刚进入生活，就议论哲理！不，这样不行！生命——是为了生活给予我们的！就是说，生活着，按另一种方式生活……这就是哲理！这个女人——哎呀！难道她身上的所有光亮就这样消失了？如果您愿意，我给您介绍这样一位毒辣的女人，这很快就将在您心中丝毫不会保留您的哲理！啊！出色的村妇！她多会享受生活！您也知道某种史诗般的东西。我可以说：福丽娜也很漂亮！她将和您多么匹配！唉咳，真见鬼！真的，这是个好主意，我给您做介绍！必须以毒攻毒……

——我有良心……——福玛忧郁地和苦闷地说。只要她活着，我甚至不能看村妇……

——如此身体健康、精力充沛的人！哈—哈！——乌赫济舍夫感叹了一声，并开始用教师的口吻使福玛确信他有必要抒发狂饮的情感。

——请相信：这将是十分美好的，这对您是必要的！并于良心，您原谅我吧！您确定的有点儿不真实，这不是良心妨碍着您，而是胆怯！您生活在社会之外，羞怯、发窘。您对这一切感觉模糊不清……瞧，您把这种感觉认为是良心。在这种情况下不可能谈到良心。当一个人自然地寻欢作乐时，当这是他的需要和权利时，这里与良心有什么关系？

福玛合着同伴的步伐走着，顺着道路眺望。道路在两排房屋的中间伸展，像一条宽阔的水渠，弥漫着暮色。看来它没有尽头，沿着它向远处缓缓流动着某种昏暗的、无穷尽的、妨碍呼吸的东西。乌赫济舍夫坚定而温和的嗓音在福玛的耳边鸣响，尽管他没有细听前者的话，但他感觉这些话像某种黏性的东西粘在了他身上，他不由自主地记住了这些话。尽管有人走在他身旁，但他感到自己是迷失在黑暗中的孤单一人。黑暗拥抱着他，慢慢吸引着他，他感到好像要把他拉往某处，他无意愿使自己停下来。疲惫妨碍他思考，他没有意愿去反抗同伴的规劝，且为什么他要去反抗呢？……

——人们不定什么时候都要生活，——乌赫济舍夫说，他陶醉于自己的智慧，——不妨赶紧生活……真的，是这样！这里要说的是：您允许我使您振作起来吗？现在我们去一所房子……那里住着两位姐妹……哎呀，她们生活得多好！拿定主意吧！

——好吗？我去……——福玛平静地说，并打了一个哈欠。

——不晚了吗？——他望了望乌云密布的天空，问道。

——到她们那里去任何时候都不晚！——乌赫济舍夫愉快地叫道。

八

在俱乐部活动之后的第三天，福玛不知不觉地出现在离城七俄里的商人兹凡采夫的森林码头上，结伴的有：这个商人的儿子、乌赫济舍夫、某位有风度的蓄着络腮胡子的老爷和四位女士……年轻的兹凡采夫戴着夹鼻眼镜，他身材消瘦，脸色苍白，当他站立的时候，他的小腿肚子颤动，仿佛它们非常厌恶支撑起这消瘦的身体，他身穿带风帽的方格长大衣，可笑的小脑袋戴着骑手便帽。有络腮胡子的先生称他夏尼，他称呼这个名字时是那样的发音，似乎得了久治不愈的伤风。夏尼的女士是一位高大的乳房隆起的女人，她脖子短前额低，长长的鼻子赋予她的脸像某种飞禽的脸。这张丑脸完全没有表情，只有两只小小的、圆溜溜的、冷清清的眼睛始终露出刺人的和狡猾的微笑。乌赫济舍夫的女士名叫维娜，这是一位高个子女人，苍白的脸，棕红色头发，头发如此之浓密，似乎觉得这个女人头上戴了一顶厚实的帽子，它压到了她的耳朵、脸颊和高高的前额上，两只浅蓝色的大眼睛从前额底下平静地和懒洋洋地张望。

有络腮胡子的先生和年轻的、丰满的和纯真的少女并排坐着，她不吭声，却哈哈大笑，笑他俯身于她肩上对着她的耳朵非常低声地说话。

福玛的女人是一位身材匀称秀丽的黑发女人，她的头如此挺直高昂，如此宽厚地看待自己周围的一切，以致很快地发现：她认为自己是这里的“一号”。

同伴们待在最边上的木筏上，木筏远远地突出到平静的河面上。在木筏上铺上一层木板，中间粗糙地钉着一张桌子，到处散落着空瓶子、食品筐子、糖果纸、橙子皮……在木筏的一角撒着一大堆土，土上燃着篝火，某位穿着短皮外衣的乡下人蹲着伸手在火上取暖，斜视着先生们的方向。先生们刚吃完鲟鱼汤，现在摆在他们面前桌子上的是葡萄酒和水果。

两天的狂饮和刚刚结束的午餐使同伴们感到了疲倦和无聊。大家眺望河流，交谈，但谈话时时被打断。这是晴朗的一天，充满着春天勃发的青春活力。凉爽晴朗的天空庄严地笼罩在宽阔河流浑浊的水面上方。远处峻峭的河岸温和地蒙上一层浅蓝色的薄雾，教堂的十字架像硕大的星星一样在那里闪烁。峻峭的河岸附近的河流生气勃勃，轮船往来穿梭，其喧哗声像深沉的叹息传到了这里的浸水草地，草地上静静流动的波浪发出温和的响声弥漫在空中。那里一艘接一艘地逆流停靠着大型驳船，好像体型大得出奇的猪挤满在平静的河面上。一缕缕黑烟从轮船烟囱中喷出来，缓慢地消散在新鲜的空气中。有时汽笛鸣响，仿佛被劳动激怒的大牲畜在怒吼。草地上沉寂、宁静。被泛滥的河水淹没的孤零零的树木已经吐露出一片片鲜绿色的嫩叶。河水掩盖了树干，树冠成了球形，似乎觉得新奇别致的、美丽的树冠在微风吹拂下在明净如镜的河流的怀抱中浮动……

棕红色头发女人沉思地望着远处，轻轻地、忧伤地开始唱：

沿着伏尔加河，
小舟轻荡泛—泛银波……

黑发女人看都不看她而鄙视地稍微眯缝上自己严厉的大眼睛说：

——我们没有这个也无聊……

——别妨碍她，让她唱！——福玛直视着自己的女士和善地请求说。他显得苍白，眼睛里闪烁着某种火花，脸上荡漾着隐隐约约的、懒洋洋的微笑。

——让我们合唱吧！……有络腮胡子的先生提议说。

——不，就让她俩唱吧！——乌赫济舍夫兴奋地高声说。——维娜，唱这支歌，你知道吗？《我黎明前往……》帕芙莲卡，唱吧！

好，哈哈大笑的女人看了一眼黑发女人，恭敬地问她：

——可以唱吗，莎霞？

——我将自己唱！——福玛的女伴宣称，并转向禽脸太太，命令她：华莎，你唱吧！

华莎马上用一只手抚摸了一下喉咙，睁大圆溜溜的眼睛凝视着姐妹。莎霞一只手撑着桌子站起来，仰头，用有力的、近乎男人的嗓音宛如歌唱地吟诵：

世上那种人生活多高兴，
即他没有烦恼和担心，
炽热的心中只有爱人！

她的姐妹摇了摇头，拖长声地、悲戚地、用女低音呻吟起来：

唉咳—我有一位—美丽的—少女……

莎霞目光炯炯地看着姐妹，用低音调说：

心像一根草那样已凋—凋零！

两个人的声音交融在一起，在水面上空飘荡，其声悠扬、清脆、余音缭绕。一个人的声音抱怨难以忍受的心痛，陶醉于自己抱怨的毒害，悲哀地吼叫，用眼泪浇灭自己痛苦的火焰。另一个人的声音低沉、勇敢、充满怨恨，在空中有力地飘荡。它清晰地说出歌词，发出浓厚的音流，每个词都洋溢着复仇的意味：

对此我将给他以偿清……

——华莎闭上眼睛抱怨地唱。

我将使他爱上我，使他伤神……

——莎霞坚定而严肃地许诺，铿锵有力的声音飘向空中……突然，她改变歌曲的节律，提高嗓门，像姐妹一样拖长声音唱起来：

干燥的风，干—干燥的狂风，
已经收—收割，那干燥的草……
啊，已经收—收割，风干了……

福玛用胳膊肘支撑在桌子上，直视着黑发女人的脸和她那半闭着的黑眼睛。这双眼睛眺望着远方的某处，闪烁着如此幸灾乐祸的光芒，以致他似乎觉得：这个女人从胸中发出的柔和的嗓音因为眼睛的光芒也像她眼睛一样是十分美满的。他记起了她的抚爱，心想：

“她，如此佳丽，来自何处？和她在一起甚至可怕……”

乌赫济舍夫紧靠自己的太太，露出怡然自得的面容听歌，满意得喜气洋洋。有络腮胡子的先生和兹凡采夫喝着葡萄酒，彼此相对俯身轻轻地唠叨着什么。棕红头发的女人双手抓住乌赫济舍夫的一只手，沉思地看着手掌，愉快的少女开始变得忧愁，低垂着头，听着歌曲，一动不动，好像中了魔法的女人。乡下人离开了篝火。他踮着脚站起来，在木板上小心地走着，他的双手放在背后，胡子拉碴的脸变成了惊讶和天真欢乐的微笑的样子。

唉，善良小伙子，你去感受吧！

——华莎忧郁地大声叫喊，不时微微摇头。姐妹更高地抬起头，唱完歌曲的结尾：

恋爱的忧愁多么深沉—啊—啊！

结束歌唱之后，她高傲地看了看周围，坐到福玛身旁，用一只有力的手抱着他的脖子。

——怎么样，这歌好吗？……

——非常好！——福玛对她微笑着说。

——好呀！好！阿历克山德娜·萨维里耶芙娜！——乌赫济舍夫叫到，其余所有人都鼓掌。但她没有注意他们，而是庄严地拥抱着福玛说道：

——瞧，你为了这支歌赠给我一点儿什么礼物吧……

——得啦，我给……——福玛表示同意。

——给什么？

——你说吧……

——到城里我会说的……如果你给我想要的东西，那么我将多么爱你！

——为了礼物？——福玛疑惑地微笑着问。——你只是……

她平静地看了他一眼，沉默了片刻之后坚定地说：

——只是——还早……我不会撒谎，我直截了当地说：我为钱、为礼物而爱……也可以那样爱……是的。你等一等，我将看清楚你，也许我将开始无偿地爱……暂时——请勿见怪……我，按照我的生活，需要许多钱……

福玛听她说，微笑，因靠近她的身体而颤抖。他的耳边飘来了兹凡采夫发颤的和无聊的声音：

——我不能理解这首著名的俄罗斯歌曲之美……它有什么？狼嚎，某种饥饿的野兽……唉……这是狗的虚弱……没有欢乐，没有优美……你们听一听法国人是怎么歌唱的？或者意大利人……

——对不起，伊凡·尼古拉耶维奇……——乌赫济舍夫激愤地叫道。

——我应当同意这种说法：这首俄罗斯歌曲是单调的和晦暗的……——有络腮胡子的人说，他不时喝一口葡萄酒。

太阳落了。它落到远处草地那边的某处，把粉红色的和金色的光点洒在昏暗冰凉的水面上。福玛看着太阳光线的变幻，注视着太阳光线在平静宽阔的水面上闪烁漫射，听着交谈的片段，想象着说的话是在空中忙忙碌碌飞舞的一群默默无闻的小蝴蝶。莎霞把头依靠在他的肩上，直对着他的耳朵轻轻地说话，她的话使他脸红和难为情，激起他想拥抱这位女人并数不胜数地和不知疲倦地亲吻她的欲望。除了她以外，在这里聚会的任何人都引起不了他的兴趣。兹凡采夫和老爷令他厌恶……

——你看什么热闹，啊？——他听到了乌赫济舍夫严厉的叫喊声。

乌赫济舍夫冲着乡下人叫喊。后者摘下头上的便帽在膝盖上拍打了一下，微笑着回答说：

——我来听官太太唱歌……

——她唱得好吗？

——那还有啥可说的！——乡下人赞赏地瞅着莎霞说。——她们胸腔发出的声音洪—洪亮有力！

他的话引起了太太们的笑声和男人们模棱两可的双关语。

莎霞问乡下人：

——你唱歌吗？

——我们怎么唱歌！——他挥舞了一下手。

——你知道什么样的歌？……

——无论什么样的，我爱唱歌……——他有愧色地笑了一笑。

——让我们一起唱吧！

——我们哪能行！难道您和我相配吗？

——嗨，开始唱吧！

这是多么愉快啊！——兹凡采夫皱着脸感叹地说。

——如果您感到寂寞无聊，那就去投水自杀吧！——莎霞说，她的眼睛露出生气的光焰看着他。

——不，水冷……——兹凡采夫在她的目光下蜷缩着身子回答。

——对您来说正是时候！现在水深，但愿您不会用自己腐烂的躯体弄脏整个河水……

——呸，多么巧妙！——少年感叹了一声，鄙视地补充说：

在俄罗斯甚至高级娼妓也粗鲁……

他转向自己身旁的人，后者报之以醉人的微笑。乌赫济舍夫也喝醉了。他用黯然无神的目光直视自己的女人唠叨着什么。禽脸女人把盒子放到自己鼻子底下啄食糖果。帕芙莲卡走向木筏边上，站在那里往水里扔橙子皮。

——我任何时候都未参加过如此荒谬的游玩，——兹凡采夫对身旁的人抱怨地说。

福玛面带冷笑，注视着他，感到满意的是：这个娇纵坏了的人感到了苦闷，莎霞使他感到了委屈。福玛温柔地看着自己的女伴，他喜欢她和所有人说话尖刻并保持尊严，像一个真正的官太太。

乡下人站在她身旁说：

——官太太？你送我一杯酒壮胆才好呢！

——福玛，给他一杯！

当乡下人喝完酒后津津有味地作咯咯声时，莎霞命令说：

——开始……

乡下人歪斜了一下嘴巴，用男高音拖长声音唱：

我不再喝酒，哎呀—没啥可吃—啊—啊……

女人颤颤悠悠地随着唱：

葡萄酒我—我不想喝—喝啦……

乡下人甜美地微微一笑，摇了摇头，闭上眼睛，颤悠悠的高音流倾注到空中：

啊—唉—是我应—应当告—告别的时—时候啦—啦……

女人开始呻吟和哭了起来：

哎哟，应当和—和亲—亲—亲人们离—离别啦—啦……

乡下人降低声音，怀着惊人的悲痛力度唱颂：

唉咳，我还要到别人那—那边去啊……

当两个人的歌声痛哭似的和忧郁地流入到夜晚的寂静和清新空气中时，周围开始仿佛更暖和了和更优美了，一切都好像露出了怜悯人的痛苦的微笑。似乎不是声音，不是歌曲，而是人心中的热泪，这种诉怨在热泪中渗出，热泪本身湿润了空气。在斗争中疲惫不堪的心灵的忧伤、贫穷的铁腕带给人的创伤的痛苦，——这一切都体现在朴素粗糙的歌词里，以无法形容的忧伤的声音传播到遥远的、空旷的天空，天空中没有任何回声。

福玛急忙闪开歌手们，怀着近乎吃惊的感觉看着他们，歌曲以沸腾的声浪沁入他的心田，歌曲中体现的狂热的忧伤力度压得他的心痛。他感到：他现在要流泪，他的喉咙发痛，脸在颤动。他模糊地看到了莎霞的乌黑的眼睛，这双眼睛一动不动，他似乎觉得它们很大并变得越来越大。他似乎觉得不是两个人在歌唱，周围的一切都在歌唱，都在灾难的痛苦中哀号、颤抖，所有活生生的人都以绝望的紧紧的拥抱互相搂在一起。

当结束了歌唱时，他因激动而颤抖，泪流满面地看着他们，露出了微笑。

——怎么，被触动了？——莎霞问。她因疲倦而脸色苍白，呼吸困难和急促。福玛看了一下乡下人，他擦了擦满是汗的前额，用如此心慌意乱的眼神环视自己的周围，似乎不明白发生了什么事情？

寂静。大家一动不动地坐着，沉默。

——唉咳，先生们！——福玛激动起来，感叹地说。——唉咳，莎霞！乡下人！你是什么人？——他几乎是叫喊了一声。

——斯捷潘……——乡下人有愧色地微笑着回答。

——你怎么唱歌的，啊？——福玛在一个地方不安地转动，很惊讶地高声说。

——唉咳，老板！——乡下人感叹了一声。——悲痛所致——

公牛也会唱得娓娓动听的……瞧，官太太是怎么歌唱的，这样……这只有上帝知道……嗯，官太太！

——唱得非常好！——乌赫济舍夫用醉汉的声音说。

——鬼知道怎么样！——兹凡采夫从桌子后面跳起来，突然恼怒地、几乎是含着眼泪地叫喊。我来游玩，我想寻欢作乐，可是给我举行安魂祈祷！……真是岂有此理！我不想再待下去了，我要走了！

——夏尼！我也要走了……——有络腮胡子的先生宣称。

——华莎！——兹凡采夫叫喊，——穿衣服！……

——是的，是走的时候了，——乌赫济舍夫的棕红色头发的女人平静地对他说。——冷……天也将快黑了……

——斯捷潘！收拾好一切，——华莎下命令。

大家开始忙乱起来，说着什么。福玛用困惑不解的目光张望，不停地颤抖。苍白的、疲倦的人们在木筏上摇摇晃晃地行走，彼此说着荒谬的、不连贯的话。莎霞不客气地催促他们，同时收拾自己的东西。

——斯捷潘！叫马车……

——我，再喝一杯白兰地酒，谁想和我一起喝白兰地酒？——有络腮胡子的先生手里拿着酒瓶，用怡然自得的声音慢腾腾地说。

华莎把围巾围在兹凡采夫的脖子上。满脸皱纹的他站在她面前，任性地撅起嘴，他的小腿肚子在颤动。福玛开始厌恶地看着他们，走到另一个木筏上去了。他感到吃惊的是：所有这些人都持这样的态度，似乎他们未听歌曲。她活在他心中，引起他惴惴不安地想做点什么和说点什么。

太阳已经落了，远处笼罩着蓝色的雾。福玛向那里眺望了一下，转向了一旁。他不想和这些人去城里。他们总是在木筏上走来走去，迈着不均匀的步伐，左右摇晃，嘟囔着不连贯的话语。女人们比男人们更清醒，只有棕红头发女人久久不能从长凳上站起来，最终站起来后宣称：

——嗯，我醉了……

福玛坐在一段木头上，举起乡下人砍篝火劈柴用的斧子，开始摆弄它，把它抛向空中，随即又接住它。

——唉咳，这是多么令人生厌！——传来了兹凡采夫奇异的声音。

福玛感到自己憎恨他，憎恨他和所有人，除了莎霞以外。莎霞激起了他在她面前模糊的奇怪的感觉，激起了他害怕她会做出某种意外的和可怕的事情的感觉。

——畜—畜生！——兹凡采夫尖声叫了一声。福玛看到他推了一下乡下人，而乡下人摘下帽子带有歉意地走到一边去了……

——傻—傻瓜！——兹凡采夫走在他后面，挥舞一只手，叫喊。

福玛跳起来，大声地、威胁性地说：

——你！别动他！

——什—什么？——兹凡采夫转身面对着他。

福玛微微耸耸肩，向他走去……突然在他头脑中闪现一个想法。他幸灾乐祸地微微一笑，轻轻地问斯捷潘：

——在三个地方分队联系起来了吗？

——三个地方，当然啰！

——鲁比，联系上……

——他们呢？

——别出声！鲁比……

——本来是……

——鲁比！小声点，以便不要发现！

乡下人拿起斧子，不慌不忙走近一个分队和另一个分队紧密联系的地方，他用斧子砰地响了几声，回头看着福玛。

——老板，我不负责，——他说。

——别怕……

——走啦！……——乡下人恐惧地低声说，匆匆地给自己画十字。福玛轻轻地笑了一笑，他经受了强烈的感觉，这种感觉以某种奇怪的、愉快的、迷人的畏惧剧烈地使他称心如意。

人们仍然在木筏上踱步，行动缓慢，相互碰撞，给女士们穿衣服，笑谈，而木筏轻轻地、踌躇地在水面上转动。

——如果木筏把他们带到商船队去，——乡下人喃喃地说，——那会撞到船头上，会撞成粉碎的……

——别说话……开动小船，赶上去……

——瞧！……人们仍然……

乡下人心满意足，微笑，沿着木筏蹦蹦跳跳地奔向河岸。福玛站在水上方，极想呼喊什么，但他忍住了，希望让木筏离得更远些，让这些喝醉了的人们不能从木筏跳到停泊的船队上去。他看到木筏在水面上轻轻摇晃，渐渐离他愈来愈远，心里产生了愉快的感觉。此时他胸中充满的沉重和阴郁之感随着木筏上的人们飘然而去。他呼吸清新的空气，顿感头脑健康清醒。莎霞背向福玛站在离去的木筏的最边缘上，他看着她美丽的身影，情不自禁地想起了梅登斯卡娅。那位身材矮小一些……对她的回忆刺痛着他，他用响亮的、嘲弄的声音叫喊：

——唉，你们啊！别了……

人们昏暗的身影忽然快速向他移动过来，他们在木筏的中间挤在一团。在他们和福玛之间几乎一俄丈宽的水带放射冷光。沉默持续了几秒钟……

充满本能恐惧和悲哀的尖叫声暴风骤雨般地向福玛袭来，兹凡采夫尖细的、颤抖的叫喊声最高，最令人厌恶地刺耳：

——救—救命啊……

某人——大概是有风度的蓄着络腮胡子的先生用男低音吼叫：

——有人溺水了……溺水了……

——难道你们是人？！——福玛用仿佛刺痛了他的恼怒的声音恶狠狠地叫喊。

人们怀着恐惧的疯狂在木筏上乱跑。木筏在他们的脚底下摇晃，因此浮动得更快。听得见水流拍溅到木筏上并在它下面哗啦啦地响。叫喊声划破长空，人们跳动、挥手，只有莎霞匀称的身影一动不动地和默然无语地站在木筏边缘上。

——向圣骨匣鞠躬致敬吧！——福玛叫喊。随着木筏远去他变得越来越轻松愉快了。

——福玛·伊格纳齐耶维奇！——乌赫济舍夫用不坚定的然而是冷静的声音开始说。——瞧，这是危险的玩笑！……我将控诉！……

——你什么时候溺水？控诉吧！——福玛愉快地回答。

——你——杀人犯！……——兹凡采夫用号啕痛哭似的声音叫喊起来。此时传出了水流响亮的拍溅声，仿佛这水流因惊吓或惊讶而一声轰鸣。福玛颤抖了一下，呆住了。然后扬起了女人的醉人的和疯狂的哀号声，男人们充满恐惧的高呼声停顿了，木筏上所有的人影都呆住了。各人照各人的办法站着。福玛望着水面发呆：一个黑的什么东西在水上向他浮过来，周围水沫飞溅……

福玛本能地挺胸扑到木筏的木头上，把头耷拉在水面上，向前伸出双手。过去了难以置信的长时间的几秒钟……凉飕飕的、湿漉漉的手指抓住了他的双手，昏暗的眼睛在他面前闪光……

笼罩着他的迟钝的恐惧消失了，变成了惊恐不安的快感。他抓住女人，把她从水中拉出来贴在胸前，惊奇地直视着她，不知道对她说什么好，她的眼睛向他流露出温柔的微笑……

——冷呀！——莎霞颤抖了一下说道。

福玛听到她的声音而幸福地笑了起来，双手抱起她，快速、几乎是跑步，沿着木筏奔向河岸。她像鱼一样湿淋淋的、冷冰冰的，但她的气息是热乎乎的，烫着福玛的脸颊，使他胸中激荡着狂喜。

——想淹死我？——她紧紧地偎依着他说。

——你这做得多么好，——福玛在奔跑中喃喃地说。

——嗯，你也想得不坏……虽然从外表看你是温和的……

——而那些人——仍然在大喊大叫！

——见他们的鬼去吧！让他们淹死，而我和你去西伯利亚吧……——女人说。她开始颤抖，福玛感觉到的她身体的颤抖迫使他加快了自己奔跑的步伐。

在他们后面从河上传来哀号声和呼救的叫喊声。在那里，沿着平静的水面，离岸向着河的主流，在暮色中浮现了一个小岛，昏暗的人影在上面晃动。

夜在向他们走来。

九

有一次，在星期日的中午，雅科夫·马雅金在自己的花园里喝茶。他解开衬衫的领扣，用毛巾围上脖子，坐在樱桃绿荫下的长凳上，在空中挥舞双手，擦掉脸上的汗水，滔滔不绝地在空中倾吐着快言快语。

——那个允许肚子有权支配自己的人是傻瓜和下流人！

老头的眼睛放射出激动和凶狠的目光，嘴唇轻蔑地一撇，阴沉的脸的皱纹在蠕动。

——如果福姆卡是我亲儿子的话，那我就会严格地教导他！

柳博芙摆弄着金合欢枝条，默默地听着父亲说话，留心地不时看看他激愤的和颤动的脸。她长大了一点儿，不知不觉地改变了对老头儿的怀疑的和冷淡的态度。他总是热心于事业，机智、聪明、孤单地走在自己的道路上。她看到了他的孤单，知道孤单的艰难，于是她对父亲的态度变得温暖了。有时她和老头儿争吵，他过去总是藐视地和嘲笑地对待她的反对，但现在一次比一次变得关心和温和些了。

——如果故人伊格纳特在报纸上读到过关于自己儿子丑陋生活的消息，那本会杀了福姆卡的！——马雅金一拳打在桌子上说道。——瞧，是怎样描述的？丢人！

——为了事业！——柳博芙说。

——我不说——徒然！狠狠地狂吠……这是谁盛怒了？

——对您来说不是全都一样吗？——少女问。

——好奇……骗子，多么生动地描述了福姆卡的行为举止……显然：其本人和他在一起游玩，成了他丑陋的见证者……

——嗯，他不会停止和福玛游玩的！——柳博芙坚信地说，在父亲探寻的目光下她的脸变得通红。

——咦，你呀！你有一些好—好熟人，柳博卡！——马雅金幽默毒辣地说。——嗯，这是谁写的？

她不想说，但父亲坚持着问，他的嗓音变得越来越干涩和越来越气愤。于是她平静地问他：

——您对他不会做任何事情吧？

——我？我拧断他的头！傻—傻女人！——我能做什么？他们，这些下流作家，并非愚笨的人……有力量，真见鬼！而我并非省长……那些人既不能使手脱臼，又不能把舌头捆起来……他们像老鼠，慢慢地啮噬……是的！嗯，这到底是谁？

——当我上学的时候，有一位中学生到我们这里来过，叶若夫，您记得吗？

——见过，当然啰！这是他？小耗子！……那时就已经看得出来：他会成为什么，放荡的玩意儿……那时我本该对付他……也许，会变成一个人……

柳博芙瞅了父亲一眼，笑了一笑，激昂地问：

——难道在报纸上写文章的那位不是人？

老头许久没有回答女儿的问题，若有所思地用手指在桌子上敲击，端详着自己在擦得亮堂堂的铜茶炊中反映的脸。然后，他抬起头，稍微眯缝上眼睛，庄严地、激昂地说：

——这不是人，而是脓包！俄罗斯人的血液变坏了，由于坏的血液出现了这些书呆子—街头报贩、残暴的伪君子……他们过去到处化脓，现在化脓愈来愈多……血液变坏——因为什么？因为流动缓慢……蚊子从哪里来的？来自沼泽地……在死水中积聚一切污垢……在安排不当的生活中情况也是这样……

——您别那样说，爸爸！——柳博芙温柔地说。

——这怎么啦，不是那样的？

——作家——是最无私的人……这是光明磊落的人！他们本来什么都不需要，他们只要公正，只要真理！他们不是蚊子……

柳博芙激动起来，对她心爱的人们大加夸奖。她的脸泛起红晕，眼睛带着那样的感情看着父亲，即似乎当她不能使他信服时而请求相信她。

——唉咳，你呀！——老头儿打断她感叹地说。你读够了！你告诉我：他们是谁？不知道！就说叶若夫——他究竟是什么东西？真的，呸！他们只需要真理——你说？！咦，多么谦虚的人？！如果那真理也是最宝贵的东西呢？……如果也许是每个人都能默默找到的呢？请你相信我：人不可能是无私的……他不会为别人战斗……如果战斗，那他就是个傻瓜，任何人都不会从他那里得到解释！人应当能起来维护自己，维护自己密切相关的东西……那时他才战斗！真理！我几乎四十年读同一种报纸，清楚地看见……瞧，在你面前是我的一张脸，而在我面前是茶炊上的脸——也是我的，但是另一个模样的脸……瞧，这些报纸赋予所有人的是茶炊上的脸，而人们看不到真正的脸……而你相信他们……我知道：我的脸在茶炊上被扭曲了。

——爸爸！——柳博芙忧郁地感叹了一声。——但是，书报本来是保护共同利益和所有人的。

——那么在什么报纸上写了关于你生活得寂寞无聊和早已是出嫁的时候了呢？瞧，他们也没有保护你的利益！也没有保护我的利益……谁知道我想要什么？除了我自己以外，谁了解我的利益？

——不，爸爸，这全都不是那样，不是那样！我不能反对您，但我感觉这不是那样！——柳博芙几乎绝望地说。

——正是这样！——老头儿坚定地说。——俄罗斯不安了，其中没有任何坚固的东西，一切都在倾斜！大家都歪着生活，侧着一边身子行走，生活中没有任何协调性……只是大家用不同的声音吼叫。谁需要什么——任何人都不知道！迷雾笼罩着大家……大家在迷雾中呼吸，因此人们的血液也变质了……因此也就出现了脓包……给了人们空想的广泛自由，但不允许做任何事情，因此人不能生活而腐烂发臭……

——到底应该做什么？——柳博芙用胳膊肘支撑在桌子上俯身向着父亲问道。

——一切！——老头激昂地叫喊。——做一切！……快点儿，各人照自己的意思办！为此，必须给人们意志、自由！既然这样的时代已经来临，即任何丑八怪都自认为：似乎为了完全支配生活一切都可以创造出来，只要给他这个坏蛋以自由！给你，狗崽子，生活吧！喂，生活吧！啊！于是随之而来的是这样的喜剧：此人感到了笼头已从他身上取掉，就往前窜，到处舞文弄墨……他自命不凡，认为自己是创造奇迹的人，于是就开始出卖自己的灵魂了……

老头停顿了一下，露出阴险的冷笑，降低声音继续说：

——他的灵魂微不足道！他摆一阵子架子，神气一阵子，很快就会衰弱下去，可怜的人！他的内心是虚弱的……亲爱的，真正的可尊敬的人就会揭穿他，那些真正的人能成为生活真实的老百姓的主人，他们不是用棍子和笔而是用手指和智慧驾驭生活。他们说：先生们，累了吗？他们说：真正的人的脾脏不容激动吗？——老头提高声音，用威严的声调结束自己的话：——嗯，你们，没出息的家伙们，现在闭嘴，别吱吱叫了！否则，我们将从大地上撵走你们，就像从树上抖掉蠕虫一样！哼，亲爱的！情况就是如此，柳博芙卡！嘿—嘿—嘿！

老头感到愉快。他的皱纹在蠕动，陶醉于自己的话，全身颤抖，闭上眼睛，吧嗒嘴唇，好像津津有味地品尝着什么……

——嗯，于是那些在混乱中占优势的人们就按自己的方式机灵地安排生活……事业不是马马虎虎地进行，而像是胸有成竹地进行！活不到此时，遗憾！……

父亲的话像坚固网络的铰链一句接一句地向柳博芙袭来，袭来，捆住她，少女不能从其中摆脱出来，她被父亲的话惊呆了，默然无语。她用紧张的目光直视着他，在他的话中为自己找到了依据，在他的话中听到了某种与她在书中读过的内容相同的东西，她似乎觉得这乃是真正的真理。但是，父亲幸灾乐祸的、洋洋得意的笑刺痛她的心，这些像一条条阴暗的小蛇在他脸上爬行的皱纹使她在他面前产生畏惧。她感到：她在幻想中似乎觉得他是简朴和开朗的人，而他使她离开这种感觉转向了。

——爸爸！——她突发奇想问老头儿，——爸爸！按照您的看法，塔拉斯是什么人？

马雅金颤抖了一下。他的眉毛生气似的微微动了起来，锋利的目光凝集在女儿的脸上，干巴巴地问她：

——这是说什么啊？

——难道不能说他吗？——柳博芙轻轻地、腼腆地说。

——我不想说他……也不主张你说！——老头伸出一个手指威胁女儿，严肃地皱起眉头，低垂脑袋。

但是，刚说完不想说起儿子，他大概不真实地理解自己，因为沉默了一分钟之后就愁眉苦脸地和气冲冲地说：

——塔拉斯卡——也是脓包……生活向你们，乳臭小儿，哈气，而你们不能辨别出生活的真正的气味，吞咽各种各样的废物，因此你们头脑昏迷……塔拉斯卡……他现在三十开外了……对我来说他消失了！……钝嘴巴的小猪……

——他做了什么？——柳博芙问，聚精会神地倾听老头的话……

——这有谁知道？也许现在他自己都不能了解自己……即使他变得聪明了……他倒是应该变成聪明人……不笨的父亲的儿子……忍耐了不少……溺爱他们，虚无主义者！我指点事情才好呢……到荒漠中去！到荒凉的地方去——齐步走！……嗯，你们，聪明人，在这里按自己的个性安排生活吧！嗯！最好指派坚强的男人做他们的长官……嗯，忠诚的先生们，给你们饮食，教你们知识，你们学会了什么？你瞧，一小笔欠款……我不会在他们身上花一个铜币，会榨干他们的全部体液——还债！不要轻慢人，让人蹲监狱——不多！你，还有老爷，违法了吗？不，你为我工作一些时候……一粒种子长出整个穗，让一个人无益地消失——这是不允许的！……有算计的细木工让每一块木片适得其所，这样，人应当于事业有益地消耗自己的精力，全身心地，直至献出自己最后的能量。生活中有各种各样的废物，而人——任何时候都不是废物……唉咳！糟糕的是有力量而无智慧，而有智慧而无力量也不好……瞧，现在福姆卡……是谁在那里悄悄地溜进来，你瞧！

柳博芙转过身去，看见是“叶尔马克”号轮船船长叶菲姆沿花园小径走来，他恭敬地脱下便帽，向她鞠躬致意。他的脸绝望地露出愧色，他整个人非常难过。雅科夫·塔拉索维奇认识他，顷刻间焦急不安地叫喊了一声：

——发生了什么事情？

——所以，我来见您！——叶菲姆说，低头行礼，站在桌子旁边。

——嗯，看得出是来找我的……什么事情？轮船在哪儿？

——轮船在那里！——叶菲姆一只手伸向空中的某处，艰难地把重心一只脚换到另一只脚上。

——在哪儿？真见鬼！说：发生了什么事情？——老头儿愤怒地叫喊。

叶菲姆深深地吸了一口气，慢吞吞地说：

——九号驳船被毁了。一个人的脊背被打断了，还有一个人完全不见了，所以，也许，淹死了……

——这—这样！——马雅金恶狠狠地打量着船长，拖长声音说。——嗯，叶菲姆什卡，我要剥了你的皮……

——这不是我！——叶菲姆急忙说。

——不是你？——老头儿叫喊了一声，全身颤抖起来。——是谁？

——是主人自己……

——福姆卡？！那你呢，你怎么啦？

——我躺在舱门上……

——啊—啊！你躺—躺下了

——被捆着的……

——什—什么？——老头尖叫了一声。

——请允许一五一十地说……是这样，他们喝醉了，叫喊：“滚开，我自己来指挥！”我说：“不行！我是船长……”他们说：“把他捆起来！”于是把我捆了起来推到了船员们那里的舱门上……他们喝醉了，想闹着玩……迎着我们驶来一个船队……“黑山人”号轮船的六艘空驳船。福玛·伊格纳齐夫挡住了他们航道……他们鸣笛了……不是一次……应该说实话：他们鸣笛了！

——是吗？

——嗯，未能避开……前面两艘驳船撞上了我们，撞上了我们的船舷，我们的撞成了碎块……他们的两艘也破碎了……我们向哪儿去诉苦……

马雅金从椅子上站起来，发出刺耳的颤抖的狞笑。叶菲姆叹气，两手一摊，说道：

——他们的性格很粗鲁……他们头脑清醒，总是沉默无语，沉思地走来走去，用葡萄酒浸湿自己的弹簧，发起怒来……所以那个时候他们既不是自己也不是事业的主人，而是凶恶的敌人——对不起！我想走了，雅科夫·塔拉索维奇！没有主人我不习惯，没有主人我不能活……

——闭嘴！——马雅金严厉地说。——福玛在哪里？

——在那里，在原处……此事之后他们马上醒悟过来，并派人找回工人……他们将抬起驳船……大概，已经开始了……

——他一个人在那里吗？——马雅金低头问道。

——不……完全是……——叶菲姆斜视着柳博芙轻声地回答。——他们之中有位太太……这样一个黑发女士……仿佛是个神智不清醒的女人……——叶菲姆叹息着说道。——她总是歌唱……唱得很好……很大的诱惑！

——我没有问你关于她的事！——马雅金恶狠狠地叫喊。他脸上的皱纹病态似的皱了起来。柳博芙觉得父亲现在就会哭起来……

——放心吧，爸爸！——她温情地请求说。——也许，损失不大……

——不大？——雅科夫·塔拉索维奇响亮地叫喊。——你知道什么，傻瓜！难道是驳船损坏了吗？！唉咳，你呀！是一个人损坏了！是这么回事啊！他本来是我所需要的，我需要他，你们这些愚钝的魔鬼！

老头愤怒地摇晃着脑袋，快步沿着花园小径走向住宅……

……此时福玛待在四百俄里外伏尔加河岸上的农村木房里。他刚睡醒，躺在木房中间一堆新鲜干草上，忧郁地望着窗户，望着乱云飞渡的天空。

福玛醉后昏沉的头一动不动，他感到自己胸中也似乎有静悄悄的乌云在浮动，浮动，在心中散发出干冷的寒意，使他发闷难受。在乌云沿天空的浮动中，有着某种无力的和胆怯的东西……他感到自己心中也是这样……他不假思索，回忆起了近几个月经历过的事。

他似乎觉得自己跌入了浑浊的热流之中，类似于天空中这些乌云的波浪裹挟着他，并把他带往某处。他在昏暗中和在围绕他的喧嚣声中模模糊糊地看到了：和他一起被带走的还有其他一些人，每天是新的但全都是同样可鄙的和令人厌恶的人。醉醺醺的、喧闹的、贪婪的他们在他周围转来转去，用他的钱，寻欢作乐，骂他，相互斗殴，叫喊，甚至不止一次地哭泣。他揍了他们。他记得他打了某人的脸，撕掉了某人的常礼服并把它扔到了水里，某人用湿润的、冰冷的、像蛤蟆一样光滑的嘴唇吻了他的双手……吻着和哭着请求不要杀害……某些人的脸在他记忆中闪现，声音和话语在他记忆中响着……穿着黄色丝绸短上衣、敞胸的女人用响亮的、带哭声的嗓音唱着：

我们将这样生活，暂且还行……
即使那里草—草木不生！

……所有这些人像他一样，被那昏暗的波浪裹挟着，随波逐流，仿佛是垃圾。想必他们所有人都胆战心惊地眺望前方，以便看这狂怒的巨浪把他们带往何方。他们用酒浇灭自己的恐惧、挣扎、吼叫，做某种荒谬的事，胡闹、喧哗，任何时候他们都不快乐。他也做过这一切，以便尽快绕过昏暗的生活地带。

在纵酒的混乱中，在情绪激昂惶恐不安的、渴望忘掉自己的疯疯癫癫的人群中，只有莎霞一人始终平静和稳重。她没有喝醉，总是用坚定庄严的声调和人们说话，其一切动作也同样地坚定自信，仿佛这股热流没有裹挟他，而她自己倒是控制了这股汹涌的热流的流向。福玛似乎觉得她是他周围所有人中最聪明的人，是最渴求喧闹和纵酒的人。她命令所有人，经常想出随便什么样的新鲜事，同样地和所有人说话：和马车夫、仆人和海员说话都用那样的腔调和言词，即好像和自己的女朋友以及和福玛说话一样。她比帕娜格娅更漂亮、更年轻，但她的爱抚比较默然和冷淡……福玛心想：她瞒着大家在其内心中深藏着某种可怕的东西，她任何时候都不会爱上任何人，不会敞开自己的全貌。这个女人心中神秘的和隐藏的东西，以胆怯的好奇心，以对她平静冷淡的心灵的紧密的关注，引起了他对她的兴趣，她的心灵宛如她眼睛一样昏暗。

有一次福玛对她说：

——哎呀，我们和你花费了多少钱啊！

她看了他一眼，问道：

——为什么要珍惜钱？

“真是，为什么？”——福玛想，感到惊讶的是：她这样简单地认为。

——你究竟是谁？——另外一次他问她。

——难道你忘了人们是怎样称呼我的吗？

——嗯，竟然还要这样！

——那么你到底需要知道什么？

——我问的是关于出身的问题……

——啊！嗯，我是雅罗斯拉夫尔人，来自乌格利奇，小市民……竖琴演奏者……行吧，当你得知我是谁之后，对你来说我将更迷人吧？

——难道我了解吗？——福玛笑问。

——对你来说不多，但更多的情况我什么也不说……有啥用处？论出生地点大家来自同一个地方，无论是人还是畜生……这些谈话都是废话……你就让我们想一想：我们怎样度过今天？

这天他们带着乐队乘轮船游玩，喝香槟酒，大家都喝醉了。莎霞唱了一首特别的、非常忧伤的歌。福玛被歌感动得像小孩一样哭了。然后他和她跳了“俄罗斯民族舞”，疲倦了，扑倒到水里，差点没淹死。

现在，想起这个和其他许多事情，他感到替自己羞愧，感到对莎霞的不满。他看着她匀称的身材，听着她平静的呼吸，感到自己并不爱这个女人，她不是他所需要的。在他醉醺醺的脑袋里产生了某些晦暗的、单调的思想。似乎这段时间他经历的一切在他胸中捻成了一团乱麻，现在这团乱麻在他胸中滚动，慢慢倒开来，灰色的细线把他捆绑起来。

“我这是发生了什么？——他想，——我是什么人？”

这个问题使他感到惊讶，他考虑这个问题，试图想出个结果：为什么他不能像其他人那样平静地和有信心地生活？这个思想使他开始更强烈地感到羞愧，他在干草堆上乱动起来，激动地用胳膊肘推了一下莎霞。

——轻点！……——她在睡梦中说道。

——嗯，得啦，不是什么大人物！——福玛喃喃地说。

——什么？

——没什么……

她翻身背对着他，甜丝丝地打了一个哈欠，懒洋洋地开始说：

——我在睡梦中看见：似乎我再次成了竖琴演奏者。我唱独唱曲，一只很大的脏兮兮的狗站在我对面，龇牙咧嘴，等着我结束……而我——非常害怕它……我知道：只要我结束歌唱它就会咬我……于是我就一直唱，唱呀……突然似乎我的嗓音不够……非常可怕！而它——牙齿磕碰作响……这是为什么……

——等一等再唠叨！——福玛忧郁地阻止她。——你就说说：你知道我的什么情况？

——我就知道你醒来了，——她未翻身面对他，回答说。

——这是真的，我醒来了。——福玛沉思地说，他双手往脑后一抱继续说道：——因此我也问你：按照你的看法我是什么人？

——醉醺醺的人，——莎霞打了一个呵欠回答说。

——阿历克山德娜！——福玛恳求似的高兴说。——别淘气！你凭良心说：关于我你是怎么想的？

——我什么也不想！——她干巴巴地回答。

他深沉地叹了一口气，沉默了下来。莎霞也默默地躺了一会儿之后，用自己通常冷淡的声音说：

——告诉他！我这是何必要去想任何人？即使我想自己也没有时间……也许，是不愿去想……

福玛干涩地笑了起来，说道：

——我什么也不想才好呢！……

女人从枕头上抬起头，瞥了福玛一眼，重新躺下来说：

——你要滑头……瞧，由此你不会有幸福的……我不能说关于你的任何话……嗯，我要对你说的就是：你比其他人好……由此将会怎么样呢？

——为什么好些？——福玛沉思地问。

——是的，是这样！大家唱一支好歌——你哭了……有人做坏事——你就揍他……和女人在一起——你纯朴，不对她们要无赖……嗯，你还能成为勇敢的人……

这一切不使福玛满意。

——你别说那个！——他轻轻地说。

——嗯，我不知道你需要什么……驳船抬起来了，我们将做什么？

——我们做什么？——福玛问。

——我们去下诺夫哥罗德或者去喀山？

——为什么？

——去纵酒作乐……

——我不想更多地纵酒作乐……

他们俩长时间地沉默，谁也不看谁。

——你的性格忧郁，——莎霞说，——无聊。

——我将不再酗酒了！——福玛坚定地说。

——撒谎！——莎霞平静地表示异议。

——你就瞧吧！你怎么想：这样生活好吗？

——我会瞧的。

——不，你说：好吗？

——那么怎样更好些？

福玛从侧面看了看她，激动地说：

——你这样的话是反话！

——这里我无法使人满意！——莎霞笑说。

——民—民众！——福玛病态地皱起脸说，——也生活……怎么样？爬往某处……蟑螂爬行，它知道爬往何处和需要什么，而你——怎么样？你——去哪儿？……

——等一等！——莎霞平静地阻止他。——我跟你有什么关系？你从我这里取得你想要的东西，但别钻进我的心灵之中！

——钻进心—心灵！——福玛蔑视地拖长声音说。——钻入什么样的心灵？

她开始在房间里走来走去，同时收拾散乱的衣服。福玛注视着她，对她没有因为关于心灵的话而生他气感到不满。她的脸色像往常一样冷静，而他希望看到她是凶恶的或委屈的样子，希望看到某种人性的东西。

——心灵！——他感叹了一声，难道有心灵的人可以像你那样生活吗？在心灵中燃起火焰……心灵中含着羞愧……

此时她坐在长凳上穿长袜子，但在听到他的话时抬起头，用严厉的目光盯着他。

——你看什么？——福玛问。

——你为什么说这个？——她回答他，没有从他身上挪开视线。

在她的问话里有着某种威胁的意味。福玛在她面前感到胆怯，嗓音中没有激情地问：

——怎么不说？

——唉咳，你呀！——莎霞感叹了一声，重新开始穿衣服。

——我怎么样？

——是的，是这样……你简直出生于两个父亲……你知道我观察人吗？

——啊？

——有人自己不能对自己负责，就是说，他害怕自己，就是说，他一文不值！

——你这是在说我？——福玛沉默了片刻问道。

她把宽大的玫瑰色外衣披在肩上，站在房子中间，用低沉的嗓音对躺在她脚旁的人说：

你岂敢谈论我的心灵……它和你没有关系！我能谈！我只要愿意就能对你们大家说：唉咳，怎么样！我有关你们的话语……像锤子一样！我能这样敲击脑袋……你们会发疯的……但是话语不能治好你们……应该把你们放在火上烤，就像星期一把煎锅烧干净一样……

她把双手搭在头上，急速地松开头发，当一绺绺浓密的黑发散落到肩上时，就高傲地把头一摆，蔑视地说：

——别看我是放荡女人！但人在垃圾中也比穿着丝绸衣服狂欢作乐的人干净……但愿你知道：关于你们这些公狗我是怎么想的，我对你们有着怎样的憎恨！即使憎恨我也沉默……因为我害怕一旦我说了憎恨，心里将会空虚……将无以为生！……

现在他重新喜欢她了。在她的话中有着某种和他的情绪近似的东西。他笑了一笑，嗓音和脸上露出满意的神情，对她说：

——我也感到我心中产生了某种想法……唉咳，我用自己的言语说话的时候到了。

——这是针对谁？——莎霞不经心地问道。

——针对所有人！——福玛跳起来高声说。——针对虚伪！……我问……

——你问：茶炊准备好了吗？——莎霞冷淡地命令他。

福玛瞥了她一眼，怒气冲冲地叫喊：

——见鬼去吧！你自己去问……

——你狂吠什么？

她从木房中走出去了……

……一阵一阵凛冽的风在河流上空飞舞，河流波浪汹涌澎湃，发出哗啦啦的响声，掀起愤怒的浪花，焦急不安地迎风咆哮。沿岸的柳丛在风的袭击下颤抖，低低地弯向地面。空中传出哨声、哀号声和从几十人胸中发出的低沉的哼哼声：

——加油—加油—加油！

靠高而峻峭的河岸停泊两艘空驳船，其高高的桅杆耸入云天，惊慌地左右摇晃，在空中划出无形的图案。驳船甲板上堆满了厚厚的原木木材，到处挂着滑轮、链条和缆绳在空中晃动，链环发出叮当的响声……身穿蓝色和红色衬衫的乡下人群沿甲板拖拉一根大原木，艰难地跺脚，深沉地哼哼：

——加油—加油—加油！

蓝衣和红衣人群也喜爱木材，风吹拂他们的衬衫和裤子，使他们变成了奇怪的模样，忽而是驼背的样子，忽而像气泡一样圆鼓鼓的。人们在木材和甲板上做什么东西：捆、砍、锯和钉钉子，到处闪动着衬衫袖子卷到胳膊肘上的粗壮的手。风在河流上空扬起精力充沛的喧闹声：锯子锯木发出断断续续的狂喜声、被斧子砍伤的原木发出呻吟声、板子在敲击下病态地发出噼啪的碎裂声、刨子发出恶毒的尖叫声。铁链条的铿锵声、滑轮受压迫的吱吱声和波浪的喧哗声交织在一起，风儿呼啸哀号，驱赶天上的乌云。

——小—伙—子—们，加油，来吧！

——再—加——一把—劲！……——有人用高嗓音恳求地使劲喊……

漂亮匀称的福玛穿着厚呢子短上衣和长筒靴子，背靠桅杆站着，一只颤抖的手不时揪一揪胡须，欣赏着乡下人的劳动。他周围的喧闹也激起了他心中的愿望：叫喊，和乡下人一起忙碌，砍木头，搬重物，命令—迫使大家注意自己，向大家显示自己的力量、机智、活泼的心灵。但他克制了自己，一动不动，默默地站着，他觉得羞愧。在这里他是大家的主人，如果自己参加劳动，那么任何人都不会相信：他只是出于爱好而劳动，而不是为了督促他们，给他们做个榜样。

一个淡褐色卷发、衬衫领扣解开的小伙子时时从他旁边跑过去，忽而肩扛板子，忽而手持斧子。他好像一只兴奋的公山羊蹦蹦跳跳，在自己周围撒下愉快响亮的笑声、戏言、严厉的骂声，不知疲倦地工作，有时帮助这个，有时帮助那个，在堆满碎木片和木头的甲板上快速敏捷地奔跑。福玛逼视着他，对这个小伙子产生了羡慕之心。

“幸运儿，大概……”——福玛想。这个想法使他产生了强烈的愿望去阻止和为难小伙子。周围所有人都充满紧张工作的热情，齐心协力、干净利索地固定了脚手架，安上了滑轮，准备从河底拉起沉没的驳船。大家精神饱满、心情愉快，朝气蓬勃。他离开他们站在一旁，不知道做什么，什么也不会，感到自己是这次艰巨劳动的不需要的人。他怨恨地感到自己是他们中多余的人，他越注视着他们，这种怨恨就越强烈。瞧，这一切都是为他做的，然而他却没有参加……

“我的位置到底在哪儿？——他忧郁地想。——我的事情在哪儿？……”

承包人是位小个子乡下人，他留着尖形白胡须，长着小眼睛，灰色的脸上布满皱纹。他走近福玛，用特别清晰的词语小声地说：

——一切都准备好了，福玛·伊格纳齐伊奇，现在一切就绪了……满怀希望地开始吧！……

——开始……——福玛简短地说，脱离乡下人小眼睛锐利的目光转向一旁。

——光荣属于你，上帝！——承包人说，他端起架子，镇静地扣上紧腰细褶长外衣。然后，他慢慢地扭转头，望着驳船上的脚手架，响亮地喊了一声：

——各就各位，小伙子们！

乡下人在绞盘旁、在船舷上聚集成各别小组，他们的谈话声消失了。有几个人灵活地爬上了脚手架，抓住绳索，从那里张望。

——注意，小伙子们！——响起了承包人洪亮的、镇静的声音。——一切都妥当吗？老婆生孩子的时间到了，没有时间缝衬衫了……嗯，祷告上帝！

承包人把便帽扔到甲板上，抬头望天空，开始恭恭敬敬地画十字。所有乡下人都仰望云天，也开始两手来回摆动，在胸前画十字。有些人大声祷告，低沉的嘟囔声掺杂到波浪的喧哗声中：

——上帝，开恩吧！圣母啊！……尼古拉·乌戈德尼克……

福玛听着这些呼声，它们像重物压在他的心中。所有人的头都免冠了，而他却忘了脱帽。承包人结束祷告之后，庄严地劝告他：

——您也恳求上帝才好呢……

——你注意自己的事情，别来教训我！——福玛气冲冲地看了他一眼，回答说。事情越往后进行，福玛越感到沉重和气恼：坚信自己力量的人们准备为他从河底捞起几万普特重的驳船，而他看到自己是他们之中多余的人。他希望失败落在他们头上，以便他们所有人在他面前感到羞愧，在他头脑中闪现了恶毒的想法：

“也许，链条会断裂……”

——注意！——承包人叫喊。突然，他两手在空中举起轻轻一拍，刺耳地尖叫一声：预—备—开—始！

工人们随着他的喊声也大声地、激动地、紧张地尖叫起来：

——预—备—开—始！加油……

滑轮发出刺耳的声音，链条忽然承受重压而发出吱吱的响声。工人们用胸脯顶住绞盘的把手，吼叫，在甲板上沉重地跺脚。波浪在驳船中间哗啦啦地喧闹，仿佛不愿给人们让出自己的俘获物。福玛周围到处都是链条和绳索绷得紧紧的和紧张地颤抖，它们像巨大的灰色蠕虫在甲板上从他脚旁爬往某处，向上升起，一环一环地、带着铿锵声从那里落下来，工人们震耳欲聋的吼叫盖过所有的响声。

——大—家加油—喽，大家加油喽，加油—喽……——他们和谐地和激昂地歌唱。承包人洪亮的声音像刀子切入面包似的渗入到他们低沉有力的声浪之中，并切断了他们的声浪：

——小—伙—子—们！再—来—次……再—来—次……

福玛陷入奇怪的激动之中：他充满热情地想加入工人们这激昂的、像河流一样咆哮的吼声中去，加入令人激动的钢铁的轧轧声、刺耳声、铿锵声以及波浪汹涌澎湃的拍溅声中去。由于愿望的强烈他的脸上冒出了汗水。他突然离开桅杆，大步流星地奔向绞盘，激动得脸色苍白。

——再—来—次！再—来—次！——他用粗野的声音叫喊。跑到绞盘把手旁边之后，他使劲地用胸脯压在把手上，也不感觉疼痛，双脚有力地撑在甲板上，吼叫着开始绕着绞盘转。某种热流在他胸中涌动……无法形容的喜悦在他心中燃烧，喜形于色，激动地叫喊。他似乎觉得只是他一个人的力量转动着杠杆，提起了重物，还似乎觉得他的力量还在增长。他弯腰低头，像一头公牛，迎着推他后退的重力走，但重力仍然向他让步了。每前进一步越来越使他激动，付出的努力立即变成了强烈的自豪感在他心中涌动。他的头发晕，眼睛充血，但他什么也没有发现，只是感到：他们不如他，他获胜了，他现在就要用自己的力量翻倒某种巨大的、阻挡他道路的东西，翻倒，战胜，那时将会轻松地和自由地呼吸，将会充满自豪的喜悦。他生平第一次体验到如此充满崇高精神的感觉，饥饿的心灵竭力吞咽着这种感觉，因此陶醉，让自己兴高采烈的欢呼合着工人们的节拍飞扬：

——大—家加油—喽，大家加油喽，加油—喽……

——停—停！固定住！停，小伙子们！……

福玛的胸脯被撞了一下，被推着往后退了一步……

——祝贺顺利结束，福玛·伊格纳齐伊奇！——承包人祝贺他，他脸上的皱纹闪烁着喜悦的光芒。——光荣属于你，上帝！累了吗？

福玛迎着冷风拂面。满意的、夸耀的喧闹声在他周围飞扬，愉快的乡下人温和地争吵，汗水淋漓的脸上露出微笑，走近他，紧紧地围住他。他惊慌地微笑，他依然满怀激动，这使他不明白：发生了什么事，因此周围的所有人如此之高兴和满意。

——重达十七万普特的家伙像萝卜一样从苗床中拔出来了！

福玛站在一堆绳索上，通过工人们的头顶他看到了：在两艘驳船之间，和它们舷靠舷地出现了第三艘脏兮兮光溜溜缠满链条的驳船。它整体翘了起来，仿佛由于某种可怕的疾病而肿胀起来了，软弱的、笨重的它悬在两艘姊妹驳船之间的水面上空，支撑在姊妹驳船之上。折断的桅杆忧郁地耸立在它中间，甲板上流淌着像血液一样淡红色的水流。甲板上到处摆着一堆堆铁器和断裂的木料。

——捞上来了？——福玛问，他不知道：在看到这个不成样子的笨重的东西时，他该说什么。在想到只是为了从水中打捞这个肮脏的被破坏了的丑家伙时，他重新感到了怨恨。他内心如此沸腾，如此高兴……

——它怎么样？——福玛疑惑地问承包人。

——还行！赶快卸载，派一组约二十人的木匠上去，他们会灵巧地使它恢复原貌的！——承包人用安慰的口吻说。

浅褐色头发的小伙子向着福玛咧着大嘴愉快地微笑，问道：

——将有一口伏特加酒吗？

——你会得到的！——承包人严肃地对他说。——你瞧，人都累了……

于是乡下人开口说：

——怎么能不累！

——这活轻松吗？

——显然，由于不习惯就会累……

——由于不习惯吃饭也会困难的……

——我不累……——福玛皱着眉头说，再次响起了更加紧密地围住他的乡下人的恭敬的喊声：

——工作，如果谁愿意去做，那就是令人高兴的事情。

——甚至等于游戏……

——仿佛和村妇一起嬉戏……

只有浅褐色头发的小伙子坚持自己的要求：

——老板！给一小桶也好，啊？——他微笑叹息着说。

福玛看着自己面前这些胡子拉碴的面孔，感到自己想对他们说点什么令人不快的话。但是他的脑子总是有点儿乱，他没有想出任何话来，最终无意识地怒气冲冲地说：

——你们总是纵饮无度就好啦！不管做什么，你们反正都一样！你们最好想一想：为什么？意味着什么？……唉咳，你们呀！必须明白……

在围绕着他的人们的脸上出现了莫名其妙的表情，蓝衣和红衣胡子拉碴的人们开始叹气、挠头、倒脚。有的人绝望地看了福玛一眼之后转向一边去了。

——嗯—是的！——承包人叹了一口气说道。——这……不妨！就是说，让想一想！这句话……出自智慧！

——难道要明白我们的事？——浅褐色头发的小伙子把头一摆说道。他已经开始感到和福玛说话无聊，怀疑后者不愿让喝伏特加酒的行为，不由得有点儿生气了。

——正是如此！——福玛用教训的口吻说，他感到满意的是：小伙子向他让步了，却没有发现嘲笑的斜视的目光。谁明白……谁就感到必须做永存的工程！

——就是说，看在上帝的面上！——承包人环视乡下人解释说，虔诚地叹了一口气，补充说：——这是对的，哎哟，这是对的！

福玛精神振奋起来，想说点什么正确的和有分量的话，此后所有这些人以另外的态度对待他才好。除了浅褐色头发的小伙子以外，他不喜欢他们所有人都沉默无语，都以如此枯燥的和忧郁的目光不友好地和皱着眉头地看着他。

——必须做这样的工程，——他挤眉弄眼地说，——以便一千年过后人们还说：瞧，这是神圣的乡下人做成的……是的！……

浅褐色头发的小伙子惊讶地瞅了一下福玛，问道：

——我们去喝伏尔加河水还是怎样啊？——然后，他鼻子发出呼哧呼哧的声音，摇了几下头，宣称：我们不能这样，我们大家的嘴都要干裂了！……

他的话使福玛感到难为情，后者看了看自己周围，发现乡下人在皱着眉头轻蔑地微笑。他们的这种微笑像针一样刺痛着他。

某严肃的斑白胡须的乡下人在此前一直保持沉默，突然走近福玛，慢条斯理地开口说：

——如果我们喝干了伏尔加河，还吃掉了这座山，——那也会被忘记的，老板！一切都会被忘记的，生命是长久的……高高耸立的事不是我们做的……

他说完之后，向自己脚下啐了一口吐沫，冷淡地离开福玛，走进人群之中，像楔子扎入木头。他的话最终使福玛非常难过，后者感到：乡下人认为他是愚蠢的和荒谬可笑的。为了重新挽回自己在他们眼中的主人的意义，为了重新吸引乡下人对自己的已衰退的注意，他装出高傲的样子，可笑地鼓起腮帮子，用庄严的嗓音脱口而出：

——我赠送——三桶！

——简单的话内容总是更加丰富，更加能引起强烈的印象。乡下人在福玛面前恭敬地闪开，深深地向他鞠躬，露出愉快的、表示谢意的微笑，发出友好的、赞赏的嘈杂声，感谢他的慷慨。

——你们把我渡到岸上去，——福玛说，同时感到重新出现的激动在他心中不会保持许久。某种蠕虫吮吸他的心。

——我恶心！——他来到木房说道。莎霞在木房里，穿着漂亮的红色连衣裙，在桌子旁边张罗，把葡萄酒和小吃摆在桌子上。——阿历克山德娜！哪怕你和我做过什么也好，是不是……啊？

她仔细看了看他，和他肩并肩地坐到长凳上，说道：

——既然恶心，就是说，你想要点什么……你需要什么？

——我不知道！——福玛摇了摇头，回答说。

——那你想一想……

——我不会想……

——唉咳，你呀，小孩子！——莎霞轻慢地说，挪步离开他。——你的脑袋是多余的……

福玛没有觉察她的声调，没有注意她的动作。他双手支撑在长凳上，俯身向前，看着地板，全身摇晃，说道：

——有时候想呀，想呀……思想好像树脂一样黏上了你的心……突然一切都会从你身边消失，仿佛完全陷入某处……于是心里有如在冰窖里一样昏暗。甚至可怕……仿佛你不是人，而是无底沟壑……

莎霞斜视了他一眼，若有所思地小声唱：

唉咳，风儿吹拂，雾即从海上飘去……

——我不想纵酒作乐……全都一回事：人、娱乐、葡萄酒……我变得凶恶，这样会殴打所有人……我不喜欢人们……无论如何也不明白：人们为什么活着？

啊，没有你，爱人，我活得恶心……

——莎霞望着自己前面的墙壁歌唱。

福玛依然摇晃，说道：

——然而，大家都生活、喧闹，只有我眨巴眼睛……母亲给了我麻木不仁的秉性还是怎么啦？教父说：她冷若冰霜……她总想到某处去……他走向人们说：“弟兄们，帮帮忙吧！我不能生活！”回头一看，对某人说……全都是坏蛋！

福玛狠狠地、有失体面地骂了一句，沉默了下来。莎霞中止了歌唱，挪步离他更远一点儿。风怒号，把灰尘撒到窗玻璃上。蟑螂在炉子上沙沙作响，在木柴里爬行。院子里一头牛犊在抱怨地哞哞叫。

莎霞笑着看了一看福玛，说道：

——那里还有一个很可怜的在哞哞叫……你最好是到它那里去，也许，你们会合唱得和谐一致……——她把一只手放在他卷发的头上，嬉戏地推了一下他的头。——你干吗吱吱叫？游荡恶心，那就做事……

——上帝啊！——福玛摇了摇头，——很难这样说，以便了解你……很难！——他怀着激动的心情几乎叫了起来：什么事业？事业是什么玩意儿？事业——只是一个名称，如果往深处寻根究底地看一看，那就是一笔糊涂账！事业中的益处是什么？金钱？我有许多钱！……我能用钱把你窒杀至死，把你连头一起填埋起来……所有这些事业——都是骗局……我看到事业——那又怎么样？他们有意在事业中转来转去，以便不要看到自己本人……躲藏起来，魔鬼……嗯，让他们摆脱这种忙乱，——将会怎么样？他们将像盲人一样东奔西跑……将会发疯！你想：有事业——这样将因事业而给人以幸福？不，你撒谎！这里还不是一切！……江河流动，以便在河上航行；树木生长为了成材；

狗——看家……世上万物可以找到存在的理由！而人——像蟑螂一样——完全是大地上多余的……一切为他们，而他们为什么？他们存在的理由何在？

福玛得意洋洋。他似乎觉得：他为自己找到了某种好的、比别人更有力的东西。他大声笑了起来。

——你头不痛吧？——莎霞关切地问，用审视的目光直视着他。

——我心痛！——福玛激昂地高声说。——由于不能容忍而心痛！给它回答：怎样生活？为了什么？瞧，教父有理智！他说：创造生活！而大家说：生活使我们极其痛苦！

——你听着！——莎霞严肃地说。——按照我的看法，你应该结婚了——这就是一切！

——为什么？——福玛耸了耸肩问道。

——你需要一副套具……

——得啦！我和你一起生活……也许，你们大家本是一样的？谁也不比谁更迷人，都是这一类的。不，那位自愿地……她喜欢我，她也……漂亮呀……其实，全都一样，完全像你这样，尽管你比她更漂亮些……但是，我看中了一位太太……真正的太太、女贵族！人们说，她放荡……我没有追上她……嗯—是的……她聪明、有学识，美貌……我经常想：瞧，我到哪里去尝一尝这真正的滋味！……没有达到……如果成功了，也许，下一轮一切都闪开了……我想要她……而现在，瞧，我借酒消愁，忘记……这也不好……唉咳，你呀，一个人！如果凭良心说，你是个下流的东西……

——福玛开始沉默、沉思。莎霞从长凳上站起来，咬几下嘴唇，在木房里走一走。然后，停在他对面，双手抱头，说道：

——你知道什么？我要离你而去……

——去哪儿？——福玛未抬头问道。

——不知道……反正都一样！你说多余的话……和你在一起感到无聊……

福玛抬起头，瞅了她一眼，凄凉地笑着说：

——啊？真的？

——我也是这一类的……也是——我的时间到了，我思虑……到那时候我将没有活路……但现在我还早……不，我还要过逍遥的生活……而以后——管它三七二十一！

——而我，也将没有活路吗？——福玛冷淡地问，他已说话说得疲惫了。

——那还用说！——莎霞平静地和坚定地回答。——这类人都没有活路……

他俩瞬间沉默，面面相觑。

——我们将怎么办？——福玛问。

——应当吃午饭了。

——不，一般地说吧？以后呢？

——嗯—不知道……

——你就这样离去？

——我要离去……让我们在临别时再饮酒作乐一次！我们去“喀山”餐厅，在那里，我们怀着幻想，怀着热烈的感情，饮酒作乐。我给你举行安魂祈祷……

——这可以！——福玛表示同意。——临别时——必须！……唉咳，你呀……魔鬼！生活！听我说，莎什卡，关于你们这些放荡的女人，人们说：你们贪钱，甚至是小偷……

——让人们说吧……——莎霞平静地说。

——难道这不使你感到委屈吗？——福玛好奇地问。——瞧你——并不贪婪，你和我在一起有利可图，因为我富有，但你却要离去……就是说，你不是贪婪的女人……

——我吗？——莎霞挥了挥手，想了想说道：——也许，我不是贪婪的女人——那有什么？我本来还不完全是下贱的女人，不是那种走街串巷的女人……至于抱怨——对谁？让人们怎么想就去怎么说吧……让人们去说，而我熟知人的纯洁！选我去当审判员吧，我只会认为死人无罪！……——莎霞开始苦笑着说：——嗯，废话说够了……你坐到桌子旁边吧！……

……第二天早晨福玛和莎霞并排站在驶近“河口”码头的轮

船船梯上。莎霞的黑色大礼帽以其豪放卷檐和白羽吸引了人群的普遍注目。福玛笨拙地站在她身旁，感到许多好奇的目光滑落在他难为情的脸上。轮船发出拖长的咝咝声，震颤，船舷靠近码头，码头上挤满穿着鲜艳服装的群众。福玛似乎觉得：他看见了形形色色的人群中某位熟人，后者似乎总藏在别人身后，但视线没有离开他。

——我们到船舱里去！——他平静地对自己的女伴说。

——你别学着向人们隐藏着罪恶，——莎霞笑着回答说。——你看见了熟人还是怎么啦？

——有人在盯着我……

仔细观察了码头上的人群之后，他的脸色变了，轻轻地补充说：

——这是教父……

在码头岸边上，挤在两个肥胖笨重的女人之间，站着雅科夫·马雅金，他向上抬起严肃而呆板的脸，显出阴险的礼貌，在空中挥舞着便帽。他的胡须在颤动，秃顶发亮，好像钻石一样锋利的目光凝视着福玛。

——嗯，鹰！——福玛喃喃地说，也摘下便帽，向教父点头。

他的点头行礼，大概，使马雅金感到非常满意。老头儿不知怎么地全身扭曲，跺起脚来，脸上露出狞笑。

——显然，这小孩要受罚了！——莎霞故意挑逗说。

她的话和教父的笑点燃了福玛胸中的怒火。

——等着瞧，将会发生什么……——他透过牙缝说，突然在极度的安静中发呆。轮船靠岸了，人们潮水般涌上码头。挤在人群中的马雅金瞬间从眼前消失又随即重新出现，露出庄重的微笑。福玛皱起眉头，眼睁睁地看着他，慢步走在小桥上，迎着他走过去。人们从背后推动着他，挤压着他，这一切使他更加激动。他终于碰上了老头儿，后者有礼貌地向他点头行礼，问道：

——请问去哪里旅行了，福玛·伊格纳齐伊奇？

——去办自己的事了，——福玛坚定地回答，也未和教父打招呼。

——值得称赞，我的先生！——雅科夫·塔拉索维奇眉开眼笑地说。——这位戴羽毛的太太怎么适合你啊？

——情妇，——福玛高声说，在教父尖锐的目光下没有挪开视线。

莎霞站在他后面，从肩后平静地仔细看着小老头儿，后者的脑袋低于福玛的下巴。被福玛高声的话所吸引的群众不时看着他们，嗅到了丑事。马雅金立即感到可能是一桩丑事，很快正确地断定了教子的战斗情绪。他颤动皱纹，嘴唇做出咀嚼的动作，和平地对福玛说：

——我需要和你谈一谈……我们去宾馆吧？

——可以……短时地……

——就是说，没有时间？显然，你忙着还要摧毁一艘驳船？——老头忍不住地说。

——既然碰撞，那它们还怎能不被摧毁？——福玛激昂地、坚定地表示异议。

——当然！……不是你挣得的，你爱惜吗？嗯，我们走吧……这位太太是否……哪怕暂时回避一下？——马雅金轻轻地说。

——莎霞，你进城去，在“西伯利亚”客店订个房间，我很快会来的！——福玛说，同时转向马雅金，豪放地补充一句：——准备好了！……

到达旅馆之前，他俩默默地走着。福玛发现：教父为了不落在他后面，于是一路上有意加大步伐，跳跃着行走；还发现：老头不能和他步调一致，心中产生和加深了强烈的反感，现在已是勉强地克制住自己的这种反感。

——服务员！——马雅金来到旅馆客厅，走到较远的角落里，温柔地说。——给我来一瓶红莓苔子克瓦斯……

——我要白兰地酒。——福玛吩咐说。

——瞧一瞧……在一副坏纸牌中总是先出王牌！——马雅金含讥笑意味地向他建议说。

——您不知道我的玩法！——福玛坐到桌子旁边说道。

——得啦！许多人都这样玩。

——我是这样玩的：或者脑袋粉碎，或者墙壁分成两半！——福玛热烈地说，一拳打在桌子上……

——你今天还未喝点解醒酒吗？——马雅金笑问。

福玛更紧密地坐到椅子上，脸变得难看，说道：

——教父！……您是聪明人……我尊敬您的智慧……

——谢谢，小儿子呀！——马雅金欠起身来，双手撑在桌子上，点了点头。

——我想说的是：我已经二十岁了……我不是小孩子了。

——那还用说！——马雅金表示同意。——也可以说：你度过了不少个春秋！若是蚊子活这么长时间，母鸡成长为……

——您等一等再说笑话！……——福玛打断他说，并说得如此平静，以致马雅金甚至脸上的皱纹也惊慌地颤抖起来。

——您怎么到这里来了？——福玛问。

——啊……你在这里大肆胡作非为……因此我想看看：太过分吗？你要知道：我是你的亲属……我是你唯一的……

——您徒劳无益地担心……原来是这样……爸爸……或者您给我完全的权力，或者您把我的全部事业抓到您自己的手里，全部拿去吧！全部，直到每一个卢布！

福玛完全出乎其意外地脱口说出了这句话。他以前从未想过任何这类的事。但现在对教父说出了这些话，他忽然明白了：如果教父拿走了他的财产，那么他就会成为完全自由的人，能够去想去的地方，能够做乐意做的事情……在此刻之前他被某种东西所缠绕，但不知道自己的绊绳，不会从自己身上摆脱它们，而现在它们从自己身上轻易地和简单地脱落了。在他胸中燃起了激动的和愉快的希望，他不连贯地、喃喃地说：

——这是最好的！全拿去，算了！而我，游走四方！……我不能这样生活……仿佛重锤压在我身上……我想自由地生活……为了自己了解一切……我将寻求自己的生活……否则，我算什么？囚犯……您把这一切都拿去……全都见鬼去吧！我是什么样的商人？我不爱任何东西……就这样，我最好逃避人们……随便做点什么工作……否则，我就喝酒……和女人鬼混……

马雅金看着他，仔细听他说，他的脸色严肃、神情呆板，好像发愣了。在他们上空传出了粗野的、低沉的喧闹声，某些人从他们身旁走过，向马雅金行鞠躬礼，但他什么也没有看，只是目不转睛地望着教子激动的脸，后者的脸上露出慌张的、愉快的，同时是愁苦的微笑……

——唉—唉咳，我的悬钩子、酸溜溜的浆果！——他叹了一口气，打断福玛的话说道。——你迷路了。你胡说八道——荒唐话……必须明白：你这是因为白兰地酒或者因为愚蠢？

——爸爸！——福玛高声说。——本来就曾是这样……人们抛弃了全部财产！

——这与我无关……这不是我亲近的人！——马雅金严肃地说。否则，我会给他们——厉害瞧瞧！

——许多人成了上帝的侍者，在去世之后……

——哼……我的人不去世才好呢！……我为什么严肃地和你说？呸！……

——爸爸！你为什么不想要？——福玛气冲冲地大声说。

——你听着！如果你是扫烟囱工人，狗崽子，就爬到屋顶上去！……消防队员，就站到瞭望塔上去！任何一类人都应当有自己的生活方式……牛犊不会学熊叫！你按自己的方式生活——生活！别去洗刷，别爬到不需要的地方去！去创造自己的生活，做自己一类人！

从老头儿暗黑的胡子中吐出福玛熟悉的坚定而流畅的话，这些话像闪光的急流那样冒出来。他没有听，一心想着自由，他似乎觉得自由简直是可能的。这种想法深入他的脑子里，在他胸中愈益增强了这样一种愿望，即扯断自己和茫然不安、枯燥无味的生活的联系，扯断和教父、轮船、纵酒的联系，扯断和使他生活憋闷的一切的联系。

老头的话仿佛从远处飘到了他这里，和餐具的叮当声、仆役脚步在地板上的摩擦声、某人醉醺醺的吆喝声混合在一起。

——由于年轻起性，你脑袋里出现了这一整套胡说八道！——马雅金一只手在桌子上不时轻轻地敲打几下，说道。——你的勇敢就是愚蠢，你所有的话都是无稽之谈……你是否要去修道院？

福玛听着，沉默。他周围沸腾的喧嚣声似乎愈益飞向远处。他想象处在众多忙乱的人群中间，这些人不知为什么慌乱、相互推撞，他们的眼睛睁得既大又圆。人们吼叫、跌倒、彼此挤压。大家在一个地方挤来挤去。他不明白他们想要什么，不相信他们的话，因此感到在他们中间不舒服。如果从他们中间挣脱出来，走向自由，走到生活的边缘，并从那里看看他们，那么就会明白一切，就会看到你的位置在他们中间的什么地方。

——我本来明白，——马雅金说话的语气已经缓和了一些，沉思地看着福玛，——你想要自己的幸福……嗯，幸福不会很快来临……它像森林中的蘑菇，需要寻找，需要为它折断脊背……即使找到了，还得看看是不是毒蘑菇？

——那么您解放我吗？——福玛忽然抬起头问道。马雅金把视线从他热烈的目光中挪开。——让我喘口气……让我离开这一切！我将仔细看看这一切是怎样发生的……那时即……而这样——我会变成酒鬼的……

——别说废话！干什么蠢事？——马雅金生气地叫喊。

——嗯，好吧！——福玛平静地回答。——您不想这么办？这样——将不会有任何东西！我将扔下一切！我们再也无话可说了，再见！我现在去着手办事！

福玛平静，说话坚定，他似乎觉得：既然他这样决定了，教父就不可能干扰他。但是，马雅金在椅子上挺了挺胸，也简单平静地说：

——你知道我能怎样对付你？

——随您的便！——福玛挥了挥手，说道。

——瞧！现在我想这么办——我到城里去，我将奔走张罗，让人们认为你是精神病患者，并把你送到疯人院去……

——难道这可以吗？——福玛怀疑地但吃惊地问道。

——我们有一位亲爱的朋友，一切都可以！

福玛低下了头，皱起眉头直视着教父，哆嗦了一下，心想：

“送进去……不怜惜……”

——如果你认真地胡闹，我也该认真地对待你……我向你父亲许下过诺言：把你抚养成人……我还将抚养你！你将站不起来，我给你戴上铁链……那时你去坚持……我知道：你这一切都是因喝酒过多……如果你将因为胡作非为而毁灭你父亲积攒的财产，那么我将把你连头一起蒙上……和我取闹是不合适的！

马雅金脸颊上的皱纹向上扬起，眼睛露出滑稽的冷笑。他前额上的皱纹高扬至秃顶，描绘成某种奇怪的图案。他的脸色刚毅和残酷无情。

——因此，没有我的道路？——福玛忧郁地问。——您堵塞我的道路？

——道路有，你走吧！而我给你指路……你正好走回到自己的位置上……

这种自以为是，这种坚定的夸夸其谈，触怒了福玛。他把双手插在口袋里，以免打击老头。他在椅子上挺直身子，透过牙缝直截了当地说：

——您干吗总是自夸？你有什么可夸耀的？你那个儿子在哪里？你这个女儿——是什么东西？唉咳，你呀……生活的创造者！嗯，你聪明，你知道一切，请说说：你为什么活着？你不会死还是怎么样？你为生活做了什么？你让人想起你什么？

马雅金的皱纹颤动着往下低垂，因此他的脸现出了病态的、哭诉的表情。他张开嘴，但什么也没说，吃惊地、好像是畏惧地望着教子。

——闭嘴，狗崽子！——他轻轻地说。

福玛从椅子上站起来，把便帽扔在头上，憎恨地望着老头。

——我将纵酒作乐！我将因纵酒作乐而花费掉一切！……

——得啦，等着瞧！……

——再见！英雄！——福玛微微一笑。

——回头见！——马雅金轻轻地说，似乎喘不上来。

雅科夫·马雅金一个人留在小饭馆。他坐在桌子旁边，俯身在桌子上方，用颤抖的手指蘸上流出的克瓦斯在托盘上画着图案。他灵敏的头在桌子上方低垂得越来越低，仿佛他不能明白：他干瘪的手指在托盘上画的是什么东西。

汗滴在他的秃顶上闪亮，脸颊上的皱纹照例频繁地、惊慌地颤动……

雅科夫·塔拉索维奇点头把跑堂的招呼过来，特别庄重地问他：

——我该付多少？

十

在和马雅金争吵之前福玛因寂寞无聊而纵酒作乐。现在他内心充满报复的感觉和某种对人的无礼，愤恨地、几乎是绝望地痛饮。他的无礼有时使他自己也感到吃惊。他看到：围绕着他的人们有清醒的，他们不幸和愚蠢；有喝醉的，他们令人憎恶和更加愚蠢。他们之中的任何人都没有引起他兴趣。他甚至不问他们的名字，忘记了在何时何地认识了他们，总是感到想对他们说和做点什么令人难受的话和事。在昂贵的、优美的饭店，围绕着他的是某些骗子、讽刺歌演唱者、魔术师、演员、因纵酒作乐而破产的地主。这些人最初以保护的态度对待他，在他面前夸耀自己灵敏的爱好、酒食的知识；后来他们阿谀奉承他，借他已凭期票借用的钱。在廉价的饭店，像鹰一样盘旋在他身旁的是理发师、台球记分兼服务员、某些官吏、教堂唱诗班歌手。在他们之间他感到自己更舒服些、更自由些。他们少些淫荡，使他易于理解，有时他们表现出健康的、坚毅的情感，在他们身上总是有更多的某种富有同情心的东西。但是，也像“纯粹的人群”一样，这些人也贪钱，厚颜无耻地掠夺他，而他看到了这种情况，并粗鲁地讥笑他们。

不言而喻——还有女人。身强力壮的福玛买到她们——昂贵的和廉价的、美丽的和丑陋的，送给她们大量的钱，几乎每周更换她们，总之，对待她们比对待男人好些。他嘲笑她们，对她们说些不体面的和侮辱人的话，但任何时候，甚至是半醉的时候，都不能摆脱在她们面前的拘束。她们所有人都是最厚颜无耻的和不知羞耻的，他似乎觉得她们像小孩一样是没有自卫能力的。他时常准备殴打任何男人，但任何时候都不触动女人，尽管有时在受到什么刺激时不成样子地斥骂她们。他感到自己比女人是不可比拟的强大，在他看来，女人比他是不可比拟地不幸。那些放肆淫荡的人夸耀自己的淫乱，引起福玛羞怯的感觉，因而使他变得胆怯和发窘。有一次，一个这样的女人喝醉了胡闹，在吃晚饭的时候和他并排坐着，用甜瓜皮打他的脸颊。福玛半醉。他因受侮辱而脸色变得煞白，从椅子上站起来，双手插入口袋，用因委屈而颤抖的声音说：

——你，坏家伙！滚开！对别人会为此打碎你的脑袋……你知道：我对你们是温和的，我不抬手对着你们的姐妹……让她见鬼去吧！

莎霞来到喀山之后过了几天就去投靠和福玛一起纵酒作乐的、某伏特加酒厂厂主的儿子。在和新主人去卡马的某处时，她对福玛说：

——再见，可爱的人！也许，我们还会相见，我们是同一条路嘛！我劝你别心软……自己尽情地作乐，在那里喝完了稀饭，碗砸在地板上……再见！她紧紧地和他亲了亲嘴，她的眼睛变得更加昏暗了。

福玛高兴她离他而去，他对她厌烦了，她的冷淡使他害怕。此时他心里有点发颤，他扭过脸去离开她，轻轻地说：

——也许，你在那里住不惯……那时再来找我！

——谢谢！——她回答他，不知道因为什么她发出了对她来说不一般的嘶哑的笑声……

就这样，福玛日复一日地生活着，抱着离开这乱七八糟的地方到生活边缘的某处去的模糊的希望。每逢夜晚，孤单一人，形影相吊，他紧闭眼睛，想象黑压压的、多得可怕的人群。这群人聚集在弥漫着尘雾的盆地的某处，在同一个地方的喧闹慌乱中转来转去，好像碾磨机料斗中的谷物。仿佛隐藏在人群脚下的看不见的磨盘在碾磨人群，人们在磨盘下像波浪状地涌动，不知是力求往下，以便更快地被磨碎而消失；还是尽力往上，竭力逃避残酷无情的磨盘。

福玛看到了人群中熟悉的面孔：瞧，父亲正冲向某处，奋力推开自己道路上的所有人，拼命地冲撞一切，爽朗地哈哈大笑……随即跌倒在人们脚下消失了。瞧，教父曲意奉承，忽而跳向肩膀，忽而滑过人们的胯裆，他身段干瘦但柔软有劲，他全身心地工作……柳博芙叫喊、打战，跟在父亲后面，忽而落后于他，忽而接近他。帕娜格娅快步直接走向某处……瞧，索菲娅·帕芙洛芙娜站着，双手无力地下垂，好像最近一次在自己客厅里那样站着……她的眼睛很大，闪烁着恐惧的光芒……莎霞冷淡，不顾碰撞，直接走进最密集的人群，张开乌黑的眼睛观察一切。福玛听到了喧哗声、哀号声、欢笑声、酒醉的叫喊声、激昂的争吵声。拥挤在洼地的一大堆忙乱的人群上空飘扬着歌声和哭声，他们爬行，相互挤压，彼此跳向肩膀，像瞎子一样推搡，碰在像自己一类的人身上，争斗，跌倒，随即从眼前消失。金钱沙沙响，像蝙蝠在人们头顶上飞翔，人们把双手贪婪地伸向金钱，黄金和白银发出铿锵的响声，酒瓶叮当响，瓶塞发出噼啪的声音，某人号啕痛哭，忧郁的女声歌唱：

我们将这样恋爱，暂且还行……
即使那里草—草木不生！

这幅景象在福玛的头脑中固定了下来，每次都越来越鲜明、放大和活生生地出现在他面前，激起他心中无法形容的感觉，像小溪流入大河一样，注入这种感觉中的既有恐惧、激愤，又有怜惜、仇恨，还有许多别的东西。这一切在胸中沸腾，激起了这样一种强烈的愿望，它使他喘不上气来，眼睛饱含热泪；他想呐喊，像野兽一样吼叫；想吓唬所有人，停止他们无意义的喧嚣，在生活的喧哗和忙乱之中注入自己的某种东西；想说某些响亮的、坚定的话；想使所有人转向一个方向而不相互对抗。他想双手抓住他们的头，使他们相互分离，毒打一些人而抚爱另一些人，责备所有人，用某种光亮照耀他们……

他没有任何东西，既无有用的话，又无光亮，他只有一个他所理解的但实现不了的愿望……他想象自己置身于挤满人的盆地之外，他看到自己是自立的和沉默的。他能向人们叫喊才好呢：

“你们生活得怎么样？不害羞吗？”

但是，如果他们听到了他的声音，就会问：

“那么，应当怎样生活？”

他熟知：在这种问题之后他势必从高处倒栽葱地飞落到人们脚下的磨盘。人们会以笑声告别他的死亡。

有时他似乎觉得：他因酗酒而神魂颠倒，这就是为什么可怕的想法悄悄潜入他的头脑之中。他用意志的力量熄灭了这幅景象，但只留下了孤单一人，并非太爱喝酒，于是重新满嘴胡话，重新在他的重压下疲惫不堪。自由的希望在他心中日益增强和牢固。但他不能摆脱自己财富的桎梏。

马雅金从他那里得到了管理事务的充分的信任，在办事中，福玛几乎不是每天都必须感到压在他身上的责任的重担。不断有人来找他付款，向他提出运货合同，职员们找他办理这些小事，从前这些小事不涉及他，而是由他们自担风险去完成的。在小饭馆里找到他，问他应该怎样做和做什么，他对他们说：有时完全不知道这应该这样做还是那样做，发现了他们暗地里对他的轻慢，几乎总是看到他们不是按他指示的那样办事，而是另搞一套并更好一点。他感到这里有教父的机敏的手，明白了老头儿排挤他，以便转向自己的道路上。同时他发现：他不是自己事业的主人，而只是自己事业的组成部分，而且是不重要的部分。这刺激着他，使他离开老头儿更远，更强烈地激起他力求从事业中摆脱出来，尽管要付出他毁灭的代价。他在小饭馆和聚会处尽情地撒钱，但这延续时间不长，因为雅科夫·塔拉索维奇取出了他所有存款，关闭了他在银行的现金账户。福玛很快感到：已经不乐意像先前那样凭期票给他支付了。当他得知教父在商界传播流言，说他，福玛，精神不正常，也许，不得不设定监护，这刺伤了他的自尊心，使他十分愤怒和吃惊。福玛不知道教父的权限，不打算就此和谁去商量一下，他曾相信：在商界老头儿有势力，能做他想做的一切。最初他非常可怕地感到了自己头上悬着马雅金的一只手，但后来他容忍了这种情况，并继续自己没有节制的、醉醺醺的生活，在这种生活中唯一安慰他的就是人们。他日益确信：他们比他更无用和更坏，他们不是生活的主人，而是生活的仆人，生活随意摆布他们，随便压抑和摧残他们。

他就这样生活，仿佛行走在沼泽地，每一步都有陷入泥泞和水藻之中的危险，而他的教父却在干燥坚硬的地方像泥鳅一样蜿蜒滑动，从远处机警地注视着教子的生活。

马雅金在和福玛争吵之后恢复到忧郁沉思状态。他的眼睛放射出冷淡的光芒，全身笔挺，像绷紧的弦，皱纹病态地蜷缩起来，脸仿佛变得更小和更昏暗了。当柳博芙看到他这个样子的时候，她似乎觉得他病得很厉害。沉默的老头神经质地在房间里走来走去，回应女儿的问题扔给她干巴巴的简短的话，最终直截了当地对她叫喊：

——得啦，不关你的事……

她开始怜惜他，当她看到他锐利的绿眼睛忧伤地、沮丧地张望的时候，当她坐到餐桌旁边的时候，她非常热情地走近他，双手搭在他肩上，直视着他，温柔地和慌张地问：

——爸爸！您不舒服——您就说吧！

她的温柔曾少之又少，却总能使孤单的老头儿变得温和些，尽管他不知为什么没有回应她的温柔，但仍然予以珍惜。现在，他耸了耸肩，从肩上挪开了她的双手，对她说：

——你走，到自己的地方去……咦，夏娃的欲望使你激动……

但是，柳博芙没有离去，固执地直视着他，委屈地问：

——为什么您，爸爸，总是这样和我说话，仿佛我是小女孩或者是很愚蠢？

——因为你是大人，但不很聪明……嗯—是的！就是这句话！去吧，坐下来吃东西……

她走开了，默默地坐在父亲对面，委屈地把嘴唇瘪起来。马雅金一反常态地慢慢地吃，用匙子在菜汤盘里搅了很久，目不转睛地看着菜汤。

——但愿你混乱的智慧能理解父亲的意思！——他突然带着某种哮呜声感叹地说。

柳博芙把自己的匙子扔到一边，几乎含着眼泪说道：

——爸爸，为什么委屈我？本来您看到我是孤单一人，始终是孤单一人！您本来明白我生活得多么艰难，而您任何时候都没有对我说过一句温柔的话……您本来也是孤单一人，您也艰难……

——瞧，巴兰的驴子说话了[①]！——老头儿笑说。——啊？往后将怎么样？

——您，爸爸，您以自己的智慧而非常自豪……

——不行吗？

——这不好！……您为什么疏远我？瞧，除了您以外我没有任何亲人……

她的眼睛闪着泪花，父亲看见了她的眼泪，他的脸颤抖了一下。

——你要不是少女多好啊！——他叹了一口气。——你的智慧要是，比方说，像马尔法·帕萨德尼察的智慧多好啊！——唉咳，柳博芙！那我就藐视所有人……藐视福姆卡……嗯，别大声哭！

她擦了擦眼睛，问道：

——福玛到底怎么样？

——他大吵大闹……呵—呵！他说："您把我的全部财产拿去吧，让我获得自由……"他想得到解放……在小酒馆！……这就是他之所想，我们的福玛……

——这到底是为什么？……——柳博芙犹豫不决地问。

---

① 巴兰的驴子说话了：来自圣经，巴兰的驴子挨打时开口说人话表示抗议，今比喻老实人也起来说话了。——译者

——这是为什么？——马雅金急躁地和颤抖地说。——他这是或者因喝酒过多，或者——但愿不要如此！母亲的……守旧的……如果他身上有着分裂派教徒性格特性，那我和他将有许多争斗！他奋勇地反对我……他现出了无比的粗鲁……年轻——他没有诡计……他说：“我将喝酒花掉一切！”我将喝酒花掉一切！

马雅金把一只手举到头顶上，捏紧拳头，做出恶狠狠地威胁的手势。

——你怎么笑？谁积攒的事业，谁装备了它？你？你父亲……四十年劳动打下的基础，而你想摧毁它？我们大家有时应当友好成铜墙铁壁，有时应当小心翼翼地、一个跟一个地走向自己的位置……我们，商人，买卖人，世世代代用自己的肩膀扛起俄罗斯，现在还扛着……彼得大帝是上帝、智慧的皇帝，他知道我们的价值！他是怎样帮助我们的？他为了我们学习事业特意印刷了书籍……我有遵照他的旨意印刷的波利多尔·维尔吉里·乌尔宾斯基关于事物发明者的书……这必须知道！他给了我们通道……现在我们自立……给我们通道吧！我们奠定了生活的基础，自己代替砖埋入了地里，现在我们应当建筑楼层……请给我们行动的自由！瞧，我们的兄弟应当保持通往何处的航向……这就是任务之所在！福姆卡不知道这个……应当知道并继续下去……他有父亲的钱财……我死了，把我的汇总在一起：干吧，狗崽子！而他胡闹。不，你等一等！我要把你高举到应有的高点！

老头激动得喘不上气来，用炯炯的目光那样恶狠狠地看着女儿，仿佛是福玛坐在她的位置上。他的激动使柳博芙感到害怕。

——父辈铺设了道路，你应当沿着这条道路走下去。我，工作了五十年——为了什么？……我的孩子们！我的孩子们在哪儿？

老头沮丧地垂下头，他的嗓子沙哑了，如此之低沉，仿佛暗自说话，他说：

——一个消失了……另一个是酒鬼！……还有一个是女儿……我在死之前把工作交给谁？……有一个女婿也好呀……我曾想：福姆卡将成熟起来，将打磨成器，我把你嫁给他，和你一起的一切——拿去吧！福姆卡不中用……却又没有发现能占据他位置的另一个人……多少人，俱往矣！……从前曾是钢铁般的人民，而现在人们没有任何坚毅性……这是怎么啦？为什么？

马雅金不安地看着女儿，而她默然无语。

——你说，——他问她，——你需要什么？按照你的想法，应当怎样生活？你想要什么？你求过学、读过书，你需要什么？

这些问题出其不意地撒在柳博芙头上，她感到难为情。她也感到满意的是：父亲问她这个，为了在他眼中不贬低自己，她害怕回答他。瞧，她全身不知为什么蜷缩起来，仿佛准备跳过桌子，她犹豫不决地用颤音说：

——为了所有人都幸福……满意……所有人——平等……所有人都需要自由……就像需要空气一样……所有人——平等！

父亲平静地以蔑视的目光对她说：

——我也知道：你是美化的傻瓜！

她耷拉脑袋，但突然抬起头来，忧郁地大声说：

——您自己也说：自由……

——闭嘴！——老头粗鲁地对她叫喊了一声。——你甚至没有看到：每个人都明显地溢于言表……既然每个人都想凌驾于别人之上，那怎么可能所有人都幸福和平等？甚至乞丐都有自己的骄傲，总在别人面前自夸什么……小孩——也想成为同伴中的第一……任何时候人都不会彼此相让——只有傻瓜才这样想……每个人都有自己的灵魂……只有不爱惜自己灵魂的人才可以用一个尺度去衡量……唉咳，你呀！……读够了，吃饱了废物……

老头儿的脸上露出了痛苦的责备和恶毒的蔑视。他把自己的圈椅哗啦一声推离了桌子，并从圈椅上跳起来，双手搁在背后，开始在房间里小步跑起来，不时晃动脑袋，用恶狠狠的、带咝咝声的嗓音自言自语喃喃地说着什么……柳博芙激动和委屈得脸色苍白，感到自己愚蠢和在他面前无助，细听着他的喃喃絮语，心脏忐忑不安地跳动。

——我留下孤单一人……像约夫……啊，上帝！……我该怎么办？我是否不聪明？我是否不狡猾？

少女开始心痛老头儿。她心中激荡着帮助他的极大的愿望，她想成为对他有用的人。

她用热烈的目光注视着他，突然对他轻轻地说：

——爸爸……亲爱的！别忧伤……塔拉斯本来还活着……也许，他……

马雅金忽然停住不动了，慢慢地抬起头。

——树在幼小时长歪了，经不起风雨，到老龄时更不用说会折断……嗯，仍然……塔拉斯现在还是我的一根稻草……尽管他的价值未必高于福玛……高尔杰耶夫有个性……他身上有父亲的敢作敢为的烙印……他可以肩挑重担……而塔拉斯卡……你这是适时想起了他……

此前一分钟心情极度低落的老头儿悲伤地在房间里来回走动，像捕鼠器中的老鼠一样，现在脸带忧虑的表情，平静地和坚定地重新走近桌子，把自己的圈椅仔细地放在桌子旁边，坐了下来，说道：

——必须要打听一下塔拉斯……他生活在乌索利耶，在某工厂……我从商人们那里听到：那里生产苏打还是怎样……我将详细地了解一下……

——让我给他写封信吧，爸爸？——柳博芙高兴得打哆嗦，满脸通红，小声地请求说……

——你？——马雅金问，匆匆地望了她一眼，然后沉默了下来，思考，说道：——可以！这甚至更好些！你写吧……问一问：他是否结婚了？告诉他：你是怎样生活的？你在想什么？到时候我告诉你写什么……

——您快点，爸爸！——少女说。

——瞧，应当快点把你嫁出去……我在观察一位棕红色头发的人，这小伙子似乎不是傻瓜……国外留过学，顺便说一句……

——爸爸，这是斯莫林吧？——柳博芙惊慌地和好奇地问。

——就算是他——怎么样？——雅科夫·塔拉索维奇务实地探问。

——没什么……我不了解他……——柳博芙含糊地回答。

——让我们去认识认识……是时候了，柳博芙，是时候了！对福玛的希望渺茫……尽管我也没有放弃他……

——我对福玛不抱希望……

——你这是徒劳无益的……假若你聪明一点，也许，他不会学坏的！……我见到你们俩就常想："我这少女将吸引住这小伙子！"可是，我失算了……

她听着他庄严的话，陷入沉思之中。她健康强壮，近来，结婚的想法愈来愈频繁地出现在她的头脑里，她没有看到摆脱孤独的其他出路。想丢开父亲去什么地方学习工作，但她早已经受了孤单的生活，心里充满了许多其他的如此肤浅的愿望。她读过的各种各样的书给她留下了模糊的印记，尽管这是某种鲜活的东西，但有如原生质那样鲜活。这种印记使少女心中产生了不满意自己生活的感受、对个人独立的向往、摆脱父亲严密监护的愿望，但既没有实现这些愿望的力量，又没有怎样实现这些愿望的观念。当看到年轻的母亲双手抱着孩子的时候，少女就感到烦闷和苦恼。有时她停留在镜子前，忧郁地看到圆润鲜艳的脸现出了暗黑的眼圈，她就开始怜惜自己：生活绕行，忘记她在一旁的某地。现在，她听着父亲的话，想象这个斯莫林可能是个什么样的人？她遇到他还是个中学生，当时他满脸雀斑、翘鼻子、纯真、稳重和闷闷不乐。他跳舞笨拙和迟钝，说话乏味……从那时起过了许多时间，他在国外待过，在那里学习了某种专业，现在他怎么样？她的思想从斯莫林转向了兄弟，她心里发慌地想：他将怎样回答她的信？他怎么样？她想象的兄弟的形象在她面前掩盖住了父亲和斯莫林，她对自己说：在见到塔拉斯之前绝不同意出嫁。突然，父亲冲她喊了一声：

——喂，柳博芙卡，你怎么沉默无语，还在想什么？

——这样，一切都过得很快……——柳芭微笑着回答。

——什么很快？

——一切……一个星期以前还不能和您谈论塔拉斯，而现在，瞧……

——需要，女儿！需要——力量，钢条在弹簧中受压缩，而钢是坚固的！塔拉斯？等着瞧！人之所以宝贵，是因为他有抵抗自己生活压力的力量，如果不是生活压力胜过人的抵抗力，那就是人的抵抗力按照自己的方式抗拒生活的压力。我敬重人的抵抗力！唉—唉咳，我老了！而现在生活变得多么紧张活泼！生活的兴趣在逐年增加，生活的滋味越来越浓！总是这样生活，生活总是这样进行才好呢！……

老头儿津津有味地不时吧嗒嘴唇，搓搓手，他的眼睛放射出热望的光芒。

——瞧，你们是热血沸腾的人儿！还没有长大，就长得超过了自己的年龄，像老萝卜一样萎靡不振地生活……你们享受不到生活日益美好的东西……我在这片土地上生活了六十七个春秋，已经站到自己的棺材旁边，但我看到：在我年轻的时候，大地上的花儿少些，花儿也不曾如此之美丽……无数的智慧投到一切事业之中！你瞧，你想："人们真是好样的！"一切都好，一切都令人高兴，只有你们，我们的继承人，失去了任何生气勃勃的感觉！小市民中的什么骗子也比你们机敏……就说这位……叶若夫——他究竟是什么人？他甚至是凌驾于整个生活之上的审判员——被赋予了勇敢精神！而你们——呸！活得像乞丐……扒了你们的皮并在肉体上撒上盐才好呢——跳动起来吧！

雅科夫·塔拉索维奇身材矮小、满脸皱纹、瘦骨嶙峋、黑牙残缺、秃顶和黝黑，似乎被生活的热度灼伤了，在生活的热度中熏黑了，全身异常激动地颤抖，给自己年轻的、魁梧的和丰满的女儿吐露了这一席刺耳的和蔑视的话。她用愧悔的目光看着他，难为情地微笑，对机灵的和坚守自己愿望的老头的敬意在她心中油然而生……

福玛依然纵酒作乐和胡闹。在一家高档饭店里，他坠入了伏特加酒厂主儿子的友好愉快的怀抱里，后者包养了莎霞。

——瞧，这就见面了！我在这里第三天了，在郁闷的孤独中闲待着……在整个城市里没有任何一个正派人，所以昨天我甚至认识了报界工作人员……还好，是些快乐的人……最初玩一种名叫“贵族”的牌，大家都抱怨我，但后来大家都酩酊大醉了……我将介绍你认识他们……这里有一位小品文作者，他那时曾赞扬过您……他怎么样？令人开心的小伙子，真见鬼！

——阿历克山德娜怎么样？——福玛问，他有点儿被这位高个子的、毫不拘束的、穿着花哨服装的小伙子的大声的话惊呆了。

——嗯，您知道，——那位小伙子皱一阵眉说，——您这位阿历克山德娜是个坏女人！她是某种忧郁的女人……和她在一起感到无聊，真见鬼！像蛤蟆一样冷漠，咦！不，我将辞退她……

——冷漠，这是真的，——福玛说，沉思。

——每个人都应当以自己最好的方式做自己的事情！——伏特加酒厂主的儿子用教训人的口吻说。——如果你包养女人，也应当尽可能好地履行自己的义务，既然她是正派的女人……嗯，我们喝点伏特加酒吧？

他们喝了，不言而喻，喝醉了。

傍晚，客厅里聚集了一大群喧闹的人。醉醺醺的、忧郁的、平和的福玛结结巴巴地说：

——我是这样理解的：一些人是蠕虫，另一些人是麻雀……麻雀——这是商人……它们啄食蠕虫……就是这样给它们安排的……它们——是需要的……而我和你们大家——毫无必要……我们没有理由生存……完全不需要我们……但是那些人也好……大家也好——为了什么？必须理解这个……弟兄们！需要我做什么？不需要我！……痛打我吧……以便我死去……我希望让我死……

他哭了，流下了委屈的、醉意的眼泪。某小个子黑头发的人靠近他坐下，提醒他什么事情，慢慢和他亲吻，并且用刀子敲着桌子叫喊：

——别说话！让原料发言！让生活杂乱无章的大象和猛犸发言！不成熟的俄罗斯的良心说出神圣的话！吼叫吧，高尔杰耶夫！对着大家吼叫吧！……

他重新抓住福玛的肩膀，扑到他胸前，把自己的头发修剪得又平又光的、又圆又黑的脑袋举到他面前，这脑袋在他肩膀上不停地左右转动，因此福玛看不清楚他的脸，为此生他的气了，总是推开他，恼怒地叫喊：

——别乱来，你的嘴脸在哪儿？

在他们周围发出令人震惊的、醉醺醺的哈哈大笑声，伏特加酒厂主的儿子笑得气喘吁吁，向某人吼叫：

——到我这里来！每月一百卢布，一张桌子和一套住宅！真话！来吧，真话！唾弃报纸，我给的更优惠！

一切都以从容不迫的、起伏不平的动作左右摇晃。人们忽而离开福玛，忽而接近他，天花板在下垂，而地板在上浮，福玛似乎觉得：他现在就会被压扁、被压死。然后，他感到：他在辽阔无边、汹涌澎湃的河流中向某处漂浮，他步履踉跄，在惊吓中开始叫喊：

——我们向何处漂浮？船长在哪儿？

回答他的是醉醺醺的人们的响亮的、无意义的笑声，还有一个黑发人回应的叫喊声：

——真—真的！船长在哪儿？

福玛在一间有两扇窗户的小房间里从这噩梦中清醒过来，首先映入他眼帘的是一棵枯萎的树，它矗立在窗户底下，外皮剥落的粗大的树干挡住了阳光进入房间，没有叶子的光秃弯曲的树枝无力地伸展在空中，摇曳、抱怨地发出吱吱的声音。下着雨，雨水在窗玻璃上流动，听得见水流从屋顶流到地面的呜咽声。汇入这哭泣声中的是另一种细小的声音，即断断续续的、笔在纸上疾书的簌簌声，还有某种时断时续的唔唔叫声。

福玛艰难地在枕头上转动沉重的脑袋，看见了小个子黑发人，后者坐在桌子旁边，拿着笔在纸上速写，赞许地点头，又左顾右盼，耸肩，只穿着长衬裤和睡衣的整个矮小的身体在椅子上不停地晃动，仿佛他坐得感到热，而不知为何他不能站起来。他那又瘦又细的左手忽而使劲地揉前额，忽而在空中做着某些不可理解的记号，一双赤脚在地板上发出沙沙的响声，脖子上某条血管在颤动，甚至他的两只耳朵也在颤动。当他的脸转向福玛时，福玛看到了喃喃说着什么话的薄嘴唇、尖鼻子、稀疏的小胡子；每当此人微笑时，这些小胡子就向上翘起来……他的脸是黄色的，布满皱纹，乌黑的、机灵的、炯炯有神的眼睛看起来像是别人的。

福玛看他感到累了之后，开始慢慢地环顾房间。在钉入房间墙壁的一些大钉子上挂着几叠报纸，因此看似墙壁长着肿瘤。天花板某个时候贴上了白纸，白纸鼓起了气泡，破裂了，悬挂着脏兮兮的碎片；地板上乱放着衣服、靴子、书籍、撕碎的纸张……整个房间留下了这样的印象，即仿佛它用开水烫过。

那个人放下笔，俯身到桌子上方，双手手指在桌子边缘上灵活地敲击，并用微弱的嗓音开始轻轻地唱：

把鼓拿—拿起来——别害怕！
响亮地亲—亲吻随军女商贩！
这就是科学最深奥的意义，
这就是整—整个哲学的意义！

福玛深沉地叹了一口气，说道：

——喝杯碳酸矿泉水才好呢……

——啊哈！——那个人从椅子上跳下来，出现在福玛躺着的长沙发旁，感叹地说。——好啊，朋友！碳酸矿泉水？和白兰地酒一起喝还是只喝碳酸矿泉水？

——最好和白兰地酒一起喝……——福玛说，同时握住伸给他的干瘪的和热情的手，凝视着那个人的脸……

——叶戈罗夫拉！——那个人向门口叫喊了一声，又转向福玛，问道：——福玛·伊格纳齐耶维奇，不认识吗？

——记得……大约……好像见过……

——这种会见持续了四年……但这是很久以前的事啦！叶若夫……

——上帝啊！——福玛在长沙发上欠一欠身，很惊讶地高声说。——这难道是你？

——我自己，兄弟，有时也不相信这个，但事实——就是如此，怀疑远离事实，就像皮球远离钢铁一样……

——叶若夫的脸可笑地变样了，而双手为什么开始触摸胸脯。

——嗯—嗯！——福玛拉长声音说。——瞧，你如此见老了！你到底多大年纪了？

——三十岁了……

——啊，像五十岁……干瘦、发黄！……显然，生活得不美满？

福玛怜惜地看到昔日快乐活泼的同学如此之衰弱，生活在这陋室里。他看着他，忧郁地眨眼，看见他的脸不时地痉挛，眼睛燃烧着激情。叶若夫忙着打开酒瓶子，也不说话，他用膝盖夹住酒瓶，竭力想拔出酒瓶塞子。他的这种无能为力也触动了福玛。

——嗯—是的，生活折磨了你……而学习……——他沉思地说。

——你喝吧！——叶若夫说，他累得脸色变得煞白，递给福玛一杯酒。然后他揉了揉前额，靠近福玛坐到长沙发上，开始说：

——科学——得了吧！科学是神妙的饮料……但暂时还不适合像伏特加酒那样饮用，它未去掉杂醇油而提纯。科学还没有准备好去为人的幸福服务，我的朋友……而利用科学的人们只有头痛……就像我和你现在这个样子……你喝酒怎么如此不小心？

——我怎么办？——福玛笑问。

叶若夫稍微眯缝上眼睛，看了福玛一眼，寻根问底地说：

——比较你的问题和你昨天所说的一切，我真诚地感觉到：你，朋友，也没有因为愉快的生活而愉快……

——唉咳！——福玛从长沙发上站起来，深沉地叹了一口气。——什么样的生活？所以……荒谬的……我孤独一人生活……什么也不知道……想唾弃一切，消失到什么地方去才好！最好逃避一切……忧伤！

——这很有趣！——叶若夫说，同时搓搓双手，全身转动。——如果这是真的，这很有趣，因为这证明：在商人的卧室里，在沉湎于花天酒地的人们的醉生梦死的温床里，生活也已经渗透着神圣的不满意的情绪……你一五一十地向我叙述这一切……我，兄弟，那时我将写成一部长篇小说……

——我听说：你已经写了关于我的什么事情？——福玛好奇地问，再一次仔细地看着老同学，不明白他这样一个不幸的人能写什么。

——写了！你读过吗？

——不，没有得到机会……

——人们到底对你说了什么？

——好啊，似乎你破口大骂了我。

——哞……你本人没有兴趣读一读吗？——叶若夫追问，目不转睛地看着高尔杰耶夫。

——我会读的！——福玛使他相信，感到自己在叶若夫面前不好意思，而叶若夫似乎抱怨对他的作品的这种态度。——确实，本来感兴趣，既然写的是关于我的事……——他补充说，并向同学温和地微笑。

这种会见引起了对童年的回忆，在他心中产生了温和的、美好的感觉。对童年的回忆现在闪现在他的记忆里，就像微弱的火光照亮他遥远的过去。

叶若夫走近桌子，桌子上已摆上沸腾的茶炊。他默默地斟上两杯浓如焦油的茶，对福玛说：

——来，喝茶……你讲一讲！

——我没有什么可讲的……我的生活是空虚的！最好还是你给我讲讲你自己……毕竟你知道的东西比我多……

叶若夫沉思，不停止转动身子和摇头。沉思，只是他的脸神情呆板，脸上的皱纹集中在眼睛旁边，像射线一样环绕着眼睛，眼睛则因此在前额底下陷得更深……

——嗯—是的，我，兄弟，见过一些事情……——他摇晃着脑袋开始说。——也许，我知道的比我应该知道的还多，知道的比需要知道的还多，像不知道需要知道的东西一样，对一个人来说都是有害的。告诉你我是怎样生活的？试试看。我任何时候都未曾对任何人讲过自己……因为不会引起任何人的兴趣……令人极其难堪地生活在世上，不会引起人们对自己的兴趣！……

——根据面容和其他一切我已发现你生活得不好！——福玛说，他感到满意的是：同学的生活也不美满。

叶若夫一口气喝完了自己的茶，把茶杯放到茶碟上，把脚搭到椅子上，双手抱住膝盖，下巴搁到膝盖上。瘦小的、像橡皮一样柔软的他摆出这种姿势开始说：

——大学生萨奇科夫是我过去的教师，如今是医学博士、访问者和奴才。当我学会功课成绩优秀时，他常常对我说："好样的，科里亚！你是有才能的小孩。我们，平民知识分子，是贫穷的人，来自生活最糟的地方，应当学习再学习，以便出人头地……俄罗斯需要聪明的和诚实的人，你力求做这样的人，那你将是自己命运的主人，将是社会有用的人。现在国家把最好的希望寄托在我们平民知识分子身上，我们负有带给国家光明和真理的使命……"如此等等。我相信他这个畜生……从那时起过了约二十年，我们，平民知识分子，长大成人了，但是没有得到智慧，没有给生活带来光明。俄罗斯依然患着自己的慢性病——大量的坏蛋，而我们平民知识分子乐意充实他们这群人。我的教师，我重复说一下，是条走狗，是市长命令的无个性和无言的动物，而我是为社会服务的小丑。兄弟，在这城市里坏名声追随着我……走在街上我听到：马车夫对自己的同伴说："你看，叶若夫走来了！他很善于吠叫，苍蝇盯着他！"嗯—是的，也应该达到这个程度……

叶若夫的脸皱成了难看的鬼脸，他只有嘴唇无声地露出了苦笑。福玛不理解他的话，他为了说点什么，不假思索地说：

——就是说，瞄准哪里，就没有打中那里……

——是的，我想，长得更大一点……长大也好！

小品文作者从椅子上跳起来，开始在房间里踱步，尖声感叹地说：

——但是，为了保持自己生活完整，需要巨大的力量！有过这样的力量……我有过柔韧性、灵活性……我这一切都是为了学会某种我现在完全不需要的东西。我和许多人为了积累生活的某种东西而自我破产……真难以设想：希望使自己成为完整的人，我千方百计地贬低自己的个性……为了学习和不要饿死，我连续六年教某些笨蛋识字，经受住来自各种老大爷和老大娘的大量令人厌恶的言行，他们毫无拘束地侮辱我……在挣钱吃面包和喝茶的时候，我没有时间去挣钱买靴子，我去慈善协会恭请贷款……但愿慈善家们能够计算一下：他们在接济肉体生命的同时扼杀了多少人的灵魂！但愿他们知道：他们给予买面包的每一个卢布中包含着九十九戈比的灵魂的毒素！但愿他们由于从其神圣的活动中获得过多善良和自豪而不得好死！世间没有比施舍者更可恶和更坏的人，没有比接受施舍者更不幸的人！

叶若夫像丧失理智一样在房间里来回转动，他脚底下的纸张沙沙响，变成碎片飞舞。他切齿作声，摇晃脑袋，双手像损伤的鸟翅膀在空中摆动。福玛怀着奇怪的、矛盾的心情看着他，既怜惜叶若夫，又高兴看到他苦恼。

叶若夫的喉咙中像没有上润滑油的铰链那样发出某种尖叫声。

——我受人们的善良所毒害，由于每个出人头地的穷人的致命的能力，由于听天由命的能力，我完蛋了……啊！你知道吗？因缺乏自知之明比因痨病而死亡的人还多，也许，这就是为什么群众领袖当警察分局监视人！

——让他们，警察分局监视人，见鬼去吧！——福玛挥了挥手说道。——你快点说自己吧……

——说自己！我整个人在这里！——叶若夫在房子中间停了下来，双手拍打自己的胸脯，感叹地说。——我能做的一切已经完成了……达到了观众逗乐的人的程度，我不能做更多的任何事情！

——你等一等！——福玛活跃起来。——你就说说：应当怎样做才能平静地生活……也就是说，才能使自己感到满意？

——为此需要提心吊胆地生活，甚至需要避免使自己成为感到满意的人的可能性，就像避免花柳病一样！

这些话对福玛来说显得空洞，没有给他心中留下任何感觉，没有在他头脑中产生任何一种思想。

——需要始终生活得成为这样的人，即成为迷恋于你非力所能及的随便什么东西的人……人的个子变得高于向上拉伸的东西……

现在，叶若夫停止了谈论自己，用另一种口吻更平静地开始说话。他的嗓音坚定和确信，脸变得庄重和严肃。他站在房子中向，举起一只手，伸出一个指头，像朗读似的说：

——沾沾自喜的人——是社会胸脯上硬化的肿瘤……他满脑子毫无价值的见解、支离破碎的陈腐的智慧，像女主人存放各种废物的贮藏室一样活着，而这些废物是她完全不需要的和毫无用处的……你碰一下这种人，你就打开了进入他心扉的门，向你扑面而来的是腐化的臭气，向空气中流入一股潮湿闷人的废物发霉的气味……这些不幸的人们叫作精神坚定的人，叫作有原则和信念的人……任何人都不想看到：他们的信念只是一条裤子，他们用这条裤子掩盖自己一贫如洗的心灵。在这些人狭窄的前额上永远闪烁着众所周知的题词："平静和坚定"，但这是伪造的题词！用坚固的手擦擦他们的前额，你就能看到真实的招牌，上面写着："目光短浅和心灵迟钝"！……

——我见过多少这样的人！——叶若夫愤怒地和可怕地叫喊起来。——出现了多少这类低级的小铺！在其中既可以找到尸衣用的白棉布，又可以找到消灭蟑螂用的焦油、冰糖和硼砂；但却找不到任何新鲜的、热和的东西，找不到任何健康的东西！你怀着孤独得疲惫不堪的心灵来到他们那里，怀着想听到无论什么新鲜事的渴望来到他们那里……他们向你推荐某种热乎的反刍出来的食料，向你推荐他们嚼烂的、因年久而变酸的书本上的思想……这些枯燥生硬的思想总是如此之毫无意义，即为了表达它们需要大量响亮而空洞的词汇。有时候这种人说：我似乎觉得有这样的人，即他吃得饱饱的但灌醉了，显得疲惫不堪，身上挂满小铃铛，运输一车垃圾往城外走——是不幸的！但他对自己的命运感到满意……

——就是说，也是多余的人……——福玛说。

叶若夫在他对面停了下来，嘴唇露出苦笑，说道：

——不，他们不是多余的人，啊，不！他们活着为了做样子，为了表明我应当是怎样的。说实在的，他们的位置在解剖陈列馆，那里保存着一切可能的畸形人、各种各样偏离协调的病例……在生活中，兄弟，没有任何多余的人……其中甚至我也是需要的！只有那样一些人才是多余的，即他们垂死的心脏部位有恶劣的自我崇拜的大脓疮……只有他们是多余的……但是，哪怕是为了我能向他们发泄我的憎恨，那他们也是需要的……

叶若夫激动了一整天，直到傍晚，辱骂他所憎恨的人们，他的话以其怒火感染了福玛，引起了小伙子战斗的情感。但是，有时在他心中燃起了对叶若夫的不信任，有一次他直截了当地问他：

——嗯……你能当着人们的面这样说吗？

——在任何方便的情况下……每个星期天在报纸上……你想读一读吗？

未等到福玛的回答，他从墙上撕下若干页报纸，继续在房间里来回走动，开始给福玛读。他怒吼，尖叫，狞笑，龇牙，像在无可奈何的愤怒中挣脱铁链的狂犬。福玛没有领会同学创作中的意思，感到其无畏的勇气、毒辣的嘲笑、激烈的愤恨，他如此愉快，仿佛在热水浴室洗桑拿……

——真妙！——当他领会到无论什么样的个别的句子时就感叹地说。——写得真好！

时时在他面前闪现商人和城市居民的熟悉的姓名，叶若夫忽而尖酸刻薄忽而绵里藏针地辱骂他们。

福玛的赞许和他满意而热情的目光更加鼓舞着叶若夫，他更大声地吼叫，忽而疲惫不堪地倒在长沙发上，忽而重新跳起来跑近福玛。

——嗯，读一读关于我的事！——福玛叫喊起来。

叶若夫在一堆报纸中翻寻了一阵，从其中抽出一张，双手拿着它，劈开双腿，站在福玛面前。福玛则手脚伸开懒洋洋地靠在坏坐垫的沙发椅上，含笑听着。

对福玛的报道是从描述在木筏上纵酒开始的，福玛听着他的朗读开始感到：某些个别的词句像蚊子似的叮咬他。他的脸色变得更严肃，他低头，忧郁地沉默。蚊子越来越多……

——他已经大发脾气了！——他说，并最终感到不好意思和不满。——瞧，你就是能玷污人的一个人，你得不到上帝的赏识……

——别说话！等一等！——叶若夫简短地扔给他两个词，并继续朗读。

叶若夫在自己的文章中确定：商人在创造丑闻的事情中无疑是高居于其他阶层的代表之上的，他问道：这是为什么？他接着回答说：

“我觉得：这种粗野行为的趋向之所以源自缺乏文化，乃是由精力充沛和无所事事决定的。毫无疑问的是：我们的商界，少数例外，是健康最强壮同时又是劳动最少的阶层……”

——这是真的！——福玛一拳打在桌子上感叹地说。——是这样的！我的力量如公牛，而工作如麻雀……

“商人把自己的精力放到哪里去了？在市场上不会消耗许多精力，他就把多余的精力滥用于小酒馆纵酒，没有关于其他的他对生活更有效和更珍贵的着力点的观念。他还是野兽，而生活对他来说已成了笼子，在他健康强壮和追求广宽空间的情况下，他感到在笼子里很狭窄。受文化限制的他间或吵闹。商人的吵闹总是被捕获的野兽的反抗。不言而喻，这不好……但是，唉咳！当这头野兽给自己的力量再添加少许智慧并使其遵守纪律时，那情况将更坏！请您相信：那时他也不会停止制造丑闻，但这将是历史事件。上帝啊，使我们摆脱这类事件吧！因为这类事件起因于商人对权力的渴望，其目的是一个阶层的无限权力，为此目的商人不会限制自己的钱财……”

——嗯，你怎么说，对吗？——叶若夫读完报纸，把报纸扔到一边，问道。

——我不理解结尾……——福玛回答。——关于力量的话——是对的！

他急忙热烈地在叶若夫面前提出自己习以为常的关于生活、人们、自己内心矛盾的思想，然后沉默下来，仰面翻倒在长沙发上。

——嗯—是—是的！——叶若夫拖长声音说。——你爬到何种地步了！……这，兄弟，是好事！你——关于书籍你怎么看？你读什么样的书吗？

——不，我不爱读书！我没有读书……

——为什么你不爱读书……

——我甚至害怕读书……我看见：这比狂饮更坏！书中有什么益处？一个人虚构出随便什么东西，其他人去读……倘若很有趣，那就很好……但是，为了从书中学习怎样生活，——这就是荒谬的了！人写的本来不是上帝，而是人本身能为自己确定的什么样的规则和范例？

——那么福音书呢？它也是人写的。

——那是圣徒……现在没有他们了……

——没关系，你反驳得有道理！是的，兄弟，圣徒没有了……留下的只是犹大，而且是不中用的。

福玛自我感觉良好，看到叶若夫在仔细地听他的话，并准确地斟酌他说的每一个词。生平第一次遇到了对自己的这种关系，福玛在同学面前勇敢地和自由地倾吐出自己的思想，不必担心词句，并感到有人理解他，因为想了解他。

——你是个好奇的小伙子！——叶若夫在相遇后过了约两天对他说。——尽管你说话沉重，但感觉到你内心的果敢！给你一点生活方式的知识多好呀！那时你说话……足够响亮，我想……是—是的！

——言辞不会解救自己！……——福玛叹了一口气指出。——你谈论了那些装成无所不知和无所不能的人们……我也知道这样的人……比方说，我的教父……要是和他们背向而行……他们就会揭发你！……相当有害的人！……

——我不能想象，福玛，你将怎样生活，如果你保持你身上现有的东西的话……——叶若夫沉思地说。

他，这个受生活折磨的小个子，也喝酒。他的一天是这样开始的：早晨喝茶时浏览地方报纸，在其中吸取就在这桌子的一角上写小品文用的材料。然后跑去编辑部，在那里剪下外地的报纸，用剪下来的材料编成《地方写照》。星期五他应当写星期日小品文。为这一切每月付给他一百卢布；他工作速度很快，所有自由时间献给了“慈善机构的观察与研究”。他和福玛逛俱乐部、客店、小酒馆到深夜，到处吸取自己写作的材料，他把自己的作品命名为“净化社会良心的刷子”。他把监察官叫作“生活中真理和正义的传播长官”，把报纸称为“让读者了解有害思想的撮合者”，而自己在其中的工作乃是“零售灵魂”和“对反慈善机构的大胆作为的追求”。

当叶若夫开玩笑和严肃说话时，福玛理解不好。他热情地谈论一切，尖锐地斥责一切，——这是福玛所喜欢的。但是，他开始热情地说话之后，却常常如此热烈地自己反对自己，驳斥自己或者以什么样可笑的动作结束讲话。于是福玛似乎觉得：这个人没有他喜欢的任何东西，没有任何东西扎根在他身上和控制他。只是他以某种特殊的口吻谈论自己，谈论自己越热烈，就越残酷地咒骂所有人和一切事情。他对福玛的态度是两面的，有时他鼓励他，热心地和激动地对他说：

——尽可能推翻和击倒一切！要知道：没有任何东西比人更珍贵！放开嗓子呐喊：自由！自由！……

他谈话的炽热的火星在福玛心中燃烧，于是福玛开始渴望听到他说：怎样开始推翻和击倒那些为了自己的利益而不想扩大生活环境的人们。——叶若夫经常打断他：

——得啦！你不能做任何事情！像你这样的人——不需要……你们的时候——有力量但无智慧的人的时候——过去了，兄弟！你迟到了……生活中没有你的位置了……

——不是吧？……你撒谎！——为反对意见所激动的福玛叫喊。

——嗯，你能做什么？

——瞧，我要揍你！——福玛捏紧一只拳头恶狠狠地说、

——唉，丑八怪！——叶若夫耸肩，确信地和遗憾地说。——难道这是办法？我就这样被打到了半死……

突然，燃起烦恼和愤怒的他全身颤抖，说道：

——我的命运使我难受！我为什么像机器一样连续工作十二年？为了学习……我为什么十二年没有休息地在中学和大学贪婪地学习干巴巴的、枯燥无味的、我毫不需要的、自相矛盾的、荒唐的东西？为了成为小品文作者，为了每天摆噱头，使读者开心，使自己相信这对读者是需要的和有益的……我潜心写作，每篇三戈比……我给自己获得了怎样的信念？只有一个信念，那就是在今天的生活中一切都毫无用处，一切想必都是失去常态的和遭受破坏的……我爱什么？自己……我感到我爱的对象不值得我爱……

他几乎哭了，不知何故总是用瘦弱的双手抓自己的胸脯和脖子。

但是，有时他精神焕发，用另外一种情绪说道：

——嗯，不，还有我的歌没有唱！我胸中吸收了一些东西，我像长鞭子一样痛打一下！等一等，我将丢下报纸，将着手做一件严肃的事情，将写成一本小书……我将把它命名为《送终祈祷》，乃是读给行将死亡者的祷告。这是诅咒内部虚弱而该死的社会，它在临终前将当作麝香一样接收我的书。

福玛注视着他，比较他的讲话，发现叶若夫也像自己一样是如此软弱和迷途的人。但是，叶若夫的话丰富了福玛的语言，有时他高兴地发觉：他多么机敏地和有力地说出了这种或那种思想。

他不止一次在叶若夫这里遇见过某些特殊的人，他似乎觉得这些人知道一切、懂得一切、反对一切，在一切中看到了欺骗和虚伪。他默默地观察他们，留心听他们说话。他喜欢他们的果敢，但他们对待他的某种傲气压抑着他，使他疏远他们。然后，强烈映入他眼帘的是：他们所有人在叶若夫房间比在街上和在旅店里更聪明和更优秀。他们有特殊的室内交谈、室内语言和姿态，而在室外这一切都代之以最普通的一般人的样子。有时他们大家在室内像一大堆篝火一样燃烧，而叶若夫是其中最明亮一块木柴，但照耀福玛·高尔杰耶夫心灵黑暗的这堆篝火的光亮微弱得很。

有一次叶若夫对他说：

——今天，我们纵酒作乐！我们的排字工人建立了劳动组合，在出版者那里得到了整个按件给工资的工作……因此将吃喝一通庆祝庆祝，我也被邀请了，因为这是我向他们建议的……我们去吧？你好好地宴请他们……

——我可以……——福玛说，和谁度过压抑他的时光都无所谓。

这天傍晚，在城外小树林边，福玛和叶若夫坐在一伙苍白面孔的人之中。有十二位排字工人，他们穿得不错，对叶若夫保持纯朴和同志式的态度，这使福玛有点儿感到吃惊和委屈，在他眼中叶若夫仍然是类似他们的主人或首长的某种角色，而他们只是他的仆人。他们似乎没有发现高尔杰耶夫，尽管当叶若夫介绍福玛和他们相识时，大家还和他握了手，还说过很高兴见到他……他躺在榛子灌木底下的一旁，注视着他们，感到自己在这伙人中是外人，发现叶若夫似乎有意离他远一点儿，也很少注意他。他还发现小个子小品文作者似乎迎合排字工人的腔调，和他们一起在篝火旁边瞎折腾，打开啤酒瓶子，不时轻轻地互相骂几句，放声哈哈大笑，竭力成为像他们的样子。他穿得比平时更简朴。

——唉咳，弟兄们！——他大胆地高声说。——和你们在一起很好！我本来也是个小鸟……只不过是法院看守人、士官马特维·叶若夫的儿子！

“他干吗说这个？——福玛想。——谁是谁的儿子何足挂齿……荣誉不是凭父亲，而是凭智慧……”

太阳快落了，天空也熊熊燃烧着炽热的篝火，把云朵染成血红色。从森林中散发出湿气，一片寂静，林边昏暗的人影在喧闹地晃动。其中之一是又矮又瘦的人，他戴着宽大的草帽，信手轻奏手风琴；另一个人蓄着黑胡子，便帽歪戴到后脑勺上，伴和他小声地唱了起来；还有两位挥舞棍棒，试力度。若干人在啤酒和食品筐旁张罗。一位留着斑白胡须的高个子的人往篝火中扔树枝，篝火笼罩在淡白色的浓烟之中。潮湿的树枝扔到火焰上，抱怨地吱吱叫，并发出一阵阵轻微的干裂声，而手风琴充满激情地奏出欢乐的旋律，歌手的假声加强了和补充了手风琴活泼的演奏。

有三位年轻小伙子离开大家躺在小山沟的悬崖旁边，叶若夫站在他们前面响亮地说：

——你们举着劳动的旗帜……我和你们一样，也是那个军队的普通一兵，我们大家为报纸服务，应当生活在坚实牢固的友谊之中……

福玛停止了细听同学的话而被其他的交谈所吸引。有两个人在说，其一高个子，干瘦，衣冠不整，现出生气的样子；其二非常年轻，长着淡褐色头发和胡须。

——按照我的看法，——高个子忧郁地、连咳带喘地说，——这是愚蠢的！我们的兄弟怎么可以结婚呢？生孩子，难道够养活他们吗？妻子还要穿衣服……还会碰到别的什么情况……

——少女是可爱的……——年轻人轻轻地说。

——嗯，未婚妻是一回事，妻子是另一回事……问题的实质不在这里……只是钱不够用……自己在工作中也受创伤，工作使你精疲力竭……对我们来说结婚是完全不可能的事……难道我们能用这点儿工资养活一个家庭？你瞧，我结了婚……只有四年……我已经快完蛋了！

他开始咳嗽，咳了好长时间，哀号，当平息下来时则气喘吁吁地对同伴说：

——得了……不会有任何结果的……

那位忧郁地垂下头，而福玛心想：

“他说得有道理……”

对他的忽视有点儿使他感到委屈，同时激起了他对这些阴郁的脸浸染着铅粉的人的敬意。几乎他们所有人进行了务实的、严肃的交谈，在他们的话中闪烁着某些特殊的言辞。他们中的任何人都不奉承他，也不纠缠地凑近他，而这种纠缠对他的小饭馆的熟人、纵酒作乐的同伴来说则是司空见惯的。这一点是他喜欢的……

“咦，怎样的人……——他暗笑着想，——他们有自己的骄傲……”

——而您，尼古拉·马特菲伊奇，——响起某人的仿佛是责备的声音，——您不要按书本评论，而要按活生生的真理……

——对一对不起，我的朋友们！您同事们的经验教给了您什么？……

福玛取下帽子，把帽子在头顶上挥舞，向叶若夫大声夸夸其谈的方向转过头去。但此时有人对他说：

——向我们走近一点儿，高尔杰耶夫先生！

站在他面前的是一位矮胖的小伙子，后者穿着短上衣和长筒靴子，露出温和的微笑，直视着他。福玛喜欢此人这张又宽又圆的脸和肥大的鼻子，他也微笑着回答：

——可以靠近一点儿……怎么样，不是我们喝白兰地酒的时间快到了吗？我在这里要了十瓶……以防万一……

——哎呀！看来——您是个认真的商人……我现在就把您的外交照会通知同伙们！……

此人首先对自己的话发出爽朗的哈哈大笑声。福玛也哈哈大笑起来，感到篝火或是小伙子向他散发出笑声和热情。

晚霞悄悄隐退了。看来，在西方巨大的红色的夜幕降落到大地上，掩盖着天空的无底深渊，掩盖着在天空闪烁的星星的欢乐的光辉。远处，在城市群中，一只看不见的手在播撒光亮；而在这里，森林一片沉寂，像一垛黑压压的墙直插云天……月亮尚未升起，田野上空笼罩着温暖的暮色。

一群人围成大圈坐在离篝火不远处。福玛背着火光和叶若夫并排坐着，看到自己前面的一系列照亮的面孔，欢乐的和普通的。大家已喝得激动起来，但还没有喝醉，笑呀、闹呀，试着唱呀、喝呀，吃点黄瓜、白面包和香肠呀。这一切对福玛来说有着某种特别愉快的兴趣，他变得更勇敢，为普遍的非常好的情绪所控制，感到自己想对这些人说点他们大家喜欢听的什么好话。叶若夫坐在他旁边，在地上瞎闹，用肩膀推他，不时晃动脑袋，含糊不清喃喃地说什么……

——弟兄们！——胖小伙子叫喊了一声。——让我们唱起大学生的歌吧……嗯，一、二！……

像波涛汹涌澎湃……

某人声音低沉地唱：

我们的时代……

——同伴们！——叶若夫一只手拿着酒杯站起来说。他摇摇晃晃，用另一只手支撑在福玛的头上。开始唱的歌中断了，大家都把头转向他……

——劳动者！请允许我对你们说几句话……由衷地……我有幸和你们在一起！我在你们中间感觉良好……这是因为你们是劳动的人们，你们的幸福权不容怀疑，尽管它不被承认……在你们这个健康的、使心灵变得高尚的氛围里，诚实的人们，孤独的、被生活折磨的人呼吸得多么舒服和自由……

叶若夫的嗓音打战、清脆，脑袋摇晃。福玛感到好像有某种的温暖的东四滴落到他的手上，他看了一眼叶若夫布满皱纹的脸，后者全身颤抖，继续自己的话：

——我——不是独此一人……我们这些被命运弄得精疲力竭的、疲惫不堪的、病态的人们很多……我们比你们更加不幸，因为无论是肉体还是精神都更加虚弱，但我们比你们更强大，因为我们有知识武装起来……这知识我们无处可用……我们大家高兴地准备到你们那里来，献身给你们，帮助你们生活……别的我们没什么可做！我们没有你们就没有土壤，你们没有我们就没有光亮！同事们！命运本身造就我们相互补充！

“他这是向他们请求什么？”——福玛疑惑地听着叶若夫的话心想。他环视排字工人们的脸色，发现他们也疑惑地、莫名其妙地、无聊地看着这位演讲者。

——未来——是你们的，我的朋友们！——叶若夫不坚定地说，忧郁地摇晃脑袋，仿佛可惜未来，并违背自己的意愿把对未来的控制权让给了这些人。——未来属于诚实劳动的人们……你们面临着伟大的工作！你们应当创造新的文化……我——在肉体上和精神上都是你们的，士兵的儿子，提议：为你们的未来干杯！乌—拉！

叶若夫干完自己的酒杯，沉重地坐到地上。排字工人们友好地响应他异常激动的呼声，空中滚动着激昂有力的叫喊，震荡着树上的叶丛。

——现在唱歌！——胖小伙子再次提议。

——开始吧！——两三个嗓音支持他。发生了喧闹的争论：唱什么歌。叶若夫听着喧闹，左右摇晃脑袋，环视大家。

——弟兄们！——他突然再次叫喊了一声。——回答我……用几个词回答我对你们的敬意……

大家再次，尽管不是马上，沉默了下来，望着他，有的人怀着好奇心，有的人窃笑，还有一些人脸上露出明显不满意的表情。他则重新从地上站起来，激动地说：

——我们这里两个……受生活歧视的人，——我和这位……我俩想要……同样的……对人的关注，想要感到自己是有用的人的幸福……同事们！这位也是大蠢人……

——而您，尼古拉·马特菲伊奇，不要委屈客人！——响起了某人低沉的和不满意的声音。

——对，这是不必要的！——胖小伙子确信地说，并请福玛到篝火旁边来。——为什么说委屈人的话？

第三个人响亮地和清晰地说：

——我们聚会是为了欢乐……休息……

——蠢人！——叶若夫微微一笑。——善良的蠢人！……你们怜惜他？但是，你们知道他是谁吗？这是吸你们血的人之一……

——得了，尼古拉·马特菲伊奇！——大家冲着叶若夫叫喊。所有人开始用低沉的声音说话，也不再关注他。福玛开始如此怜惜同学，即他甚至没有抱怨他。他看到：这些保护他免受叶若夫攻击的人现在有意不关注小品文作者，并懂得了如果叶若夫注意到这点，他将伤心的。为了吸引同学摆脱可能的不愉快，他推了一下他的腰部，友好地微笑着说：

——嗯，你，好攻击人的人，我们干杯还是怎样啊？否则，也许，是回家的时候了？

——回家？在人们中间没有地位的人的家在哪儿？——叶若夫问，并再次叫喊：——同伴们！

他的叫声湮没在大家的谈话声中而没有回答。于是他耷拉脑袋对福玛说：

——我们离开这里！……

——嗯，我们走……尽管我还坐一会儿才好……很有趣……他们，真见鬼，表现很好，真的！

——我不能再待下去了，我感到冷……

福玛站起来，脱下便帽，向排字工人们鞠躬致意，大声地和愉快地说：

——先生们，谢谢招待！再见！

大家很快围住了他，响起了坚定的声音：

——等一等！您向哪儿去？一起歌唱吧，啊？

——不，应当走啦……瞧，同学一个人不方便……我送……你们愉快地参加宴会吧！

——唉咳，您等一等吧！……——胖小伙子感叹了一声，并低声地说：——可以送他一个人走……

——干瘦的人也轻轻地说：

——您留下来吧……我们送他到城里，在那里上出租马车——万事大吉！

福玛愿意留下来，同时害怕什么。叶若夫站起来，抓住他大衣的袖子，喃喃地语：

——我们走一走……让他们见鬼去吧！

——再见，先生们！我走了！——福玛说，离开了他们，有礼貌的遗憾的喊声伴随着他。

——哈—哈—哈！——叶若夫离开篝火二十步远时大笑起来。——他们悲痛地送别，而自己高兴我走了……我妨碍他们变成畜生……

——妨碍，这是真的……——福玛说。—你海阔天空地说些什么？人们聚会起来娱乐，而你在他们旁边啰啰唆唆地发议论……这使他们感到无聊……

——闭嘴！你什么都不明白！——叶若夫尖声叫道。——你想——我醉了？我的肉体醉了，但心灵是清醒的……心灵始终是清醒的，能感觉到一切……啊，世间有多少丑恶的、愚钝的、悲惨的东西！这些人也是愚蠢的、不幸的人……

叶若夫停了下来，双手抓着脑袋，站了片刻，摇摇晃晃。

——嗯—是—是的！——福玛拖长声音说。——他们非常不像其他人……有礼貌……好像先生……谈吐正确……有理解力……要知道，这只是一些工人！……

在黑暗中，在他们身后，洪亮地唱起了优美的歌曲。开始不和谐，随即愈来愈响亮，形成了宽阔的和欢乐的声浪，奔腾在清新的夜空中，在荒凉的原野上。

——啊，我的上帝！——叶若夫叹了一口气，忧郁地和轻轻地说道。——心灵依恋着什么？谁将满足心灵对友谊、兄弟情谊、爱情、纯洁和神圣的工作的渴望？……

——这些普通的人，——福玛缓慢地和沉思地说，也不细听同学的讲话，而是沉浸于自己的思想之中，——如果仔细观察他们，倒没什么！甚至很……有趣……农夫、工人……如果这么简单地雇佣他们，那么他们仍然像马……驮运，喘粗气……

——他们用自己的脊背扛起我们的整个生活！——叶若夫激动地感叹了一句。——他们像马一样驮运……温顺、迟钝……他们的这种温顺是我们的不幸，是我们的诅咒……

他，摇摇晃晃，许久默默地走着，忽然用某种低沉的和憋气的声音开始朗读，一只手在空中挥舞，其声音仿佛是从他腹中吐出来的：

我受生活无情地欺瞒，
我遭受那么多苦难……

——这是我的诗，兄弟！——他停止脚步说道，忧郁地摇晃脑袋。——后面接着怎么说？忘了……唉—唉咳！

从来未在我胸中苏醒，
那藏在胸中的梦幻……

——兄弟！你比我幸福，因为愚钝……

——别抱怨！——福玛激动地说。——听，他们是怎样唱的……

——我不想听别人的歌……——叶若夫否定地摇头说道。——我有自己的……

接着他用怪异的嗓子哀号：

从来未在心—心中苏—苏醒，
那—藏在—心中的梦幻……
那—许多的—梦幻！

叶若夫像女人一样开始哭泣、呜咽。福玛怜惜他，感到难过，忍不住抓住他的肩膀说：

——得了！我们走……你，兄弟，如此脆弱……

叶若夫双手抓住脑袋，伸直弯曲的身体，振作起来，重新忧郁地和怪异地开始唱：

那—许多的—梦幻！
它们紧密相伴！
我给予披上韵的衣衫，
为它们唱了许多的歌，
那歌儿多么忧郁和凄婉！

——啊，上帝！——福玛绝望叹了一口气。

从远处透过黑暗和寂静向他们飘来了嘹亮的合唱歌声。某人合着曲调的节拍吹口哨，这尖锐的、刺耳的口哨声超过了有力的歌声。福玛向那里眺望，看见了一排墙壁似的高高的和昏暗的森林、在森林中闪烁的篝火明亮的光点和篝火周围的阴郁的人影。森林墙像胸脯，而篝火宛如胸脯上的带血的创伤。人们笼罩在四面八方浓密的黑暗之中，在森林的背景上看似孩子般矮小，他们在篝火火焰的映照下仿佛也在发亮，他们挥舞双手，响亮地、有力地唱着自己的歌。

叶若夫和福玛并排站着，重新用带哭声的嗓音高唱：

唱完了歌儿，我现在不再
打破那沉寂的梦幻……
上帝啊！请让我的心灵舒坦！
它已陷入绝—绝望的病患之中！……
上帝啊……请让我的心灵舒坦……

福玛在这忧郁的哀号声中颤抖了一下，而矮小的小品文作者歇斯底里地尖叫一声，胸脯直接仆倒在地上，如此悲哀地和低声地痛哭起来，像有病的孩子哭泣……

——尼古拉！——福玛说，同时托着他的肩膀把他扶起来。——别哭了，这是怎么回事？得了，怎么不害羞！

但是，他不害羞：他像跳出水的鱼一样在地上翻动，当福玛把他扶起来时，他紧紧地靠在福玛胸前，用瘦小的双手抱住福玛的腰，依然哭泣……

——嗯，得啦！——福玛透过紧咬的牙缝说。——得了，亲爱的……

被人生贫困折磨得精疲力竭的痛苦所激怒的他，满腔怨恨，处在极其忧伤的冲动之中，把脸转向城市的灯光在黑暗中闪烁的方向，用低沉响亮的声音呐喊：

——啊，真见鬼……该死的！

十一

——柳博芙卡！——有一次马雅金从交易所回到家里说，——今天晚上你准备一下，我将带未婚夫回家！你给我们安排丰富一点儿的小吃……在桌子上多摆一点儿老式银餐具，水果盘也拿出来……让他闻闻我们的食物！让他看看我们每一件东西都是珍稀的！

柳博芙坐在窗户旁，织补父亲的袜子，她在埋头工作。

——这一切都是为什么，爸爸？——她不满地和腼腆地问。

——为了装门面，为了鉴赏！……还为了摆阔气……因为少女不是马，没有马具不应当卖……

柳博芙神经质地抬起头来，丢下工作，难为情地脸红，瞅了父亲一眼……双手重新拿起袜子，更加低头织补袜子。老头在房间里踱步，一只手不安地揪胡须，眼睛眺望远处的什么地方，显然，他整个人沉浸于复杂的思绪之中。少女明白：他不会听她的，他也不想懂得他的话对她来说多么有损尊严。她对丈夫—朋友的浪漫的幻想是：他是个有学问的人，能和她一起读有智慧的书，能帮助她分析她模糊不清的愿望。这浪漫的幻想因父亲要把她嫁给斯莫林的坚定不移的决定而在心中破灭了，在她心中沉淀为痛苦的印记。她习惯了像看商人阶层普通少女某种良好的和高级的东西那样看待自己，这个少女只想服装，几乎总是凭双亲的盘算嫁人，而很少考虑心心相印。瞧，现在她自己出嫁只是因为是时候了，还因为她父亲需要女婿、事业的继承人。显然，父亲想着她本人未必能吸引男人的注意，于是用银子来打扮她。激动的她扎了手指，折断了针，但她默不作声，熟知她能说的一切父亲是听不到心里去的。

老头在房间里踱步，忽而低声地唱赞美诗，忽而庄严地教导女儿要怎样对待未婚夫。此时他用手指计算着什么，皱起眉头，微笑……

——是的！……“评价我吧，上帝，判断我的争论的是非……让我摆脱不公正的和谄媚的人吧……”嗯—是的……戴上母亲的祖母绿，柳博芙……

——得了，爸爸！——少女忧郁地高声说。——请别说了……

——你不要固执！听着，有什么教训……

他重新陷入自己的算计之中，稍微眯缝上绿色的眼睛，在眼前叠着手指。

——这么说来，百分之三十五……滑头小伙子！……？

——爸爸！——柳博芙闷闷不乐地、畏惧地感叹了一声。

——什么？

——您……您喜欢他吗？

——谁？

——斯莫林……

——斯莫林？嗯—是的……他——机—机灵鬼……能干的小伙子……嗯，我走了……你那个……准备好！……

柳博芙一个人留下来，放下工作，靠在椅子背上，紧闭双眼。她紧握的双手放在膝盖上，手指咯吱咯吱响。她满怀自尊心受到伤害的苦恼，感到了面对未来极大的恐惧，默默地祈祷：

“啊，我的上帝！啊，天哪！……但愿他是个正派人！……让他成为正派的人……心爱的人吧……啊，上帝！来到某个男人，看着你……长久得到……这是多么丢脸和可怕的事……我的上帝，上帝啊！和谁商量一下才好呢……独自一人……哪怕是塔拉斯也好……”

当回忆兄弟时她开始更加难受，更加怜惜自己。她给塔拉斯写了一封热情洋溢的长信，在信中她说自己对他的爱，自己对他的期望，恳求兄弟尽快回来见父亲，她给他描绘了共同生活的计划，使塔拉斯相信父亲是个聪明人，能够理解一切，讲述了关于父亲孤独生活的情况，赞叹他的生命力，抱怨了他对她的态度。

她焦急地等待回信等了两个星期，当接到回信后，读完信，她高兴得和失望得歇斯底里地大哭起来。回信冷淡简短。塔拉斯在信中告知：一个月后他将在伏尔加河办事，将不会放过去看父亲的机会，如果老头儿对此确实毫不反对的话。回信冷淡，她含泪读了好几遍，她把它揉搓成团，但它没有因此而变得温暖，只是湿透了。仿佛有一张脸从写满端正大字的信纸中看着她，这是有皱纹的、多疑阴郁的、干瘦的、颧骨突出的脸，这张脸像父亲的脸。

儿子的信留给父亲别样的印象。当知道塔拉斯写了信之后，老头儿全身精神一振，兴奋地、露出某种特别的微笑，匆忙去找女儿：

——喂，到这里来！拿信来！嗨！让我们来读一读，看聪明人怎么写的……眼镜在哪儿？“亲爱的姐妹！”嗯—是的……

老头儿沉默下来，读完了儿子的来信，把信放到桌子上，高高地扬起眉毛，露出惊奇的脸色默默地在房间里走动。然后重新读完了信，沉思地用手指敲击着桌子，说道：

——没关系，来信是合理的……没有多余的话……怎么样？也许，人在寒冷的地方确实是坚强起来了……那里一片严寒……愿他归来……见见面……很好……嗯—是的……在赞美诗《达维多夫》中说：“我的敌人往后总会归来……”忘了继续是怎么说的……“敌人最终解除了武装，在喧闹声中纪念他的死亡……”嗯，我们和他将无喧闹声地谈一谈……

老头儿力求平静地、带着轻慢的微笑说话，但微笑没有显露在他的脸上，皱纹激动地蠕动，眼睛闪烁着有点儿特别的光芒。

——你再给他写封信，柳博芙卡……快点，就说，勇敢地回来！

柳博芙再给塔拉斯写了一封信，但内容更简短，语气更平静，现在日复一日地等待回复，试图想象他，这个神秘的兄弟，该是怎样的？从前她怀着那样真诚的敬意想他，即教徒想苦修者、遵守宗教训诫的生活的人们所怀的敬意；现在她害怕他，因为他以沉重的痛苦为代价，以在流放地断送了自己的青春为代价，获得了对生活和人们的评判权……瞧，他将回来问她：

“怎么样，你自由地凭爱情出嫁了吗？”

凄凉的思绪一个接一个地在少女的头脑中翻腾，使她难为情，使她受折磨。她神经紧张，近乎绝望，强忍眼泪，尽管处于半昏迷状态，但仍然执行了父亲的所有指示：用古老的银器装点了桌子，穿上了丝绸连衣裙，坐在镜子前戴上了祖母绿耳环——格鲁吉亚公爵的世代相传的珍品，是和其他许多珍稀物品典当留在马雅金这里的。

透过镜子望着自己激动的脸，红润的大嘴唇因脸颊苍白而显得更加红了，细看自己的丝绸紧身的隆起的胸部，她感到自己很美，值得任何男人注目，无论他是谁。在她耳朵上闪光的绿宝石像多余的东西使她不爽，同时她觉得它们的摇动在她脸颊上留下细微的淡黄色的阴影。她从耳朵上取下祖母绿，换上小巧的红宝石，想着斯莫林到底是个什么人？

然后，她不喜欢眼睛底下的暗圈，于是开始仔细地擦上香粉，不断地想着做女人的不幸，责备自己的意志薄弱。当眼睛旁边的昏圈被盖上白粉和香粉时，柳博芙又觉得因此她的眼睛却失去了光泽，于是她又擦掉了香粉……照镜子的最后一眼确认了她是有感染力的美女，具有富脂松的壮丽挺拔的美。这愉快的意识稍许平息了她的恐慌神经质。她迈开知道自己价值的富豪未婚妻的威严的步伐走进餐厅。

父亲和斯莫林已经来了。

柳博芙在门口停留了片刻，优美地稍微眯缝上眼睛，高傲地紧闭嘴唇。斯莫林从椅子上站起来，迈步迎接她，恭敬地鞠躬致意。她喜欢鞠躬行礼，也喜欢斯莫林灵活的身体上漂漂亮亮地穿着的常礼服……他变化不大：还是那样的棕红色的头发，梳理得光溜溜的，满脸雀斑，只是他的胡子长得又长又密了，眼睛变得似乎更大了。

——变得怎样的了，啊？——马雅金指着未婚夫对女儿叫喊了一声。

斯莫林握着她的手，微笑，用响亮的男中音说：

——我大胆地希望：您没有忘记老同学吧？

——你们一会儿交谈，——老头儿说，用眼睛仔细打量女儿。——你，柳博华，暂时在这里张罗，我和他谈完一件小事。嗯，阿夫利坎·米特利奇，你说……

——请您原谅我，柳博芙·雅科夫列芙娜！——斯莫林温柔地请求。

——请吧，别客气，——柳博芙说。

“有礼貌！”——她指出，同时在房间里从桌子到餐柜来回地走动，开始仔细地听着斯莫林的话。他温和地、坚定地说：

——那么，我认真研究俄罗斯皮革在国外市场上的状况有四年左右的时光。大约三十年以前我们的皮革在那里堪称样品，而现在它的需求越来越下降，不言而喻，价格也一起下降。这是极其自然的，在缺乏资本和知识的情况下，所有这些小生产者—皮革商本来就没有可能把生产提高到应有的高度，同时降低生产费用……他们的商品质量低劣而价格昂贵……他们愧对俄罗斯，因为他们损坏了俄罗斯优质皮革生产者的声誉。总之，没有技术知识和资本的小生产者因此被置于随着技术的发展而改善生产的无能为力的境地，这样的生产者是国家的不幸，是国家商业的寄生虫……

柳博芙在斯莫林的朴素的谈话中感到了对她父亲的宽厚态度，这对她有所触动。

——嗬……——老头儿低声含糊地说，一只眼睛望着客人，另一只眼睛注视着女儿。——这样，就是说，现在你的意思是：建成如此大型的工厂，让其他所有工厂都完蛋？

——啊，不！——斯莫林高声说，摆出从容不迫的姿势回避老头儿的话。——我的目标是：提高俄罗斯皮革在国外的意义和价格，瞧，用生产知识武装起来的我正在建设标准的工厂，生产标准的商品投放市场……国家的商业荣誉……

——你说，需要许多的资本吗？——马雅金沉思地问。

——约十万……

“父亲不会为我给如此多的钱”，——柳博芙想。

——我的工厂将生产各种皮革，用于皮箱、皮鞋、皮马具、皮带……

——你想要多大的比例？——老头儿问。

——我，不想要，在我们俄罗斯的条件下，我尽可能精确地计算，——斯莫林庄严地说。——生产者应当像创造机器的机械师那样清醒……应当估计到每一个最小的螺丝的磨损，如果你想认真地做认真的事业的话。我能给您看一看我编制的报告，我个人对俄罗斯畜牧业和肉类需求量进行过研究，这个报告就是建立在我的研究的基础之上的……

——咦，你呀！——马雅金微微一笑。——你把报告带来吧，很有趣！看来，你在欧洲没有白白打发时间……现在，我们去吃点儿什么，按照俄罗斯的习惯……

——您生活得怎么样，柳博芙·雅科夫列芙娜？——斯莫林一边问一边拿起刀子和叉子。

——她在我这里生活得寂寞无聊……——马雅金替女儿回答。——管理家务的女人，全部家务都落在她身上，嗯，她也没有时间去娱乐……

——应当补充说：也没有地方，——柳芭说。——我不喜欢商人的舞会和晚会……

——剧院呢？——斯莫林问。

——去得也少……没有伴儿……

——剧院！——老头儿感叹了一声。——请问：那里养成这样的习气，即把商人演成为粗野的傻瓜，这是为什么？这很可笑，但不可理解，因为不真实！既然我在杜马是主人，在商业中是主人，而这剧院也是我的，那么我是怎样的傻瓜？……你在剧院看商人，你能看到与生活不符！当然，如果演的是历史剧，例如：载歌载舞的《沙皇时代的生活》，或者那里的《哈姆雷特》《恰罗杰伊卡》《华西里莎》——这里不需要真实，因为这是过去的事情，与我们无关……正确与否——都好……但如果演现代生活，那你就别撒谎！就要好好地展示人物……

斯莫林含着有礼貌的微笑听着老头儿的讲话，向柳博芙投射这样的目光，即仿佛请她反驳父亲。她有点儿尴尬，说道：

——爸爸，商人阶层大多数仍然是没有学问的和粗野的……

——嗯—是的，——斯莫林肯定地点头说。——遗憾的是：这是可悲的真实……您没有参加任何协会吗？你们这里各种协会本来很多……

——是的，——柳博芙叹了一口气说道。——但我不知为什么离开一切而生活在一旁……

——家务！——父亲插话说。——瞧，我们有多少零碎小事……需要考虑周全，需要保持整洁有序……

他洋洋得意地向着桌子和玻璃柜点头，桌子上摆着银器，柜子的搁板在物品的重压下变弯了，令人想起橱窗里的展览。斯莫林细看这一切，嘴唇上掠过含讽刺意味的微笑。然后他望了柳博芙一眼，她在他的目光中捕捉到了某种友好的、怜惜她的神情。她的脸颊染上了轻轻的红晕，她内心怀着羞怯的快意自言自语：

“谢天谢地！……”

青铜灯的灯光仿佛在水晶花瓶的晶面上开始闪烁得更加明亮，房间里变得亮堂了。

——我喜欢我们这古老美好的城市！——斯莫林说，含有温柔的微笑望着少女。它是如此美丽、热闹……它有着某种有利于劳动的令人振作的东西……它的美景如画本身在某种程度上激励着人们……人们想在其中度过宽裕的生活……想在其中勤奋认真地工作……并且，这是个有文化的城市……瞧，这里出版多么切合实际的报纸……顺便说一句，我们愿意买它……

——这都是谁，你们？——马雅金问。

——就是：我……乌尔凡佐夫、舒金。

——这——值得称赞！——老头儿一只手打在桌子上说。——是让他们住口的时候了，早就到时候了！特别是那里有个叶若夫，如此口齿锋利的好数落人的人……你们也要制止他！好好地！……

斯莫林再次把含笑的目光投向柳博芙，她的心重新愉快地颤抖了一下。她脸上泛起光彩夺目的红晕，对父亲说，暗示未婚夫：

——据我对阿夫利坎·德米特利耶维奇的了解，他买报纸完全不像您说的那样是为了堵住它的嘴……

——它有什么用？——老头儿问，耸肩。——华而不实，制造混乱……当然，如果是认真做事的人、商人自己着手在报纸上写……

——报纸的出版，——斯莫林打断老头儿的话，用有教训意味的口气说，——甚至只从商业的观点来看，也许是有利可图的事业。但除此之外，报纸还有其他的更重要的目的，即保护个人和工商业利益的权利……

——瞧，我就说嘛，——既然是商人自己将领导报纸，那么它就是需要的……

——对不起，爸爸！——柳博芙说。

她感到有必要当着斯莫林的面说出自己的意见。她想让他确信：她理解他的话的意义，她不是普通商人的女儿、吝啬女人和舞蹈艺人。她喜欢斯莫林。她第一次见到长期住在国外的商人，他谈吐那么有感染力，举止那么有礼貌，衣着那么合身，和她父亲——城里首屈一指的聪明人说话的声调那么宽厚，就像成年人和小孩说话的声调。

“结婚后我将说服他把我送到国外去……”——她突发奇想，并因此而难为情。她忘记了本想对父亲说的话。她满脸绯红，沉默了几秒钟，全身笼罩在恐惧之中，担心斯莫林可能把这种沉默作出对她不好的解释。

——你们只顾交谈，却忘了请客人喝葡萄酒……她在沉默了不愉快的几秒钟之后找到了话茬儿。

——这是你的事，你是女主人……——父亲提出异议。

——啊，请别费心！——斯莫林赶快高声地说。——我本来几乎不喝酒……

——啊，是吗？——马雅金问。

——请您相信我！——有时喝一杯，两杯，在疲倦和有病的情况下……我不理解：为取乐而喝酒。有其他的更适合文化人的乐趣……

——太太，还是别的什么？——老头儿丢个眼色问道。

——剧院、书籍、音乐……

柳博芙听到他的话容光焕发。

老头儿皱起眉头看着当之无愧的年轻人，露出俏皮的微笑，突然不假思索地说：

——唉咳，生活在前进！从前小狗吃干硬的面包皮，如今哈巴狗喝果汁……请原谅，可爱的先生们，用了酸溜溜的话，此话太合适了！它不是说你们，而是一般地说……

柳博芙脸红了一阵，吃惊地看了斯莫林一眼。他平静地坐着，端详着古老的镶珐琅的盐瓶—小罐子，捻着胡子，仿佛没有听见老头儿的话……但他眼睛变得暗淡无光，嘴唇不知何故紧闭着，因此刮得光光的下巴显得向前突出。

——这样，就是说，未来的工厂主先生，——马雅金满不在乎地说，——有三十万卢布，——你的事业就会像烈焰似的燃烧起来？

——一年半以后，我生产出第一批商品，人们将争相购买。——斯莫林怀着不可动摇的信心说，并用坚定而冷淡的目光直视着老头儿。

——这么说来，乃是斯莫林和马雅金商业之家，别无其他任何东西？是的……我似乎着手做新的事业晚了，啊？必须认为：早已为我做好了棺材，对此你怎么想？

斯莫林用几秒钟清脆的笑声代替了回答，但这是冷淡的笑声，之后说：

——唉，何苦……

老头儿听到他的笑声不禁颤抖了一下，用勉强看得出来的肢体动作胆怯地闪开。在斯莫林说话之后三个人都沉默了片刻。

——嗯—是—是的……——马雅金没有抬起低垂的脑袋说道。——这个必须考虑一下……我需要考虑考虑……——然后，他抬起头，用凝集的目光环视女儿和未婚夫，从椅子上站起来，忧郁地和粗鲁地说：——我离开你们一会儿，去我的办公室……

他弯腰曲背低头离去了，脚步发出沉重的沙沙响声……

两位年轻人面对面地留了下来，交谈了几句空话，大概，感到了这只会使他们相互疏远，于是他俩开始沉默，深沉的、尴尬的、有所期待的沉默。柳博芙拿起一个橙子，过于细心地开始剥皮；而斯莫林低垂着眼睛看着自己的胡子，然后用左手仔细地把胡子捋顺，玩弄刀子，突然压低嗓音请求少女：

——啊……请原谅我的没有礼貌！大概，您，柳博芙·雅科夫列芙娜，和爸爸生活在一起确实感到困难……他古板迂腐，对不起，有点儿冷酷无情！

柳博芙颤抖了一下，用感激的目光看了棕红头发的人一眼，对他说：

——不容易，但我习惯了……他有自己的优点……

——啊，这是无疑的！但是，您，年轻、漂亮、有文化，您以您的目光……不容易！

他温柔地、怜惜地微笑，他的嗓音是如此柔和……房间里洋溢着温暖人心的气氛。少女心中对幸福的羞怯的希望燃烧得愈来愈明亮。

十二

福玛坐在叶若夫旁边，听着自己同学讲述城市的新闻。叶若夫坐在堆满报纸的桌子上，悠动两条腿，讲：

——选举运动开始了，商界推举你的教父——老魔鬼！他是永垂不朽的……他，大概，已过一百五十岁了？他把女儿嫁给了斯莫林，你还记得吗，那个棕红头发的人！关于他，人们说这是个正派人……按照现代的观点，聪明的坏蛋也被称为正派人，因为没有别的人！阿夫利坎什卡硬充很有学问的人，已成功地钻进了知识界，很快就出了名。根据他面孔判断，他是一级滑头，但是，显然，他将起作用，因为他有分寸。嗯—是的，兄弟，阿夫利坎什卡是自由主义者……自由派商人——这是狼和猪配成的杂种。

——让他，让所有人见鬼去吧！——福玛冷淡地挥了一下手说道。——我跟他们有什么关系？你怎么样——总是喝酒？

——我为什么不喝酒？

没有完全穿好衣服的、头发蓬乱的叶若夫像一只拔掉了羽毛的鸟，这只鸟刚打完架还未来得及体验战斗的激动。

——我喝酒，因为我有时需要熄灭心中的火焰……而你，潮湿的木头疙瘩，有点儿无焰燃烧？

——我要去找老头儿！……——福玛皱起脸说。

——要敢作敢为！

——不想……

——那就别去！……

——要去……

——那么，你去吧！……

——你干吗总说逗乐的话？——福玛不满地说。——似乎他也真是感到愉快……

——真的，我感到愉快！——叶若夫从桌子上跳下来，高声说。——我昨—昨天在报纸上怎—怎样狠狠抨击了一位老爷！然后，我听到了一个趣闻：一伙人坐在海岸上，高谈阔论生活。犹太人说："先生们！干—干吗说这么多杂七杂八的话？我给你们说句爽快的话：我们的生活不值一戈比，像这汹涌澎湃的海一样！……"

——唉，你得了吧，——福玛说。——再见！……

——你走吧！我今天情绪高，不能和你一起呻吟……况且你也没有呻吟，而是发哼哼声……

福玛走了，留下叶若夫，扯开嗓门唱：

敲鼓咚咚响，别害怕惊慌……

"你本身就是个响鼓……"——福玛激动地想。

在马雅金处柳芭迎接他。因何激动和活跃的她突然出现在他面前，匆匆地说：

——你？我的上帝！你多—多么苍白……怎么瘦了……显然，你过着好的生活！

然后，她的脸因惊慌而变了样，她几乎用悄悄话感叹了一声：

——唉咳，福玛！你不知道——本来……瞧！听见吗？铃声！也许，是他……

少女从房间飞奔而出，留下了丝绸连衣裙在空气中的沙沙响声和惊讶的福玛，后者甚至没有来得及问她：父亲在哪儿？雅科夫·塔拉索维奇在家里。他穿着长礼服，胸前佩戴着奖章，站着门口，伸开双手撑在门框上。他的绿眼睛扫视福玛，后者抬起头迎接他的目光。

——您好，美好的先生！——老头儿开始说，带有责备意味地摇头。——请问您从哪里来？这是谁从您身上吸取了脂肪？或者是：猪在寻找水洼在哪儿，而福玛在哪儿更坏？

——对我您没有别的话好说吗？——福玛忧郁地，眼盯盯地望着老头。

突然他看到教父哆嗦了一下，两条腿颤抖起来，眼睛快速翻白眼，双手抓住门框。福玛走近他，以为老头儿感觉不好，但是，雅科夫·塔拉索维奇用低沉的、生气的嗓音说：

——让开点儿……走开！……

福玛往后退，无意中出现在矮个子、圆脸庞的人的身旁，后者向马雅金鞠躬致敬，用嘶哑的声音说：

——您好，爸爸！

——你—你好，塔拉斯·雅科夫列维奇，你好……——老头儿双手没有从门框上挪开说道，鞠躬，讪笑，两腿打战。

福玛退到一旁，坐下，好奇地发呆。

马雅金站在门口，摇晃自己瘦弱的身体，双手依然支撑在门框上，歪着头，默默地看着儿子。儿子站在他对面，高高地扬起头，皱起乌黑大眼睛上方的眉毛。黑色的楔形胡须和小胡子在他干瘦的脸上颤动，脸上长着像父亲一样的软骨突出的鼻子。福玛从他肩上看到柳芭苍白的、吃惊的和高兴的脸，她用恳求的目光看着父亲，看来她现在要叫喊。大家沉默了几秒钟，没有走动，为感觉到的什么东西所压抑。雅科夫·马雅金温和的、奇怪地低沉的声音打破了寂静：

——你显老了，塔拉斯……

儿子冲着父亲默默地微笑，用快速的目光从头到脚打量着他。

父亲双手挪开门框，迈开一步迎向儿子，但又停了下来，突然皱起眉头。于是，塔拉斯·马雅金迈开一大步，面对父亲，给他伸出一只手。

——嗯……亲一亲吧！……——父亲轻轻地提议。

他们焦急不安地相互拥抱，紧紧地亲吻，又相互后退。老长者的皱纹在颤动，年轻人干瘦的脸神情呆板，近乎严肃。柳博芙高兴地抽泣了一声。福玛在沙发椅上笨拙地乱动起来，感到他连气都喘不过来。

——唉咳，孩子们！心头的伤口，你们不是心头的欢乐！……——雅科夫·塔拉索维奇用银铃般的嗓音抱怨说，大概，他在这些话中注入了许多含义，因为在说完这些话后他立即眉开眼笑，振奋起来，面向女儿活跃地说：

——喂，你，愉快得不能自持了吗？赶快给我们准备点什么……让我们招待一下浪子！你，老小子，想必忘了你有一个怎样的父亲？

塔拉斯·马雅金用沉思的目光看着父亲，微笑，沉默。他穿着黑衣服，不知为何他的白发和白胡须显得特别刺眼……

——嗯，坐吧！你说说：生活得怎么样，做过什么事？……你往哪儿看？这是我的教子，伊格纳特·高尔杰耶夫的儿子福玛，你还记得伊格纳特吗？

——我全都记得。——塔拉斯说。

——啊？这很好……既然不是吹牛！……嗯，结了婚吗？

——丧偶者……

——有孩子吗？

——死了……有过两个……

——可—可惜……我有孙子才好呢……

——我可以吸烟吗？——塔拉斯问父亲。

——吸吧！……真有你的，你吸雪茄烟……

——您不喜欢雪茄烟？

——我？我无所谓……我吸雪茄烟时有点儿贵族老爷式的模样……我只想这样说，我很可笑……这样一个庄重的老人，胡须仿照外国人的式样，嘴里叼着雪茄烟……究竟是谁？我的儿子呀，嘿—嘿—嘿！——老头儿推了一下塔拉斯的肩膀，跳一步离开他，好像受了惊吓似的，他是否高兴得太早，是否应该这样对待这位花白头发的人？他用探询和多疑的目光望着儿子的眼圈呈现出淡黄色微肿的大眼睛。

塔拉斯冲着父亲露出亲切温暖的微笑，沉思地对他说：

——我记得您的样子就是如此欢乐的和活跃的……仿佛这些年来您没有丝毫的变化！……

老头自豪地挺直身子，用一只拳头击打胸膛，说：

——我，任何时候都不变样！因为生活无权改变知道自己价值的人！

——哎呀，您是多么骄傲的人……

——大概，我走进了你的心坎里！——老头儿做了一个狡猾的鬼脸说。——我的儿子由于骄傲沉默了十七年……

——这是因为父亲不想听他的话……——塔拉斯提醒说。

——得啦！只有上帝知道：谁对不起谁……公正的上帝将会告诉你这个，等一等！现在不是我和你谈这个的时候……你要告诉我的就是：你这些年做过什么事情？你这是怎样进了制碱厂的？又是怎样熬出了头的？

——说来话长！——塔拉斯叹了一口气，口中吐出一团烟，不慌不忙地开始说：——当我获得了自由自在地生活的可能性时，我就进了列麦佐夫金矿管理员的办事处……

——我知道！……三兄弟，——我全知道！一个是畸形人，另一个是傻瓜，还有一个是吝啬鬼……

——我在他那里服务了两年，然后和他女儿结了婚……——马雅金用嘶哑的嗓音讲。

——这样，并不愚笨……

塔拉斯开始沉思、沉默。老头儿看着他忧郁的脸。

——就是说，和妻子生活得不错……——他说。——嗯，怎么样？死者——天堂，生者——继续活！……你不就这样已经老了……早就成为鳏夫了？

——三个年头了……

——那么是怎样进的制碱厂？

——这是岳父的工厂……

——啊哈！挣多少钱？

——约五千……

——不是又干又硬的一块！嗯—是的！那都是些服苦役的人！

塔拉斯用坚定的目光望了父亲一眼，干巴巴地问他：

——顺便问一下，您这是从何谈起，说我在服苦役？

老头非常惊讶地望了儿子一眼，惊讶很快就变成了高兴：

——啊，怎么样？不是吗？啊，该死的！那么，怎么样？你不要感到委屈！难道你能说清楚？据说，你去了西伯利亚！嗯，那里是服苦役的地方！……

——为了彻底结束这个话题，——塔拉斯一只手不时轻轻地在膝盖上拍出啪啪响声，严肃认真地说。——我现在告诉您这一切是怎么回事。我流放到西伯利亚的一个居民点历时六年，在流放的整个期间我生活在连斯克矿山区……在莫斯科蹲监狱约九个月——全部情况就是这样！

——这一这样！然而——这到底怎么样？——雅科夫·塔拉索维奇腼腆地和高兴地喃喃地说。

——就这样人们散布了这荒谬的流言……

——真的——荒谬的流言！——老头儿难过地说。

——不定什么时候人们搞出了使我非常不愉快的事……

——喔—喔？难道？

——是的……我开始了自己的事业……

福玛坐在房间的一角，莫名其妙地眨巴眼睛，凝视来者，仔细地听着马雅金父子的交谈。他想起柳博芙对兄弟的关系，在一定程度上受到了她关于塔拉斯的谈话的感染，期待通过他看到某种不一般的、不同于普通人的东西。他想：塔拉斯说话也有些特别，衣着也有自己的样式，总之，不同于普通人。在他面前坐着的是一位稳重的人，其衣着端庄，脸酷似父亲，所不同的只是叼着雪茄烟。他说话简短、务实，谈论如此普通的事情，——他特别的地方到底在哪儿？瞧，他开始对父亲讲述关于生产碱有利可图的事情……他没有在服苦役的地方待过，——柳博芙说了许多谎话！

她时时出现在房间里。她的脸荡漾着幸福的神采，眼睛欣喜若狂地环视塔拉斯黑色的身躯，后者穿着如此特别的、两侧有口袋和缝着大纽扣的常礼服。她踮起脚走路，脖子总是有点儿侧向兄弟的方向。福玛疑惑地不时看着她，但她没有发现他，双手拿着碟子和瓶子从门旁走过去。

当她兄弟对父亲讲述苦役的时候，她正好在此时向房间里张望。她站在原地不动，伸手捧着托盘，听见了兄弟讲他承受处罚的一切。听完了，缓慢地走开了，没有捕捉到福玛困惑—嘲笑的目光。福玛沉浸在自己对塔拉斯的思考之中，感到有点儿委屈的是：谁都没有注意他，一次也没有看他一眼，于是他片刻停止了注意马雅金父子的交谈，忽然感到有人抓住了他的肩膀。他颤抖了一下，跳了起来，差点没撞倒教父。

——啊，你瞧！这是马雅金！人们用七个锅子煮他，但他活着！而且富有！明白吗？没有任何帮助，一个人奔向自己的位置！这就是马雅金！马雅金——把命运掌握在自己手里的人……明白吗？学习吧！一百个人中没有这样的人，到一千个人中去找吧……这样你去弄明白：既不能把马雅金从人打造成为魔鬼，也不能把他从人打造成为天使……

这气势汹汹的攻击性言论使福玛大为吃惊，他惊慌失措，不知说什么来回答老头儿喧嚣的自夸。他发现：塔拉斯在平静地吸着雪茄烟，看着父亲，嘴角颤悠悠地微笑，脸上露出足够宽厚的神情，整个人表现出老爷式的高傲。仿佛对老头的高兴感到很开心……

——雅科夫·塔拉索维奇用手指戳了一下福玛胸部，说道：

——我不了解他，我的亲儿子。——他在我面前没有敞开自己的内心……也许，在我们之间出现了这样一条鸿沟，不只是老鹰飞不过去，就是魔鬼也爬不过去！……也许，他的血沸腾得过了头，以致其中父亲的气味儿都没有了——啊，马雅金！我很快就觉察到这个……觉察到和说道：“如今宽恕你的奴仆吧，主宰！……”

老头儿站在福玛面前，兴奋激昂得颤抖，仿佛跳舞似的。

——嗨，安静下来，父亲！——塔拉斯不慌不忙地从椅子上站起来，走近父亲，说道。——让我们坐下来……

他向着福玛不经心地微笑，抓住父亲的双手，引导到桌子旁……

——我相信血亲！——雅科夫·塔拉索维奇说。其中蕴藏着全部力量！我父亲对我说过："雅什卡！你是我真正的血亲！"马雅金家族的血缘是浓稠的，任何女人在任何时候都不能稀释它……我们喝香槟酒吧！喝吗？告诉我……说说自己……那里，西伯利亚，怎么样？

仿佛吃惊的和某种思维清醒过来了的老头儿，重新用审视的目光盯着儿子。几分钟以后，塔拉斯认真的但是简短的回答再次激起了他内心的喜悦。福玛听着这一切，仔细地看着，温顺地闲坐在房角里。

——金矿工业，不言而喻，是相当重要的事业。——塔拉斯平静地和骄傲地说。——但是，仍然是有风险的、需要巨额投资的事业……和异族人打交道是很有利的……和他们交易，甚至是随便安排的交易，都提供巨大的利息。这是完全没有错误的企业……但是枯燥无味，它不需要大智慧，开拓创业型的人在其中无处施展手脚……

柳博芙走进来，请大家去餐厅。当马雅金父子到那里去时，福玛悄悄地扯了一下柳博芙的袖子，她和他两人留了下来，匆匆地问他：

——你怎么啦？

——没什么！……——福玛微笑着说。——我想问你：你高兴吗？

——当然喽！——柳博芙高声说。

——为什么？

——你好奇怪！——柳博芙惊讶地看了他一眼说道。——难道你没看见？

——唉—唉咳，你呀！——福玛怀着鄙视的遗憾拖长声音说。——难道由于你父亲？难道在我们商人生活中产生了什么好的东西？而你对我撒谎：塔拉斯这样，塔拉斯那样！商人就是商人……肚子也是商人的肚子……——当他看到被他的话激怒的少女咬紧嘴唇，脸色忽而泛红忽而苍白的时候，他感到满意。

——你……你，福玛！……——她气喘吁吁地开始说，突然跺了一下脚，冲他叫喊了一声：——不许和我说话！

她站在房间门槛上把愤怒的脸转向他，小声地给他扔了一句话：

——哼，充满仇恨的人！……

福玛笑了起来。他不想去那里就席，那里坐着三个幸福的人。他听到了他们欢乐的声音、满意的笑声、餐具的叮当声，他知道自己心情沉重，在他们旁边没有位置。其实任何地方都没有他的位置。福玛孤单一人站在房子中间，决定走出这家人欢聚的房子。他走到街道上，怀着对马雅金一家人的愤恨，但不管怎么说，这曾是他在世上唯一亲近的人们。在他面前出现了教父的脸，他绿色的眼睛闪烁着欢乐的光芒，照耀着激动得蠕动的皱纹。

“在黑暗中一块朽木也发光”，——他恶意地想。然后，他想起了塔拉斯平静的、严肃的脸和他旁边的紧靠着他的柳芭的身躯。这激起了他的嫉妒心和忧伤。

“是谁这样看着我？……”

在河岸码头旁，劳动的喧哗声使他从自己的思绪中清醒过来。到处都是人们在搬动各种东西和商品，他们来来往往，匆忙，担心；赶马快跑，激动，彼此呼唤；街上一片忙乱，充满忙碌工作的震耳欲聋的喧哗声。他们在一片狭窄的用石块铺砌的地带上忙忙碌碌，该地带的一边是高楼林立，另一边是河岸陡峭的悬崖。沸腾的忙忙碌碌的场景给福玛产生了这样的印象，即他们所有人似乎都准备逃离这肮脏、拥挤和喧嚣的工作而奔向某处，准备逃离和尽可能快地结束这未完成的、不让他们离开的事情。巨大的轮船已停靠在河岸边等待着他们，轮船从烟囱中吐出一团一团的烟雾。挤满船舶的河流的浊水抱怨地和小声地击拍河岸，仿佛在请求给它一分钟安静和休息的时间……

从一座码头上传出的欢快的《船夫曲》早已在空中飞扬。使用抓钩的装卸工人进行某种要求快速运动的工作，配合快速运动唱起了短歌和副歌。

大商人在小酒馆里，
把香浓果子露酒喝着。

领唱人用流畅的拖长的声调唱。其他众人一齐随着唱起来：

啊，唱起船夫曲，吭唷！

然后，空中响起了坚定的男低音：

加油，加油……

而男高音则给男低音配第二声部：

加油，加油……

福玛倾听着歌曲，迎着歌声走上码头。他在那里看到：使用抓钩的装卸工人排成两行，用绳索把大圆桶从轮船的底舱中拉出来。他们脏兮兮的，穿着领扣解开的红衬衫，裸露到胳膊肘的双手戴着连指手套，站在底舱上方，喧闹地、欢快地、齐心地、合着歌曲的节拍地拉绳索。从底舱传出看不见的领唱人的高亢的嗓音：

对我们乡下人来说，
伏特加酒不够尽情地喝……

其他众人像一个人敞开胸怀高声地一齐随着感叹地唱：

唉—唉咳，船—船夫曲，吭唷！

福玛高兴看到这像音乐一样和谐的工作。使用抓钩的装卸工人的肮脏的脸绽放出微笑，工作轻快，进行顺利，而领唱人精神饱满。福玛心想：若能在愉快的歌声中和善良的同伴们如此齐心协力地工作，工作到疲倦，喝一杯伏特加酒，吃一碗由粗壮活泼的集体厨娘烹调的浓稠的菜汤，那该多好啊……

——动作迅速点儿，小伙子们，动作迅速点儿！——他旁边响起了令人不快的、嘶哑的声音。福玛转过身去。大腹便便的胖人用棍子敲击码头甲板，用小眼睛看着使用抓钩的装卸工人。他的脸和脖子大汗淋漓，他一刻不停地用左手擦汗，像爬山那样呼吸困难。

福玛没有好感地看了这个人一眼，心想：

“人们在工作，他却在流汗……而我还不如他……”

现在从福玛的每一个印象中产生了一个有讽刺意味的思想，即他对生活的无能。他所关注的一切具有某种令人难受的意味，这种难受的意味像砖头一样压在他的心上。

傍晚，他重新向马雅金家走去。老头儿不在家。柳博芙和兄弟坐在餐厅里喝茶。福玛走近房门，听到塔拉斯嘶哑的声音：

——到底是什么迫使父亲和他打交道？

他在看到福玛时沉默了下来，用严肃的、审视的目光盯着他。柳博芙的脸上明显露出尴尬的神情，她仿佛是表示歉意，对福玛说：

——啊，是你呀……

“是在说我！”——福玛猜想，坐到桌子旁边。

塔拉斯把视线离开他，更深地坐进沙发椅上。尴尬的沉默持续了片刻，这使福玛感到愉快。

——你去吃午饭吗？——最终柳博芙问道。

——去干吗？……

——难道你不知道？科罗诺夫启动新的轮船……将举行祷告，然后沿伏尔加河逆流而上……

——没有邀请我。——福玛说。

——任何人都没有邀请……他只是在交易所邀请了一下：谁

乐意对我表示尊敬，就请光临！

——我不乐意……

——是吗？瞧，那里将有盛大的酒宴。——柳博芙斜视了他一眼，说道。

——我畅饮自己的，如果我想喝的话……

——我知道！——柳博芙含有深意地点了点头，说道。

塔拉斯玩弄茶匙，把茶匙在手指间转动，皱起眉头看着他们……

——教父在哪儿？——福玛问。

——去银行了……今天开理事会会议……将举行选举……

——再次推选他了？……

——当然……

交谈再次中断了。塔拉斯慢条斯理地大口大口地喝茶，默默地把茶杯向姐妹挪动了一下，对着她微笑。她也高兴地和幸福地微笑着，拿起茶杯，开始热心地清洗它。然后，她的脸露出紧张的表情，她整个人有点儿警觉起来，低声地、近乎尊敬地问兄弟：

——可以回到谈话的开头吗？

——请吧！——塔拉斯简短地允诺。

——你说了，但我不明白：这是怎么啦？我问过："如果这一切都是空想，按照你的看法，如果这是不可能的……是幻想……那么生活不能使之满意的人究竟该怎么办呢？"

她的目光含着张期待的神情停留在兄弟平静的脸上。他望了她一眼，在沙发椅上乱动了一阵，低垂着头，平静地和庄严地开始说：

——需要想一想：对生活不满意的根源是什么？……也许，这是由于不会劳动……由于对劳动缺乏尊重？或者，由于对自己力量的认识不正确……大多数人的不幸在于：他们认为自己有超越可能的能力……其实，对人的要求不多；他应当给自己选择力所能及的事业，并尽可能做好它。需要热爱所做的事情，于是即使是最笨重的劳动也可上升到创造的程度……怀着爱心制作的椅子总会是好的、美的和牢固的椅子……万事皆如此……你去读一读斯马伊里斯的书——没有读过吗？很有道理的书……健康的书……去读一读列博克的《生活的欢乐》……总之要记住：英国人是最有劳动能力的民族，这就是为什么他们在工业和商业领域有着惊人的成就……在他们那里劳动近乎偶像……文化的高度永远是和对劳动的热爱直接相关的……文化程度越高，人们需求的满意度就越深，人的需求的进一步发展的障碍就越少……幸福——就是需求得到尽可能充分的满足……瞧……正如你现在看到的那样，人的幸福是由对待自己劳动的态度决定的……

塔拉斯如此慢腾腾地说着，好像他自己不愉快和无聊地诉说。而柳博芙皱起眉头，挺直身子向着他的方向，听他说，眼睛里充满贪婪的关注，准备全盘接收并印入自己的心中。

——嗯，如果一切令人感到厌恶呢？……——福玛说。

——究竟是什么令人感到厌恶？——马雅金看都不看福玛一眼，平静地问。

福玛低头，双手支持在桌子上，固执地继续解释说：

——一切都不合心意……事业……劳动……人们……那么，比方说，我看到：一切都是骗局……不是事业，就这么样，塞子……我们在堵塞心灵的空虚……一些人工作，另一些只是发号施令和出汗……他们却为此取得更多……为什么这样？啊？

——我不能理解您的意思！……——当福玛感到柳博芙鄙视的和愤怒的目光盯着自己而停止说话时，塔拉斯宣称。

——您不明白？——福玛冷笑着看了塔拉斯一眼问道。——嗯……我们这样说吧：一个人乘小船在河里航行……也许，小船是好的，但其底下依然是深渊……小船是牢固的……但如果这个人感到其下面是黑暗的深渊……那么任何小船也不能拯救他……

塔拉斯冷淡地和平静地看着福玛。他看着，沉默着，手指不时轻轻敲几下桌子的边缘。柳博芙在椅子上不安地转动。钟摆用低沉感叹的声音敲响每一秒钟。福玛的心跳缓慢和沉重，感到这里任何人都不会用温和的语言回答他深深的疑惑。

——工作——还不是人的一切……——他与其是对别人说，还不如是自言自语。——劳动中有辩护的理由，这是真的……

有些人整个一生完全不做任何事情，但他们比劳动者生活得更好……这是怎么回事？而劳动者——他们只是不幸的马匹！人们骑着它们，它们忍受……别无其他！……但是他们在上帝面前有自己辩护的理由……如果有人问他们：“你们为什么而生活，啊？”他们会说：“我们不曾有时间去想这个问题……我们整个一生都在工作！”那么我有什么辩护的理由呢？而那些发号施令的所有人拿什么来证明自己无罪呢？为什么而生活？我这样认为：所有人都必须坚定地明白：为什么而生活？

他沉默了下来，抬起头，用低沉的声音感叹说：

——难道人生来为的是工作，挣钱，盖房，生小孩和死亡？不，生命意味着什么……一个人出生，活着和死亡——为什么？应当想想：我们生活为了什么？在我们的生活中没有理智……随后，一切都不平等——这是显而易见的！一些人富裕，人钱两旺，但活得无所事事……另一些人整个一生埋头工作，但身无分文……然而，人之间的区别很小……有的人生活得连裤子都穿不上，却认为简直像穿的是丝绸……

福玛陷入自己的思绪之中，但愿长时间地加以阐述。但是，塔拉斯把自己的沙发椅推离桌子，站了起来，叹息着小声说：

——不，谢谢！……我不想再听了……

福玛陡然中止了自己的话，耸肩，笑着看了柳博芙一眼。

——你这是从哪儿搬来了这套哲学？——她疑惑地和干巴巴地问道。

——这不是哲学……这……是罪孽！——福玛低声说。——睁开眼睛看看这一切，那这一切就会印入头脑之中……

——顺便说说，柳芭，请注意，——塔拉斯说，他背靠桌子站着，仔细看着钟表，——悲观主义是与盎格鲁撒克逊人种格格不入的……斯威夫特[①]和拜伦[②]称之为悲观主义的东西只是对生活和人不完美的痛苦和强烈的抗议……在他们那里见不到冷淡的、

① 斯威夫特（Свифт，1667—1745）：英国作家、政治活动家。——译者
② 拜伦（Байрон，1788—1824）：英国浪漫主义诗人。——译者

理性的和消极的悲观主义……

然后，仿佛突然想起了福玛，他转身向着他，双手放在背后，蹬动一条大腿，说道：

——您，提出了很重要的问题。某些人认为这些问题幼稚……如果它们使您感兴趣的话，您就应当读读书……您将在书中找到许多关于生活意义的珍贵的见解……您——读书吗？

——不！——福玛简短地回答。——我不喜欢读书。

——然而，书能帮助您解决某些问题……——塔拉斯说，他的嘴唇掠过一丝微笑……

——如果人们不能帮助我解决思想问题，那书就更不用说了！——福玛忧郁地说。

他和这个冷漠的人在一起开始感到无聊。他想离去，但同时他想对柳博芙谈谈关于她兄弟的什么令人不快的事，于是他等待着，看塔拉斯是否离开房间。柳博芙洗餐具，她的脸露出凝神和沉思的表情，双手的动作显得呆板。塔拉斯在房间踱步，在摆设银器的玻璃橱前停了下来，不时轻轻地吹口哨，手指在玻璃上敲击出啪啪响声，稍微眯缝上眼睛，仔细看着物件。福玛发现：柳博芙好几次疑惑地、不友好地和期盼地瞅了他一眼，他明白了自己使她感到拘束。

——我在你们这里过夜……——他向她微笑着说。——我需要和教父谈谈。况且一个人在家也感到寂寞无聊……

——这样你等一等，去告诉马尔福霞，让她给你准备拐角房间的卧具……——柳博芙匆忙劝说。

——我会的……

他站起来，走出餐厅。他立刻听到了塔拉斯小声地问姐妹什么事情。

“关于我的事，——他想。他脑袋里忽然闪过一个不祥的想法：——听一听，看聪明人说什么……”

他悄悄地走进另一个也和餐厅相邻的房间。这里没有灯光，只有从餐厅透过没有掩上的门照射进来的狭窄的光带映在黑暗的地板上。福玛脚步轻轻地、心里发慌地走到门口停了下来……

——迟钝的小伙子……——塔拉斯说。

柳博芙匆忙压低声音说：

——他总是纵酒作乐……胡作非为——可怕！有一次他突然开始……起初，他在俱乐部痛打了副省长的女婿。爸爸忙忙碌碌张罗着平息丑闻。好在挨打的是个坏名声的人……然而父亲付出了两千多卢布的代价……当父亲为一件丑闻操劳的时候，福玛却险些让整个船队淹没在伏尔加河里。

——就是一个怪物！他也从事生命意义的研究……

——另一次他在轮船上和像他自己一样的一伙人纵酒作乐，忽然对他们说："祷告上帝吧！我现在把你们所有人扔到水里去！"他可怕的强壮……那些人——叫喊……他却说："我想为祖国服务，从大地上清除坏人……"

——这是俏皮！

——非常可怕的人！这些年他干出了多少粗野的行为……花掉了多少钱！

——你说说：父亲是在什么条件下管理他的事业的，你不知道吗？

——我不知道！他有完整的委托书……怎么啦？

——这样……稳重的事！当然，事情是按俄罗斯的方式办理的——令人厌恶……然而，也是美好的事！如果好好料理它的话……

——福玛完全不做任何事情……一切都掌握在父亲的手里……

——是吗？

——要知道，有时我似乎觉得：福玛这……沉思的情绪、这些话——是真挚的，他也许是很……正派的人！但是，我不能使他的丢脸的生活和他的话与议论调和起来……

——嗨，不值得担心这个……浑浑噩噩的少年和懒汉寻找自己懒散的辩护的理由……

——不，你看见吗，有时他像个小孩……

——我就说嘛：浑浑噩噩的少年。值得谈论不学无术的人和粗野的人吗？他本身就想成为粗野的人和不学无术的人！你瞧：他如此议议，像熊撞弯车辕……

——你很严厉……

——是的，我严厉！人们需要这样……我们大家，俄罗斯人，绝望的不爱整洁的人……幸亏生活是如此安排的，即我们不得不渐渐地振作起来……幻想属于少年和少女，而严肃的人们需要的是严肃的事业……

——有时我很怜惜福玛……他将会怎么样呢？

——他将不会有任何特别的——既不好，也不坏……花掉金钱，破产……唉，去他的吧！像他这类的人现在已经为数不多……现在商人懂得教育的力量……而他，你这个同乳兄弟，将会完蛋的……

——真的，主人！——福玛出现在门口说道，他脸色苍白，皱起眉头，撅起嘴唇，逼视着塔拉斯，低沉地说：——真的！我将完蛋——阿门！只是快点才好呢！

柳博芙脸上露出惊慌的神情，从椅子上跳起来，跑近塔拉斯，后者平静地站在房子中间，双手插在口袋里。

——福玛！啊！可耻！你偷听，唉咳，福玛！——她张皇失措地说。

——闭嘴！绵羊！

——嗯—是的，在门旁偷听可不好—啊！——塔拉斯慢悠悠地说，同时不把藐视的目光从福玛身上挪开。

——就算不好！——福玛挥动一只手说。——难道我的过错在于只是可以偷听到实话吗？

——你走，福玛！请吧！——柳博芙靠紧兄弟请求说。

——您，也许，有什么话要对我说吧？——塔拉斯平静地问。

——我？——福玛感叹了一声。——我能说什么？我什么也不能说！……您瞧，您是无所不能的……

——那么，您和我没什么可说的？——塔拉斯再一次问。

——没有！

——我对此感到愉快……

他侧身转向福玛，问柳博芙：

——你怎么想：父亲会很快回来吗？

福玛看了他一眼，感到有点儿像是尊敬这个人。他小心地走出房子。他不想走向自己住处，走进那空荡荡的大住宅，在那里的每一步都激起响亮的回音。他走在街道上，街道笼罩在晚秋忧郁灰蒙蒙的暮色里。他想起了塔拉斯·马雅金。

“他坚强……像父亲，只是不那么忙乱……大概，也是个奸猾的人……而柳布卡好像认为他是神圣的，她是个傻女人！他是怎样申斥我的！审判员……她——对我是善良的！……”

但是，这些想法既未激起他对塔拉斯的怨恨，也未激起他对柳博芙的好感。

瞧，教父的大走马从他身旁疾驰而过。福玛看见了雅科夫·马雅金瘦小的身影，但是后者的身影也未激起他任何的思绪。路灯工人跑着赶过了他，把扶梯搭在路灯下面，爬上去。而扶梯在他的重压下滑动了，他抱住路灯杆子，生气地和大声地咒骂。某少女的包袱碰撞了一下福玛的腰，她说：

——唉咳，对不起……

他看了她一眼，什么也没有回答。随后，天空飘洒毛毛细雨，未必看得见的细小的雨滴像潮湿的尘雾遮蔽着路灯的光亮和商店的窗户。这种尘雾令人呼吸困难……

“到叶若夫那里去过夜还是怎样啊？和他去喝酒……”福玛想着，向叶若夫那里走去，其实既没有见到小品文作者的愿望，也没有喝酒的愿望……

在叶若夫那里，一个头发蓬松的人坐在长沙发上，他穿着男式短上衣和灰色裤子。他的脸色暗黑，仿佛是熏黑的；眼睛神情呆板，放射出愤怒的目光；厚嘴唇上翘起像鬃毛似的士兵式的小胡子。他屈腿坐在长沙发上，两只极大的手抱住腿，下巴搁在膝盖上。叶若夫侧身坐在沙发椅上，两腿跨过沙发椅扶手。在桌子上的书籍和纸张中间摆着一瓶伏特加酒，房间里散发出咸鱼的气味。

你干吗徘徊游荡？——叶若夫问福玛，向他点了一下头，对坐在长沙发上的那个人说：——这是高尔杰耶夫！

那人看了一眼走进来的人，用尖锐的吱吱呀呀的嗓音说：

——我是克拉斯诺肖科夫……

福玛坐在长沙发的一角，向叶若夫宣称：

——我来夜宿……

——嗯，是这样啊？接着说，华西里……

华西里斜视了福玛一眼，用吱吱呀呀的尖嗓子说了起来：

——按照我的看法，您白白地如此使劲地靠在愚蠢人的身上——马萨涅洛[①]是傻瓜，但要以最好的形式去完成需要做的事情。任何温克尔里德[②]大概也是傻瓜……然而，若是他不把帝国的矛插入自己胸膛，瑞士人本会狠狠地挨打的。这样的傻瓜还少吗！然而，他们是英雄……而那些聪明人倒是懦夫……本该竭尽全力突击他的障碍，他考虑："由此会有什么结果？如果不能白白死去的话！"他像桩子一样直立在战斗前面……趁还没有倒毙的时候。傻瓜——他是勇士！用前额直接碰撞墙壁——扑通一声！他撞碎了脑袋——嗯，那又怎样？牛犊头不珍贵……既然他在墙上撞出了缝，于是聪明人就把缝改换成门，可以通行——还附带把荣誉写在自己名下！……不，尼古拉·马特维伊奇，勇敢是好事，但没有智慧……

——华西里，你说蠢话！——叶若夫向他伸出一只手说道。

——啊，当然！——华西里表示同意。——我怎么行……但我仍然不是瞎子……我看见：智慧很多，但没有理智。

——等一等！——叶若夫说。

——我不能！我今天值班……而且我大概迟到了……我明天来，可以吗？

——来吧！我要狠狠地批评你一顿……

——这是您的事情……

---

① 马萨涅洛（Мазаньелло，1620—1647）：渔夫，那不勒斯人民反封建、反西班牙的起义领袖，被总督谋杀。——译者

② 温克尔里德（Винкельрид）：14 世纪瑞士民族英雄，据传说，在 1386 年的森帕赫会战中以生命确保了瑞士人对奥地利公爵军队的胜利。——译者

华西里缓慢地伸直身子，从长沙发上站起来，用粗大的黑手抓住叶若夫瘦小的黄手紧握了一下。

——再见！

——然后，他向福玛点了一下头，侧身钻进了房门。

——看见了吗？——叶若夫一只手指向房门问福玛，门外还响起沉重的脚步声。

——这是个什么人？

——副司机，华西卡·克拉斯诺肖科夫……就拿他做例子：他十五岁开始学识字，二十八岁时鬼知道他读完了多少好书，还精通两种语言……出国……

——为什么？——福玛问。

——学习，看看国外人们是怎样生活的……而你，瞧——无聊地过日子……

——关于傻瓜他说得有道理！——福玛沉思地说。

——不知道，因为我不是傻瓜……

——有道理！愚钝的人必须很快行动……

——全都忙得团团转！——叶若夫感叹了一声——你最好告诉我：儿子回来找马雅金了，是真的吗？

——是真的……怎么啦？

——没什么！

——从你的面孔来看：有点什么事……

——我们知道这个儿子，听说过他……像父亲？

——更胖一点儿……更多些严肃……如此冷漠！

——嗯，你，兄弟，现在要特别留神！否则，他们会啃光你的……这个塔拉斯在叶卡捷琳堡如此骗自己的岳父……

——既然他想骗，那就让他也骗我吧。为此，除了谢谢以外，我对他不说任何一句话……

——你这仍然说的老一套吧？为了获得解放？得了吧！自由对你有什么用处？你将带着自由做什么？你本来没有任何能力，文化水平很低……瞧，但愿我能从喝伏特加酒和吃面包的需求中解放出来！

叶若夫跳起来，站在福玛对面，开始用高嗓音说，仿佛朗诵：

——我能集中残存的受尽折磨的心灵和心血鄙视我们的知识分子才好呢，真该死！我会对他们说："小昆虫！你们，我国最优秀的精华！你们存在的事实付出的代价是几十代俄罗斯人的血泪！啊！可恶的家伙！你们对自己的国家是多么昂贵！你们为国家究竟做了什么？你们是否把昔日的泪滴变成了珍珠？你们给了生活什么东西？做了什么？允许战胜自己吗？正在做什么？允许嘲弄自己吗？……"

他愤怒得跺起脚来，咬紧牙齿，用炽热的、凶狠的目光看着福玛，像暴怒凶猛的畜生。

——我会对他们说："你们！你们议论过多，但你们智慧很少，完全束手无策，你们全都是懦夫！你们的心浸透着道德和善意，但它像羽毛褥子一样柔软和暖和，创造精神在其中安静地熟睡，它不跳动，而像摇篮那样缓慢地摇晃。"把手指蘸一下我的心血，我会在他们的前额上抹上我责备的印记，他们，精神上贫乏的人，自满不幸的人，感到了痛苦才好呢……啊，那时他们已感到了痛苦才好呢！我的鞭子细长，手坚强！我太爱怜惜！现在他们不感到痛苦，因为太多太频繁地高声谈论自己的痛苦！他们撒谎！真正的痛苦是默然的，真正的激情不知道障碍！……激情，激情！人们心中什么时候产生激情？我们大家都因缺乏热情而不幸……

他喘不上气来，开始长时间地咳嗽，在房间里快速走动，挥舞双手，像个疯子。他重新站在福玛前面，脸色苍白，眼睛充血。他呼吸困难，嘴唇颤动，露出尖细的牙齿。他短发蓬乱，恰似从水中冒出来的梅花鲈鱼。福玛不是第一次见到他这个样子，像往常一样，受到了他的激动的感染。他默默地听着这小个子热烈的谈话，不力求明白谈话的意思，不想知道谈话反对的是谁，只是感知谈话的力量。叶若夫的话像开水一样喷向他，温暖着他的心灵。

——我知道我力量的程度，我知道他们冲着我叫喊："闭嘴！"他们会说："嗤！"他们会说得深奥，会说得平静，嘲弄我，会傲气十足地说……我知道：我是只小鸟，啊，我不是夜莺！我和他们比是个粗鲁人，我只是个小品文作者，是个为了读者娱乐的人……让他们去叫喊和叫我住口，请吧！脸颊挨了耳光，心脏依然跳动！我会对他们说："是的，我是个粗鲁人！但在你们面前我的第一个优点是：我不知道任何抽象的真理，对我来说真理最好比人还珍贵！人是宇宙，拥抱整个世界的人万岁！而你们，你们为了这样一句话而常常彼此招致祸害和创伤，即这句话大概并非总是含有你们理解的内容，为了一句话而相互喷射怒火，摧残心灵……为此生活严厉地惩罚你们，请相信：将突发风暴，它将把你们从大地上清除掉，像风雨从树上清洗掉灰尘一样！在人的语言中只有一个词，其内涵对大家来说是清晰的和珍贵的，当读这个词的时候，其声音如此响亮：自由！"

——折磨人吧！——福玛从长沙发上跳起来，抓住叶若夫的肩膀，大声叫喊起来。他用炯炯发光的眼睛直视着叶若夫，俯身向着他，忧郁和悲伤得几乎跺起脚来，说道：——唉—唉咳！尼古尔卡……亲爱的，我对你怜惜得要死！如此怜惜——我无法形容！

——怎么回事？你怎么啦？——叶若夫推开他，叫了一声。他对福玛突如其来的激情和稀奇古怪的话感到吃惊和莫名其妙。

——唉咳，兄弟！——福玛压低嗓音说道，因此他变得更加坚信和低沉。——你是一个生气勃勃的人，为什么消沉？

——谁？我？消沉？撒谎！

——亲爱的！你不要对任何人说任何话！任何人！谁会听到你的？只有我……

——见你的鬼去吧！——叶若夫恶狠狠地叫了一声，像灼伤了似的跳着离开他。

而福玛坚信地和怀着深深的忧伤说：

——你说吧！对我说。我把你的话带到需要去的地方……我理解你的话……哎嗨，像我鞭打人们！只是等一等！……我会有机会的！……

——走吧！——叶若夫背靠墙歇斯底里地叫喊。他不知所措地、沮丧地、怒气冲冲地站着，回避福玛伸向他的手。此时房门打开了，门口站着某满头黑发的女人。她的脸色凶恶和激愤，脸颊捆着头巾。她把头往后一仰，向叶若夫伸出一只手，带着嘘嘘声和哮鸣音开始说：

——尼古拉·马特菲耶维奇！请原谅，这是不行的！野兽般地号叫，怒吼！……每天有客人……警察来来往往……不，我不能再忍受！我的神经…—请明天腾空住宅……您不是住在荒漠，你的周围有人！……所有人都需要安静……我的牙……明天，请您……

她说话很快，她的大部分词消失在哮鸣音和嘘嘘声中，听得出来的只是她用尖叫和恼怒的声音喊出来的那些词。头巾的尖端耸立在她的头上，好像细小的尖角，由于颌骨的活动而晃动。福玛在看到她激动的和可笑的身影时坐到了长沙发上。叶若夫站着，擦着前额，紧张地倾听她的话……

——这样，您要知道！——她叫喊了一声，在门后她再次说：——明天！不像话……

——真—真见鬼！——叶若夫喃喃地说，用迟钝的目光望着房门。

——嗯—是的！严厉！——福玛吃惊地看了看他，说道。

叶若夫耸起肩膀，走近桌子，斟了半茶杯伏特加酒，一饮而尽，坐到桌子旁边，低垂着头。他们沉默了片刻。然后福玛畏怯地、小声地说：

——这一切是怎样发生的……眼睛都来不及眨一下，突然发生了这样的局面……啊？

——你！——叶若夫抬起头来，用凶狠疯狂的目光望着福玛，低声说：——你闭嘴！你，见你的鬼去吧……你躺下来睡觉去！……怪物……噩梦……哼！

他用拳头威胁了一下福玛。然后又斟了一杯伏特加酒，再次一饮而尽……

过了几分钟，福玛脱下衣服，躺在长沙发上，半张开着眼睛，注视着叶若夫，后者以反常的姿态一动不动地坐在桌子旁边，看着地板，嘴唇微微地颤动……福玛感到惊讶的是：他不明白叶若夫为什么生他的气？不是为了他们要他退房吧？本来是他自己叫喊……

——啊，真见鬼！……——叶若夫喃喃地说，牙齿咬得咯吱响。

福玛小心地从枕头上抬起头。叶若夫深深地大声叹息，再次伸手去拿酒面……于是福玛轻轻地对他说：

——我们最好是去什么地方的饭店……时间还不晚……

叶若夫看了他一眼，奇怪地笑了起来，同时双手揉头。然后，他从椅子上站起来，对福玛简短地说：

——你穿衣服！……

他看到福玛在长沙发上慢悠悠地和迟钝地翻来覆去，不耐烦地和恶狠狠地叫喊：

——喂，动作快点！……符号般的瘦高个子！

——你别骂人！——福玛平和地微笑着说。——值得为那个女人大声呱呱叫而生气吗？

叶若夫看了他一眼，啐了一口吐沫，尖声哈哈大笑起来……

十三

——所有人都在这里吗？——伊里亚·叶菲莫维奇·科罗诺夫问道，他站在自己新轮船船头，用炯炯有神的目光环视着一群客人。——看来，全到了！

他有着一张厚实的、红润的和幸福的脸。他仰面向已站在驾驶台上喇叭旁边的船长叫喊了一声：

——启航，彼得鲁哈！

——是！……

船长脱帽露出秃头，恭恭敬敬地画十字，仰望了一下天空，一只手抚摩了一下又宽又黑的胡须，发出咯咯声，命令：

——往后！低速！

客人们学着船长的样子也开始在自己身上画十字，他们的便帽和高筒帽在空中闪亮，像一群黑色的鸟儿。

——祝福吧，先生们！——科罗诺夫深受感动地高声说。

——掉转船尾！前进！——船长命令。

“伊里亚·穆罗密茨”号巨轮发出强烈的一声叹息，向码头栏板吐出一团浓烈的白色雾气，像天鹅一般平稳地逆流而上。

——瞧，启航了！——瘦高的和文雅端庄的商绅鲁普·列兹尼科夫赞叹地说。——不震颤！像夫人跳舞！……

——庞然大物！——大教堂领班、城市首位高利贷者、麻脸驼背的特罗菲姆·祖博夫虔诚地感叹说道。

这天灰蒙蒙的，秋云密布的天空反映在河水里，赋予河水冷淡的铅色的反光。轮船显出颜色清新，像一个巨大明亮的光点沿着单色背景的河流航行，它那喘息的黑烟好像浓密的乌云在空中升腾。带浅粉红色外壳和鲜红色舵轮的白色轮船乘风破浪，驱使寒冷的河水冲击着河流两岸，船舷圆形窗户和驾驶室窗户的玻璃亮光闪闪，仿佛绽放出洋洋得意的和兴高采烈的微笑。

——尊敬的伙伴先生们！——科罗诺夫说，他脱帽并深深地向客人们鞠躬致意。——现在我们怎么样，这么说吧，向上帝致敬，让音乐家演奏“把恺撒王的东西归诸恺撒王！”

不等客人们回答，他把一只拳头贴近嘴边，叫喊了一声：

——音乐！演奏《赞美吧》！

站在机器后面的军乐队突然奏起了进行曲。

商业银行行长马卡尔·博勃罗夫用手指在自己的大肚子上打拍子，用悦耳的低沉的声音伴唱：

——赞美吧，赞—赞美吧，我们的俄国沙皇！——特拉—拉—达！冬冬！

——先生们，请入座！请吧！上帝给什么就吃什么……恭请……——科罗诺夫挤在密集的客人群中发出邀请。

约有三十位来客，都是有名望的人，当地商界之花。年长的那些人秃顶银发，穿着老式常礼服，戴着男式便帽，穿着高筒靴。但是下面这类人不多，他们主要是戴着高筒帽，穿着半高靿系带男皮鞋和时髦常礼服。他们大家聚集在轮船船头上，在科罗诺夫的请求下，他们逐渐走向铺上帆布的船尾，那里摆着一张张小吃桌子。鲁普·列兹尼科夫挽着雅科夫·马雅金的胳膊走，贴近后者的耳朵对他悄悄地说着什么，后者听着并露出丝丝微笑。教父经过许久的规劝把福玛带到了庆祝会上。福玛在他不喜欢的这些人中找不到自己的同伴，孤单地离开他们待在一旁，心情忧郁，脸色苍白。近两日他与叶若夫结伴狂饮了，现在他醉后头痛得要迸裂。他在庄重的人群中感到不舒适，嘈杂的人声、音乐的轰鸣、轮船的噪音——这一切都刺激着他。

他感到真正需要喝点儿解醒酒。为什么教父今天对他如此温和，为什么教父带他到这里来，到城里首屈一指的这些商人中间来？这个思想使他不得安静。为什么教父如此坚定地说服他，甚至是恳求他来科罗诺夫这里参加感恩祈祷和午宴？

福玛在感恩祈祷时来到轮船上之后，站立一旁，整个祈祷之间注视着商人们。

他们肃穆寂静地站着；他们的面孔虔诚地凝重；他们恭恭敬敬地和勤勤恳恳地祈祷，深深地呼吸，低低地弯腰，深受感动地举目望天空。福玛忽而看看这个，忽而看看那个，想起了他曾了解他们。

瞧鲁普·列兹尼科夫，他开始从事妓院老板的职业，不知怎么地很快就发了财。据说，他掐死了自己的一位客人、富有的西伯利亚人……祖勃夫年轻时收购农民的纺纱，两次破产……科罗诺夫大约在二十年前因纵火而被判罪，现在也因奸污小女孩而受侦讯。和他一起的还有查哈尔·基利洛夫·罗布斯托夫，后者是一位矮胖圆脸和愉快浅蓝色眼睛的商人，已是第二次因为这种指责而牵涉到案件中来……在这些人中几乎没有任何一个人不是福玛所了解的不管什么样的罪犯。

他知道：他们所有人都羡慕科罗诺夫的成就，后者年复一年增加自己轮船的数量。他们之中的许多人在战斗的商务中相互争斗，大家相互不留情面，大家相互知道不良的、欺诈的行为……但是，现在他们聚集在胜利的和幸福的科罗诺夫周围，汇合成紧密的、黑压压的一群人，像一个人那样站着、呼吸着，鸦雀无声，处于某种即使看不见的但是坚定的气氛之中，处于某种使福玛疏远他们并激起福玛面对他们的羞怯心的气氛之中。

“骗子们……”——他想，同时赞许自己。

他们不时轻轻地咳嗽几声，叹息，在自己身上画十字，鞠躬行礼，形成厚实的墙围绕神父们，庄严肃立，像巨大的黑石头。

“他们装模作样！”——福玛自我感叹。站在他旁边的巴甫林·古申是个驼背独眼人，后者不是很久以前使自己的精神错乱的兄弟的孩子们沦为乞丐，用唯一的眼睛望着忧郁的天空洞彻地喃喃说：

——“上—上帝啊！你没有向我显示出你的狂怒，甚至用你的愤怒惩罚我……”

福玛感到：此人怀着对上帝的仁慈的不可动摇的和最深厚的信仰呼唤上帝。

——“我们的上天之父，你训谕你的奴仆诺亚[①]建造救世的神龛……”——神父举目朝天，伸手向上，用浓重的男低音说：“保持这小舟，赋予它以幸福的天使……有意者乘它航行……”

商人们挥手在自己胸脯上画十字，大家的脸上显出同一的表情——对祈祷力量的信仰……

这一切都刻在福玛的记忆里，激起了他面对那样一些人的疑惑，即他们坚信上帝的仁慈却对人如此之严厉。

他们的庄重和坚定、这种全体一致的自信、高噪音、欢笑，激怒了他。他们已坐到摆上小吃的桌子旁，纵情地欣赏大鲟鱼、撒上绿叶菜点缀得好看的大虾。特罗菲姆·祖博夫系上餐巾，张开幸福的、甜蜜地稍微眯缝上的眼睛看着奇特的鱼，对邻座磨坊主约拉·尤什科夫说：

——约拉·尼基福勒奇！你瞧：鲸鱼！对你的女人来说完全可能是个套子……啊？像脚穿入靴子，你钻进去吗，啊？哈—哈！

---

① 诺亚（Ной）：圣经神话中的义人，在洪水灭世时，他和全家一道登上奉上帝之命建造的方舟而得救。——译者

小个子圆脸的约拉小心地把一只小手伸向盛着新鲜鱼子的双耳银桶，贪婪地吧嗒嘴唇，斜视自己面前的酒瓶，害怕弄翻了它们。

在科罗诺夫对面，台架上放着他从波兰订购的陈年伏特加酒桶；在巨大的镀银的贝壳状器皿中摆放着牡蛎；比一切美味食物更高级的是某种做成宝塔形状的多色酥皮大馅饼。

——先生们，请吧！各取所爱！——科罗诺夫叫喊。——我一下子全都摆上了，什么合乎谁的心意……我们俄罗斯的食物，还有外国食物……一下子齐全了！这样更好些……各取所爱好吗？谁想吃蜗牛、这些小贝壳，啊？来自印度，他说……

祖博夫对自己的邻座马雅金说：

——祷文“建造小舟”不适合拖轮和内河轮船……内河轮船是全体船员固定居住的地方，大概相当于房子……因此，除了祷文“建造小舟”之外，还需要诵读建立房子的祷文……可是你要喝什么呢？

——我是不胜酒力的人，给我斟一小杯和兰芹浸酒吧！……——雅科夫·塔拉索维奇回答。

福玛坐在桌子一端某些胆小的和质朴的人之中，时时地感到老头儿锐利的目光停留在自己身上。

“他害怕我会使他丢脸……”——福玛想。

——弟兄们！——胖得难看的轮船主雅舒罗夫声音嘶哑地说。——我不能没有鲱鱼！我必须从鲱鱼开始……我有这个特点！

——音乐！来吧《波斯进行曲》……

——且慢！最好是《科尔光荣》……

——吹奏《科尔光荣》……

机器的喘息声、轮船舵轮的嘈杂声和音乐的声音交汇在一起，在空中形成了某种类似于冬天暴风雪疯狂的歌声。长笛的啸声、单簧管的尖鸣声、男低音忧郁的咆哮声、小鼓急促断续的响声和大鼓敲击的咚咚声——所有这些声音都落到水轮单调低沉的响声中，引起惊恐不安地在空中飞扬，吸收人们的喧哗声在轮船后面呼啸，像飓风，迫使人们扯开嗓子大声叫喊。有时机器中发出蒸汽的凶狠的嗞嗞声，这种声音忽然传入轰鸣、呼啸和叫喊的杂乱声中，产生某种激动的和鄙视的东西……

——你为什么拒绝我票据贴现——这个我至死都不会忘记！——某人用狂暴的声音叫喊。

——得—得啦！难道这里是算账的地方吗？——传出了博勃罗夫的男低音。

——弟兄们！应当演讲了！

——音乐——嘘！

——你到银行来找我，我给你解释为什么不兑现……

——演讲！安静……

——音—音乐，停—停止！

——《夫人安古》！……

——不需要！雅科夫·塔拉塞奇——请吧！

——这叫作——斯特拉斯堡大馅饼……

——请吧！请吧！

——在《绝世美丽的海伦[①]》中，她，亲爱的，出嫁几乎完全是赤身裸体……——忽然透过喧哗声传出了罗布斯托夫尖细的和深受感动的声音。

——等一等！雅科夫·伊萨华——骗人？啊哈！

——塔拉塞奇！别出洋相！

——安静！先生们！雅科夫·塔拉索维奇讲话！

恰好在喧哗声停息下来的时候，传出了某人响亮的愤怒的声音：

——她—她将怎—怎样侮辱我，坏蛋！……

博勃罗夫用响亮的男低音问：

——为—为了怎—怎样的位置？

突然爆发哈哈大笑，但马上静了下来，因为雅科夫·塔拉索维奇·马雅金站了起来，咳嗽，抚摸秃顶，用期待关注的严肃的

---

① 海伦（Елена）希腊神话中宙斯和勒达的女儿，斯巴达王墨涅拉奥斯的王后，以绝世美貌驰名，后来，特洛伊王子帕里斯把她拐走，因而引起了特洛伊战争。——译者

目光环视商人们。

——喂，弟兄们，竖起耳朵！——科罗诺夫满意地叫喊了一声。

——商界的先生们！——马雅金笑着开始说。——在受过教育的和有学问的人们的语言中有一个外语词，即所谓的“文明”。这样一来，由于心地太单纯我也谈论这个词……

——安静！……

——先生们！——马雅金提高嗓门说。——在报纸上时时写到我们商界，说我们不熟悉这种文明，说我们不想要文明，也不懂得文明。还称呼我们为野蛮人……这究竟是什么东西——文明？我这个老头儿听着这些话就感到委屈。有一次我研究了一下这个词——它包含什么意思？

马雅金沉默了下来，环视听众，洋洋得意地微笑，有条理地继续说：

——看来，按照我的研究，这个词的意义是：对事业和生活方式的酷爱、热爱、崇高的爱。“是这样！——我想，——是这样！也就是说，热爱事业和生活方式的人就是文明人……总之，热爱建立生活、热爱生活，了解自己和生活的价值的人就是文明人……好啊！”——雅科夫·塔拉索维奇哆嗦了一下，脸上的皱纹像射线从微笑的眼睛向着嘴唇舒展开来，整个秃头开始像某种晦暗的星星。

商人们沉默，仔细看着他的嘴，大家的脸显出全神贯注的神色。人们就这样一动不动地摆出那样的姿态，即马雅金的讲话使他们所摆出的姿态。

——既然这样，——正是应当这样解释这个词，——既然这样，那么称呼我们为不文明的和野蛮的人的那些人是在说辱骂我们的话！因为他们只爱这个词，而不爱它的意义，而我们爱这个词最根本的含义，爱它实质的内涵，我们爱事业！是我们，内心也有对生活的真正的崇拜，即对生活的酷爱，而不是他们。他们喜爱的是议论，而我们喜爱的是行动……瞧，商界的先生们，我们的文明即热爱事业的例子就是伏尔加河！就是它，我们亲爱的母亲河！她能以其每一滴水确认我们的荣誉和驳斥对我们的辱骂……先生们，自从彼得大帝把两头尖的大木帆船放到这条河流航行的时候起，仅仅过去了一百年，现在已有数千条轮船在河中航行……它们是谁建造的？俄国人，完全没上过学的人！所有这些巨大的轮船和驳船是谁的？我们的！是谁想出来的？我们！这里的一切都是我们的，这里的一切都是我们智慧的成果，都是我们俄国人机灵和对事业伟大的爱的结晶！任何人都没有给予我们任何帮助！我们自己消除了伏尔加河上的劫掠，用自己的卢布雇用了团队——在全长数千俄里的伏尔加河上，我们消除了劫掠，投放了数千艘轮船和各种船舶。伏尔加河上有一座多么优美的城市！其中商人居多……城里谁的房屋最好？商人的！谁最关怀穷人？商人！他一分一文地积蓄，几十万几十万地捐助。谁建造了教堂？我们！谁给国家提供了最多资金？商人！……先生们！为了事业本身，为了我们对建立生活的爱，事业只有对我们才是珍贵的，只有我们才热爱生活和生活方式！是谁在说我们——那个人在说……他津津有味地说出了下流猥亵的话，——别无其他！让他去吧！风吹而柳树摇，风止而柳树静……柳树既不会成为车辕，也不会成为扫帚——无用的树！无用也喧闹……他们，我们的法官，做了什么，用什么去美化生活？这个我们不得而知……而我们的事业俱在！商界的先生们！我把你们看作生活的最主要的人物、最主要的劳动者和对自己劳动的热爱者，把你们看作做了一切和能做完一切的人物，因此我衷心地、怀着对你们的尊敬和爱举起这满满的一杯，为光荣的、精神坚毅的、劳动的俄国商界干杯……祝你们健康长寿！祝你们万事如意，为祖国母亲俄罗斯争光！乌拉—拉！

马雅金刺耳的颤抖的尖叫声引起了商人们震耳欲聋的、兴高采烈的狂呼。所有这些身高体胖的、因葡萄酒和老头儿的讲话而激动的人们开始活动起来，从内心发出如此友好和洪亮的叫喊声，以致似乎周围的一切都在颤动。

——雅科夫！你是上帝的喇叭！——祖博夫叫喊，举杯伸向马雅金。

商人们推倒椅子，推开桌子，餐具和瓶子叮当响，举杯挤向马雅金，他们激动、高兴，有些人还含着眼泪。

——啊？这说了什么？——科罗诺夫问道，他抓住并摇晃罗布斯托夫的肩膀。——你，记住！说出了伟大的语言！

——雅科夫！让我吻你！

——摇晃马雅金！

——音乐，演奏……

——迎宾曲！进行曲……波斯进行曲！……

——不需要音乐！见鬼去吧！

——这里就是它、音乐！唉咳，马雅金！

——在我的教士们中有智慧的伊玛姆[1]……

——你撒谎，特罗菲姆！

——雅科夫！你行将死亡——遗憾！如此遗憾……无法形容！

——嗯，这将是怎样的葬礼啊！

——先生们！让我们建立马雅金基金吧！我投入一千！

——别说话！等一等！

——先生们！——雅科夫·塔拉索维奇全身颤抖，重新开始说。——还因为我们是生活的最主要的人物和自己祖国真正的主人，我们是男子汉！

——是—是的！

——是这样！敬爱的母—母亲！嗯，老头儿！

——让他说……

——我们，是俄国最主要的人物，从我们得到的一切是俄国最主要的东西！就是说，它也是最真实的东西，即最有益的和必需的东西……

——就像二二得四那样显而易见！

——简单明了！

① 伊玛姆（Имам）：伊斯兰教用语，意为清真寺中主持礼拜的人或伊斯兰教的领袖。——译者

——明智若蛇！

——柔顺似……

——似鹰！哈—哈！

商人们形成一个紧密的圈环绕着自己的演说家，用谄媚的目光看着他，已经激动得不能平静地听他讲话。在他周围人声鼎沸，和机器的轰鸣、舵轮在水中的击拍声汇合在一起，形成一股旋风式的声流，掩盖着老头儿的声音。某人欣喜若狂地尖声叫喊：

——喀—喀马林舞！俄罗斯民族舞！……

——这一切都是我们创造的！——雅科夫·塔拉索维奇指向河流叫喊。——一切都是我们的！我们建立了生活！

突然，传出了盖过一切声音的洪亮的呼声：

——啊！这是你们呀？唉咳，你们……

随后在空中清晰地响起了粗野的咒骂声。大家马上听到了咒骂声，瞬间沉默了下来，睁开眼睛探寻是谁在咒骂他们。此刻只听到机器的喘息声和舵轮链条的吱吱声……

——这是谁在吠叫？——科罗诺夫皱起眉头问道……

——唉咳！我们不能不使他难看！——列兹尼科夫难过地叹息，说道。

商人们的脸上露出惊慌、好奇、诧异、责备的神色，所有人都有点儿稀里糊涂地踌躇起来。只有雅科夫·塔拉索维奇一个人平静，甚至似乎对发生过的事情感到满意。他踮起脚来，伸长脖子，向着桌子的一端张望，他的眼睛奇怪地闪亮，仿佛在那里他看见了某种令自己感到愉快的东西。

——高尔杰耶夫！……——约拉·尤·什科夫轻轻地说。

所有人的头都向着雅科夫·马雅金张望的方向转过去。

福玛站在那里，双手撑在桌子上。他龇牙咧嘴，用急切的、睁大的眼睛默默地环视着商人们。他的下颌在发抖，双肩在颤动，手指紧紧地抓住桌子的边缘，痉挛性地撕扯桌布。看到他野狼般凶恶的脸和这愤怒的姿态，商人们再次片刻沉默起来。

——你们干吗瞪眼？——福玛问，并随着自己的问题再次激烈地咒骂。

——他喝醉了！——博勃罗夫摇了摇头说道。

——为什么邀请了他？——列兹尼科夫轻轻地说。

——福玛·伊格纳齐耶维奇！——科罗诺夫稳重地说。——不要使大家难看……如果……那个……头发晕，兄弟，那就悄悄地、安静地去船舱里，躺下来！躺下，亲爱的……

——嘘，你啊！——福玛咆哮起来，怒目瞪着他。——你不许和我说话！我没有醉，我比这里的所有人都清醒！明白吗？

——但是，你等一等，小伙子，是谁叫你到这里来的？——科罗诺夫羞怯得满脸通红，问道。

——这是我带他来的！——响起了马雅金的声音。

——啊！嗯，那么，当然！……对不起，福玛·伊格纳齐耶维奇……但是，雅科夫，你怎么把他带来了……你应当使他听话……否则，不好……

福玛沉默，微笑。商人们望着他，也默然无语。

——唉咳，福姆卡！——马雅金说。——你再次侮辱我们这些老年人……

——教父爸爸！——福玛龇牙咧嘴地说。——我还没有做任何事情，就是说，我说长篇大论地教训人的话还早呢……我没有醉，我没有喝酒，听了一切……商人先生们！允许我讲演吗？瞧，你们尊敬的、我的教父说过了……现在请听听教子的讲演……

——什么样的讲演？——列兹尼科夫说。——为什么说人是非？聚在一起是来快活的……

——不，你别说了，福玛·伊格纳齐耶维奇……

——最好喝点什么……

——我们喝一杯吧！哎呀，福玛……你是光荣父亲的儿子！

福玛推开桌子，挺直身子，微笑着听那温柔的、告诫的话。在这些有名望的人们中间他是最年轻的和漂亮的。他那穿着常礼服的匀称秀丽的身材从一群挺着大肚子的胖人中间凸显出来，有如鹤立鸡群。长着大眼睛的黑黑的脸蛋比虚胖的红面孔更端正和更鲜艳。他向前挺起胸脯，咬紧牙齿，敞开常礼服的前襟，双手插在口袋里。

——现在你们阿谀奉承也堵不住我的嘴！——他坚定地和威胁似的说，——你们将听还是不听，反正我要说……这里无处可赶我出去……

他摇了摇头，略微抬起肩膀，平静地宣称：

——但是，如果谁动一下手指，我就揍他！我当着上帝发誓：尽可能揍他！

站在他对面的人群在蠕动，像风中的灌木丛。传出了惊慌的窃窃私语。福玛的脸变得暗淡无光，眼睛睁得又大又圆……

——嗯，这里听说是你们创造了生活……是你们完成了最真实的和正确的事情……

福玛深深地叹了一口气，怀着无法形容的憎恨注视听众的脸，这些脸突然有点儿奇怪地绷得紧紧的，仿佛膨胀了起来……商人们沉默，相互靠得愈来愈紧。后排有谁嘟囔着：

——他关于什么事？啊？是照一照本宣科还是由于过分聪明？

——啊，坏—坏蛋们！——高尔杰耶夫摇头，激动地叫喊了一声。——你们创造了什么？你们创造的不是生活而是监狱……你们不是建立了生活方式而是锻造了人的锁链……生灵憋闷、艰难、无处翻身……人们苦恼不堪！……你们是凶手……你们知道吗：你们只是靠人的忍耐而活着？

——这到底是怎么回事？——列兹尼科夫高声地说，愤怒地拍手。——我不能听到这样的话……

——高尔杰耶夫！——博勃罗夫叫喊。——瞧，你说得不妥……

——这样的话说得好吓人啊，哎—哟—哟！——祖博夫威严地说。

——嘘！——福玛吼叫起来，他的眼睛充满了血丝。——你们都哼哼地叫起来了……

——先生们！——响起了马雅金平静阴郁的声音，这声音像锉刀在铁上发出的吱吱响声。——恳请——不要阻挠！让他狂吠一阵，让他开开心！……不要因为他的话而折腰……

——嗯，不，十分感谢！——尤什科夫叫喊了一声。

斯莫林和福玛并排站着，他对后者耳语说：

——别说了，亲爱的！你怎么啦，疯了？

——滚开！——福玛用愤怒的目光瞪了他一下，坚定地说。——滚到马雅金那里去，舔他，或许有一片什么东西掉下来！

斯莫林透过牙齿吹了一声口哨，走到一边去了。商人们一个接一个地开始在轮船上来回走动。这更加激怒福玛，他想用自己的话把他们钉住在原地上，他想到了这有力的话。

——你们创造了生活吗？——他叫喊。——你们是谁？骗子、强盗……

若干人转向福玛，好像他在呼唤他们。

——科罗诺夫！你很快将因为少女而受到审判吧？将被判处苦役，——再见，伊里亚！你白白地建造轮船……公费进你去西伯利亚……

科罗诺夫趴在桌子上，他满脸充血，默默地用拳头威胁。然后，嘶哑地说：

——得啦……好啊……我不—不会忘记这个……

福玛看到他变得难看的脸和颤动的嘴唇，明白了用什么武器能最有力地打击这些人。

——生活的建立者！古申，你给侄子们施舍吗？哪怕每天给一个戈比……你偷走了他们不少东西……博勃罗夫！你为什么诬赖情妇偷窃了你的财物并把她关进了监狱？既然你厌烦她，那就给儿子也好……反正他现在跟你另外一个私通……而你不知道吗？唉咳，肥猪……至于你，鲁普，再次开设快乐之家吧，在那里盘剥客人……然后，魔鬼剥你的皮，哈—哈！……有这样一副虔诚的嘴脸能很好地成为骗子！……当时你杀死了谁，鲁普！

福玛一边说，一边话中穿插着哈哈笑声。他发现他的话能很好地对这些人起作用。首先，当他的话是冲着他们所有人说的时候，他们就转过身去离开他，走到一旁，聚集成群，用鄙视的和凶恶的目光从远处看着自己的揭露者。他看到了他们脸上的微笑，他感到在他们的每一个动作中有着某种藐视的表情，他明白了他的话虽然触怒他们，但刺激得还不是如他所想的那样深。这一切冷淡了他的愤怒，在他心中已产生了自己对他们攻击的不成功的痛苦的意识……但是，只要他具体谈到每个人时，听众对他的态度很快就发生了急剧的变化。

当科罗诺夫笨重地坐在椅子上，仿佛不能承受福玛严厉的话的重压时，福玛发现某些商人的脸上闪现出挖苦的和恶意的微笑。他听到了某人赞许的和惊异的喃喃细语：

——瞧，真—真好！

这种细语赋予了福玛力量，他满怀信心地开始嘲笑和辱骂落入他眼帘中的那些人。他高兴地吼叫，看到他的话所起的作用。大家默默地、认真地听着，有些人走近了他一点儿。

响起异议的惊叫声，但声音不大而且短暂。每次当福玛喊出谁的名字时，大家就沉默下来，听着，幸灾乐祸地斜视着被揭露的同伴的方向。

博勃罗夫难为情地笑着，但他的小眼睛像钻头一样死盯着福玛。而鲁普·列兹尼科夫则挥动双手，笨拙地蹦跳，气喘吁吁地说：

——你们将是证人……我不会饶恕这个！我去找民事法官……什么玩意儿？他又突然向福玛伸出双手，用尖细的声音说：——把他绑起来！……

福玛哈哈大笑。

——真理是绑不住的，你撒谎！

——好—好啊！——科罗诺夫用低沉的、沮丧的、拖长的声音说。

——喂，商界的先生们！——马雅金发出清脆的声音。——我请大家欣赏欣赏！他就是这样一个人！

商人们一个接一个地走近福玛，在他们的脸上他看到了愤怒、好奇、幸灾乐祸的满意、害怕等表情……他坐在其中的那些质朴的人之一对着福玛低声说：

——收拾他们！……这算一笔账……

——罗布斯托夫！——福玛叫喊！——你干吗笑？你高兴什

么？你也该服苦役……

——把他弄到岸上去！——罗布斯托夫突然跳起来大叫一声。

科罗诺夫向船长叫喊：

——返航！进城！去找省长……

某人庄严地、用激动得颤抖的声音说：

——这是暗中使坏……这是故意的……有人怂恿他……为了壮胆灌醉了他……

——不，这是造反！

——把他捆起来！简单——把他捆起来！

福玛抓起装过香槟酒的瓶子在空中挥舞。

——过来吧！不，显然，你们必须听我的……

当他看到这些人在他的话的抨击下怎样抽搐和辗转不安时，他高兴得发狂，他重新怀着欢乐的激情开始喊出人名和破口大骂，愤怒的喧哗声重新静了下来。福玛不认识的人们怀着贪婪的好奇心和用赞许的目光看着他，某些人甚至流露出喜形于色的惊讶。其中之一是小个子、斑白头发、粉红色脸颊和耗子小眼睛的老头儿，他忽然转向被福玛羞辱的商人，用悦耳的声音说：

——这是实话！这没什么！应当忍受……这是具有先见之明的揭露……本来是有罪的！本来应该说真话，我们很—很……

人们向他嘘了起来，祖博夫甚至推了一下他的肩膀。他一鞠躬，消失在人群之中了……

——祖博夫！——福玛叫喊。——你使多少人沦为乞丐？你梦见伊凡·被得罗夫·米亚金尼科夫因为你而离乡背井吗？每次日祷你都从教堂募捐箱里盗窃十个卢布，是真的吗？

祖博夫不曾料到会受到攻击，顿时向上举起一只手就地呆若木鸡。但是，随即在原地跳起来，用尖细的嗓音叫喊：

——啊！你也攻击我？也—也攻击我？

突然，他鼓起腮帮子，捏紧拳头威胁福玛，尖声宣称：

——疯—疯子心中没有上帝！……我去找高级僧侣！虚无主义者！你去服苦役吧！

轮船上越来越混乱。福玛看到这些充满愤恨的、惊慌失措的、被他羞辱的人们，深感自己是神话般的屠杀的勇士。他们乱成一团，挥舞双手，交头接耳，一些人愤怒得满脸通红，另外一些人脸色苍白，大家全都无力阻止他嘲笑他们的声浪。

——马特罗索夫！——列兹尼科夫抓住科罗诺夫的肩膀叫喊。——你怎么啦，伊里亚？你邀请我们来受嘲弄吗？

——反对那个兔崽子……——祖博夫尖声叫喊。

人群聚集在雅科夫·塔拉索维奇·马雅金周围，怀着恶意听他的低声细语，肯定地点头。

——行动吧，雅科夫！——罗布斯托夫高声说。——我们大家是见证者！——快点！

在人群的喧哗声中传出了福玛洪亮的声音：

——你们建立的不是生活，你们创造的是污水坑！你们用自己的事业玷污了空气和氛围。你们有良心吗？你们记得上帝吗？五戈比的硬币是你们的上帝！你们丧失了良心……你们把良心丢到哪里去了？吸血鬼！你们依靠别人的力量生活……你们利用别人的双手工作！有多少人因为你们伟大的事业而流血洒泪？地狱里没有你们这些坏蛋为你们服务的位置……你们将不是在烈火中而是在沸腾的泥沼中受煎熬。你们永世摆脱不了痛苦……

福玛高昂起头，摇晃着身子，捧腹大笑。

此时此刻，若干人彼此使眼色，迅速扑向福玛，用自己的身体压住他。纷乱开始了……

——倒—倒下了！——某人用气喘吁吁的声音说。

——啊—啊？你们——这样？——福玛嘶哑地叫喊。

瞬间一群黑乎乎的身躯在一个地方乱动起来，重重地跺脚，从他们中间传出了低沉的声音：

——把他打倒在地！……

——拥护……拥护！啊—啊……

——抓胡须？

——别打！不许打……

——醉了！……

——健康！……

人们把福玛拖拉到船舷边，把他放到船长室的墙壁旁，然后离开他，整理好衣服，擦干冒汗的脸。斗争使他疲惫不堪，失败的耻辱使他精疲力竭，他沉默地躺着，衣衫不整，身上沾满了某些肮东西，手脚被毛巾紧紧地捆着。

现在出现了排队侮辱他的景象。开始的是祖博夫，他走近他，用脚踹了几下他的腰部，因复仇的喜悦而全身颤抖，用甜蜜的声音问道：

——怎么样，雷鸣般的预言家，怎么着？哼，感受巴比伦俘虏的甜味吧，嘻—嘻—嘻！

——等一等……——福玛没有看他，用嘶哑的声音说。——等一等……我休息一下……你们没有捆住我的舌头……——但是，福玛已经明白：他既不能做更多的任何的事，也不能说更多的任何的话。之所以不能，并非因为捆住了他，而是因为某种情绪已在他心中燃尽，心里变得昏暗、空虚……

列兹尼科夫走近祖博夫。然后，其他人一个接一个地开始靠近来……博勃罗夫、科罗诺夫，还有几个人和雅科夫·马雅金一起一边小声地交谈着什么，一边在前面走进了舱室。

轮船全速驶向城市。由于船身的震动，瓶子在桌子上晃荡并发出清脆的响声，这种震荡的如怨如诉的声音在福玛听来比所有的声音更清晰。人群站在他上方对他说些恶毒的和侮辱人的话。

但是，福玛像透过迷雾看到了这些人的面孔，他们的话并未刺痛他的心。从他的内心深处产生了某种痛苦的情感，他注意到了这种情感在增强，尽管还不理解它，但已意识到了某种忧郁的东西、某种有损尊严的东西……

——你考虑考虑，你这个招摇撞骗者！你这是怎么搞的？——列兹尼科夫说。——现在你可能有怎样的生活？须知现在我们之中的任何人也不想唾弃你！

“我做了什么？”——福玛力求明白。商人们密集成群地站在他周围……

——嗯，——雅舒罗夫说，——现在，福姆卡，你的事业结束了……

——我—我们给你好看的……———祖博夫闷声闷气地低声说。

——解开我！——福玛说。

——嗯，不！十分感谢！

——喊教父来……

但是，此时雅科夫·马雅金自己来了。走进来，停留在福玛上方，用严肃的目光凝视着他伸长的身体，深沉地叹了一口气。

——嗨，福玛……

——叫人解开我！——福玛用沮丧的声音请求着。

——你将再次胡闹？不，就这样躺着吧……——教父回答他。

——我不再多说一句话……当着上帝发誓！解开我吧，我感到羞愧！须知我不是醉汉……

——你对上帝发誓：你不会胡闹了？——马雅金问。

——啊，上帝！我不会……——福玛呻吟。

解开了他的双脚，但双手依然捆着。当他站起来的时候，看了看大家，苦笑着轻轻地说：

——你们占了上风……

——将永远占上风！——教父严肃地笑着回答他。

福玛弯腰曲背，双手绑在背后，默默地走向桌子，也不举目看任何人。他的身材变得矮了一点儿，也显得瘦了一点儿。蓬乱的头发耷拉在前额和太阳穴上。撕破揉皱的衬衫的前胸从西装背心底下露了出来，衣领遮掩着他的嘴唇。他转动脑袋，好让衣领挪到下巴底下去，但未能成功。于是，白发老头儿走近他，帮他如愿，并含笑望了他一眼，说道：

——应当忍受……

现在，侮弄过福玛的人们在马雅金面前保持了沉默，疑惑地和好奇地望着老头儿，等待他的下文。他镇静，但他的眼睛时时闪出与事件有点儿不相符的光芒，——明亮……

——给我一点儿伏特加酒吧！……——福玛坐到桌子旁边，胸脯靠在桌子边上，请求说。他弯曲的身子显得难看和软弱。人们在他周围低声说话，小心翼翼地走来走去。大家忽而看看他，忽而看看坐在他对面的马雅金。老头没有很快给教子伏特加酒。首先他凝视了他一下，然后不慌不忙地斟了一杯，最终把杯子送到福玛嘴唇边。福吗吮吸完伏特加酒，请求说：

——再来一杯！

——够了！——马雅金回答。

随后，出现了大家都感到不轻松的鸦雀无声的瞬间。大家悄无声息地踮起脚向桌子走过去，走近了，伸长脖子，以便观察福玛。

——喂，福姆卡，你现在明白你做出了什么事吗？——马雅金问。他说话小声，但大家都听见了他的问话。

福玛摇了摇头，默不作声。

——宽恕你——不！——马雅金继续坚定地说，并提高了嗓音。——尽管我们大家都是基督教徒，但我们不会宽恕你……你可要记住……

福玛抬起头，若有所思地说：

——关于您，爸爸，我忘记了……您从我这里听不到任何话……

——瞧！——马雅金一只手指着教子，痛苦地叫喊起来。——你们看见吗？

传出了低沉的表示异议的絮语。

——嗨，反正都一样！——福玛叹息着继续说。——反正都一样！没关系……没有任何解释！……

他重新弯腰在桌子上方。

——你想要什么？——教父严肃地问。

——什么？——福玛抬起头，环视商人们，笑了起来。——想要……

——酒鬼！坏蛋！

——我，没有喝醉！——福玛忧郁地表示反对。——我只不过喝了两杯……我完全清醒……

——那么，——博勃罗失说，——你的实情是雅科夫·塔拉索维奇所说的：他精神失常……

——我？——福玛叫喊了一声。

但是，人们没有注意他。列兹尼科夫、祖博夫和博勃罗夫俯身向着马雅金，开始轻轻地说着什么。

“监护……”——福玛捕捉到了一个词……

——我精神正常！——他向后靠在椅背上，用不明亮的眼睛望着商人们。——我明白我想要什么。我想要说实话……想要揭露你们……

他重新沉浸在激动之中，骤然抽动双手，试图摆脱束缚。

——唉—唉！等一等！——博勃罗夫抓住他的肩膀高声叫喊。——按住他。

——嗯，按住吧！——福玛忧伤地和痛苦地说道。——按住吧……

——平静地坐着！——教父严肃地叫喊了一声。

福玛沉默了下来。他做的一切——什么结果也没有，他的话没有动摇商人们。瞧，他们形成紧密的人群围住他，他看不见他们后面的任何情况。他们镇静、坚定，对待他像对待好捣乱的人一样，图谋反对他的什么事情。他感到自己被这群精神坚毅的、聪明的人们所压制……他现在自我感到是外人，是这样一个人，即不懂得给这些人做了什么和为什么做的人。他甚至感到了类似于自我羞愧的某种情绪。他的嗓子里发痒，胸中似乎有某种灰尘撒在他的心上，心跳沉重，心律不齐。他不瞧任何人，缓慢地、沉思地重复说：

——想说实话……

——傻瓜！——马雅金蔑视地说。——你能说什么样的实话？你懂什么？

——我的心痛苦到了极点……不，我感到了真理！

某人说：

——根据他的话很显然：他神志不清……

——说实话——不是任何人都可以的！——雅科夫·塔拉索维奇举起一只手，严肃地、教训人似的说。——如果你感觉到了——这是荒诞的废话！母牛也有感觉，当它的尾巴被折断的时候。而你——要明白！要明白一切！也要明白敌人……你要猜想到敌人在梦想着什么，那时你就做什么！

马雅金照例醉心于自己哲学的叙述，但是，他适时明白了不教导失败者战斗，于是停了下来。福玛用迟钝的目光看了他一眼，奇怪地摇起头来……

——别再纠缠我啦！——福玛悲哀地请求。——一切都是您的！嗯，还要给您什么？

大家留心倾听他的话，在这留心之中有着抱有成见的、不祥之兆的东西……

——我活过，——福玛用低沉的声音说，——我见过……我的心碎了。脓包破裂了……现在我一点儿气力也没有了！仿佛洒下了满腔热血……

他说话单调、平淡，他的话像梦话……

雅科夫·塔拉索维奇笑了起来。

——怎么着，你想用舌头舔净一座山？积蓄对臭虫的憎恨，却去猎取熊？是这样还是怎样啊？疯子！……你父亲现在看见你才好呢——唉咳！

——毕竟，——福玛突然坚定地大声说，他的眼睛重新放射光芒，——毕竟——一切都是您的罪过！您破坏了生活！您窒息了一切……因您而憋闷……因您！尽管我反对您的实话软弱，但仍然是实话！您——魔鬼！您真该死……

他在椅子上开始颤抖，试图挣脱双手的束缚，开始呐喊，眼睛放射出凶狠的目光：

——解开双手！

人们更紧密地围绕着他，商人们的脸变得更森严，列兹尼科夫庄严地对他说：

——别胡闹、别捣乱！我们将很快就到城里了……你别丢丑，也别使我们丢丑……不如直接从码头上——送你去疯人院？

——是—是吗？——福玛高声叫喊。——这么说，你们要送我去疯人院？

——没有人回答他。他看了看他们的脸，低下了头。

——你要保持安静，我们会解开你的！……——某人说。

——不需要！——福玛轻轻地说。——反正都一样……

他的话重新带有呓语的性质。

我完蛋了……我知道！只是——不是由于你们的力量……而是由于自己的软弱……是的！你们在上帝面前也是蠕虫……等着瞧！你们会窒息死的……我完蛋了——由于盲目无知……我见识了很多，瞎了眼……像猫头鹰……童年时候，我记得……我在峡谷中驱赶一只猫头鹰……它飞去，啪哒一声撞到了什么东西上了……阳光使它失明了……它撞得遍体鳞伤——完蛋了……那时父亲对我说："瞧，人也是这样：有的人折腾，折腾，撞伤了自己，痛苦到了极点，到处乱窜，只求休息一下！……"唉！解开我的双手……

他的脸色变得煞白，眼睛闭上，肩膀颤抖。衣衫破烂、无精打采的他在椅子上摇晃起来，胸脯在桌子边缘上撞击，开始唠叨着什么。

商人们意味深长地相互使眼色。有些人彼此推碰腰部，默默地朝福玛点头。雅科夫·马雅金的脸色表现出神情呆板，闷闷不乐，仿佛是用石头雕刻的。

——也许，解开他？——博勃罗夫喃喃地说。

——不，不需要……——马雅金低声地说。——把他留在这里……让谁去叫辆四轮轿式马车……直接去医院……

他朝舱室走去，轻轻地说：

——看守好……如果，恐怕，别投水了……

——啊，小伙子可惜了！……博勃罗夫望一眼他的背影说道。

——对他的愚蠢谁也没有过错！……——列兹尼科夫愁眉苦脸一地回答。

——正是雅科夫……——祖博夫向马雅金背影点点头喃喃地说。

——雅科夫怎么啦？他在这里没有损失……

——嗯—是—是的……他现在……浑身火辣辣地痛……

他们的轻轻的笑声和絮语和机器的喘息声交融在一起，大概没有传到福玛的耳朵里。他用呆板的目光凝视着前方，只是他的嘴唇微微地颤动……

——儿子来到了他这里……——博勃罗夫低声地说。

——我知道他，这个儿子，——雅舒罗夫说。——我在彼尔姆遇见过他……

——是个什么人？

——能干的人……在乌索利耶管理着宏伟的事业……

——那么，雅科夫不需要这个……嗯—是的……原来是这样呀！

——瞧，他在哭！

——啊？

福玛坐着，向后仰靠在椅背上，脑袋耷拉在肩上。他闭上眼睛，一串串眼泪从睫毛底下夺眶而出，沿着脸颊流到胡须上……福玛的嘴唇痉挛性地颤动，眼泪又从胡须上滴落到胸脯上。他默然无语，一动不动，只有胸脯沉重地和不均匀地隆起。商人们看了看他苍白的、痛苦消瘦的、眼泪汪汪和唇角下垂的脸，悄悄地、默默地开始离开他……

于是，福玛双手反绑在背后，一个人留在桌子前，桌上堆满脏乱的餐具和盛宴的残羹剩饭。他有时慢慢睁开浮肿的眼睑，透过泪水呆板地和凄凉地看着桌子，桌上一片狼藉，杂乱无章……

三年过去了。

大约一年以前雅科夫·塔拉索维奇·马雅金去世了。他死时神志完全清楚，依然自信，始终如一，死前几个小时对儿子、女儿和女婿说：

——嗯，孩子们，你们过富裕的生活吧！雅科夫吃遍了五谷杂粮，就是说，是雅科夫离开家的时候了……你们瞧：我行将死亡，但不苦闷……这是上帝赐给我的……我只是用玩笑而从未用呻吟和抱怨惊扰过上帝！上帝啊！我高兴的是：我善于生活——多蒙你的关照！告别了，孩子们……你们友好地生活……不要过于自作聪明。你们要知道：掩饰罪过而安然睡觉的人不是虔诚的人……怯懦不能防御罪过——甚至关于天才的寓言故事也这样说……谁想从生活中获得良好的效果，他就不害怕罪过……上帝会宽恕他的过错……上帝指定人安排生活……而给他智慧不是那么多，就是说，他不会严肃地去寻找未拿到手的东西！因为他是虔诚的和极为仁慈的……

在短暂的和非常痛苦的挣扎之后他死了……

在轮船上发生的事件之后，叶若夫很快就因为什么而被逐出了城市。

在城市里出现了“塔拉斯·马雅金和阿夫利坎·斯莫林”公司新贸易大厦……

在整个这三年之间，毫无关于福玛的消息。据说：在从医院出来之后，马雅金送他去了乌拉尔某处母亲的亲属那里。

不久前福玛出现在城市街道上。他是某种陈腐的、疲倦的和疯癫的人。他几乎总是醉醺醺地出现——忽而忧郁、愁眉不展、脑袋垂到胸前；忽而露出有点儿傻的人的悲惨的和愁闷的微笑。有时他胡闹，但这并不多见。他住在姐妹院子的侧屋里……

知道他的商人们和市民们经常嘲笑他。福玛走在街头，突然有人冲着他叫喊：

——喂，你，预言家！到这里来！

福玛很少走近呼唤他的人，他躲避人们，不爱和他们说话。但是，如果他走近去，人们会对他说：

——喂，你说说关于世界末日的话吧，啊？嘻—嘻—嘻！预—预言家！

夏 天

……我从窗户眺望——山脚下茂盛的森林豪放地摇曳，一阵一阵的风吹皱激昂艳丽的槭树和山杨树鲜艳的树冠，黄色、灰色和红色的树叶簌簌作响，飘落到蓝色的河水中，在水面上描绘出流逝的夏天的五彩缤纷的神话。我就想用如此华丽的辞藻朴实惬意地讲述这个夏天经历的故事。

我曾被一位熟人打发去平静的、林区的图马诺夫斯克县“高巢”村。我冒充住别墅的人出现在那里，身份证的名字是叶戈尔·彼得罗维奇·特罗菲莫夫，三等商人。我的履历是：居住莫斯科，经营一家食品杂货小铺，在变革之后开始了剥夺，我吓得精神失常了，在医院躺了一年多，现在寻求孤独生活的休息之地。鳏居，孤独一人，精神紊乱。这段经历很快让我很好地置身于乡下人之间，——一个破产的人，而且还是一个精神错乱的人，——在这里，对他们来说，该是个有趣的人吧？

我在孤苦伶仃的老处女那里租了一间独身居住的小房，租金九卢布，包括床具。我连续几天在村里游荡，以便会见和认识一位警察，邀他喝茶，请求给予保护和关照。一切都进行得很顺利，他以保护者的口吻对我表示赞同。

——没关系，叶戈尔·彼得罗维奇，您住着，我们欢迎安静的人们，——他说，同时用变化无常的和颤悠悠的双手轻轻地抚摸有麻点的脸颊。他的话也是变化无常的，从头到尾掺杂着补充修正。

——我们这个地方对这样的人是宜居的：周围没有任何工厂和工场，就是说，这里，十二俄里处，化学家搬走了焦油，还迁出了大约三十名工人，但他们多数是本地人，外来人不多，现在没有任何骚动。

他是位小个子，干巴，小脸瘦骨嶙峋，脸颊有深陷的天花疤痕，前额几乎未受天花伤害，有一对像老鼠一样灵敏的耳朵，如同问号的眉毛不断颤动，眼睛细小、茫然不安。

——这里的人多系分裂派教徒，当然，不过是青年人，青年人既不为上帝，也不为魔鬼，而只为自己，——他说。——譬如，我不久前从秋天来到这里，而先前在扎伊米舍服务，您知道那里是河湾和轮船停泊修理处吗？——非常艰难！特别是在冬天。正好碰上开枪杀人，我也遭到了射击，马也受了一阵子罪，一条腿脱臼了，我妻子、三个孩子请求带上它。当然，在这里不是游手好闲，常有形形色色的不安，但仍然是比较平静的。乡下人还不感到无望而珍惜自己的生活，至于工人，您是城市居民，自己知道工人是怎样的……尽管他们是工场的工人，比方说，犹如风一样渗入所有的缝隙，但我们重视他们。

他，这位长官，像只蚊子，他自己都不明白的某种毫无价值的思想显然迷失在他的头脑中，并在那里喧闹，悄悄地使克廖诺夫先生感到不安。

许多经历过往日恐惧的精疲力竭的人们，现在处于未来恐怖的等待之中。

村子小而舒适，虽然贫穷，但有秩序。它位于宽阔环形林带的小山上，奔腾清澈的瓦加小河成半圆形经流这座小山，无论你往哪儿瞧，到处都是垅岗和小丘，其上覆盖着地毯似的耕地，毗邻远处的四面八方都是森林，只是北面的一角森林延伸突出到林边草地可以流送木材的科苏里亚河，但该河承接瓦加河之后两岸急转弯成弧形，重新流入昏暗的森林之中。

我在“高巢”村生活的第二天，漫步乡村，发现了一个人，他感觉到了我是谁。

我新认识的一个人——村长的儿子——叶戈尔·多谢金，是一个像鹅卵石一样的圆实的人，他长着一个大脑袋，他那灰色的高颧骨的脸犹如石雕的，他从头到脚像车累米斯人，下巴和颧骨上长着细细的、卷曲的、略带黄色的毛，细小的眼睛有点儿歪斜和稍微眯缝起来，用怀疑的和严厉的目光观望。

他第一个从村后磨坊旁向我走来，一只手插入自己的帽子里，另一只手支在腰上，问道：

——观赏吗？

——是的。您是本地人吗？

——如果有兴趣的话，叫我叶戈尔·多谢金。

——很高兴。我有字条给您。

——好呀。

他环顾了一下周围，接住字条，读完，认真撕碎，把碎片卷成小球球，说：

——一切都好。我们等您约两个星期了。晚上我来——好吗？

我们就这样认识了。

傍晚，他坐在我的小房里，喝茶和说话，用褐色的仿佛是倔强的眼睛凝视着我，他说：

——我们共有四个人：我、阿弗吉伊·尼金、华尼亚·马雷舍夫，第四位是不久以前来的——你女主人的堂侄儿无产者希皮古谢夫·阿历克谢伊，他曾是城里工场的勤杂工，受了伤，住在这里，食不果腹，因为不能工作，且没有工作可做。

他的嗓音清脆，在文绉绉的言谈中听得出嘲弄的声音，仿佛此人在自我开点儿玩笑。

——您问，我们在做什么？瞧，我们聚到一起，彼此交谈：倘若……还有其他深奥的新词，那才好呢！我们几乎没有书，有若干小册子，被我们背得滚瓜烂熟。我们的阿历克谢伊最机敏，他在这里忙着和少年们在一起，和他们座谈，给他们朗读，而我们连这个都不理解。

我很快就喜欢上他了：他说话有力，听觉灵敏，理解力强，从不慌忙，但想必做事快捷。他读书少点儿，但从读过的书中吸收全部精华，如同小耗子从一大片面包中啃面包瓤一样。

他压低嗓音，说话快了一些，用敏锐的目光更加聚精会神地看着我。

——现在第一件事就是要了解分离法——已发布的有巨大影响的法律，依据它村社应当四分五裂成为经营独立的农庄，我们也从此开始才好呢。您认为怎样?

——我们也将从它开始，——我回答说。

——瞧—瞧！您给我们解释它的所有细节吧，我们往后也就能加以叙述。关于这部法律您自己怎么想?

嗯，我想，我现在会使你很难过，从远处说起，我证明对于挣脱自己一切锁链的人来说是必要的。

——土地，——我说，——以自己粗大的手拥抱着人，从他身上榨取活的自由的灵魂，于是我们就看到自己面前的贪婪的奴隶……

在威士忌酒的作用下，他的血管都鼓胀了起来，颧骨发红，手指在桌子上敲出细碎的响声，头发蓬松的大脑袋向我点头表示同意：

——是的！——他双手撑着桌子跳起来，俯身向我，感叹地说。——我学习过以另外的方式思考，在书中读过另外的内容，但你的话是对的，同志！我二十六岁了，大约有五年未能锄掉我心中的任何衰老的野草。在变革之后，第三年已经过去，我感到：我需要从头开始反复考虑一切。不可能在我们这古老的土地上用腐烂的碎片建设新生活。我不能恰如其分地向您说出我的思想，我简而言之：人应当从自己土地的奴役中解放出来。我看到过这种奴役的力量。瞧，等一等，我说说第一杜马前那个时代的情况，嗯，那曾是恶劣的年代！人们贪婪得变了样子，大家酩酊大醉，任何人都看不到任何事情，不想理解任何事情，只喊一个词：土地，土地！在那个年代我为自己的话挨过揍，尽管我自己现在不记得我说过什么，说过什么事？但我看到了一点：人民不把自己的力量转向那里……曾有过力量，有过！但两条腿陷入齐膝深的地里。站立，散开，往回渗入到地里。

他一只脚跺了一下地板，伸出一根手指擦拭大汗淋漓的激动的脸。

——直截了当地说：人们不是生活在地上，而是生活在地里，直达头顶。阿历克谢伊说的是实话：粗野的人吞没了法国的大革命！我对此一无所知，没有读过，嗯，我相信，我能理解这个——他会吞没的。

我看着他，高兴地想："你，亲爱的，显然，是一只新的珍稀的鸟，愿你一路顺利！"我喜欢他的激动，这不是那样一种美丽的醉态，即它短暂地支配城市的知识分子，然后导致满腹牢骚的令人羞愧的酒醉状态，这是真正的生活的火光，它应当平静地、永不熄灭地点燃人的心灵，直至它尚未燃尽之日。

我和他坐到半夜，不情愿地送他到大门外，他也不情愿地离去。我站在大门旁，看着他迈开坚定有力的步伐往下走在昏暗木房之间的街道中间，这些木房沉寂地、默默地偎依在地面上。春日阳光烤得暖洋洋的大地沉浸在甜蜜的睡眠之中，在梦中散发出鲜草的气味。那时我内心感到舒畅，自我欣赏所处的地方和工作。

昏暗的天空密布着星星，勉强能看得见月亮，而没有月亮天空将更加暗淡。

叶戈尔的同志们也是有趣的人：阿弗吉伊·尼金类似老画上的车夫，是一位卷发、浓眉、碧眼、高个子、英姿勃勃的年轻人和大力士，但他的脸显得郁闷，鼻梁上有一条和年龄不相称的深深的皱纹。他沉默寡言，如果说话，那也说得简单，而且总是偏向一边。他年方二十三岁，母亲唯一的儿子，有二十二俄丈土地，没有马匹，故把土地租出去，自己却去给富农当雇工，节俭度日。他的母亲是个酒鬼，如果儿子不给她伏特加酒，她就在夜晚偷他的钱去喝酒，当他没有工作时，她就去行乞，小伙子大概因此而郁闷。他贪婪地读书，然而他不喜欢谈论已读过的东西。他把书还给我，压低声音轻轻地说："好！"或"很好！"

此时此刻他的眼睛绽放出温柔的、优美的微笑。

我不止一次地试图问问他：究竟好在哪里？但我看到他发窘，不乐意回答，我也就不刨根问底了。

在我们适时举办的一般的朗读会上，他很少提问，否则，也几乎总是提这样一类的问题：

——这就表明：基督教既能把穷人又能把富人联合起来，而社会主义——能吗？

——也就是说，这种学说总是来自底层、来自人民？您说，工人到底为什么比我们更快地接受这条道路？

我的回答显然使他感到满意。看得出来阿弗吉伊有着在心中完善和牢记一切的急切的愿望。我不是很喜欢他的这种状况。瞧我的同名人多谢金，他就喜欢揭示每个问题，犹如剥一棵圆白菜，总是直达菜心。而华尼亚·马雷舍夫这个小家伙，出身于一个分裂的旧家庭，他的表叔是边疆区有名的博览群书的人。伊万按教会的方式学习认字，读完了无数斯拉夫文的书，现在遵循圣经，把圣经置于非宗教书籍之上。

——为什么人们还把圣经看作对智力来说是繁难的和危险的书，可这是国民的书呀，——他小声地和固执地证明说。——你瞧，再次出现了人民真理的预言家，尽管这种真理现在是以另外的方式更机智地精心推敲过的，但仍然是古老的、人民本身想出来的。

他的外表难看，很难把他和乡下小伙子区别开来，彼此一样！只是细看时，就能发现他那灰色的眼睛里露出柔和的、镇静的、坚毅的眼神，就能感觉到他身上有一种柔性的而非脆性的意志的巨大力量。

我在当兵的时候看到过这类温和性格的人，他们出现在长官面前说是忠实于自己信仰的人：

——我认为军事是罪孽，我手不持枪！

无情地屠杀，以一切可怕的手段进行恐吓，关单身禁闭室一个月或更长时间，送进疯人院，投入监狱，还不能使之屈服之后，不是杀死，就是发配去边疆的某处。

阿辽沙·希皮古谢夫是内心急躁和语言生硬的、忧郁的第一人，但又是宛如砾石一样坚强的人。他智力敏捷，总想很快宣告一切，匆匆忙忙，广泛搜罗，好像旧拉网那样撒开。当他看到自己年少的软弱无力时，就用拳头敲打自己的前额，怒骂，陷入烦闷之中，然后自嘲，重新坐下来读书。对二十岁的人来说，他知道的足够多了，但在他的头脑中，就像在新的住宅中一样，已经装进了几乎所有的东西，但这一切都还未就位，人走在许多东西之间，不是前额就是膝盖碰撞着它们。

我们的调门越来越快地趋于一致，我们相处得越来越友好，只是阿弗吉伊使我发窘：他心里急切的愿望是尽快地勉强维持生计，这个愿望同稳重的性格以及碧眼疑惑的光泽不能融合在一起。

在我来到村庄之后不久，在尼金那里发生了一场真正的风流韵事：原来，在圣诞节节期，他和富人阿斯塔霍夫的小女儿娜斯佳同居了，现在她因他而怀孕了，于是父亲开始残酷地折磨她，追问谁是诱骗者。那时阿弗吉伊未在村里，但在得知事情败露之后，他放弃了工作，来到了老头儿阿斯塔霍夫面前。

——我是娜斯佳的丈夫。

——富人失去了理智，叫喊：

——乞丐！异教徒！

他手持斧头扑向阿弗吉伊，但后者及时抓住岳父，说道：

——把娜斯佳嫁给我。此外，你还能做什么？

此时阿斯塔霍夫同意了，他知道，如果拒绝小伙子，那么后者现在会折断他这把老骨头，但在当晚他自己就把娜斯塔西娅送到隐修区的什么地方去了，并开始折磨尼金：不断地拖着小伙子到地方行政长官那里去，到区警察局局长那里去，到乡里去，周围的任何人都不接受他参加工作。

于是，阿弗吉伊在没有失去一般安静的同时脸色发黄，稍微眯缝着眼睛，透过牙缝吼叫：

——我要放火！我要杀人！

我们劝说：

——哪里话！你想要苦役吗？

——不能向他们让步，无论如何不能！——小伙子叫喊，急得团团转，好像陷阱中的狼。——我将斗争到死！不能让他任意摆布娜斯佳，老实说她是我的妻子，我将找到她，偷偷地把她带出来，自己背着他把她藏起来……

此事是百分之百地难以实现的。找到并偷偷带出少女不是太困难的事，真的！但他能把她藏到何处去呢？在周围五十俄里范围内，这些地方甚至每一座木房中的瓦盆数量都是众所周知的。

生活是透明的，除了蟑螂以外，一切都是有数可查的。

多谢金在那些日子里没有和我们在一起，地方行政长官逮捕他一个星期。阿历克谢伊和华尼亚决定帮助尼金，那时我不得不进到事件中去。我给少女弄到了身份证，告诉她找省城有关的人们，他们将不会拒绝收留她直到分娩。尼金偷偷把她带出来，阿辽沙把她送到城里。在那里分娩之后找个好人家当奶妈。

阿弗吉伊发愁、诉怨：

——我不能扔下我那不幸的母亲，——他说，悲伤地低下头，——否则，我最好也去城里。

——您和母亲艰难吗？——我问。他立刻坐到我旁边，感谢我的帮助，怪人。

他的眉毛在跳动，嘴唇在颤抖。

——容易吗！——他说，似乎喘不上气来。——痛苦地和羞愧地——怎么帮助啊？人有病，丧失了理智。你们自己想想，当你的亲人在窗户下苦苦哀求施舍时，或者醉醺醺得像猪一样地躺在街上的泥泞中时，怎么看这种情况！有时候想，快点死去、冻僵或摔死才好呢，干吗就这样当众受辱地生活！还有的时候我完全失去耐性，于是想离开她，因为害怕会气愤地打死或掐死她。

他坐着，弯着腰，手掌捂着头，似乎他的卷发都竖起来了。沉默片刻之后，他突然皱起眉头看着我，露出温柔的笑容。

——我记得，——他用焕然一新的嗓音轻轻地和表示谢意地说，——她和我发生的情况，我不知道该为她做什么，于是自己跑去喝酒——给你，喝吧，休息吧！我父亲是个极端残酷的人，哥哥被殴打致死进了坟墓，姐妹逃往城里消失得没有音讯，可能成了流浪人……母亲，她总是袒护我，也许，因此我才活了下来……但是父亲揍她如此之狠毒，甚至想起来都感到很可怕！常有的情况是，她爬到我身边，遍体鳞伤，满身是血，而自己还勉强开口问："怎么样，阿弗吉尤什卡，他打得你痛吗？"此情此景能忘记吗！

他的声音如同病人的声音一样低沉，我看得见小伙子的热泪盈眶。

看到一位壮士如此哭泣颇有奇怪和不适之感，但我理解这些眼泪，因为我父亲也不是温和的人，他无情地殴打我母亲。我想寻求真理，而且找到了真理，这要归功于她，可爱的老太太。

——她痛苦，呻吟，——阿弗吉伊轻轻地讲，——而自己还教导我："你不要生他的气，他本是善良的，但人们是凶恶的，他的生活很艰难，我们的生活是极可恶的！"我们俩经常哭泣。要知道，她迄今还会给我讲童话的，假如她神志清醒和支撑得住的话。她会走近我，坐下来，唠叨着关于小傻瓜伊万路什卡的故事，唠叨着耶稣基督同尼古拉和尤里怎样漫游大地……

他轻轻地、腼腆地笑了起来。

——我觉得可笑，当然，我听着，还不错！

我以后任何时候也没有看到他像此时这样的好。

当然，阿斯塔霍夫暴跳如雷，开始在长官们那里跑来跑去，开始寻找自己的孩子，但是在大吵大闹了约两个星期之后，把女儿革出了教门，放弃了寻找。而且他也不再追究阿弗吉伊了，因为有一次在米尔大会[①]上阿弗吉伊对他说：

——喂，库济马，你别再触犯我，听见了吗？

老头儿向米尔大会叫喊：

——你们瞧，你们要给我作证人，他威胁我！你们问问他，他用什么威胁我，啊？

米尔大会一片沉默，看着，等待着：谁更强大。

——我只对你说一句话，库济马，——尼金重复说，——你别碰我！

我看到：他站着，比老头儿高一俄尺，他笔挺地站着，头上没戴帽子，眉毛皱起来，脸色坦然镇静。镇静就是力量。斧头是镇静的，但它能把橡树齐根砍倒。

我高兴，此事很快过去了，它曾干扰，使事情偏离正道。

---

① 米尔大会（мирской сход，мир）：俄国革命前和集体化农庄前的村社（或公社）成员大会，"米尔"系俄语词"мир"的音译，可意译为"村社"或"公社"。——译者

当多谢金从拘禁中回来的时候，我和他有过一次意味深长的谈话。他走到我这里，坐了一会儿，然后问道：

——华尼亚对我说了实话：阿历克谢伊和尼金去把娜斯塔西娅·阿斯塔霍娃偷偷地带出来，而您似乎赞同他们?

——赞同不赞同，不得不帮助，——我说。——阿弗吉伊有困难。

他一边卷纸烟一边指出：

——艰难地尽力。

灰蓝色的烟雾在他身边缭绕，他沉默无言。我感到，他不喜欢某种事情。

——难道说您不怜惜同志?

他稍微眯缝上眼睛，望着自己的烟卷头，平静地说：

——怜惜。人是有益的。不过这是他的事，此事与我们毫无关系。我是这样看的，即或者掘树根，或者偷豌豆——任择其一。

他重新一股劲地冒烟。他吸的是某种最有毒的黄花烟草，它冒出的烟如此之剧烈，以致蚊子和苍蝇飞进烟雾中时就会一跟头翻倒在地上。而他却夸口说：

——特别好的烟草！可以腐蚀玻璃……

沉默了一会儿之后，叶戈尔问：

——同志，您怎么想：现在我们在这里读完了某些书，使脑子处于运动之中，我们是否开始了慢慢地试试自己力气和适应事业的能力呢？当然，您置身事外，而对我们本地人来说，我想是时候了。为了更多的检验：我们知道多少，什么是我们必须知道的，将会向我们提出什么问题。

我想了一想之后说：

——同时持慎重态度，也许是可以的。

他扔掉烟头，喜笑颜开。

这就好呀！要知道，问题在于：毕竟我们在这里是受到重视的人民，一些人斜眼看我们，另一些人好像在等待什么。这里有这样一些伤透了心的人们……您看到了瘸腿老头儿一个人仍然在你们附近吗？马雷舍夫·伊万的表叔，博览群书的人，彼得·华西里耶维奇·库辛——您听见过吗？他已经知道了一点儿什么，显然，他询问了表侄关于你们的情况，还不止一次来找过我。他是个细心的人。

我感到多谢金想说点儿什么，但欲言又止。在他的谈话中显出某种别具一格的语言和对他来说不寻常地彬彬有礼的味道。

——您认为他是个危险人物吗？——我问。

——我留神地说，——叶戈尔回答，用倔强的目光聚精会神地看着我，——我想，他将到你们这里来。我将尽我所知告诉你们关于他的情况，而你们在和他谈话之后自己会看到他是什么人。

他说：博览群书的人库辛享有知道写作但粗鲁乖僻的人的名声。他一生靠在富人身边生活，在第一和第二杜马选举中支持他们，至今属于黑色百人团分子。一年半以前，他的女婿在省城被捕，坐了牢，现在被判罪流放。库辛为他奔走求情，但未获成功，反而使他置身于犯罪的境地。林场主斯科尔尼亚科夫是区里的富人和大老板，为抵债夺取了他的木房和蜂场。库济马·阿斯塔霍夫在村里和区里说老头儿染上了谋反的性格，现在这位老人白天和夜晚四处游荡，小心谨慎地不时骂几句自己过去的朋友，同时在农村贫民中结识新朋友。

多谢金给我讲完这段故事之后，列举了库辛新的相识，随即笑着暗示：

——我觉得老头在受到委屈的时候，由自己本人担风险而有意做某种事情。

——做什么？

——是这样……一般地说，唠叨，嘟囔，——叶戈尔含糊地说，当想起了什么事情之后，他就匆匆地离去了，而我留下来思考：我的同名人为啥对我讲述这一切以及他在想什么？

在“高巢”村总共三十二个农户，我在此已住了两个多月，知道所有的主人、一切故事、各种关系和亲属等级，也知道多谢金列举的老博览群书者的朋友。

尼尔·米特利奇·米洛夫——因他性格温和村里叫他米

尔·米勒奇。他是一位小个子男人，沉静，甚至穿着美丽的衬衫也如灰烬一样平淡，绕着人走路，同人保持很远的距离，观望时露出忧郁和疲倦的眼神。他的妻子也像他一样，沉默寡言，持重。他们有两个女儿，一个七岁，另一个九岁。复活节前米洛夫家的母牛被从院子里牵走用于偿还欠缴的税款。

萨维里·库兹涅佐夫——是一位残疾人，勉强能走，去年春天在城里的啤酒厂工作，就在那里醉醺醺的哥萨克用鞭子打断了他的肋骨。我常常遇见他，他喜欢躺在磨坊旁的小丘上晒太阳。我不认识这个男人，他主要的不是说话，而是咳嗽。

然后是米哈伊洛·格涅多伊，战前他曾是富裕的男人，但在战争和被俘期间他哥哥雅科夫陷入群众性的骚乱之中，烧毁了公爵卡萨特金的庄园，于是受了伤并死在了监狱。他的妻子很快就嫁给了科尔涅伊·莫兹茹亨。科尔涅伊把米哈伊洛那份产业据为己有，并迫使他的妻子离家出走，她去了城里并在那里失踪了。格涅多伊从俘虏中回来，环顾了一下周围，开始喝酒，喝酒花掉了所有的一切，并且受雇于莫兹茹亨当仆役。每逢节日这个醉鬼在街上游荡，咒骂自己的主人和所有富人，而后者控告他，时而是乡长时而是地方行政长官把这位士兵关入看守所。

“老库辛在这些生活破灭的人们那里寻找和找到了什么？”——我坐在窗户下思考。

闷热。浓密的云层笼罩在村庄上空，疾风顺着街道劲吹，扬起尘土，森林上空某处雷声大作，黑夜在远处闪电的蓝色反光中懒洋洋地战栗。我听到了有节奏的沉重的马蹄声，这是小警官谢苗在村里夜游，他是退伍掷弹手。村里人害怕他，认为他是精神错乱的人。这位夜游的人表情忧郁，个子高大，脸色干巴，皮肤黝黑，不微笑，不眨眼，有如木雕的楚瓦什人偶像。他通宵在村里漫游，环绕他的是一匹肥壮的灰色的马。直率的黑胡子小警官坐在马鞍上摇摇晃晃，膝上放着步枪，昏暗的眼睛从老马头上看着前方，仿佛盯梢跟踪远处的某人。

他几乎不吹嘘自己凌驾人们之上的权力，不侮辱乡下人，白天见不到他，他在睡觉。只有当乡下人打架而他们的妻子呼唤他时，他才出来，阴沉沉地，半睡不醒地，停留在打架的人身边，用蒙眬的目光久久地看着他们，如果他们跌倒在地，他就默默地用穿着厚靴子的粗腿踹他们。

他是某种愁闷的人，总是受到令人难堪的沉默的压抑。谁也不想问他沉默寡言想什么？

多谢金对我讲述了已知的关于他的一切：他曾在莫斯科服务，那里爆发起义时，显然，起义打击了这位士兵。在变革之后的春天，他出现在村庄，那时他心情极坏：他清醒时躲避所有人，歪着脖子和看着地面走路；而当他喝酒醉了的时候，他就跪在街道中间，向四面八方深深地鞠躬，请求人们原谅，也不说为了什么。那时乡下人还未约束自己，对士兵的仇恨犹存，于是他们开始嘲弄这个醉鬼。

——怎么样，坏蛋？祸害人，现在自己令人讨厌吧？

偶尔也有什么人打他，而小孩子们向他背后扔石头。

他的兄弟尼基塔·里亚多夫是个凶恶的和搬弄是非的人，甚至此人也开始劝告：

——你，谢苗，最好去城里，你在这里没用，就像一颗拔掉的牙！

于是掷弹手顺从地离开了农村，而且是夜晚离去的，谁也没有发现，也未对任何人说去哪里。因此，里亚多夫一家感到吃惊，想着他是否自杀了。里亚多夫夫妇环绕着村庄寻找了他两个昼夜。他是去年农忙时间回到这里的，当时农妇们在收割庄稼，看到了：从城里来的路上走着一匹灰色的大马，一位战士骑在马背上，他低着头，背上背着枪，腰间挂着鞭子和军刀。他在人们身旁骑行，不问候，人们向他问好，他也不回答，一下子把大家吓住了。从那时起，他就踉跄着走在村庄里，不为任何人所理解。

他站在我窗户对面。在黑暗中他像地面上的一团灰尘。我觉得好像小警官在朝我这边观望，这令人害怕。

瞬间传来了低沉的呼唤：

——喔—喔，愚—愚蠢的人！

干燥的地面上重新清晰地响起了沉重的马蹄的得得声。

当我躺下来的时候，我想：

“也许，他想和我交谈？”

忙碌的夏季降临了，我的同志们成天忙于工作，我们很少聚会，无暇给他们读书，我不得不探寻他们的每一短暂的自由时刻。我在夜间去找他们，进行口头座谈，每逢节日在森林中举行读书会，准备着过秋天。

阿辽沙在劳动空闲时，不得不缩减自己同少年们的作业，因为他们也没有时间。他和我一起住在院子里的小棚子里，好像是冒充我的工作人员。他生茶炊，打扫房子，勤奋地啃书本，保养健康，多些平静，少些暴躁。他去三十二俄里远的小县城，从我指定的人们那里带回书报，他总是乐观地看待世界。

给我们做饭的是一位眉毛黝黑的士兵的妻子华尔华娜·基利洛芙娜，她年方二十二岁，体态端正，身体健康，是个很有趣的女人。她说起话来红润艳丽的嘴唇和乌黑嘲弄的眼睛荡漾着微笑，她举止沉稳端庄。阿辽沙曾试图和她开开玩笑，但很快就不敢再闹了，并且待之以恭敬，称呼她以父名。

我问他：

——怎么样，阿辽沙，你似乎遭到失败了？

他有点儿难为情，严肃地回答：

——是的，彼得罗维奇，尽管不是很失败，但也是恰如其分！你知道，这个女人相当聪明，但识字不多，她应当学习才好！

我警告：

——你仍然不要太公开地和她交谈。

——最好是你和她交谈交谈，——他笑着说，——她对我乃是冷嘲热讽。

我试过，但除了温柔的微笑以外，我任何回应都没有得到。我正在观察。

我知道，她守寡已是第二年了。她的丈夫有点什么过失，判他惩戒处分两年半，所以她遇见他不少于五年。没有关于她的绯闻，尽管小伙子们像熊蜂群一样在她周围旋舞，显然，叶戈尔·多谢金比所有人更加顽强。她离开了丈夫的家和公公，同自己的母亲住在一起。她母亲是个半失明的老太太，是个编织腰带和制作皮念珠的伟大的女师傅。华尔华娜是个多面手：给新娘们缝制连衣裙，给圣像穿珠绣法衣，这还不足以为生，她还不得不做零工。她有一个兄弟，在四十俄里远的锯木厂工作，喝白酒，几乎不回农村。

有一次，在某节日前，她来擦地板，环顾房间，不以为然地摇头说：

——啊哟，收集的书呀！

真的，收集了相当不少的书。阿辽沙还从城里拿来了我们暂时不需要且收藏不无危险的书。

——是的，——我说，——确实如此！

而她把衣服下摆掖在腰里，也不瞧我一眼，低声地指出：

——在农村人们不太喜欢书。

——据说，并非所有人都不喜欢。

她意味深长地、仿佛暗示地嘟囔着：

——乡下人不怕报纸，而认为书籍是危险品。

于是我就直截了当地问她：

——难道是说有关我的书的什么问题吗？

——我没听见，——她回答说。——嗯，你出去吧，我开始干活了。

她俯身取水桶。当我走出外屋时，她说：

——反正那是多余的，家里不收藏为好。

我转回去，站在门口，顿觉奇怪。她已在哗啦哗啦地泼水，在湿地板上滑行，白嫩的小腿肚子闪着亮光。我腼腆地离开了，从那天起她就印在我心中了。

我经历了岁月的许多事件，却始终记得这段小故事。在这次交谈之后不久，我在节日漫步林中，准备和同志们进行照例的座谈。我来到林中旷地，看见她坐在树下缝制什么东西，她的一头母牛带着不久前产下的小牛犊在草地上吃草，华尔华娜还没有放它到牛群中去。

天热，阳光洒满林中旷地，芬芳的花朵微睡在茂密的草地上，周围的一切都像是幸福的梦幻。她在荫处也像一大朵鲜花：红色的短上衣，蓝色的裙子，黑黑的脸庞，深色的眉毛。她眯缝起微绿色的眼睛看着我，温柔地微笑。

——散步吗？——她问。

—是的，——我说。

——你早该每年带着妻子游玩呀，——她微笑着说，——可是你总和书在一起。这书说什么啊？

——说的是有关农民的事。书名就叫《罗斯的农民》。

——咦，——她说，——写得何其多啊！

我和女人在一起颇感尴尬，尽管我是个士兵，又是住在城里，但我在对待女人的态度中缺乏轻松感，也许这是因为此前我最亲近的和最可爱的女人是我的母亲。

我站在华尔华娜对面，她把我从下看到上，问道：

——你没有巫师的书吗？

——这是关于什么的？

——关于什么！关于巫术的！怎样熬用于迷魂的迷魂汤。

——这些迷魂汤对你有何用？——我说，——你可真够漂亮的！

为什么我在她面前感到忧郁和拘束，而她露出轻微的笑容。

——难道漂亮吗？

——没有巫术你也迷人。

——啊？

——你似乎不知道？

——是呀，我未曾尝试过！

——这是因为没有必要，小伙子们自己就在追求你。

她愉快地轻轻地笑了起来。

——显然，原因在此！——她说。

在森林里人也变得单纯了：他周围的一切都很简单，一切都生活得不加掩饰——花也好，鸟也好，各种树本也好。

我问：

——没有丈夫你感到寂寞吗？

——就算是吧！

她微微眯缝起眼睛。她的目光锐利，刺激我的嘴唇，引诱我坐到她身边。我坐了下来。

她用肩膀推了我一下，轻轻地、温柔地问：

——难道你想吻吻我吗？

我哆嗦了一下。

——是的，——我说。

——那你就吻一吻吧！——她说。

然后，她躺在我膝盖上，直视着我，亲切地说：

——你合我的心意，叶戈尔·彼得罗维奇！

——谢谢，华丽娅！

——我看你：你一切如此单纯和如此朴素，好像不是男人。显然，你是个好人！

她的夸奖使我难为情，但我欣然听之。

——我不是很美，——我望着她的头说道。

——这没关系！——她回答。——美出于爱。再说：鸟美在羽毛，人美在学问。

从她的言谈中我愈来愈喜欢她了，我内心如此舒畅，似乎我遇见了安详的母亲。

我们站起来，走到阳光下，并肩漫步，一头母牛瞪着圆溜溜的眼睛望着我们，发出温柔的哞哞叫声，金丝桃金色的穗状花蕊鞠躬致意，草木吐露芬芳，欢乐的鸟儿歌唱，无形的心弦在鸣响，林中清新的空气在颤动，奏出美妙的音乐，我们头顶上覆盖着蓝天，飘荡着水晶玻璃和银质钟的洪亮的钟声。

从那天起，我们就悄悄地生活在牢固的友谊和热烈的爱情之中。

起初我想：她并非严肃地对待此事，而只是为了快乐。但我发现，越往后她对我就越殷勤。有一次，她温情脉脉地说：

——在认识你之前我仿佛是用一只眼看人，而现在开始睁圆两只眼。

——啊，——我说，——我对此感到高兴。多看则爱深。

她笑。

——爱你吗?

——爱整个生活。

——真是!

另一次，她忧心忡忡地说：

——周围流传着关于你的各种流言，也许，对你不利。我在斯科尔尼亚科夫的磨坊给菜园锄草，阿斯塔霍夫曾在那里，他们同斯科尔尼亚科夫和承租人雅基姆说：你教给年轻人的不是好的东西，你用禁书煽动闹事，应当对你进行搜查才好。

——原来如此!

——是的。

——你为我害怕吗?

——就算是吧!你看现在是什么时候，不断地抓人关进监狱。

——对此暂时还毫无办法。他们会抓人的。

她叹了一口气，沉默了一会儿，建议：

——假若你有危险的书，那就把它们交给我吧。我将把它们藏得严严实实的，鬼都找不到!

她的小木房位于紧靠栅栏的一边，在离菜园后面二十俄丈远处就是森林。

我向她解释：能把某些东西藏好在她那里当然好，但不能把别人牵扯到这样的事件中来，即这个人不理解其危险意义，并可能为其受到残酷的迫害。

她低垂着眼睛说道：

——那你最好是向我解释其意义，试试看，也许让我理解些什么东西才好呢!

她用责备的目光看了我一下，继续说：

——你想，我猜不到你为什么在这里吗?

——为什么?

——培训小伙子们，当然!

我在她面前开始感到羞愧，在这次谈话之后我开始让她养成读书的习惯，给她各种一般的书籍。起初遇到了困难，她久久地羞于说不理解读过的东西，后来不知怎么地很快发生了兴趣，爱上了书本，还常常为作家描写的书中人物的命运而痛哭流涕。

现在——谈谈库辛。

真的，在和叶戈尔谈话之后过了两三天，他在一个傍晚的日落时分来找我。我一个人坐着喝茶，忽然窗下一个高嗓音问道：

——主人在家吗？

——欢迎，请进！

瞧，他把身子弯得很低，钻进了我的小房间，随意坐到桌子旁边，很快开始了活跃的、毫无拘束的交谈。

——我望着，望着你，就拿定主意：我要去认识一下，我们这里住着一个什么样的住别墅的人？

个子高挑、外表难看的老头儿干瘦，背有点儿驼，手长，一瘸一瘸地走路，因为他的左脚脚掌被截断了，情况是这样的：在年轻的时候他去有夫之妇那里去过夜，跌入丈夫为他设置的捕狼夹子上。

——我，——他说，——从小就是好奇的人，整个一生都怀着好奇心，有一种关于你的传闻，似乎你博览群书，我怎能放过这样的机会？

他的脑袋很大，秃顶，脸色严肃发黄。他的眼睛变化无常，一会儿似细针扎人，放射出狡猾的光芒，一会儿突然瞪得很圆，燃起绿色的光，显出凶恶和嘲弄的样子。淡红褐色夹杂着白毛的胡须生长浓密，成为一绺一绺的形状。

他喝完了茶，两只长手支撑在长凳上，在夕阳红光的映照下抑郁地向前挪动了一步。

——瞧，我来听一听城里人是怎样思考农村事务的！

我说：

——最好是您给我讲一讲您是怎样想的，因为您比我年长，您知道得更多。

——知识，——他说，——我有，但不完整，不能融会贯通！我们农村人反对你们这些阅历浅薄的人，但你们的话像春天的种子，对我们是珍贵的。

约一小时我们相互小心地用客套话绕弯子，等待谁首先亮开自己真实的面貌。我发现老头儿机敏，他脸上不止一次地冒汗，而他仍然在试探我：一会儿斥责长官多余的严厉和对乡下人需求的漠视，一会儿咒骂乡下人什么都不懂，一会儿称赞农村青年追求知识，却又伤感他们不信神灵，伤感他们不听老年人的话而自作聪明。他从一边又从另一边进行试探，他旁敲侧击，就是不下决心直入主题。

我在无关紧要的地方随声附和，更多的是默然无语，注视着他那双眼睛的表情和生动的脸上的皱纹的蠕动。

从敞开的窗户中袭来夏夜的热气，传来轻微的狗吠声，河上惊鱼篙发出洪亮的响声。

我感到老头儿在生我的气，我想：

“你最好痛快说。你想要什么！”

他使劲地揉秃顶，已经有点儿疲倦了，懊恼地说：

——主要的不幸是人民胆怯，大家彼此戒备，隐藏自己的思想，生活在混乱之中。

——据说，连交谈都被禁止了，而且是被严格禁止。

——假如生活变得更严峻，那么人将更坚强。——他坚定地说。——你怎么想，这个风暴吹遍大地，它不触及乡下人吗？只是不让他醒悟过来，很快用拳头狠狠地堵住嘴，来不及揉软骨头，重新发号施令：脸朝下直挺挺地躺着！他躺着，他怎能是另外的样子？他稍微抬起一点儿头，就会挨打。他温顺地躺着，他想什么，这谁也不知道。然而，你想想，他是否可以不想，当发生这种怪事的时候，即当他们忽然用温柔的嗓音说：乡下人，帮帮忙，派自己人来管理事务，我们再也不能，你们的一切都停止了。他派了。但又被赶走了：不，这些人不中用，你选派其他人！需要其他人，兄弟，这是很有趣的。我们村、马林基村、华西列沃村、福米诺村一致决定：雅科夫·格涅多伊做复选代表。这个雅科夫是周围地区最勇敢的人，因为勇敢而失掉了生活——你知道吗？

老头降低了声调，望了一眼窗户，重新俯身向着我，双手紧紧抓住长凳边。

发布了总动员——选举一组人，这组人断然说，让全部土地和整个权力归于人民，那是没什么可拖拉的。嗯，选出来了。我们的代表却没有返回来，而径直去了西伯利亚。再不合格，另选！你认为乡下人不思考这个问题？第三次怎么开始选，恶霸、富人蜂拥而来……

他停了下来，开始沉默，睁圆的眼睛盯住我，胡须中隐藏着不怀好意的讪笑。

——我相信这次杜马，——老头缓慢地、仿佛使自己确信，继续说，——我第三次投票赞成富人，当然，是的！同时，我还和米尔保持联系，我有木房、土地、蜂场，而现在我失落了，像风吹的羽毛。本来在农村对富人来说生活不过是麻烦事。我认为他们不会忘记权利即权力的，而他们却和杜马一起被推入了泥沼之中！问题的根源很深，对此不是盲人的任何人都看得很清楚……我告诉你，乡下人在思考，对此必须帮助他。

他站起来，用鼻子发出一阵呼哧声，建议说：

——请你掩上窗户吧！

我掩上了窗户。在昏暗中我看到他忧虑的脸。我感到有点儿可笑，又感到高兴，因为这个人终于走上了正当的途径。

——原来是这样：我是个坦率的人，喜欢直爽。尽管问谁，这是实话。我真心诚意而来。请你相信，我向你解释这一切。我在生活中获得了什么，真的，我不知道！我可成为富人，嗨，然而不止一次，因为村妇而耽误了所有时间。年满五十岁了，我想："好吧，我将在自己的蜂场过平静的生活。是时候了！让任何人都别打扰我。"我把女儿嫁给了一位优秀的小伙子，给了他们一些钱，约五百，一切都好！突然开始了这普遍的生活大转变——杜马、选举、争论……我女婿扑通一声关进了监狱。女儿在他之后被流放了，这一切把我彻底压垮了。我看了看周围，发现我对平静末日的希望像烟云一样消失了，我一无所有，一切都被夺走了，我的朋友、上了年纪的人们都否定我，像否定异教徒和谋反者一样，还责备关于女婿的麻烦事，这样的人，我不该替他辩护，是的！而他，这个女婿，是个聪明人……嗨，得啦，这是家务事！瞧，就是说，我如今留下来了，像夜晚的大乌鸦，从一个地方游荡到另一个地方，我想……

他闭上了眼睛，摇晃着光秃秃的头顶，沉默。我怜惜他，显然，他不是愚蠢的人，而是灵活的人，徒然遭受苦难。

——彼得·华西里耶维奇，您的教师工作怎么样？据说，您是著名的博览群书的人？

他笑了一笑。

——如今，——他说，——你不会因此而富裕。现在诞生了另一个上帝。从前人们祈祷：我们在天上的父，父在天上。而现在，大人，父在城里，保护我们吧！从凶恶的乡下人那里拯救我们吧！

他再次可怕地笑了一笑，在昏暗中喃喃地说：

——我过去曾是博览群书的人，是的，显然，已经失落了，像商人院子里的老狗。你，叶戈尔·彼得罗维奇，要知道，走过的五十年是什么滋味，好让自己装傻，亲爱的，这是很痛苦的！我曾是，曾是博览群书的人，教导人们，没有想，像椋鸟一样，嘟囔别的，而且说出了米尔日常琐事中自己的心声。是的！某些人说得对——我将在上了年纪的时候成为异教徒！我该是拯救灵魂的时候了，而我似乎完全失去了理智。

他开始沉默，用粗黑的手指揉搓自己的胡须，他的一只手在颤抖。我看着他模糊的头顶，想对他说一句使人振作的、温柔的话，我为他难过和抑郁，愈来愈怜惜人的心力和智慧无益地浪费掉了的五十个春秋。

我开始对他讲关于人受屈辱的原因、为了一片面包的恶斗、这种殴斗的不可避免、无情地惩罚那样一种人的生活的公正性，即他只想在生活中取得而不想真心诚意地付出任何东西。我还讲了新生活之路、怎样使人民联合起来、怎样使因孤独而步履艰难的人集合起来。我尽可能说得小心温和，因为在我面前的有才智的人比我年长一倍，具有丰富的经验。他靠在墙上听我讲，也不打断我，不提任何问题，当我讲完话时，他许久地和难过地沉默。

然后，他仿佛忽然醒过来，振作起来，开始搓手，搓得皮肤吱吱响，说道：

——是的，亲爱的朋友，你这说得好。好呀一好！嗯，我现在也坦率地说，我可是猜到了你是党员，兄弟，我这明白了！这里不是我一个人心灵崩溃了，有这样一些追求新生活的人。在你之前，比方说，有叶戈尔·多谢金、我的侄子华纽什卡、阿辽沙……当然，他们是青年人，我们和他们不好比较……即他们好像是因为年轻而有危险，我们从小时候起就看着他们，嗯，不知怎么地没有信任。但是，当你来了之后，他们现在站在你身边，这我猜想到了！我沉默，仍然仔细观察，其他人也在关注。我对他们说：你们，弟兄们，不要露声色，这一切都是敏感的事情，也可以受到破坏，就是说，吓不倒你才好。瞧，您在大地上坚定地和无畏地漫步。萨维尔·库兹涅佐夫提出了建议：显然，再次开始了，我们最好是去找他问一问是怎么一回事？嗯，我这就来了。

他挥动了一下长长的双手，轻轻地笑了起来。

——要知道，小伙子们怎么样。一些人玩，另一些人走来请求：也接收我们吧！

我喜欢他急促的谈话、丰满的嗓音和玩笑。我想：

“腐烂的树墩和树根怎样在我们的篝火中冒出火焰？它们能给予人们多少光和热？”

——正如你说的，没有给活人留下任何别的东西。——老头儿站在房子中间，轻轻抚摩胡须，沉思。

——就是说，——我开玩笑似的问道，——彼得·华西里耶维奇，您加入社会主义者的行列吗？

——唉咳，亲爱的！——他叹息了一声说道。——当日子不好过的时候，你就加入社会主义者的行列！我怎么样，我一个人，徘徊在多条路径上，暂时想到这个。显然，真的，假如从年轻时起没有发疯，那么在老年时也会神经错乱，我怜惜某些人！他们不会走新路，也不能在老地方站着而被驱赶！你瞧，事情是个什么样子：从前是农民银行切割农村，现在是由村社完全分出经营独立的农庄。将来会怎么样，人民到哪里去呢？亲爱的罗斯动摇了！嗯，她似乎也变聪明了，不向敌人驱赶的方向走，而向真理指引的方向走。

在说完这番话之后，他开始平静和庄重一些了。

当他瘸着腿离我而去时，天已破晓了。

当我想起我们彼此说过的话时，我为这次交谈感到高兴和不安。我打开窗户，许久地看着昏暗的丛林后面早霞绽放出温柔的光彩。闷热夜晚的黑色帷幕隐隐地亮着一点儿微光。早晨的空气散发出清新的树脂味。露水唤醒和洗涤的花草迎着朝霞吐露芬芳。星星闪烁，从东方移向西方。雄鸡彼此激烈地争论，发出喔喔的啼叫声，其声音在空中缭绕，嘹亮激昂，好像儿童的喧闹。

星期日，村庄还在睡梦之中，但已是传出家畜懒洋洋的哞哞叫声的时候了，其叫声低沉、温和、友善。麻雀醒来了，在路上跳来跳去，溅起灰尘。一只喜鹊匆匆地飞过去，飞向了远方，发出喀喀的叫声。马林卡钟楼很快要敲响日祷的钟声了。

傍晚，我们五个人聚集在斯科尔尼亚科夫的森林之中。我详细地向同志们讲述了和库辛的交谈。

阿历克谢伊现在站在木架上。

——真见鬼！——他喊道。——他们还将给我们编造许多不实的谣言，还将出卖所有人！难道可以相信库辛吗？哪里话！他有小警官谢苗——天字第一号朋友！

华尼亚畏怯他表示反对：

——彼得叔叔是深受委屈的人，总之，他是个好老头，真的！和小警官交朋友有什么呀，他可是从小时候就了解他，教他识字。不，阿辽沙，这就是你要记住的，这也是起因……

尼金若有所思地说：

——是的！原来是这样，老头们也要抓住！要知道，真的，任何活人都想要白面包。

阿历克谢伊冲着他做了一个轻蔑的手势。

——这就是给他们的白面包！

——你们别说那个了！——叶戈尔插话说。——现在首先要考虑好：他们能以什么有益于我们。

阿历克谢伊强调自己的观点：

——他们将是有益的，像铁链一样。这就是一切！

喧哗和争论开始了。阿历克谢伊和伊万如此激烈地争斗，以致温和的华尼亚甚至满脸通红了。尼金想使他们和解，但显然他自己不知道说什么好，说了一两句话，自己也生起气来了。我不说话，这不是我解决的问题。叶戈尔则不断地吸烟，听大家说，也保持沉默。

我们坐在河岸的林边。很晚了，一轮硕大的铜红色的月亮从马林卡钟楼上望着我们，守夜人敲响了十下清脆的钟声。钟声打破了夜的宁静，在这夜晚，大地上各种神秘力量的声音温柔地回应钟声。

大家疲于争论，任何问题也未决定。华尼亚忧郁地说：

——假如要使人感受到我们信仰的温暖，那这个人就应当苏醒！

——你伊万是什么样的人！——阿辽沙叫喊。——你是玛丽娅、阿加菲娅！

尼金喃喃地说：

——如果真诚地得到他们……

叶戈尔·多谢金跪下来，扔掉烟卷，扫了大家一眼，坚定地说：

——我们热烈地争论，但仍然有终结的时候，我们消磨了这个夜晚。你们要考虑的乃是：库辛是个名人，警察尊敬他，他是自由的，到处游荡，难道我们不需要这样的代表吗？此其一。至于他和小警官交朋友，那有什么不好？就让他首先对这个小警官说，让大人不要指责我们，让我们秋天和冬天不必像去年那样躲藏在沟壑中和谷物干燥房里受冻受潮。

——这就对了！——阿弗吉伊用疲惫的嗓音说。

——既然他们想到了我们，——多谢金含笑继续说，——那么我们躲藏是后来的事，现在没什么可说的。关于其他人我什么也不说，而库辛是个有用的人。

——你们瞧，他是怎样的人！——华尼亚高兴得感叹地说，拥抱了一下阿历克谢伊，让他确信：你别害怕！我们会灵活地转变他们的。

——啊，你们见鬼去吧！——阿辽沙把他摔倒在地，愉快地说。——难道我害怕什么？我并非因害怕而说，而是可惜时间，我们什么时候才能说服他们？我们自己都没有时间学习！

多谢金没有看我，一边卷纸烟一边清晰地说：

——教导他们不是我们的事。这已经有教师叶戈尔·彼得罗夫。

拿定的主意是：让库辛在最近的假日带领我们去会见他的同伴，地点选在斯科尔尼亚科夫森林中的夏天空着的伐木工的窑洞。

华尼亚容光焕发，在沙地上滚动，叫喊：

——真的，这很好，弟兄们！他们将是我们的助手！

敏锐的阿历克谢伊突然把一只手贴在前额上，望着远方，嘟囔着：

——小警官……

我们看到：从磨坊中走出来一匹粗腿、毛发厚而蓬松、灰色的马。我们大家沐浴着月光，在黄色的沙带上想必我们是清晰可见的。

——散了吧？——叶戈尔说，不知是建议还是提问。

谁也没有动一下，尽管我们解散很容易……

——没有关系！——华尼亚非常低声地说。

——在我看来，他是个傻瓜！——阿弗吉伊出乎意外地说。

我们等待。马蹄嗒嗒地响，声音越来越大，身材魁梧的小警官骑在马鞍上摇晃着身躯，大地仿佛厌弃他黑色的幽灵。我们觉得可怕，挤得更紧些，沉默。某处传来凄凉的狗吠声，河水哗啦哗啦的响声清晰可闻。

小警官帽子上的铜标记闪亮。他双手握着枪管。显现出他蓄着黑胡须的脸和一双不眠的眼睛。散发出马汗的气味。马儿懒洋洋地打着响鼻，侧转竖起的耳朵，向我们走来，不乐意地一路上背负着沉重的骑马的幽灵。

谢苗用嘶哑的嗓音说：

——这是些什么人？

华尼亚向前挪动一步回答说：

——是我们。

马儿停了下来，摇头。

——你们在做什么？

——散步。

——座谈，——阿历克谢伊补充说。

谢苗举起枪，枪口朝天，身子俯向前，仰望。

——有外人吗？

我的同名人回答说：

——都是自己人。

小警官沉默了一会儿，昏昏欲睡地说：

——去睡觉吧，夜猫子！难道不带少女散步吗？

他猛然拉了一下缰绳。

——喔！

仿佛和我们告别，马儿陡然低头，马蹄奋力踹地，但未跑动。

——喔！——小警官张大嘴吆喝了一声，用枪托撞了一下马的脖子，斜向着河流奔驰而去。

我们也回家了。

——他那匹马老了，——阿弗吉伊轻轻地说。

大家都沉默，挤成一堆走着。

——咦，脊背弯垂得像……

叶戈尔·多谢金向后转身，环顾了一下，说道：

——显然，他会去磨坊，狂饮……

我突发追赶上小警官的想法，去和他面对面地谈谈。他以什么刺激了我。

——我再散散步，弟兄们。阿历克谢伊默默地跟在我后面。

——不，——我说，——我独自一人。

我离他们而去，他们站在路上挥手，低声地争论着什么。我明白他们担心，对此我感到愉快。

——明天见！——华尼亚叫喊。

我脱帽向他们挥手，走向河边，沿岸逆流漫步。整条河流笼罩在月光之中，宛如银锤锻造而成的。河流水声潺潺，水流激荡，浮动我的倒影，使我心中充满安宁之感，引起我心中温柔和感伤之情。云彩从森林中飘浮而出，上面的风展开双翼驱散云彩，把它们赶向南方。地面还是一片寂静，只有树梢发出轻微的簌簌响声，把枯叶扫入碧波粼粼的河水里。在夜晚的寂静中，飘浮着远处的哨兵的钟声，送别逝去的时刻。在晶莹的高空，月夜孤零零的大星星颤悠悠地闪烁。夜以其千姿百态的光和影，以及神秘的音响令人惊讶不已，使人眼花缭乱。大地白天浸透了阳光，正在酣睡，披上花草而装扮得多姿多彩。森林默默地吮吸大地温热而鲜美的乳汁。

我喜欢夏夜一个人在大地上漫步，此刻大地和世界清晰地浮现在脑海里，仿佛你把根深深地扎入地心之中，对生命的伟大热烈的爱从那里浸入你心中。在我的道路的转弯处，谢苗的马从灌木丛中钻了出来，它自己和我都吃了一惊，于是闪到了一旁。

——谁？……——小警官叫喊了一声，骂娘，举枪在马的两只耳朵中间从上往下瞄准，他也大吃一惊。

他知道是我之后嘟囔着：

——鬼叫你夜游个什么劲儿！

——你呢？

——我，职务在身！

——我也是，——我笑说。——你关注小偷，而我关注星星。

——关注星星……

他像面粉袋一样滚落到地上，把缰绳扔到灌木丛中，活动活动身体，用嘶哑的声音问道：

——吸烟吗？嗯，我独自吸口烟，坐下，好不好……

我们并排坐在沙地上。他把枪放到膝盖上，划了一根火柴，看了看我，眨巴眼睛，望着枪管说道：

——露水好……雨少，露水充足，据说，这有害庄稼。

他吸烟露出一幅贪婪的样子，一口接着一口，似乎害怕有人夺走他的烟卷。

我问他：

——怎么样，谢苗大叔，你满意这个职务吗？

——还行！怎么啦？瞧，我兜风！——他慢吞吞地说。

他扔掉烟头，用靴子的后跟把烟头埋入沙中，问道：

——你当过兵吗？

——没有。

——你的步态像士兵的步态……

我想和他交谈，但不知从何说起。他散发出酒气，还有某种有关思想的难以忍受的东西。

——怎么样，——我说，——彼得·华西里耶维奇·库辛不是你的亲戚吗？

——库辛？不是！

他用脚在沙中挖出一个坑。他的脸显得迟钝呆板，昏暗的眼睛一动不动，像鱼的眼睛。他不乐意地和若有所思地说：

——我尊敬他，是个好老头儿。他聪明，知道圣经。

他沉默了一会儿，重新开始吸烟。他慢悠悠的样子，激起我心中无聊的烦恼，一句话接一句话拖长声调说：

——只是他也将退让，是的！自从一小撮人动摇之时起，要知道，他，老年人，正在转向……

——转向哪儿？为什么？

——一般地说吧！像所有人一样：反对长官……关于上帝，开始软弱了。当我住在我兄弟里亚多夫处时，你知道吗？他经常去那里。他来了就开始争论。他说，一切都不正确。我现在住在库济马·阿斯塔霍夫处，而他，彼得·华西里耶维奇，不到阿斯塔霍夫那里去了，也骂人。我不知道，他现在怎么样了……

——你应当知道：什么人是怎样想的？——我问。

他拖长声调说：

——啊，怎么样？应当！我也知道一切。

我感到好像他说话愈来愈困难。和他并排坐着是沉痛的。他所有的词都是呆板的、无味的，他似乎是呕心得来的，随意地、歪斜地、笨拙地把它们一个一个堆砌起来。我想：他所说的一切包含某种不好的和可怕的意味，他害怕触及这个痛处，由于这个痛处他昏暗的眼睛一动不动，他那干瘪的、硬毛拉碴的脸消瘦了。

——你到底知道什么？——我粗鲁地大声问。

他抬起头，看了我一眼，又环顾了一下四周，仿佛是说梦话似的说：

——职务需要的一切。我听说，斯科尔尼亚科夫的护林员家的儿子从流放地逃跑了。在马林基村干瘦的女教师折磨人，现在执事到我这里来说：你瞧，谢苗！阿斯塔霍夫·库济马也注视所有人。只是他，那个库济马，是个疯子。

我已经不想让他说了，听这种像是通过梦幻说出的话有点儿羞愧和尴尬的感觉。而他吃力地转动舌头：

——他那里有所有的谋反者和小偷，也有我的兄弟和你——简直是应有尽有。我的兄弟是个下流人，但不是谋反者！简而言之，是个骗子。

他猛然一抖，仿佛有一个看不见的什么人从后面打了一下他的脖子，他摇了摇头，退离了我一步，一只手抓住喉咙，嘶哑地急忙说：

——这都是些蠢货！简直是应有尽有——既有库济马，也有多谢金，还有执事……他们不想那个，知道吗？我对你说：完全不想那个！

他笨拙地站立起来，伸直身子，再次嘶哑地说：

——我总有一天会告诉你，等一等……兄弟，这种事我知道……这种事我见过……真是——应当死亡！我对你说：人就像草——一下子就死掉了！就像稻草——一把火就没了！烟，灰尘！留在记忆里的只有眼睛，别无其他！

他走近马儿，拿起像粗棍子一样的枪，抓住枪筒的一端，望了我一眼，吆喝用缰绳绊住的马，开始用脚踹马的肚子，骑在马鞍上默默地慢步小跑而去。

我坐在沙地上，宛如醉汉，我感到可怕，内心充满阴暗的忧伤。水面上腾起凌晨薄纱般的雾气，我觉得好像那是绿色的雾气。我后面灌木丛枝条弯腰点头，我的同名人从其中爬出来，抖掉身上的尘土，整理好帽子。我吃惊地看着他，哑口无言。

——我，——他说，——躺着，听着。嗯，教民！

——您这是干吗？

——是这样！——他垂下眼睛解释说。——以防万一。我们共同决定了看一看……谁知道他？

我紧紧地握住他的手，尽管我觉得可笑。

——您究竟能怎么反对他？

——嗯，我有刀！如果有什么，我就叫喊。

我抱住他的肩膀，我们缓步走进村庄。

——你是个勇敢的人，叶戈尔·彼得罗维奇！——同名人若有所思地说，力求步调一致，同时直视着我。——我不和他单独说话才好，嗯，他呀！我怕这样的人……

我喜欢他第一次开始用“你”相称和我说话。有一次情况是这样的：那天早晨我对他讲述了我曲折的有趣的整个一生。这是常有的情况：忽然抑制不住地想说说自己，讲述经历过的一切，展示你理解的生活中坏的和好的一切，引导别人进入自己的内心世界。在我们的事业中，这是必要的，即要让同志完全了解你是谁，了解在生活处于这样或那样困难的时刻他等待你的是什么。从那时起我们的友谊就变得牢固，因此甚至在人们总是争论的事业中我们也能和他互相谅解。

这是在人们开始知道我和华丽娅的联系之后又过了若干时间发生的事。在一个深夜，我和他从博雅尔卡走出来，那里是向乡下人解释杜马事务和我区代表卑鄙行为的地方。我们缓缓而行，谈论关于所见的乡下人和自己满意的事情。

他忽然问：

——是真的吗，你和华尔华娜同居了？

——是真的，——我说。

他发出咯咯声，摘下帽子不时在头顶上挥动几下，默然无语。

道路狭窄，昏暗，我们肩并肩走着，当被树根绊了一下的时候，我们彼此碰撞了一下。

——你，——我说，——怎么不说话?

于是他轻轻地嘟囔着：

——兄弟，我有点儿感到委屈！我也曾指望她……可是错过了！

我感到难为情。这怎么说呢！

我傻呵呵地说：

——这我不知道。

——与知道有什么相干?——叶戈尔感叹地说。——这是运气。我从圣诞节节期开始追求她、安慰她，但花落于你。你瞧，我完全不想结婚，即住在自己家就得了，甚至我父亲也不坚持这个，我说服了他。而她——是自由优秀的女人……

——是的，优秀的！——我情不自禁地随声附和。

——本来是吗?

他突然活跃起来，用肩膀推了我一下：

——你瞧，——我比你年轻，脸蛋看起来也比你好些，你别生气，好吗?然而，她选择了你！这么说来，女人找的不是公牛，而是人！

我不十分理解他的话，不知道该说什么，嘟囔着：

——难道你是公牛?

.有这样一句俗话。此前我没有珍惜女人："要女人有如底座，给女人该是鞭子"，——有一首歌唱着。而现在——我思考：也许，我们的妇女本来可以变得更聪明，像城里的女人一样，啊?

现在，当我理解了他的时候，我开始怜惜同名的人，在他面前感到惭愧。我握住他的手问道：

——原来是这样，叶戈尔，请你别生我的气，也别生她的气，你毕竟了解……

他阻止了我：

——嗨，你在这里到底有什么关系？我应当生自己的气，我想过，但未成功。不，关于生气，你就把它放下，应当不要在我们之间有任何节外生枝的事，不要妨碍我们去推动事业才好。我，兄弟，不会撒谎，我觉得撒谎是悲哀的，为什么要撒谎？我不知道，我做什么才好，假若这不是你，其他人……我理解：人做自己一份工作，真诚地享受休息—爱抚……

这番话触动了我。

——谢谢，叶戈尔……

——如果本来是朋友，那就是朋友！——他回答说。

我们俩相互紧挨着，默默地走着。但是，好长时间我在他面前感到尴尬，显然，他感到了这种情况，有一次他问我：

——听说，你开始教导她了？

——是的。

他看着我，微笑，说：

——瞧！确实，我没有猜想到。

我明白，小伙子想说什么。

——她自己，——我说，——提示我的。

——啊—啊？

他很惊讶，并从那时起开始照着父名尊称她。而当他得知她自己设立了书库时，就高兴得哈哈大笑，摇头，高傲地叫喊：

——瞧，竟是这样！兄弟，这好—好呀！既然女人将和我们在一起，那么我要对你说：我们能活到看见惊人的事业！真的，啊？

……我们和库辛的人认识的夜晚这就来到了。整个一天从早晨开始就下着倾盆大雨，我们来到了窑洞，全身湿透了。他们四个人已全都在那里了，还有第五个人和他们在一起。

米洛夫在地下黑洞里忙活，不好意思地弄整齐淋湿的打补丁的脏衬衫，眨巴暗淡的眼睛，用像蚊子那样微弱的声音说：

——你们好，亲爱的客人……嗯，请坐吧！

没地方可坐，因为窑洞挤满了人，仿佛麻袋装满了土豆一样，它是按容纳六个人挖成的，而我们是十个人。

格涅多伊也叫喊：

——啊哈，这就是他们!

他用烟黑弄脏了脸，使劲地睁大眼睛，好像醉意的熊，把板床弄得嘎嘎响，用脚破碎板子，他周围的一切发出噼啪和吱吱的响声，他这是想在洞的一角点燃上松明灯，那里已有一点儿火光，在诱人地、戏弄我们似的吐着亲热的黄舌头。在烟雾和黑暗中听到了萨维里的咳嗽声和他低沉的嗓音：

——你倒是快点儿吹旺呀，格涅多伊!

仔细一瞧，我们看见角落里有三个人，仿佛乡法院在那里开庭：库辛把自己颀长的身体神气十足地伸展在板床上，捋胡须；达尼洛·科西亚科夫蹲在他旁边，这是我们未相约的人，除了名字，谁都不熟悉，他只是大约一个月以前不知道从哪儿来看守斯科尔尼亚科夫的森林的。

——真见鬼！——阿辽沙轻轻地咒骂。——这是带来什么人呀，也不问问我们!

叶戈尔也不满意，鼻子连发呼哧声。我们用板子垫着默默席地而坐。米洛夫踏步，扯住自己的衬衫，喃喃地说：

——水渗入来了……住所遭到了破坏，有两个冬天没有住人了……

火光欢腾，暗色贴着窑洞的黑乎乎的墙壁和顶盖延伸、颤悠，匆匆渗到地上。

——圣火，老天爷，烘干，供暖！——库辛愉快地说。

萨维里瑟缩，咳嗽，阴郁的、毛发浓密而蓬松的护林员像个丑八怪，张开敏锐的小眼睛打量我们。

——起初应当喝酒！——格涅多伊叫喊，从某处拿出两瓶伏特加酒。——为了坦诚。

——为了勇敢！——米洛夫补充说，他蹲在火光前，把五指张开的苍白的双手伸向火光。

——干杯。

火光噼啪响，窑洞的墙壁在惊惶失措的阴影的跳动下摇晃。

——嗯，现在各就各位！——库辛说，他自认为是执事。——必须满怀善良愿望地开始。

——必须马上开始，按士兵的方式！——格涅多伊站在窑洞中间，背对火光，一只手啪啪地拍打着胸脯叫喊。

——你等一等！——萨维里试图阻止他，但士兵很快像火焰腾空而起，转动起来，喋喋不休地说了起来。

——等待，够了！弟兄们，我希望你们说结果是怎样的，就是说，我快到四十岁了，我来到你们这里要说的是：教导我这个傻瓜，是的！教导，别无其他！我准备着！是这样的时代，它带给所有人惩罚，现在孩子们应该教导父亲，为什么？因为他们身上罪孽少些，孩子们身上……

护林员发出咯咯声，也叫喊：

——真的！我有个儿子，华西列伊……

——这里主要的是……——米尔·米勒奇扯住我的衣袖，轻轻地呻吟。——我们生活在小山上，一块面包都没有……

——请给我解释一下吧！——士兵吼着，使劲转动好像烧红的木炭似的眼睛，被烟熏得眼泪汪汪。

——你们想，他们年轻人相信我们吗？一点儿也不相信！小伙子们，是这样吗？我知道！既然我们是下流人，难道可以相信我们吗，啊？瞧我，瞧库辛，难道我们不是下流人？

老头儿向后仰靠墙壁，摇头，说：

——为什么骂人？

——真的！——格涅多伊表示同意。——我这是白说，不应该骂人，小似子们！——他全身抽动，叫喊。男长衣的破碎布条在他周围飞舞，看来，他发火了。——小伙子们，我依次告诉你们，且听着！第一，工作。天啦，难道我不工作？往往是：我耕地，骨头咯吱咯吱响，土地发出呻吟的声音。我工作，大家都知道，大家都看见了！饥饿，弟兄们！难受——所有人都在发号施令！过冬——寒冷，没有劈柴生火使木房暖和，而周围是无边无际的森林！孩子们死亡，村妇哭泣……

萨维里使劲向他挥手，打断他的话：

——打住，不要哀号！所有人的生活是一模一样的。

——不，你撒谎！不是所有人！难道我不如中国人？

萨维里干瘦的脸被跳动的红色光焰照耀得忽明忽暗。他张开总是忧郁的眼睛望着我们这边，不时轻轻地咳嗽几声，不无道理地说：

——他们乡下人本身也知道我表面上的生活。

——让我说，萨维尔！

叶戈尔推我的腰部，非常低声地说：

——士兵被触动了。

——嗯，抓我服役，届满三年，好士兵。我又重新工作了十年。我诅咒土地：恶魔，你使我痛苦和流血！我双脚跺地，真的！你夺走我全部的精力，该诅咒的，而给了我什么，什么？

——大家都一样，——萨维里固执地说。——没有必要诅咒土地，它，土地，是无罪的。

——是的！只是这应当理解土地，应当在人们了解它和热爱它的地方看到土地。我的弟兄们，我看到了！这也是我的转折点。这场战争开始了。帝位、祖国、那个、这个——全被关进了运畜生的车里！俱往矣。时间过了大约一年，突然出现在山下……那是中国方面……我看——天啦！难道为了战争到这里来？为智慧而来！为智慧必须来，但不是战斗，是的！

他骂娘，哀号，跳脚：

——同伴们！人彼此为敌，这是完全不正确的……我是谁的敌人？

——嗨，你这就算了！——萨维里喊。

护林员也说：

——这是不假思索的说法。

士兵闭上眼睛，忧郁地唠叨：

——我知—知道！嗯，是的，啊，天啦！这本来是欺骗，你们是些傻瓜！为什么中国人是我的敌人，啊？嗯，为什么？

——当然，——米尔·米勒奇非常低声地说，——所有世俗的人们关于基督教士们……

——难道他们和我——我们的本意异常凶恶？弟兄们！必然的情况就是：所有人的常规是一致的，即工作为了自己的孩子，所有人的关系是一样的！有关系还是没有？有！比方说，我问这个中国人："老乡，你们怎样工作？"而他给的回答是："这就是我们的工作！"他是个性格温和的、彬彬有礼的、身体魁梧的中国人。他完全不想作战，平静地生活，不介入什么事情，而我们的人却毁灭他——刺、砍、摧残，唉，我的天啦！这是极其遗憾的！假若他想作战，他本可狠狠地揍我们，他乐意怎么揍都行！嗯，他尽管是健壮的人，但是如此忧郁地看一切，想着："瞧，这些恶棍！都是从哪儿来的？"他有土地，管理好它，粮食的乳汁从其中流出，就像牛奶从怀孕的母牛身上流出一样，真的！如果诚心请求中国人，他会教你善良。他是亲近自己土地的人，他懂得土地想要什么，他精耕细作，就像整理床铺一样，唉咳！

——我们的土地在哪儿？——米洛夫非常低声地说。——没有土地……

——只给予坟墓！——萨维里随声附和他。

仿佛某种无形的手抓住人们的胸脯，把大家联合起来，挥舞，农民呻吟起来，开始为土地哭泣。

窑洞里烟雾弥漫，热气腾腾，闷热难当，洞顶上大雨哗哗地下。森林簌簌地鸣响，水流从某处泉涌般地急速流动，像农妇的絮语声。蓝色的火焰在火炉中的木炭上方颤悠、渐渐熄灭。叶戈尔用手指拿起一块木炭，点燃烟卷。他的手指哆哆嗦嗦，脸色怪异。

——住手好吗？——华尼亚轻声地说。

——等一等！快燃尽了！——叶戈尔说。——有点儿冒烟，会熄灭的。

米洛夫往火炉里添些木柴，流泪，因为悲伤还是烟熏的——不得而知。

我脑袋发晕，眼睛模糊。我感到，好像我们大家不是在地下的坑里，而是在汹涌澎湃的河上的狭窄的平底船上。

护林员高声说着自己儿子的什么事，萨维里和米洛夫咒骂农村银行，库辛对激动的阿辽沙大声说：

——真的，亲爱的，是这样！那些老爷们吃得过量了，他们消化丰盛美食的肚子衰弱了！

这些令人不安的嘈杂声盖过了格涅多伊的充满酒气的吼叫声。他闭上眼睛，挥舞双手，大概，他已经不在乎人们是否听他说话。

——我看见了秩序，我看见了！中国人破产结束了，我们开始大吵大闹，要求回家！开拔了。乘行了三五个小时，昼夜站着，饥饿！我们发怒了，破坏一切，砸玻璃，打人，互殴，不能忍受，大家好像是醉鬼，要不就是发疯了。突然，听着，同伴们！我们来到了一个车站，站上没有任何长官，只有一些工人、各种肮脏的平民，他们忽然说：且慢，朋友们！你们这是怎么啦，难道可以折损和破坏财产吗？这都是谁干的？

他气喘吁吁地停了下来，用惊异的目光望着大家。他全身散乱，俨如好斗的公鸡，全身羽毛都竖了起来。

库辛试图劝阻他：

——这个你讲了二十次了。

——且慢！这个必须了解！发生了什么情况？我们不听严厉长官的话，而听了他们的话！无秩序、混乱、暴动，突然没有了长官，大家都是同志！我们得到了各种关照，随意乘车，吃饱饭。我们看到了到处是变革，工人自己管理事务，没有其他任何人。我们此时安静了下来，心想这是怎么一回事？对我们说得极其动听，我们高呼——乌拉！在一个地方一位戴眼镜的年轻的太太煮稀饭和菜汤——这是什么人？同志！她说：一切来自人民，整个土地归于人民，啊？

——米哈伊拉！——库辛绝望地叫喊，——你别说了，看在基督的面上！你把噪音传遍了整片森林，而全都是老故事，都听过了！

士兵终究发火了：

——就算你们听一百次，你们也不理解！——坏蛋们，——瞧，这把我们整个该死的生活翻转过来了！大家都是同志，一切事务掌握在共同的手里，别无其他！

他转向我们：

——同伴们，你们是这样理解的吗？

他用这个问题平息喧嚣，仿佛用皮袄盖住喧嚣一样。重新开始听到火焰欢乐的噼啪声、森林中雨的喧闹声、雨滴穿过冲坏的顶层落下的嘀嗒声。

——让我说句话，——同名的人用长者的严肃的声音说：

——我们正是这样想的，也是这样认为的：所有人都应该是同志，他们必须把世上所有的事务掌握在自己手里。为此，我们首先应当把自己置于紧密的队伍和秩序之中。你，米哈伊洛大叔，是个战士，你应该比别人更先理解这一点。做事不靠喧闹，而靠智慧。说话是杀不了豺狼的，用朽木构建的木房是不经久耐用的。

叶戈尔说话总是一个样子：大声、有节奏、平静。他那高颧骨的脸在说话时总是不会惊慌失措的，只是眼睛炯炯发光，有如阳光下的冰块。有时我和他在一起甚至感到有点儿发冷，他说话的直爽显得冷冰冰的、沉甸甸的。我不止一次地责怪他：

——你很严厉，同名的人，人们害怕你……

而他，半合上倔强的眼睛，解释说：

——现在的人对我来说没有特殊的价值，也许对你也是，因此如果他害怕语言而离去，那就去吧！我们要坚决一点儿，要固执一点儿。为了生命攸关的事业，依据所有书籍和我们的见解所得出的结论，也就是为了全世界当家人生命攸关的事业，是这样吗？为了这项事业，需要坚强的、刚毅的和铁腕的人物，对吗？

我表示赞同：

——对。

现在也是这样：所有的脖子和所有的脑袋向他伸出来，而他确实用语言把它们砍掉。

——众所周知，我们的事业是被禁止的，尽管整个事业在于：我们学习了解环绕我们的深重灾难、贫穷、罪恶的和怯懦的愚昧。我们，米哈伊洛大叔，明白你作了什么样的梦……

——唉咳！——格涅多伊闭上眼睛叫喊了一声。——是的，梦！

——我们还明白：你嗅到了通往另一种公平生活的正确道路。

然而好像忘记了：你是个酗酒的人，也就是说，你不由自主地说不论什么样的酒醉的话，而人们因此可能承受灾难。

——等一等！——格涅多伊伸给他一只手，小声地说。——当然，我喝酒……为什么？战前我本不喝酒，即不喝醉，但像现在这样不曾有过！我怜惜自己！兄弟，这损害了我的心和头……但我现在要葡萄酒，那又怎么样呢！

华尼亚紧贴着我的耳朵说：

——叶戈尔向后转了……

我看见库辛气鼓鼓地瞪着同名的人。

“不好！”——我想。

阿辽什卡揉搓自己的膝盖，冷笑。尼金像往常一样沉默，似乎用眼睛猎取周围的一切。火炉中的火焰在跳动，腾起红色闪变的生命，唱起轻柔欢乐温情的歌儿。风在吹，树在摇，雨在飘洒。

乡下人闷闷不乐，默默无言，皱起眉头，望着叶戈尔。窑洞里灰暗的阴影在浮动，已不惧怕火焰的跳动。

——瞧你，——多谢金继续说，——在富人街上捡来骂人的习惯，他们不会因此忌妒死的，米哈伊洛大叔……

库辛咳嗽几声，庄重地说：

——你，叶戈鲁什卡，二十六岁，好像记得：这里我们大家比你年长，不算你的同伴。然而你说起话来却如此官气十足……

——也好，你们喜欢长官……

——也许，我们老年人也有值得学习的东西……

——我们向你们没什么可学习的，彼得·华西里伊奇……

他们俩彼此冷眼相觑。

——这样！——库辛气恼地说。

——是的！——叶戈尔说。——你们能教会我们什么呢？在整个俄罗斯土地颤动的时刻，你们在哪儿？

——我们不明白……——萨维里说。

——由于你们不明白，许多人死亡了……

——别说这些话了吧！——护林员请求说。——我们明白：你们的真理，就是所有人需要的真理，为了生活……

——我们聚会不是为了争论！——米洛夫畏怯地提出。

——应当说说关于做什么和怎样做的问题，——萨维里若有所思地和小声地说。——当然，我是个失去了健康的人，我还能活几个月，而不是几年，然而，哪怕最后能活得更聪明一点儿。我提早无罪死亡，应当清账才好……

多谢金再次说：

——我不想委屈任何人，我说的是让你们明白：事业是伟大的，它需要所有人，而在这个事业中我们比你们懂得多些；即使你们年长，我们不说我们比你们聪明，但我们更有文化一些。

——嗯，是的！——库辛叫喊了一声。——或者我们争论？你们说说你们的计划。

叶戈尔指着我。

——这就让同名的人给您说吧。

近似争论的这次交谈引起了我内心的忧愁和勇气：怜惜乡下人，他们眨巴眼睛，好像天亮时的鸮，我明白他们每个人在决定走向他们认为是连裤子都穿不上的穷小子之前，都大大地改变了心中的忧愁和痛苦。我喜欢华尼亚细心的和忧郁的沉默，以自己贪婪的目光使阿弗吉伊不安，完全不理解叶戈尔危险的直爽。

我开始讲我们联合民众的工作计划，首先，我明白我的思路是清晰的，语言是有力的，后来，我忘了注意自己，忘了一切，除了我相信的东西之外。一片模糊，有如遥远的星星透过晨雾，我看见自己周围人的目光，感到我造成的寂静。当尼金抓住我一只手高声说话的时候我才清醒过来。他说：

——等一等！

所有人都紧张地探头向着窑洞的门，门后清晰地传出嘈杂声、叮当声、铁皮的铿锵声。门缓缓地打开了，小警官弯腰笨重地进入到地坑里，忧郁地说：

——你们好！

库辛慢吞吞地、气鼓鼓地回应了一句：

——你好，假如不是开玩笑！

护林员向火炉挪动一步，拨弄了一下烧焦的木柴。火焰欢腾。

米洛夫蹲着，抱歉地从下到上看着小警官，好像狗看着马那样。遗憾的是，他没有尾巴，否则他摇尾，可怜的人！

——罪人的会议这算什么？——谢苗闷声闷气地问。

格涅多伊吼叫：

——你别破坏喜剧才好！

——你需要什么？——库辛迅速大声地问话。

——彼得·华西里伊奇，这是你把民众集合起来的？

——嗯，比方说，是我……

谢苗站在阴影里，用无形的目光环视人们，他头上戴着黑色围巾帽，罩着模糊的脸庞，从肩到脚披着被雨淋湿的漆布，火焰的反光在漆布上好奇地晃动，水闪着亮光直往下流。他的这身着装好像修道士，他像朗诵祈祷文那样喃喃地说：

——就是说，你们在座谈……关于宗教的辩论……这没有关系，是准许的……这未被禁止！

库辛恼怒地讥笑，望着他，而格涅多伊突然像妇女似的叫喊：

——你走吧，去吧，去告密，犹太的儿子！

萨维里令人惶恐不安地发出嘶哑声：

——你不得善终，里亚多夫，出卖灵魂的人！

小警官抬起头，闷声闷气地说：

——你走！

当怀着深深的忧愁说出的这句话落地的时候，我的心忐忑不安地颤动了一下。他的漆布窸窣作响，他沿着塌陷的台阶缓慢地往上攀登，忧郁地大声说：

——去磨坊，去小酒馆，萨什卡来了并说，你们这里怎么样……我应当知道……谁——什么地方……

然后，上面传出了他生硬的嗓音：

——哦……嗨！魔鬼……

马蹄声嘚嘚，踏出泥土飞溅。

于是大家突然开始急忙地、不安地、笨拙地说……

——醉鬼！——格涅多伊说。

——当然！——萨维里肯定地说。——从小酒馆出来的。

——也许，骂他是徒劳无益的！——库辛微笑着指出。

护林员摇头，说：

——他是你们这里的不速之客！

——萨什卡能从谁那里知道情况？——叶戈尔严厉地问。

萨什卡——这是阿斯塔霍夫的工作人员。阿辽沙抱歉地解释说：

——当我们和伊万同行时，他看见了我们。

——看见了？——叶戈尔再问，思索。

传来了阿弗吉伊凶狠的和响亮的嗓音：

——我告诉你们：库济马·阿斯塔霍夫派遣了跟着我们的讨厌的侦探，萨什卡和莫凯伊到处打听我们的情况。

尼金说了很长时向，在空中挥舞双拳，露出愤怒的脸色。乡下人默默地听着，但显然不相信他，因为知道他和库济马的女儿的浪漫史。

——嗯，去他们的吧！——库辛感叹地说。——这有什么了不起——跟踪！瞧，——他转向我，——你说得好，叶戈尔·彼得罗夫！好像念圣诗！

格涅多伊插嘴说：

——这就是人们在铁路上所说的情况，我听过和想起了此事！

库辛若有所思地继续说：

——也许，达不到，但生活着，相信这样的世界，这我明白，兄弟，好好地随这个世界活下去！

米洛夫站起身来，轻轻地说：

——不是回家的时候了吗？他走了，这个……

除了萨维里以外，大家都笑了。萨维里目光炯炯，挥拳威胁，一口气说下去：

——我现在明白：他们为什么如此恶狠狠地喷射出蛇一样的唾液，因为如果人民走上了这条道路，他们跑到哪里去，啊哈！？

——是解散的时候了！——叶戈比从地上站起来说。

萨维里问：

——谁留在这里和我一起过夜？

米洛夫同意和他在一起：

——你不宜冒着潮气行走，让我留下来。

我发现护林员看着我，朝着门给我使眼色。这是什么意思呢？

除了库辛、我、叶戈尔和护林员以外，其他所有人都留了下来。

我们从洞坑中走出来。昏暗、潮湿，像在深井中一样。雨停了，但风摇晃着树木，又大又沉的雨滴从树上滴落到我们头上

——给我们一盏灯也好啊！——库辛跌跌撞撞，叹了一口气。

——给一辆四轮轿式马车更好！——叶戈尔愉快地指出。——那是给高级僧侣的……

护林员笑了。

看不见的溪水在脚下奔流。潮湿的夜严密地笼罩在地面上，大地气喘吁吁地吮吸着滋养万物的水分，像婴儿吮吸着母亲的乳汁一般。

——兄弟，叶戈尔·彼得罗夫，你说得好啊！——库辛嘟囔着，他踉跄着走在我前面，把大量的泥水溅在我脚上。而你，多谢金，有问题！你，亲爱的，不好……

叶戈尔平静地回答：

——你，彼得·华西里伊奇，我请你不要接受我说过的关于我自己的话。

——全都一样！——库辛说，但已缓和些了。——这全都一样，——是我或不是我。

护林员从后面揪住我的袖子低声说：

——我应当和你谈谈才好……

——谈什么事？

——有事。这里现在有一条小路拐弯通往我的守卫室，也许，你顺路去一下？只有约一俄里远。而他们，就让其继续直行吧……

在流水的哗哗声中和树林的簌簌声中，我勉强听得见他的低

声絮语，不由自主他放慢了脚步，而库辛和叶戈尔已渐行渐远，在黑暗中潜行，消失在黑暗中，像鱼类潜入水底深坑。

——请原谅，——护林员推着我说，——这也是转变……您知道菲里普·伊万勒奇吗？

我战栗了一下，警觉起来，沉默。

——他曾被流放到了纳里姆市，还是怎么啦？

——我知道的不多。——我说，但自己甚至高兴得双脚颤抖，那个菲里普是我亲爱的人、我的精神教父、老战士、监狱居民。他在变革前也曾两次在流放地待过，变革后他是第一批人中之一逃跑的。在构建新生活的事业中，他是一位身体魁梧、乐观愉快、充满活力、不知疲倦的人。

——他在哪儿？——我问，同时已经感觉朋友就在近处。

——在城里，——护林员轻轻地说。——他是和我儿子一起逃跑的，通过我儿子我收到了他给您的便条。

——给我吧！

——怎么样？它缝在了帽子里，在这里也不能读，天色昏暗。

是的，不能读。周围一片潮湿，热流滚滚，这一切仿佛都因高兴而消散了，一切都在深沉地呼吸，贪婪地亲吻，向着带走地面潮湿的乌云表示谢意地低声细语。

——我们快走！——我说。

黑压压的树林后面，黄色的光亮像眼睛一样闪烁，凝视着黑暗，穿透着黑暗，颤悠悠地迎接着我们，似乎也满怀急不可待的心情。

我们站在一侧向地面下沉的守卫室旁边，护林员轻轻地敲门，是谁的尖细嗓音多疑地问：

——谁在那里？

——开门，叶莲卡！……我的女儿，她是女主人……

我们走进了守卫室，这里有炉子、简单的板床、两把短板凳、一张桌子，桌上摆着灯，一本翻开的书放在桌子上，浅色毛发、翘鼻子的少女背朝窗户站着，不断地打呵欠。

——妈妈呀，怎—怎么湿透了！——她用断断续续的声音说。

——你，有什么奇怪的，把茶炊烧开才好呢！——护林员在门槛旁脱掉湿衣服说。

——我已经烧开了。

——嗯，聪明的女孩子！瞧，现在穿上干衣服多好啊，是的，除了裤子以外，没有备用的衣服。嗯，叶莲卡，我再脱下裤子……

——也有一件衬衫，干了，我把它在炉子上烤干了，——女儿说，同时扔给他一块灰色的破布，操心地把小型铁皮茶炊、带把的杯子摆在桌子上，放上面包。她动作敏捷、不声不响。我脱掉满是泥水的靴子，望着乡下人：强壮、圆脸、浅棕红色毛发、碧眼，目光严肃和善良，总是歪着头。

——你的脖子怎么啦，同志？

——乡下人，见鬼……

——为什么？

——因为职务！

——太勇敢了！——女儿鄙视地笑着说，同时用鼻子抽气。

——你，闭嘴！我揍你——勇敢！——护林员温柔地嘟囔。

——我害怕了！——女孩激动地笑着说。

——我吓着你了！

叶莲卡嗤鼻出声，友好地望着我，我也笑了。

——来了三个人，——护林员无恶意地叙述，同时把湿衣服放到地上，——就是说，我突然遇到了他们，于是打起来了。我猛击了一个人的双腿……

——应该如此！——叶莲卡嘟囔着，再次不以为然地嗤鼻出声。

——可是，——他继续说，同时用编草鞋用的弯锥拆帽子，——另一个人用棍子打在我脑袋上！我也就扑通一声倒下去了……

——你拆帽子干吗！——女儿叫喊，并走近他，——拿过来！

——给你，拿去吧，看你叫喊！看你撕碎它，反正它是皮的……就是说，我扑通一声倒下去了，而脖子撞在树枝上，撕伤肌肉深达脊椎，差一点儿就死了……地方医生列弗申，或者叫列弗希秦，感到吃惊，他说：嗯，大叔，你满身的血！我对他说：乡下人也需要许多的血，每一位过路的人都喝他的血，就像喝溪水一样。足够吗？这就是它——字条……

我读完字条，笑问：

——丹尼洛·雅科夫列维奇，你这是怎么啦，倾向于人民的事业，同时保护敌方的财产，准备杀人吗？

他揉膝盖，摇晃身子，庄重地解释说：

——这原本是很早以前的事，是在转向暴动之前两三年的事，那时，华修特卡在她那个年纪的时候走来，他向着女儿点头，而叶莲卡给杯子里倒茶，使尽全力用钝刀子切又干又硬的面包。

——在那个时候，我和所有人一样，是个幼稚的人，原本谁也不知道和未预感到人民的力量。其次，我从小就爱森林，这是大地上浩瀚的景物——森林呀！大地的毛皮大衣和节日的服装。不能让大地裸露，不能让大地冰冷，让大地难看也不行，大地本来就非常抱怨我们！乡下人因为气愤在森林中一无所见，不明白这是怎样的朋友、保卫者。他们胡乱地砍树，不善于剥树皮。民众仍然是粗野的！叶莲卡，你去炉子上睡觉吧……

她一目十行地浏览书本，啃面包，头也不抬地问：

——难道我妨碍吗？

——为什么？我们没有秘密！是你睡觉的时候了。瞧，你会变成盲人的！

护林员向我使眼色，显然，他夸耀女儿。

——你读什么？——我问。

——历史。

——什么历史？

——俄罗斯历史。

——谁的？

——女教师给的。

——不，我是问：谁写的？

她吃惊地举目盯着我回答说：

——人写的！否则到底是谁？

——她在我这里爱读书，——护林员若有所思地说。——这新的精神也触及她。我笑她：叶莲卡，谁将娶你这位学者为妻？而她，傻乎乎地生气！前几天，奥丽嘉·达维多芙娜曾在这里，你知道她是来自马林卡的干瘦的女教师吗？她这样说：俄罗斯人民经过自己不幸的苦海过渡到光明的福地的时候来临了，真—真的！

——是有趣的书吗？——我追问少女。

——还行！只是写关于沙皇的事多些，而写关于我们的事很少。

——关于谁——关于我们？

叶莲卡吃惊地看了我一眼。

——关于乡下人。你是怎—怎样的理解力不强的人呀！——她说，并难过地不时微微摇头。

她的父亲则咧嘴大笑。

“怎么样，她使你下不来台了？”

风儿在窗外呼呼地吹，不时把豆大的雨点洒向玻璃窗户。守卫室内暖洋洋，散发出干草莓、针叶和新韧皮的气味。茶炊吱吱叫，书页沙沙响。

——谈谈关于你儿子的事吧，——我请求护林员，——他是怎样的人？

他耸动肩膀，用宽大的手掌稳重地捋棕红色的胡须，用满意的口吻叙述：

——当然，是个年轻人。你瞧，我们是没有土地的人，我父亲因移民而脱离了土地，而我，记忆犹新，总是在人群中和庄园里转悠。我当完兵，受雇去做护林员。我娶了一个年轻的寡妇，她的丈夫曾是砖匠，被砌体上的一块砖砸死了，当时人们在县里建一所监狱。她是个好女人。在第一年他追上了，华修特卡呀。他在我这里处处是第一，在各方面！他学会了识字，进入了康斯坦丁诺夫斯克庄园，那里有收割机、脱谷机和其他机具。而司机原来是新人，是你们的人。

——你是说：是我们的人。

——嗯，正是这样！不过，我是怎样的战士？我认识几个字。嗯，我发现：华修克读书，对待一切都很严肃。我问：向哪里去？他说：老爹，没有别的道路！我们发生了争论。然而，我感到他是对的，恶棍！在和他的争论中我自己也懂得了一些事情。此时正好是人民中的变革来到了，我看到华西卡到处都走在前面。他举行罢工，散发小册子和传单，演讲。人民尊敬他，别看他才是二十岁的小伙子。嗯，我想：让上帝祝福你，而我——不是障碍，而且也不可能成为障碍，晚了！再说，干吗要制造障碍呢？我自己没有产业，因此，他自己自由安排自己的生活。

叶莲卡停止了阅读，聆听父亲的讲话。在她扁平的小脸庞上，一对淡蓝色的小眼睛闪烁着沉思的和呆板的目光，半张开着嘴巴。

我感到，护林员心情忧郁，但仍然是对自己的血亲感到满意的人，他像指着遗传下来的珍宝似的说：

——我和她，——他向女儿点了一下头，继续说，——经常想起他，她爱他。

——他开始讲述关于华西里的事儿，——叶莲卡开始兴奋地说，——他瞎说呀，瞎说，那都是完全不曾有过的事儿！

护林员哈哈大笑。

——多么可恶的小女孩！瞧，她是怎样说父亲的？

他善良的脸上露出一丝窘笑，神秘地和小声地对我说：

——她，叶莲卡，是对的。您知道，我说他，说着就不知不觉地有点儿添油加醋了，得了！我添加的不是坏的，而是好的，只想说很好的，可爱的人！嗯，你想跑到前面，难道这是罪过？要知道，反正都一样：对人们来说，另一种选择开始了，代价更高了！瞧，比方说，人们帮助华西里逃跑，而道路是遥远的，就是说，要花大量的钱。大概，人们不会帮助庸俗的人。我曾经在他那里待过，去过县城，秘密地，夜晚，没有发现小伙子，是呀，真的！两年之间变成如此温柔、乐观，完全不像我的儿子——这一切神奇得很！他的同志几近白发苍苍，还像椋鸟那样跳跃！总是喧闹，那样机灵和滑稽——真糟糕透了！他按照农民的方式说话，带些俏皮话。他的俏皮话如此之多，仿佛是从全世界收集来的。需要乐观的人，快乐的人很少，然而，他们正在诞生！好人走了，此外没什么可说的了！如果大地能够诞生这样的人，就是说，大地是美好的和坚强的，大地呀，难道不是这样吗？

——是的，达尼洛·雅科夫列维奇！——我轻轻地回应，而心里甜丝丝地荡漾着清晨的幸福的欢乐。

当我准备离去的时候，护林员问：

——你们的小警官是什么人？

——不知道，——我说。

——奇异的！不久之前的一个夜晚，我绕过森林，而他宛如一座铸铁纪念像屹立在马背上，站在田野中央。我久久地望着他，然后呼唤了一声。他回头看了一下就跑开了，显然，没有认出我来，可是他原本经常到这里来。口头上他似乎是通情达理的，瞧他那对眼睛是咄咄逼人的，从其中流露出凶狠的光焰。

——他是个病人，——我说。

我在黎明前离开了他们。我沿着林间小路款款而行，轻轻地歌唱，无奈地沉默。夜晚下过雨，夜色淡下去了，清瘦疲倦的乌云在森林上方漂浮，浸透水分的草沉甸甸地俯身到地面上，树枝懒洋洋地低垂，但仍然在飘浮，欢乐的小溪流水潺潺，流入低地躲避临近的太阳，以便白天不被太阳晒干。我不慌不忙地走着，心想：

“作为大地上的人多好呀！”

骤然，仿佛火花喷发，我想起了小警官，不久前我得知他围着华尔华娜身边转悠。我问她：

——这是真的吗，华丽娅？

她笑着说：

——有那么一点儿！

——你怎么没对我说？

——这与你有什么关系？

——怎么啦？

——干吗要徒劳无益地打扰你呢？嗯，乡下人发出呼哧声，咕噜响！我不会让他动手，别担心！而你在这里能给予什么帮助？你将给自己树敌，别无其他！你理解和做好自己的事情吧。

她如此坚强、率直，在我面前亭亭玉立，爽朗地微笑，她的眼睛放射出炽热爱抚的光芒，我深感暖意。

在这次聚会之后，库辛经常到我这里来，往往坐上两三个小时，兴致勃勃地讲述古老的事情。他滔滔不绝，你就认真听吧。他一杯接一杯地喝茶，没完没了，大汗淋漓，解开衬衫领扣，回忆痛苦的往事、简单得可怕的俄罗斯乡下人的生活。他那洪亮的、惯于讲话的嗓子发出拖长的低沉的声音。应该说，当乡下人精神有点儿失常时，他就立即开始谈论自己，好像谈论著名的造反者一样。

——上帝啊！——他叫喊起来，——既然我们历来就造反，那么我们怎么就对此不理解呢！在一八八五年我们十分之一的人挨了鞭笞；在一八九三年有五分之一的人挨了鞭笞，我们村里有四个人被流放到了西伯利亚！我父亲被鞭笞了三次，祖父——不知是多少次！

就这样，他谈到了远祖，想起了所有的鞭笞，仿佛使之作为自己的功绩，就好像士兵看待为他的英勇而授予他的勋章一样。

有时，当我听到这些故事的时候，就懊恼地想说：

“大叔，生活不是建立在你夸耀对之忍耐的那个地方的！”

在变革前夜，在一九零五年，我在一个富裕村镇的一次集会上演说过，在我演说之后，老年农民激动得叫喊起来：

——亲爱的，你是学者，请记住：拉辛[①]定居在什么地方？在我们这里！为了他——斯捷潘·季莫费伊奇，我们有多少人被吊

① 拉辛（Разин, Степан Тимофеевич，约1630—1671），1662—1663年为顿河哥萨克统领，1670—1671年农民战争的领袖，后来被哥萨克上层出卖给沙皇政府，在莫斯科被杀害。——译者

死—打死了，成千上万！普加乔夫[①]事件也没有放过我们：那就是我们战士的坟墓，瞧，就在那小土山上！长臂公爵折磨、打死了我们许多人，随便把他们扔到河里！

那些卑鄙的人很快就安排了大屠杀：杀害了教师、医生和某些年轻的小伙子，烧毁了茶馆和图书馆。

被打的人喜欢打架，给他一根棍子，母亲不怜惜父亲，只想撒气。

库辛也是历来的造反者。

——您，上帝的年轻人，当然比我们强，因为您有所有人都可接受的广泛的计划……

阿历克谢伊嘟囔着：

——嗨，并非所有人……

老头儿很少注意到阿辽沙，他没有看他那有如在夜鸟大麻鸻那里一样不祥的、因喝威士忌酒而瑟缩的脑袋，没有看见嘲弄的、有点儿歪斜的、总是戒备地向前拉长的鼻子。

他在称赞现在的同时又继续夸耀过去。

——我们这些老头子往往也闪闪发光！我的家族，比方说，自古以来就是造反者的家族！我记得我小的时候就对我讲过：长官使伏尔加河那边我们的隐修院破产了，我在少年的时候就见过凶狠的事情——躺着造反。

——什—什么样的造反？——阿辽沙惊奇地叫道，调皮地眨巴褐色的眼睛。

——我不记得那种造反的原因，只记得我们乡下人拒绝支付赋税和耕种土地，其中也有我的叔叔和父亲。派来了士兵，开始了深重的苦难：士兵把乡下人带到地里，迫使他们走向木犁，赶快，去劳动，没出息的狗崽子！而人民则俯首趴在地上，一动不动地躺着……

——这—这样的造反！——阿辽什卡冷笑了起来。

---

① 普加乔夫（Пугачев, Емельян Иванович，约 1740—1775），1773—1775 年农民战争的领袖，顿河哥萨克，后被阴谋分子出卖给沙皇当局，在莫斯科沼泽广场被处死刑。——译者

——他们把乡下人提溜起来，让他们跪下来，而他们再次跌倒下去。就这样又躺下了。我父亲被殴打致死，叔叔科尔涅伊是位强壮的乡下人，永远失去了健康，也活了不多久——两年或三年。他俩是主要的领导者，比其他人受的折磨更多。

老头儿转过身去，望着窗户，我觉得他那黄色的颅骨好像是浅绿色的。静悄悄的夜弥漫着忧郁的回忆，在窗外缓慢地从东方移向西方。

——而你，彼得·华西里伊奇，也挨揍了吗？——阿历克谢伊严肃而腼腆地问。

——所有人都挨揍了，年轻人！村妇们也挨揍了！小小的士兵强暴了她们。他们糟蹋了差不多所有的少女。此后我们村里经历了深重的苦难，人们夏日有如生活在冬夜：大家被打得头破血流，深感委屈，彼此躲避，见到人的悲痛的目光而觉得羞辱。

阿辽沙尖声可憎地叫骂，在长凳上翻来覆去，就像捕获的狗鱼在热沙上。而老头儿长吁短叹，一页接一页地翻遍自己生活中艰难的篇章。

——于是我决定抛弃农业耕作，就是说，潜心学习，可是书本不能抑制我的整个本性，我非常贪求有关妇女的事情，上帝呀，宽恕吧！我想：我这与其说是因为淫荡，不如说是由于悲痛和忧伤。读书，这好呀，当你走向街头，丑八怪！嗯，想要亲切的目光、善良的语言，除了妇女以外，你向谁去寻求爱抚？她、我们的村妇，爱抚有如给半死不活的人的活命水。现在一切都变成另一番景象了，甚至少女也仿佛是另一个样子，不需要你们稍许关注她们，不知是她们更聪明了，还是更凶恶、更勇敢了，是不是……应当想到她们会大显身手的。

——没有衬衫！——阿辽沙嘟囔着。我这位最可爱的小伙子在华丽娅那里寻找自己的衬衫遭受失败之后成了不喜女色者。

——是的，小伙子们，我们老年人看得一清二楚：如今一切都动起来了，一切都集合到一两条路线上，这里是绵羊，那里是山羊，或者那里怎么说来着？一切都迫使人的生活去寻找自己的定义！瞧，一切都拉着我这个老年人的心向着你们！回忆我的青年时代，一无所有，除了少女、村妇以及殴打和打伤她们以外！

阿历克谢伊追问：

——你怎么成了博览群书的人？

老头儿冷笑，仿佛碎玻璃刺在他喉咙里。

——情况就是这样！就是说，我常去富人的住宅，乞丐待在饱汉身边，我给他们谈上帝，为了使他们恐惧和令人快乐。我在他们面前仿佛是个兽医，给他们放脏血。民众是极其低微的人，这是显而易见的，是低微的人！昨天还是裸体赤足、有罪的奴仆，而今天，你瞧，吃得很饱、装腔作势、自夸大腹便便、贪得无厌！贸易，当然，今天一个铜币，明天就获利。瞧，由于五戈比硬币的流入，或而想起上帝，忽而忘记，异教徒！你教导他，而教导是为了安慰，可是我干吗要安慰他，既然这对我来说是个肮脏的职位？你常常说些吓人的话，看来骗子们不觉得可怕！他们有如糖浆中的苍蝇那样生活，他们心满意足、有吃有穿、温暖舒适，只是也害怕死亡，而死亡还远着呢！你不可忍受地想搅乱整个住宅，嗯，往往开始使少妇发窘，她们是富足安康的主要基础。

我不时看看阿历克谢伊，看他怎样接受这个说法。我担心，不要嘲笑老头儿才好，但是阿辽沙的敏锐的眼睛放射出严肃认真的目光，嘴唇紧紧地闭着，满脸铁青。接着，冷淡地、暗含嘲笑地、声音清脆地荡漾着老头儿的高嗓音。

——我这个乡下人还曾可以，愉快、健康、吸引女人未经受特别的困难，她顺从了，那时家里一片混乱景象！我曾是个恶人，好像荒漠中的林鸮！当然，人们揍我，瞧，一条腿被捕兽器夹坏了，后来这条腿在医院截掉了……

阿辽沙轻轻地说：

——哎呀，显然，你一生受害了！

老头儿微微眯缝起眼睛，朝他那边看了一眼，回应说：

——是的，我不祝愿任何人，甚至也包括仇人……

从那时起，他们开始更亲切地彼此看待。

有一次，在节日里，傍晚，我们一伙同伴坐在河岸小河湾上面我们喜爱的地方，那里河水类似于爱吃醋的情妇缠绵地和顽强地冲刷河岸，旋流，仿佛自我相抗，使椴树、山杨树和桦树的根裸露出来。

这个地方对我们来说之所以好，是因为从此地看得见村庄、河那边的条条道路，这样我们就可以立刻发现：是谁往哪里走去。如果我们觉得有什么形迹可疑的情况，那么在我们后面是森林，前面是浅滩。

我们聚在一起谈论格涅多伊：在窑洞里聚会之后一个多月过去了，士兵至今没有喝酒，而在最近的礼拜天他饱含辛酸的眼泪大闹了一场：像勇敢的丧家犬走向街头，破口大骂斯科尔尼亚科夫、阿斯塔霍夫，于是被带到了乡里监禁了起来。

情况是这样的：中午，午饭后，我和阿辽沙上街，我们要去看看库辛，他准备去城里，忽然我们听到我们的朋友像喇叭那样洪亮的嗓音：

——喂！斯科尔尼亚科夫！尊敬的人，你在哪？你最好到街上去，向世界展示你这极不要脸的东西才好，恶霸！或者说，你这强盗，你无耻，显然，扒灰佬，你怕见人？

——必须阻止他！——阿辽沙说。——你别去，我一个人去好些。

——不会有效的！——我说。——当他见到你时，他的思想会转到危险的方向，对我们来说，结果可能反而不好。

阿辽沙同意了，于是我们开始从远处注视着这位战士。

斯科尔尼亚科夫的房子是高楼，底层是砖砌的，士兵站在房子前面，仰起头，以致帽子跌落到地上。房子里有个什么样灵敏的人急得团团转，匆忙地从窗户跑向窗户。乡下人、村妇、小孩子们急匆匆地从院子里跑到街上听士兵的诅咒，后者吼叫：

——哪怕你向窗外看一眼，伊万·扎哈罗维奇，露露脸，可敬的人，我们全体一致地鄙视你！

老太婆拉普节娃在自己身上画十字，弯腰，拾起格涅多伊的帽子，细心打净帽子上的灰尘，站在士兵后面。人们聚集在他周围，大家开心，彼此使眼色，唠叨，对这场吵闹感到满意，怂恿格涅多伊：

——闹得好！

——揍他……犹大！

——囚犯，别吝惜口舌！

——叫喊吧，中国人！

金色的太阳悬挂在村庄上方炎热的天空中，笑得令人目眩。

——骗子，告诉我们大众，——士兵生硬地说，——当你在我们这里中断租赁的时候，你给了主管人员多少贿赂？说说都怪哪位老爷而使希什林一家去要饭了，列戈斯节夫夫妇饿死了，拉普节夫·格利戈利精神失常了？唉，老鬼，你是不是为你磨坊的秘密小酒馆收取了许多租金？你出来反抗真理啊，好不好，你胆怯，躲藏起来，该死的守财奴！嗯，让我们来辩论一番，大骗子，滚出来！

乡下人一步一步地走近士兵，停留在他后面，操心地低声提示他：

——为费克露什卡，为那个女工，呐喊，别忘了！

——当作出收拾小酒铺的判决时，他捍卫过她，所以她在他的住宅里。

萨维里蜷缩在一边咳嗽，好似乌鸦哑哑叫。小孩子们旋风似的奔跑，空中飘荡着尖叫声、哨声、哈哈大笑声，这一切盖住了格涅多伊有力的噪音。患精神病的格利戈利的母亲、老太婆拉普节娃站在士兵的后面，双手拿着他的帽子，摇晃着脑袋，乌黑的嘴唇微微地颤动。

当士兵走过库济马·阿斯塔霍夫的窗户底下时，她匆忙用碎步走在他后面。她瘦小、双倍的驼背、穿着破烂的衣服。

——唉，库济马，歪肩的丑八怪！——士兵挺起胸膛，情绪激昂地说。——到这里来吧，我将揭穿、暴露你那肮脏不堪的灵魂，让它亮在人们面前！你们，魔鬼，最后的时刻来临了，向人民悔过吧！讲一讲你是怎样逼迫人们让你的朋友、骗子米什卡·马斯洛夫进入杜马的！黑色百人队的长官，唉，到这里来出示丑恶的嘴脸，告密者，老暗探，告诉我们大众：你什么价钱出卖耶稣的?

——嗯!——阿辽沙嘟囔着,——得啦!

——干吧,格涅多伊,——乡下人激动起来,大喊大叫,——为大家说话,米尔的灵魂!烧毁它,我们的悲痛……

眼看着人们开始砸阿斯塔霍夫家的窗玻璃。

但是,库济马个子小,而且胆大。随着噼啪声响,窗户敞开了,一个蛇一般尖细的头探了出来,颤动,闪过一个昏暗的矮小的个子,老头儿扯开高嗓门恶狠狠地尖声叫喊:

——啊,再次来了,酒鬼、中国人、祖国的叛徒!

士兵听到这些话,挺直身子,在头顶上挥动双手。

——别说了!谁——祖国?这是你,狗崽子,是我的祖国吗?士兵这是为了像你这样一些骗子而干苦差事的。你是大众的仇敌,你是煽动者和叛乱者,你们毁灭了真理,掠夺了土地,正在伤害人们!

——你撒谎!——老头儿号叫,其声周围五俄里远处都能听见。他是个软弱无力的人,在窗户中晃荡,活像风雨飘摇之日菜园稻草人身上的破衣烂衫。

——民众!你们听谁的?逮捕他吧!叫小警官,玛丽娅!莫凯伊!萨什卡——到这里来!

民众沉默,大家像秋天的乌云一样忧郁地站在阿斯塔霍夫房子旁边,三分之二的村镇处于库济马的奴役之中,他能在任何时日使任何人沦为乞丐。只有老太婆拉普节娃不弯脊背,奇异地把头往后一仰,听不见低声细语说什么;萨维里在人群中转悠,目光炯炯有神,发出呼哧声、咳嗽,拉着人们的胳膊肘,激发因愤恨而冷漠的心灵。

他们,阿斯塔霍夫一家五口人一起生活,即库济马和老伴、玛丽娅、儿子和儿媳。儿子莫凯伊耳聋、失明、不会说话。女儿玛丽娅是个寡妇,肥胖,正当盛年,内心善良,对于年轻小伙子总是动心,所有阿斯塔霍夫的工作人员和她一起生活,这已成习惯。恶毒的小老头儿库济马·伊里奇本人凌驾于所有人之上,就像屋脊上的公鸡。家庭和村庄都怕他。

——同胞们！——士兵一只拳头指向窗户大声叫喊。——这就是为了他们这些富人，他们在土地周围驱逐我们，为他们流着乡下人的血……

——无法跟他说话！——阿辽沙想到，他和我并排站着，无助地环顾四周。

——为了让他们每天吃肉汤……

萨维里缓慢从侧面走近窗户，他双手拿着棍子。

——啊呀，见鬼！——阿辽沙低声细语地说，他的脸色变得煞白，奔向残疾人。

库济马探出上半个身子来，粗野的尖叫声在空中振荡：

——啊—啊—啊—啊！原来如此，这就是话语！嗯，米什卡，你的生活要完蛋了！给你的苦役，啊—啊—啊！人民！有些人听见了——抓住他！背叛！俄罗斯，谁了解，抓住他！说要反对俄罗斯！就是这个人反对俄罗斯……

但是，这时人们哈哈大笑，众所周知，老头儿说出了他心里的不妥的大话。

——嗨，你再说俄罗斯，库济马·伊里奇！——某人挑衅老头儿。

——而你，格涅多克，未曾使俄罗斯振作起来！

——库济马，你加强俄罗斯吧！

——阿斯塔霍夫会支撑的，他是有力气的！

老头儿依然叫喊，喊出放肆的语言像蝙蝠一样在空中飞舞。

睡眼惺忪的、阴沉的小警官像昏暗的云彩一样从大门中浮现出来。他懒洋洋地走近士兵，人们不由得闪开，于是留下了格涅多伊一个人，只有老太婆拉普节娃双手拿着帽子站在他身后。

——我有十字勋章！——士兵跺脚，叫喊。

——别叫喊！——小警官皱着眉头说。

格涅多伊挥手：

——走开！

——走吧，走！——小警官发出嘶哑声，把士兵推向很凉的集会屋。

老太婆拉普节娃摇晃脑袋，默默地把帽子递给格涅多伊，他拿着帽子扣在头上，缓慢地走在小警官前面，叫喊：

——见你的鬼去吧，糊涂的丑八怪！你感到羞愧才好，出卖灵魂的人，支持骗子！还是个士兵！士兵应当是真理的捍卫者，而你是谁？不露声色的畜生！

谢苗默不作声。此刻谁看见他的脸，据说是一张可怕的脸。

众人得意地微笑，分散各自回家。他们扎堆走着，悄悄地说话，已对格涅多伊不表现出任何兴趣了。

而在村庄上空依然飘荡着凶狠的和惊慌的叫喊：

——打死，吊死，啊—啊—啊！

我们聚集在河上对这场大吵大闹也进行了讨论。

叶戈尔·多谢金吸烟，那烟草呛人的烟盖过了蘑菇潮气的幽香。他问：

——你怎么啦，同名的人，如此难看地放纵你的教民？

尼金也严肃地、不满地看着我。

——格涅多伊用自己的大吵大闹坑害了我们！——他愁眉苦脸地说。——为什么在人们中间掀起怨恨？

在他们痛快斥责了我之后，我开始向他们解释：士兵的话并非如他们感到的那么有害和危险，但是，叶戈尔生气地不认同我的话。

——不，同名的人，这样不妥！尽管你也是乡下人，但这是老早的事，而我们比你更清楚地了解农村，况且我们不是透过书本看待问题。客观存在是真实的，而非你按你自己的心善所想的。我们乡下人爱闲谈，也爱听稀奇古怪的话，但他们最喜欢的还是自己有窟窿的破旧的毛皮。

他经常和我说这一类的话，说真的，也不是他一个人。这个我知道：在他们看来，我是不怎么内行的，他们几乎已经汲取了我能给他们的一切。在我们之间也有我不甚了解的某种差别：我的话具有委婉的、灵活的本性，而他们说的是普通话，在话中加入我不明白的另外的意思。更准确地说，他们选用一个词，开始细心地从根本上表达这个词。他们的一切比我更坚定，尽管有点儿生硬和赤裸裸，但是清晰严谨，这我看得见，而且高兴地看到他们很快地超过了我。也好，我做完了自己的事，给予了我有的东西，他们要到应去的地方，如果我跟不上他们，我对此不会感到委屈。

有一次阿历克谢伊说：

——你，叶戈尔·彼得罗夫，和人民搅在一起了！

——是—是的，兄弟，这无论如何不是一个整体！——叶戈尔·多谢金笑着说。——整体性越来越小，由村社分出经营独立农庄赤裸裸地向我们表明了这一点。

总是安静的和温和的华尼亚反对他们说：

——兄弟们，这原本只是外表上如此，就像容器上的裂纹，而容器本身是用同一的黏土做的。

阿辽沙笑着说：

——嗯，瞧，由于那些裂纹，容器会破裂成碎块的，你的破瓦罐！不，华尼卡，你应当读点儿好书，否则你要难过地抹橄榄油了。

而叶戈尔对我说：

——你呀，同名的人，应当把身上的衣服晾干，听见没有！

在为格涅多伊和萨维里埋怨我之后，开始分析当前的事情。阿弗吉伊·尼金约两个星期在周围寻找工作，他说：

——我在三个地方待过，农村到处同样在大声吵闹、呻吟、打架，锋利的锯把它切割成两半。我和某些乡下人谈由村社分出经营独立农庄的事，他们起先有如羊群在新大门前一样睁大眼睛，然而哀号，切齿出声。

在他美丽的嘴唇上荡漾着苦笑，愁眉不展，嗓音疲惫。我感到这位魁梧的、体格匀称的、被什么卑微之徒折磨的小伙子越往后憔悴得越快。

——在奥列涅夫，斯菲亚杜亨·伊万第一个弄明白事情：他像有点儿笨头笨脑的人叫喊，瞧，他们对我们怎么办呢！兹菲亚根·费多尔老跟着我，我怎么会知道这一切的呢？他叫人夜宿，斯菲亚杜亨也到他那里去，还有米齐科夫，后者的儿子在城里被杀了。他们直截了当地问：你和党员交往吗？我说：怎么样，难道乡下人本身不能了解这个而只能从旁边按照指示去了解吗？他们不相信！他们说：不，你撒谎！我们生活的是什么时代，然而至今不明白、不可能明白究竟发生了什么，而且现在也没有猜想到：决定在我们的尸骨上建设富裕的农村。交谈了整夜，嗯，人民痛苦！瞧，心里哀伤……

多谢金斜眼看了他一下，发出咯咯声。

阿辽沙双手猛搓脑袋。

——我们有份报纸才好！——他深沉地叹息。

——那就在报纸上刊登一切！——华尼亚接着说。——首都的真实情况怎么样，而不是小报上怎么样！

——是—是的，——阿弗吉伊拖长声音说，——这些小报不完全合适，它们写得很恶毒……

——我们有两个优秀的知识分子才好！——多谢金说，同时卷一支烟。

我想对他说说菲里普，我已经三次见过他和护林员的儿子，但有什么东西使我发窘，故未决定使同志们高兴，我只说一句话：

——知识分子会有的。

叶戈尔抬起头来，看了看我，微微眯缝上的眼睛，立刻快活起来了，清楚地说：我们应当要求城里帮助书籍和人员，这个应当让附近地方的所有随便哪些青年小组知道。

——我们让库辛担任这件事的代表。最合适的人。只是将要给他路费，变穷了的老头儿。

我们的出纳员华尼亚说：

——我们现有经费七卢布四十九戈比。

叶戈尔的话不使我感到吃惊，那时库辛已经为我们做了许多各种服务。但是，阿辽沙问：

——引导库辛参与事务不嫌早吗？

——没关系！——叶戈尔坚定地说。——我在这段时间认识清楚他了，这小老头已经暴跳如雷，他将尽可能妨害自己朋友们的事情，这是真的！

阿弗吉伊半合上眼睛，慢慢腾腾地说：

——我们的事业中有仇恨的位置吗？即使民众因不幸而疲倦了，真的！

多谢金倔强的眼睛明亮了起来，他严肃地回答说：

——当我们将有千百万人的时候，我们将要无仇恨地抓住谁的喉咙。为了这些思想在如此贫瘠的土地上生长，不宜嫌恶厩肥，要无理由地珍惜它，就是这样！

云彩在天空飘浮，我们披着云彩的阴影，一轮明月在灰色的波浪中时现时隐。树本簌簌作响，水流轻轻地发出哗啦声，森林和大地犹如呼吸着温暖的空气，而秋天的空气洁净清新。在农村那边的磨坊旁边，少女们在歌唱，她们那尖锐刺耳的、干巴巴的嗓音从远处听来好像芦笛那样温柔和清脆。

华尼亚听出了她们唱的是什么歌，也就小声地唱起了这首歌，我们跟随他沉思、歌唱。忽然我看到：小警官站在小丘上的面包商店附近，云彩的阴影爬上他的头顶，他在其间忽儿显得明亮高大，忽儿显得昏暗矮小。显然，他听到了我们小声的歌唱，因为轻风从我们这里吹向他那里。

我们沉默了下来，一动不动，注视着。华尼亚轻轻地说：

——我为着什么事儿怜惜他……

——怜惜！——阿历克谢伊立即勃然大怒。——此人计算着一个人头卖多少钱，不会算错的，而你怜惜！带克瓦斯的面包渣汤！

——嗨，你们，得了吧！——叶戈尔说。——瞧，库辛在菜园旁边跳动，我想，他这是在寻找我们。当然，他正在往这里走来！

老头儿摇摇晃晃，摆动长衣前襟，走近我们，马上用我们看不出来的学着长官的声音开始说：

——明天傍晚乡下人从布罗华尔卡到护林员这里来，三个人，想听关于杜马的解释。开始你们给他们派去阿弗吉伊，他是个严肃认真的小伙子，他的口才好，他完全了解农村的生活；在他之后派阿历克谢伊，这个顽皮的人甚至能惹怒石头；然后就是派两个叶戈尔之中的无论谁去，为了庄重。就这样，应当小心地接近人们，否则，等于刨后用斧子。你们瞧，我将怎样把民众赶到你们那里去，啊？真是！

他摘下帽子，抚摸秃顶，呼哧呼哧喘起来，自我得意，用狡猾的小眼睛依次看着我们。

我们三个人——我、华尼亚和叶戈尔——早就决定要询问这个老博览群书的人关于上帝的问题：他是怎样信仰和是否信仰上帝的？我们感觉好像他曾和上帝有某种模糊不清的纠纷，显然，这是老头儿本身也不甚明白的纠纷。说到上帝时，他仿佛总是要求我们反对，但起先我们谁都不想和他争论这个问题。在没有遇到我们反对的时候，他几乎总是自己陷入自相矛盾之中。比方说，他叙述撒旦在和上帝为权力而发生的争论中所施的阴谋诡计，又突然说某种和自己思想体系相左的话。

——瞧，——他的声音听起来有点儿神秘，机警的、锐利的眼睛扫视我们大家，——有一次，小伙子们，我沿着卡马河乘行，和一位西伯利亚居民交谈，他贩卖马匹，对我说："没有撒旦！""怎么这样？""没有！他说，有的是阴曹地府的新郎，即最早形成的和第一个死亡的人，此外什么都没有！""等一等，我说，亚当被耶稣从地狱中带出去了？""根本未被带出去，他说，而是留在了地狱。这，他说，记载在一本古代印第安人的书里，我熟悉的布里亚特人……"布里亚特人类似于莫尔多瓦人。"布里亚特人，他说，读过这本书，并神秘地告诉我曾发生的情况：耶稣下到地狱，提出建议说：亚当，从这里出去，我父亲平白地生了你的气，你错误地坐在这里，按照法律你作为一个人真正的位置是在天堂。亚当回答说：不，我不想离开这里，据说，在你们天堂里反正都是神圣的，而在我们这里反正都是有罪的。我，他说，在这里白白坐了几千年，我在这里确立了真正的公平，不像你们那里在天上和地上。因此我不出去！"

老头用锐利的目光看着我们，他那炯炯有神的眼睛眉飞色舞，并偷偷地笑了起来。

——不，人们杜撰出什么玩意儿，啊？

这类故事他有取之不尽的储备，显然，这一切都是由不能容忍致命的两个上帝的人的思想的悲观失望所制造的，因为它撕裂心灵，使心灵失去完整性。老头在讲述此类童话的时候，总是把噪音压得如此之低，仿佛是从地下发出的沙沙声。

在一次这样的交谈之后，当库辛离去时，阿辽沙把手指伸进蓬乱竖立的头发中，若有所思地说：

——按照我的看法，他是个奸细！

——得啦，——我说，——连卡，难道你没有看见，此人真诚地加入我们之中吗？

——不，我不是说他想做出什么事来，这已是时候了！

阿历克谢伊漠不关心地挥了一下手。

——你瞧，我觉得他好像不信上帝，又害怕是不信的一个人，故唆使大家去给自己寻求支持。我喜欢他，他是个有趣的人，真的！而且勇敢，老鬼！

阿辽沙高兴得哈哈大笑。

——唉咳，云杉上掉下的针叶！一切都开始败落了，一切都开始到该去的地方了！

在那个傍晚，在谈完了事情之后，疲倦的阿弗吉伊去睡觉了。华尼亚直截了当地、好像只有他一个人才会那样温和地对老头儿说：

——我们三个人很早就想问你，表叔彼得·华西里伊奇，关于信仰你是怎么想的？

——关于什么？关于东正教吗？

他未等到回答，就像读书本似的说：

——这是钱的信仰，整个信仰是支撑在二戈比铜币上的，今天蜡烛，明天还是蜡烛，可是你瞧瞧，从肩上脱落的衬衫，那是昂贵的信仰！鞑靼人那里要便宜得多，毛拉[1]不向农民勒索，清白的人。我们那里：诞生——付钱，结婚——付钱，死亡——掏三

① 毛拉：对伊斯兰教学者的尊称。——译者

卢布纸币！当然，对上帝不应当吝惜任何东西，而我说的不是那个，而只是说：上帝——吃得饱，而乡下人——饥饿！

老头儿开玩笑，窃笑，他那吱吱的笑声不好听，好像玻璃瓶塞发出的声音。

——那么你和上帝能友好相处吗？——华尼亚低下头，问道。

库辛用温和的目光看着他，看着叶戈尔，看着我，仿佛在默默地打量和比较我们，然后漠不关心地说：

——我和他有什么好争论的？我过去和现在都一无所有，我们没什么可分享的！

那么你读过约夫[①]的书吗？

——怎么不读呢！只是早已……

我们周围一片寂静。繁星在天空闪耀，云彩在和它们嬉戏，

时而遮掩时而露出星光。

库辛两只长手在膝盖上拍得啪啪响，哈哈大笑，热泪盈眶，全身颤抖，他的泪水甚至在眼眶中闪光。

——你想起了什么，啊？——他笑着叫喊起来。——还记得乌利尔怎么说的："不要急着高于最高的！"啊？"你却徒然竭力要高于最高的"。啊？

华尼亚平静地回答说：

——我不认为这个是正确的，因为应当急，生命是短促的，时间要求我充分理解生命的进程……

——嗯，华尼亚！——库辛感叹地说。——你要往哪里看，啊？

年轻人的噪音如行云流水。华尼亚跪下来。他身材不高，但端正强健。他是个畏怯的、因生活而惊慌失措的人，他那沉思的脸改变脸色，闪耀着光亮。

——我也不想高于最高的，但我想知道最高者的规律，应当了解在此规律面前为什么巴比伦的事业比像锡安的事业要好些？

伊万脸色变得煞白，面孔绷得很紧，好像树冠强制低垂向地

① 约夫（йов，？—1607）：1589年起为第一任全俄牧首，1605年失去牧首宝座并被放逐，有书信和有关16世纪末俄国历史的著作。原文引用了约夫的几段话，是用非现代标准俄语写成的，语意不详，故删节了，请读者谅解。 译者

面的幼小的桦树。

——为什么我们要给恶势力当灾难深重的俘虏？为什么被压迫的人民被我们的巴比伦人所迷惑、被黑暗所压抑、被一千条绳索所束缚？——为什么？常言道，我是模仿上帝的样子生成的，为什么使我变成野兽和畜生——哑口无言的上帝？为什么世界分成为奴隶和主宰——眼睛失明的上帝？为什么人民被敌人镇压、被抛入垃圾和谎言之中——无能为力的上帝？我这就要问：你在哪里，无所不在的、洞察一切的、力量无限的和美好的上帝？

青年人的脸在月亮照耀下容光焕发，严厉的灰色的眼睛一个劲儿地要求答案，并闪烁着碧绿色的光亮。我们——我和叶戈尔——高兴地看到他是这个样子，我们为他的激情而兴奋和激动，仔细听他那严肃的谈话，而老头大声吃力地呼吸，擤鼻涕，在他的小眼睛里泪光闪闪。

——你说的是骇人听闻的话，伊万，——他开始说，同时和自己的话不协调地点头，他的嗓音颤抖，双手在地上搜寻什么东西，沙子沙沙作响。

——骇人听闻的话，是的！上帝——是有的，华尼亚！上帝应该存在。

他揉自己的胸部，瞬间沉默下来，深深地叹气。

——小伙子们，在老年时期我不说得如此甜蜜，而要说实情—真话，我明白，你们应当知道实情。我要说，我坦白地说：我信仰这个世界主宰的上帝，但是我没有看见自己面前上帝的面容，不，没有看见！如果要问：我将怎么样诚心地回答呢？成千上万的人将这样回答，既然想心诚地回答。你们想想这个问题，这是应当明白的！

他笼罩在飘浮的云彩的阴影之中，举起一只手威吓我们。

上帝应当是所有人共同的，既然大家感觉到：这么说来，不是阿拉赫，不是克列梅齐，那究竟为什么是萨华奥弗？那个上帝是真正的和可信的，他的人们是优秀的，我们基督教徒比鞑靼人、楚瓦什人、莫尔多瓦人和其他信仰异教的民族优秀吗？我，也许，通过异族人的地方达十次之多，我知道他们：他们所有人都一样地生活混乱，而我们并不更好一些，不！每个人都知道，鞑靼人在事业中比我们诚实得多。怎么办？上帝的福音被推翻了，神意代言人在自己的论点中被推翻了，而至今强烈地陷于怀疑之中！是的！据说，因为我们更优秀，我们有耶稣！

他环顾了一下周围，沉默了一会儿，小声地、悲痛地问：

他，耶稣，究竟在我们生活中的什么地方？爱情和温情的因素在哪里？我没有看见，孩子们！为什么没有看见？是否被魔鬼迷住了眼睛或者是健康被损害了？

他沉默了下来。我们周围的一切和我们一起在沉思，只有阴影悄悄地望着被夏天各种繁茂的谷物、杂草和鲜花弄得疲惫不堪的土地。清凉的小溪流入森林，忽而昏暗温柔，忽而像牛奶般雪白。

——骇人听闻的思想，华尼亚！——库辛再次轻轻地说。——我，看样子，想晚了，现在才想起来！我们农民对上帝有什么过错？我们彼此犯罪吗？嗯，至今即使过了二十年，也没有犯罪！我们违背上帝吗？上帝的一切规则都是对人的，所以是反对人的一切罪过！我们没有违背第一条戒律，没有建立神像！如果上帝是万能的，那么他消灭生活的一切不幸、把人们联合在善良之中才好！否则，就把人们扔入泥潭，并命令：别呻吟，说不定送你们进地狱！

他安静下来了，像往常一样，再次半开玩笑地说话，时而闪现出狡猾的目光。

——嗯—是的！——多谢金感叹了一声。——这一切都要求分析。瞧，但愿你，彼得·华西里伊奇，集中精力写一本关于这一切的书，讲述自己的思想才好呢，我们会祕密出版这本书，并把它散发给人们，民众正是如此想呢，哈！

——我哪能，叶戈鲁什科，——老头儿一边笑一边挥手，拒绝说，——难道我能吗？使人们熟悉这种思想，这将唤醒人们，这将鼓动人们！可是我不擅长写作，可以说，我完全无能为力。

——唉咳，遗憾！嗯，你，华尼，把所有这些比较勇敢的神意代、言人也联系在一起并也写入书中才好呢！否则我们这些不同的教派——玛丽娅宗教、阿库里金宗教——就是一团乱麻！

我们的微笑使他容光焕发，他继续幻想。

——瞧，我们的数量将增长，并将办报纸……报纸上将刊登一切！华尼亚，我们将把所有的宗教事务委托给你，你准备好吧！

——我学习！——华尼亚谦虚地说，他因高兴而变得似乎爽朗起来。——我需要一本关于大教堂的书才好，主教们是怎样抽工夫去大教堂的，以谁的名义确立教规的，总之，这一切是怎样发生的？

库辛摇晃着脑袋说：

——显然，你们将做出事业来的，愿上帝保佑你们！关于这个，在非宗教书籍中到底写什么呢，啊？

多谢金挥动一只手说道：

——在我们的书籍中——拒绝！

——完全？

——完全！

老头儿疑惑地紧闭嘴唇，捋几下胡须。

——嗯，这太强烈了！我不知道……这是否一时激动，啊？

——你读吧，看吧！

——哞—哞，将要看的……原本不理解，大概？

——你试试看吧！——叶戈尔温柔地说。

——将必须试一试！

此后，库辛加强了四处奔走，消失了，又忽然出现了，说着：

——瞧，好一个乡下人，适合于你们的合唱团。不然，还有这样的事。再说也是。

他的嗅觉胜过别人，并且很少看错人。几乎他所有的熟人都曾被近些年的悲痛和委屈这样或那样地触及了心灵，显然，他们全都明白：如今像过去那样生活更加不可能了。

——我将是你们真正的捕捉人的猎人！——库辛夸口说，并且惋惜地感叹地说：你们识字的人太少了，所有地方都不够。

——嗯，——叶戈尔嘟嘟囔囔地说，——也许，他这是过度地忙忙碌碌！我们不教会所有人，我们如此之感动父亲们，以致他们不打搅孩子们，——这就是一切！

我们力量之不足表现得越来越明显。夏天的工作结束了，每逢清晨就响起了切碎机的滴滴答答欢乐的音乐，劳动之余稍有空闲的人们把我们拉扯到四面八方。

一个夏天劳累了的、精力耗尽了的阿弗吉伊消瘦了，似乎更加显得萎靡不振，变得闷闷不乐和漫不经心。阿辽沙曾忙于做少年的工作，勉强成功地满足了他们的需求，发怒了，咒骂了。华尼亚——是我们不好的助手，他似乎在自己的宗教和教会事业中麻木不仁了。只有多谢金像马一样在奔跑，他能连续三个夜晚不睡觉，从一个村庄跑进另一个村庄，向库辛集合起来的乡下人读报纸和关于杜马的杂志文章。叶戈尔热心地读《法律汇编》《农民的状况》、关于土地问题的书籍，显然，他对这些复杂的事情的理解十分在行。

——嗯，法律嘛！——他说。——人在法律中有如鱼在拉网中。无论鼻子伸向哪里，到处都是铰链！

他吐吐唾沫，愤恨地抱怨说：

——必须把时间花费在什么上，啊？我要是学习，就要阅读一些好书！

我和他两人一起或各自在谷物烘干房和森林沟壑中待过，给乡下人讲述我所知道的事情，力所能及地回答关于由村社分出经营独立农庄的分离法、杜马会议的问题，关于其他国家怎样安排土地事务的问题，关于那里农民享有什么权利的问题。

有一次，库辛为我们集合了约二十个人，我们聚集在僻静的森林沟壑中，那是很久以前爱好者经常去守候蕨类植物开花的地方。被乡下人踩踏的蕨类植物褪色成棕红色，他们扎堆坐在上面，像冻僵的灰色大鸟。深色的沙质黏土陡峭，破裂成滑坡和碎石，盖满各种颜色的凋谢的叶子。山上的某些地方斜立着静悄悄的小桦树和山杨树，沟壑边沿上方长着一棵挺拔的松树，它把宽大青色的枝梢伸展在我们头顶上，好像帐篷一样覆盖着我们。透过它勉强看得见秋天淡绿色的、离我们极其遥远的天空。寂静、昏暗、潮湿、寒冷。山雀叽叽叫，啄木鸟啄食，鸸鸟沿树干奔跑，发出沙沙的响声，树叶凋落，簌簌作响。多谢金有节奏地、好像铁匠钉钉子似的砸出尖锐的、冷冰冰的话：

——长官再也没有人可以依赖了，他们曾打算收买富裕一些的人，并藏在这些人背后躲避命运……

乡下人一动不动，活像土团。他们扬起头，忧郁的眼睛直视着叶戈尔，干瘪的嘴唇默默地动弹，仿佛在悄悄地创作祈祷文；另外一些人弯腰弓背，双手抱膝，缩成一团；还有两三个人疲惫地伸开四肢躺在干涸的小溪底上，仰望天空，听着叶戈尔的讲话。

偶尔传出不怎么响亮的声音：

——就是说，他们决定使我们脱离土地！

——如果不提供信贷，此事就不会成功！

一位高个子消瘦的乡下人低沉有力地说，他的眼睛像饥饿的公猫一样放射出绿色的光芒：

——使用你的信贷将会怎么样？忘记了贫穷的民众？他将给你信贷！

有人嘻嘻笑着插话说：

——信贷将会祸害我们！

——再说到哪里去取钱呢！

——修道院将会全部拿走的！

——为了你？等着吧！！

叶戈尔中断了自己的话，听取意见，又再次敲脑袋，寻求生动的语言：

——请记住其结果是：就是说，提供所有的费用，长官将把这些费用借给某些人，而这些人用我们的钱去收购土地，并把所有我们穷人变成为自己的雇农。

乡下人摇晃着身子，像风吹的森林。

——这—这样呀……

——那么，要把整个村庄憋死吗？

——这就开始了，弟兄们！——一个清脆的高嗓音忧虑地响了起来。——瞧吧，某些人住在城市，不利用土地，他们已经开始出售分给自己的地！

——禁止啊！

——怎样？

——不发给证书！

——是的！让他们转向我们，离开土地过日子！

——关于为某个人的股份利润的增加，在这里说得对！

——当然！土地是完整的，据说……

愈来愈频繁地听到一个令人不安的问题：

——我们将怎么办？

一个穿着结实的短皮外衣的高大魁梧的乡下人起立，从头上取下帽子，庄重地说：

——这想起来是对大家有害的，同胞们！我，比方说，有土地达二十俄亩之多，我还能买，没什么，我能！然而，我不买，因为——危险！第一，谁也不知道将会怎么样，就是说，人民将作怎样的决定；第二，我若是现在买了，那么你们将把我撵出人世间……

听到了一片干巴巴的笑声，好像有人轻轻地发出咯咯声，或者是牙齿咬得咯咯地响起来。乡下人在黑暗中骚动起来，挪动得更加紧密，相互碰撞。响起了抑郁的声音：

——直截了当地说，有一半人就这样被迫离开了土地！

——弟兄们！上帝怎么啦，难道没有看见？

——当然，有些人将浮现出来说什么，嗯，而米尔……米尔将分裂！

一位魁梧的乡下人一直低头站着，把帽子在两只手里揉来揉去。

——不，同胞们！，——某人高声地说，——愿不愿意，我们自己动脑子的时候到了。显然，任何人都不会赞成我们，而是反对我们，一切就是这样！

我非常低声地对叶戈尔说：

——你看，怎么样……

他微微眯缝上眼睛，环顾听众，大声地说：

——罕见忠实的同志们！说话可以各不相同，而在这里每个人都暗地里想着成为“某些人”。

乡下人沉默了下来。只有一位神秘的人轻声笑着含糊地说：

——大家不会陷入“某些人”之中，不—不会！

——我们将怎么办？——一个年轻人的声音忧郁地问道。

——你说吧！——叶戈尔非常低声地对我说。

我说。一大堆人沉默着，屏住呼吸，聚精会神地听新的讲话，有时忽然吃力地动一动身子，唉声叹气，嘟囔起来，重新一动不动。在沟壑的昏暗中几乎看不清脸色，看见的只是模糊的圆点和晦暗的目光。人们围拢在一起，彼此使劲地靠着，好像从山上滚下来的石头。你望着他们，内心燃起抑制不住的希望，希望给他们讲一句如此火热的知心话，即以便激励他们，用炽热的光亮照到深藏的心灵里，唤起和迫使人们互相拥抱生死的欢乐和爱情。

这是常有的——人们哭和笑，分散回家，唱着新歌，互相搂着走，仿佛喝完了烈性酒，忘记了敌友之分。这是伟大的和有现实意义的事业——把人们在所有人普遍适用的和每个人必要的情况下联合起来！

人们很少问我是什么人，有一次，当他们之中的某个人询问我做什么的时候，另一个人马上责备地制止他说：

——你没看见他在做什么吗？

必须回答他们许多的问题：

——这个我不知道，弟兄们！

这样的回答使他们最接近我，人们很快变得更直爽和更坦率了。

——你来自普通人吧？——人们问。

——是的，不是来自聪明的人！

——嗨，得了吧！

——就像我们自己一样！

他们温和地微笑，拍着肩膀，有时候一个什么怪人会说：

——谢谢，老兄，感谢教导，这对我们受益良多！

结果是这样的：似乎真诚的无知比伪善的和希望发号施令的知识能把人们结合得更紧密。

我感到与他们来往愈来愈深入和愈来愈紧密，这使旧的和衰弱的势力彻底破除了，并痉挛性地发抖而消失了。它如今敌视土地，支撑在土地上的重量和老态显得无能为力了。土地要求新的势力，同时放弃穷人，好像新娘放弃迷恋的新郎一样，前者的体态丰盈、强壮、健美，但被后者用笨拙的爱抚弄得疲惫不堪，而且没有能力使之受孕。

我没有时间集中精力去自修。我是受过人民起义破旧立新教育的人，我按照无法遏止的内心的喜爱，按照我目睹的对人危害极大的旧秩序生活的不可能性，着手从事把人们联合起来的事业。我仅在生活变革前一年才开始读社会主义小册子和理解未来，而现在我正在艰难地弄清楚：俄罗斯土地上的过去对我来说完全是模糊不清的事情，在这方面，也许，叶戈尔比我知道得更多。我认为自己是普通的生活创造者，默默无闻地挖掘生命中注定要建设公平理性和精神美的大教堂的地基沟。在破旧立新之前，我曾和两个党的党员有过交往，而在起义之后，当所有人作鸟兽散了和部分人已经死亡了的时候，就留下了我一个人，失去了和党的联系，只知道某些同情事业的人，即所谓爱好者，而非演员。

现在，当真正的生活的推动力菲里普·伊万诺维奇来了时，我告诉了他关于地方事务的进程，决定了：他将留在城里，获取金钱，开展某种贸易，利用阿辽沙做自己的伙计，并着手建立我们的报纸。而护林员的儿子华西里已去了省城找工人们了。

阿辽沙和我关于我们工作的讲话吸引了女教师及其兄弟参加到我们的事业中来，她俩开始热心地帮助我们，越来越多地得到书籍，密切关注报纸上的我们需要知道的一切消息。

在“高巢”村，我们力求保持不引人注目，除了阿辽沙任何人都没有在我们村庄工作过，而他的讲座也进行得小心谨慎。我们担心小村子很快为街上所知晓。小村子分裂了，仿佛是为了表明：阿斯塔霍夫和斯科尔尼亚科夫是最先的两个人，靠他俩很近的是小警官的兄弟里亚多夫，——他们是我们的黑色百人团分子，吃得饱饱的但又为自己的财富而担心的人，他们为了一罐菜汤不惜反对上帝。在他们后面从上到下是：老成持重的农民和爱干活的人，他们摧毁被榨干的和贫瘠的土地上方的山脊，还总是说：

——也许，上帝保佑，我们不管怎样会好转的！

他们只有奔跑、躲藏，只希望安静与和平，当然，在事业中和富人们竞争。在这些人中有叶戈尔的父亲，一位温和的、惊惶失措的、衣衫不整的乡下人。其次，他是村长，由于其性情温和，不能脱离这份荣誉。叶戈尔是他的不好的助手，且也无可帮助的：他们有一又四分之一俄亩土地，多谢金和许多人一起叫骂不休。然后，穷人，软弱无力的、非常不幸的、什么也不信的和酗酒的人左右摇摆，主要的是给他们喝葡萄酒就好，为了一杯酒爱上哪里就上哪里。

在一旁的是少年，越来越严肃的、阴郁的、沉思的人们。他们内心明白文化的力量，不满地、不以为然地看待父辈们。

库辛的朋友们不是我们很大的助手。米尔·米勒奇眨巴眼睛，愈来愈多地沉默，有时候突然不合时宜地开始轻轻地笑，常常恳求地诉说：

——你们，亲爱的，关心一下耶稣的宁静吧！他将永世地记得你们善良的名字……

阿辽沙，当然，讥笑他：

——你，米洛夫，等待什么？你在土地上没什么可做，去取一只募款箱满世界去募捐，为我们竖立纪念碑！只是要注意，让我做个骑士！其他人如其所愿，而我想永世骑在铸铁马上！还要金色题词：骑马者乃阿历克谢伊·德米特利耶夫·希皮古谢夫，“大巢”村立此碑以纪念他的善举直至永远！

平静的乡下人不好意思地微笑，沉默，蜷缩，用软弱无力的双手把衬衣拉平整。

而萨维里目光炯炯，发出嘶哑的声音：

——斗争！他们在斗争……

问问他：

——用斗争究竟能获得什么？

他摇头，咳嗽得喘不上气来，说：

——对你们的讲话我没有别的话可说，没有！我很快会死的，我想看到他们骨头上的肉将是怎样颤抖的，想听到他们的软骨将是怎样发出破裂声的！

他就是这样。这很可怕！但是，这种人在土地上留下的已经不多了，他将吐血。

你看着他，不免忧郁地想：

“多少人成了残废，筋疲力尽，充满愤恨，——为什么？这是什么样的生活？人们忍受它而不与之斗争，怎么就不感到羞愧！”

格涅多伊发生了一件意外的和可笑的事件。他到我这里来，显得极其惶恐不安，坐下来，蜷缩，黝黑的脸上露出张皇失措的微笑。

我没有时间，催促他：

——发生什么事了，米哈伊洛大叔？

他两手一摊，开始说：

——我不知道该怎么说！瞧，我昨天傍晚正在切割柳条做捕鱼的篓子，忽然玛丽娅·阿斯培霍娃走来，我仿佛没有看见她向我走来？“你好”——她说，显得如此温柔、和蔼。“你好——我说，——不知害臊的女人！”嗯，于是交谈起来了。“据说，我是什么样的不知害臊的女人，要知道，我不是少女，而是寡妇，丈夫腐化了，孩子们相继死亡了，而我是个健壮的女人，肉体需要荣誉，灵魂不要妨碍它”。

士兵搔了一阵鼻梁，皱起眉头看着我，问道：

——她说得对吗？

——还可以，——我说，——好啊。

他振奋起来，胆也大了，继续说：

——我也想：她说得对！既然妇女是单身，喜欢追求小伙子，那为什么这是罪过呢？那是施舍物——小伙子到哪儿去找？还好，否则他会伤害少女的。嗯，一点一点地，我发现：她需要我做点什么，但她不打算说，而用母猫一样温柔的日光张望……如此等等。

“你需要什么呀？”——我说。而她却哭了起来，站在我对面，眼泪夺眶而出，好像桦树汁在流淌。“我将，她说，请求你，米哈伊卢什卡，你不要每逢节日羞辱父亲，劳驾！你瞧，老头儿夜晚不能入睡，在木房里转悠，总在唠叨，咒骂所有人：牧师是懒汉，警察是小偷，区警察局局长是强盗，直到地方行政长官骂遍所有人，吼叫，吼叫得惊心动魄！当你问他：你怎么啦，父亲？他就会叫喊：滚开，我的耻辱！为了你和莫凯伊卡，我放下了自己的生活，我的欢乐何在，我的安静在哪儿？谁是我的保护者？我生活在野兽之中！倘若我有力量，我就用斧头砍死你们这些魔鬼才好，你们是我的危害，你们折磨我！她说，我感到可怕，米哈伊卢什卡，我怜惜他，毕竟是父亲呀！”我说：“他正需要这样！”而本身心里感到紧张，不知是由于高兴，还是由于其他的什么原因。

士兵再次踌躇起来，在长凳上局促不安，也不看我。

——你瞧，叶戈尔·彼得罗夫，我了解这个，夜晚因怨恨而不能入睡，这是人很难受的，兄弟！当然，我一点儿也不怜惜库济马，这里与这个女人有什么关系？然而，耻辱落在了她身上——为什么？不是她自我选择了父亲……

——问题究竟在哪里？

——等一等，我依次给你解释。

他抱歉地笑了一笑，解释说：玛丽娅引诱、抚爱他，他现在不能揭发她父亲。

我懊恼地对他说：

——我三个月来劝说你，让你抛弃这些糟糕的事！

他轻轻地说：

——是的，三个月！但毕竟似乎有变化！

——谁？

——真相！

士兵突然变得平静了，一只巴掌在长凳上拍得啪啪响。

——时间呀，叶戈尔·彼得罗夫，啊？曾经常有的情况是：

每个人躺在火炕上，怎么想就怎么出汗，如今是如果不求邻居，那么你就既不能决定恶事，也不能决定善事，对吗？

他高兴，哈哈大笑。

我把这次交谈的情况讲给叶戈尔听，而他吸着自己最劣质的烟草，含糊不清地说：

——嗯，平民是没有什么价值的！

他沉默了一会儿，补充说：

——俏皮话说得对：大家一起健康地或病态地生活的时候来到了！要知道，我们将找到一点儿利益。如果决定让华尔华娜·基利洛芙娜去城里我们的印刷厂，我们确定她做厨娘或妻子，那么我们最可爱的事业就是在阿斯塔霍夫处建立我们的秘密处所。现在一清二楚：格涅多伊将在他那里做工作人员，为此要赶走萨什卡。

——你错了，也许？——我疑惑地摇头说。

——我？——叶戈尔眯细倔强的眼睛，轻轻地叹了一口气。——我，兄弟，我看得见今后一年的一切事情和行动，请相信！

他微笑着继续说：

——不，把库房搬到库济马住宅中去——这是愉快的和安全的：莫凯伊不识字，玛丽娅不出嫁，而老头儿本人不会发现，必须不让他发现，这就是格涅多伊的责任了。

——据说，老头儿毒打玛丽娅，为了她和士兵的联系。——我说。

叶戈尔心平气和地解释说：

——他哪能打人呢！他衰弱，不可能。他曾健壮有力，把儿子打成了傻瓜，使其终生耳聋。莫凯伊遵照父亲的命令殴打姐妹，但他耳聋，不敢使劲打，害怕玛丽娅，而她自己想打就拍打他。我今天看见了她，她和华尔华娜·基利洛芙娜去砍白菜，还好，笑哈哈的。

他聚精会神地和若有所思地望着我，说道：

——这一切都不重要，同名的人，这一切都是废话。你是否发现了：阿弗吉伊在我们这里愈来愈感到无聊？

——是的，看得出来。

——正是如此。你不感到好像他和我们不志同道合吗？

我没有马上回答。

——不，似乎没有感到。

——似乎？

多谢金笑了一笑，沉默了一会儿，轻轻地重复说：

——我看得见今后一年的一切事情，是的……因此，有时仿佛焦油在我心中沸腾。

在他的颧骨上显出了凸起的肌肉，他拖长声音含糊不清地说：

——我明白：我们应该是俄罗斯最平静的人，我们的节日不是明天，不是隔一年，也不是隔十年，我明白！瞧，多久呀！整个俄罗斯——就像直达天庭的山峰。是的……是的，兄弟，我明白这一切，并显得平静。只是担心：我不杀了谁才好！

我开始为他害怕，惊心动魄的事触及心房。

——你怎么啦？——我走近他，问道。

但是，他已端正了姿势，眼睛里荡漾着微笑，开始温和地说：

——平静的人们是巨大的力量！噢，上帝啊，这位在列斯拉亚被打死的钳工总是使我内心深受感动。回忆起他，总是使我打内心里振奋起来：瞧，他死了，而我吸取他的力量而活着！我看到一切：士兵们向他走来，呼叫——我们走吧！“这是，他问，命令你们杀我吗？”他们不敢回答，啊？“我怜惜你们，他说，年轻的小伙子们，你们以杀人开始自己的生活。我们走吧！”他们射杀了他。怎样的人啊！甚至不愿意凌辱这样的人。第三天，我和他们之中的一个人坐在小饭馆里，那是一个疲惫不堪的人，他装腔作势，骂街，眼睛毫无表情。大概，他变成酒鬼了。否则，就是憋闷得喘不过气了。显然，他不能活了，灵魂已死。

——你怎么样，叶戈尔？——我再次问。

他精神一振，站了起来。

——没什么。这样。回想起来了。嗯，我晚上去城里。你说：需要什么。我该走了他走了，显得很平静。

过了十天左右，我深夜和华尔华娜坐在一起，给她讲述关于普斯科夫和诺夫哥罗德的古代俄罗斯民权的问题，突然，在院子里、在外屋响起了沉重的脚步声，多谢金和阿弗吉伊走进来。

——晚上好！——叶戈尔平静地和高声地问好。——我们打搅吗？如果是这样，那就请原谅！瞧，阿弗吉伊有新闻。

尼金把帽子扔在房角，捋平头发，环视了一下房间，请求道：

——你，华尔华娜·基利洛芙娜，请你对我说的话保持沉默……

——你哀求吧，我也可以沉默！——华丽娅不友好地回答。

他坐下来，使劲地弯腰，胳膊肘放在膝盖上，手掌托住脑袋，随后挺直身子，伸直腿，往地板上吐了一口痰。

——你讲呀，——叶戈尔一边吸烟一边催促。

——事情是这样的，——尼金开始用低沉的声音说，——库济马·阿斯塔霍夫知道了玛丽娅和格涅多伊在一起生活……所以我说，华尔华娜·基利洛芙娜，请你沉默，这不是社会的事，而是我的事，你瞧……

华丽娅吃惊地看了他一眼，默然无语。

叶戈尔把烟卷放到眼前，小心地吹掉烟灰，说道：

——库济马叫他为女婿。

——瞧！——阿弗吉伊简短地说，看着我，不知所措地微笑。他那严肃漂亮的脸消瘦了、暗淡了，眼睛饱含无精打采的神情，放射出我陌生的、捉摸不定的、神秘的喜悦、恐惧或凶恶的光芒。

——要从头讲起吗？——他问多谢金。

那位眼睛依然盯着烟卷，冷淡地说：

——随你的便！

阿弗吉伊站起来，我觉得好像他这几天长得更高了。

——昨天我去木房附近吃午饭，他叫我……

——他叫……——叶戈尔含糊地重复。

——真的，他本人叫我！——尼金高声说，并举起一只手，仿佛想画十字！

——我不争论！——叶戈尔说。他摇晃身子，不时透过牙缝轻轻地吹口哨。

尼金坐到房角的阴暗处，从那里时断时续地响起他那洪亮的嗓音，不连贯地传出小心谨慎的话语。

——有病的他，库济马·伊里奇，瘦骨嶙峋，显然，即将死亡。“我希望，他说，让你和娜斯塔西娅举行婚礼。”“就说你希望，可是我不能，我拿什么养活她？”我和他谈了许久……

——许久……——叶戈尔点头，重复说。

——是的！他列举：莫凯伊不是主人，而且没有儿女；玛什卡总是和情夫缠在一起；而我，财富很多……

——很多……——多谢金的声音回响着上述津津有味地说出的那个词。

华丽娅咬着嘴唇，偎依在我肩上，我也感到可笑、忧郁和惭愧。

阿弗吉伊重新站起来。

——你别笑，劳驾，叶戈尔——他用颤抖的声音请求说。——你要明白：我不能这样生活！某个时候你将发生什么，生活会继续下去！

——生活会继续下去！——叶戈尔坚定地说。——生活，一分钟都不值，生活！

——是的！娜斯佳在城里。我疲倦了，饿坏了！这位大姐在我这里，要知道，弟兄们！人不是牲口，其忍耐性小！

——你想说就说，——叶戈尔建议。

阿弗吉伊慢腾腾地嘟囔出呆板的话：

“如果魔鬼不把她和你联系在一起的话，他说，她本可嫁一个好丈夫……”

——那么你什么不好呢？——华丽娅小声地问。——他正确地考虑到：在你手里什么也不会落空的

——他也这样说过，——阿弗吉伊确认，——据说，小伙子，你是头脑清醒的、聪明的、真正的男子汉……

叶戈尔也用那种声调继续说：

——“抛弃自己的谋反的同志，最好到我们土豪这里来……”

尼金醒悟过来，张皇失措地嘟囔着：

——“留在我这里的，他说，只有娜斯塔西娅一个人，除了她以外，没有任何人”。她哭泣。弟兄们，我明白，但我决定了……

他站在房子中间，高高的个子，忧郁的神态，散乱的头发。

——你们想一想：我将有书，即有钱，大家还将有报纸，买到书、建成学校才好呢，学校里将有优秀的教师……你们支持我吧！你们将不相信我，我也将不相信自己！

——怜惜他吧！——华丽娅非常低声地对我说。

——现在，——尼金拖长声音说，——这个由村社分出经营独立农庄的分离法……它把人分裂了……

——你不要再说这些话，阿弗吉伊！——叶戈尔说，并再次吸起烟来。

但是，想必是阿弗吉伊没有把话说完，于是不连贯地继续说：

——哭泣——五十年来为谁工作了！为了别人！我们想建造单独的木房，给五十俄亩土地、两匹马、一头母牛……

他挥动右手，手指张开、弯曲成钩形——这个样子目不忍睹。

——我说：够了，阿弗吉伊！——多谢金不乐意地说。——你将有什么和你将发生什么——以后我们将看到。

他站起来，径直走近他。

——我不知道其他人怎么样，而我不太相信饱汉同饿汉之间的友谊，你最好别许诺友谊，要承担这副担子，也许，对你来说将是力所不及的。别许诺！你只许诺一件事：始终紧闭尊口，现在，永远。就这样……

——弟兄们！叶戈尔！——阿弗吉伊感叹了一声，奇怪地跺脚。

——你等一等！

——我和你从小就是同志……

——你等着吧！——多谢金轻声坚定地阻止他。——你要记住：如果哪怕有一个人在无论什么时候由于你的话……

——叶戈尔·彼得罗维奇！——尼金哀伤地大声叫喊。——

我感到委屈……

华丽娅也非常低声地说：

——可怜他……

而我——不觉得可怜。

我的心陷入朦胧之中，充满凉意。我轻轻地抚摸着华丽娅一只手，默然无语，望着叶戈尔的脸，感到难以对他说什么。

——你理解我想说什么？

——唉咳，叶戈尔！

——你要明白！我不准备威胁你，为什么要威胁？你了解我，你知道我顽强，不抛弃被想起的人，不把事情搞绝。这就是整个谈话！

尼金失常地坐到长凳上，叹气，嘟囔着：

——你委屈了我……为什么？

——我没有委屈你，没有！——叶戈尔不时轻轻挥动几下帽子，说道。——兄弟，我知道，此刻你相信自己。只是我已并非第一次听到这样的言论和诺言，常有过这样的情况：给一个人掉下一根油腻的骨头，他开始啃骨头，并变得粗野起来。有过这种情况！

——等着瞧吧！——阿弗吉伊许诺，又沉默了一会儿，补充说：我现在要离开你们一点儿……

叶戈尔低下头，轻轻地说：

——当然！

“现在这就将结束了”，——我轻松地想。华丽娅的脸颊上流淌着眼泪。

大家沉默了片刻。然后尼金低声含糊地说：

——他行将死亡，那时你们将看到：我怎样……

——嗯，——叶戈尔说，打断了他的话，——看来，是睡觉的时候了！

他戴上了帽子。

阿弗吉伊·尼金慢慢站起来，开始告别。他双手紧紧地握住我一只手，恳求地对我说：

——你劝告他，叶戈尔·彼得罗维奇，让他相信我！

——得了，——我回答。

我感觉似乎他的眼睛闪烁着欢乐的光芒，当他看到华丽娅眼泪汪汪的时候。

他离去了，发沉的双脚慢慢地、吃力地离开地板。

叶戈尔留了下来，顷刻之间似乎是愉快地开始说：

——嗯，亲爱的同志们，我也该走了，我今天累了……

我抓住他的双手，默默地直视了他一下。叶戈尔微微一笑，低下头，使劲地晃了一晃我的双手。

——你的性格是坚强的！——华丽娅带着温柔的敬意对他说，又惊异地、忧郁地低声说：

——而他，阿弗吉伊，精神不振、疲软无力，唉—唉！那就是阿弗吉伊……

叶戈尔叹了一口气，视线移向一边，不好意思地、小声地嘟囔：

——我早就知道他这些事，他撒谎，说什么库济马引诱他，撒谎，不务正业的人！我全都知道，我只是羞于对你说这个，同名的人，害羞，你知道，不好！

他使劲地把头一摆，重新紧握我的双手，说：

——我爱所有这些牛、马、大车、套具不能战胜的人们，真正自由的人的一切都是内在的，而当他从外部选择什么东西的时候，那么这该是最好的，我说过你，同名的人，华尔华娜·基利洛芙娜也说过你，由衷地！更多的什么话我不想说了，嗯，让他见鬼去吧！再见，朋友们……

他的脸上泛起红晕，眼睛变得我不曾见过的温柔和炯炯发光。他愉快地微笑着离去了。我们留下来了，因他的温情而感到幸福，我们长时间地小声谈论他，怀着忧郁的心情欣赏这个人，心里揣摩着他的命运。

——他是一个多么可靠的、多么坚强的人！——华丽娅不止一次若有所思地说过，曾从她嘴里听到对他的夸奖。在匆匆忙忙的、激情燃烧日益炽热的工作中，我们很快就忘记了这些两面性的、忧伤的和可笑的事情。秋天打扮成五颜六色，我们周围的森林愈来愈艳丽夺目。灰色的、轻淡的云彩已经连续两三天一动不动地笼罩在周围地区，好像冰拱门一样冻结在大地上，冷淡地思索：莫非是要给大地穿上白色的雪衣的时候到了？

阿辽沙和库辛安慰我和叶戈尔，在他们之间建立了某种特殊的友谊，即爱吵架的、因相互嘲笑而完全结合起来的友谊。我们日益频繁地发现：他们俩聚会，一起单独进城游览，显然，换句话说，在有人的情况下必定相互刺激和嘲笑，仿佛为自己的友谊感到不好意思。

有一次，我们四个人——我、同名的人、库辛和阿辽沙——在一次农民大会之后走在一起，那是老头儿在森林中安排的大会，那时森林已经几乎脱光了叶子，树上只剩下最后的残叶。傍晚天气转晴，而从早晨开始出现了微冻，薄冰像玻璃一样在脚底下咯吱响而破裂。我们往西走，透过枯枝网现出疲惫的太阳映照的深红色的晚霞，我们的内心也荡漾着美好和节日般的情感，因为会议结果良好、友善，我们四个人各若干次地说，大概，很好地触及了农民。与会者大约已达四十人，这还不是所有人都来了。我们这是第一次集合我们熟悉的所有乡下人，仿佛是给他们安排的一次检阅，第一次亲眼看到我们的工作不曾白费，现在也不会白费。

——啊唷，你们走得好快呀！——库辛不时呼哧几声，叫喊了一声。——我这只瘸腿的仙鹤这样跟不上你们了！休息一会儿才好！

——你过快乐的生活而不休息！——阿辽沙回答说。

——这该是我可以对你说的而不是你对我说的话，粗鲁！——老头儿指责说。

叶戈尔一会儿哼着歌，一会儿吹着口哨，也不看自己的脚底下，磕磕绊绊地走着。

他笑嘻嘻地走着，叶戈尔，眼睛看着前方十俄里远处，而脚是那样地移动，即仿佛他在爬山。

一路喧闹，一路玩笑，我们走到了林边，阿历克谢伊一头倒在地上，在地上滚动，抓起一把彩色的叶子叫喊：

——坐下吧，伙伴们！

他推了库辛一把，使他摔倒在落叶上。

——瞧："大巢"村里夕阳的美景！免费入口！

库辛假装似乎不懂阿辽沙的恭维话，嘟囔着：

——这些城里咧着大嘴的小孩子们……

我们坐下来，看着：我们的村庄像锦缎和黄金镶嵌在灰色的大地上。硕大的太阳在河那边坠落，新麦秸覆盖的木房顶棚散发出热气，窗玻璃闪耀着红光，大地披上了五颜六色的秋天的盛装，大地上空悬挂着天鹅绒般的温柔的蓝天。寂静，清新。夜幕从森林中展开，笼罩在我们身上和大地上，为了暖和我们靠得更紧些。

——好啊！——阿辽沙感叹。——瞧，在省城我常去看画展，入场费二十戈比。有一次我看到有这样一幅画：从有窟窿的毛茸茸的绿色被子底下伸出什么人的红色的没有眼神的嘴脸，好像长期酗酒之后发肿，如此丑陋！我想：怎么回事？我在书目里看到是夕阳！我想：唉，你呀，该死的瞎子，你从未见过它、太阳啊！

——是—是的……——库辛若有所思地拖长声音说，——人们对太阳的看法各不相同……

阿辽沙兴奋地继续说：

——如今绘画作品强烈地扣人心弦！瞧，比方说，画田野，在庄稼之间伸展一条笔直的道路通向什么也看不见的浑浊的远处，大车从那里驶来，走着一位少女或妇女，一匹瘦弱难看的马差不多把头低到地面，放射出绝望的目光，而少女则双手放在后面，一只眼睛望着劳累不堪的牲畜，另一只眼睛看着我说：瞧，这就是我的整个生活，好像马的生活一样，劳动了十年，弯腰，低头，没有感受任何欢乐……

——这是书中写的吗？——叶戈尔问。

——不，这是绘画作品本身描写的！

多谢金已经笼罩在烟雾之中，浓烈的烟雾使他不断咳嗽。

——唉，你呀！——老头儿摇晃着脑袋说着。——你别让这熏死人的臭气扑向我！树都会因它而枯萎！

——分裂派教徒，你不能忍受东正教的烟草吗？真是的！高级僧侣的芳香！——他骄傲地宣称，莫名其妙地继续说：我任何时候都没有看见过画作，只是在书中见过。在书中那是帮助理解所描写的内容的，而单独的画作——我不知道！我甚至不明白：这怎么能用颜色来描绘，我能理解无词的画作吗？就是说，我不理解世上的东西何其多呀！甚至不可计数！

阿历克谢伊匆忙坚定地说：

——瞧，你会明白的！我常去看展览，也常去剧院，听音乐。城市这点很好。嗨，好呀，见鬼！要不就看这么一幅画：一个人坐在小饭馆的桌子旁边，从衣着看，是位工人或店员。整个脸显得温和，眼睛灵巧愉快，像在歌唱！显然，小伙子在短暂地骗自己和自己的命运——非常高兴，倒霉的鬼东西！

——现在，真见鬼！——库辛带有责备意味地指出。——你不能没有鬼，就像牧师不能没有女人一样。

阿辽沙激昂地笑了起来。

——牧师什么地方比鬼坏——两者为同一的东西服务！

叶戈尔沉默片刻之后问阿辽沙：

——这究竟导致什么结果？

——什么？

——瞧，马，醉汉！这个我知道，我见过上千次！你既然写的话，你就给我写点我不了解和未见过的东西吧！

阿辽沙想了一想，然后坚信地说：

——你要知道，我既见过醉汉，又见过马，还见过少女，当然，只不过这是特殊的生活，它被赋予了别样的色彩！我不能解释……嗯，比方说，这位少女叫玛丽娅，而那位少女叫达丽娅，奥列娜……而在画作上她没有名字，像所有人，她的生活似乎裸露在你面前，是完全空虚的、无聊的生活，像没有转弯的道路，而直接走向死亡。很难解释……

多谢金抽了一阵烟卷，说：

——是的，你说的令人难于理解！

我和库辛并排坐着，侧耳听这次谈话，内心十分平静地欣赏：太阳坠落到马伊丹斯克森林那边，朦胧的夜色从灌木丛中沿着山坡展开，但树梢依然沉浸在红光之中。夏天疲倦了的大地在打瞌睡，准备进入冬眠。秋雨洗涤干净的蓝色的天幕笼罩在大地上空。

库辛推了我一下，微笑着说：

——在苍穹如此平静温和的状态下，他蓦地出现哪怕一分钟也好呀！

——上帝？——叶戈尔问。

——正是！上帝！能说说话才好呢……

——你失去了长官，彼得·华西里伊奇！——阿历克谢伊瞎闹，不时拍打着老头儿的肩膀。

——不，你等一等，别挖苦！——库辛兴奋地说，他欠起身来，用伸出一只长指头威胁阿历克谢伊。——你知道，我同意：可以用各种不同的方式来议论这个神秘的话题，而关于没有的东西，则无话可说。就是说，有某种东西！究竟是什么？应该知道！

他的眼睛炯炯发亮，嗓音变得温柔了，老头儿准备说某种尖锐的和模棱两可的话。

——在我长久的生活中，我碰到过各种人，瞧，在加里茨克县发生了这样的事：一位朝圣的人……我从他那里听到了许多渎神行为，其中之一特别使我精神上受到打击。他说："撒旦统治世界！上帝从苍穹跌落下来，并被剥夺了永生的权利，而被钉在了十字架上，名为耶稣。他说，不是魔鬼被上帝驱离苍穹，而是人们和上帝一起被魔鬼驱离天堂，上帝在触地时就死去了！撒旦把我们这些作为我们上帝忠实奴仆的人们驱逐之后，授意他们各不相同，如今则利用人们意见的差异来巩固自己残酷的王权。"

他依次看了我们大家一眼，以教训的口吻补充说：

——瞧，甚至可能出现这样的异端邪说！

叶戈尔的脸是这个样子，似乎他成了库辛的同龄人。缓慢地、气愤地响起了他的话：

——当所有聪明人学会思考的时候，那么一切错误都会显露出来。而童话——弃之，它们不吓唬人！

老头儿怀疑地摇头。

——当你们的物质知识贫乏愚昧时，你们会迷路的！——他笑着说。——按照我的看法，上帝是世界未说完的文章，你们应当把它说完才好，你们！

阿辽沙仰卧在地上，嘟囔着：

——我们，老人家，将说完所有的文章，你等着吧！

从丘陵的缓坡上出现了某种昏暗的圆形物，在朦胧中闪现而又消失。

——是什么人，——我说，——向这里走来。

阿历克谢伊跳起来，倾听，重新一动不动直挺挺地躺着，唱道：

月亮升起在天上，
爱人走在田野上……

月亮从我们的右方冉冉升起。这轮硕大的、浅红色的、暗淡的月亮仿佛抓住树枝悬挂在黑乎乎的网状的密林上方，而树枝灵活地支撑着它，把它越来越高地推向天空，推向孤独的星空。

——这好像是谢苗！——多谢金把一只手贴在前额上，嘟囔着。——嗯，是的！还正是他！我们在这里坐得过久了……他徒步……

——我们再坐一会儿，也许，他不会发现吧？——库辛提议。

阿辽沙皱着眉头问：

——你害怕他吗？

——为什么？我和他是朋友。可是你，叶戈尔·彼得罗维奇，应当想一想他……

——怎么一回事？

——关于华尔华娜……

——等一等再说！——叶戈尔轻轻地说。——要知道，他这是在注视着我们！

——当然，——阿辽沙非常低声地说。

寂静中传来忧郁的问话声：

——是你们呀？

——我们，我们！——库辛匆忙叫喊了一声。

小警官走近我们。他，徒步，显得奇怪地豪放。他没有荷枪，只佩带一把马刀。

——听见了吗？——他发出拖长而低沉的声音，——在福金小铺老板被杀了。

——哪个？——多谢金问。

——乌克兰人，加拉伊达·米伦。

——谁杀的？

——还不知晓。

谢苗弯起膝盖和我们并排坐在地上，用低沉的声音嘟囔着：

——不流血的日子不存在了！这人的血流得非常多！米伦躺在外屋，鲜血甚至流到了院子里，并凝成了血泊……

他看着我们，有如第一次见到我们，冷淡地问：

——也许，这是你们的人杀的吧？

——什么人——我们的人？——多谢金严肃地、高声地说。

——这样的人。我知道是怎样的人！谁有火柴？给我，我忘了带。

当火柴点亮了的时候，他再次环视大家，再次问：

——你，阿辽什卡，咧着嘴笑什么？

——我感到愉快，谢苗大叔。

——由于什么？

——总是！心里愉快！

——你有时间快乐！这里却到处在杀人……

——周围——你瞧……

小警官迅速看了看周围，平静地问：

——周围有谁？

——是的，没有任何人！——阿辽沙惊异地说。——我想说的是月亮，我想说：到处是多美的景象。

愁闷的人抬起头，仰望，忧郁地说：

——他总是说此时此刻的景象，月亮。没有任何欢乐可言！凶手杀了阿维里——这就是一切！

——你怎么没有骑马？——库辛问。

——马跛脚了。需要看兽医。瞧，你在这里到处走动，去说说给我派位兽医来。

——我这是在哪些地方走动呀？

——我可是知道。人们没有好话说你。

——谁？

——一般地说，民众！斯科尔尼亚科夫、阿斯塔霍夫……所有人！

库辛不像老年人那样而是激昂地笑了起来。

——对好人说坏话容易，你去对坏人说好话吧！

小警官整个人萎靡不振、无精打采，仿佛酒后失态。他懒洋洋地、慢吞吞地唠叨：

——指责你关于形迹可疑的事情。

——那你相信这个吗？

——阿斯塔霍夫注视所有人。人们会听到他的声音……

库辛站起来，抖一抖长身上衣的前下摆，敏捷地说：

——他？人们听他的，真是的！夸夸其谈的小老头儿，况且他的钟挂在华西列夫斯克钟楼上，阿斯塔霍夫的当当响声，大概，甚至可达九天云霄。

——别开玩笑！这不适合你的年龄。我有义务在阿斯塔霍夫之前知道一切，而他却正在超过我。

——你的事业很坏！——叶戈尔说，同时盯着他。

我看见：今天小警官粗犷的脸似乎变得萎靡不振，现出某种沉思的表情。他的乌黑的眼睛一动不动，目光茫然和呆滞，脑袋显得异常地不安静，仿佛感到在黑毛丛生的、粗大的脖子上待着不舒适，并害怕掉落到地上。

谢苗吃力地转动舌头，继续说：

——据说，三个主要的人物都在这里：你，多谢金、叶戈尔·彼得罗夫……还有阿辽沙……

——那么就是四个人！——阿历克谢伊指出。

叶戈尔关切地问：

——你怎么样，谢苗大叔，是醉后不舒服还是有点儿病？

——你怎么啦？——小警官懒洋洋地从地上站起来说。——你有什么事情涉及我？

他也不和我们道别就走了，而我们则回家。

库辛望着他的背影说道：

——不久前他出了点儿什么事……

——是的！——叶戈尔确认。——他有病在身。

——嗨，让他见鬼去吧！——阿辽沙耸了耸肩，激动地叫道。——依我看，这正是他自己杀了加拉伊达·米伦，真的，是他！

——你撒谎吧！——多谢金严肃地阻止他。

库辛指责说：

——是的！难道可以说这样的话吗？

但是，阿辽沙坚持己见：

——他！假若这个人不是他杀的，那么他会杀死另外一个什么人的，你们就等着瞧吧！

阿历克谢伊说得如此坚定，以致我开始感到发冷，大家沉默了下来。

过了约两个星期，那样一些日子的一天来到了，即在那些日子里事件频发，像溪流从各处奔腾而至，仿佛形成某种漩涡，裹挟着人们，使人们在其意外的混乱中旋转，直至使人们失去理智。在每个人的生活中都有这样一些日子。

在那一天，我和叶戈尔曾在华西列夫，向聚集在谷物干燥房的乡下人解释：黑色百人团是什么东西，正在达到什么目的。傍晚返回来，天色昏暗阴沉，沿奥斯坦金宽谷底部走着，突然从冷冰冰的夜色中自上到下传出嘶哑的叫喊：

——喂，叶戈尔·彼得罗夫！到这里来！

——别去！——叶戈尔抓住我一只手，向我建议说。

——怎么不去？——我说，同时看见了站在不高的小山边缘上的一匹马的头和小警官向下耷拉着的阴暗的脸。

——快点儿来！——他呼唤。——而你，多谢金，走你正在去的地方！

——他带着枪，魔鬼！——叶戈尔对我喃喃地说。

我抓着灌木丛往上爬，当我到达马匹旁边时，小警官问：

——那位走了吗？

——走了。

——我应当对你一个人说两句话！走吧！嗯—喏，木头人儿！

他触动了一下马匹，退到一边，停止下来，倾听着什么，俯身到马头上，我站在马脸旁边。他仿佛在睡梦中萎靡不振地、轻轻地说：

——交谈——一分钟！你瞧，快冬天了。就是说，是你离开这里的时候了。你走吧，把华尔华娜让给我！

我抚摸了一下马脖子，我的一只手颤抖了一下，无力地垂了下来。

——你怎么啦？头脑清醒吗？——我问他。——难道她是绵羊？

——离开她！——他继续用呆板的嗓音说，这种嗓音愈发强烈地吓唬我。

我哆嗦着用干巴巴的话语说：

——你想一想你的建议吧！

但是，他似乎没有听到我的话。

——为了我，你离开！劳驾！

确实——他在请求，但我对此深感不快，叫人纳闷的是：他比我强壮一倍，而且带着枪。

——离开吧！

我两腿发颤，害怕他，难受，勉强能抑制缠绕在我心头的愤恨。我高声地回答他：

——这——不可能。

想必他听到了。他在马鞍上直起身来。

——看在基督的面上，我求你！

我不知道该对他说什么。我沉默，一只手撑在马鞍上，他则慢腾腾地拖长声音说，仿佛用冷酷的话当作绳索来捆住我：

——你想一想。瞧你——一切都捏在我的手里。危险的人，给了我制服你的权力。我打死你，就说：你抗拒，于是什么事也不会有的。

“醉鬼？——我想。——他神魂颠倒？”

但是，他散发的酒气微乎其微，骑在马上神态似乎良好，说话看来也连贯。如果他生气、叫喊、骂我，那我也许会轻松些，而看到他是这个样子——不能忍受。我说：

——得啦，谢苗，这是怎么一回事？

——我知道，你什么都不怕……——他喃喃地说。——但这对我来说全都一样！显然，我的路已确定了，在山脚下转着弯走。我不愿意！瞧，我也需要她——华尔华娜，让她支持！

他把头耷拉到胸前，歪着，就像吊死的人。他不时拽着手里的缰绳，他冰冷坚硬的手指接触到我的手，我因此而战栗，感到不可忍受的恶心。

对他说什么呢？

——华尔华娜，——我说，——本身是自己的主人。你去和她谈谈。宽恕我吧！

他在马鞍上好像入睡似的摇晃着身子，拖长声音说：

——我说了……三次……更多次。我威胁过她。她也什么都不怕。既然她不害怕，这也好。我正寻求这个。

这时我抓住他一只手，猛然一拉，冲着他嚷道：

——你都说什么呀？有点病还是怎么了？

他向着我摇晃了一下，颤抖，四面顾盼。

——我没有睡眠，而且忘了什么时候睡过。我想睡，但害怕，不能入睡。

——你怕什么?

——脑袋里像在磨坊里一样……——他再次发出拖长的低沉的声音，舌头也发僵了……

——你怕什么?回家去吧!

——不想，嗯，他们大家!我昨天狠揍了库济马一顿。他说了一切——有害的人们。他哭，老傻瓜。关于华尔华娜，不会有结果吗?唉咳……我推了他一下，他就倒下去了，碰伤了，再次哭了……

我感到冷和闷，这个谈话压抑着我，类似夜晚的噩梦。我抓住马，牵着它慢慢上路。

谢苗问:

——你去哪儿?

——回家。我感到冷。

——那让我去哪儿?

——你也该回家。病人干吗困在田野里!也许，你喝醉了?

——不，昨天喝醉过。你放下马，我还要走一走，放手!唉咳，你什么都不怕，谁的话也不听……

“是的，——我想，——不怕，见你的鬼去吧!”

——听着!——他说。——你想要我给你钱吗?瞧，我身上带着六十二卢布，啊?

他那毫不留情的嗓音横着切割我的胸膛。

——为什么把你的钱给我?

——为了华尔华娜!——他解释说。——我还可以给你更多!兄弟，我有……

我默然无语，牵着马，不时看着他，但愿他别抽打马儿。

——放开马!——他请求。

我放开笼头。听到他的声音在头上方飘扬:

——嗨，走吧!别啃斧头!我本是开玩笑。你想什么啦?我病了?我压根儿就没有病!我这就去磨坊的小酒馆，那里有杜妮卡、费克露什卡……

他开始说下流猥亵的话。我感到他的嗓音变得更洪亮、更清晰。

——再见！冷呀。现在喝伏特加酒就好……嗯—喏，肥胖而笨拙的女人！

他用脚后跟磕了一下马腰，在黑暗中以小快步疾驰而去。但又突然在附近的某处停了下来。

我站着、等待，看他是否会放一枪？我的两只脚想跑，缓慢而吃力地移动到一旁的灌木丛中。

——你仍然是离去的时候了！——传来了他的声音。——听见了吗？

他叫喊得似乎不带威胁。

——听见了！

他再次吆喝了一声马儿，在严寒封冻的道路上匆匆响起了马蹄的嘚嘚声。

我，为了使身上暖和，飞快地跑了起来。在寨墙旁边面包商店附近，叶戈尔在等着我，他冷得发抖。我告诉他这一切，他冷淡地嘟囔着：

——但愿他没做什么吧？原来如此，你去华尔华娜·基利洛芙娜那里，问她是怎么回事，而我，去找谢苗的兄弟里亚多夫，应当告诉他……

他俩不和睦！

——嗯，这有什么样的不和睦！唉咳，女人！他们在我们的事业中是多余的！

我有点儿羞于听到这暗含的责备。

——你，兄弟，——我说，——似乎忘了今天的事儿。

——什么也没有忘。事情发生在城里。那些妇女——我不碰她们。

但是，他想了想之后说：

——不，我糊涂了！

我请求他：

——你然后从里亚多夫那里顺路去找一下华丽娅吧！

——得了！

忽然我的同名人快活起来了，他用肩膀推了我一下，笑问：

——他也这样说：我能杀人？

——他这样说过。

——哎嗨，魔鬼，啊？你怎么啦，胆怯？

——不是没有魔鬼，兄弟！

——你会大吃一惊的！

他再次用宽肩碰了我一下，并轻轻地说：

——你做得好，叫我去华尔华娜那里！

——这究竟好在哪里？——我吃惊地问。

——别说话，瞧着吧！

我们穿过村庄，里亚多夫的木房留在了后面，叶戈尔迅速转身，消失在黑暗中了。

我内心感到平静而沉重。我不喜欢给人们看到我是这个样子，所以我绕过华丽娅木房窗户中诱人的灯光，重新走进田野，走向磨坊。一片漆黑，像在炉子的烟囱里，村庄笼罩在浓重的湿气之中，整个进入了地里，只有碾磨机展开僵硬的翼片，仿佛准备飞翔，但受寒冷和夜色的束缚，无力脱离小丘。散落了细微晶莹的雾凇，凛冽的狂风劲吹飞舞，驱赶黑暗中轻微的沙沙声和可怕的喧嚣声。某处门柱凄凉地吱吱叫，栅栏门砰砰响，冻僵的家畜发出轻微的哞哞声。一束干草在路上滚动，叨叨咕咕地发怨言：找不着夜间容身的地方。

想起了人们，怜惜过他们。回忆起库辛聪明的暗语：

“撒旦利用人们意见的差异来巩固自己残酷的王权。”

某种隐隐约约的、模糊不清的关于多谢金和华丽娅的想法在心中激荡，但愿见到他们一起也在幸福和欢乐之中。曾经自我怜惜……小警官是记忆中的黑色屏障，他发出无精打采的、低沉的嗓音。

寂静中传来急匆匆的、熟悉的脚步声，叶戈尔正在走来，我前去迎接他。

——嗨！

——这是你吗？

——是我！

——难道她不在家？她窗户中有灯光呀。

——我等你！嗯，里亚多夫怎么样？

——里亚多夫能怎样！他无精打采，据说，早就是这样，而我不是他的长官。嗨，既然这样，就让他们见鬼去吧！

我们正赶上华尔华娜极度心灰意懒，从眼睛看得出：她哭了不少。她给我们打开门，不乐意地、生气地问：

——你们这是干啥呀？

——现在，华尔华娜·基利洛芙娜，——叶戈尔坐下来说，——没过八点钟。

——我们，——我说，——有事。

她的头发蓬乱，整个人萎靡不振，动作剧烈，受委屈的眼睛露出严厉的光芒，双唇紧闭。

——书籍必须从我这里拿走，否则将会丢失，——她干巴巴地通告，也不看我们一眼。

——怎么这样？——叶戈尔平静地问。

——谢苗用搜查进行威胁。

她转身走向炉子，使什么东西在炉口前的小平台上发出轰隆的响声。

——你们喝茶吗？

她用头巾的一角偷偷地擦眼睛。多谢金恭敬温柔地问她：

——我们喝点儿茶才好呢，我们俩还饿着肚子，像冬天的野兽，只是这以后再说，现在你给我们说说：谢苗在这里干什么了？

她显得慌乱，拿起茶炊，俯身在茶炊上，隐藏自己的脸庞。

——你们快点儿把我转行到城里去才好呢，否则，我再也不能忍受，可能发生灾难！你们哪里知道：他今天怎么样？

——你说了！——叶戈尔双手擦着膝盖，微微一笑。

当时我把和小警官相遇的情况以及他那些无理智的话转告了她。我的女朋友快乐了一阵子，她把针线活拿到手里，坐到桌子旁边，用清脆的嗓音说话，不时微微地笑笑，腼腆，生气：

——他完全不给我安静！我忍了再忍，保持沉默，别无其他，否则将大祸临头！他日益频繁地到来，钻进来，带着自己的枪和马刀叉开两腿坐着，吼叫，责骂，唠叨……可怕的、凶恶的、粗鲁的人……

我的同名人睁开圆溜溜的大眼睛看着我，鼻子不时轻微地发出呼哧呼哧的声音，这是他生气的征兆。

——你枉然没有给我说这种情况！——我责备她。

她恼怒地回答：

——何苦呀！他会打死你的，这就是你的棺材和墓地，别无其他。他即使精神错乱，但也感觉到自己的权力。

——难道精神错乱？——叶戈尔问。

——当然！

她颤抖，闭上眼睛，呻吟着：

——他完全丧失了理智，真的！他说，你听着，我告诉你一件事，而你要对我发誓：不把此事告诉任何人。我说，看在上帝面上，请你别说，我不想听！他说，应该说，并再次要求发誓。他骂我，他的嘴脸变成了灰色，眼睛像死人的那样呆板，还说些不可理解的话。

叶戈尔轻声地、固执地问：

——他到底说什么？

——我什么也不明白！——华丽娅感叹地说，她扔下针线活，跑近炉子，那里茶炊沸腾了。——他的一切没有集中在头脑里，一切都是零乱的。他憎恨和害怕你们。他咒骂库辛：老魔鬼、叛教者，他使我大为震惊，剥夺了生活，他是个巫师、叛乱者！他知道一切：关于村社集会，护林员逃亡的儿子回来了——这一切他今天都说了！

——这样啊！——叶戈尔平静地说。

——他骂一阵，又骂一阵，就开始哀号，他说：离开他们，即使他们是谦虚的和严肃的，但这是最可怕的人们，他们归秘密虚无主义者的法律所管，不害怕死亡，整个大地上他们都有同志和得到支持，他们想把所有国家联合为一个整体，以便任何时候都没有战争……

——听到了流言蜚语！——叶戈尔愉快地笑着说。

——所有情况就是这样！——华丽娅惊异地说，同时把餐具弄得哗啦啦地响。——他把你们骂了又骂，然后讪笑，他说：他们愚蠢，按照他们的做法将什么都不是，到那时他们所有人都将死亡，相互残杀直至死亡！再说自己的事，他说，我对你说此事，而你要对上帝发誓：将保持沉默。我叫喊：你结过婚了，肮脏的灵魂，我不想听你说！他低下头，沉默了片刻，问道：难道你也什么都不怕吗？他说：我有钱，你想要我给你钱吗？我说：你去磨坊吧，那里有人要钱，而把我放了吧，看在耶稣的面上！

她的脸发热，嗓音气恼地颤抖，双手哆嗦。

——他怎么老惦记着我？村镇里其他女人还少吗？他是如此魁梧、健壮，却躬身、唠叨、挥舞一只手说："如果没有更多的恐惧，那就一切都完了！一切都在破灭，一切都破坏了！只有世界保持恐惧状态！"他再次爬向我，抓住我的乳房，捏，请求和他躺下，我简直恨不得手里拿把刀！

她低头，啜泣。叶戈尔的面孔呆板，颧骨突起，伸出双手，十指捏成一个拳头，聚精会神地看着它。我好像发昏了，顿觉我坐的板凳在摇摆，墙壁在上下晃动，眼睛中一片绿色。

华丽娅含着眼泪轻轻地说：

——我要去城里！他使我疲惫不堪，我不能再忍受和沉默！我曾不想说这一切。我想，我干吗要用一些女人的事情去打搅人们……可是今天他那样折磨我，以致我好不容易才站起来，力量一点儿也没有了。我想：圣母呀，帮助我吧！瞧，现在他还会缠住我，瞧，他还会玷污我，魔鬼！

叶戈尔不时轻轻地咳嗽几声，问道：

——你对他发誓了吗？他对你说过他想要什么吗？

——啊呀，我并不想听他说！我塞住自己的耳朵才好呢！他开始说某个妇女的什么事……他觉得好像有什么东西：发青的死人、死亡的女人。他说，有一个女人夜里游荡，全身裸露，双目紧闭，两只手伸向前方。然后就开始说这样的事，嗨，去他的吧！他是个不知羞耻的人！——她忧郁地和厌恶地说。——我不能转述他的话……

——你，华尔华娜·基利洛芙娜，——叶戈尔从桌子后面站起来，庄严地说，——今天晚上别在家里睡觉。而明天，——他转向我，——送她去城里！嗯，我要走了。

他向华丽娅伸出一只手，直视着她，建议说：

——快点儿收拾！他，真的，是个精神错乱的人，是拧断他脖子的时候了。嗯，同名人，我走了。

我想留在女朋友温暖干净的房间里，我看见：她也想要这样。她那双疲惫的眼睛如此温柔地看着我，她的脸现出痛苦的表情。但我在多谢金后面感到不好受，他使我心情不安，他的脸异常善良，他行动起来不知为何特别地不稳和迟缓，仿佛很轻松，在谁面前夸耀自己的力气。他不时干涩地发出呼哧呼哧的声音，就是说，他心里充满了愤怒。我站了起来。

——再见，华丽娅！

她不乐意地伸出一只手，而眼睛在说：别走。

——你这是去哪儿呀？——叶戈尔戴上帽子问。

——和你一起去。

——我一个人知道路！

他用我不喜欢的、令人厌恶的目光直视着我，我感到没看错：他拿定了主意。

——你别放他走呀，——他像是开玩笑似的对华丽娅说。——他怎能整个星期留下你一个人呢？难道好情人就这样行事！

——你听见吗？——她说，把一只手温情地搭在我肩上。

——你说说，叶戈尔，打算做什么？——我请问他。——也许，我也不走，和你在一起……

三个人彼此看着，沉默，很快就想到了：相互理解了。

——见你的鬼去吧！——叶戈尔走近门口说，但我抓住了他一只手。

——不，这样不行！

华丽娅脸色变得煞白，非常低声地说：

——你怎么啦，你怎么啦！由于这样的人毁灭自己吗？

她把我推向门口，匆匆地说：

——和他一起走！别让他一个人！走吧！

我不能阻挡同志，他把我拉出门外。我们默默地沿街慢慢步行了两三分钟。

——别让鞋后跟发出咯噔咯噔的响声！——叶戈尔生气地嘟囔着。——警卫就在这里的什么地方。你回家去吧！

——我不去。

——那你去哪儿？

——和你在一起。

我们再次默默地走着。我听着黑暗中是否有马蹄的嘚嘚声。

——你在想什么？——叶戈尔用非常低的声音忧郁地问。

——没什么。

——我去磨坊，他在那里。

——做什么？

——一会儿让他说！首先我对他说：从这里滚开，你是个有病、有害的人，如果不走，那只好自己怨自己。

——此时他也会揍你！

——等着瞧吧！

理智告诉我：你去争论；而内心告诉我：不必要。我默然无语。

我们不知不觉地走到了商店旁的寨墙后面。风儿利落地驱赶我们上方空中的一堆黑云，因严寒而干枯的柳林耸立在我们周围沙沙作响，一切都在迎接冬眠。叶戈尔透过牙缝轻轻地吹口哨，风儿吹送着这黑暗中轻微的哨声。寒冷。可怕。从远处传来勉强能听见的喧哗声……

——似乎有人在疾驰？——我惶恐不安地说，冷得或是怕得打哆嗦。

——是风！——叶戈尔细听，回答说。——格涅多伊没有好下场，会抓他！——他迈着坚定的大步，沉思地继续说。——我父亲昨天从乡里来了，他说：阿斯塔霍夫控告了士兵，并给城里的法院递送了某种文件。文书官给法院写成了这份文件。等一等，你听……

喧哗声更近了，有人在骑马疾驰。

——这不是他，——我说。

——那还能是谁？

——他的马块头大。

一个硕大的，灰色的东西在跳跃，一副颤悠悠的、可怕的嗓子在呼号：

——民—民众……起—起来啊，快！发生了杀人事件！

我们朝前方奔向骑马的人。

——这是从磨坊来的工作人员科尔涅伊！——叶戈尔奔跑着说道。——站住！哪里杀人了？

骑马的人在马背上颠簸，不能使马停下来。马儿左右乱跑，威胁性地碰撞我们，打断人的说话。

——在磨坊，亲爱的！站住呀！小警官在那里杀阿芙多齐娅—士兵的妻子……这是你，多谢金？你父亲在家吗？等一等！……让民众赶快跑，否则，他在那里杀所有人……

——你快跑去村庄，而我们去那里！

叶戈尔抓住我一只手，快步向前走，同时大声叫喊：

——啊—哈，你……怎么回事！我对里亚多夫说过……坏蛋！

在我们后面传出很可怕的哀号：

——起—起—来！

我们气喘吁吁地跑着。风儿推着我们的脊背，撒给我们忐忑不安的呼啸、忽高忽低的犬吠声和低沉的铸铁打板的响声。村庄醒来了，但是，看来好像它畏惧地闪到一旁，躲开磨坊。

多谢金俯身向前，像狐狸一样在地面上奔跑，气喘吁吁地嘟囔着：

——那里有三个农夫、三个村妇——他们怎么容许！

——他有枪!

——都是怕死鬼!

我们默默地走着，风儿在脚底下翻滚，催促。

骑马的人赶过我们，他们在黑暗中疾驰，为了壮胆，他们用各种嗓音大声叫喊，力图驱赶夜间的恐惧。道路两旁黑压压的灌木丛也俯身向着磨坊，仿佛连根脱落而在地上飞扬。一堆浓密的乌云在他们头顶上飘浮。整个夜晚抖动身子，仿佛一只大鸟胆怯地扇动翅膀，唤醒周围的一切生物，拥抱、吸引到疯子摧残生命的那个地方去。

——前面走的是谁？！——有人从后面狂暴地叫喊。

莫兹茹亨从黑暗中赶上来了，摆动两腿，骑着马走向我们，叫喊：

——长官，啊？他们利用这些小警官包围了我们，唉咳，你，天啦!

——你想到得太迟了，华西里大叔！——多谢金说。

——我跑在了所有人前面，——骑马的人难过地说，——可是我一个人能怎么样？我来了，而他给我——吃颗子弹!

——他向后转过身来，凄凉地叫喊：

——赶—赶快!

到磨坊只有约两俄里地，而我们似乎走过了约十俄里。脑袋发昏，喉咙发痛，眼睛和耳朵异常敏锐，周围的一切刺激着我，在我的记忆里和心坎里留下了伤痕。这一切宛如一场梦。

风儿吹赶的夜色在周围飘浮，昏暗的树木隐隐约约地闪现，惊慌地晃动着枝条，冻硬的泥泞在脚底下变得松软流动。

——那里没有灯光！——叶戈尔说。

莫兹茹亨拉扯笼头，让马头向上扬起，马儿扬蹄，打着响鼻，骑者向前挺直身子，大声说：

——你们瞧，什么人在跑，真的！啊哈，你，天哪!

传出了他绝望的呼唤：

——民—民众啊，快—快呀！到这—这里来!

在黑暗中，有一个矮小的什么人跑在我们前面，他披着某种白色的东西……瞧，他从地上跳起来，忽然又一动不动地停了下来，趴在地上。

当我们跑近时一看，原来是孤儿费克露霞，她是斯科尔尼亚科夫原先的女工作人员，如今是被杀死的阿芙多齐娅的女朋友，即在秘密小酒馆服务的女朋友。她半裸露，穿一件白裙子和衬衫，躺在地上，发抖，牙齿打战，什么也不能说。把她扶起来，带她往回走，她就疯狂地叫喊：

——你们把我带到哪里去，亲爱的，去哪里？

——小警官在哪儿？——我们问。

——死了，开枪自杀了！他在地板上爬，鲜血直流，直流……你们放开我……

叶戈尔把自己的长衣披在她身上，随即消失在黑暗里，仿佛漩涡中的石头。

还有三个骑马的人赶上了我们，其中两人拿着一头削尖的粗棍，里亚多夫甚至带着枪。当知道是怎么一回事之后，他们大胆地说：

——完了，阴暗的魔鬼！

——他，走狗，活该如此！

——瞧，就是这些秘密小酒馆在危言人们！——里亚多夫晃动着枪，严厉地叫喊。

莫兹茹亨忧郁地说：

——我们的麻烦事现在就要开始了，弟兄们！唉咳，生活！

他们四个人迅速往前赶路，留下我一个人和少女。我抱住她的双肩，带着她，询问：这一切是怎么发生的。她紧靠着我，战栗，试图说点什么，但又啜泣，说得不明白。在我们前面马蹄声碎，后面人声嘈杂，而脚下的土地似乎溶化了，流着迎接我们，妨碍我们行进。少女咳嗽，踉跄，呻吟，呜咽，像一只挨了打的小狗。

——威严的他来了，要了葡萄酒，喝着，扯着胡须，沉默，一直沉默！我从炉子旁边穿过隔板望着他，心想：圣母啊！当他问我的时候，我将怎么办？女死者杜妮娅来了，他命令她：“脱去衣服！”她哪怕是好胡闹的和不知害臊的女孩，也不愿意，她说：冷呀！他吼叫……老天爷啊！

所闻所见支配着她，她开始说得快起来了，气喘吁吁，尖叫。徒步的人们赶上了我们，压低自己的说话声和脚步声，直视着我们，仔细听着可怕的故事。

——他开始在蜡烛上烧钱，她说：给我吧！他给了！而她向他跪着还要，他抓住她的胸脯，压住她，她叫喊：上帝啊！他掐住她的脖子，把她摔倒在桌子上。这时我惊慌失措了，去找主人，他却说：见他们的鬼去吧！我告诉了女主人，而自己再次走向炉子……我看见：被褥抛在了地板上，杜妮娅横躺在被褥上，而他则跪在她面前，倒酒，叫喊：我要烧毁整个村庄！他说：我什么都不怕！杜妮娅全身被抓破了，鲜血直流！这时科尔涅伊、米哈伊洛和女主人来了，他突然对他们大喝了一声！他叫喊：我要砍死人，全都滚蛋！我闭上了眼睛，听见尖叫声、踏步声、嘈杂声，谢苗比所有人更大声地吼叫！此时我再次跑到了院子里！我什么也不记得，在院子里跑着，狗也是，怎么办——我们不知道！我们跑进外屋，又返回，两只狗受惊了，汪汪地吠叫……

在黑暗中，我看不清她的小圆脸，我感觉她有着两只睁得圆圆的眼睛，我还觉得似乎那是一双完全儿童般的眼睛，闪烁着儿童般惊异的眼神。她整个的人以及她所有的话语都不会激起令人厌烦的想法：

“有着成千上万像她这样类似铜钱的人。它们被任何人毫无怜惜地花费在任何事情上……”

——此时米哈伊拉走出来了，呻吟，摇晃。他说：他砍了我。他头上流着血，我从自己身上脱下女短上衣给他缠上头，突然，他唉哟一声！他说：你看，走吧！我害怕，拿起灯，走着，走进了外屋，听见他在发出呼哧声！我朝门里一看，看见他在地板上爬进前面的角落，他是那样魁梧。我扔下灯，跑呀跑……

是谁在我后面气冲冲地说：

——难道可以扔下点着亮光的灯吗，傻瓜！要知道，那是亮着火光的！

忽然发现一堵货栈的墙从黑暗中高高地竖立起来，大家都停留在它前面，低沉小心地交谈：

——小声！

——没有听见人声！

——走吧！

谁也没有挪动。听到了叹息声、呼哧声、坝上清凉清晰的水流声。

——上帝啊！——费克露霞抓住我一只手非常低声地说。——我现在怎么去那里？

我放开她的手，向前迈了一步，大家一个接一个地跟在我后面，而少女轻轻地哭诉起来：

——大叔大伯们！你们不要扔下我一个人吧！

——小—小声！——好几个人立即向她发出嘘声。

骑马人的马匹耷拉着脑袋停留在院子里，但一个人都没有。只是当我进到外屋时才发现：他们五个人全紧靠在外屋的墙上。向木房敞开的门槛上放着一盏灯，用微弱的、颤悠悠的光照亮裸露的人体。

——怎么？——我问叶戈尔。

——死了！

他把灯稍微提起来照亮房间，看到：小警官躺在前面角落的桌子底下，因此只看得见光着的、伸长的、长着黑色毛发的两只脚，弯曲的脚趾深深扎在潮湿的、昏暗的地板里，仿佛是挠破了地板，而又大又圆的脚后跟奇怪地分开得很远。阿弗多齐娅躺在门槛旁边，也是肯朝天，双手弯曲压在自己胸脯下。灯光从她有如油脂般黄色的身体上闪过，发现好像身体还在呼吸，还活着。

——米哈伊拉怎么样？——我问。

——还好！——叶戈尔回答。——他说：他是自己逃离小警官时跌伤的，从台阶上摔下来。

从外屋的一角传出里亚多夫的声音：

——他撒谎！他没有身份证！

莫兹茹亨对着我的耳朵带鼻音感叹：

——真是个粗壮的女人，啊？本是个聪明女人、勤快女人，可是纵酒作乐，弄得晕头转向！

——这是您引领她的！——叶戈尔吸着烟，尖刻地说。

——哪儿的话，小侄子！我们！命运如此作弄我们！

——你们还将完全颠倒……

笑眯眯的乡下人尼康·叶尔马科夫赞同叶戈尔：

——得啦，叶戈尔沙！我们——长久吗？我们一直头向下活着——魔术师！

里亚多夫严厉地说：

——你们倒是找到了开玩笑的地方！在死者面前！最好设法找到主人，大概，他们没有被吓死！

——这是村长的事！

——既然你想，那你就找吧！

——我算什么？我不是长官！

——嗯，那就别说！

——于是就这样沉默吗？

通常的单调无聊的麻烦事开始了：很久以来彼此厌恶的人们集合在狭窄的地方，他们此时习惯于睡觉，而现在站在这里。他们知道：明天长官会来，将开始不可避免的斥责、慌乱，于是，所有人生每个人的气，每个人生所有人的气。

偶尔出现新的观众，他们相互推挤，发出嘘声，唉声叹气，伸长脖子，望着房间。灯光不断地向上腾起，从黑暗中现出小警官灰色的脚后跟、阿弗多齐娅胖得发圆的肩膀、地板中间的枪、翻倒的灯和黑色的血迹。

慢慢浮现出胆怯的压低的声音：

——鲜血呀！

——曾是强壮的男子汉！

——曾是酒足饭饱！

——年轻的女子可—可惜啊！

——是的，曾是多好的女孩！

——你们掩盖她才好呢，真见鬼！

——没关系，她活着的时候也不曾害怕裸体！

——而小警官——鬼喜欢！

——他怎么啦？还有坏得多的！

——当然啰！你看，在福金……

——工作人员米哈伊洛的头被砍了！

——本该阻挡他，这个米哈伊洛！唉，村长！这里的工作人员，米哈伊拉，我不知道他没有身份证，听见吗？

叶戈尔的父亲，高个子、驼背、温和的多谢金关切地、小声地回答：

——我们要阻挡！乡村警察——这里的人，听见没有……

——米哈伊啦！

——有麻子的！

——找到他！

——正是！里亚多夫用满意的嗓音说。——否则，晃荡，站立，谁也不做什么事情。

——快回家！——叶戈尔轻轻地呼唤我。

在院子里，斯科尔尼亚科夫扯开浑厚的嗓子用极粗野难听的话谩骂磨坊承租人。马儿听着谩骂，转动竖起的耳朵，一步一步地缓慢走动。卷发的承租人科列纳斯德晃动脑袋，镇静地辩护说：

——我是怎么保持小酒馆的——这是众所周知的，你也知道：你为此要我增加了租金一百多卢布……

——我？增加！——斯科尔尼亚科夫跺脚、叫喊。

在大门口站着一位乡村警察，他用棍子挖地，问大家是谁从他身边走过去的：

——偶然看不见了工作人员米哈伊洛？

——两个鬼东西，你们去找到这个米哈伊洛！——叶戈尔笑着喃喃地说。——你知道是什么情况？我跑到这里，看到了这一切，如此恶心，如此伤心。我走到院子里，一听，有谁是呻吟。我走到近处，看到大车旁边站着一个人，头上缠着布，那是米哈伊拉！以前我和他交谈过两三次，他始终感到好像他不是没有理智的人。“嗯，他说，多谢金，瞧，我也完蛋了，我本来是个逃兵，我没有身份证！”我说，智慧也不多！我让他去了“黑色小树林”，也许，他坐在那里等我们。我将带他去护林员那里，然后我们把他藏起来。

我看着他，他甚至没有披头散发，而我已经累得要死，脑子里一团迷雾，心跳不正常，人血的腥味使我恶心。

——也许，那位少女着凉了，——他卷一根纸烟，沉思地说。——她光着脚跑！我怜惜她，她像一只离开被毁鸟巢的无翅的小鸟儿！

——你是怎么来得及看到和想到这一切的？——我深感惊讶地问道。

他默不作声，迈着利落整齐的步伐。

天已破晓，树上披上了浅灰色的薄霜，叶戈尔脸上露出一丝微笑。

——你要知道，——他低下头说，——我本来就爱惜人，真话！我好像严肃，如此等等，但我怜惜所有人！现在就拿这件事来吧：他俩如此强壮、健康、身体结实，难道不怜惜？他们若是恢复体力，该能为生命做多少事情！想一想：小偷——健康，盗马贼——健康，小警官、放荡的女人、这些所谓的反社会的民众——更是身体特别健壮的人。而村社社员——普通乡下人、普通农妇、我们这些恭顺的庄稼人——多是衰弱的、有病的，已经把身体累坏了，备受贫穷的折磨，永远不能为自己高声呐喊——对吗？

——几乎总是这样！——我表示赞同。

——是的！在我们的事业中也是……某些小伙子和乡下人强壮一些，他们倾向于我们，而在我们之间看不见半大的孩子。这就意味着，兄弟，村庄的末日到了！其中强者很挤，弱者不适宜！村庄一分为二的时间到了，现在任何绳索、任何链条都不可能把它固定住！不，完了！

他小声地笑起来。清晨的严寒使他的脸冻得通红，小伙子的眼睛闪着亮光。

从我们左边的灌木丛中露出一个人来。

——啊，是他！——叶戈尔说，并轻轻地喊了一声：喂！

此人阴郁地回应了一声。

——你的衬衫干净吗？——同名的人问。——你把它脱下来，他的头需要包扎。

当我们走近伤者，他坐着，两手抱着头，咬紧牙齿，轻轻地呻吟：

——哼—哼—哼，我的脑袋！

我脱下浸透寒气的衬衫，从疲惫中稍为清醒过来和感到高兴，否则面对叶戈尔替她害羞。

——骨头未受损伤吧？——叶戈尔问，同时小心地揭下头上伤口的血布。

——用手摸，似乎骨头未受损伤！但只是头痛，真痛呀！

他跪下来，用手掌托住颧骨和好像盛满食物的碗一样的脑袋。

——我想用头碰撞他的肚子，而他跳开了，显然，也有伤，魔鬼！

——他自杀了——你知道吗？

——知道！死了吗？

——是的！

——嗯，也好！只是他在那里和女人们做出了什么，唉—唉！仿佛这不是人！你想把我藏到哪里去？

——叶戈尔收拾霜打的树叶，同时说：

——我只是把你带走，另外的人把你藏起来。就该给你把脸擦干净。

米哈伊洛满是血污的脸仿佛是铁的，血在他脸上凝结成铁锈层和棕红色的假面具。

天已破晓。显然，伤口冻结的衣服翘了起来，在他小心运动时发出咯吱的声音。叶戈尔用潮湿的树叶擦拭他的脸颊，病人全身颤抖，牙齿发出咯噔的响声，轻轻地嘟囔着：

——上帝保佑你们，弟兄们！我如果落到长官手上，那他会把我烤—烤焦的！你们究竟为什么对人如此善良？

从病人蔚蓝色的眼睛中慢慢地流出浑浊的泪水。

他的问题使我变得不好意思，叶戈尔也难为情地笑着。

——你走吧，同名的人，——他说，——天亮了，如此等等，民众出来了，走吧！

——哼—哼！——伤者呻吟，摇晃着类似于散乱的圆白菜的脑袋，而同名的人不时吹着口哨，力求像擦拭茶炊那样擦干净他的脸。

我不假思索，心怀模糊而深沉的忧伤，走在路上。灰蒙蒙的、凉飕飕的清晨在我面前的阴晦的天空中展现。周围的一切在一夜之间疲惫了、散乱了、发白了，像绿色地毯似的越冬作物披上了像茸毛一样的白霜，树木相互伸展光秃秃的枝条，但不能彼此接触，从而忧郁地颤抖。裸露的、冻僵的大地祈求下雪，祈求给自己一床松软的雪白的被子。乌云、像灰尘一样的云朵在大地上空聚集，一动不动，笼罩着大地。

我走近村庄，在华丽娅菜园篱笆上方我看见了她苍白的脸，她在等待，可怜的人，大概，她整夜未眠。

——和这样的人在一起能平静下来！——她耸动肩膀说，并领着我跟随她。——快点儿走！瞧，你全身弄得都是血污！你的衬衫哪里去了？

她眼含泪水，手冰凉。她给了我一杯水，轻轻地问：

——谁枪杀了他？

——他自己。

——真的吗？

——就是，华丽娅！——我严肃地对她说。

——唉咳，上帝啊！难道你了解？本来你们是去他那里的！

——命运取胜了！

——究竟因为什么流血？

——等一等，我全告诉你。

——那个杜妮娅死了吗？

——当然！

她坐在长凳上，轻轻地哭泣，说道：

——我们若是生前就知道等待我们的是什么，那么就会含泪祈祷：圣母啊，你别生我们为女人呀！要知道，杜妮娅多么可爱，多么乐观和聪明！你们男人，魔鬼，使她痛苦！掠夺她——这就是为什么她喝酒和放荡！这一切都是由于你们那该死的战争！等一等，不可遏制的鬼东西，当女人们醒悟过来时，她们会向你们表明：怎样安排这类战争！

我可笑地和惭愧地听着我这位女学生和女朋友的气话，坐在她身旁，默默地抚摸她的手，而她不看我，抱怨说：

——我整夜不能入睡，如此害怕！哼—哼！打死你才好呢！

蓦地，她激情地拥抱了我，含泪微笑着小声说：

——你是我幸福的人……

她这表现类似于一个小傻瓜，——嗯，也好……

我偎依着她，好像小孩偎依着母亲，心里变得平静和轻松，夜晚郁闷的事在我的记忆里消融。

她把我的头搁在她的膝盖上，一只温暖的手抚摸我的脸颊。

——你讲吧！叶戈尔在哪儿，在家吗？

我出乎意外地问她：

——你爱他吗？

她轻轻地和热情地回答：

——那还用说！当然，我爱！你倒是说呀！

我开始说，但说了十来句话，不记得怎么回事，突然睡觉了。

阿历克谢伊叫醒了我，他和库辛去了城里。他站在我身旁，拉着我一只手，生气

——你快一点儿！知道吗？

我四面张望，看到他愁眉不展，表情严肃。华丽娅穿好衣服站在房子中间。

——你醒一醒！——她哀求。——听见吗：库辛被捕了！

这立刻使我慌乱起来。

原来是：爱说话的老头儿在我们熟悉的女教师那里待了很久，和她以及她兄弟逗乐。夜晚警察出现了，逮捕了兄弟和姐妹，顺便抓了库辛。

——在他们那里搜到了什么东西吗？——我问。

——这谁知道？——阿辽沙轻轻地回答。——宪兵从省城来了！你去，华尔华娜·基利洛芙娜，快把叶戈尔叫来！

她离去，同时嘟囔着：

——这位库辛会向你们表明自己！

我在房间徘徊，不能想象出彼得·华西里耶夫，他是怎样瘸着腿随着警察走进监狱的。

阿辽沙坐在炉子上，悠动两腿，稍感烦闷地讲述：

——我也在他们那里待过，吃过午饭，然后坐了许久，好呀，我及时离去了。他在那里和费多尔、丽吉娅争吵起来了，当然，是关于上帝，他有趣地说：我告诉你！

他俯身向着我，兴奋地继续说：

——帮助上帝吧，他说！这是什么意思？他可是万能的呀？诚然如此，但你们是他无穷力量的分散个体和组成部分，联合起来就增强他的力量，分散开来就削弱他的力量。他用斯拉夫语证明……遗憾的是：我不懂这种语言！

逮捕库辛没有使我受到惊扰。我没有想：他在长官面前的举止行为将是什么样子，我相信：假如有谁将从大林业工作室偷走一棵或五棵树干，这种损失不大。

——我和菲里普事先知道关于搜查的事，但仍然晚了！我坐在他那里，读书，突然他跑来了，他说：刚才我遇到了县警察局长助理，他说他正在赶去搜查。我曾跑去找苏斯洛夫夫妇，但他们的大门口站着警察，我就从旁边走过去了。你怎么想：将会发生什么事？

——不知道！——我说。——不知为什么我感到这一切都将从侧面走过去的。

——他没有说更多的话！——阿辽沙确信地说。——菲里普对他的了解比我少，有别的想法，他去省城了，而这位从城里来的忧郁的新人留在了小铺里。他是干净的，小铺里没有任何多余的东西，只有一份文件，大概他们没有想到它。他们已分别摆开了商品、书籍、儿童玩具，窗户上挂着钢笔和铅笔硬纸盒。牌子也准备好了：“戈尔恰科夫书籍和文具用品商店。”蓄着胡须的普里普是个十足的商人！他在城里和所有人都熟悉，可笑地看到……

——一切都会从旁边过去的！——我说，因为我感到对此事的信心，而且信心在增长。

叶戈尔来了。尽管天气冷，但他的长衣是披着的，衬衫没有扣上，袖子卷了起来。他睁圆大眼睛郁闷地看着我们问：

——怎么样？

他一边听着阿辽沙的讲话，一边轻轻地吹口哨，手指在桌子上敲击，用不合乎他本性的温和的目光看着我，眼睛都不眨巴。

——老头儿被捕有点儿早！——他惋惜地说。——遗憾的是：他一个人，没有我们的任何人和他在一起！同名的人，你不想：这次逮捕涉及你吗？

——不。

——你毕竟是从村庄到什么地方去，啊？以防万一。

——需要考虑一下。

——考虑考虑吧！

阿辽沙也劝告。

我没有睡够，头脑不清醒，昏昏沉沉，懒得思考。阿历克谢伊要离去，他今天有报告，小伙子们将集合在什么地方的谷物干燥房，并将坐到很晚。

叶戈尔穿好长衣，说道：

——我也走，我要去修理雪橇。不久前父亲给我传道，总是责备我工作很少，我们大发脾气，他哭了。母亲也是，令人厌烦。是的！双亲有点儿妨碍我们的兄弟，应当直接从地里出生才好呢，大地比父母聪明些。这样，同名的人，你想一想，但要快，傍晚前要把这个决定下来。我已安排好华尔华娜·基利洛芙娜，让她去散散步，去听一听民众在说什么。父亲给了我关于阿斯塔霍夫的某种暗示：他可以吃掉所有人。长官到了磨坊，非常多！爸爸奔向那里去了，好像火烧火燎似的。再见！晚上见！

他握着我的手，低头说：

——鬼才知道，为什么我心中激荡着某种惊慌，是由于太累还是怎么啦?

——你，——我问，——相信库辛吗?

——他不会故意做坏事的，我相信！非故意——任何人都可能。

他笑着说：

——他一个人将感到寂寞！把华尼亚关到那里去和叔叔交谈并坚定他的心才好呢，否则，华尼亚是很悲哀的，他总是抱怨我们徒然委屈了尼金，他安慰他。而尼金那时在运木材给自己盖木房。嗨，晚上见！

他离去了。但他把自己的一部分惊慌留给了我。

雪花早已在村庄上空飞舞，懒洋洋地飘落在被践踏的土地上，给土地裹上晶莹精美的银装。我们的平凡的乡下人匆匆徘徊在街头，嗓音嘹亮，步伐雄健。瞧，穿着节日盛装的妇女在游荡，其中包括华尔华娜，她高高地昂起头，讲述着什么，停留在街中间听到了：她那低沉有力的嗓音轻柔地撞击在窗玻璃上。身上洒满雪花的米洛夫走近来，问着什么，把帽子从一边挪动到另一边，低下头，懒洋洋地往前走。

应该叫华丽娅回家才好，但我不好意思敲窗玻璃。

一位骑马的人疾驰而来，挥动两只胳膊肘，好像禽鸟扇动翅膀，女人们在他后面叫喊，急速地跑散了，而华丽娅一个人留下了，像直立于野外的一棵桦树，她以双手遮额，顺着街道看了看之后，朝大门走去。

瞧，她站在门槛上，粉红色的脸，精神焕发，脱下女短上衣，说道：

——我看够了，听够了，一切事情都打听到了，哎呀，老天爷！村庄怎么陡立起来了！阿斯塔霍夫拿小酒馆数落斯科尔尼亚科夫，说这是淫荡。斯科尔尼亚科夫对上帝发誓，说什么都不知道，而格涅多伊大骂这两位——不幸！集会旁一片叫喊声和喧嚣声……

她，仿佛水中的鱼，摇晃着健壮的身躯，从容不迫地、神气十足地、轻松活泼地漫步徜徉。我爱看着她……

——斯科尔尼亚科夫害怕，已经散布流言，说这个冬天将开始砍伐自己的树林，想讨好民众，据说，将有工作，好让对小酒馆的事保持沉默。而阿斯塔霍夫则叫喊：他撒谎，树林是我和他共有的、没有划分的，关于界线还将上法院打官司……乡下人不知道该支持谁，大家心里特别希望两者都死亡！

华丽娅一只手掩着脸笑了起来。

——基利克标新立异，说拥护阿斯塔霍夫，无论是对上帝还是对长官，库济马都是可爱的人、聪明人、读书人、和平保卫者，我们不是无缘无故地推选他进了杜马，怎么就突然开始咒骂保卫者呢！所有人都瞪大眼睛，然后哈哈大笑。基利克摇头，笑说："唉哟，我怎么错了！他使我面目全非，狗崽子，这个库济克，不能忘！"他又开始列数他的掠夺！民众呼喊："基利克，你的实话在哪儿？"他生起气来，说："你的在哪里就在那里，坏蛋！"这样的地方叫作耻辱！

她羞怯地、调皮地靠到我身上，沉默了一会儿，然后轻轻地、忧郁地说：

——你可知道：大家似乎忘记了躺在磨坊那些人的事，只有农妇们暗地里想起杜妮娅……啊，这是怎么啦？

外屋响起了急速的、沉重的脚步声，门敞开了，多谢金站在门槛上，气喘吁吁地低声说：

——士兵、宪兵来了，同名的人啊，他们问你，还抓了格涅多伊！

我心里发紧、发冷。我想站起来，华丽娅抱住我、拉住我，我看见她可爱的眼睛和苍白的脸，听见她轻轻的声音：

——快跑到森林里去。

叶戈尔也重复说：

——跑吧！

他抓住我一只手，直视着我，把我拉向门口。

——跑得太晚了！应当尽快离开这里。

我拥抱华丽娅，吻她。同名的人拥抱了我。

——彼此保重！——我对他们说。

我自己心里忽然兴奋起来，既充满了忧伤，又充满了力量。我开始感到热。

——也许，你还来得及吧？——叶戈尔低声说，而华丽娅脸色苍白，把我推向门口：

——快走，亲爱的，你走呀！

我跳到院子里，跑过了一个菜园，跨越了篱笆。两个士兵在灌木丛中的小路上走着，看见了我：

——站住！

他俩把枪顶在肩上，瞄准。

——你们怎么啦，——我说，——疯了吗？

——闭嘴！

他们一前一后领着一个上帝的奴仆。我们走在偏僻的地方。下着雪，大地换成银装，也染白士兵的灰色军大衣。

迎面走来又一个士兵和一个戴围巾帽的小军官。

——此人是谁？——他严厉地叫喊。

——是叶戈尔·彼得罗夫·特罗菲莫夫。

于是他命令自己的士兵：

——去，报告骑兵大尉：特罗菲莫夫抓到了。听见吗？特罗菲莫夫！

他的脸庞小、粉红色，蓄着黑色小胡子，显出高傲的神情，像新的十五戈比辅币。他手上戴着黄色厚手套，脚上穿着上了柒的皮靴。

我们走着。

——你们把我带到什么地方去？——我问。

——这不是你的事！

——是的，——我说，——但是，也许你们应当到我的住宅去一下？

——当然。

——走过了住宅。

在我的房间有宪兵、士兵和一位威严的高个子宪兵军官，后者蓄着浓密的灰白色胡须和大胡子，其两端下垂，看似他有三绺胡须。书籍被胡乱地扔在地板上，一切都被搜遍了。

——特罗菲莫夫？——军官用男低音问：他——尼古拉·斯米尔诺夫呢，啊？

“唉咳！——我想，——你是个多么有知识的人！”

我的两条腿酸痛。进房间的门没有掩上，我感到冷和烦闷，在这些人中间我感到委屈。对他们撒谎——我不会，我不比他们坏。

我猜想：既然他们这些人知道我的真实姓名，那么这事与库辛无关，而我的遭遇有点儿意外，苏斯洛夫兄弟姐妹搞错了什么，这也好，明天我将在库辛旁边了。

骑兵大尉叫喊，三绺胡须抖动起来。

——我问：你这是某后备队原参谋部文书尼古拉·斯米尔诺夫吗？

——我是特罗菲莫夫，叶戈尔·彼得罗夫。

他叫喊：

——你撒谎！

长官很容易发脾气。

小军官打量着我，张大嘴，像只饥饿的小乌鸦，下级官员的目光严肃和关注。骑兵大尉书写，钢笔尖发出吱吱的声音，像划在我的心上。

黎明时分，我们——我、格涅多伊和五个押送人员——进了城，而其余所有长官继续骑往什么地方去了。

行走困难。下着鹅毛大雪，我们在雪中艰难地走着，像牛奶中的苍蝇。灌木丛、树林、尚未被雪掩盖的土丘，像模糊的踪影忽而从右忽而从左穿过白色的迷雾飘浮着迎接我们。

士兵们没有睡够，又饿又狠，冲着我们吼叫，用枪托推人。格涅多伊一句不让地和他们争吵，因而挨了一两次打，想必很痛。

他胡闹：挥舞双手，叫喊，啐吐唾沫，雪花落到了他的嘴巴里。

——我自己就是士兵！士兵应该捍卫真理！

——再说一遍！——一位押送人员严厉警告他，另一位押送人员含讥笑意味地问：

——什么真理？

——这样的！普遍真理！而你们捍卫富人、吸血鬼库济克！

——揍他的脑袋，里亚德诺夫！

这必须制止。

——老乡，——我确信地说，——别对那个生气，应当对……

——你说说！——一位士兵恶狠狠地说。

——好吧！很高兴和有理智的人们说话。应当对不给我们大车而让我们步行的事生气……

——为了谁？为了你们这些鬼东西！

——既不给茶喝，又不给吃的，还睡眠不足……

——他这说得对！——一位士兵从我后面回应说。

——我们反正都一样——格涅多伊倔强地说。

——听他们说，让他们说！

领班皱起眉头，直视着我。

我自信地、温和地继续说：

——这一切是可以改变的，老乡！再走约一俄里，路上就有一个村庄，村庄里有一个茶馆，你们既可进去喝喝茶，也给我们一口茶喝。这样，无论是你们还我们，再走三十多俄里路也不会难受！

领班扑哧地笑，掸掉胡子上的雪，温柔地说：

——这倒是可以的！这没什么关系，老乡，可以！

大家都随声附和他：

——当然！

——不坏！

——那个村庄很近吗？

——不填饱肚子，跳蚤也不会跳！

格涅多伊用教训的口吻说：

——瞧，我们也怜悯你们！

领班在我那里搜查过，我们一起过夜，晚上我和他这个那个地说了一些话。他还是一个身材高大的士兵，里亚德诺夫和我并排走着，比其他人更镇静些，显然，其余三人早就感到忧愁和气愤。他们全都干瘦、骨瘦如柴，有如农民的马匹那样总是显得疲倦，他们长着同样没有特色的脸，露出呆滞的、绝望的目光。

——我们押送着你们，押送，——里亚德诺夫轻轻地说，——这趟行军没有尽头。

——在民众之中为什么发生这种事，老乡？——领班斜眼看着我问。——弄得任何人都不得安宁，这是什么原因？

我开始向他们解释事情的原委和原因，他们挤成紧密的一堆，使格涅多伊紧靠我，他们的目光饱含疑惑，胡子和眉毛挂满浑浊的融雪颗粒，他们全都仿佛哭得挂满了泪珠。

——甚至令人奇怪的是：大家多么不好！——我听见从我后面传出轻轻的、真诚的感叹声，某人对着我后脑勺哈气。

我知道他们这些士兵：他们反正都像孩子，如此轻信，如此残酷。他们像是大地上断绝了一切的孤儿，他们没有自己的意志。俄罗斯人，就是说，胆怯的人，不相信任何事情，等待邻人的智慧，而自己却害怕邻人，假如看到他是聪明人的话。我还知道：任何想活着的人都应该接受我的神圣的信念的时候到了，即相信人的共同力量的必要性。因此，我不客气地对他们说我之所想。

——听不清！——人们在后面懊恼地嘟囔着。

——这雪花堵塞了耳朵！

格涅多伊心满意足，喃喃地说：

——就是呀！

我们一路上交谈，直到村庄。刚一进入街道，我们的押解人员就重新变得粗野了，严厉地对我们发号施令。

但是，当来到茶馆时，等到给我们送来了茶和面包之后，他们就凶狠地赶走了主人，解开衣服，抖擞精神，重新变得和善，温和地看着我们，仔细听我的讲话。

他们啃面包，饮茶，吧嗒嘴唇，忧郁地摇晃他们那灰色的、剪了发的脑袋。

里亚德诺夫问：

——怎么样，在村庄那里还留有你们这种信仰的人吗？

格涅多伊，真见鬼，高傲地吼叫：

——那还用说！在我们周围地区都有……

我用脚在桌子底下踢了他一下，士兵们发现了这个动作，皱着眉头微笑，其中之一使眼色问：

——你怎么啦，小老乡，你的舌头咬伤了吗？

格涅多伊满脸通红，气喘吁吁，挪动脚，依然腼腆地说：

——好吧，我们一共两个人，行不行？

——那么，——领班说，同时开怀冷笑，——我们带你们走，他们将派人去带其他人。

士兵们满脸通红，大汗淋漓，露出不同的笑容，三人中之一嘲弄地说：

——行动！

另一个凶狠的声音附和他说：

——一声令下立刻打死所有人——右派分子、罪犯——才好呢，那就安静了！

利用他们沉思的片刻，我问格涅多伊：

——真的是那个库济马诽谤了你吗？

——不是他！——格涅多夫迅速回答。——主要的，这是莫兹茹亨和里亚多夫、斯科尔尼亚科夫，还有那里的其他人！他们说什么了！“大人，他（指我）准是被中国人收买了，是村庄里最有害的人，长官也羞辱我们大家，他（指我）说，只有中国人好！”

士兵们疑惑地看着我们，里亚德诺夫问：

——你从哪里知道他们——中国人？

——我吗？——格涅多夫高傲地叫喊。——是这样的！我参加过这次战争，当过俘虏，我有叶戈利十字勋章——这就是，勋章，我随身带着它……

他匆忙去掏裤兜，从那里掏出一把什么乱七八糟的废物，一个粗大的指头在其中搅和，难过地嘟囔：

——唉咳，你呀，该死的！勋章我忘了带！嗨，这不好，毕竟它是我的保护者，而我却把它忘了，唉咳！

——既然你有，这长官就知道！——领班鼓舞他，然后命令：

——集合，赶快！

士兵们扣上纽扣，拿起枪。他们怀着好奇心看着格涅多伊，沉思、惋惜！

但是，格涅多伊整理了一下自己的衣服，挤眉弄眼，高高地举起一只手，伸出一根粗黑弯曲的手指威胁什么人，诡秘地说：

——我，小伙子们，近距离地看见过这些人——中国人、日本人，他们有些人打仗，有些人耕地……嗯，他们是怎样经营自己的土地的……天啊！那是给新娘铺床，而不是耕地！这是真正的劳动人民，既然有这样的土地，他们干吗要作战，当然，他们根本不想要战争，因为播种如此特别的谷子……

我们灰色的身躯重新紧缩一团，穿过冷冰冰的雪幕在路上颠簸。我们紧挨着，摩肩接踵地走着。我们的脚步在厚厚的、潮湿的雪花飞絮层上踩出温柔的、轻轻的沙沙声，格涅多伊尖锐刺耳的、气喘吁吁的嗓音滔滔不绝地、热情洋溢地飘荡在雪层沙沙声的上方。

士兵们跌跌绊绊，刺刀不时发出叮当声。他们竭力直视着他，默默地听着他关于他们不知道的、富饶的、热爱自己劳动者的土地的故事。他们发红的脸上重新挂满了浑浊的、稍微融化了的雪的水滴，水滴好像委屈的泪珠沿着他们的脸颊流淌，他们全都大声喘气，发出呼哧声。我感到：他们走得越来越快，仿佛就在今天想要赶到那片童话般的、所盼望的土地上去。

在我们之间已经没有士兵和被捕者之分，而只是七个俄罗斯人在走着，尽管我没有忘记：这条路是通往监狱的，但我同时想起了我这个幸福的夏天和以前所经历的事情，我的心放射出明亮的光芒，我想向着四面八方透过浓重的雪雾呐喊：

“节日好，伟大的俄罗斯人民！即将来临的复活节好，亲爱的！”

奥库罗夫镇

“……小城镇的、野兽般的密林深处”

费．米．陀思妥耶夫斯基

整个波状平原伸展着条条灰色的路径，花花绿绿的奥库罗夫镇位于平原的中间，好像宽大的、满是皱纹的手掌中的稀奇古怪的玩具。

懒洋洋的普塔尼查小河从切尔诺拉缅尼密林之中流出，在开垦的丘陵之间蜿蜒曲折地流向城市，并把城市分成两个相同的部分：希罕区和扎列契耶区，希罕区住着优裕的人们，扎列契耶区居住的是低微的小市民。

河流穿过城市向西南流去，消失在赤褐色的里亚霍夫斯克沼泽地里。沼泽地丛生密密麻麻的云杉林，幼小的树林排成又密又宽的队形，延伸到浅灰色—蓝色的远方。在东方，在小丘顶峰上，在通往省城的大路上，被雷雨摧毁的老树耸立在淡白的天空中。

除了城市以外，在平原上，在切尔诺拉缅尼密林边缘，坐落沃耶沃金诺小村镇以及两个村庄：向北是奥勃诺斯科沃村，向东是巴雷密勒村，又叫布勃诺夫卡村，这就是奥库罗夫镇周围的全貌。

夏天，丰沛的雨水使空气充满温暖的湿气和闷人的热气；天空淡白和浑浊，仿佛蒙上了一层水气；太阳昏暗；晚霞不祥地呈现出血红色；东方一轮硕大的明月像生肉一样鲜红。

秋天，城市上空几个星期悬挂着灰色的乌云，倾盆大雨洒在屋顶上，汹涌的小河冲毁道路，河水变成红褐色，咆哮；小城被淹，人们只是在极其需要的时候才上街，一般坐在家里温顺地等待着初雪，玩“顶牛儿”“耍傻瓜”“自定王牌”等牌戏，听训诫集和日课经文月书的朗读，有些地方也读非宗教书籍。鹅毛大雪漫天飞舞，堵塞城市街道，几乎达到屋顶。每逢夜晚，狼群在平原上凄凉地号叫。大颗星星闪烁浅蓝色和冷淡的光芒；金星呈现出绿色，像祖母绿宝石一样。

城市具有墓上十字架的形状：下端是女修道院和墓地；普塔尼查河穿过顶端——扎列契耶区；左翼是老旧得成灰色的监狱；右翼是布勃诺夫家族老爷们的古老的庄园，有一座墙皮脱落破烂的大房子，房顶上的桁架暴露出来，犹如被狼群咬死的马的肋骨，窗户用板子钉死，透过缝隙看房子里面是一片漆黑和空虚。

希罕区计有六千居民，扎列契耶区约有七百人。除了修道院以外，还有两座教堂：一座是新的、洁净的和白色的彼得和保罗大教堂；另一座是古老的、木结构的尼古拉·米尔里吉斯基小教堂，上面有五个各种颜色的圆顶—圆球结顶，两侧有砖砌的扶垛，还有一座矮小的钟楼，类似用细骨架撑起的钟式裙，不久前刷成了蓝色和黄色。

城里的小市民头脑机灵，有吃有喝。他们从事贸易，在县城的农贸集市上贩卖布匹和其他商品，为省城收购麻绳、丝线、蛋品、家畜和干草。他们的妻子和女儿用各种颜色的毛线编织便鞋、暖鞋、围巾、绒衣和旅行袋、——这都是寺院学校自古以来传授给她们的手工制品，她们几乎所有人都在那里学习文化。城市以编织物出名，把它送到马卡利耶集市上，这项工作大概增强了居民对房屋鲜艳色彩的喜爱。

一条主要的街道——波列契内伊街，或者叫贝列若克街——是用大鹅卵石铺砌的。春天，当石缝中长出嫩草的时候，市长苏霍巴耶夫叫来囚犯，他们高大笨重、灰头土脸，默默地在街道上爬动，把草连根拔掉。

在波列契内伊街道上，整齐排列着别致的房屋，——蔚蓝色的、红色的、绿色的，几乎全都带有栅栏围着的房前小花园，——地方自治执行机关主席福格尔的房屋是白色的，房顶上有小塔楼；带黄色栅栏门的房屋是市长的；浅粉红色的房屋是大祭司神父伊萨伊亚·库德里亚夫斯基的；还有长长一排显眼的和舒适的小房屋，其中寄居着当局人士：军队首长波基法伊科，狂热的歌唱爱好者，因大胡子和肥胖绰号叫马泽帕；税务督察官茹科夫，郁闷的人，患狂饮病；地方行政长官什特列赫里，戏剧工作者和剧作家；县警察局局长卡尔·伊格纳齐耶维奇·沃尔姆斯；非常快活的医生里亚亨，地方喜剧和悲剧爱好者小组的优秀演员。

只有邮政支局局长、著名的花卉栽培专家库巴列夫和财务主任马杜什金居住在斯特列勒茨基街上——这条街的一头穿过波列契内伊街直到河岸，另一头和修道院大门旁的集市广场相接。

城里有许多花园和房前小花园，房屋掩隐在槭树、花楸、丁香和金合欢之中，小窗户透过绿荫彼此亲切相望，窗户上拉着白色窗帘，窗台上摆着天竺葵、倒挂金钟、秋海棠花盆，窗侧框上挂着鸟笼。

希罕区人们过着安详和勉强温饱的生活，温和地听从首长的事先的指示，牢记老规矩，但当遇到需要时，也灵活地服从时代的新要求，例如：发现少女甚多，市民就决定建立不完全女子学校。

显然，有的少女尚未出嫁，那么，就让她们全都去当女教师！

还有人说，再有一所中学才好呢，因为村庄一年比一年更穷，靠贸易生活变得困难了，手工业维持生活愈来愈坏，在省里孩子读书很贵，可又必须让他们读书，须知医生、律师、总之有学问的人才生活得富裕。

每逢节日青年人集合在修道院后面的野外，玩击木游戏，打俄罗斯棒球，玩逮人游戏，而父亲和母亲们则坐在草地篱笆旁观战，回忆往日旧事。

外来的魔术师和各种流浪“演员”聚集在“里斯本”大厅表演；地方爱好者小组也热心光临演出；但是地方歌舞团的高雅音乐会特别受欢迎，这是马泽帕招待市民的音乐会——冬天在“里斯本”大厅，夏天在城市林荫道上。

城市河岸的红褐色黏土悬崖用柴束加固，城市顺着悬崖建设了很长的林荫道，稠密地栽种了白杨树、金合欢、椴树。在林荫道中央，市长和波基法伊科自费建了一座红色的凉亭，凉亭顶上有桅杆，每逢节日桅杆上飘扬着国旗。从凉亭到悬崖搭建了两部扶梯，夏天在悬崖下围起两个浴棚：蔚蓝色和白色相间的花条浴棚是福格尔的，红色浴棚是市长的，用太阳晒褪了色的木板围起来的灰色浴棚是“公共的”。从浴棚到小河铺着各种颜色的标记，河水静静地洗刷标记的薄纱。

河对岸平坦多沙，稠密而杂乱地盖起一大群扎列契耶的茅舍，它们破旧得黑乎乎的，腐烂的房顶上长满一片片绿色苔藓。茅舍歪斜在沙地上，用病患的小眼睛绝望地看着河流，一块块窗玻璃泛出蛋白石的光泽，和白内障很相似。

在被岁月蹂躏和春汛冲刷的众多的小市民的小房子中间，矗立着亚历山大·涅夫斯基红砖小教堂，它是由布勃诺夫家族已故地主的祖先建成的，他曾遵照保罗一世愤怒的命令流放去托博尔斯克，后来新沙皇命令他立即返回彼得堡，信使带着新沙皇的命令追赶到他的地方就是建小教堂的地方。这座小教堂的几乎三分之一高度被垃圾和沙土掩盖了，它的砖多处在斗殴时被拆毁了，或被拆去修理炉子，甚至曾经镀过金的铁十字架也弯曲倾斜了。村镇里没有更多的任何标志性的建筑物，如果不算位于小教堂一旁，高于河流的“费里查塔小天堂”的话。

每年春汛期河水流入扎列契耶院子里，灌满街道，于是村镇居民爬上顶层阁楼，从天窗和屋顶上钓鱼，从卸掉铰链的大门出来乘木筏航行在街道上和河流上，捞取从森林中随河水漂流而下的木柴，相互偷窃这种战利品，每逢夜晚人们折断连接村镇和城市的河流的栏杆。

春天、夏天和秋天，扎列契耶人靠采集酸模、草莓以及靠打猎和捕鸟为生。他们制作笤帚，采集蘑菇、越橘、荚蒾和红莓苔子，——城市居民向他们收购这一切。有两三个人，其中包括西玛·吉弗什金，制作鸟笼和捕捉器；普什卡列夫一家人从事大鱼网的编织；斯特列里佐夫夫妇用桦树根茎制作小匣子，保守着智慧的秘密。有七位村镇居民在苏霍巴耶夫制毡厂工作，九个人擀制毡靴。

制毡工人和毡靴擀制工人比其他人更频繁、更多地喝酒，因而引起所有村镇居民的普遍关注和享有他们的尊敬。有时，每逢节日，一位制毡能手，村镇最强壮的战士之一，格拉西姆·克雷里佐夫突然开始无情地殴打自己的景仰者，像患歇斯底里狂叫病的女人那样大声叫喊：

——你们灌醉我，该死的！我行将因你们而死亡，唉咳！

但是，美男子，一号英雄，华菲拉·布尔米斯特罗夫卷起袖子，站出来反对他，告诫他：

——住手，加拉西卡！你，恶棍，怎能殴打喜欢和尊敬我的、心地善良的人，啊？你抱怨什么？嗯，够你受的！

被征服的格拉西姆哭诉：

——没有钱，兄弟们，抱怨……生活，抱怨我的生活！

在城市和村镇之间自古以来就存在着敌意：希罕区富裕的小市民看扎列契耶人就像看废物、醉鬼和小偷一样；扎列契耶人诚恳地承受这种目光，称呼城市居民为“铜币爱好者”“五戈比食客”。

自米哈伊诺夫即日起就在河面的冰层上开始残酷的战斗，战斗持续整个冬天，直到谢肉节为止。尽管村镇居民有许多著名的战士，但城市人数占优，施以重压，故扎列奇耶人总是破打败，被驱赶越过整个村镇直至沙丘——“马坑”，那是掩埋死牲口的地方。

警察最为经常地从城里来到扎列契耶区：发生盗窃时进行搜查，征收赋税，查抄顶债的村镇的家具什物，平息频繁的斗殴。其他任何人只是每逢夜晚到这里来，为了访问“费里查塔小天堂”。

“小天堂”是沃耶沃金诺家族老爷们原先的庄园——陈旧的、昏暗的和封闭的房子——废墟占了许多地面和空间。该房子从河流方向掩隐在白柳、山杨和桦树的密林之中，从街道方向是砖围墙，墙上有坚固的橡树柱子的大门，大门的左扇有厚实的便门。在便门旁边砖砌的凳子上从晚到早整夜地坐着一位身材高大、头发棕红色、不知称号的人，扎列契耶人称呼他为切德赫尔。

在切德赫尔之前，看守人曾是华菲拉·布尔米斯特罗夫的弟弟安德烈，但他不能承担这项责任超过两个冬天：在寒冷的季节，扎列契耶小市民像狼群似的侵入房子的废墟之中，从废墟中挖掘一切可以生炉子的东西，许多东西与其说是按需要毁坏的，不如说是按贪欲破坏的，——按蒙上俄罗斯迟钝绝望阴影的胡作非为所破坏的。必须挺起胸膛保护主人的财产，反对朋友甚至亲兄弟，安德烈也就在这个事业上结束了自己的生命，他被掏了心肝。

他在临终时声音嘶哑地说：

——费里查塔，——我维护了你，——永别了！

费里查塔用雪白的双手掩面哭泣，然后光荣地安葬了保卫者，在他的坟墓上竖立优良的橡木十字架，长久地作安灵弥撒，祈祷上帝的奴仆安德烈安息。但是，在安葬之后她就立即去了什么地方。在她的“小天堂”大门旁边稳稳地坐着一位新的看守人——长手方脸、沉默寡言的人。他在一对一的搏斗中战胜了村镇的大力士克雷里佐夫、布尔米斯特罗夫和卓西玛·普什卡列夫之后，很快就博得了勇敢的扎列契耶人对自己的野兽般的力量的尊敬。

在杂草丛生的院子中间，宽大的、两层的、带夹层、圆柱和凉台的沃耶沃金诺的房子坍塌了。房子周围遗留着服务的残迹——费里查塔燃料；公园的树梢在废墟上空忧郁地摇曳。“小天堂”位于房子的第二层，它的三个窗户几乎总是用有栅栏的护窗板半掩着，其上方挂着被雪压折断的顶盖，就像老头儿下巴上方的鼻子。

隐藏在院子深处墙后的“费里查塔小天堂”的生活是扎列契耶人观察不到的。夏天，城市居民从河里乘小船来到公园，或者悄悄地沿岸到灌木丛中；冬天，他们驶过村镇街道，戴着围巾帽或用毛皮大衣领子掩盖着脸。

人们知道，有三个少女生活在费里查塔这里：帕霞、罗卓契卡和洛德卡，在城市优裕的人们之中最为经常访问“小天堂”的是：县警察局长助理涅姆采夫，因为他的妻子有病；税务督察官茹科夫，因为他是鳏夫；医生里亚亨，因为他性格崇尚娱乐。

人们还知道，当前来找费里查塔的客人众多的时候，她就招呼村镇的妇女和少女来帮助自己，人们知道他们当中谁来找她，但人们冷静地对待妻子和女儿的这项副业，她们挣到的钱都被拿去喝酒了。

奥勃诺斯科沃村、巴雷密勒村和县里其他村庄蓄着大胡子的林区男人以及温顺的老实人，甚至大白天都害怕驶过村镇，如果不能绕过村镇的话，那就三四人结伴而行。倘若单独一辆大车出现在村镇街道上，那么好奇的村镇居民就会不慌不忙地走出来，紧紧围住赶车人问：

——大叔，你卖什么？

他们一边环视商品，一边盗窃，如果赶车人叫喊、抱怨，那就捎带着殴打他。

夏天傍晚，扎列契耶人聚集在城市林荫道对面普塔尼查河岸上的白柳树下，躺在或坐在沙地上，贪婪地仰望：在红彤彤的天空中，清晰地现出浅蓝色教堂圆顶、俨如铅铸造成灰色的带消防员身影的瞭望塔、晚霞辉映呈现粉红色的福格尔房屋顶上塔楼的轮廓。茂密的树障掩盖着波列奇内伊街上五颜六色的房屋的浮夸的外貌，而只能看见屋顶和烟囱。但是，村镇居民在树干和枝条之间了解了城市居民，并懒洋洋地、带着嘲笑的口吻相互讲述希罕区生活中的事件：谁玩牌输了和输了多少，谁赢了；谁在昨天喝醉了；谁在这个星期打了妻子，是怎么打的，为什么打。他们知道城市所有的风流韵事和贸易协议、城市居民的一切争吵甚至意愿。

通过去做短工的妇女们也可得知希罕区的生活，她们给菜园锄草，在城市机关清洗地板，在集市上或挨家挨户卖浆果和蘑菇。

扎列契耶讽刺地和仇视地谈论有关城市的一切，却很少和懒得议论自己的生活。他们最爱普遍的、幻想的、远远超出奥库罗夫城市生活范围的话题。

他们喜欢唱歌。夏天，每当马泽帕合唱团在城市林荫道上放声歌唱的时候，扎列契耶回应他的是自己歌手华菲拉·布尔米斯特罗夫和猎人阿尔丘什卡·皮斯托列特的歌声。

有一次，村镇诗人西玛·吉弗什金用下面这样的诗句描绘扎列契耶居民的内心世界：

我们后面是森林，
前方是沼泽地。
上帝！宽恕我们吧！
我们生不乐意。

寂寞、艰难和饥饿，
没有任何欢喜！
许多人长命百岁，
长寿那又何必？

倘若是食物充足，
也许快乐如意……
那就快享受生活，
但也将入坟地！

雅科夫·扎哈罗夫·季乌诺夫曾被一致认为是扎列契耶的第一号首领。

高个子、干瘦的他，让人们期待他那忙碌的活动和流畅的语言，奇怪地看到他那从容不迫的步态和稳重的动作，听到他那镇静的和低沉的声音。

他的生活曾是神秘的：他还是约十五岁的少年时就突然消失到某处，失踪了五年左右时间，不给父亲、母亲和姐妹关于自己的任何消息，然后又突然被从省里押解回来。他成了病恹恹的人，脸暗黑干瘦，没有了右眼，牙齿被打落，背着背包，包里有两本皮革封面的厚书：一本是《关于事物的发明家》，另一本是《简明世界景象或小费阿特龙》。

那时他的父亲和母亲早已去世，姐妹卖掉了茅舍和土地，去了他乡。雅科夫·季乌诺夫寄居在接生婆和女巫医达利尤什卡那里，她因为多嘴多舌而得了一个外号叫沃雷尼卡[①]不得而知的是：

① “沃雷尼卡”是俄语词 Волынка 的音译，意译为“风笛”。——译者

他依靠什么方式生活。他自己显然逃避与人交往，不乐意说话，说起话来也是干巴巴的，也不能正视任何人，总是隐藏自己的目光，稍微眯缝上眼睛，脑袋自下而上地抽动。每逢傍晚他孤零零地在村镇后的野外溜达，像所有独眼人一样，用一只昏暗的眼睛注视着地面，总是有点儿歪着头。

据达利尤什卡说，独眼人在家里读自己的大本书籍，有时自言自语。村镇的老太婆们称他为巫师和魔法师，年轻村妇们说他心地不纯，男人们若干次试图追问他是什么人，但都未成功。于是，他们向独眼人要来了半桶伏特加酒，当还想要时，他拒绝了，他们就揍了他，此后几天他再次踏上了“征途”，正如沃雷尼卡所解释的那样。

季乌诺夫回来已是四十五岁的人了，像香瓜一样的尖颅骨上竖立着一绺一绺银白的头发，瘦削的、好像烟熏黑的脸上蓄着稀稀拉拉的、有点儿花白的胡须。这次他的一只昏暗的眼睛不再隐藏自己的目光，而是严肃地和沉思地看人。

他再次寄居在沃雷尼卡那里，并开始出现在人们去的所有地方：冬天在“西涅姆哈”小饭馆，夏天在河岸上。看来他能熟练地修理坏锁，能给茶炊镀锡，能翻修旧皮货，甚至能修理钟表。当然，村镇不需要他的服务，如果有时提出要他做点儿什么工作的话，那么为此要设酒食款待。但是，城市给予季乌诺夫若干工资，故他比其他村镇居民生活得较少挨饿。

他的生活过得从容不迫和有条不紊，清晨村妇们叫醒丈夫时都说：

——起来，懒鬼！快过七点钟了，独眼人已进城去了！

大家知道，他在傍晚六点钟左右从城里返回来。每逢节日，他去晨祷，然后在“西涅姆哈”小饭馆喝茶，直到深夜可以在村镇街道上随处见到他：一个人不慌不忙地走来走去，沉思，用樱桃木手杖戳沙地，向左右转动着脑袋，注意所有人，同所有人非常客气地打招呼，能回答一切问题。他的话带有书本的味道，这加强了话的意义。

机敏的女菜园主被某偶遇的情人痛打，她号啕痛哭，开始诅咒女人悲惨的命运。当她跑到季乌诺夫处来躲藏的时候，独眼人对她温情地和生动有力地说：

——你呀，谢拉菲玛，干吗像狗那样汪汪叫，要保持自己做人的形象，别和任何野兽交朋友，给自己选择一位温柔聪明一点儿的人并和他一起生活！你不是小姑娘，应该知道：任何女人对男人来说都是一小时的妻子，那么，自己要巧妙地克制住他，而不要把自己铺在任何路人的脚下，要尊重自己心中上帝的形象！

村镇妇女们记住了这些话，她们给独眼人造就了正义者的声誉，而他也能够为她们得到不少善良女人的抚爱。

但是，也和从前一样，月夜，他在村镇周围的野外徘徊，侧低着头，嘟囔着什么。

扎列契耶好思考的人们集合在白柳树下，向季乌诺夫提出各种复杂繁难的问题。

开头的总是布尔米斯特罗夫，他觉得独眼人压过了他在村镇居民眼中的声誉，因此毫不掩饰自己对季乌诺夫的恶感，于是力图设法为难他。

——喂，季乌诺夫！似乎你和假钱有牵连，并为此白白受了一阵子罪，——是这样的吗？

——钱，全都是假的，——独眼人平静地回答，用一只眼睛盯住华菲拉的眼睛。

布尔米斯特罗夫感到窘迫，已经有点儿急躁起来。

——这是怎么回事？假如我用锡和玻璃铸成一卢布，再用水银加工润色它，而钱币是用白银铸成的，那将怎么样？

——那将是两卢布！——季乌诺夫低沉地说。——白银和锡——这回价值相同。有一种纸质卢布，就是说，也可以做成木质的或黏土质的。瞧，如果你用桦树皮黏合成靴子——这就是欺骗！靴子是实物，而钱是废物！

他坚定地说，他的一只眼睛放射出严峻的目光。他周围的所有人都情不自禁地沉思起来。

跛脚修炉匠马克·伊凡诺夫·克留奇尼科夫轻轻地抚摩自己光秃秃的头顶和肿胀的黄脸，声音嘶哑地问：

——瞧，有时候我想——俄罗斯！这怎样理解——俄罗斯？

季乌诺夫不假思索，解释说：

——怎么，俄罗斯？她是国家，毫无疑问，土里土气的国家。省城算起来有四十个左右，而县城想必有几千个！这里也是你的俄罗斯。

他沉默了片刻补充说：

——然而，这是好地方，只是必须懂得好在哪儿，必须仔细观察她，罗斯……

——你那只眼睛不是在这里被打落的吗？——布尔米斯特罗夫嘲弄地问。

克留奇尼科夫眨巴着肿成一条缝的眼睛，轻轻地揉看鼻梁，思考着什么事情。

华菲拉搜肠刮肚，又想出一个问题：

——瞧，你经常谈论小市民！——他严肃地开始说。——那你知道，我们有多少小市民吗？

——我们是小星星，要数清我们大概是不可思议的。

——撒谎！大约六年以前就有人数过！

——那么，谁数过——他就知道。而我不知道。看样子，我们难以得出结论吧？——他轻轻地叹了一口气，淡然一笑，补充说。

——为什么？

——主要的是因为傻瓜们自生自长。

布尔米斯特罗夫有很好的机会找季乌诺夫的茬儿，气恼地叫喊：

——难道我是傻瓜？

但是，克留奇尼科夫、斯特列里佐夫和朴素的卓号叫擀毡魔鬼的卓西玛·普什卡列夫安慰美男子。

安慰之后，克留奇尼科夫用手指抠一条裤腿膝盖上的窟窿，担心地问：

——嗯，比如说，莫斯科呢？

——莫斯科怎么了？——独眼人翻动自己前额下的一只昏暗

的白眼，慢悠悠地说。——瞧，比方说，你脚上穿着破旧不堪的靴子，衬衫一年没有清洗，裤子未必能遮羞，肚子里就像口袋里一样是糟粕和残渣，而帽子是漂亮的，比方说，是一顶海狸皮帽子！那就是莫斯科！

克留奇尼科夫呼哧呼哧喘起来，不时发出轻微的鼾声，用粉笔画成一条线似的目光环视独眼人，像圣诞节节期占卦用的公鸡那样，懒洋洋地说：

——也许，本来这是对的！

他们躺在白柳树根旁边，活像被河流冲积成的一堆垃圾，全都穿着脏兮兮的破衣烂衫，披头散发，萎靡不振，几乎所有人的脸上都戴着同样的傲慢冷淡的假面具，这是富有经验的和没有惊奇感的人们的傲慢冷淡。他们用昏昏欲睡的眼睛望着普塔尼查河浑浊的流水，望着城市河岸红褐色的悬崖，望着林荫道上奥库罗夫淡白色的天空。

潮湿的空气弥漫着沼泽地腐烂杂草暖洋洋的气味，人们充满着绝望的寂寞无聊。独眼人一只昏暗的眼睛环视、打量着他们。季乌诺夫在拣起被蛾子咬坏的旧皮衣的瞬间转动着脑袋。

沉默寡言的帕维尔·斯特列里佐夫总是问季乌诺夫关于具有实际意义的什么事情。

——雅科夫·扎哈雷奇，如果用茶浸泡伏特加酒，那将由此而得到马德拉葡萄酒，这是怎么回事？

——不会是这样的！——季乌诺夫平静而坚定地回答。——马德拉葡萄酒，如果按味道判断，是用麦芽泡制的。

——你撒谎，独眼人！——布尔米斯特罗夫说。——任何人都不知道是什么情况，而你——撒谎！

——别相信呀，——独眼人劝告。

——我也不会相信！——我感到从你所有的言谈中散发出霉味儿。嗯，这一切是多么令人不安的忧伤！

他们长吁短叹，往沙地上啐吐唾沫，打着呵欠卷纸烟。夜把白柳树柔和的阴影温情地铺撒到河岸上。从“费里查塔小天堂”的方向静静地流出引人入胜的歌声。

真的吗，我的爱人，
我最亲密的爱人……

罗卓契卡用尖细的嗓音开始唱，洛德卡用清脆坚定的嗓音伴唱：

你们需要吗，贵族们，
从宅第旁边前行？……

——这位罗兹卡喜欢在屋顶上爬行！——斯特列里佐夫指出。——为什么呢？

——从屋顶上看得远些，——季乌诺夫解释说。

费里查塔主人低沉的声音打破傍晚温柔的寂静：

——罗兹卡！

——啊？

——来喝茶！

克留奇尼科夫吧嗒嘴唇说：

——现在喝点儿茶才好呢！

——离不开，——卓西玛·普什卡列夫补充说。

布尔米斯特罗夫转向斯特列里佐夫，责备他：

——还在前年你就想弄来一把茶壶，以便在这里喝茶，嗨，它在哪儿？

帕维尔的圆脸忧虑地阴沉起来，迅速眨巴着敏锐的眼睛，发音不清地急忙说：

——我，当然，会做一把的，茶壶！我想让它带汽笛，以便把它放在火上而不用担心！它会自己呼唤，当水开了的时候，它就鸣笛，因为它的盖子上有汽笛。

他忽然浮现出新的想法，兴致勃勃地宣布：

——否则，可以附设一个小铃铛！把手上有个小铃铛，里面水上放个小圈子，圈子里安一根小棍子，——对吧？现在，在茶壶盖子上打个小孔，小棍子——也可以是钉子，最好是钉子，——

穿过小孔，嗯，水沸腾了，小圈子摆动起来，钉子就开始敲小铃铛，——多么好呀！

——嗯，有头脑的人！——卓西玛惊讶地说，黄色的长睫毛低垂在浑浊的大眼睛上。

在河那边的林荫道上出现了城市居民，透过树林看得见：浅蓝色的、粉红色的、白色的太太们和少女们以及灰色的和黄色的男伴们在游荡，传来了马泽帕嘹亮的笑声和浑厚的叫声：

——合唱指挥者？是我呀——叫他！

扎列契耶的人们仔细地看着，彼此高声地告知城市居民的名字。

——县警察局局长出来了！——布尔米斯特罗夫伸着懒腰指出，并得意地微笑。——不久之前，当我被从警察局放出来的时候，我和他有过一次很好的谈话。“他说，你游手好闲，胡闹捣乱，怎么就不害羞？他说，应当工作和安静地生活！”——“尊敬的大人！据说，我爷爷，扎列契耶的村长，工作过，我父亲也工作过，我应该替他们休息啦！”——“你会完蛋的”，他说……

——按照我的看法，——克留奇尼科夫打了一个哈欠之后说，——你应该从女人当中消失，像你兄弟安德烈那样消失掉……

——安德烈——由于斗殴！——卓西玛说。——他还酗酒……

布尔米斯特罗夫用高傲的目光环视大家，有力地指出：

——不是由于喝酒，也不是由于斗殴，而是他爱费里查塔！若是他不爱她，那他干吗去和所有人战斗？

——一位脑袋很大的小伙子微微摇晃着两条长腿沿河岸漫步，他没有戴帽子，光着脚，肩上扛着钓竿梢，手里提着桦树皮筐子。在他细小的、背有点儿驼的身上沉重地披着一件破烂的棉大衣。他的脖子很长，他奇怪地点大脑袋，仿佛向他看到自己脚下的一切行鞠躬礼。

帕维尔·斯特列里佐夫匆忙焦急地迎着他喊：

——西玛！快走！

帕维尔跪着，等待西玛走近来，望着他的双脚，仿佛在数他慢腾腾的、摇晃不定的脚步。

西玛·吉弗什金的脸是圆形的、有点儿迟钝，畏怯淡色的眼睛像绵羊的眼睛一样突出。

——喂，你写什么了？说说吧！——斯特列里佐夫提议。

克留奇尼科夫也温柔地微笑着说：

——朗诵吧，啊？

西玛一只脚在沙地上蹭出沙沙声，也不看人，用急速的嗓音吟诵：

上帝，我们——你的人，
我们心中充满恨！
我们相互似野兽，
从出生直到坟茔！
不是你的孩子吗？
上帝，请保佑我们！
我们怀念着信仰、
我们的世界和你……

——嗨，得了，效果不好！——布尔米斯特罗夫打断他。

季乌诺夫用一只昏暗的眼睛仔细观察诗人，低声地确认：

——你的圣诗不完整，吉弗什金！主要的是，圣诗要音调和谐：

上帝，宽恕我们有罪的人吧，
发发上帝的慈悲，老天爷啊……

瞧，圣诗多么流畅！你的诗叮叮咚咚，像弹巴拉莱卡琴！

斯特到里佐夫否定地摇头，也说：

——不妥……

西玛站在他们上方，低垂沉重的头，微微颤动嘴唇，不断用脚趾挖沙。然后，他仿佛准备倒下去而微微摆动着身子，随即迈着里八字步走开了。

季乌诺夫望着他的背影，低声说：

——毕竟还可以！这种诗，看样子，像是圣诗！要知道，人的内心隐藏着什么！

——据说，似乎用这个可以挣到钱？——斯特列里佐夫沉入幻想地问。

——为什么不可以？——甚至为某些作家竖立了纪念像：在莫斯科竖立了普希金的，尽管他在宫廷服务过，普希金！在喀山竖立了杰尔查文[①]的，比方说，也是宫廷诗人！

独眼人若有所思地说，但愈来愈活跃起来，愈来愈快地转动脖子。

——特别是在这方面诸如这位吉弗什金的人们被认为是底层出身的人们！在圣亚历山大时期，曾有一位卖蒸梨的小贩斯列普什金[②]，诗歌作者，国王赠给他金色男长衣和手表，后来他向波拿巴夸耀说：“瞧，他说，波拿巴[③]先生，您这里杂乱无章，流血内讧，而我们的男子汉写诗，别看是农奴！”

——他这是机智地调侃人！——克留奇尼科夫赞叹地说。

布尔米斯特罗夫坐着，双手抱膝，闭上眼睛，听着城市的喧闹声。他那如画的脸阴沉沉的，眉头紧锁，直挺的大鼻翼轻轻地颤动。他的头发是浅棕红色的和卷曲的，眉毛是深色的，从棕红色柔软的胡子底下优美地露出丰润的、深红色的嘴唇。胸前的衬衣敞开着，现出长满金色茸毛的白皮肤。他那健壮的、匀称的、灵活的身体很像某种温顺的、倦怠的野兽。

——这都是胡说八道！——他没有张开眼睛嘟囔着。——诗，纪念像——对我有啥用处？

——只有洛德卡对你有用！——克留奇尼科夫满脸堆笑地说。

---

① 杰尔查文（1743—1816）：俄国诗人，俄国古典主义文学的代表，他的颂诗充满希望国家强盛的思想，著有《费丽察颂》《权贵》《瀑布》，还著有抒情诗。——译者

② 斯列普什金（1783—1848）：俄国农民诗人，写有田园诗、牧人歌、诗集《农村居民的闲暇时间》和史诗《一年四季》。——译者

③ 波拿巴：这里应该是指法国皇帝拿破仑。——译者

卓西玛·普什卡列夫活跃地高声说：

——嗯，她配得上他！她漂亮——哈！不比他华菲拉差，真的……

——为什么是胡说八道？——独眼人好像螺旋钻的那只眼睛翻了一下白眼，轻轻地问道。——如果诗切题，那么它能非常强烈地抓住人心！譬如：伏尔加河，怎样描绘它呢？

他把一只手伸向前方，用自己低沉的嗓音奇异清晰地按音节朗读：

伏尔加，伏尔加，你春水泛滥，
却未像那民间巨大的
苦难，把大地淹没成了灾患……

你们懂吗？

我们这个大地啊，到处弥漫
民间多么巨大的苦难！

俄罗斯大地！瞧，这就是名副其实的诗！豪放的诗！

——你这是从哪儿搜索来的？——修炉匠走近他问。

——在莫斯科，在监狱，大学生们歌唱过……

——你在那里坐过牢？

——那还用说！

——为了造假？

——不！这本来是笑话，说我造假。我是因为流浪而被送进监狱的，随即被押解出监。有一次我利用熟人关系在小饭馆认识了一位先生，并去了他那里夜宿。他是一位好先生。我在他那里过了一夜。第二天晚上来了几位宪兵，把我们两人都抓了！看来，他参与了政治。

——这个政治是什么玩意儿？——斯特列里佐大惊讶地

问。——那里，据说，城里一位女市民的士兵儿子被送监狱了……

——这是玛弗路希娜家的！

——她精神失常了，妇女们说……

——政治——有各种理解，——季乌诺夫略为平静地解释。——一些人说：应当把全部土地归还给农民；另一些人说：不，最好是把所有工厂交给工人；还有人说：把一切都给予我们吧，我们将按规则分配！大家不过是关心人们的幸福……

——嗯，关于小市民怎么样？

布尔米斯特罗夫转身面向斯特列里佐夫严肃地指出：

——政治不关小市民的事！

独眼人把嘴唇一瘪，默不作声。

从河里腾起潮气，腐草的气味儿更加浓烈。天空暗淡起来，城市上空金星闪练，送别太阳。铅色的瞭望塔染成了不明亮的深红的颜色，城市居民在林荫道上喧哗、嬉笑，清晰地传出马泽帕嘶哑的声音：

——得了吧，别再闹了！

蓦地传来了合唱进行曲的歌声：

有一次，在相邻近的
山峰群面前……

——等一等！——布尔米斯特罗夫用一只拳头威胁说。——阿尔丘什卡来了，让我们来认识一下邻居人！

他叫喊：

——阿尔丘什卡！

帕维尔·斯特列里佐夫出乎意外地和怀抱怨恨地扯开嗓门嘟囔着：

——瞧，我们也去制取糖，为什么用桦树汁不能制糖？汁——甜的，桦树——很多！

任何人也没有回答他。

——也有亚麻，——为什么只有亚麻？也许，还有苔草，以及其他任何草都适用吧？都应当试一试！

阿尔丘什卡·皮斯托列特双手放在背后，不时轻轻吹着口哨，正在走来，他是钓鱼爱好者、养禽员、打野鸟和毛皮兽的猎人。他有一张高颧骨的蒙古人的脸、一对狭窄的斜视的眼睛，整个左脸颊上印着深深的伤疤，伤疤使唇角略为抬起一点儿，于是在阿尔丘什卡的脸上就展现出不停的轻蔑的强笑。

——开始了吗？——他向城市点头说。——嗯，我们压倒他们吧？

布尔米斯特罗夫站起来，伸懒腰，挺直胸脯，龇牙咧嘴，发口令：

——开始！嗨，邻居们，当心吧！

清脆响亮歌喉凄凉的音调飘入傍晚潮湿闷热的空气中：

啊，你呀，布—布谷鸟……

阿尔节姆站着，靠在树上，双手放在后面，仰头，闭目。他双手抓住树干，胸脯凸出，显然，像是放开嗓子，歪嘴唇在颤动。

华菲拉背对城市，面向同伴，用优美温柔的男中音低沉有力地配第二声部：

啊呀—呀，孤苦伶仃的鸟—鸟，
美好的夏天为我咕咕叫！

华菲拉表演歌唱：悲观失望地扬起头，在悲伤的高音调上把双手压在心口上，忧郁地仰望天空，两手绝望地一摊，他的一切动作与歌词和谐地融成一体。他的脸色每分钟都在变化：既忧伤，又阴沉；忽而严肃，忽而温柔；一会儿苍白，一会儿绯红。他全身心在歌唱，仿佛为歌所陶醉，摇摇晃晃。

大家目不转睛地注视着他的表演，只有季乌诺夫神情呆板地望着河流，他的嘴唇在颤动，胡须也在颤抖。斯特列里佐夫把沙子从一只手倒到另一只手上，非常低声地说：

——瞧，也是沙子……然而，沙子究竟是什么？

从暮色中出现了西玛控背拱肩的身影，他肩上扛着钓竿梢，他像某种长须大昆虫。他不动声色地走近来，跪下去，张开稍大的嘴，瞪着眼睛直视布尔米斯特罗夫。

华菲拉清脆的嗓子深深地叹气：

唉咳，你们呀，道路一片昏暗……

当这场悲惨的日本战争爆发的时候，最初它几乎没有引起奥库罗夫人的注意。城市居民满怀信心地说：

——我们将狠狠地揍他们！

波基法伊科希望雄赳赳地挺直胸膛，鼓起肚子，把头缩进两肩之间，气呼呼地说：

——日本人？这个词本身甚至令聪明人感到可笑！

福格尔懒洋洋地提出不同的看法：

——嗨，还别说！他们仍然……

但是，波基法伊科生气地说：

——仍然？

争论总是在胖脸上扮阴险的鬼脸而以同一句话结束：

——怀疑主义？我告诉你们：对一个人来说，不穿裤子的生活也比怀疑主义要好些……

这种交谈传到扎列契耶，引起了那里冷静的反响：

——我们将狠狠地揍！

战争的不幸很长时间也未能动摇不切实际的信心。

只有季乌诺夫一人精神起来，挺直身子，他的步态甚至开始好像快了一些。他从城里回来得晚，带来报纸，几乎每晚都在西涅姆哈小饭馆传来独眼人确信的低嗓音：

——谁在战斗？俄罗斯，罗斯！谁是部队长官？德国人！

他用昏暗的目光环视听众，列举统帅们的名字，把嘴唇一瘪，仿佛受了什么委屈似的。

——他们是什么样的德国人？——听众不乐意地反问。——

想必他们吃俄罗斯面包一百来年了!

——你用芜菁喂狼吗?可以吗?——季乌诺夫严肃地问。——你们最好是听一听城里制缆索的工人科热米亚金是怎么说他们的!我自己也知道!

——显然，不定什么时候有个德国人侮辱了你，所以你也就不喜欢他!

事情在发展中，不幸的事在积累起来，市民愈来愈频繁地聚集在“里斯本”大厅，开始相互说些气愤粗鲁的话，并开始皱起眉头时而骂几句德国人。有一次事情到了如此地步，以致地方行政长官什特列赫里愤怒得脸色发黄，向着市长和科热米亚金叫喊:

——我告诉你们，没有德国人你们本该是肮脏的鞑靼人!我请你们今后在我面前要恭顺……

波基法伊科抽动肩膀，站在他面前，甜言蜜语地大喊起来:

——您是我的心肝儿!我可爱的上帝啊!德国人，鞑靼人，两者都是莫尔多瓦人，大家不是和我们奥库罗夫人平等吗?难道我们仍然没有自己的土地吗?嗯，劳驾，请问……

他小心翼翼地领着酸尖刻薄的什特列赫里坐到牌桌旁边。

在扎列契耶，战争的不幸逐渐引起了愚钝的幸灾乐祸的错乱情绪，引发了某种模糊不清的希望。

——最好看看地图，看那里的一切是怎样布置的!——帕维尔·斯特列里佐夫担心地提议。——那里是海，它成为战场才好呢……

——完蛋了!——当得知战争悲惨的结束时，季乌诺夫开始用低沉的声音说。——嗯，现在那些人将侵吞西伯利亚，而这些人将从这里猛攻!

他用手指向西方，稍微眯缝上一只眼，仿佛瞄准他一个人才看得见的什么东西。

华菲拉·布尔米斯特罗夫开始沉思，他久久地、渐渐地留心听独眼人的讲话，有一次，他把一只手掌搭在独眼人肩上，直截了当地问:

——喂，雅科夫，你别平白无故地刺激我的心灵，你就开门见山地说：你的见解是什么？

季乌诺夫显然不想回答，他耸动肩膀试图甩掉华菲拉的手，但那只手抓得牢牢的。

——放手！——他艰难地挣脱出来，小声地说。

布尔米斯特罗夫习惯于让自己的愿望马上得到满足，他皱起深色的眉头，顷刻之间从鼻孔中呼出一股气，好像泼洒在热木炭上的水发出的嗞嗞声。然后，动手动脚，把独眼人按在一个角落的椅子上，并和他并排坐着，把自己一只长满金色茸毛的、青筋突起的手放在桌子上。他默默地把期待的、严肃的目光死盯着季乌诺夫的脸。

小饭馆的常客们紧紧地围着他们，也在期待着。

——嗨，——季乌诺夫说，同时环视周围，不时干咳几声，——我们到底要谈什么？

——谈你所知道的事情！——布尔米斯特罗夫肯定地说。

——我知道的事情，你整个一生，直到盖棺入坟，你都听不完！

——没关系，或许你将比我死得更快！——华菲拉回答，大家开始明白，如果独眼人不听话，那么美男子会狠狠揍他的。

但是，季乌诺夫自己懂得危险性，他毅然决然地昂起头，平静地开始说：

——得了，我告诉你们一些简略的见解以及它们是怎样深入我的理性之中的。在莫斯科的时候，顺便说一句，我曾是个商人——卖烤馅饼……

他开始详细讲述关于某圣像画家的故事，那是一个丧偶的人，把自己的全部工资都施舍给了囚犯。他话说得流畅，但枯燥乏味，小心翼翼地挑选词汇，仿佛害怕说了人们还不能评价和不值得知道的某种重要的事情。他无聊地看了看大家，他那低沉的嗓音挑衅似的慢吞吞的。

——你可不要戏弄我！——华菲拉透过牙缝说。我是温顺的，但如果什么事情违背我的意愿，那我会生气的。

独眼人沉默了一会儿，然后严厉地盯着他，突然问道：

——你是谁?

——我?

——是的，你。

这个问题使布尔米斯特罗夫不知所措，他微笑，环视大家，不自然地哈哈大笑。

——你，是小市民吗?——独眼人平静地和威胁地问。

——我?小市民!——华菲拉用拳头捶打自己的胸脯。——怎么样?

——你知道相关的人究竟是什么人吗?——季乌诺夫压低嗓音问道。

——什么样的人?

独眼人小声地、一字一顿地重复说:

——相—关—的—人!

布尔米斯特罗夫再也不能感到自己处于困境之中。他跳起来，推翻桌子，切齿出声，扯破自己身上的衬衫，跺脚，颤抖，抓住季乌诺夫的衣领，晃动他，吼叫:

——雅科夫!你别鼓动我起来造反!

这些举动是所有人都熟悉的：当华菲拉感到自己处境窘迫时，他就向大家跑过来，但这些举动未能激发群众的同情。

——别再胡闹了，患歇斯底里狂叫病的女人!——卓西姆·普什卡列夫说，同时用肥大的双手从背后把他抱在腋下。

——活像个怀孕的妇人，确实!——皮斯托列特蔑视地和严肃地说，他的脸变得更加歪斜。——只有你像只野兽一样吼叫!你就听一听严肃的人的声音吧!

布尔米斯特罗夫感到自己成了输家，难过地摇头，仿佛精疲力竭了，趴到桌子上。

季乌诺夫整理一下厚呢长外衣，小心地、一句接一句地说:

——我们大家都是小市民。为了通俗易懂，我们将用粗浅简易的方式来说。譬如，我们相关于什么呢?按粗浅简易的方式说:在老爷的土地上赋予我们的地位和事业是什么?问题!

任何人都没有回答这个问题。

——商人吗，贵族吗，甚至农夫——平民的最低阶层，他们全都有相关的某种事业。而我们的事业是什么？

讲演者叹了一口气，看了看听众，胜利地微微一笑。

——我询问过从事政治的学者、大学生、两位也是政治性人物的神父和一位军官，——任何人也不能解释：在俄罗斯谁是小市民以及和什么事业—地位相关！

克留奇尼科夫推了一下华菲拉的腰部。

——听见吗？

——见鬼去吧！——华菲拉低声含糊地说。

——但是，你瞧，——季乌诺夫继续说，——我遇到了一个小老头儿，他为我们写历史，写了大约十三年了，如果用目测的话，那么他写完的纸张就有将近半普特[①]重。

——是科热米亚金吗？——华菲拉忧郁地问。

——瞧，他说，我劳动，最重要的——是为了小市民，——独眼人没有回答华菲拉的问题，继续说，——为了小市民，他说，因为人们无法形容地欺侮小市民，不给享受一切自然的恩赐。他说，我将反映有多少俄罗斯人、小市民，是被恶毒控制的阶层，反映小市民生活的整个命运。

布尔米斯特罗夫再次问：

——你读过？

——不，没有读过。但是，我从那里知道了某些简明的思想。瞧，比方说，我们的姓是什么样的？按姓[②]来说，我们出身于射手、炮兵、管事，出身于不可缺少的人，在这里我们大家是俄罗斯血缘族系的人，尽管是千百个黎民百姓！

——你想说什么？——华菲拉第三次严肃地问。

季乌诺夫搓搓手，宣称：

——怎么想说什么？与称号相关的地位。别无其他！

他用一只发亮的眼睛扫视大家，发现在许多人的脸上露出了

---

① 普特：俄国重量单位，一普特等于16.38公斤。——译者

② 斯特列里佐夫、普斯卡列夫、季乌诺夫均系本小说中人物的姓，其本意分别为“箭手”“炮兵”“管事”。——译者

无聊的神情，于是更生动地和更大声地继续说：

——难道我不想知道：为什么看作东正教本地的小市民被置于后面，而排在第一位的却是福格尔、斯特列赫里和形形色色的男爵吗？

帕维尔·斯特列里佐夫唉声叹气，忽然发怒，叫喊起来，气喘吁吁。

——是—是的！对，——给我出路，我——天哪！——我将超过任何男爵！……

他的叫喊强调了季乌诺夫的话，大家用仿佛焕然一新的目光怀疑地、惊异的脸上露出笑容地相互看着。大家开始回忆起自己同警察和地方自治管理局的冲突，高声地、断断续续地说起话来，彼此开玩笑，温和地闹着玩似的相互推挤。

大家感到高兴的是：独眼人结束了谈话，为友好交谈提供了如此有兴趣的话题。

华菲拉·布尔米斯特罗夫未受普遍活跃的影响，走近墙壁，双手放到脖子后面，低垂着头，蹙额注视着大家。他感到从今往后独眼人将是村镇的一号人物。他回忆自己反对警察的胡作非为、对首长说过的无数无礼貌的话、挨过警察和消防队的殴打，——这一切都是为了巩固自己英雄的荣誉，但付出了高昂的肉体和鲜血的代价。

但是，瞧，出现了这位滑头，他摇唇鼓舌，把我这位英雄从第一的位置上拉到了一边。甚至好朋友阿尔丘什卡也走到房角，一个人站着，满脸忧郁，不想走近来说两句话。布尔米斯特罗夫曾受到村镇居民过多的关照，但他要求愈来愈多，总不满足，奇怪地和疯狂地使性子：撕破自己身上的衣服，半裸露着在村镇里游荡，在尘土和垃圾中打滚，把活猫和狗扔到井里，殴打男人，侮辱女人，大声哼唱下流猥亵的歌曲，使人感到惊恐不安地打口哨，匀称的身体在人们看不见的重力下弯腰驼背。在这些勾当频发的日子里，他那完美的脸变得平淡了，某些特点似乎从脸上消失了，嘴唇上露出了心慌意乱的和傻里傻气的微笑，因失眠而红肿的眼睛充满浑浊的泪水，怀着迟钝的本能的忧郁凶狠地看待一切。但是，只要村镇居民走近他，说几句温柔的、夸奖他勇敢的话，他就会突然整个人重新振奋起来，好像是路旁落满灰尘的、久旱逢甘雨洗涤的桦树，漂亮的眼睛重新放射出温柔的光芒，弯曲的脊背挺直了，有力的双手亲切地拥抱熟人，华菲拉不停地唱着优美的歌曲，准备在这些日子里为每个人去和一切战斗，甚至能在这种或那种工作中帮助人们。

现在他看到醉心于同独眼人交谈的朋友们忘记了他，谁也没有理会他，谁也不跟他说话。他不止一次地想摆上椅子让人们坐到一起，但愈来愈沉重的委屈压抑心胸，使双手软弱无力。人们站了几分钟之后慢慢地走了，布尔米斯特罗夫未抬起头，也悄悄地从小饭馆里离去了。

第二天早晨，他站在县警察局局长办公室里，张开圆溜溜的眼睛看着沃尔姆斯长满斑白络腮胡子的、气呼呼的红脸庞，用一只拳头捶打自己的胸膛，满怀新的痛苦和失落的感觉，气喘吁吁地说：

——我们，他说，小市民——是俄罗斯人，而贵族——是德国人，他说，这必须加以变更……

沃尔姆斯扬一扬灰白的眉毛问：

——怎样？

——什么？

——怎样变更？

——他没有领悟到这一点！

县警察局长用食指指向鼻子，看了看他，为什么闻了一闻，表示不满地蹙额。

——其他人呢？——他问。

——其他人？——布尔米斯特罗夫压低嗓音，环视周围，重复问。——其他人，没什么！其他人究竟是谁？只有他一个人判断……

——那么修炉匠呢？那里有修炉匠！有吗？

——他，没关系！——华菲拉皱着眉头说。

——完了？

——完了。

县警察局局长把自己干瘦的身子偏靠在沙发椅背上，手指在桌子上弹击出砰砰响声，说道：

——你们在那里的所有人都是醉鬼、小偷，必须把你们这些害群之马驱赶到西伯利亚去！你——也是土匪和牲口！……

他摇唇鼓舌，长时间地和干巴巴地说着。布尔米斯特罗夫把双手放在背后，目不转睛地望着桌子，桌上整齐地摆放着稀奇古怪的东西：黄铜猎犬、钢立方体、黑色短筒左轮手枪、裸体瓷女人、放着雪茄烟的类似人颅骨的象牙碗、大量公文夹。在这些东西上方的大理石圆柱上悬挂着高雅的方形罩灯。

县警察局局长用手指威胁似的说：

——你在我这里看看吧！

然后，他把一只手插入口袋，严肃认真地继续说：

——你现在应当在那里打听情况，并向我报告关于他们所说的一切。瞧，给你，拿着这一卢布，以后还能领取，拿着吧！

华菲拉伸出张开的手掌，忧郁地说：

——我本不是为了钱……

——这反正都一样！

县警察局长撑在沙发椅扶手上，略微抬起身子，向前倾斜，仿佛准备跳过桌子去。

布尔米斯特罗夫沮丧地垂下头，问道：

——我可以走了吗！

——走吧！

那是八月末，天空淅淅沥沥下着毛毛细雨，街道上溪水潺潺，冷风一阵一阵地紧刮着，树木发出轻轻的簌簌声，黄叶飘零落地。某处乌鸦用湿润的喉咙发出哑哑的叫声，小铃铛叮铃铃地响，桶工咚咚地敲打大圆桶。布尔米斯特罗夫可笑地噘起嘴唇，双脚在污泥浊水中踩踏出啪嗒声，仿佛是有意选择污泥更多和浊水更深的地方行走。他左手紧紧捏着银币，他觉得这枚银币令人难堪地沉重，他拿着它，就好像妇女提着水桶，左手挪开躯干，身子稍微侧弯向右边。

在昨天发生针对独眼人的恶作剧的地方，华菲拉胸中形成了某种寒意的空虚，侮辱性的回忆惹人厌烦地骚扰他的记忆：

在城里庆祝彼得和保罗大教堂建堂节的时候，盛装的市民漂漂亮亮地成群结队漫步在林荫道上，其中凸显出领导人员的身影。消防队和爱好者的铜管高奏。

他，华菲拉·布尔米斯特罗夫，在街道中段的林荫道旁缓慢地行走，他的双手被细皮带反捆在背后，感到疼痛，嘴里是鲜血的咸味，一只眼睛浮肿起来，什么也看不见。他的一只受伤的脚绊在石头上，几乎跌倒了，——当时警察卡彭久亨拉紧皮带，勒坏了他被紧绑着的手腕。在他背后的什么地方传来了县警察局局长的问话：

——是谁？

——大人，是来自村镇的布尔米斯特罗夫！

——为了什么？

——在集市上蛮横无理！

县警察局局长热烈地压低嗓音说：

——在那里揍他狗崽子！

——遵命，大人！

——他们揍了他。两个小警官骑在他头上和脚上，第三个小警官用马鞭子鞭打他。

——你为此付给我一卢布吗？——华菲拉在雨中停留下来低声含糊地说。

怨恨一个接一个地浮上心头，引领人从小饭馆和小酒铺旁边走往某处。整个一生粘上了污点，引起了令人压抑的恶心感，这种感觉妨碍思考，引导华菲拉不知不觉地走向沃雷尼卡的住宅。当他来到季乌诺夫房间窗户下时，他甚至感到惊讶，张开嘴，仿佛准备叫喊，但忽然坚决地打开便门，迈了一步，在院子里见到了老太婆—女巫医，于是塞给她手里一卢布，命令说：

——给点儿吃的，赶快！面包、黄瓜、羊肚，——听见了吗？

当他进到季乌诺夫房间时，他把湿上衣扔到地板上，焦急地走来走去，挥动双手，呻吟起来，紧握双拳捶打自己的胸膛和脑袋。

——雅科夫，给你！拿着，——他就是我！真的，没错！唉咳——人啊！我算什么？沧海一粟！秋叶一片！我的路在何方？我的生活在何处？

他——表演，但真诚地演，全身心地演：他的脸色变得煞白，眼睛饱含热泪，内心燃起极度的忧愁。

他久久地大声喊出自己的忏悔和抱怨，不听也不想听见季乌诺夫说什么。他醉心于表演，他也从自己内心光明角落的某处欣赏表演。

但是，他最终疲倦了，于是在他面前清晰地现出了独眼人的脸：雅科夫·季乌诺夫坐在桌子后面，把自己的尖颧骨放在两只总是瘦小干瘪的手掌里，露出黑上齿，微笑着直视他，这是使华菲拉的激动冷静下来的微笑。

——你，怎么啦？——他问，同时退离独眼人。——你生气了，啊？

季乌诺夫深深地叹了一口气。

——唉咳，华菲拉，你仍然有一副好心肠！

——我的心肠对一切都是自由的！——高兴起来的布尔米斯特罗夫感叹了一声。

——你徒然在这里虚度光阴！不如到什么地方去寻觅命运。去莫斯科才好呢，去省城也行，好不好！

——离去？——华菲拉多疑地注视着那张沉思的黑脸，高声地说。“真有你的，狡猾！”——他想了片刻，再次开始激动起来：——我不能离去，不！你知道，爱情是一副锁链！我离去了，那洛德卡呢？难道什么地方还有这样的野女人，啊？

——带她走。

——她不会走！

布尔米斯特罗夫痛苦地一拳打在桌子上，以致瓶子都摇晃了起来。

——我劝说过她：“格拉菲娜，我们去省城吧！你夫上好的学校，而我去那里像公猫一样安排成家”。“不，她说，可爱的！在那里，也许，我将是第十，而在这里我是第一！”真的，她是第一！

——这一切都是废话！——季乌诺夫小声地和严肃地说。

华菲拉看了看他，莫名其妙地摇了摇头。

——你还是让我安静吧！——他又一次说。——我做了什么，啊？

——这是关于告密的事吧？——独眼人问。——没关系！找我的茬儿很难，我没有说反对皇帝陛下的任何话。别说这个啦！

——瞧，好心肠的人！——布尔米斯特罗夫叫喊起来，同时斟酒。——为友谊干杯！唉咳，我内心的感觉是不由自主的！

他们喝完酒，相互亲吻。季乌诺夫使劲地擦干嘴唇，交谈具有平静友好的性质。

——你考虑考虑，——独眼人不慌不忙地劝说，——为什么你的心像摆锤一样随意跳动，欺骗所有人，也包括你自己呢？因为你脚下的土地不坚固，老兄，因为你是无用的人，即小市民！应当说：小市民，心中有着一切，而一切都是杂乱无章的和混淆不清的……

——是的！——华菲拉摇头，感叹地说，——唉，毕竟是真的，是呀！我心中有着一切！

——而主心骨——没有！我们大家都是内心混乱的人。无论谁怎么折磨我们，我们都卑躬屈膝，别无其他！没有任何自然权利，所以是出卖基督的人！除了灵魂，没有什么可以出卖的。我们生活得恶劣透顶：在年轻的时候，耕种土地，在垂暮之年，我们登天，蹒跚在修道院、朝圣地……

——是的！生活是无法无天的！

——法律，据说是马：你想去哪儿，就往那里驱赶，而伸出一只手，我们也不可能触碰到这个法律！情况就是这样，老兄！

季乌诺夫简洁平易的话萦绕在村镇胡作非为者的脑际，激起他的注意，宽慰他的心灵。他甚至想：没什么可争论的，这个黑齿独眼人不是凭皮衣比他荣耀一些。瞧，雅科夫·扎哈罗夫的两撇小胡子颤颤悠悠的，而在颅骨上，从眼睛到鬓角，蜿蜒曲折地布满细细的皱纹。布尔米斯特罗夫感到在他身上有某种有趣的和触及智慧的东西。

——瞧，——季乌诺夫说，同时把目光移向华菲拉的脸，——你告发了我……

华菲拉仿佛因为寒冷而耸了耸肩。

——我要坦率地告诉你：俄罗斯正在兴起！出现了所有阶层的人，大家都在思考，为什么异族人取得了凌驾于我们之上的如此大的权力？这就是说，对自己国家的爱和对俄罗斯人民亲切土地的爱正在人民心中苏醒！

独眼人稍微眯缝上眼睛，斟酒，喝完了再斟。

——你能长时间喝酒吗？——布尔米斯特罗夫怀着真实的好奇心问。

过来人平静地回答：

——只要有伏特加酒，我就喝，全都喝完了才罢休……

这个回答引起了华菲拉心花怒放，他哈哈大笑，脚跺得咚咚响，叫喊：

——这—这真妙！

他们坐到很晚，从那时以后，布尔米斯特罗夫开始对所有人说：雅科夫·扎哈罗夫是世间最聪明的人。但是，在过分尊敬地对待季乌诺夫的同时，他又感到自己在季乌诺夫面前有些尴尬，想起告密，暗自思忖：

“他沉默，独眼魔鬼！显然，他在寻找巧妙地使我难堪的时机……”

在这种思想的支配下，他满腔热血沸腾起来，像良种马一样鼓起鼻孔大声喘起来，对无形灾难充满心神不宁的阴暗的预感，走进“小天堂”找洛德卡，她是自己的情人，也是自己伤心事的存放之地。

洛德卡——年龄约二十三岁的女人，高大粗壮的身材，隆起的乳房，圆润的脸庞，灰蓝色天真活泼的大眼睛。她那深棕色浓密的头发梳理得又平又光滑，一条编得紧紧的粗辫子耷拉在背上。头发的重力迫使洛德卡挺直脑袋，这赋予她傲慢的神态。她的鼻子小得与脸庞不相称，尖细、软骨突出。樱桃小嘴的深红色嘴唇描画得线条特别分明，她经常用舌尖去舔嘴唇，于是嘴唇总是发亮，好像抹了油一样。她的眼睛也闪烁着满意自己生活和知道自己价值的人的愉悦的微笑。

她走起路来摇摇晃晃，好像鸭子一样，甚至当坐的时候她隆起的胸部也左右摇晃。在这种动作中有着某种东西令忧郁的醉鬼茹科夫生气。常有的情况是：他用充血的眼睛盯着洛德卡身体不知疲倦的摆动，凶狠地叫喊：

——停下来，魔鬼！安静地坐着！

在他圆溜溜的头上和赤红色的脸颊上竖立着棕红色的硬毛，眼睛似乎由于惊吓而眨巴着。

——加乳汁的马林浆果！——快乐医生里亚亨赞叹地这样称呼洛德卡，并小心翼翼地、瘦削的脸上带着窘笑地离开她。他倾心于非常不安静的女歌手、灵活瘦削的罗兹卡，后者活像一条敏捷的黑小狗：卷发、任性、翘起的嘴唇上长着细微的胡子，还有一副细牙齿。她无礼貌地对待里亚亨，当面称呼他为“绿色小男孩什凯列济克”。她给所有人取外号：茹科夫叫“双耳木桶波莫耶维奇”，沉闷凶恶的县警察局局长助理叫“酸醋乌米拉伊内奇”。

第三位少女是头发棕红色、身材矮小的帕霞，她沉默寡言，喜欢睡觉。她不断地打呵欠，慢吞吞地号叫。她有一张大嘴、一副不整齐的大牙。斜视的暗绿色的眼睛带着委屈和厌恶的神情看所有人，而看切德赫尔却带着恐惧心和好奇心。

沃耶沃金诺村镇的身材高大、匀称秀丽的费里查塔·纳扎罗芙娜年方四十，善待少女们，保护她们心爱的事业，调处争吵并能友善地使之达成和解。她的脸长得漂亮和善良，总像微醉的眼睛荡漾着奇异的嫣然的微笑。她自己也愿意招待客人：用绝佳的舞姿跳俄罗斯舞，用灵巧的指法弹奏吉他，还能演唱爱情浪漫歌曲。她的嗓音不洪亮，但非常柔和甜润，恰似一股清泉沁人心脾，舒缓人们心中的一切情感。费里查塔梳理发型，让头发耷拉到耳朵上。她喜欢穿得漂亮，订购时装杂志，酒醉时必定给少女们和客人们朗诵诗《天使在午夜的天空飞翔》。在这一切的情况下，她的事业一帆风顺：据悉，三年的时间她在国库储蓄所存了一千七百卢布。

当布尔米斯特罗夫走近"费里查塔小天堂"的大门时，猿猴似的切德赫尔用一条弯曲的粗腿踢开了他面前的便门。

——你好，真见鬼！——华菲拉说，同时斜视看门人插入短皮外衣口袋里又长又大的双手。

——你好，傻瓜！——切德赫尔冷淡低沉地回答。

布尔米斯特罗夫曾两次尝试和此人打架，两次都残酷地和受辱地被打败了，从那时起，每当见到自己的胜利者心里都充满令人苦闷的愤恨。

他怀着愤恨去找洛德卡。女人摇身舔唇迎接他，她那浅灰蓝色的眼睛变得昏暗起来，荡漾着醉人的和令人陶醉的微笑，用娇滴滴的鼻音对他说：

——我可是等啊，等……

——你等了！——布尔米斯特罗夫严肃地回应，但未正视她。——我到这里第三天了！

她默默地紧紧偎依着他，呼吸若断若续、急促炽热。

——或许你和谁鬼混了吧？

——你呢？——她小声地问。

她和他嬉戏得尽兴了，她招待美男子喝啤酒，他则一边休息一边发牢骚：

——瞧，我年届三十，我有力气，但没有给自己找到那样的地方，即在那里内心不感哀伤才好！

——那你常到我这里来吧！——洛德卡提议，她坐在床上，始终目不转睛地直视着他。

他皱起眉头，摇晃脑袋，闷闷不乐地说：

——极其高兴——你啊！对我是说，所有村妇都是微不足道的。你不会让人满足的！

——难道我没有给你吃喝，没有给你我可能给的东西？

——我不是说的那个，傻瓜！我说的是心灵！你那些半卢布银币对我算什么？

他俩懒洋洋地交谈，早已习惯了不去彼此理解，不做任何努力去相互解释自己的愿望和想法。

——你需要什么？——洛德卡冷静地摇晃着身子问。

布尔米斯特罗夫闭上眼睛，不想看到女人贪得无厌的身体挑衅性地嬉戏，不想看到她那双像芜菁一样又黄又结实的赤脚从床上垂下来摆动着。

——需要什么？——他喃喃地说。——需要通道、道路！

——你走吧！——她轻薄地微笑着回答。——谁妨碍你？

——所有人，也包括你！

房间里散发出卧具腐烂羽毛、化妆用香膏、啤酒和女人的气味儿。窗户的护窗板关闭着，硕大的黑苍蝇在闷热的昏暗中稀里糊涂地飞旋。在房间的一角，在喀山圣母神像前，一盏蓝玻璃油灯不时轻轻噼啪作响，发出微弱的光，就像一只因寂静的恐怖而变得难看的眼睛在眨巴。两个汗水淋漓发热的身躯在闷人的空气中受煎熬。慢慢地、轻轻地传出几句闲话——燃尽的篝火最后的火花。

但是，布尔米斯特罗夫来时经常是头发蓬乱的样子，穿着破烂不堪的衬衣，眼睛放射出豪放而忧郁的目光。

——格拉菲娜！——他捶打自己的胸脯吼叫。——他就是我，——你的一部分！贪婪的野兽，给你，吃了我吧！

于是，洛德卡的眼睛燃起绿色的火光，她弯腰屈背，摇晃身子，清脆响亮地、带着鼻音、贪求和高兴地歌唱，像确信有丰富施舍物的乞丐：

——我亲爱的，你疲惫不—不堪了！我的亲兄弟，受了所有人的委屈，到我这里来，我抚爱你，我疼爱孤独的人……

——格拉菲娜！——华菲拉欣喜地叫喊。——你抓住我的心，抓住它，它不能呼吸，没什么可呼吸的，没什么！

此时他特别漂亮，他自己也知道是漂亮的。他强壮的身体在女人有力的双手的拥抱中显出了柔软性，眼睛忧郁的火光点燃她心中强烈的欲望和女人甜蜜的爱情。

——我没有意志，我没有自由！——华菲拉哭诉并自信，而她眉毛上挂着泪珠，用凝神的目光直视着他，向着他热烈地喘息，拥抱他，像湿润的乌云拥抱因酷热而贫瘠的土地。

往往在这种戏演完之后，布尔米斯特罗夫小心翼翼地从枕头上抬起头，长时间地、提心吊胆地看着女人疲惫苍白的脸。她闭上眼，嘴唇甜丝丝地颤动，心脏频密地跳动，在白皙脖子上耳朵旁边断断续续响起了某种生动的话。他慎重地把脚放到地板上，他忽然想尽快悄悄地离开，以便不要弄醒她。

有时这做得到，但经常是女人颤抖了一下之后跳起来，严厉而胆怯地问道：

——你想干吗？

——我走，——他简短地回答，也未看她一眼。

她张开黯然失色的眼睛，用晦暗的目光看着他穿上衣服。

——什么时候再来？

——我会来的，你会见到我的！

——嗯，再见！

——再见！

有时他忽然感到对这个女人的强烈的愤恨，揪住她，小声地说：

——假若不是你，我的魔鬼，——唉！我本来是完全自由的……

起初她讪笑，大叫起来：

——痒酥酥的，啊呀！

但是，当他被她的叫喊、讪笑和反抗所激怒的时候，他就开始揍她。洛德卡从他手中挣脱出来，跑向窗户，高声呼唤：

——库济马·彼得罗维奇！

切德赫尔出现了。但是，他遇到的是一幅和平的景象：布尔米斯特罗夫和洛德卡拥抱着站在一起或坐在一起，女人放肆无礼地和天真无邪地微笑着说：

——哎哟，请原谅我们，库济马·彼得罗维奇，我犯傻，在瞎闹！喝一小杯吧，好不好？请吧，还有小吃！

切德赫尔默默地喝下伏特加酒或啤酒，看了看布尔米斯特罗夫，发出咯咯的声音，走出门外。而华菲拉热汗淋漓，感到自己精疲力竭，叫喊：

——女傻瓜，你不懂得开玩笑！

她讪笑，舔嘴唇，叹息，重又拥抱他，用挑战的目光直视着他。

当华菲拉对她讲述关于季乌诺夫及其谈话的时候，洛德卡不断地打呵欠，指出：

——瞧，电报员科里亚也这样说：很快必定会暴动！涅姆采夫也害怕，而医生不相信！

——暴动者！——华菲拉开始嘟囔。——吃胖了，无聊了，他们就想暴动！

洛德卡冷静地提出：

——你想要我去对涅姆采夫说关于独眼人的情况吗？

——你说什么呀？

洛德卡开始编辫子，迷人地摇晃身子，回答说：

——我不知道！你教我。

华菲拉想了想之后用枯燥无味的嗓音说：

——不，不需要。你别涉及此事，——对你有什么关系？我也只是和你这么一说，总之，藐视一切！

片刻之后，他叹了一口气，补充说：

——也许，那个独眼人关于小市民说的是实话。关于暴动也是。当然，暴动——这是愚蠢行为，——嗯，我还是暴动一下才好呢，——唉咳！

——你就在我这里！——洛德卡拥抱他，开始用悦耳的声音说。

——嗯—是—是的，我本该大显身手！——布尔米斯特罗夫非常激动，感叹地说。

有一次，傍晚，三位女朋友在花园散步：洛德卡和罗兹卡徜徉在孤僻的悬钩子灌木丛中的小道上，而帕霞钻入灌木丛中采摘完美的野果，大声地啃吃黄瓜。

罗兹卡凭记忆热情地朗诵有伤大雅的诗。洛德卡摇晃身子，愉快地舔着嘴唇，不时匆匆地问：

——怎么？怎么？

她吃惊地说：

——瞧，你有如此的记忆力！

——他教我，就像教椋鸟一样！——罗兹卡解释说。——他把我抱在膝盖上，给我读了又读！

洛德卡叹了一口气，沉思地说：

——医生们知悉一切奥秘！唉咳，他是你那里勇敢的人，什么都不怕！

——什么都不怕！可不是嘛，瞧，还有怎样的诗……

重新传来了她匆忙小声的谈话。当她们从帕霞身旁走过时，棕红色头发的姑娘无精打采地瞧了她们一眼，埋怨道：

——这样的淫妇！

——你就只管吃吧，满不在乎！——罗兹卡边走边回应说，准确地投出一块石头。

——是—是的，——洛德卡哆嗦了一下，沉思地拖长声音说。——多么勇敢的人！圣母和天使长……

黄蜂和蜜蜂在悬钩子丛上方飞舞。年幼的乌鸦在白柳树的绿荫中慌乱地跳跃，而老乌鸦庄重地落在树冠枝头，注视孩子们的生活，严肃地发出哑哑的叫声。从城里飘来了绝望的晚班钟声，某处从排气管中冒出蒸汽，忧虑地和均匀地噗噗地喷汽。鲑鱼在河里跳跃，发出啪啪的声音。一个小孩在哭泣。

——你喜欢土茴香发出的气味吗？——洛德卡轻轻地问女朋友，但后者没有回答问题，而是自豪地讲：

——对他来说，全都一样，他什么都不怕！你听着……

她环视四周，小声地开始说：

——“有一次，上帝从睡梦中站起来”……瞧，西姆卡在窥视我们！

洛德卡稍微眯缝上眼睛望了一下。

——真的！瞧，他也会写诗。

——嗯！——罗兹卡藐视地摇摇头，感叹地说。——这个疯子！

——我们去见他吗？

——去吧，我们去嘲笑一阵子！——罗兹卡表示同意。

高个子西玛站在花园石墙的豁口，手里拿着钓鱼竿，用深邃的目光直视着太阳，望着少女，他目不转睛地看，像盲人一样也不眨巴眼睛。她们走近他，甜蜜迷人地微笑。悬钩子和野蒿挂她们的连衣裙。两位女友摘掉挂在身上的刺，摆出优美的姿态，左右摇晃着身子，有时把身子往后仰起，轻轻地尖叫。

——去钓鱼？——洛德卡问。

西玛一动不动地回答：

——是的。

——今天还早！

——鱼很快就开始咬钩了，——少年解释说，同时没有从少女脸上移开呆滞的目光。

罗兹卡捏了一下女友问：

——你听过诗吗？

西玛肯定地点了点头。

——最好是听听你的，——长得黑黑的少女寻衅似的说。

——不，——吉弗什京小声地回答。

这使罗兹卡生气了。

——你看看！——她懊恼地感叹了一声。——多么放肆的家伙！对，你完全不会写诗！咪啊呜—咪啊呜—咪啊呜——你只会学猫叫！

——我想让诗像祈祷文一样，——西玛转向洛德卡轻轻地说。

每次当这位女人见到少年时，她那放肆无礼的目光就熄灭了，瞳孔放大了，本来的灰蓝色变了，变得昏暗了，现出了注目凝神的神态。在她胸中泛起了一股痒酥酥的凉意，于是她舔嘴唇，感到全身处于心神不宁的焦躁之中。今天她比往常更强烈地感到了这一切。

“多么不漂亮的家伙！”——她强令自己想道，用凝集的目光看着他那张略带黄色的、露出饥饿神情的脸，打量背有点儿驼的身体，两只长长的手像鞭子一样，手指像木头似的一动不动。但是，她的目光沉浸在西玛的眼睛里，同时更远地延伸到这双眼睛的晶莹的深处。惴惴不安的引力迫使她走近这位少年，并激起触摸他一下的欲望。

他不止一次给她谈论自己的诗，她听着他轻快而有节奏的低声细语，总感到类似懊丧的腼腆，不知该对他说什么，只好叹息沉默。但是，每次都不由自主地问：

——写诗了吗？

——是的，——西玛低头回答。

——我走了，嗯，见你们的鬼去吧！——罗兹卡感叹地说，投给他们嘲笑的目光。——你，格拉菲娜，最好是吻他一下，然后让他走……

她嘲笑，走进灌木丛，高声地唱着：

我，深感痛苦，痛苦至极，
从桥上跳入小河里……

——喂，怎么样，你说说吧！——洛德卡叹了一口气说。

他抬起头，向她发出谢意的微笑，他的脸颊泛起点点红晕，呆滞的眼睛饱含着泪水。洛德卡从他跟前稍稍挪开了一些。

我最最神圣的圣母啊，
上帝最亲爱的先生们！
把你温柔的目光转向
孩子们的不幸的命运！

他的上下颌在颤动，他说话轻而模糊。他一动不动地站着，皱着眉头，用乞丐一样胆怯的目光直视这个女人。而她，皱起眉头，轻轻点头，赞许诗的韵律。她的右手放在墙砖上，左手揪着女短上衣的一粒扣子。

昏暗木房里的孩子们
因为饥寒交迫而死亡，
残暴病魔折磨着他们，
凶恶死神熄灭其目光！
父亲母亲很少用抚爱
让小孩子的心情欢畅，
爱的只是僵死的儿童，
且是在去坟地的路上……

——得了！——洛德卡说，离他更远了一点。

西玛看了她一眼，心情忧郁地沉默了下来，他觉得她生气了：她的脸颊变得苍白了，眼睛变成暗蓝色了，而嘴唇紧紧地闭着。西玛开始抱歉地解释说：

——我这是因为斯特列里佐夫家的丽莎死了。她病了很长时间，但母亲仍然出去做零工，还生丽莎的气，叫喊：你碍事。而当她死了的时候，母亲现在哭到第三个昼夜了。玛丽娅·纳扎罗芙娜呀！

——我知道这个！——女人几乎是怀着懊恼的心情但又是轻声细语地说。——我埋葬过孩子，两个……

她环顾周围：玫瑰色的黄昏笼罩着花园，深红色的太阳在稀稀落落挂着秋叶的树枝之间闪烁。

——我们走吧！——她突然命令西玛。少年放好钓竿梢，不好意思地站起来，恭顺地动身走。她走得快，似乎要躲避什么人，向地面弯腰俯身。她把他带到花园昏暗的一角，指着小树丛非常低声地对他说：

——坐下！

于是他坐了下来，她抱着他的脖子，悄悄地和急促地问：

——你本来爱我，爱吗？

——是的，——西玛颤抖了一下，回答说。

——嗯，我也爱你！——她匆匆地说。

他吃惊地看了她一眼，往后退了一步。

——这—这不是真的，您故意……

——唉咳，天啦！——女人轻轻地感叹了一声。——真的！瞧，我给自己画十字，你看见吗？

于是他叫喊了一声，奔向她，把头伸到她两条膝盖之间，高兴得哽咽起来，喃喃地说：

——我本来早—早就……我多么爱您……

她推开他，用耳语说：

——嗯，快，——唉咳，快些……

西玛不懂她的话，她粗鲁地抓住他，并匆匆地顺从了他，然后深深地、均匀地喘气，平静地说：

——嗯，瞧！你现在可以常去我那里了，会去吗？我告诉管院子的人，让他放你进去！

她用胳膊肘推开他，站起来，亭亭玉立。

——你知道——我有丈夫吗？——她问道，并用审视的目光看着他惊愕的和带有醉意的脸。

——我知道！——西玛小声说。

——还有情夫……

他直视着她，心慌意乱地微笑，摇摇晃晃，哑然无语。

——怎么样？你现在到底打算怎么办啊？——她好奇地问。

——我去告诉他……

洛德卡颤抖了一下，挺胸直腰。

——你说什么？告诉谁？

——告诉华菲拉。没关系！——少年平静地和高兴地说。——我自己已经……您别害怕……

在洛德卡的眼睛里闪烁着某种温柔的近乎母亲般的光焰。

——你敢，——她严厉地说。——小傻瓜，难道这可以吗？！

她把沉重的双手搭在少年的双肩上，温情地继续说：

——他会杀了你，你这小傻瓜！你——闭口不说！

她使他翻过身去，轻轻地推他，低声地说：

——嗯，现在你走吧！走，再见！当心，保持沉默！记住——他会杀人的！

他试图转向她，他想拥抱她，但当他转过身来时，她已经快速地、也不左顾右盼地离他而去了。少年一动不动地站在半腐烂的垃圾堆上方，昏昏欲睡地微笑，用湿润的眼睛看着灌木丛，在那里柔软的白裙子云消雾散了。

洛德卡走得如此之快，仿佛害怕什么讨厌的人拦阻她。她跳上楼梯，跑进了自己的房间，用钥匙锁上门，抓住床背，深深地喘了一口气。

在半明半暗的房间里，灯光像蓝色的眼睛在悲哀地眨巴，灯影在圣母神像周围祈祷似的摇曳。

女人长时间地看着房子的一角，然后默默地跪下，仿佛躲藏在高高的床背后面，双手放到胸前，高声地、谄媚地祈祷：

——最神圣的圣母，宽恕你的奴仆、该死的罪人格拉菲娜吧！

西玛·吉弗什金的名声传过了河。地方行政长官命令把这位诗人带到他这里来。他闭目摇头，久久地听他的诗，然后说：

——你应当学习，你的文化程度低啊！你喜欢读书吗？

疲于读书的、受地方行政长官严肃的脸色所惊吓的西玛默然无语。

什特列赫里用手掌抚摸着刮得光光的面颊，端详着站在门框旁边的形体不匀称的西玛，再次说：

——应当读书，我的老弟！应当读普希金的诗！你知道普希金吗？

——不。

——怎么？——地方行政长官感到吃惊。——你还记得在学校读过：

霞光升起来，走来货郎，
马车夫缓缓驶向市场……

这就是——普希金！你曾在哪里学习？

——在教会小学。

——啊哈，是的！——但是，应当了解普希金！我给你摘录他的书，我现在手头没有，我将从省城摘录。怎么，你健康欠佳？

——欠佳。——诗人回应。

——应当治疗啊！你每逢节日到切列姆亨松林去散散步，那里有松树，这对你很有益处。

他给了西玛半卢布银币，并温存地送他到外厅。

神父伊萨伊亚·库德里亚夫斯基也称赞西玛的诗。

——值得称赞，西梅昂，值得称赞！——他说，并频频点动文雅端庄的头。——我非常赞同。思维的方向和风格的质朴极能触动人心！好好干，少年，不要埋没上帝给予的才能，在你的祷告者的帮助下，瞧着吧，你将从昏暗中登上高处。啤酒——你喝吗？

——不，——西玛叹了一口气说，——对我有害！

——这样！这也是值得称赞的！——神父伊萨伊亚说，而当诗人走近圣像时，就塞给他手里三个五戈比硬币，并解释说：这是给你所需的钱，也是对你读诗的劳务费，这些诗，我再说一遍，是非常非常值得竭力称赞的！

城里其他有学识的人也邀请西玛，他匆忙地和羞怯地读诗，但音节和词句含糊不清，离开时获赠二十戈比硬币或十戈比银市。

甚至集市上的商人有时也叫他到小铺来，细心聆听，赏给五戈比硬币或三戈征硬币，某些年轻一些的人建议说：

——你呀，小伙子，想出快乐一点儿的什么东西才好，否则，太枯燥了！快乐的——你能吗？

——不能，——西玛忧郁地和抱歉地回答。

——这很遗憾！

医生里亚亨迫使诗人朗读诗，笑着感叹地说：

——瞧，又一个不需要的供物！

然后，他记下来几首诗，允诺将其寄往某处，但同时搓着干瘪的双手说：

——我的高个子少年啊！这一切也许并不坏，只是未必应时，是的！我不作任何承诺，但一定寄往各处。

他没有给西玛钱。

吉弗什金开始躲避人们，进城越来越少，只是在不可避免时才进城。他看得一清二楚：任何人都喜欢他，大家怀着好奇心看他，但没有人贴近他的心。他那高瘦的身材、不匀称的脑袋、畸形的细脖子、瘦削的黄脸、呆滞的眼睛、胆怯、尖溜溜的失声的嗓子、呆板的双手，——整个的他都不能唤起人们的好感。

终于发生了一件使城市居民和他疏远了的事：有一次，税务督察官茹科夫在离西玛不远处钓鱼，突然转向他命令说：

——喂，丑八怪！给我写首诗，我给你三卢布纸币，听见了吗？你知道罗兹卡吗？嗨，就写关于她的这样一首诗，即含有辛辣意味的什么诗！知道吗？明天傍晚你到费里查塔那里来朗读，我打好招呼，让放你进去！

西玛没有回答他，又坐了一两分钟在茹科夫没有察觉的情况下就走了。他不喜欢这位小眼睛大耳朵棕红色头发的胖子。他知道茹科夫是个极大的下流人，这个人醉后爱折磨人和动物，周围的男人都憎恨税务督察官。此外，当西玛亲近洛德卡时，茹科夫就更加令他讨厌，因为他时而想象此人的一双红色的粗手伸向了他女朋友的身体，于是在这个少年的胸中涌现出一股强烈的寒流，他双脚颤抖，疯狂地瞪起眼睛，痛苦地吼叫。

他写了一首关于茹科夫的长诗，经常喃喃自语，有一次他对洛德卡说了。她狞笑良久，多次亲吻西玛，说道：

——正是他，蠢猪！好啊！

此后过了若干天，税务督察官的文牍员、牌迷伊凡纽科夫遇见了西玛，他叫喊起来：

——啊哈—哈！我正要找你呢！我找你、刺头，找呀找！到税务督察官那里去，他要你去！

——不想去，——西玛说，同时走开了。

但是，伊凡纽科夫抓住了他的破大衣的领子，高声地问：

——先生，你想要揍你的嘴脸吗？

于是，西玛不知怎样就来到了茹科夫面前。税务督察官躺在长沙发上，满脸堆笑，声音嘶哑地说：

——你怎么啦，畜生，你写了诗，到处朗诵，而我一无所知，啊？我本来向你预订了吧？

西玛全身笼罩在恐惧、愤恨和忧愁的情绪之中，出乎自己意外地、用自己陌生的又高又尖的嗓音开始说：

——茹科夫·叶夫谢伊大人……——他喘口气解释说，同时两腿微微晃动，好像飘浮在迷雾之中。——我之所以省略了父称，是因为它不宜入诗，——里奥多罗维奇——人们不这样称呼任何人！

——什—什么？——茹科夫吃惊地问。——那你读吧，木头人！

西玛开始朗读：

我怎么也不敢说
关于你的实话，
因为为此你将会
把我脖子摘下。

——哼，愚蠢！——茹科夫满腹牢骚。

我如果和你平等，
那我就不害怕
也没有任何困难
把你嘲笑一下。

茹科夫抬起头，开始咳嗽，吃力地把双脚从长沙发上放下来，——他的动作使西玛感到吃惊，他也停下来咳嗽了一声。

——哼，怎么样？——茹科夫吐痰，声音嘶哑地发牢骚。

西玛慢吞吞地说：

看着您我感害羞，
害羞啊，厌恶啊……

税务督察官睁大眼睛，微微动弹手指，轻轻地拉长声音说：

——什—什么？

诗人，哆嗦了一下，弯起腰，迅速跳出了房间，几乎有三个星期躲到了某处。后来他对村镇居民讲：茹科夫对他大喊大叫“我要杀了你！”，并用靴子踢他。

这幕剧在城里广为人知。

——人们赞扬小伙子，他就骄傲起来了！——希罕区的人们说。——村镇居民一个比一个更调皮，殷勤地招待他们是危险的！

但是，在奥库罗夫包括扎列契耶的七千居民中，有一个严肃对待诗人的人：每次当西玛获得洛德卡急促热情的抚爱之后从“小天堂”出来的时候，方脸盘的切德赫尔就在门旁挡住他。

——你？——他问，尽管他知道和看见过这位高个子胆怯地和尴尬地从便门爬出。

——嗯，请坐下！——他提议。

当西玛和他并排坐到长凳上时，他用宽大的手掌搭在诗人的肩上或膝盖上，轻轻地请求：

——嗯，读首诗吧！

西玛读了，而切德赫尔一边叹息一边悄悄地在自己身上画十字，再次请求：

——嗯，再来一首吧！

少年乐意给这个人读自己的诗作，而且为他读得特别：不慌不忙，轻声细语，力求赋予任何词以特殊的意义，有时神秘地推撞读者，以这种推撞强调他认为特别重要的诗词或诗行。

在这里，在打上某个时候另一种生活烙印的老房子的大门附近，西玛似乎感到他没有怨恨地和荣幸地保存着自己的思想，感到迎合他的不是否定他心灵的冷冰冰的好奇心和怜悯心，而是激发他内心愉快的自豪感的某种别样的东西。

从贵族宅邸依然显赫的废墟深处有时传来少女们的尖叫声、

电报员科里亚的男高音、高利贷者的儿子华尼卡·赫里亚波夫的铜钟般的嗓音、菲姆卡·普什卡列娃欢快的歌声、吉他琴的铮铮声，但所有这些忧愁和醉意生活的声音都未妨碍西玛和他的听者。

——嗯，再来一首！——切德赫尔请求，同时皱起蓬松的棕红色的眉毛遥望银河的银光的辉耀、星星欢快的闪烁、铜盘一样的满月的缓缓的移动以及云彩静静的飘飞。切德赫尔看着，听着，耸动肩膀，悄悄地在自己身上画十字。

被赤贫蹂躏的、被胡作非为破坏的、昏暗的村镇小木房沉睡了，它们紧紧地环绕着沃耶沃金诺的庄园，像一堆小垃圾笼罩着一只被损坏的大玩具。西玛紧靠在大门木柱上不停地读。

但是，他情人匆忙的、体贴的和温暖的抚爱有时激起少年胸中令人恶心的怨恨感，他想起女人急促的话语、她身体亲热的动作，不禁怀着沮丧的痛苦想道：

“哪怕有一次她给我自我欣赏也好！其他……”

他不想读了，嗓音变哑了，心里也想不起词了。

——嗯，得了，谢谢！——切德赫尔说，并塞给他手里三戈比或五戈比硬币。

——不需要！——西玛说，同时把手缩回来。

——嗨，你呀，拿着吧！——我本是一个人。我的钱够花的了！

西玛怕委屈了切德赫尔，于是拿了硬币，走到野外去了。

每逢日落黄昏时分和夜晚，他爱坐在大路旁的小丘上。坐着，两只长手抱着膝盖，一言不发，敏锐地听着壮阔欢歌的生活的波浪在他身边静静地不倦地流淌：忙碌的螽斯唧唧地叫，田鼠乱窜，鸟儿归巢，小丘间的阴影在移动，杂草低声细语，蜂蜜花飘香，星星在微绿—浅蓝色的天空中闪烁。

在这样的月夜，季乌诺夫悄悄地出现在他面前，手杖敲击靴子，问道：

——怎么，你在构思诗作？

——是的。——腼腆的西玛说。

季乌诺夫摇头，环顾，温存地赞许：

——好啊！嗯，写吧，上帝保佑你！

他悄悄地走开了。西玛觉得他今天是善良的和有用的，于是少年站起来，跟随他蹒跚而去。

独眼人转过身来，等着并打量了一下西玛。

——我感兴趣的是，你到底是怎样写诗的呢？

少年喜上心来，乐意和轻快地说：

——最初，我思索。我甚至总是在思索，雅科夫·扎哈罗维奇。为此，大概，我的心都碎了，心里发闷和充满忧愁。有时候心脏像鸟儿一样剧烈地跳动，又突然停止了。

——这样！——独眼人说，同时用手杖频频戳自己的斜印在他脚旁的影子的头部。——小伙子，你究竟思索什么？

——思索一切，雅科夫·扎哈罗维奇！——少年有愧色地说。——谁相遇了或者想起了谁——是人或是狗……也可能是鸟……

——这样，这样！

季乌诺夫挠一挠鼻梁，缓缓向前走动。西玛并排走着，同时讲：

——除了鸟以外，大家都原地不动。一个人走着，低着头，看着地面，想着什么事情……狼群在冬天号叫，它们也饥寒交迫！瞧，任何人都感到可怕，因为在他周围只有狼群！当它们号叫时，我仿佛成为醉汉，听来不堪忍受！

一轮明月在他们后面照耀，身影在前面伸展：其一较短，其二较长，两者都狭窄。一个在前面平稳地晃动，另一个忽而盖过前者，忽而闪到一边，继而两者汇合成无形的暗点，在地面急剧地滑动。

西玛结结巴巴地宣称：

——我甚至写成了关于狼群的诗！——他停了下来，开始朗读：

田野和森林里游荡着狼群，
它们号叫，嘴巴朝向天穹。

我的忧愁和狼群
有血缘，恰如弟兄。
在人间谁都不需要
我这个无用之人！
活在世上很艰辛！
我生活得默默无闻。
我担心变成灰狼
大声地倾诉怨恨！

季乌诺夫挥动手杖，望了望天空、远处和自己脚下。

——你不准备写点儿欢乐的东西吗？——他长吁短叹地问。

西玛也环顾了一下四周，抱歉地回答：

——我写了关于税务督察官茹科夫的诗，但效果不佳。阿尔丘什卡唱道：

我们扎列契耶的人
生活得心灵很困窘……

这是我写的！可实际上还有关于城市的……

——什么，关于城市？

——正是！——少年从头上摘下便帽，不知为什么在面前把它抻开来，并开始轻轻地吟诵：

唉，我本想唱些欢乐的歌！
但我们此地谁需要它们？
城市是那样拥挤和沉闷，
大家生活得不爽而凶狠。
在我们城里宛如在墓地，
所有人都有现成的坟茔。
为了在世生活得更轻松，
弟兄们！抛弃恶毒的纷争！

他沉默了下来。

——完了？

独眼人瞪着少年的脸，笑着问：

——这里到底有什么欢乐？小傻瓜！

他沉默了片刻，重复说：

——唉咳—咳，小傻瓜！

忧郁的和温柔的感叹没有使少年感到委屈，他甚至微笑着说：

——雅科夫·扎哈罗维奇，我本来没有说这是欢乐的。

——难道没有说？

——没—没有！

——这样！嗨，得了！

在他们左边，在沼泽地昏暗的云杉林中，一只雕鸮响亮地啼叫了一声，寂静顿时被打破，旋即又像油脂一样凝固了下来。前方远处的田野中间突然冒出了微弱的光亮，很快就开始燃烧起来，火光颤悠悠、红彤彤。

——你看，——独眼人说，——巴雷密勒村的男人们在夜间点燃了松明灯。这夜晚有点儿凉爽了！

——诗，雅科夫·扎哈罗维奇，我构思比较容易，而我感到普通词的汇集比较困难。我总想让诗像祈祷文，这该怎么做——我不知道！若是长诗，那似乎会更像祈祷文——是这样的吗？瞧，这里还有一首关于城市的诗；

灰色的乌云又飞驰在沼泽地上空，
一片深沉的寂静笼罩在这城市中。
因忧虑而精疲力竭的人们正入睡，
睡梦者上方悬挂着一只眼的苍穹……

——什么样的苍穹？——季乌诺夫惊讶地问。

——一只眼的，——西玛不好意思地回答，并退离了同伴一步，用抱歉的口吻解释说，——苍穹永远只有一只眼睛：白天是太阳，夜晚只有月亮。

——一只眼睛，看来，像我？——季乌诺夫笑着说。——这没有关系，真妙！只是，你忘记了星星。

——在一轮满月照耀下，哪有什么星星？

——唔……是的，月明星稀！对！再者，你说乌云，还有月亮吗？

——这种情况是有的！朵朵乌云在飘飞，它们之间现出月亮，整个天空在颤动，像是裂开了……

季乌诺夫沉默了下来，而西玛轻轻地补充说：

——我称苍穹是一只眼的，把你给忘记了，真是的！

——没有关系！——独眼人说。

——接下去我的诗是这样的：

乌云在空中追逐失明的月亮，
谁的身影悄悄随我在田野中……

——你呀你！——季乌诺夫突然说。——你，还有我，还有亲家母，——也只有一点儿知识！饥饿的生活，加上死亡！

少年很想对季乌诺夫讲述自己的诗，但显然，独眼人不想听，他不时轻轻挥动几下手杖，慢慢走着并说：

——这一切，当然，在生活中起作用，然而，贫穷也好，死亡也罢，征服不了人们！我的祖父挨饿，我的父亲挨饿，我自己也生活得食不果腹。他们死了，我也会死的——对！

西玛回忆自己的诗，没有回应。

——嗯，我将死，我死后什么也不会剩下！——季乌诺夫确信地说。——恶棍死了，人们会说：唉，好一个恶棍！善良人死了，人们会怀念他的善良。有时人们还怜惜死狗。人们也经常回忆猫：好猫呀，聪明或者说温柔，抓老鼠很灵敏。而雅科夫·季乌诺夫、谢苗·吉弗什金死了，任何人都不会说任何话的！有没有我们——这对所有人全都一样。瞧，小伙子，你想什么，不如就想想这个！对！想一想吧！此事——重要！你——孤单一人，而孤独的人也是世界最优秀的和忠实的公仆。

西玛默然无语。独眼人平和的和温柔的话没有妨碍少年搜索所需词汇的模糊的思绪。

——人们需要你与其说是为了悲痛，不如说是为了欢乐，你怀着欢乐的心情去爱他们吧！小伙子，悲痛是廉价的！在悲痛中，就如囚犯穿着灰色的囚服，所有人都是一样的，贵族也好，小市民也罢，没有什么区别。而你——沉浸欢乐之中吧，或者说，让人们看到欢乐——珍稀的鸟儿、极乐鸟——就这样！是的，比方说，你有才能，那就认真地爱惜它！兄弟，应该爱一切，包括你借以工作的工具，比如钻头，也要爱惜！它理解你，尽管它是块铁，但它爱惜你的手，在工作中能给你以有力的帮助。

田野上两人行——
青年和老人……

——这是西玛头脑中形成的诗句。他结结巴巴地说，把两只笔直的、长长的手伸向前方：

他们前面印着
身影似幻影……

在朦胧的心灵里，在记忆中，各种词汇像火花一样闪现，像蜜蜂一样飞旋，一些词消失了，另一些词连成了生动的链条，编成了诗歌。西玛感到惊心动魄和欢天喜地，平静的喜悦暖心窝。

——瞧！——独眼人的话若有所思地涌上心头。——俄罗斯生活着所谓的小市民。请想一想吧，谁比他们更加不幸？有茨冈人，他们总在游荡，在集市用马匹诱骗男人，在农村盗窃母鸡。也许，他们不做人们所说的关于他们的任何事情。而小市民即使在一个地方转悠更长时间，但也是世界上无用的居民……

少年瞪圆眼睛用深邃的目光望着前方，双脚在地面蹭出沙沙的响声，他感到，他正在轻松地上山：

老人说着什么
面对青年人。
在前方的远处
看火光腾腾……

在远处，在切尔诺拉缅尼森林昏暗的长丘上空，升起了一片浓密的乌云，星星熄灭了。篝火的光亮闪烁得更明亮、更欢腾。

——我，小伙子，活到第五个十年了，我见到的如此之多——在我们的大教堂里你只是没有想到，神殿多么宏伟！我过了各种各样的生活，但更多的是生活得不好！瞧，此后，我的人道的心吩咐：傻瓜，必须怀着对不管什么事物的爱去生活，没有爱就没有生活！

西玛微笑着写诗：

沿着那羊肠小道
他们比肩行，
其身影覆盖着
路上的陷坑。
这两人磕磕绊绊，
跌入了陷阱坑，
但他们悄悄地
仍径直往前行。
主宰的上帝啊！
你去教他们，
夜里怎样到达
你那些路径！

他停住，高兴地叫了起来，抓住独眼人的袖子说：

——雅科夫·扎哈罗维奇，我现在还写了一首诗，真的，就是现在！请听！

当他读自己的诗时，独眼人张开自己一只昏暗的眼睛瞪着他的脸，赞许地指出：

——嗯，瞧！你本来……

——唉咳，天啦！——西玛感叹了一声。——您知道，这是如此的欢快，当写成了不论什么诗的时候，甚至想哭……

——好。这正是世界所需要的——欢快！是我们转身的时候了——啊哟，走了多少里地啦！

他们转身了。走着走着，天空开始更明亮了，影子印在后面，他们彼此走得更近了。

——小伙子，主要的是，——在夜的寂静中传来了季乌诺夫平静的声音，——你要爱自己的能力！你自己为自己——那是不重要的事情，而你的才能——这是给世界的礼物！关于上帝，当然，也好！然而，你要记住一个谚语："上帝呀上帝，我也自强不息！"最主要的——是你要爱！没有爱的人是傻瓜！

秋天的预兆展现在他们面前，浓密的黑云给田野和沼泽地铺上天鹅绒般的阴影，一轮明月迎着他们发出温柔的光辉。

——唉咳，谢苗，谢苗呀！——季乌诺夫发出低沉的震颤的声音。——我见过多少人，遭受过多少人的痛苦！人们喜欢痛苦，但倍爱欢乐！我由衷地告诉你一句话：俄罗斯人民是世上优秀的人民！当然，他们受尽了折磨，是极其不幸的，但却是优秀的和有才干的人民！是的，你要关注他们，你将爱他们！嗯，兄弟，那时你将开始欢唱！

西玛微笑，用尖肩膀推了一下独眼人。

季乌诺夫沉默了一会儿，确信地补充说：

——优秀的人民！阿门！

棕红色头发的少女帕霞在"小天堂"除了专门的劳动以外，还要承担女仆的义务。厨娘叫醒她比所有人都早。帕霞应当打扫大厅，这是像棚子一样的大房间，有五个尖头窗，其中两个被钉死了，并挂上了毡制的染色的壁毯。

大厅的天花板画上了五颜六色的花带，其中夹杂着某些绿色的和黄色的大头鸟以及两幅丘比特像：其一脸上褪色了，其二两条腿和肚子的一部分剥落了。

厨娘玛特莲娜·普什卡列娃告诉帕霞：天花板是被俘的法国人于一八一二年画的，帕霞几乎每天早晨两手拿着笤帚和抹布进入大厅，停留在门旁，仰起头，观察天花板的彩色图案，天花板已布满了潮湿的斑点、缝隙和灯烟熏的黑点。

有时玛特莲娜把她喊来：

——你怎么啦，该死的，又瞪眼了？快点儿清扫，大家都起来了……

帕霞微笑着回答：

——马—马上！这个法国人太灵巧了！他是怎么画的，大娘？他该是躺着作画吧，啊？

玛特莲娜生气了。

——你总是躺着生活才好呢！瞧，你将死，将完全躺下来，躺得你的两肋酸痛，肥胖的女人！

——他如今在哪里，这个可怜的法国人？——帕霞叹息，沉浸于幻想之中。少女常常在欣赏法国人的画作的同时沉浸在昏昏欲睡的忘我的状态之中，听不见女主人和女朋友的凶狠的呼唤。有时醉后气冲冲的她们像猫捕捉乌鸦那样扑向她，拍打她，用她的身体擦掉大厅的尘土。

帕霞挨揍时并不反抗，只是闭上眼睛喘粗气，而当停止揍她时，她却哭泣，但不马上抱怨。最初她观察自己身上的衣服什么地方被撕破了和撕破到什么程度，然后走到院子里开始放声哀号，破口大骂。

听到她的怒吼声，从街上向便门探出来切德赫尔的大脑袋，他很长时间默默地听着帕霞的诉怨，最终看门人显然是听腻了，于是轻慢地规劝她：

——嗨，你停止吧！不知害臊的女人。你在这里号叫，人们都听见了！哎呀！人们都听见了！

——要知道，痛苦啊！——帕霞平静下来，解释说。

切德赫尔通情达理地说：

——就是为了那个揍你。

有一次，夜晚，在纵酒狂饮的时候，醉醺醺的涅姆采夫和华尼卡·赫里亚波夫下流地欺侮帕霞，她逃脱了他们，跑到院子里，靠在大门上哭诉起来。

——你又在哭？——切德赫尔稍稍打开便门一点儿问道。

——大叔！——少女一边痛哭一边唉声叹气地说。——我是怎样不幸的人啊？天啦！

——嗨，算了吧！——切德赫尔劝道。

而她没有停止下来。

切德赫尔又听了一会儿她的号啕痛哭，深沉地叹息着说：

——嗯，嗓子呀！唉咳，你要让嗓子哭坏了！咦，到这里来吧！

他把她带到了街上，环顾了一下周围，和她并排坐到了长凳上，开始劝说：

——嗯，沉默！坐着。瞧，多么柔和的夜晚。没有任何人。谁委屈你了？

帕霞一边啜泣，一边开始讲述她怎样受欺侮，但切德赫尔嫌恶地阻止她：

——嗯，得了！我不喜欢这些伤天害理的勾当。要沉默，请记住！

她温顺地沉默下来了，一只肩膀靠着他。他试图退离她，但无处可退。于是他把两只长手插入自己的双膝之间，低垂着头，也不瞧她，开始喃喃地说：

——喂，玛尔库申的狗在吠，你听见吗？狗被链子锁上，不喂，认为这样可以使狗更凶恶。夜晚街上多美，你看见了吗？完全没有任何人……是呀！瞧，一颗星坠落了。而当世界末日来到的时候，星星就会雪崩似的从天空纷纷落下。嗨，活到那时看一看才好呢……

他说了很长时间。有时他的眼睛不由自主地向右斜视，看见了少女的两只脚、她的丰满的胳膊肘以及虚掩的胸脯、他感到她那沉重的身体愈来愈有力地挤压着他。切德赫尔身上发热，心里愉快。他没有松开双膝，从其中抽出右手，想拥抱帕霞，但忽然听到了酣睡的鼾声。

——难道睡了？——他惊讶地轻轻问。

没有回答。

——嗨！——切德赫尔耸了耸肩。

她甜蜜地吧嗒了一下嘴，又平静地和深深地叹了一口气。他望着少女的脸，脸上撒满一绺绺棕红色的蓬乱的头发。帕霞的嘴惊异地半张开着，脸颊上未干的泪水还在闪亮，双手无力地顺着身体垂下。

切德赫尔讪笑、摇头，嘟囔着：

——唉哟，傻瓜！瞧这小傻瓜！

她的沉睡和身体的儿童般的无助引起他善良的诧异。他从侧面看看她，成功地抑制了自己两只长手的下意识的动作。他久久地、几乎直到黎明，非常温顺地坐在她身旁，听着房屋里酒醉的人们大声乱嚷、尖声叫喊。当城里大教堂钟楼上打过四点钟的时候，他叫醒了她，说道：

——喂，到我守卫室去！唉，走吧！否则，所有这些人现在都会钻进去的……

——我这是怎么睡着了呢？——帕霞惊讶地环顾四周问道。

——就这样——眼睛一闭就入睡了。

——唉咳，你呀！天啦……

——嗨，走吧，记住……

他打开她前面的便门，目送她白净的身影，直到她消失在厨房附近的他的小房间里。看门人把一扇门关得砰砰直响，他把两腿劈开，久久地看着地面，不住地摇头。

这个晚上没有改变帕霞和切德赫尔关系中的任何事情。但是，很快少女又挨揍了。

有一次，洛德卡狂饮之后在中午醒来了，病恹恹和凶恶的样子：胃灼热折磨她，仿佛铁锈腐蚀干燥的皮肤，眼睛也疼痛。她把两只脚垂到地板上，用脚后跟踹地板，越踹越厉害，然后用脚恶狠狠地跺地板，她的眼睛变得阴郁昏暗了。

当帕霞来到时，她把矮靿皮鞋扔到帕霞头上，野蛮地骂人，撕破帕霞的短上衣，把帕霞从楼梯上推了下去。

帕霞再次哭了，切德赫尔也再次出现了。显然，他是刚刚醒来，头发蓬乱，表情严肃。

——嗨，怎么样？——他问。

——格拉菲娜欺负我了……

——为什么？

——难道我知道吗，天啦……

——天啦！——他模仿少女低沉的声音说，并用主人的声调命令：去洗洗你这副嘴脸！

她用鼻子大声抽气，走进屋里。而切德赫尔一只手伸向前方，用手指向帕霞，忧郁地宣称：

——我将给你们厉害看看——打架！

他一脚把什么样的瓦片狠狠地踢向远处，坚定地走向厨房，费里查塔和厨娘在那里争吵。打开门，他那大块头的身体把门挤得满满的。他打断女主人的话，说道：

——你们平白无故地打佩拉格娅……

——你怎么啦，库济马？——女主人不懂他的话，用疲惫的声音问。

——我说：为什么打佩拉格娅？——切德赫尔双手抓住门框重复说。

粗壮的玛特莲娜·普什卡列娃和费里查塔·纳扎罗芙娜·沃耶沃金娜本人都惊讶地瞪眼：此人三年来都温顺地坐在大门旁，总是沉默寡言，听从所有人，不干涉任何事情，但现在却来了，好像具有权力的人，教训女主人。

——打人不行。她，还像个孩子。她傻乎乎地。

费里查塔·纳扎罗芙娜发出一阵一阵轻微的笑声，抬起头，走近他。今天她的头发向上梳成王冠形状，增高了女主人的身量。宽大的红色的连衣裙、手上的镯子和戒指、腰间一串钥匙的铿锵声、露出的细牙和含讥笑意味的稍微眯缝上的眼睛——这一切迫使管院子的人垂手低头。

——在这里你是谁？——费里查塔挖苦地问。

他，张开嘴，闷声闷气地说着什么不连贯的话。

滚开！——女主人挥手发号施令。

切德赫尔怀着沉重的心情转身往回走，听到她说：

——真有你的，老天爷啊！看来，他没有睡醒！

他停在台阶上，一手抓住阶梯的扶手摇晃着，破旧的木料发出咯吱咯吱的响声。而在厨房温柔地响起了玛特莲娜女仆般的吱吱哇哇的声音：

——他是怎—怎样滚出去的，老—老天爷啊！

——在我这里简单得很！

——嗯，您真是勇敢，唉哟！

——我的妈啊，我是女贵族。

——那可是真的，将军的妻子！

——贵族不怕任何人！只要我对涅姆采夫说一句话，这个怪物就不知道将在什么地方！在城市那里发出关于任何琐碎事的各种窃窃私语，显然，风把什么话吹到了这里。瞧，他也就更大胆了。哼，亲爱的，不要吓唬我，不要！

切德赫尔环顾了一下周围，像一头大公牛那样哞哞叫了起来。他走在院子里，罗圈腿划着杂草、腐烂的木块、碎砖——仿佛耕种被遗弃的、长满杂草和堆积垃圾的土地。

洛德卡洗完脸，没穿衣服，喝了一杯浓茶，重新躺下来，感到胸部什么地方钻心的刺痛，似乎有一条大水蛭吸附在心头吸血、增大，使呼吸困难，爬向喉咙。

在她前面静止地展现度过的、无聊的夜晚的情景：醉醺醺的茹科夫现出身上有几个小脓包的萎靡的体态，想跳舞，臃肿，像面粉袋，向后倒了下去，伸出双手，吃惊地发出呼哧声：

——扶我起来！快点！

易激动的涅姆采夫在费里查塔面前跳俄罗斯舞，尖细的鞋后跟在地板上踩踏得砰砰响，尖声重复说：

——唉咳—嗯！我们最后的一点儿钱！卖力地干，女贵族！

医生，因大量饮酒而脸色发青。他总在逗弄罗兹卡，弄得她流洒恼怒的眼泪。他还开某些可怕的玩笑。而电报员科里亚不知因为什么痛哭流涕，用拳头敲打桌子，吼叫：

——死人，你们这些死人！

人们用水浇他，用酒精擦耳朵，然后他入睡了，头搁在费里查塔的膝盖上。甚至总是愉快和善的华尼卡·赫里亚波夫也是闷闷不乐的，他贴着谢拉菲玛·普什卡列娃的耳朵非常低声地说着什么，而她一边听一边悄悄地擦掉眼泪，好几次亲吻伊万的前额，那是一种特别的、可笑的和忧郁的吻。

人们非同寻常地寻欢作乐，放手挥霍金钱，仿佛大家突然发了大财，带来昂贵的葡萄酒，比往常更粗鲁地对待少女，彼此说着不雅的和古怪的什么话。

对待他们是困难的和可怕的。女主人用耳语警告洛德卡和罗兹卡：

——你们自己少唱！今天客人们心情不好！

门轻轻打开了。洛德卡微微抬起头，向着房间温柔地微笑，发现了西玛苍白的脸。

——没有睡觉？

洛德卡不满意地半睁开眼睛，轻声地回答：

——我有点儿不舒服。

他小心地、用脚趾走近她，直视着鞠躬。

——我可以在你旁边坐一会儿吗？

当她肯定地点了一下头时，西玛将就着轻轻坐到床边上，把洛德卡白皙的手放到自己膝盖上，开始用自己的手掌亲热地抚摸她热乎柔软的皮肤，从胳膊肘抚摸到指尖。

——昨天，我坐在大路上还编了一首诗，——要不要读一读？

——关于圣母的吗？——洛德卡透过牙缝地问。

——不，关于生活的。读吗？

——嗯，读吧，——女人叹了一口气肯定地说。

上帝，宽恕我们

——你的奴隶吧！

西玛压低嗓音开始读。

洛德卡用教训的口吻指出：

——你总是千篇一律！总是说一种话，这并不太困难。

西玛笑了一笑，恭顺地低下头，沉默了下来。

——怎么样？——洛德卡闭上眼睛问道。

他重新用刚好能听得见的低声快速地读：

上帝，宽恕我们
——你的奴隶吧！
和险恶的命运
与贫困抗争，
我们力量在哪？
我们有何罪过？
我们与你无争，
我们听你的话！

你却用黑死病
和深重的灾难
每日和每时
把我们屠杀！

——你怎么总是诉怨？——洛德卡打断他，没有好感地皱起眉头。——你最好是给我写点什么哪怕是爱情诗呢，可事实上，总是上帝啊上帝！你是什么——是教会中的执事还是什么呀？你爱，可是没想到写爱情诗！

西玛停止抚摸她的手，否定地摇头。

——我不会写女人……

——你学会了爱，嗯，那就学习写爱，——女人严肃地说。

她稍微抬起身，坐到床铺上，开始摇晃身子，双手抱膝，思考着什么。少年忧郁地环顾房间，其中的一切都熟悉，一切他都不喜欢：贴着玫瑰色壁纸的墙、白色的纸上有裂缝的增光天花板、带镜子的桌子、洗脸池、床对面明显突出的又矮又宽的旧抽屉柜、房角熏黑了的破炉子。这个房间总是昏暗的，白天和夜晚一样地闷热。

——你撒谎！——洛德卡若有所思地和慢腾腾地开始说。——你撒谎，说什么不会写女人。那么有人竟是这样写圣母的呀：

为让世界摆脱险恶，
你给世界儿子一个。

是的！——她忽然有点儿恶狠狠地活跃了起来，咂舌，微微眯缝上眼睛。——是—是的，而他们，文明的狗崽子，写关于她的下流的诗！哼，猪猡！

西玛斜视了一下她裸露的胸脯，双手软弱无力地动起来，仿佛这双手突然妨碍了他。

——你该听说过，医生知道关于她的什么诗，令人呕吐的坏蛋！

她伸直腿，轻快地把西玛翻倒在自己膝盖上，向他俯下身去，乳房几乎接触到他的脸。少年感到甜丝丝的，又感到背痛得有点儿不舒服，因为他高高的身体缓慢地滑向地面，他两脚蹭在木块地板上，试图把身体保持在床上，但未能如愿。

——我现在会掉下去的，——他不好意思地说。

她帮他坐下来，拥抱他，温柔地直视着他，请求着：

——写吧，啊？

——写什么？

——可笑的。

——有什么可笑的呢？——少年轻轻地问。

——关于我的什么事情。否则……

她沉默了下来，久久地以审视的目光看着那明亮深邃的眼睛，然后用温柔的手掌把眼睛闭上，叹息着说：

——不，你不能！你在我这里胆怯。而他们，他们能滑稽地说关于一切的事情！

——关于上帝，是不行的！——西玛轻声地提醒说。

洛德卡再次沉默了一会儿，然后粗鲁地推了一下他的腰部，并用任性的声调说：

——不要胳肢！手是凉的，别摸！

少年稍微抬起头，她的一只手从他的前额慢慢地滑下来。他用乞丐般的目光直视着她，苦笑着说：

——你不爱我。你不喜欢我。

女人把双手搁在脑后，望着天花板发议论：

——假若我能，我就会始终写一种可笑的东西，一种欢乐的东西！让所有人都感到惭愧。关于一切——唉咳！

西玛一只手触摸她的乳房，同时重复说：

——你不爱我。

——嗯，你还想出了什么！——她平静地说。——我究竟怎么不爱？我本来不收你的钱呀。

她想了一想，频送秋波，补充说：

——我爱所有的男人，这是我的职责！

少年叹了一口气，把两只脚放到地板上，坐下来，抱怨地说：

——倘若你哪怕有一点儿爱我，那就应该告诉华菲拉关于这个情况！否则我羞于面对他……

她焦急不安起来了，敏捷地跳了起来，拥抱着西玛，庄严地使他确信：

——这个你连想都别想，绝对不行！你听见吗？我，只爱你！至于华菲拉……你瞧，他是这样一个孤独的人……

她闭上了眼睛，整个身子倾向了某处。

——我和他——为了什么？——她更加平静地和更坚定地继续说。——因为恐惧！你不对他让步，他就杀了你！是的！啊，他能这样做！而我爱你感觉良好，心情舒畅，知道吗？

她愈来愈紧地拥抱着这瘦高的笨拙的身体，用昏昏然的目光正视着少年，在亲吻中理智地证明：

——我为了这纯洁的爱，许多罪过得到了宽恕，——我知道！我怎么不爱你呢？

西玛在她的亲吻下颤抖，仿佛受了伤的仙鹤，欲火燃起，嘴唇对上了她的嘴唇。

女人比往常更加迫不及待，顺从地委身于他，同时没有喜悦和愿望而求实地说：

——你，别担心！

然后，她温柔地、甜蜜地低声说：

——西姆什卡，你试试写点让人们害怕你的什么诗吧！你更加勇敢一点儿！本来可以说你想说的一切。你瞧，那些文明人是怎样说的！大家都敬重他们。而他们甚至嘲笑天使长，真的！

她的眼睛瞪得圆圆的，其中闪烁微绿色的火花，脸上飞起红晕，呼吸频密，两只乳房颤颤悠悠，恰如两只白鸽。

少年一只哆嗦手抚摸她的脸颊，听着温柔的絮语：

——我爱你，乃是我的一大优点……反正我知道，我是个罪孽深重的女人，我整个一生……

整个城市街头巷尾传遍小心谨慎的窃窃私语，无论是居民还是长官，都在私下议论，只有电报员科里亚一个人高声说话，而且他的话一天比一天变得越来越粗鲁无礼。

穿着讲究的、动作敏捷的和干瘦的他，雄赳赳地向上翘起戴着夹鼻眼镜的尖鼻子，在城里乱跑，到处传播令人惊慌的流言蜚语。当问他：“你倒是为什么知道的？”他意味深长地回答：“反正这是真实的！”他还英姿勃勃地拉平整自己时髦的短上衣。

医生里亚亨不时咳嗽几声，使他相信：

——您，神父，不要心神不安才好。您要从哲学上去认识问题：人既不能加速事件的进程，又不能阻碍事件的进程，就像他不能阻止地球转动、麻痹性痴呆，或者比方说这稀里糊涂的雨一样。无论您怎么跳动，该有的一切都将有，不该有的一切都不会有！神父，这已被马克思所证实，所以，算啦！

——但是，阿列克谢伊·斯捷潘诺维奇！——科里亚挺直身子向着天花板的某处感叹地说。——人们到底还是应该做点儿什么事吧？

——他指出：您生育、繁殖、定居吧，其余的您将迎刃而解！真的，亲爱的，没有任何事情比这普通的和愉快的事情更复杂的了。人们无能，亲爱的，其中也包括您！

——上帝啊！在您的话里看出您是多么忧郁的人！

——县城的人的态度就是这样，因为正如所有地理教科书里所说的：俄罗斯县城居民全部是由酗酒、玩牌和厌世的人们组成的。而您，抖动刀子，为什么？您想要宪法吗？亲爱的，您等着吧，将既有宪法，又有其他任何福利。您乖乖地坐着，读列夫·托尔斯泰的书，其他任何东西都不需要！主要的是：托尔斯泰知道生活的意义何在，什么也不做，一切都自行出现，你真幸运和愉快。神父，对县城居民来说，这是最优秀的和最需要的哲学家。

——您说得完全像季乌诺夫！——科里亚闷闷不乐地感叹地说。

——季乌诺夫？啊哈，装订工人！

——他，其实，是钟表匠。

——极为可能是钟表匠。县城居民想做一切，但什么都不会做。

——哎呀，我的上帝！——伤心的少年叹息，感到自己受了创伤，离去了。

受某种神秘疾病折磨的医生，鲜为科里亚所了解，但是以其滑稽谈话的嘲讽吸引了他，激起了少年头脑中敏锐的、果敢的思想。他也喜欢医生的外表，它让人想起装在漂亮盒子里的精细的外科器械。他还喜欢里亚亨系领带打松软花结的能力、他的柔软的衬衫、量体缝制的常礼服、尖头皮鞋和白皙灵活的双手平稳的动作。他喜欢看到那张苍白的脸上薄薄的贪婪的嘴唇在颤动，嘲弄似的微微眯缝起来的眼睛在眉目传情。有时医生以开玩笑激起科里亚心中的忧愁，但这些话常常使少年满怀某种骄傲，即向熟人重复这些话，引起了普遍的惊讶，这又使他感到自己是特殊的人——很有知识和非常赋有敏锐智慧的人。

但是，在和医生进行冷静的交谈之后，科里亚感到和到处看到城里弥漫着惊慌的和郁闷的好奇心：大家都在不安地等待着什么，有三位居民摘录最轰动一时的报纸，变成政治家有所担心的样子，匆匆忙忙游荡在集市上，逢人就激烈争论一两个小时，在自己周围聚集恭敬细心的听众。

科里亚参与了争论：

——往后不可能像至今生活的那样生活！

——为什么？——某些居民严肃地和吃惊地问道。

——因为愚蠢！——科里亚推正从鼻梁上滑下来的夹鼻眼镜，解释说。

——请问，这到底是因为谁的愚蠢？

——因为全俄罗斯的！因为你们的！——少年想起了里亚亨的话语，叫喊起来。

其他人生气了。

——然而，你，小伙子，小心点儿！这是些什么话？

城市卑微的人们怀着渴望的心情听科里亚说话，详细地向他打听，但他们的问题带有狭隘的实践性质，少年不能回答，担心难为情，于是逃避这类谈话。

总之，城市开始这样生活，即好像准备他往，男人们含糊地回答妻子关于为准备过冬而购买这样或那样东西的建议：

——等一等！还不知道将会发生什么事情。

城市有权的人们开始频繁地集合在一起，秘密地座谈什么问题，最终居民们开始得知：神父伊萨伊亚将在晚祷时传道，说明并消除各种担忧；什特列赫里将在“里斯本”大厅举办某种特别的演出；而县警察局局长要求省里派三名警察，如有可能的话，还派士兵。

——士—士兵！——总是醉醺醺的裁缝米纳科夫眨巴着眼睛感叹地说，并突然想到：我了解。啊哈！

他折磨听众很久，不说他到底了解了什么，最终他宣称：

——大概，已经决定要把我们转移到非行政中心的县辖城镇去！

大多数人对此表示怀疑，但许多人说：

——也好，不过只是闲话，说我们要转到县辖城镇去，那里我们只有一条石砌的街道和一个集市广场。

傍晚，米纳科夫坐在尼古拉·楚多特沃列茨教堂对面的垃圾中，痛苦地含泪抱怨说：

——慈善的上帝的侍者！他们终止了我们——完了！

警察卡彭久亨站在他上方，安慰裁缝：

——嗨，叶戈尔，不要像村妇似的叫喊！也许，什么都不会发生！

关于长官想安慰市民的传闻确认：县警察局长召唤了科里亚，大概，因什么事使他难为情，勇敢的电报员不再在街上跑动了。

卡彭久亨出现在米纳科夫面前，严肃地向他宣布：

——喂，叶戈尔，我们去警察局。

——为什么？

——让你别散布传闻。

什么行踪无定的人被捕了，华菲拉·布尔米斯特罗夫和修炉匠克留恰列夫失踪了。

悲剧和喜剧爱好者开始准备演出，但是在他们的奔忙中有着某种特意表示出来的装模作样的东西，市民们清楚看到了这种情况。

在礼拜日日祷时，教堂挤得水泄不通，奥库罗夫人大汗淋漓，仔细听神父伊萨伊亚美好的传道，他谈到阿维萨洛姆和彼得大帝，谈到所罗门国王的英明，谈到一八一二年和塞瓦斯托波尔，谈到农奴制的消灭，谈到外国列强对俄罗斯强盛和财富的羡慕，还谈到轻信是危害极大的。

居民们在房子里来回踱步，猜想：

——看来，将真会有变化，——在教堂因为琐碎事不允许说！

惊心动魄的恐慌在加剧，彼此对谈话的关注在增强。人们扎堆聚集，猜想：

——这个外国人总在琢磨怎样创伤俄罗斯，——为什么呀？

某人庄严地解释说：

——主要的是，他感到很挤：人口不可胜数地大量增加，又无处栖身！如果拿张地图，那么很快就可看到：我们把他推向了海岸的任何地方，他在海岸上转悠，没有得到任何东西，除了沙子和咸水以外！人民一贫如洗……

此时，当然，你就羡慕上了俄罗斯……

传来了季乌诺夫的声音：

——决定凡事找世居在本地的俄罗斯人，——这是早已宣布了的事！

居民们相互问：

——这是谁在说话？

——来自村镇的独眼人。

上了年纪的人们挥动手走开了：

——有谁听他的！

——同胞们，去发现优秀的更明智更光荣的人……

蓄着大胡子的老头儿桶匠库卢古罗夫问：

——他们在我们这里的什么地方？

人们支持他说：

——嗯—是的，不知为什么这样的人不知名。

——谁要吃大馅饼？

——是时候了。

——空话谈起来了！——桶匠挺直整个身子说。——村民，你要明白，假若一千俄里远的某处某些人，嗯，比方说是聪明人，他们为什么要坐下来对我们谈我们的事呢？他们从远处看到什么？不，你就在这里就地给我权力！在家里把权力给我，以便我能够按照一切法律反抗恶人、市长苏霍巴耶夫，以便他不能用绞索勒死我，——这就是我所要的！海角天涯有什么——那和我们无关！

桶匠的眼睛狭小，像两条小缝延伸到深邃不安的黑暗之中，那里总是翻腾着无法抑制的波浪，常常燃起绿色愤怒的火光。他的双手也是惊慌不安的——古怪地摆动，仿佛力求脱离他那高大的身体，两只手掌拍得啪啪直响，弯曲的手指交叉揉搓，其动作很少和老头儿的话合拍。

——唉咳，老兄！——季乌诺夫开始说，一只眼睛炯炯发光。

——是你呀，唉咳！——桶匠回应，急转身走开了，其他人也跟着他离开了。

——同胞们！——独眼人转向留下来的十个人。——我以那样的意向说话，即我们是小市民……

但是，独眼人选错了时间：此刻大馅饼在家里等着每个人，一个星期就烤一次大馅饼，而且热的味道更美。季乌诺夫还忘记了：在他面前的人们很久以前就习惯于独自生活和思考，自古以来就不再相互信任。他们上街，走向世界，不是为了在各种习惯的、沉重的、关于年复一年拖延的日常生活的思想之间，把自己的思想公之于世，而是为了得到别人的东西，并把它带回家消磨在床头上。每座居民的住房都是一所监狱，在那里得到的新鲜事在严密昏暗的俘虏状态中受折磨，然后软弱无力地悄悄地消亡，没有产生任何东西。这样，被风吹到沼泽地的花的种子在那里腐烂得无影无踪，无力生长、开花、向着天空绽放灿烂的微笑。

随着独眼人留下来的老太婆玛弗路希娜的红润的眼睛饱含着浑浊的泪水，直视着他，等待着什么。季乌诺夫难为情地逃避了这双眼睛。

——怎么啦，老太太？——他轻轻地问。

——我的儿子去了，唉！——母亲说。

——他去哪儿了？

——去上帝那里了……

——瞧你说的！——季乌诺夫苦笑着说。

——据说，人们找到了去那里的路！

老太婆晃晃悠悠，她的身体因悲痛和岁月的流逝而变得软弱无力，她用双手颤抖的动作把身体裹到脏兮兮的破衣烂衫之中。

——再见，老太太！——独眼人说，随即离去了。

她微笑，独自一人留在广场上明亮的大教堂前面。

季乌诺夫用手杖戳地，不慌不忙走进村镇，嘴唇做咀嚼的动作，发出吧唧的响声，把左手伸向前方，手指微微颤动，显然，在计算什么。

星期一宁静晴朗，严寒一夜之间把街道的泥泞冻住了，城镇在浅绿色苍穹下显得节日般的干净，好像新郎一样。

桶匠安桶箍，响亮地、有节奏地发出咚咚的响声。河对岸苏霍巴耶夫工厂的排气管噗噗地喷气，某处一只狗急促地、忧虑地吠，似乎在回答指定的功课。

但是，打一清早关于电报局遭到损坏的消息就像残废的乞丐慢慢散布在城市街道上。

像往常一样，一辆四轮轻便马车于九点钟驶近邮局，车上坐着粗壮温柔的师太列奥卡吉娅，车架上还坐着笑眯眯的红脸蛋的见习修女帕芙娜。在邮局关闭的门旁站着有小白胡子的卡彭久亨，他嘴里叼着烟斗，严肃地皱起眉头。师太列奥卡吉娅不时哼哼几声，从马车上爬下来，停在台阶旁边，她早已熟知、和善的面孔的不寻常的表情使她感到惊异。

——你好，尼丰特！上帝保佑！

——多谢，——警察用这样的音调回答，即似乎在说：“嗯，不，你别骗我！”

他鼓起腮帮子，仰望天空。

——喂，打开门吧！——修女请求。

卡彭久亨从上到下看了看她，问道：

——为什么？

——怎么叫为什么？——修女委屈地说。——我本来是到邮局来的，我有两封电报。

——邮局没有任何电报！

老太婆激动起来了。

——啊，天哪，发发慈悲吧！你怎么了？昨天也没有！难道有什么罪孽在路上？

卡彭久亨威严地举起一只手阻止她：

——您，师太列弗卡吉娅，别散布传闻！已经对您说过了：邮局完全不会有，一切都在这里！

——那么电报呢？——老太婆显出羞怯和有点儿生气的样子

问道，她九年来风雨无阻地执行在邮局的修道院的事务。

——电报局没有。

——没有？

卡彭久亨对知道秘密而感到满足快乐，并因此他那蓄着小胡子的脸可笑地现出傲慢的样子。他久久地折磨修女的好奇心，激起她内心的惊慌，最终有点儿突然热情洋溢地解释说：

——彼得堡电报总局被破坏了。彗星，知道吗，这颗彗星经过那里，碰到了天线塔，所有的电线从哪儿来，您知道电报局，我说什么，您是聪明的女人！

师太列奥卡吉娅心慌意乱地和疑惑不解地从下到上看了看他，生气了，气得直掉眼泪。

——我，我的老天爷，不是一般女人，而是修女，是—是的，嘲笑我，——你呀，罪过！

她使警察难为情，然后坐车走了。过了几分钟，在集市上人们已经知道了这件事，无聊的好奇心被激发出来了，商人们一个接一个地前去看邮局。他们留在街中间，仰起头，观望着邮政支局局长住宅摆满花的窗户。关于事件的各种问题使卡彭久亨厌烦透顶，以致他生起气来，大肆漫骂，掏出笔记本，几次张嘴舔铅笔，在笔记本中写道：

“官员大人，民众来纠缠我，散布流言，我不能恢复平静，他们破坏秩序，卡彭久亨。”

然后，他忽然抓住桶匠谢列兹涅夫的儿子、淘气的孩子格利什卡的衣领，做了一个样子，仿佛要揪住他的耳朵，对小孩低声地说：

——跑到警察局去，给你，把字条交给助理，我给你五戈比硬币，赶快！

机灵的格利什卡像子弹似的飞奔而去，伴随着居民们的哈哈笑声。

但是，他们很快不得不顾虑：从街道拐角处出现了警察监视人希帕·伏彼雅里斯基，伴随他的是两位荷枪的士兵和两位高级警卫队员。

整个城市从幼年起就知道朴素胆小的阿尔希帕，大家都记得他是尼古拉·楚多特伏列茨教堂的诵经士，叫他希帕。在过去的某个时候，大家老开玩笑改掉他父亲的姓叫他至圣者阿加凡格尔，他父亲华西里·尼基济奇·科列涅夫是教会执事，有一个可笑的外号叫伏彼雅里斯基，因为科列涅夫在递给大主教的呈文中好几次使用了“伏彼雅”这个词。

这个羞怯无能的人手持出鞘的军刀缓步走来，打老远就用恐吓的腔调嚷着：

——散—散开，喂！

显然，甚至卡彭久亨本人也对奇异的场面感到吃惊。他挺身直立，把烟斗藏进口袋，开始嘟囔：

——唉咳！真是的！

发呆的居民们从街上走开了，骑在又老又瘦的马背上的警卫队员微微摇晃着身子，伴随他们，有人奔跑起来，人们更庄重地思考：

——他们到底在反对谁呢？

——嗯—是的，他们在吓唬人！……

——怎么一回事，我的弟兄们，啊？

他们什么也不明白，是在开玩笑，希望用玩笑掩饰不由自主的恐慌，因为彼此害怕显出愚蠢或吃惊的样子。但是，某些人已公开发表看法：

——对不起——这到底是怎么啦？瞧我，比方说，寄了一封信，信寄到哪儿去了？

——而我，不是今天—明天，需要从省里得到钱才好呢……

早已从沼泽地升起了浓密的乌云，这灰色的云幕笼罩着城市。房屋仿佛向地面下沉了，房屋的窗户像眼睛一样不知是惊异地还是晦暗嘲笑地看着自己的主人。某处传来了桶匠沉闷的打击声：

——咚—咚—咚！咚—咚！

短暂的秋日像老年人一样满脸皱褶，街道笼罩在烦闷的烟雾之中，含混晦涩的流言蜚语和胆怯的思想像霉菌一样不易察觉地在烟雾中扩散。

——听说，在国库旁也布置了士兵……

——啊？

——鞋匠帕姆菲尔说……

——方才一大早，他们就把村镇的战士华菲拉·布尔米斯特罗夫从警察局带到了县警察局局长家里去了，听见没有……

——也许，在这个彼得堡，像冬天那样再次发生了什么样的事情？……

——类似造反？

——那么，这无论如何本不涉及我们。

某人若有所思地表示：

——村镇里有独眼人……

——可实际上，这里驼背人在地方自治局服务，听说，也是个锤头……

——也好好地追究了吗？

——并不是我有什么过错，聪明人—畸形人比较多！

大家真诚地哈哈大声笑了起来，又重新试图开玩笑，但玩笑开得并不顺心，因为心中不知不觉地渗透着某种新的问号并要求得到回答。当放眼田野时，大家都感到小丘在增高，比先前更紧密地把小城包围起来了。

从田野吹来了冷飕飕的风，带来了远方的毛毛细雨。房屋的窗户内已点亮了黄色的灯光。按时间应该敲响晚祷的钟声了。但还没有听到钟声，城市笼罩在可怕的寂静之中，只有风儿在屋顶上方叹息和呼啸，房屋静静地紧贴着潮湿肮脏的地面。

部分居民聚集在低矮黑暗的“里斯本”大厅；其他人去了集市的小饭馆，在那里坐到深夜，等待着什么。他们紧张地编造一天的疑惑，这一天充满很久以来的片段的传言，这些传言不知为什么留在了记忆之中。

——主要的是这个日本人！

——不久之前科热米亚京说，似乎日本人也……

——科热米亚京，老鬼，他更多的是知道关于村妇们的事……

——哼，不，他对所有的往事都了解得很透彻。他说，彼得大帝碰上了这个日本人。

——叶卡捷琳娜也碰上了。

——我的弟兄们，在我们这里，这些外来人何其多呀？！

笨拙的、不习惯于工作的思想，像新生的尚未开眼的猫崽一样，无助地到处乱撞。

——嗯—是—是的！的确，许多外国人站出来反对我们！

——反对你——把手杖插进地里吧——够了！你一百年没有动弹了。

——你勇敢！

——别说啦，同伴们！谁需要它，你的勇敢？

几乎谁也没有喝醉，大家亲密结伴回家，在街道上压低嗓音说话，常常停下来注意听什么。风儿呼啸，光秃秃的干树枝发出簌簌的响声，下着蒙蒙细雨，饥寒交迫的狗在吠，在号叫。

城市和祖国生活的联系不紧密，它虽然存在，但未发现它，但是，大家突然开始明白，这种联系中断了，没有了。从前，有许多事情使其他城市和另外的人们想起人间还有生活：每天早晨九点钟城里鸣钟，三匹马的邮车从省里驶入城市，从中午直到夜晚送信人卡卢根一拐一拐地走街串巷，傍晚小饭馆出现了省报，“里斯本”大厅甚至有两份。忽然一切都停止了，在森林和沼泽地之间留下了小城，其中的人们感到自己是被遗忘的人。

弥漫着令人神经紧张的、多疑的和忧郁的情绪。人们懒散，不想工作，每天习惯的劳动仿佛失去了意义。

——我们生活在所有疆域之外的某处，——库卢古罗夫嘟囔着，手里拿着一根粗棍子在集市上转悠。

——我们的长官到底怎么啦？

——嗯—是的，不知为什么消失了……

——他在想！

——这——是时候了！

在认真做事的人的眼睛里，他们的小事业时刻在增长成为某种遮掩整个生活的大事业，而莫名其妙的和公然的危险性从某处威胁生活的这种意义。

有一种流言不胫而走，说县警察局局长传唤了小饭馆的主人们并警告他们：也许不得不关闭小饭馆。

——他们还想出了什么！——老桶匠气冲冲地叫喊。——让我们耸立到街上去还是怎么啦？要知道，不是夏天！

——坐在家里！——人们向他提议。

——难道在这动乱的时候可以在家里爬来爬去？需要一起扎堆生活！

他越来越生气，斑白的胡须颤抖着，张开大嘴疾呼：

——简直叫人没有办法！某人在那里的某处发号施令，既不会有流言也不会有勇气从哪里出来！我们现在仿佛完全献身做了长官的俘虏，可以随心所欲地对待我们，无处可诉怨！不，这类情况应当改变！

他的话更强烈地激起了奥库罗夫人的恐慌。

季乌诺夫徜徉在街道上，不时轻轻地挥动几下手杖，倾听一切，一只昏暗的眼睛忽儿瞪着这个人的脸，忽儿瞪着那个人的脸，活像吉卜赛人在马市上看马一样看所有人。

问他：

——发生什么事了——没有听说吗？

——我不知道。出了某种事故，但不明白是什么！——他把嘴唇一瘪，走开了。

他那干瘪的一只眼睛的面容也显得难看，他身上穿的衣服奇怪地全揉皱了，仿佛此人是刚刚艰难地穿过某种狭窄的地方爬出来的。

闪现出了科热米亚京的病态的脸、他那忧郁的眼睛和黄色颤抖捋着白胡须的手。

小城的整个生活在无形无感的障碍面前停滞了，人们一天两天徘徊在同一个地方。前往神父伊萨伊亚那里去咨询，但祭司看来是病了。想起了地方自治执行机关主席，但他去了省城。

人们按照自己的兴趣分成小组，疑心重重地、含有敌意地面面相觑，与其说是彼此打听，不如说是彼此偷听。

第三天，人们大清早就开始在城里说：在集市上，在谢米亚尼科夫的小饭馆，将向大家做出解释，于是居民们像奔腾的溪流喧嚣着、激荡着涌向集市。

在小饭馆，靠墙的桌子上站着驼背的统计员希什马列夫，他挥动双手呐喊：

——俄罗斯明白了，终于……

他的大脑袋向四面八方转动，突然改变声调，眼睛饱含惊吓，脸颊上的汗珠或是泪水在闪亮。小饭馆挤满了人，桌子和椅子干裂作响，人群从街上挤到了门里，击碎的玻璃不断悲戚地发出清脆的破裂声，谢米亚尼科夫用尖细的声音哭喊着：

——谁偿付我的财产？

若干人放开嗓子坚定地向着希什马列夫大声疾呼：

——喂，请问，确定不通邮的时间很长吗？

——你们说的是具体业务，老兄！

——他说的却是俄罗斯，驼背丑八怪！

——他了解事务中的什么？

集市广场开始类似一口锅，人们在其中转来转去，就像沸腾水中的小粒荞麦。天空像一顶灰色厚实的帽子笼罩着城市，远方一片迷茫，轻微的浅灰色的潮气在漂浮。

——自由、团结、进步的思想……——希什马列夫呐喊。

居民从街上挤进门里，爬进敞开的百叶窗里，激动地要求，

——大声点儿！

——驼背人，听不见！

——让他到街上去！

——瞧，统计员终于扯破嗓子喊了，——社会的所有阶级……

已经是人山人海，他们为激动所陶醉，像森林火灾一样燃烧起来了，人群中闪现出模糊的眼睛、微醉的狞笑。人群中出现了像鳕鱼一样的裁缝米纳科夫，他小声地说：

——我的弟兄们，这是危险的演说！——他奸笑，一只眼睛使眼色。

在他前面，华菲拉·布尔米斯特罗夫分开大家站了出来，他卷起衬衫的袖子，眼睛放射出愉快欢乐的光芒，向着整条街吼叫：

——完结了！这就是结局！这一天来到了，嗨！

上了年纪的人们暂且依然留了下来，成为混乱的平静的观众。他们打断华菲拉问道：

——你叫喊什么？

——什么？——战士严厉地重复一句，突然喜笑颜开，强劲的双手拥抱着提问者。——亲爱的，难道不好，啊？人们站立起来——对吗？这一天来到了！自由——听到吗？我想——我生活，我想——不，啊？

居民们强颜微笑着问：

——自由在哪儿？

——弟兄们！——布尔米斯特罗夫气喘吁吁，双拳击胸，用悦耳的声音说。——心灵接收自由！心灵奔放——完了！

——醉汉！——上了年纪的人们彼此嘀咕，皱着眉头离他而去。

妇女们仔细瞧着美男子，瘪起嘴唇，伪善地垂下眼睛，嘟囔着：

——好一个不知害臊的人！

脸上有暗斑的米纳科夫仍然在华菲拉后面晃悠，不知疲倦地低声唠叨：

——正是这些演说——啊呀—呀！

一位大汗淋漓、全身发热的居民从小饭馆的门里挤着钻到了街上，好像从烟囱里冒出的烟一样。他推开驼子，驼子像是一只缝合得不好的破旧的皮球。

——搬开桌子！

上了年纪的人们不想和人群混在一起，离开走向围墙。他们紧靠在围墙上，好像城市的孤儿一样张望着。

——然而，闹出了多么丢脸的事儿！

——你既不需要警察，也不需要什么人……

——昨天哪怕有警卫队队员到来也好！

尼古拉教堂长老、城市最大的商人巴祖诺夫用温情哭泣的声音说：

——请问，这是怎么啦，弟兄们？忽然出现了大家不知名的外人来发议论，啊？我们有商务和其他各种事务，而我们却在一旁，啊？然而，城市靠谁来维持，啊？

——这是怎么啦？——库卢古罗夫不听任何人的话，问道。——活着一活着，嗽，被抛弃了，成了孤零零的人，同时，开始出现这样的混乱，这是怎么啦，啊？

——村镇的人来了，有半百人，大概……

希什马列夫在门旁的人群上方摇晃着脑袋，他张开大嘴，悲观失望地叫喊：

——我们应当友好和勇敢……

他的话湮没了问题。

——是谁命令间断的？

但是，驼子的身体颤抖了一下，他高高地挥动了一下双手就消失了。在他的位置上出现了布尔米斯特罗夫，他一头蓬乱的卷发，裸露着胸膛，显得漂亮和可怕。

——人民！——他伸出双手吼叫起来。——听着，这就是我！让我——我的良心——发挥才能吧！

似乎变得平静了一点，仿佛是夜间不祥鸟的啼叫，两次响起了某人尖细的嗓音：

——这样的事情！这样的事情！

——县警察局局长助理涅姆采夫对我们——我和米纳科夫——说：小伙子们，去听，看是谁要说什么，然后向我报告！他说：如果有什么危险的事……

——唉，你呀！——某人嘲笑似的大喊了一声。

——信奉东正教的人民！——布尔米斯特罗夫叫喊。——有什么比我们的生活更危险？瞧，这一天来到了！让每个人和自己的命运交织在一起，单独地，没有干扰，对吗？我们的艰难不复存在了，人民，随心所欲地前进吧！起来和命运抗争……

——嗯，我的弟兄们，这真是危险的演说！——巴祖诺夫在围墙旁边的人群中惊慌地说。

传来了愤怒的喊声：

——把他赶走！

——把他从桌子上揪下来！

——干吗驱赶？得了！我们对这类驱赶厌烦了！

上了年纪的人们开始散开回家了，小心地和沮丧地相互发出轻轻的感叹声。

——然而！

——这样，假若每个人开始……

——这是怎么一回事，弟兄们，啊？

库卢古罗夫高声叫喊：

——我们被抛弃了和被遗忘了……

季乌诺夫和科热米亚金在离人们很远的一旁静静地走着，两人手里拿着拐杖。

——嗨，怎么样，一切事务的能手？——制缆索的工人苦笑着问。

——好吧，马特维伊·萨维里伊奇！您就自己瞧吧！

独眼人用手杖敲自己的靴子，低声地、缓慢地、形象地说：

——我们不久之前正确地说过：人民不记得血缘了……

——你瞧，压迫，压迫，好像已经完全压碎了活的灵魂，剩下的只是一些残片碎块……

——主要的是：不可理解这罢工意味着什么，又是谁的智慧？……

——走，到我那里去喝茶……

他们离开激动的人们，沿街款款而行。他俩显得稳重，陷入沉思之中。

有些人离开了人群，但人群没有完全消散，倒是变得越来越喧闹。留在集市上的人们摩肩接踵，这使他们更加感到燥热。出现了妇女，她们的高嗓音汇入大家的喧闹声中，从而升高了喧闹的程度，加剧了人们状态的恶化：人声鼎沸，好像烈性的家酿啤酒，变得越来越醉人，使人头晕脑涨。普遍的惊慌没有消失，疑惑没有解答，在这些人之间没有力量形成一种思想和一种感觉；他们是那样笨拙、冷漠、不一样，没有联合成为由统一愿望照亮的生机勃勃的理智的力量。

除了亲近的、熟知的和日常的事情以外，别无其他事情可说。

妇女们把家里的那一套带到了街上：斜视的目光、阴险的冷笑、许多先前的几乎被遗忘的东西重新开始死灰复燃，每分钟忽而那里忽而这里闪烁着凶恶的火光。

——不，妈呀，不—不！你为此回答我！

人们谈论从地窖里偷来的三棵圆白菜，谈论华尼卡·赫里亚波夫不想和丽莎·马图什金娜结婚，谈论司库用鞭子抽打女儿。

没有觉察米纳科夫挨了一顿毒打，他走在街上，双手支撑在围墙上，吐血，呜咽，呻吟：

——天啦！为什—什么？

——风萧萧，吹遍全城，使扎堆的激动的人们冷静下来，使他们从街上回到家里或去了小饭馆。

树木发出簌簌声，不安的狗发出不祥的吠声。

季乌诺夫小心地用手杖探地，默默地行走在黑暗中，和他并排磕磕绊绊地走着布尔米斯特罗夫，后者挥动双手吼叫：

——你懂得许多吧，独眼人！

季乌诺夫害怕华菲拉打他，恭顺地回答：

——我懂得很少。

战士华菲拉抓住他的肩膀，责备地说：

——你不怜惜任何人——对吗？

独眼人默然无语，望着村镇的隐没在下面某处的黑暗之中的火光。

——对的！——华菲拉更坚定地说。——我比你好！我今天怜惜所有人，任何一个居民现在对我来说都是自己人！瞧，你说——小市民，而我就可怜他们！甚至可怜德国人！德国人怎么样？德国人也不是每天都笑。唉咳，独眼人，你是一只眼睛的人！对于人们你是怎么想的，啊？嗨，你就说说吧？

季乌诺夫不想和这个微醉的人说话，但他又害怕沉默无语，于是他发出咯咯的一声，小心谨慎地开始说：

——人们怎么样？当然，大家都生活得不好……

——啊呀—呀！——华菲拉多愁善感地叹息了一声。

——嗯，然而，他们自己对此并无过错……

——瞧！——布尔米斯特罗夫哽咽地叫喊了一声。——多少人错误地反对我，啊？所有人都说，布尔米斯特罗夫算什么东西？而今天，你瞧见了吗？我高于所有人，我说话，所有人都默默地听着，啊呀—呀！懂吗？我要求给我把椅子搬到这里放在桌子旁边！我说，给我把椅子放好，我想坐着说话！人们就把椅子放好了！我坐着对大家说我想说的话，而他们在哪儿？他们低于我！你要知道，他们在地面上，而我在他们上方！因此，我开始怜惜大家……

他们走在桥上。黑水冲刷桥桩，在寂静中发出哗啦哗啦的响声。在晃动破损的桥面板上他们摇晃不定的脚步发出响亮的嘈杂声。

——我开始怜惜所有人！——华菲拉晃晃悠悠地叫喊。——我诚实地说，我对大家都说同一句话：给人以意志，让他自己看到什么不能做！让他自己亲身体验一切过程。唉咳！我现在唱唱歌才好呢，原来如此！阿尔丘什卡不在……

他留在黑暗中大叫起来：

——阿尔丘赫！

季乌诺夫快速向前迈了一步，弯腰碎步跑向村镇。

——阿尔丘赫！——他听到了后面嘶哑的呼唤声，喘不上气来，跳动得越来越快，拣起衣服，把手杖夹在腋窝下。

——独眼人！扎哈雷奇！

季乌诺夫根据声音知道华菲拉离他还远，停下来片刻，喘一口气，从桥上走到村镇的沙地上。草鞋陷入沙地，脚往下沉，深沉浓密的夜色遮掩视力。

布尔米斯特罗夫喊得喉咙过度紧张，冻得很厉害，酒有点儿渐渐醒过来，气恼地埋怨：

——走了，一只眼睛的魔鬼。好啊！

他在桥中间开始快步走，桥的木板在脚下扑哧扑哧地响。他忽然停下来想：

“假如他落入了水中呢？”

他走到了栏杆前，望了一眼脚下黑色发光的波带，摇了几下头。

——呜—呜！

他挥了一下手，开始唱：

你那美丽而清瘦的小脸庞，
唉咳，让我们亲吻吧，我想……

——他走了，独眼人！你轻视人？——他中断歌唱，嘟囔着。

唉咳，没有你，我心爱的人儿，
不，我完全不能活在世上！

在布尔米斯特罗夫的记忆里，闪现着城市居民贪婪的眼睛，所有这些眼睛都从下到上看他，其中闪烁着类似于教堂神圣前蜡烛火光的某种神情。盼望很久的情感在人的胸中荡漾，使人陶醉，增强人们对奔忙、喧哗、运动的忧郁的渴望……

他的脚在很凉的沙地上踩得啪嗒啪嗒地响，尽管酒几乎完全醒过来了，但他依然叫喊，挥手，故意使肌肉放松，像柔软的枝条一样在风力下左右摆动。

在村镇某些地方的窗户中还亮着灯光。昏暗的“费里查塔小天堂”耸立在村镇居民的茅舍上方，好像堆在凹凸不平的田野上的干草垛。没有任何一缕光线从房屋窗户里透入黑暗之中。

“我去她那里，去可爱的朋友格拉霞那里！——布尔米斯特罗夫决定，忽然打心里感到温暖。——我告诉她一切。除了她，有谁爱我？瞎了一只眼的狗跑了……”

他绝望地挥了一下手，望着沃耶沃金诺的房屋，想道：

“任何人都没有。大家都隐藏起来了。”

当华菲拉走近大门时，切德赫尔像往常一样起身迎接他，但今天他对着便门站立，把便门堵住。

——让开，喂！——华菲拉粗鲁地说。

——格拉什卡有事，——切德赫尔回答。

——你撒谎?

看门人默不作声。

——任何人都没有吗?

——那么，有人。

行动受阻刺激了布尔米斯特罗夫。他全身心想起了柔软温暖的床铺，不禁打了一个冷战。

——茹科夫，是不是?——他忧郁地问。

他忽然觉得好像切德赫尔在笑。他端详了一下，看到了方脸庞的人的肩膀在发颤，头也在晃悠。

—你怎么回事?——他吼叫起来，忘了看门人比他厉害，挥舞握紧的拳头。但是，他的手腕不知不觉被捏在了切德赫尔强劲有力的手指中。

——嗨，别发狂，别吼叫，傻瓜！——库济马·彼得罗维奇平静地甚至似乎是愉快地说。——你等着，我把你揉成团，去你的吧！嗯，只有一句劝告：吉弗什金在她那里……

——谁?——华菲拉问，把手挣脱出来缩了回去。

——哼，谁！我说的是：谢苗·吉弗什金。

——西姆卡?——布尔米斯特罗夫重复说，一股冷丝丝的惊讶感涌上心头。

——假如你触碰他一下，——切德赫尔明白易懂地说，——瞧着吧，我将对你不客气！为了装装样子，为了恐吓，你可以打他一下，嗯，再打一下，只是轻微地！你听见了吗?对格拉什卡，你就好好揍，该怎么揍就怎么揍她，她自己就打人！揍她那冷淡无情的嘴脸，人面兽心的人！对西姆卡——要轻微！嗯，走吧！

他打开便门，但布尔米斯特罗夫站在便门前，仿佛被粘住了，低垂着头，双手放在背后。

——嗨，走吧！——切德赫尔说，并轻轻地推了他一下。

他抬高一只脚，像使役得过度的马，随即走进院子，艰难缓慢地走到阶台上，坐在潮湿的阶梯上，开始想：

“你是我心爱的人，你是我孤单的人！”——他想起了洛德卡宛如歌唱的哭诉的话。

不良的、虚弱的激动填满胸膛，使头脑发晕，双手颤抖，感到恶心。

“切德赫尔撒谎！他强令自己思考，——撒谎！”

他心里想着把笨拙的、畸形的和可笑的小伙子置于洛德卡一旁，然后让自己——美男子和所有人都害怕的大力士——坐到她身边去。

“也许，不是巫师西姆卡吧？”——布尔米斯特罗夫萎靡不振地想。他咬紧牙关，想起西玛无聊的眼睛。

华菲拉把头一摆，站起来，往上走，在台阶上响亮地跺脚，把栏杆拽得吱吱作响，咳嗽，总之，力图尽可能更大声地和更严厉地喧哗。他停留在门旁，用脚踹门，高声叫喊：

——开门！

传出来洛德卡平静的声音：

——这是谁呀？

——开门！

布尔米斯特罗夫口干舌燥，说话困难。

——你，是华菲拉吗？

他用肩膀靠在门心板上，轻易地压破了门心板。当薄板散落到洛德卡脚旁时，她迅速从挂锁环上摘下门钩，跳到一旁，叫喊：

——你这是干吗，啊？你——干什么？

布尔米斯特罗夫片刻停留在门口，然后走向女人，睁大眼睛盯着她的脸，这是一张苍白的、阴郁的和恼怒的脸。她光着脚，穿着内衣和贴身裙子，笔挺地站着，右手放在背后，左手放在喉咙旁边。

——格拉菲娜！——华菲拉开始嘶哑地和缓慢地说，摇头。——你到底为什么，魔鬼，啊？

他的一只手哆哆嗦嗦地无意识地抬了起来，准备打人，目光不能从女人坚定的像猫一样的视线中移开，她一动不动地垂手直立。他还没有把自己的话说完，也未来得及打人，床底下就发出了强烈的声音，随即伸出了西玛蓬乱的头。少年匆忙叫喊：

——等一等，华菲拉……

洛德卡凶狠地尖叫一声扑了过去。布尔米斯特罗夫似乎感到：她用什么又重又软的东西迅速打击他的全身，他的眼睛直冒金星，他茫然地瞥了昏暗的门洞一眼，垂下双手，开始端详西玛：少年艰难地从床底下钻出来半裸露的颀长的身体，活像一条大蜥蜴。

——你，请原谅！——他用颤抖的声音匆匆忙忙地嘟囔着。——她本来是出于对我的怜悯，真的！而我，除了她以外，谁怜悯我呢？你，华菲拉，是个好人……

华菲拉睁大眼睛，好像失明的人，愈来愈低地俯身于西码，一只手向后者伸过去，而当少年坐在地上时，他抓住少年的细脖子，稍微把他提起来放到自己面前，并瞪了他一眼。西玛发出嘶哑的声音，用指甲去抓挠那只窒息他的强劲的手，向后仰起头，奇怪地、戏弄似的吐舌头，眼睛从眼窝中突了出来。华菲拉左手揍了西玛一下，又用所有十个手指掐住他的脖子，愈掐愈紧，软骨发出咯吱的声音，西玛的双手垂了下去，在左右两旁摸索，好像是在探寻口袋。他变得越来越困难了。布尔米斯特罗夫好几次摇晃少年，把他提起来，松开了手指，甩开了他。西玛软绵绵地倒在前者的脚下，手掌在地板上啪啪作响，沉重的头在地板上发出撞击声。布尔米斯特罗夫摇晃了几下，用僵硬的手指抓住床背，瘫倒在床上。

当切德赫尔进来时，在他后面的门口出现了费里查塔、厨娘和少女们高高的白色的身影，他则一动不动地坐着，咬紧嘴唇，使劲地盯着自己脚旁地板上的吉弗什金的头。

——你干了什么，狗东西？——切德赫尔问。

布尔米斯特罗夫瞥了他一眼，跳了起来，像链条拴着的狗一样扑向前，但看门人一拳打在在他胸口上，推开他。华菲拉退了一步，被尸体的腿绊了一下，坐到了地上。

妇女们悲号、尖叫。切德赫尔叫喊什么，一只长手伸向布尔米斯特罗夫，然后，除了看门人以外，所有人都突然消失了。

桌上的烛光颤颤悠悠地暗淡下去了，阴影在灰色的桌布上慢腾腾地晃动，愈来愈紧地环绕着铜烛台。静悄悄，冷飕飕。

华菲拉从地板上站起来，坐到床上，不时轻轻地揉着胸口，低声问：

——难道死了？

——我对你，野狗，说过：揍她，但不要触碰他！——切德赫尔用责备的口吻说。

——我没有揍他！——华菲拉埋怨说。

看门人紧盯着他，弯下腰，触摸西玛的身体，然后伸直腰说：

——似乎没有呼吸？给他浇点儿水，还是怎么样？——他两手一摊，继续惊讶地说：嗨，你这个傻瓜，狗东西！多好的小伙子，啊？在你们这些不务正业的人中间，他是合乎上帝心愿的一个！要把你捆起来！

布尔米斯特罗夫双手支撑着床，坐起来，沉默无言。看门人挪前一步向着他，从桌上拿起蜡烛照着他的脸，看到了他前额上大粒的汗珠、凝滞的目光和微微颤抖的下颌。

——怎么样，傻瓜，害怕吗？——他问，同时把蜡烛放到桌上。——你还发狂，得了！

他侧耳倾听，屋内一片沉寂，街上也鸦雀无声。然后，他久久地和默默地站在房子中间，双手插入口袋，皱起眉头望着布尔米斯特罗夫，后者一动不动地坐着，弯着脊背，耷拉着脑袋。

阶梯上响起了轻轻的脚步声——有人在黑暗中走动和发出呼哧声。

——这是谁？

——是我。——帕霞用轻微的嗓音回答。

——啊？

——没有警察！

——需要跑去城里。

几分钟后帕霞小声说：

——我到哪里去，大叔库济马？我害怕！

——到阶梯上去，坐着！我在这里！

——你和谁说话？——布尔米斯特罗夫轻轻地问。

——这关你什么事？

——你和我说说话才好呢……

——太需要了！——切德赫尔埋怨地说，但顷刻就严厉地问：你为什么要杀人？

——难道我知道吗？——华菲拉好像在睡梦中回答。——这是无意的！就像他跌入了车轮下，嗨……对我有什么关系——他？

布尔米斯特罗夫在床铺上乱动起来，深沉地叹气，轻轻地建议：

——你最好把他搬出门外？

——怎么样！你啊！——切德赫尔严肃地大声说。——难道在警察来到之前这可以挪动吗？

——这个警察要来还是怎么啦……

——怎么，受良心的折磨了？

——不！——布尔米斯特罗夫没有立刻回答。——这样，有点儿……倒也是，他不是有害的人……

烛光开始暗淡颤悠并熄灭了。

——嗯，你还……真见鬼，——切德赫尔埋怨说。

华菲拉坐在床铺上，盘起双腿，双手交叉在胸前，手指抓住自己的肩膀。他的牙齿咯咯地打战，不时哼哼几声。

——关上门才好呢……

——什么？——切德赫尔问，但未得到回答，于是忧郁地说：你，瞧，你不想跑了还是怎么啦！你安静地坐着吧！

——愚笨的人，——我跑哪里去？哪怕……我自己去警察局呢？

——得了！坐着，记住……

——你以为我高兴发生这一切吗？——显然，华菲拉不甘沉默而嘟囔着。——为什么格拉什卡做这样的事？

——你们全都是这里胡作非为的人！

——我毁灭了自己的生活！

切德赫尔平静地回应：

——你想什么啊？当然，毁灭了！

两人重又沉默了下来。门外黑暗消退，走廊上一片灰蒙蒙的景色。

阶梯禁不住嘎吱嘎吱大声响了起来，有谁缓步沿着阶梯登了上来。

——这是谁？——切德赫尔问。

——猎人！——帕霞在门外轻轻地回答。

在门里切德赫尔头顶上方忽然燃起了火柴的光焰，照亮了阿尔丘什卡·皮斯托列特的歪脸。——看门人艰难地欠起身来，愉快地说：

——原来是—是这样呀，带了枪……

——我去森林了，——阿尔丘什卡解释说，——而玛特莲娜·普什卡列娃叫喊：到我们那里去！华菲拉在哪儿？

——我在这里！——布尔米斯特罗夫用干巴巴的嗓音回应。

——怎么啦，兄弟？

华菲拉翻起身来，激动地说：

——库济马，干吗这里一片漆黑？需要灯光呀！

在朦胧的暗色中看得见他跪在床中间挥舞着双手。

——瞧，阿尔丘什卡，命运作弄我，通过女人作弄，狠狠地……

——开始胡扯了！——切德赫尔鄙视地感叹了一声。——帕舒哈，到我这里来，真的，拿灯光来！他又务实地向阿尔丘什卡解释说：就我们几个人即使在灯光下也会感到害怕……

布尔米斯特罗夫委屈地和匆匆地继续说：

——我本来知道，和她不会有好结果，这样事情就发生了！关于谢苗，真的，我不知道是怎么回事，他完全是局外人！库济马说得对，应该打死格拉什卡！

——我什么也没有说！——切德赫尔走近他，呵斥了一声。

——在大门口呢?

——谁听见了? 见证人在哪儿?

——我听见了! 不—不,你等一等……

——啊哟,人们会相信你!

他俩开始发怒、尖叫。但此时悄无声息地出现了帕霞,她把拿着点燃的灯的手伸进门,切德赫尔接着灯,把灯举在头上方,依次照亮着坐在床铺上双手放在胸前和披头散发的布尔米斯特罗夫、躺在地板上的西玛弯曲的身体以及炉子旁边的阿尔丘什卡。后者站着,手掌放在枪筒上,脸上露出凝固的强笑。

——显然,我和你任何时候也不再会一起歌唱了吧?——布尔米斯特罗夫用疑问的口气说,并用贪婪的目光望着同伴。

阿尔丘什卡从牙缝中啐了一口唾沫之后说:

——假若可以替换的话,我替你去西伯利亚才好呢,真的,到底为什么?那里狩猎实实在在是当真的,而在这里只是白白地浪费霰弹—火药!那里,听说,人也不多,而这的确更好一些!

——是的!——切德赫尔说,并不断地打呵欠。

——我的朋友啊,唉咳!——布尔米斯特罗夫叹了一口气。——我仍然怜惜自己!将审判……履行这些烦琐的手续!直接驱逐才好呢!

皮斯托列特重新不慌不忙地流露出安慰的话:

——你喜欢烦琐的手续。这里生活不好,对此你就想想吧!西玛本来就写过:“我们生不乐意。”嗨,当然,任何人都竭力给自己妄想点什么——到此也就结束了。

——他纯粹是写诗,——切德赫尔望着尸体回忆说,并不引人注目地在自己胸前画十字。

——写诗,在这样的地方徘徊!——阿尔丘什卡说,他那被打坏的脸颊在奇怪地动弹,还叹了一口气。——我二十七岁了,这种思维有时也潜入我的脑海中——真要命!说实话,我因此离开人们待在一旁,一个人,常感害怕,仿佛未做什么……

——是—是的!——切德赫尔表示同意。——夜晚在大门旁边坐着,坐着,忽然想:唉咳,你们呀,让雷劈了你们吧!

他双手拿着灯，转动，光亮忽明忽暗，引起灰色的阴影在墙上、在天花板上、在地板上忽现忽隐。

——你们怎么啦，好像在念亡人经？——布尔米斯特罗夫心情忧郁地嘟囔着。

阿尔丘什卡望着切德赫尔，好像西玛，惭愧地微笑，依然说：

——可实际上，你有时候忽然自我觉得好像是老头儿了，仿佛活了一百岁了，知道一切，既知道明天将怎样，又知道一年以后将怎样，真的！

——城里，请听，人们为什么在喧闹？——切德赫尔若有所思地说。

——嗯—是的，人们在喧闹，我昨天，第三天，在那里，大家叫喊，是怎么回事呢？华菲拉也叫喊，他说：需要自由，以便各自做主。这——是的！这——你想要多少啊！只是这种自由对我毫无用处。我不想战斗，我为什么要战斗？我感兴趣的是安静，我喜欢这样……

他向着尸体点了一下头。

——这难道是自由？不，我们将用自由做什么？瞧，关键在哪儿？帕弗路哈·斯特列里佐夫很乐观，他说：我想给自己准备好各种证件，这个月我将凭贵族证件生活，下个月我将凭商人证件生活。

——他也类似谢苗，死人，——切德赫尔说。

皮斯托列特想了一想，表示同意：

——像，也许！

他们开始沉默。

有人重新沿阶梯小心地往上走。皮斯托列特抬起头，吸了一口气。

——库济马！——罗兹卡轻轻地呼唤。

——唉？

——警察不来。

——啊？

——他们不来。

——怎么回事?

——我不知道。

——他们不来，拉倒！——布尔米斯特罗夫严肃地和生气地说。——我就自己到警察局去。

——警察必须来，既然发生了命案！——切德赫尔皱起眉毛宣称。——我知道程序，因为我在消防队服务过……

——这和你的火灾有什么关系?——罗兹卡望着门口惊讶地问道。——瞧，天已亮了。

切德赫尔疑惑地看了她一眼，熄了灯，黄色的亮光被灰色轻纱似的晨曦所代替。

——真的，天亮了。——切德赫尔犹豫了一会儿，深沉地喘起来，提议：应该走了，华菲拉，用不着待在这里了！

——我们走！——布尔米斯特罗夫没有移动，表示同意。

——你让我把你的双手捆起来！——看门人提出，同时解下自己的腰带。

华菲拉从床铺上站起来，跨过尸体，走近看门人，转身背朝着他，双手放在背后。但是，切德赫尔重新掩上短皮外衣，用宽腰带勒紧肚子，他的脸在抽搐，吧咂了几下嘴唇。

——嗨，不需要！就这样你也跑不了。

——他不会跑，——皮斯托列特小声肯定地说。

——我不会跑的！——布尔米斯特罗夫说。——只是不要遇上她才好！

——那是什么地方?——看门人嘟囔着问。——她，也许，钻到什么地方的地窖里去了，正在打哆嗦。嗯，走吧！

从阶梯上下来，他呼哧呼哧地喘息，擤鼻涕，感叹地说:

——可怜谢苗，安息吧，上帝！——也可怜你这个傻瓜！唉咳，你啊，鸡虱子！

从阶梯上传来响亮的惊慌的声音:

——库济马大叔！

帕霞俯身在阶梯上方，双手比画着怎样捆绑打结。

——嗯，得了，小母鸡！——切德赫尔挥手离开她。

他在街上笑着对自己的囚犯说：

——帕霞，小雏鸡，要求我捆住你！

——我给她做了什么坏事？——华菲拉用低沉的声音问道。——我任何时候也未动过她一个指头。

——她这不是反对你，她是替我担心！——切德赫尔洋洋得意地解释说，接着面向阿尔丘什卡补充说：她到底是个小孩子！生活得没有理智。她应该生活在修道院才是，而她却在这里！

皮斯托列特和华菲拉并排走着，但没有瞧他。枪夹在腋下，枪口朝下，双手插在破旧蓝色厚呢短上衣的口袋里。他头戴皮便帽，宽大的帽舌掩盖着眼睛，致使脸上留下了暗影。

他们久久地、默默地走着，只有清晨的薄冰在脚下破裂发出咯吱咯吱的声音。寒气袭人。玻璃小窗茫然地和无精打采地望着街道，村镇还在睡梦之中。——

——嗯，——皮斯托列特停下来说，——我不继续和你们走了。我要去森林。我本来只是顺路走过来……看看，也许，不正确？看来，完全正确！就是说，再见吧，怎么样，华菲拉？

布尔米斯特罗夫疑惑地望着他，伸出一只手，阿尔丘什卡握住他的手左右摆动，然后急转身离去了，未再环顾。

布尔米斯特罗夫皱着眉头久久地目送他，然后环顾了一下周围，从人行道走到街中间。

——往哪儿去？——切德赫尔向他喊了一声，好像牧人对羊那样。

——你看往哪儿！——华菲拉生气地回答。

——你想完全像个囚犯吗？——切德赫尔沉默了一会儿平和地说。——那么，你自责吗？

布尔米斯特罗夫摇摇晃晃地顺着街道行进。有时他的脚踩破冰层，陷入泥泞之中，但他直走，不绕过蒙上淡淡的、灰蒙蒙的薄冰层的水洼。

当他们来到桥上时，一系列各色各样的房屋从山上盯着他们，房屋的窗户用护窗板掩盖着，看来好像是这城市最好的一条街吃惊地眯缝上了眼睛。

后来，一只狗赶过他们，它夹起尾巴，走在前面，抖擞毛发，弯腿摇晃。

——喔，你呀！——华菲拉低声地、无恶意地对它说。

它一只眼睛看着他，像季乌诺夫一样。它停了下来，想了片刻，用小偷似的轻轻的步态走到一边去了，尾巴夹得更紧。

公鸡争先恐后地啼叫，迎接秋天的清晨。

洛德卡从房间跳出来，默默地往下奔，很快跑到了院子里，但在院子里小心翼翼地走着，害怕在黑暗中碰伤和扎破一双赤脚。潮湿的夜晚冷飕飕地侵袭胸脯和肩膀。洛德卡向前伸出一只手，走近大门，想呼唤切德赫尔，但清晰闪现的想法忽然阻止了她：

“正是西姆卡不好，而不是别人！为了他人们将会取笑我，——唉咳，将会的！”

便门砰砰响了一声，沉重的脚步在地面发出嚓嚓的磨擦声。

——这是您吗，库济马·彼得罗维奇？

——啊哈，你跑出来了！——切德赫尔走近她，含讥笑意味地回应说。

——快去，他在那里杀西姆！您为什么放他进去？

切德赫尔突然抓住她的衬衫，拉到一个地方，闷声闷气地叫喊：

——为了让他好好地揍你，这就是为什么！你是怎样揍帕什卡的……

但是，在他得以打她之前，洛德卡就从他手中挣扎出来跑到一边去了，尖叫了一声：

——费里查塔·纳扎罗芙娜！

——得啦！——切德赫尔轻轻地说，随之走开了。——我会赶上你的！

屋内的门砰砰地响，听到了女主人惊慌的声音。好像有人在跳舞，地板上发出细碎的脚步声。

女人冷得直打哆嗦，双手按住撕破的衬衫和脱落的裙子，轻轻地向着台阶走动，在她胸中激荡的是变惊慌为委屈。

想知道上面发生了什么事情的热望使她停留在阶梯旁边，而罗兹卡已从上面往下跑，大声叫喊：

——上帝啊！

在她后面传来了女主人哭诉的声音：

——快，亲爱的，叫医生！而你，帕霞，去找警察——快！

洛德卡悄无声息地溜进了走廊的一角，等到女朋友们跑进院子的时候，她走进了费里查塔的房间，在那里扔掉了撕破的内衣，瞬间一动不动地发愣，仿佛准备跳往某处。

“必须走！”

她在镜子里看到自己的影像，不禁哆嗦了一下，于是很快穿上女主人随便乱放在房间的连衣裙。

几分钟之后，她走在村镇的街上，决定躲到谢拉菲玛·普什卡列娃那里去，走着走着，她的脑海里一个接一个地闪现出令人难受的和遭人指责的思想，想着应该躲起来，想着切德赫尔可能撕碎她身上的衣服，并威胁要揍她，想着因为勾搭吉弗什金人们将嘲笑她。

一眨眼间，在想着自己之际，也想到了华菲拉凭借他的力量能够严厉地弄死西玛。这迫使她放慢脚步而行。她更紧地裹住温暖的披肩，更清晰地感到等在她前面的是许多不愉快的事和痛心的事，这些事是躲不开的。

她发现走过了普什卡列娃家居住所在的小巷之后，停在某人的大门旁边，听了一会儿城市尼古拉教堂附近警钟的声音在空中胆怯地和悲戚地飞扬。

村镇的房屋像昏暗的丘岗矗立着，在它们之间的街上刮起从沼泽地袭来的潮湿的风浪。某处树枝在墙上或屋顶上发出簌簌的响声，一只狗大概是在睡梦中一阵阵地小声吠叫。

“最好是去这个人、这个蠢猪那里。”——洛德卡忽然决定。

她快步流星地转向桥走去，她觉得这是最聪明的，即到茹科夫那里去过夜，因为华菲拉不敢来找他，万一有什么事，警察也不方便在夜晚去打扰重要的人物。

但是，她逆风往前走，想起了税务督察官、他那贪婪而软弱无力的身体、总是害怕什么东西的禀赋、她所知道的掩盖着性格缺失的粗鲁；想起了茹科夫违逆的习惯，不由得嫌恶地瑟缩起来，但在她心中产生了和坚定了某种尚不清晰的决定，这使她露出了和善的和调皮的微笑。

她走近房屋的阶梯，用强有力的手猛然拉动门铃的把手，一个老太婆嘶哑的声音从门后惊慌地问：这是谁？要找谁？洛德卡响亮地、庄严地回答：

——要见叶夫谢伊·里奥多罗维奇。

老太婆开始询问：是谁和为啥这么晚还来。洛德卡跺脚严肃地、生气地回答。

——请原谅！——老太婆打开门，行鞠躬礼，说道：——晚上人们只是送紧急报告。而现在——竟是这样呀！需要小心谨慎！

——嗯，闭嘴，老妖婆！——客人回答。

茹科夫在外厅会见洛德卡，他一手持蜡烛，双肩披着棉大衣，嘴里叼着一大根烟雾缭绕的烟卷。他睁大眼睛，拖长语调说：

——这是曲意逢迎！你是怎样拿定主意的？还穿得漂漂亮亮的——哟—哟—哟！

——感到寂寞！——女人机敏地回答。

——嗯，到这里来！彼得罗芙娜，点上茶炊，快点！

他拉住洛德卡一只手，领着她，脚被长条粗地毯绊了一下，而她则舔嘴唇，环顾，呼吸不知何故特别均匀和深沉。

——请坐！我来点灯。好啊，你来了，鬼东西！你知道，我坐了一个多星期，好像闭门索居。难耐的寂寞，尽管有狗叫！真见鬼，手指被烧伤了！

他从未说这么多话，洛德卡吃惊地看着他。他本来总是粗鲁、多疑、凝心重重地冷笑，今天他却不像他自己，变得温情脉脉，说话低声细语，以特别关注的目光望着窗户。

——街上怎么样——平静吗？

——本来是夜晚啊。

——这没关系，夜晚！现在……是这样的日子……短暂的白天喧闹不已，夜晚依然。昨天，大约半夜，忽然有人敲窗！是的！开始敲这扇窗户，后来又敲那扇窗户。我躺着，想着他们会突然爬进来，真见鬼！

当他把玻璃插入喷嘴时，他的灯熄灭了，但这并未使他激动。他更加小声地讲：

——当你走到街上一看，到处都是厚颜无耻的嘴脸！大家像十月那样叫喊、观望，是呀，现在本来也是十月！

他点上灯，在大衣的前襟上擦干净颤抖的、弄脏了的双手，穿着睡衣和大号毡鞋，移动沉重的双脚，走向某处的角落。

——这些小城镇好像是捕鼠器，真的！——他小声地说。人要是陷入这样的城市，他就完蛋了！他就完蛋了！

房间里散发出伏特加酒、烟草和酸黄瓜的气味。所有的东西看似都在移动，甚至白色的、砌着瓷砖的、连着火炕的炉子也好奇地探身到房子中间来了，其通气孔像黄色明亮的眼睛一样观望着房间。

——你瞧，床在哪儿？——茹科夫说，他站在房角橱柜前，把玻璃杯碰得发出清脆的声音。——床在旁边，我就睡在这里，在长沙发上。我的床很好，是双人床。

——您在那里做什么？——洛德卡走近他问。——需要把东西收拾到桌子上吗？请到这里来——这是什么？

——这？等一等，好像是罗姆酒，也许是白兰地酒。现在我来尝一尝。老太婆把两瓶酒倒入一个瓶子中……

他拔掉瓶塞，端起瓶子放到嘴边，女人把酒夺了下来。

——您往后再尝！首先我们好好收拾一切，然后我们像夫妻一样坐下来。我来了，就像是妻子来了一样。

他把手掌放到前额上，从帽舌底下望着她，模糊地说：

——哎呀，你怎么啦——这是哪里的话？

——没关系！——洛德卡温柔地说。——简而言之，您这里的客人是个年轻女子，而您——瞄准目标，仿佛很快就畅饮了……

茹科夫意外地大声笑了起来。

——女人！——他含笑叫喊。——是的，鬼东西，你是女人！

她一边把茶具和酒瓶收拾到桌子上，一边用眼睛仔细打量房角，用手指随便敲击位于写字台上的、用某种白色金属制造的墨水瓶，不经意地用手掂一掂茶匙的重量，不以为然地摇摇头。

茹科夫坐在长沙发上，注视着她，眯起眼睛，吧嗒嘴唇。

——你这里不好！——洛德卡严厉地指出。

——不好，——税务督察官重复说，不知是同意，还是在发问。

——到处是垃圾、尘土，没有收拾得整整齐齐，唉—唉！

——这都是老太婆的事！

——您还是有知识的人！——洛德卡责备他。——难道有知识的人应当生活在这种混乱之中吗？

茹科夫蹙额，请求：

——得—得了！你来了，我真的高兴！毕竟不是孤单一个人了。我准备饲养一只猫，但任何地方也没有好猫！

她坐在他旁边。当他拥抱她时，她皱起眉头仔细看着他的脸，说道：

——您怎么显得如此衰老？

——寂寞无聊，格拉霞！

——出现了如此浮肿的下眼泡！

——你别说了！浮肿的眼泡没关系。我在这里喝了一点儿，于是就出现了浮肿的眼泡。是的！我总在想：在俄罗斯，人多么不值钱！任何人都不需要他，真的！

洛德卡难过地摇头，打断他的话，说道：

——唉咳，叶夫谢伊·里奥多罗维奇！我不能忘记：你那时多么消沉和多么恐惧！您原本害怕死亡吗？

茹科夫全身抽搐起来，压低嗓子叫喊了一声：

——你怎么啦？你要说什么？

——我？没什么！——她吃惊了，用温柔而热情的手掌亲切地揉他那浮肿的脸。

——你干吗老是诉苦？——他埋怨地说。——你来了，就坐下，坐着，这，这怎么啦？好好地，总而言之。否则，走吧，你从哪儿来的！

——上帝啊！要知道，我本来怜惜您！——女人没有生气，感叹地说。——我看到您的健康愈来愈坏……

他否定地摇晃着脑袋。

——你撒谎！

——为什么我要撒谎？

——不知道。你不怜惜任何人和任何事情，所以你在撒谎！

他说得坚定，而洛德卡没有感到难为情，半合上眼睛。但是，税务督察官看了她一眼之后，变温和了。

——我，兄弟，没有你，我也感到寂寞，就是说，当然，如果你快乐，那就不寂寞了，而这样……

他突然沉默了下来，眨一阵眼，开始发出颤悠悠的笑声。

——我又不会说话了，真见鬼！

老太婆送来了茶炊，睁大像老鼠一样的圆溜溜的黑眼睛看了看客人，生气地发出鼻嗤声消失了，一路用膝盖碰撞家具。

——嗨，让我们来喝茶吧！——茹科夫发出嘶哑的声音说。——嗯—是—是的！我拉过大提琴，我再不会拉了。妻子常常很爱听，我曾有过一个优秀的妻子！

——就是说，您不相信我？——女人问，同时坐到桌子旁边。

他给酒杯倒上酒，默默地淡然一笑，说道：

——喝吧！

——怎么您怀疑我能怜惜您？——洛德卡固执地问。——瞧，我看到一个孤独的病人，死期离您不远了——是这样吗？

税务督察官响亮地把酒杯放到桌子上，一只手抓住椅背，可怕地瞪起两只眼睛，脸色发青。

——你—你！——他用愤恨得喑哑的声音叫喊起来，同时唾沫四溅。——你为什么？

她不吃惊，小口小口地饮酒，舔嘴唇，摇晃身子，温柔地和放肆无礼地直视着茹科夫。

——嘘—嘘！您别害怕，别生气，正当清醒的时候，最好是听我说。

——我不想听，你敢！

——这是怎么啦，什么样的……

他又有好几次冲着她叫喊，但洛德卡清楚地看到这堆腐肉的绝望，感觉到它在她面前充满着恐惧。她变得愈来愈平静、认真和温柔。

——我早就想念您，叶夫谢伊·里奥多罗维奇，——她带着鼻音故作多情地说。——想念您的病，想念您孤独的生活，想念您渐入老境……

——别再说了，我说。

他想严厉地说，但说话却显得疲惫。他皱眉蹙额，深沉地叹了一口气，再喝了一杯。

——您没有亲人……

——你撒谎，有！

——谁？

——有一个侄子。

——在哪儿！——洛德卡多疑地问。

——在喀山。大学生。怎么样？

茹科夫激动地哈哈大笑，懒洋洋地靠在椅子上，再给自己斟酒。

但是，洛德卡用探询的目光望着他的眼睛，说道：

——您任何时候都未说过关于大学生的任何情况！

——毕竟是有！是的！

他用手掌拍打了一下膝盖，得意扬扬地发出鼻嗤声。

洛德卡皱着眉头沉默了一会儿，忽然心里闪现出某种愉快的新思想，于是稍微眯缝上眼睛，露出发亮的牙齿，开始轻轻地笑了起来。

——啊哈！——不知何故茹科夫感叹了一声。——怎么样？

——嗯，有个大学生，好啊！——她开始随便轻薄地说。——只是大学生到底有什么益处？大学生不是女人！从他那里能得到什么侍奉和什么关照？他还将妨碍你，一个年轻人，您将在他面前感到羞愧……

她娇媚地向着茹科夫摇晃了几下，而他低垂着眼睛，蜷缩着身子，缩成一团。

——他在这里生活还有危险。

——这是为什么？——茹科夫喃喃地说。

洛德卡往后仰靠在沙发椅背上，双手放到桌子上，热情洋溢地解释说：

——瞧，您说人民在发怒，——这就是为什么！是的，是的，——您干吗这样看着我？有人敲您的窗户，啊哈！要知道，向谁发怒？向你们这些有知识的人！我知道！

——你撒谎！——茹科夫轻轻地说，同时睁大眼睛望着她。忽然他想起了什么，竖起一根指头严肃地补充说：——你怎敢这样说？你是谁？鬼知道是谁！

——我？——洛德卡感叹地说。——不，请原谅！我——信上帝，我不是卑鄙无耻的女人，我不嘲笑圣母！

她不慌不忙，搜索最有力的和粗鲁的词句，并开始把它们扔到茹科夫的脸上。

——当然，您是有学问的人，当然！是谁嘲笑天使长加百列？是你们这些有学问的人——医生、科里亚和您！不对吗？首要的卑鄙无耻的人也是你们！要知道，如果现在走到集市上去告诉人们：你们朗读什么样的诗，——那会怎么样？

茹科夫艰难地转动脖子，看着她，环顾四周，默然无语。在他面前一切都在转动和飘浮：出现了摆满文件、茶具和瓶子的橱柜，堆放公文的写字台，斜面的高账簿桌子以及铺着方格毛毯和枕头的长沙发，还有两扇像大眼睛似的、昏暗的玻璃窗户。

在镶白色瓷砖的炉子上，通气孔在闪光，也似乎在旋转，同时放射出黄色的光芒。

女人回忆起她遭受了这个人和其他人许许多多的委屈，但仍然内心感到涌现出无穷的力量和勇气。她那四肢伸开懒洋洋地坐在椅子上的软弱无力的身体，似乎随着每分钟的流逝而越来越模糊不清，失掉了人体的外形。洛德卡的眼睛变得明亮起来，嗓子越来越清晰地发出清脆的声音。

——这里有一个虔诚的老太婆济诺维娅。如果一时不知羞愧，那就毫不隐瞒地说，您在报喜节和帕霞做过……

——别说了！——茹科夫费力地递给她一杯酒。——拿着，喝吧！或是你已经喝醉了？

——唉咳，不，对不起，我不是醉鬼！——洛德卡说，同时推开他的手，从桌子后面站起来。

——你需要什么？——茹科夫第十次问道，忧郁地感到酒醉不倒他。

——我什么都不需要。这样，我想要算算账。大家都了解济诺维娅，大家都信任她。

想了一想之后，她几乎是真诚地补充说：

——真的，怜惜您！你是如此之不幸！并且行将死亡。

——洛多契卡！——茹科夫停止动作，哭诉起来。——嗯，不要，别再说了，嗯，我……

——您将向后倒下，当然！

他伸给她一只手，想说点儿什么，但他的嘴唇在颤抖，眼睛紧闭，泪水从睫毛底下流淌。

她默默地看了他几分钟，然后走过去，握住他的双手放到自己的大腿上，继而紧紧抓住他的两只耳朵，把税务督察官的头向后仰起来，让他发红的喉咙突显成锐角。

——您的岁月所剩无几了，——她一字一顿地说。——大概，还有四十五天？您已是多么的不美！而我——泪水汪汪也漂亮！

——嗯，为什么，为什么你这样？——他气喘吁吁，用嘶哑的声音说，同时转动脑袋，以便从她手中把耳朵挣脱出来。

她坐在他膝盖上，茹科夫深深地叹了一气，脸颊紧贴在她胸前，开始责备她：

——唉—唉，多么不好！你是一个如此胡作非为的女人！嗯，为什么？你来了，谢谢！我是你的敌人吗？为什么说这一切，好像我们在胡闹？

他自己用颤抖的手指解开她的连衣裙，接触热乎乎的肉体，感到好像是一股令人兴奋的活力填满了他的胸膛，消除了恐惧。

——亲爱的格拉霞！我们将像朋友那样相处，真的，啊？少有的朋友？好吗？侄子——扯淡！

——我知道！——她说，并从他手中滑出来。——嗯，是睡觉的时候了。大概，快要天亮了。起来！

他抬起身，得意地媚笑，向着隔壁房间的门点头，开始发出呼噜声，像被温存对待的老狗。

——拿灯光来。

她在卧室一边脱衣服一边问他：

——这个老太婆偷你的财物吗。啊？

——嘿—嘿！——茹科夫回答，同时用湿毛巾擦自己带泪痕的眼睛。

洛德卡，光着身子，用手掌温情地揉自己白净的肉体，摇晃着美丽的脑袋，嫌恶地嗤鼻出声：

——哟，到处是何等的杂乱无章，还算是有知识的人！灰尘、垃圾，哎呀—呀！

税务督察官看着她，一边搓手一边发出浑厚的媚笑。

他很快就入睡了，洛德卡转过身去熄灯，一个女人的巨幅画像从墙上望着她，这个女人长着干瘦的长方脸，鼻子上戴着一副眼镜，左鼻孔上有个疣。

“多么难看的女人！”——洛德卡心想，同时把灯芯捻小点儿。

画像慢慢隐没在黑暗里。

“是妻子或是母亲？也许，是妻子……”

她向画像伸了一下舌头，把灯熄灭了。

暮色笼罩墙壁、天花板、物件，暗淡地凝固了。

茹科夫发红的脸在灰色被盖下显得暗淡无光，仿佛死人的脸，并且肿得更加厉害。税务督察官的鼻子在震颤，好像轻轻地吹口哨。他那黄色粗硬的胡子掉入口中，随着打鼾的呼吸而颤动；没有剃的脸颊上的毛发竖立着；下嘴唇张开，露出大马牙。茹科夫的整个脑袋使人想起巨大的畸形的圆形雕饰。他那、扎人的粗胡子深深地缠住枕头。

“圣母啊，宽恕吧！”——洛德卡心想，满腹忧愁和憎恶。

然后，她裹上被子，疲惫地想：

“那头野兽大概在拘留室过夜……”

她微微入睡，考虑：

“必须驱赶老太婆。叫来克拉弗吉伊卡·斯特列里佐娃。她是个有点儿瘸的贫困的女人……”

……她做了一个梦，梦见她向某处的山下拼命地跑，山越来越陡峭，洛德卡不由自主地奔跑得越来越快，她不能停下来，感到现在就会跌倒摔死，于是高声地叫喊。

她吓出一身冷汗，睁开了眼睛。——茹科夫粗鲁地和使劲地摇晃她的肩膀。

——喂，你睡懒觉！完全像个死人。

——真讨厌！我睡了很长时间吗……——她生气地说，没有瞅他的脸。

税务督察官咳嗽吐痰，不断地说：

——起来，起来！快十一点了，人们可能来，进来一位熟人，而这里——可倒好！——有这样一位女客……

她稍微抬起头，看了他一眼，慢吞吞地舔嘴唇。她觉得茹科夫的脸可怕：发黄，发青。充血的眼睛看上去像是创伤。他没有完全穿好衣服，站在床边，龇牙咧嘴，嘴里插着牙刷。

——从后面的台阶走过去，不要通过正门。——听见了吗？

洛德卡用被子裹住身子，站起来说：

——走开……

她想说一句别的什么话，但怨恨的痉挛使她嗓子发紧。

税务督察官不慌不忙地去了隔壁房间，那里明亮，收拾得干干净净，茶炊已沸腾。

“老太婆将很满意！——女人一边穿衣服一边没头没脑地想。——他赶我走……”

她觉得好像她的身体酸痛，仿佛身体在睡梦中被什么重而软的东西毒打过，除了胸中难过的疼痛之外不留下其他的痕迹。

“他赶我走！——她心中重复地想。——这样！”

她的双手发颤，从洗脸池中拿起一只杯子，但是它从手指中滑落到地板上，打得粉碎。

——怎么啦？——茹科夫出现在门口，叫喊了一声。——你睡醒了！

“好像马车夫骑马！——洛德卡想，并开始更匆忙地收拾。——得啦！——她在心里威胁主人，用怀疑的目光环视周围。——你驱赶我，癞皮狗？老太婆将高兴。好吧！我将拆掉你的窗玻璃。对！”

她用披巾裹上头，只剩下两只凶狠的眼睛没有裹住。她走到隔壁房间，不正视茹科夫而说道：

——嗨，告别了，叶夫谢伊·里奥多罗维奇……

他得意地微笑，伸给她拿着纸币的手。她小心地从他粗大的手指中抽取钱币。

——感谢您。

——足够吗？

——够了。

——往左走，经过厨房，再见！

在厨房门口她深深地叹了一口气，更加严实地裹住脸，打开门，好像穿过火似的从厨房飞奔出去，跑向院子、街道，快步走在人行道上，咬紧牙关，抑制心跳。

在她眼前依然浮现那张龇牙咧嘴的红脸，晃动着长满红褐色毛发的松弛的脸颊。

“首先，——她稍微眯缝上眼睛想，——我去找济诺维娅。她将向整个城市大肆宣扬你将说的一切！你等着瞧吧，亲爱的，不—不，你等着瞧吧！”

她在心里和茹科夫交谈，走得坚定和自信。

城市里笼罩着绝望的和有所期待的寂静，只有市郊的某处桶匠在工作，寒冷的空中均匀地交替响彻着两三次打击声：

——咚—咚—咚……咚—咚……

布尔米斯特罗夫懒散地躺在拘留室的铺板床上，用呆滞的目光望着画满古怪图案和蒙上尘土的墙壁。他不是第一次待在这里，不止一次地在这个陋室里挨揍，也许，这墙上的污垢中还留有他的血迹。

他生活在半睡半醒的虚弱迟钝的状态之中：他的思想一个接一个地翻腾，忽然湮没在昏暗的心灵深处的什么地方，那里隐藏着无法摆脱的忧伤，从那里折磨人的苦恼犹如剧烈的毒素经过所有血管扩散开来。

他几乎没有去想西玛，但偶尔在他的记忆中浮现出少年亮晶晶的眼睛，他怀着可怕的好奇心看着这对深邃眼睛，并惶恐不安地让死者确信：

“怪人，也来这一套！嗯，你在哪儿？我是不是反对你的人呀？”

有时他觉得好像这一切都是愚蠢的梦，这个傻乎乎的小伙子不可能占据他华菲拉在洛德卡胸中的合法地位。

但是，当回忆起格拉菲娜不知疲倦的身体、她说话悦耳的鼻音以及含醉意的蓝眼睛诱人的目光时，他就捏紧拳头，切齿出一声，准备因怨恨而吼叫。如同锯子切割他的胸膛，他激动得大汗淋漓，犹如盲人在拘留室徘徊游荡，透过牙缝含糊不清地嘟囔着：

——不是我爱你吗，啊？除了你以外，还有谁对我亲，魔鬼？

他觉得好像情况就是这样：他真诚地和强烈地爱着格拉菲娜，他的整个生命和所有岁月都充满着这种爱。为了她，他待在城里，什么也不想要，也不寻求更好的命运；为了她，他千方百计地和竭尽可能地巩固自己作为村镇第一个大胆的人和战士的荣誉。

他喜欢见到自己处于这种状态之中，他铁了心地重复说：

——整个生命为了你！

他如同皮球一样越来越卖力地自我吹嘘，以便碰到现实时而跳越现实。

他由于这些奋力追求而感到疲倦，突然绝望地环顾了一下房间，感到自己像肮脏的马厩中的精疲力竭的马。

“所有人都忘记了我，谁也不来，——他站在窗户铁栅栏前心想。——我和命运纠结在一起……”

从窗户中看得见警察署的院子，院子里铺满踩坏的黄草，院子中间停放着带大圆桶和钩竿的消防大车，车辕朝天。在马厩敞开的门里，马在摇头，其中的一匹灰色瘦马总是翘起嘴唇，仿佛疲惫地苦笑。它的眼睛上方印着深深的坑，左前腿上捆着黑色绷带。

在干草棚的门上方，为了避免马病，用钉子钉上飞禽的骨骼，在屋脊上耸立着被雨水冲刷得干干净净的带角的山羊颅骨，光秃秃的树顶在其上空摇曳。

人们忧虑地和阴沉地徘徊在院子里，低声地说话，但显而易见，大家都匆匆赶往他处。

华菲拉打开通风小窗，马粪、焦油、皮子的强烈气味儿袭入室内，从城市的各处传来奇怪的嘈杂声，仿佛有人在捣毁花园里所有的乌鸦巢。

“喧闹！”——布尔米斯特罗夫怀着嫉妒的心里想。他深沉地叹息，想起自己在人群之中的往事。每次当他回忆起这个事件的时候，它就突现在他面前，其意义愈来愈重大、愈来愈美好，并重新吸引他到人群中去，到喧闹和纷乱中去。

他向着墙壁吐痰，再次想起洛德卡，在心里威胁道：

“好吧，狗崽子！”

他想起了季乌诺夫，皱起眉头想道：

“大概，他从早到晚说话像珠串似的连接不断，独眼的魔鬼！他诓骗人们……”

但是，当想起西玛、法院、西伯利亚时，就使他瘫倒在简单的板床上，他重新陷入发呆的状态之中。

在拘留第三个昼夜的中午，卡彭久亨走进拘留室，没有关门，坐到简单的板床上，推了一下华菲拉的腰，问道：

——你躺着？

——即将审问我，还是怎样呢？——布尔米斯特罗夫生气地问道。

——不知道，小兄弟！——卡彭久亨叹了一口气说。

警察的胡须散乱、下垂，眉毛上扬，脸上凝结着忧伤和怨恨的表情。

——现在已经顾不上你了！——他慢吞吞地说，两只呆板的大眼睛的目光停留在墙壁上。——你知道出什么事了吗？

他未等到回答就摇了摇头通告：

——给所有人自由了！

——给谁？——布尔米斯特罗夫冷淡地问。

——给所有居民。

警察从制服大衣的翻边里掏出荷包，从口袋里掏出烟斗，不时发出呼哧呼哧的声音，开始装烟斗。

——是的！真的有结果了！今天在大教堂附近将有祈祷。所有人的一切都被宽恕了！因此大家号啕痛哭。

华菲拉看了他一眼，稍微抬起身，并排坐着。

——谁宣布的？

——皇帝陛下，还能是谁？

——给所有人？

——我已经说过了……

——也给我？

——也给你！为什么不给你呢？既然是给所有人，那也就包括给你。

——我，应当受审判呀！——布尔米斯特罗夫萎靡不振地和忧郁地说。——自由！宣布得正是时候，真见鬼！

他怀疑地听到自己的话，并且困惑莫解：过去往往在谈到和想到自由时，他心中就感到某种特别的东西，这个词唤起某种不清晰的但是美好的希望，而现在它却在心中有点儿像平淡的、微弱的回声，对心灵毫无触动即消失了。

警察吸烟，往墙上吐吐沫，平静地说：

——现在这种情况开始出现了，唉咳！现在每个人都将令他人想起一切怨恨！

华菲拉站起来，挺起胸，说道：

——怎么样，放了我吧！

——等一等！——卡彭久亨否定地摇头，回答说。——我不能，我未接到命令。我是出于友情来的，仅此而已。当时命令我把你关进警察局，我就关了。一个人接收了命令，他就执行。如果将命令我：去，把布尔米斯特罗夫放了，我就会来对你说：嗨，布尔米斯特罗夫，走吧！事情难道不是这样？

——那个吉弗什金怎么办？——华菲拉问，用疑惑的眼光望着警察。

——这是你的事情。与我何干？我又不是他的兄弟，不是父亲。我不能为他做什么处罚。

——嗯，那就放了我！——布尔米斯特罗夫坚定地说，并向门口走去。

警察没有阻拦他，从烟斗中磕出烟灰，用绝望的声音说：

——你急着去哪儿？好一个怪人！睡呀睡，忽然跳起来，去哪儿？

假若卡彭久亨试图阻拦华菲拉，那么华菲拉大概走出了拘留室，但是他没有遇到阻力，反而使他突然软了下来，于是靠在墙上，疑惑地发呆，因而感到头发晕，脚打战。警察在自己膝盖上用手指抹掉烟灰，懒洋洋地说：居民们胡闹，谁的话也不听，秩序荡然无存。

情况如此，仿佛所有人，包括男人和女人，都变成了秃子，真的！所有人都如同囚犯一样有着某种相同的东西。或者说有什么人用棍棒鞭打他们，使人们不能坐下来，于是奔跑呀奔跑，全都是因为长官已经不耐烦关心人们：嗨，你们，下贱东西，见鬼去吧，给你们自由！嗯，你们去生活吧，我从角落后面看着，看将会怎么样……

他生气了，鼓起腮帮子，砰的一声关上门走出去了。

布尔米斯特罗夫望了望门，走到门口，一脚踹过去，门洞开了。他向外看了一眼，严厉地叫喊：

——喂，你们！锁门！

没有任何人回应。华菲拉龇牙咧嘴，在囚室门槛上站了片刻，感觉似乎有某位看不见但强壮有力的人抱住了他，不停地推他向前。他掩上门，不慌不忙地走在走廊上，道路他很熟悉。他的耳朵在打战，每前进一步他都小心翼翼，竭力保持不出声，他想走得愈来愈快，当消防院落展现他面前时，这个愿望变得无法遏止了。

他三蹦两跳到达了马厩，沿着楼梯爬上了屋顶，从屋顶上跳到了谁的菜园里，蹲下来，环顾了一下周围，跳过铺满冻坏的白菜叶子和马铃薯茎叶的苗床，飞跑到什么地方去了。

疲惫不堪的和气端吁吁的他，钻到某种棚子之间的角落里，跪下来，在栅栏外，惊慌失措的人们的噪音仿佛是刮风天的电报线发出的低沉单调的声音。

布尔米斯特罗夫环顾了一下四周，从碎木片堆中拣起一根什么样的竿子，向前挺起身子，把脸贴向栅栏的缝隙，看到死胡同里站着约十五个市民——都是熟人。

他们紧紧地站成一堆，低声严肃地说话，其中凸显出库卢古罗夫头发斑白的大脑袋。大家都穿得很暖和，有些人穿上了毡靴，尽管还没有下雪。他们在冻结的泥泞和枯萎的野蒿的小丘上踏步，彼此小声地交谈：

——得了，我说，你睡吧！——库卢古罗夫说，眼睛炯炯发光。——我的老太婆刚刚就睡下了，扑通一声！显然，有人投石袭击百叶窗。

——他们形成了两帮人，——巴祖诺夫用小心谨慎的、仿佛是试探到什么事情似的声音报告说，——科热米亚金和来自村镇的独眼人是一帮，电报员和来自地方自治执行机关的驼背人……

——是的，是的，就这两帮！

——我们将怎么办，啊？

布尔米斯特罗夫冷得直打哆嗦。有一个不断重复的问题——怎么办？这个问题离他很近，迫使他犹如系上链条的狗一样待在角落里。这些富裕的人们不曾是他所亲近的，他知道他们不喜欢他，但今天情感如同云彩一样在他胸中飘浮，汇合到隐隐约约的铅色的云团里。有时某种沼泽地的蓝光在他心中闪现并顷刻之间就熄灭了。

当他听到人们把季乌诺夫和科热米亚金相提并论时，他的嫉妒心使他很受刺激，他痛苦地思索：

“钻营，独眼魔鬼！”

他马上就想到：

“若是他，魔鬼，当初在桥上不离开我，也就不曾与我有任何关系的！”

胡同里的人更多了，交谈变得越来越慌张，对布尔米斯特罗夫来说显得越来越含糊。

有人用低沉激昂的声音说，仿佛朗读言行录：

——贫穷的老太婆济诺维娅在城里走来走去，有一位谁都不认识的妇女和她在一起，据说这位妇女是从省城来的。她俩讲：仿佛形形色色的有知识的人们……

——村镇的人们来了！

——大教堂旁边聚集着约五百人！

——村镇的人们——这是灾难！

——华菲拉·布尔米斯特罗夫，他们的一个战士，可以使十个人难堪……

华菲拉禁不住胆怯地从栅栏旁闪开，但他高兴地听到了市民们对他的看法。瞬间在他心中浮现出强烈的愿望：跳过栅栏，直奔这堆人中间去。唉咳，他们各自蜂拥而至才好呢！

他微微地笑了笑，闭上眼睛，他的肌肉自行绷紧了。

在栅栏那边市民们像蜜蜂群一样发出低沉的嗡嗡声：

——考虑到上帝、我们神圣的教堂和东正教神父们一致是人民的保卫者，故这些学者，就是说，决定关上教堂……

——科热米亚金昨天让人们放心：将不会发生任何坏的事情……

——给大家的这种自由——没有关系吗？

——城市由于自由人而开始破产！

——一切事情都停止了，多么大的损失，啊？如果我处在首脑的位置上，我本会，唉咳，上帝啊！我会到处派遣信使的……

——弟兄们，到底怎么办？

“他们害怕，真见鬼！”——华菲拉龇牙咧嘴地心想。

他对居民们的恐慌感到高兴，这种恐慌使他精力充沛，仿佛从内心感到温暖。他仔细观察一张张忧心忡忡的脸，清晰地看到所有这些有声望的人们软弱无力，有如失去了领头羊的羊群。

蓦地在他心中燃起了熟悉的令人陶醉的火光，这使他发怒，越过了栅栏，好像滚烫的、烧焦的木柴，他落入人群，轻易地点燃干燥的心。

——东正教的人民！——他叫喊，向上举起双手，在受惊的人们中间急速地转圈。——这就是我，布尔米斯特罗夫，打吧！亲爱的人们，唉咳！我懂——我愿意表白自己，让我敞开心扉！

人们离开他四处闪开，有人吓得用棍子痛击他的腰部，也有人哀号。华菲拉跪下，向前伸出双手，无畏地呼唤：

——打吧，小伙子们，打吧！——现在是自由！你们打我，而他们打你们，这些人……

他不知道这些人到底是什么人，话到半截憋得打住了。

——打住！——库卢古罗夫挥动一只手，叫喊了一声，——别碰他，等一等！

——弟兄们，我不曾是自由的钟情者吗？

居民们小心地围拢在他周围，而布尔米斯特罗夫眼睛炯炯发光，感觉胜利的临近，越来越振作起来。

——它，自由，对我意味着什么？我杀人也自由吗？盗窃也自由吗？

——是的！——库卢古罗夫跺脚，叫喊了一声。——听我说，人民！

某人凶狠有力地说：

——是—是的，听我说，他自己真的杀人了，咦，已是第三天了，难道不是吗！

——他本来也说的是那种情况！——老桶匠大声叫喊。

——看见了吗？——巴祖诺夫跳出来喊道。——瞧，它——自由！暴徒也明白！你看！就—就是它，俄罗斯的良心，啊哈！

华菲拉有点儿吃惊了，陷入闷热、忧伤和绝望之中。

——是的，我杀人了！难道我逃跑了吗？没有！审判吧，我就在这里！我杀了谁？

他再次忍气吞声，双手抓住胸膛，沉默了可怕的几秒钟，不知道该说什么。

周围人们用低沉的声音嘟囔着：

——他忏悔呢！

——衷心地，显然！

——普通的人民，一直记得上帝！而这些有知识的人们——他们可真是，据说，嘲弄上帝。

——嗯，如果毕竟是杀人……

——我杀了谁？——华菲拉叫喊了一声。——季乌诺夫、独眼叛乱者的徒弟……

他本人也对自己的话感到吃惊，再次沉默了片刻，但立即明白了意外失言的好处，于是非常高兴，精神更加勃发。

——我为什么杀了他？为了他那些禁忌的诗，真的，弟兄们！为了渎神行为！我知道，这是独眼人教会他的，制造伪币者！心不忍欺侮上帝，嗯，我就揍了西姆卡，仅仅一次，弟兄们！这样一只手，我什么都不隐瞒，这种力量是上帝给我的！在杀人的地方也是！那是在淫乱放荡的少女那里！那里是好人待的地方吗？

小市民们忧郁地看着他，而库卢古罗夫用盖过华菲拉叫喊声的噪音肯定地说：

——我们在这件事上不是法官，这些抢劫案与我们无关！而关于他反对自由的事，我们则可以受理！

——不，那个独眼人，啊？——有人恶狠狠地高声说。——到处！

——暴动者，魔鬼！

——最好是也迫令这个老太婆济诺维娅以及和她在一起的那个女人，让她们讲讲这些反基督者的企图……

有一个人用惊慌的嗓音喊道：

——瞧，他们有多少人在大教堂旁边，他们将压倒我们，真的！弟兄们！

——我们也去那里！——库卢古罗夫高声喊起来。——难道我们不是自己城市的市民吗？如果大家都无保护地离开我们，怎么办？战斗？华菲尔，和我们去吧，去在那里告诉他们这一切关于自由的事，喂！

他把上衣袖子卷到胳膊肘上，几下推搡就迅速把大家集聚联合成紧密的一大群人。人们从后面抓住布尔米斯特罗夫并带他走，同时授意他：

——你就直截了当地说……

——别害怕，有我们的支持！

——没有警察……

——我们保护你……

——关于那个独眼人好好地……

华菲拉深受感动和兴高采烈，如同插上翅膀飞奔在大家前面。人们用自己的身体紧紧地拥抱他的身体，不时拍打着他的肩膀，试探双手的力度，有人甚至吻他，眼泪汪汪地耳语：

——你去上十字架，唉咳！

——放开我！——华菲拉说，耸肩。

力不从心的小市民纷纷闪开他，就好像叶子从树上飘落一样，他们不时夸奖说：

——嗯，真棒！

他们再次偎依着激动的、满是汗水的身体。

布尔米斯特罗夫理解自己的角色，来回摆动裸露的双手，吼道：

——我将揭露他们！所有人！

他还从未如此充分和强烈地感到自己是英雄。他用热烈的目光环顾已经爱上他和崇拜他的人们的脸，他胸中的某处兴奋地闪烁着炽热的思想：

“这就是它，自由！这就是它！”

他们如同楔子扎入广场上的人群之中，推开人群，快步走向大教堂门前的台阶。他们不超过五十人，但他们知道想要什么，人群在他们面前让出道路。

——瞧！——他们对布尔米斯特罗夫说。——那就是他们！

在台阶上，在圆柱之间，真的有一堆人，其中之一挥舞一块白布，喊出一些模糊费解的话。

透过人群的嘈杂声，传出了斯特列里佐夫、克留奇尼科夫、卓西玛的熟悉的呼唤声……

“我们的人在这里！”——华菲拉心想，露出陶醉的微笑，他想象着现在村民们能很好地见到他。

他跳到台阶上，尽情地挥动着双手，把人们推向两旁，转身走向广场，扯开嗓子叫喊：

——东正教徒们！你们大家……集合起来了……我要说，我！我！

迎接他的是：迸发出密集的不可理解的嘈杂声。华菲拉全身顿起鸡皮疙瘩，感到这喧嚣声是敌视和否定他的。广场上人头攒动，大地好像复苏了，振动，张开成千上万双眼睛看着这个人。

在布尔米斯特罗夫的胸中失落了某种东西，内心散发出凛冽的寒气。他提高嗓音，使尽全力绝望地哀号、叫喊；但是，人群中成百上千人再次从胸中发出更加强劲有力的呼声：

——滚蛋！不需要！

在他旁边侧面的某处，流畅而平静地响起了坚定的演说，话语铿锵有力：

——他们到底让谁反对真理？你们知道这个人是谁……

在布尔米斯特罗夫的心中再次紧绷着一根什么样的弦，这根心弦带着哀怨声断裂了。

——撒谎！——他当着自己跟前的人的面叫喊了一声，转过身去，看见了伸向他的一只干瘦的手、一只昏暗的眼睛、如同甜瓜般的光秃秃的头颅，他扑上去，抓住季乌诺夫，把它扔到了下面的某处，吼叫起来：

——打吧！

——我们的人挨打了！——奥库罗夫小市民号叫起来。

人们转来转去，焦急起来，好像旋风刮起的秋天的垃圾。多数人哀号着奔向街头，跌跌撞撞，相互从身上跳过去，在教堂门前的台阶附近掀起了一场激烈的、密集的战斗。

——啊哈！——老桶匠库卢古罗夫吼叫，挥舞着教堂楼梯侧板的碎块。——自由！

华菲拉默默地、盲目地打人。他咬紧牙关，高高地挥动一只手，击打人的脸部，一个人倒下了，又急忙放眼寻找另一个人。

人们并不反抗，而是跑着离开他，有人自己跌倒在他脚下，但华菲拉既不感到揍他们的愉快，也不感到揍他们的满意。难堪的疲倦笼罩着他，他坐到地上，伸直腿，环顾周围，然后在大教堂后面人行道短桩旁边某人锁上的红大门对面坐下来。

不远处站着一堆人，为数十人左右，其中包括衣衫破烂、头发蓬乱的库卢古罗夫，他用宽大的手掌擦拭被打出血的脸，大声说：

——他，独眼魔鬼，挨揍了，真的够了！

一群寒鸦落在尼古拉·米尔里吉斯基教堂五颜六色的圆顶上，发出震耳欲聋的叫声。布尔米斯特罗夫望着它们，深深地叹息。

他似乎昏昏欲睡，疲倦压抑着他。他呆滞地看着地面，挪动一条腿，在石头上摩擦谁的揉皱的帽子。

——大家被驱散了，暂时地！——桶匠叫喊。——这样一来！嗯，走吧！

他用手指擤鼻涕，在同伴陪同下走向华菲拉。

——现在要把我送到哪里去？——布尔米斯特罗夫轻轻地、忧郁地问，当他们走近来围住他的时候。

——怎么，人们迷恋你吗？——桶匠问道，没有回答他的问题。

——把我送到哪里去？

但是，在结束自己的问题之前，华菲拉感到他的双手被抓住，并被从地上拉了起来。

——瞧，就是说，——库卢古罗夫严肃地说，——你怎样，第一，为了杀人向我们悔罪：第二，以打架为由，嗯，我们送你去警察局……

有人补充说：

——我们对你，朋友，不是纵容者，不是！

华菲拉看了他一眼，沉默下来了。

他们走了。布尔米斯特罗夫望着地面，看见了自己脚底下的衣服的碎布条、折断的棍子、丢失的胶皮套鞋。当这些东西近在眼前时，他竭力用脚重重地踩在它们上面，似乎想把它们踩入冻结的土里，但他仍然觉得好像土地放射出千百条视线，觉得好像他走在人们的脸上。

犹如在梦中听到了骚动的城市的轰鸣和桶匠的庄重的谈话：

——今年早些时候就开始了战斗，在米哈伊洛夫日之前约两周。

有一次忽然大雪纷飞，一切都隐藏淹没在厚厚的平静的细纱般的雪层之中。

——我将在那里，在警察局里自缢！——华菲拉暗中沉思地说。

——异教徒，将永远是异教徒！——有人从一旁的什么地方回答他。

——我不想去，不去！——布尔米斯特罗夫突然停了下来叫喊了一声，试图摆脱抓住他的那些人，但同时感觉他将办不到这一点，他对付不了他们。

他们开始恶狠狠地拉住他、揪住他、揍他，好像狗群对付掉队的孤狼一样。他们吼叫，成群结队地在地上滑行，飞絮般的雪片密集地洒落在他们身上。漫长而寂寞的冬天的白雪层覆盖着整个城市。

点点寒鸦闪现在暴风雪的昏暗之中。

这个不知疲倦的人依然在工作，大概是在彼图霍沃驼峰调车场的什么地方；他实实在在为整个城市安装结实牢固的桶箍，顽强地、坚定地敲击出这样的声音：

——咚—咚—咚……咚—咚……